Hermón. Caballo de Troya 6

Biblioteca J. J. Benítez
Novela

J. J. Benítez

Hermón. Caballo de Troya 6

Planeta

Avinguda Diagonal, 662, 6.ª planta. 08034 Barcelona (España)

Diseño de la cubierta: sobre una idea original del autor, realización de la cubierta: Departamento de Diseño de Editorial Planeta (foto © Yoshikazu Shirakawa / TIB)
Fotografía del autor: foto © José Antonio S. de Lamadrid
Primera edición en esta presentación en Colección Booket: mayo de 2002
(edición revisada y corregida por el autor)
Segunda edición: febrero de 2003
Tercera edición: setiembre de 2003
Cuarta edición: diciembre de 2003
Quinta edición: marzo de 2004

Depósito legal: B. 12.933-2004
ISBN: 84-08-04384-6
Impresión y encuadernación: Litografía Rosés, S. A.
Printed in Spain - Impreso en España

Biografía

J. J. Benítez (55 años). Casi 30 de investigación. Más de cien veces la vuelta al mundo. Cuatro hijos. Tres perros. Dos amores (Blanca y la mar). Apenas cinco amigos de verdad. Y un JEFE: Jesús de Nazaret.

El interés por el Maestro nace en 1975, cuando la ciencia anuncia que la Sábana Santa de Turín pudo ser el lienzo que envolvió el cadáver del Galileo. Desde entonces, guiado por una misteriosa «fuerza», ha recorrido el planeta, indagando sin descanso sobre su admirado Dios y «Socio».

Una vez concluida su ambiciosa obra —*Caballo de Troya*—, si su «Jefe» no cambia de opinión, J. J. Benítez espera poder sacar a la luz parte de los ciento veinte libros actualmente en proyecto.

Su último libro publicado, *Mis ovnis favoritos* (Planeta), es la segunda entrega de la colección «Cuadernos casi secretos».

A Manolo Molina, Manu Larrazabal,
Arsenio Álvarez, Manolo Audije
y Julio Marvizón, que hicieron más
llevaderos los 111 días que permanecí
escribiendo «Hermón».
Sé que el JEFE lo tendrá presente...

SÍNTESIS DE LO PUBLICADO

Enero (1973)

Las Fuerzas Aéreas Norteamericanas inauguran la operación secreta denominada *Caballo de Troya*. Un ambicioso proyecto científico que sitúa a dos pilotos en el año 30 de nuestra era. Concretamente, en la Palestina de Jesús de Nazaret.

El objetivo es tan complejo como fascinante: conocer de primera mano la vida y los pensamientos del llamado Hijo del Hombre.

Jasón y Eliseo, responsables de la exploración, viven paso a paso —casi minuto a minuto— las terroríficas jornadas de la Pasión y Muerte del Galileo. Y comprueban que muchos de los sucesos narrados en los textos evangélicos fueron deformados, silenciados o mutilados.

Tras el primer «salto» en el tiempo, Jasón, el mayor de la USAF que dirige la operación y autor del diario en el que se narra esta aventura, experimenta una profunda transformación. A pesar de su inicial escepticismo, la proximidad del Maestro conmueve sus cimientos interiores.

Marzo (1973)

Los responsables de *Caballo de Troya* deciden repetir el experimento. Algo falló...

Además, en el aire han quedado algunas incógnitas. Una, en especial, estimula la curiosidad de los científicos: ¿qué ocurrió en la madrugada del domingo, 9 de abril del año 30? ¿Cómo explicar la misteriosa desaparición del cadáver del rabí de Galilea?

Jasón entra de nuevo en Jerusalén y asiste, perplejo, a varias de las apariciones del Maestro. La desconcertante experiencia se repite en la Galilea. No hay duda: el Resucitado es una realidad física... Esta vez, la Ciencia no tiene palabras. No sabe, no comprende el cómo de aquel «cuerpo glorioso».

Jasón se aventura en Nazaret y reconstruye la infancia y la mal llamada «vida oculta» de Jesús. Idéntica conclusión: los evangelistas no acertaron a la hora de narrar esas trascendentales etapas de la encarnación del Hijo de Dios. La adolescencia y madurez fueron más intensas y apasionantes de lo que se ha dicho o imaginado.

El mayor va conociendo y entendiendo la personalidad de muchos de los personajes que rodearon al Galileo. Jamás, hasta hoy, se había trazado un perfil tan minucioso y exhaustivo de los hombres y mujeres que participaron en la obra del Maestro. Es así como *Caballo de Troya* desmitifica y coloca en su justo lugar a protagonistas como María, la madre de Jesús, Poncio o los íntimos.

Pero la aventura continúa. Deseosos de llegar hasta el final, de conocer, en suma, la totalidad de la vida pública o de predicación de Jesús de Nazaret, los pilotos norteamericanos toman una drástica decisión: actuarán al margen de lo establecido oficialmente. Y aunque sus vidas se hallan hipotecadas por un mal irreversible —consecuencia del propio experimento— se preparan para un tercer «salto» en el tiempo. Una experiencia singular que nos muestra a un Jesús infinitamente más humano y divino. Un Jesús que poco o nada tiene que ver con lo que han pintado o sugerido las religiones y la Historia...

El diario

(Sexta parte)

18 DE MAYO, JUEVES (AÑO 30)

«Me equivoqué, sí... Una vez más...

Pero Eliseo, mi entrañable compañero, supo esperar. Supo escuchar. Supo comprender. E hizo fácil lo difícil.

Como creo haber mencionado, los recuerdos, a partir de esa mañana del jueves, 18 de mayo, son confusos. Algo me transformó y dominó. Abandoné precipitadamente la Ciudad Santa y, olvidando la misión, galopé sin descanso.

«El Maestro nos esperaba...

»Su amor nos cubriría...»

¿Qué había sucedido en aquella larga y postrera presencia del rabí? Mejor dicho, ¿qué me había ocurrido?

No era yo. No era el científico que, supuestamente, debía valorar, contrastar y juzgar. Algo singular, en efecto, se instaló en mi corazón. En mi mente sólo brillaban un rostro, una frase y un guiño de complicidad...

«¡Hasta muy pronto!»

Estaba decidido. Lo haríamos..., ¡ya! Adelantaríamos el ansiado tercer «salto» en el tiempo. Él nos esperaba.

Pobre *Poseidón*. Apenas si le concedí descanso.

La cuestión es que, bien entrada la noche, Eliseo me recibía desconcertado. Y durante un tiempo —en realidad, todo el tiempo—, atropelladamente y sin demasiado acierto, intenté dibujar lo acaecido en el piso superior de la casa de los Marcos y en la falda del monte de las Aceitunas. Mi hermano, como digo, comprendiendo que algo no iba bien, se limitó a escuchar. Dejó que me vaciara. Después, tras una espesa pausa, señaló hacia las literas, sentenciando:

—Descansemos... Demos a cada día su afán. Mañana decidiremos.

A qué negarlo. Me sentí decepcionado. Insistí.

—Él nos espera...

No hubo respuesta. Yo sabía de su ardiente deseo. Él, como yo, había planificado la nueva aventura con tanta precisión como cariño. Sin embargo...

Ahora le comprendo y bendigo su templanza.

Ahí murió mi fogosa defensa. El cansancio tomó entonces el relevo y se hizo el silencio. Lo último que recuerdo es a un Eliseo de espaldas, enfrascado en la revisión de los cinturones de seguridad que peinaban la solitaria cumbre del Ravid.

Sí, mañana decidiríamos...

19 DE MAYO, VIERNES

Eliseo, prudente, me dejó dormir. Fue un sueño dilatado. Profundo. Vivificador. Un descanso que hizo el prodigio. ¿O no fue el sueño? Veamos si soy capaz de explicarme...

La nueva mañana se presentó espléndida. Luminosa. Los sensores de la «cuna» ratificaron lo que teníamos a la vista. Temperatura, a las 9 horas, 18° Celsius. Humedad relativa a un 47 por ciento. Visibilidad ilimitada. Viento en calma.

Sí, una jornada primaveral..., y distinta. Al principio, como venía diciendo, atribuí el cambio al sereno y reconfortante sueño. Pero, al poco, al asomarme a la plataforma rocosa del «portaaviones», empecé a intuir que allí ocurría algo más... Las palabras, una vez más, me frenan y limitan.

Era una sensación. ¿O debería hablar de un estado? Casi no recordaba al Jasón del día anterior. Aquella fogosidad, aquel ciego empeño por abordar el tercer «salto», parecían ahora una lejana pesadilla. Algo irreal.

¡Dios, cómo explicarlo!

Por supuesto, lo contrasté con mi hermano. Y estuvo de acuerdo conmigo. Él también lo había percibido. Fue aparentemente súbito, aunque sigo teniendo serias dudas...

Era, sí, como si «algo» invisible, superior, benéfico y sutil se hubiera derramado en nuestros corazones. «Algo» que, obviamente, en esos instantes, no supimos definir.

Era, sí, una sólida e implacable sensación (?) de seguridad. Una seguridad distinta a cuanto llevaba experimentado. Una seguridad en mí mismo y, en especial, en lo que llevaba entre manos. Una extraña e inexplicable mezcla (?) de seguridad, paz interior y confianza. Todo se nos antojó distinto. Y al principio, quizá por un estúpido pudor, ninguno de los dos nos atrevimos a mencionar la palabra, el espíritu —no sé cómo describirlo—, que aleteaba en mitad de aquella «sensación». Fue mi hermano quien, valientemente, abrió su corazón...

—No consigo entenderlo —manifestó—, pero ahí está... Algo o alguien ha abierto mi mente... Y sé que mi vida ya no será igual... Su espíritu, sus palabras y sus obras se han instalado en todo mi ser...

Entonces, arrodillándose, exclamó:

—¡Bendito seas..., Jesús de Nazaret!

Días después, al reanudar las misiones que habían quedado en suspenso, al saber, en definitiva, lo ocurrido y vivido por los íntimos del Maestro en Jerusalén, empecé a sospechar. Y hoy sé quién fue el responsable de aquella cálida y poderosa «sensación». Hoy sé que también fuimos partícipes del magnífico «regalo» del Maestro. Un «obsequio» varias veces prometido y que llevaba un nombre mágico: el Espíritu de la Verdad. Pero no adelantemos los acontecimientos...

No había tiempo que perder. Así que, ante mi propio desconcierto y la estampa feliz y radiante de Eliseo, procedimos a un reposado y minucioso análisis de la situación. Y de forma espontánea arrancamos por lo prioritario. Mi alocada fuga de la Ciudad Santa acababa de arruinar uno de los objetivos de la misión oficial: el seguimiento de los discípulos tras la mal llamada «ascensión». ¿Qué fue lo ocurrido durante la célebre fiesta de Pentecostés? ¿Se produjo realmente el advenimiento del Espíritu? Más aún: ¿qué era exactamente esa misteriosa entidad? ¿Podíamos dar credibilidad a los fantásticos sucesos narrados por Lucas? ¿Qué sucedió en el cenáculo? ¿Vieron los allí reunidos las increíbles lenguas de fuego? ¿Hablaron los íntimos del Maestro en otros idiomas?

Para intentar despejar estas incógnitas sólo quedaba un único medio: hacer acto de presencia en Jerusalén y, con paciencia y tacto, reunir toda la información posible.

Segundo y no menos delicado asunto: la denominada Operación *Salomón*. Aquélla, justamente, era otra de las claves de este segundo «salto». No podíamos fallar. Pero el arranque de la misma se hallaba sujeto a mi retorno a la «base-madre-tres». Eliseo y quien esto escribe repasamos y evaluamos una y otra vez el tiempo de permanencia de este explorador en la Ciudad Santa. Finalmente nos rendimos. No había forma de precisar. Todo dependía de un cúmulo de factores, a cual más endeble e inseguro. Pero, guiados por esa férrea y recién estrenada «fuerza» que nos invadía, lo dejamos en manos de *Ab-bā*, el Padre de los cielos...

Curioso. ¡Vaya par de científicos!

Eliseo y yo nos miramos, estupefactos. ¿Desde cuándo confiábamos en el criterio y en la voluntad de *Ab-bā*? Lo increíble es que ninguno se sintió incómodo. Todo lo contrario. Lucharíamos, sí. Eso estaba claro. Pero, a partir de un punto, si la inteligencia o las fuerzas flaqueaban, el asunto pasaría a su jurisdicción. Sí, no cabe duda. Algo habíamos aprendido del Maestro...

Tercer problema. Mejor dicho, doble tercer problema: la amenaza de Poncio y el irritante asunto de la escasez de fondos.

El gobernador, como anunciara el *primipilus*, no descansaría hasta capturar al «poderoso mago» que había osado dejarle en ridículo. La verdad es que poco podía hacer. Amén de las ya habituales y conocidas medidas personales de seguridad, sólo me restaba extremar la prudencia y confiar...

Eliseo, discreto, no deseando cargar mi ánimo, aligeró de hierro el conflicto, recordándome algo que ya sabía:

—Resistiremos... Con el tercer «salto», todo eso desaparecerá.

Otra cuestión fue el enojoso dilema planteado por el ópalo blanco. En principio, yo había perdido una primera oportunidad de canjearlo en Jerusalén. Sin embargo, contemplando las sensatas recomendaciones del anciano Zebedeo, advirtiéndome sobre las torcidas intenciones y la rapacidad de banqueros y cambistas, ya no estuve tan seguro. Es más: Eliseo se congratuló ante la aparentemente loca huida de la Ciudad Santa. ¿Qué hacer entonces con aquella valiosa gema? Como se recordará, según Claudia Procla, gobernadora, la pieza fue tasada en unos dos millones de sestercios (algo más de trescientos treinta mil denarios-plata). Toda una fortuna...

Podía arriesgarme a viajar a Jerusalén con ella. Podía, incluso, negociar la venta. Pero, ¿era aconsejable el transporte de tan abultado y pesado cargamento de monedas hasta la «cuna»?

Mi hermano se negó en redondo. El sentido común le dictaba cautela. Esperaríamos.

Fue entonces, al llevar a cabo el recuento de las menguadas reservas existentes en la bolsa de hule, cuando aquellos exploradores, lejos de caer en un más que lógico desánimo, rompieron a reír.

Otro indicio, sí, de que «algo» espléndido y prometedor estaba naciendo en lo más profundo...

Eliseo acarició las monedas y cantó por segunda vez:

—Diez denarios y veinte ases...

Y al mirarnos, inexplicable e irrefrenable, una risa contagiosa se desbordó de nuevo, colocándonos al filo de las lágrimas.

¿Desconcertante? No del todo. Hoy creo saber el porqué de tan paradójica reacción. En parte, la explicación fue apuntada por mi amigo en el siguiente y certero comentario:

—Tu «Jefe» tiene un problema...

Y la risa regresó, poniendo en fuga cualquier vestigio de pesimismo.

Insisto. Hoy lo sé. Allí se había producido un «milagro». Aquellos hombres empezaban a comprender. Mejor aún: aquellos locos aventureros empezaban a confiar en «algo» aparentemente poco científico..., pero sublime.

En efecto, *Ab-bā*, nuestro «Jefe», tenía un problema.

Por último, maravillados ante nuestra propia actitud, repasamos los detalles del más que estudiado tercer «salto». Eliseo me observó con complacencia. Aquel Jasón, tranquilo y sensato, midió y calculó con mesura. Lo teníamos todo, sí, pero convenía esperar y cumplir primero con lo establecido. Y aquella atmósfera de paz, confianza y seguridad llenó la «cuna»...

Eliseo, en silencio, fue a sentarse entonces frente al ordenador central. Tecleó y, al punto, el fiel «Santa Claus» iluminó la pantalla y nos iluminó.

La lectura de las frases —pronunciadas por el Resucitado el 22 de abril en su aparición en la colina de las Bienaventuranzas— redondeó la inolvidable mañana.

«...Cuando seáis devueltos al mundo y al momento de donde procedéis, una sola realidad brillará en vuestros corazones: enseñad a vuestros semejantes, a todos, cuanto habéis visto, oído y experimentado a mi lado. Sé que, a vuestra manera, terminaréis por confiar en mí. Sé también que no teméis a los hombres, ni a lo que puedan representar, y que proclamaréis mi Verdad. Y otros muchos, gracias a vuestro esfuerzo y sacrificio, recibirán la luz de mi promesa...»

No hubo comentarios. Ignoro si mi hermano lo tenía preparado. Poco importa. Ambos estábamos de acuerdo: aquél sí era el auténtico, el más sagrado objetivo de esta dura, extraña y fascinante experiencia. Por supuesto que confiábamos en Él. Cómo no hacerlo después de lo que habíamos visto y experimentado... Lo haríamos, sí. No dejaríamos en blanco un solo minuto, un solo suceso relacionado con el Maestro. El mundo debía, tenía derecho a saber...

¡Poseidón!

Al asomarnos a las escotillas comprendimos nuestra torpeza. El noble caballo blanco, proporcionado por Civilis en la fortaleza del gobernador, en Cesarea, reclamaba un mínimo de atención. Los reiterados y breves relinchos, rematados con un sonido grave, casi con la boca cerrada, no dejaban lugar a dudas. El animal protestaba. Llamaba. Pero ¿cómo podía saber que estábamos allí? El módulo, protegido por la radiación IR (infrarroja), era invisible a sus ojos... Debíamos tomar una decisión. ¿Nos quedábamos con él? Mi hermano, cargado de razón, se opuso. Ciertamente, pensando en los viajes que nos aguardaban, el concurso de *Poseidón* podía ser de gran utilidad. Sin embargo, mientras la amenaza de Poncio siguiera pesando sobre este explorador, la presencia del llamativo bruto constituía un riesgo añadido. Traté de disuadirle, argumentando que, al montarlo, no había reparado en marca alguna. Ni de raza, ni tampoco de propiedad.

Eliseo me perforó con la mirada. Y supo la verdad: la única, la verdadera razón de peso que me movía a defender al nuevo compañero..., era el afecto. Pero no protestó. Se encogió de hombros y me dejó hacer.

Lo primero era lo primero. Pretender alimentar al equino en lo alto de aquella pedregosa y reseca planicie era poco menos que imposible. El agua, quizá, era lo de menos. La «cuna» estaba en condiciones de suministrársela. El forraje, en cambio, era otra cuestión. La vegetación que medio prosperaba en el lugar la formaba tan sólo los heroicos corros de cardos perennes (la ya mencionada *Gundelia de Tournefort*).

Así que, de mutuo acuerdo, opté por descender hasta la plantación situada al nordeste del Ravid, al pie del camino que unía Migdal con Maghar. Entre los huertos, con un poco de suerte, podía encontrar lo que buscaba. Lo que no imaginé, naturalmente, es que el Destino —cómo no— también me aguardaba entre aquellos laboriosos *felah*...

Eché mano de la «vara de Moisés» y de los últimos denarios y, con el sol en el cenit, tiré de las riendas del hambriento *Poseidón*, cruzando la suave pendiente. Todo se hallaba en calma. Sujeté al paciente animal al frondoso manzano de Sodoma y, despacio, extremando las precauciones, fui a asomarme a lo que denominábamos la «zona muerta», la rampa de un seis por ciento de desnivel que moría en la pista de tierra negra y volcánica.

El camino aparecía despejado. A lo lejos, a la altura de la plantación, distinguí una reata de onagros, los duros y altivos asnos asiáticos de vientre blanco y grandes orejas. Me tranquilicé. Trotaban rápidos hacia el *yam*.

Aquél era el momento. Me hice de nuevo con el caballo y, sin pérdida de tiempo, irrumpimos en la senda. Minutos después, sin saber hacia dónde tirar, me introduje decidido en el laberinto de huertos y frutales. No tuve que caminar gran cosa. A la sombra de unos almendros en flor, una pareja de *felah* (campesinos) se afanaba en la recogida de enormes y suculentos *hatzir* (los afamados puerros de la Galilea). Desconfiados, me obligaron a repetir la pregunta. Necesitaba adquirir cebada. A ser posible, cocida, y también algunos *efa* (1) de buen heno (2), así como la pequeña y nutritiva *pol* (haba) que empezaba a recogerse en las riberas del *yam*.

Supongo que me entendieron pero, con desgana, dándome casi la espalda, se limitaron a señalar hacia el oeste, mascullando algo sobre un tal Camar. No intenté aclarar el confuso término. Aquello no parecía arameo. Y no deseando crear problemas innecesarios di por buena la indicación, situándome de nuevo en el arranque de la plantación. Allí, al pie del montículo que protegía el vergel por su flanco norte, medio oculta entre algarrobos, higueras, alfóncigos y palmeras datileras, distinguí una choza de adobe con techo de palma.

Y avancé.

A corta distancia de la casa, sentado sobre la hierba y recostado contra la negra pared de basalto de un pozo, me observaba un viejo. Decidí probar. Tiré del animal y, al llegar a la altura del individuo, empecé a comprender.

Respetuoso, respondió a mi saludo, pero en un arameo galilaico roto y descompuesto. Se alzó, extendió su mano derecha y, tras entonar un «que Dios fortalezca tu barba», fue a colocar dicha mano sobre el corazón. Me hallaba, en efecto, ante un *badawi* (un beduino) (3).

El anciano, que podría rondar los sesenta años, ves-

(1) Cada *efa* —medida de capacidad para sólidos— era equivalente a poco más de 43 kilos. *(Nota del mayor.)*

(2) Nos encontrábamos en plena recogida de la cebada —lo que denominaban la primera siega— y el heno, en consecuencia, debía ser de excelente calidad. Es decir, compuesto de leguminosas, gramíneas, rosáceas con flores y hojas de olor agradable y labiadas. En suma, un heno dulce y verde. *(N. del m.)*

(3) El término *badawi* (beduino, en singular) deriva del árabe *(badu)*, aunque los auténticos «habitantes del desierto» se autodefinen como *a'rab* (árabes, en plural). Esta expresión —*a'rab*— era la comúnmente utilizada en los tiempos de Jesús para designar a los beduinos en general. *(N. del m.)*

tía una cumplida túnica blanca (algo similar al *dishasha* de los nómadas de Arabia), con amplias mangas recogidas por encima de los codos. Se tocaba con un turbante (un *keffiyeh*), también de lana y de un blanco igualmente inmaculado. Y bajo dicho *keffiyeh*, desplomado sobre los estrechos hombros, un largo y estropajoso cabello, teñido en un rojo rabioso.

Nos observamos con curiosidad.

El rostro, afilado, cargado de esquinas y trabajado por decenas de arrugas, presentaba unos ojos pequeños, oscuros y arrogantes. Y al pie de aquel semblante verdinegro, una perilla cana y deshilachada.

Sonrió, mostrando unas encías ulceradas y sin un solo diente. Y aferrándose a la gran mano de plata que colgaba del cuello (1) indicó que me aproximara y que tomara posesión de su humilde hogar.

Dudé. Ni siquiera había preguntado quién era o por qué me encontraba allí. Poco a poco, conforme fuimos avanzando en el seguimiento de Jesús de Nazaret, el roce con estos numerosísimos *badu* —«el pueblo que habla claramente»— fue proporcionándonos un más completo y riguroso conocimiento de sus modos y costumbres. Y la hospitalidad, como espero tener oportunidad de relatar, era una de sus normas más sagradas. Lástima que los evangelistas no hicieran prácticamente mención de los numerosos momentos en los que el Maestro departió y convivió con los *a'rab*... Pero demos tiempo al tiempo.

Al poco, en silencio, el amable anciano regresaba de la oscuridad de la choza, depositando en el suelo una escudilla de madera y un *ibrig* (una especie de jarra de piedra). Y ceremonioso, me animó a probar.

No haberlo hecho hubiera sido un insulto. Así que, correspondiendo con idéntica teatralidad, llevé a los labios la jarra, descubriendo con placer que el modesto

(1) Este tipo de adornos —conocido como *khamsa*— encerraba para los *badu* un especial valor mágico. Tanto las manos, como las piedras azules, ojos, triángulos, etc., servían fundamentalmente para conjurar el temido mal de ojo. Una de las supersticiones más extendidas en aquel tiempo y en aquellas tierras y a la que también se enfrentó el gran rabí de Galilea. *(N. del m.)*

«aperitivo» no era otra cosa que el *raki*, una suerte de «mosto» ligeramente fermentado y sabiamente mezclado con yogur batido en zumo de frutas. A continuación, ante la atenta mirada de mi anfitrión, como dictaban las buenas costumbres, introduje tres dedos de la mano derecha en la escudilla, haciéndome con una de las delicadas y doradas tortas de pan.

Exquisita...

El hombre, feliz ante mis elogios, aclaró que algo inexplicable —«puede que la mano de Dios»— lo había empujado esa mañana a preparar el *lizzaqeh*, un pan especial, elaborado con harina de trigo y empapado en mantequilla y miel.

Me llamó la atención que hablara de Dios y no de dioses... Estos pueblos preislámicos adoraban y veneraban a toda una legión de genios benéficos (los *wely*) y maléficos (los *ginn*), así como a numerosos fenómenos de la Naturaleza, planetas y meteoritos. Pero no me pareció prudente profundizar en un tema tan personal.

Tal y como especificaba la buena educación entre los *badu* repetí el *raki* por tres veces y, finalmente, agitando la jarra, procedí a depositarla en las finas e interminables manos del complacido anciano. Fue entonces cuando —de acuerdo con esas mismas costumbres— el gentil beduino se decidió a comer. Y lo hizo en un reverencial mutismo.

No tuve opción. Si realmente deseaba comprar el forraje para el paciente *Poseidón* era menester ajustarse a las normas y armarse de paciencia. No me equivoqué. ¿O sí?

Concluida la colación, como suponía, ignorando la razón o razones de mi presencia en su propiedad, tomó la palabra y en aquel detestable arameo comenzó a hablar de sus ancestros y de su glorioso origen. Me resigné, simulando un vivo interés y asintiendo en silencio a cada una de sus más que dudosas afirmaciones.

De esta forma supe que se llamaba Gofel, aunque todo el mundo, en la comarca, lo conocía por un apodo: Camar, que en árabe significa «luna». El alias del antiguo nómada —procedente, según él, de las lejanas mesetas de Moab— se hallaba, al parecer, perfectamente justificado. Pero de eso tendríamos cumplidas noticias en el tercer «salto»...

Dijo pertenecer al muy noble clan o tribu de los Beni Saher, oriundos de los pastos de Madaba. Y enardecido se refirió a su estirpe como los «hijos del peñasco», una leyenda que situaba el nacimiento de dicho pueblo en una roca o *saher* situada en los límites de la actual Belqa. Y tras enumerar los nombres de los varones hasta la quinta generación, agotado, fue a concluir maldiciendo —como era de esperar— a los Adwan, los Mogally, los Hamaideh, los Atawne y, naturalmente, a los odiados Sararat (1). Todos ellos, según el encendido Camar, «perros rabiosos y ancestrales enemigos de su gente».

Era el ritual y, como digo, no tuve más remedio que escuchar y esperar.

Finalmente, como lo más natural, preguntó a qué se debía el honor de mi visita. Fui directo y escueto. Pero Camar, tras comprender mis prosaicas intenciones, no respondió. Dirigió una mirada al caballo y, alzándose, caminó hacia él. No supe qué hacer, ni qué decir.

Se encaró a *Poseidón* y acarició la negra estrella de la frente. El equino, con las orejas en punta y hacia adelante, se mostró dócil y tranquilo. Buena señal. El fino instinto del animal parecía coincidir con mis iniciales apreciaciones: Camar era de fiar... Rodeó despacio al bruto y fue palpando y examinando. Y escuché algunos elogios relativos a los excelentes aplomos, a la fina e inmaculada capa plateada, a la cabeza rectilínea y al cuello de cisne de mi «amigo».

Por último retornó junto a mí. Siguió observando la montura y, solicitando mi aprobación, fue a separar los labios del caballo. Soportó el cabeceo con destreza y energía. El *badawi* sabía...

(1) Conforme fuimos avanzando en la exploración comprobamos que, en efecto, los clanes o tribus mencionados por Camar se hallaban distribuidos por buena parte de la Perea, mar Muerto (en especial en las regiones del este), desierto del Neguev, la Decápolis y, por supuesto, la Galilea. A estos grupos de *a'rab* había que sumar otros centenares de familias y subclanes. *(N. del m.)*

Lo dejé hacer. A buen seguro, aquel personaje podía resultar de utilidad. Aún nos restaban muchas jornadas de obligada permanencia en el Ravid...

«Quién sabe —reflexioné—. Puede que la despensa se vea beneficiada.»

Acerté, pero no como imaginaba.

Inspeccionó los dientes y, una vez más, se mostró satisfecho. La verdad es que, hasta ese momento, no había reparado en la edad de mi compañero. Los incisivos de leche aparecían definitivamente reemplazados, presentando las correspondientes concavidades en las puntas. *Poseidón*, con toda probabilidad, estaba a punto de cumplir los cinco años.

—Bien —susurró al fin, reforzando las palabras con una pícara sonrisa—, en mi juventud fui *sais* y sé lo que digo...

¿*Sais*? Debí suponerlo. Un especialista en el pelaje de los caballos...

—... Te ofrezco cuarenta piezas...

Fue tan súbito e inesperado que permanecí con la boca abierta, incapaz de reaccionar. Y Camar, admitiendo el silencio como una lógica negativa —divertido ante lo que presumía como una forzosa ceremonia de regateo— elevó la suma.

—Cuarenta y cinco y que mis ancestros me perdonen...

—Pero...

Rápido y astuto, adoptó una postura tan falsa como obligada en aquella suerte de negocios entre los *badu*.

—¿Crees que te engaño?

—Es que...

No me permitió terminar. Y abordó la siguiente y teatral puesta en escena, golpeándose el pecho e invocando al supuesto fundador de su tribu.

—¡Oh, padre Sahel!... ¡Protégeme de este *munayyil*!

No me inmuté. A pesar de la crudeza del insulto [*munayyil*, entre los *a'rab*, es sinónimo de cobarde (1) y hom-

(1) El término *munayyil* (teñido con *nileh*) procedía de una vieja costumbre de los *a'rab*. El hombre cobarde que, por ejemplo, huía en la batalla, al regresar al campamento recibía en pleno rostro un

bre sin honor], yo sabía que lamentos e improperios formaban parte del ritual.

—¿Qué pretendes? —elevó el tono, desconcertado ante la aparente resistencia de aquel extranjero—. ¿Quieres mi ruina?... ¿Tratas de ensuciar mi cara?... (1) ¿Es que no ves que estoy jurando por lo más santo?... ¡Juro por mí y por mis cinco!... ¿Me tomas por un perro *sararat*?

La comedia, en efecto, llegaba a su final. Al jurar por sí mismo y por sus cinco generaciones, Camar defendía su honor en el límite de lo permitido por los escrupulosos *badu*. En cuanto a la despectiva alusión al clan de los *sararat*, el viejo no hacía otra cosa que ayudarse con una muletilla, una expresión común y corriente en aquel tiempo. Los *sararat*, nómadas entre los nómadas, habían caído en desgracia, siendo calificados por judíos, gentiles y *a'rab* como ladrones, asesinos y «perros del desierto» (2). No por casualidad, a lo largo de su vida de predicación, Jesús de Nazaret se referiría en diferentes oportunidades a estos infelices, tan injustamente marginados y despreciados.

Francamente, no sé qué ocurrió. Supongo que el Destino, atento, me salió al encuentro...

Mientras asistía perplejo a la escenificación de Camar, «algo» me empujó a meditar la propuesta. Me resistí, pero fue inútil. «Aquello» resultó implacable.

---

baño de *nileh* (índigo). El ritual, generalmente, corría a cargo de una mujer de la tribu. De esta forma, el *munayyil*, con la cara teñida de azul, era el hazmerreír de su gente, siendo despreciado por todos. *(N. del m.)*

(1) Entre los *badu*, el honor y la hospitalidad son dos principios sagrados. Faltar a la palabra o traicionar a los suyos es considerado una de las peores afrentas. De hecho, entre ellos, es expresión habitual el mantener la «blancura de la cara», refiriéndose a la preservación de dicho honor personal o del clan. *(N. del m.)*

(2) Los *badu*, a quienes llegamos a conocer en las sucesivas exploraciones, aparecían divididos en infinidad de clanes. Uno de estos grupos —los *sararat*— debía en parte su pésima fama a una remota y dudosa leyenda. Según la tradición, Sarar, el ancestro de dicha tribu, asesinó a su madre al nacer, y el padre, como castigo, obligó a una perra a que lo amamantase. De ahí el calificativo de «perros del desierto». *(N. del m.)*

Valoré pros y contras y, desconcertado, tuve que reconocer que la oferta nos aliviaría en un doble sentido. Por un lado zanjaba el asunto de la comprometida presencia de *Poseidón*. Me dolía, sí, pero, tarde o temprano, tendría que seguir los consejos de mi hermano. Al mismo tiempo —y no era cuestión de esquivar la magnífica ocasión—, la venta del caballo nos proporcionaría un respiro...

—De acuerdo.

Ni yo mismo podía creerlo.

—... Pero dejémoslo en cincuenta...

Camar palideció. Sin embargo, no le di cuartel.

—... Cincuenta denarios —rematé autoritario— y un regalo.

Los ojillos del *badawi* se entornaron. Besó la mano de plata y, sonriendo forzadamente, negó con la cabeza.

No insistí. Debía aparentar firmeza. Así que, tirando de *Poseidón*, simulé una retirada en toda regla, encaminándome a la pista.

El viejo truco dio resultado. Al poco, un Camar gesticulante y lloroso se interponía en mi camino, repitiendo la consabida letanía de juramentos.

El resto fue sencillo. Y el trato se cerró en cuarenta y siete piezas de plata y un abultado saco con las primicias de la huerta: ajos en abundancia, cebollas, las suculentas *adashim* (lentejas), puerros, huevos y diez *log* (seis kilos) de tiernas *pol* (habas).

Me negué a mirar atrás. Y con el corazón en un puño huí literalmente de la plantación. Acababa de vender a un «amigo»... por un puñado de monedas.

Curioso y demoledor Destino...

Naturalmente, Eliseo aplaudió la operación. Yo, en cambio, permanecí silencioso y taciturno el resto de la jornada, refugiándome en los preparativos para la inminente partida hacia la Ciudad Santa y en la puesta al día de notas y recuerdos.

Repasé, en especial, los trascendentales sucesos vividos por este explorador en las primeras horas de la mañana del jueves, 18 de ese mes de mayo, en la casa del fallecido Elías Marcos y en el monte de los Olivos (1).

Volví a estremecerme, pero, conforme escribía, poniendo en pie la última e increíble aparición del Maestro, un creciente y, supongo, inevitable disgusto me dominó.

¿Cómo era posible? Caí de nuevo sobre los textos evangélicos y, como digo, mi ánimo fue incendiándose. Marcos y Lucas, los únicos que refieren el prodigio, sencillamente, no daban una... ¿Cómo era posible?

El primero, en el capítulo 16, versículo 19, dice textualmente:

«Y el Señor, después de haberles hablado, fue llevado al cielo, y está sentado a la diestra de Dios.»

¿Es que la prolongada «presencia» del Resucitado entre sus íntimos —alrededor de hora y media— no fue estimada como importante? ¿Es que el joven Juan Marcos —el futuro escritor sagrado (?)— no supo o no quiso informarse a fondo?

Esta lamentable parquedad, para colmo, terminaría provocando, con el tiempo, una absurda polémica entre exégetas y escrituristas. Y la mayoría ha tratado de justificar el texto de Marcos, argumentando, poco más o menos, que el evangelista se inspiró en la historia de Elías y en el Salmo 110 (2). En otras palabras; algo así como si la «ascensión» hubiera sido una licencia poética.

Me sublevé, claro. Él lo dijo. El Maestro lo repitió dos veces. Primero en el cenáculo y, por último, en la falda oeste del monte de las Aceitunas: «... Os pedí que permanecierais aquí, en Jerusalén, hasta mi ascensión junto al Padre...»

¿Leyenda? ¿Licencia poética?

(1) Amplia información en *Caballo de Troya 5*, pp. 430 y ss. *(Nota del autor.)*

(2) En el libro segundo de los Reyes (2, 11) puede leerse: «Iban caminando (Elías y Eliseo) mientras hablaban, cuando un carro de fuego con caballos de fuego se interpuso entre ellos; y Elías subió al cielo en el torbellino.» Por su parte, el referido Salmo 110 (1) asegura: «Oráculo de Yavé a mi Señor: Siéntate a mi diestra, hasta que yo haga de tus enemigos el estrado de tus pies.» *(N. del m.)*

Marcos dijo la verdad, pero no fue fiel a la totalidad de lo acaecido aquella memorable mañana. Si hubiera relatado los sucesos con detalle, nadie tendría por qué dudar. Pero, ¿de qué me extrañaba? Las mutilaciones, silencios y cambios en los textos —que me niego a aceptar como revelados— apenas si habían comenzado.

¿Estoy siendo realmente objetivo? Me temo que no...

Quizá simplifico demasiado. Quizá el bueno y voluntarioso de Marcos no tuvo toda la culpa. Me explicaré. Según mis noticias, aunque el joven Juan Marcos, como vengo relatando, conoció al Maestro y le siguió durante algunos periodos de la vida de predicación, su evangelio, en realidad, debería llevar el nombre de Pedro o de Pablo. Fueron éstos quienes, al parecer, le empujaron a escribir. Pero eso no fue lo peor. Lo lamentable es que ambos —Pedro y Pablo— influyeron decisivamente en la redacción, tergiversando y suprimiendo según los intereses de las cabezas visibles de la casi recién estrenada iglesia de Roma (1). Como decía el Maestro, «quien tenga oídos...».

¿Y qué decir de Lucas?

No conoció a Jesús. Al parecer, la casi totalidad de su información sobre el Maestro procedía del, para mí, nefasto Pablo (2). Quizá explique esto el porqué de muchos

(1) Aunque no existe todavía una documentación histórica que lo acredite, todos los indicios apuntan a que Marcos pudo emprender la redacción de su evangelio poco después de la muerte de Pedro y Pablo. Es decir, hacia el año 68 de nuestra era. Probablemente —como señala el mayor—, Marcos elaboró el texto de acuerdo a sus propios recuerdos y a las indicaciones de Pedro. Puede, incluso, que el contacto con Pablo le llevara a nuevas modificaciones. Lo cierto es que, entre la muerte de Jesús de Nazaret (año 30) y la confección de los escritos de Marcos, bien pudieron transcurrir esos casi cuarenta años. Un periodo de tiempo excesivamente largo como para recordar con precisión los hechos y, sobre todo, las palabras del Galileo. *(N. del a.)*

(2) No es mi intención juzgar a nadie, y menos a Pablo, pero estoy convencido de que el «invento» de la iglesia debe mucho al fabricante de tiendas de Tarso. Como espero poder exponer, el mensaje clave del Maestro —«el hombre es un hijo de Dios»— fue lamentablemente modificado y Pablo tuvo mucho que ver en ese nefasto cambio de rumbo. *(N. del m.)*

de sus arrebatos literarios y de sus crasos errores. Pero vayamos por partes. De momento me ceñiré al tema que me ocupa: la ascensión. Veamos algunos ejemplos de cuanto afirmo.

En el último capítulo de su evangelio (versículos 50 y 51), al narrar la postrera «presencia» del Resucitado, escribe impertérrito: «Los sacó hasta cerca de Betania y, alzando sus manos, los bendijo. Y sucedió que, mientras los bendecía, se separó de ellos y fue llevado al cielo.»

¿Cerca de Betania? Nada de eso...

¿Y qué fue del importante mensaje que el Hijo del Hombre se preocupó de recordar a los suyos?

«... Amad a los hombres con el mismo amor con que os he amado. Y servid a vuestros semejantes como yo os he servido... Servidlos con el ejemplo... Y enseñad a los hombres con los frutos espirituales de vuestra vida. Enseñadles la gran verdad... Incitadlos a creer que el hombre es un hijo de Dios... ¡Un hijo de Dios!... El hombre es un hijo de Dios y todos, por tanto, sois hermanos...»

Lucas enmudece. ¿Por qué? Si habló con Pablo, si preguntó a muchos de los testigos, ¿por qué silenció esas importantes palabras? Días más tarde, cuando la Providencia me permitió asistir a la definitiva ruptura entre los apóstoles, intuí la posible razón que llevó a Lucas y a los otros «notarios» a correr un tupido velo sobre esta decisiva escena de la ascensión. Pero de eso prefiero hablar en su momento...

En cuanto al segundo texto —los Hechos de los Apóstoles—, atribuido igualmente a Lucas (1), el desbarajuste alcanza cotas insospechadas. La verdad es que no hay por dónde agarrarlo.

(1) Según informaciones obtenidas «al margen de la misión oficial», Lucas, el médico pagano que terminaría convirtiéndose en un seguidor de Pablo, escribió sus textos hacia el año 80, en la provincia romana de Acaya, al sur de Grecia. Aunque, efectivamente, consultó a muchos de los testigos de la vida del Maestro, su principal inspiración fue el inevitable Pablo de Tarso. Al parecer, conoció los escritos de Marcos y parte de las «memorias» de Mateo Leví. Cuando falleció, en el año 90, preparaba ya un tercer libro sobre el Galileo. *(N. del m.)*

El médico de Antioquía lo mezcla todo, añadiendo —no sé si de su cosecha— sucesos que jamás tuvieron lugar. Y en el colmo de la prepotencia tiene la osadía de afirmar que «en el primer libro —el evangelio que lleva su nombre— escribió todo lo que hizo y enseñó Jesús desde un principio...».

¡Dios de los cielos! ¡Cuán engañados están los que se consideran creyentes!

Pero sigamos con los ejemplos.

En el capítulo 1 de los referidos Hechos (versículos 6 al 12), dice textualmente:

«Los que estaban reunidos le preguntaron: "Señor, ¿es en este momento cuando vas a restablecer el Reino de Israel?" Él les contestó: "A vosotros no os toca conocer el tiempo y el momento que ha fijado el Padre con su autoridad, sino que recibiréis la fuerza del Espíritu Santo, que vendrá sobre vosotros, y seréis mis testigos en Jerusalén, en toda Judea y Samaria, y hasta los confines de la tierra."

»Y dicho esto, fue levantado en presencia de ellos, y una nube le ocultó a sus ojos. Estando ellos mirando fijamente al cielo mientras se iba, se les aparecieron dos hombres vestidos de blanco que les dijeron: "Galileos, ¿qué hacéis ahí mirando al cielo? Este que os ha sido llevado, este mismo Jesús, vendrá así tal como le habéis visto subir al cielo."»

Lo dicho. Toda una «ensalada» de errores e inventos.

Para empezar, el confiado Lucas mezcla la pregunta de «los allí reunidos» con el final de la mal llamada «ascensión». Como se recordará, dicha cuestión —planteada por Simón el Zelota, en representación de los atemorizados íntimos— surgió en el cenáculo. En cuanto a la respuesta del Maestro, nada que ver con la realidad. Lucas escuchó campanas, pero...

Segundo párrafo. ¿Nube? ¿Ángeles? ¿Vestiduras blancas? ¿Anuncio del retorno de Jesús?

Esto sí que es pura leyenda. El Resucitado, simplemente, desapareció. Allí no hubo nada más. Y no es poco...

Supongo que, interpretando el sentimiento generalizado de la iglesia primitiva respecto a la inminente y triunfal vuelta a la tierra del añorado Maestro, Lucas dejó volar la imaginación, adornando un prodigio que no necesitaba refuerzo alguno. La Ciencia, hoy, lo sabe —lo sabemos— muy bien.

Los que, en cambio, no terminan de enterarse son los de siempre: teólogos y exégetas. Muchos continúan creyendo, y afirmando, que el fenómeno de la ascensión sólo fue una «enseñanza teológica», carente de rigor. Más claro: que la resurrección y el propio Resucitado no existieron jamás.

Pobrecitos...

Último ejemplo.

Tanto en su evangelio, como en Hechos, el confuso y confundido médico ofrece, insisto, una invención que, entiendo, altera la ya, de por sí, fantástica realidad del Resucitado. Veamos. El evangelista afirma que, en una de las apariciones, el Maestro comió con los discípulos (Lc. 24, 42 y 43 y Hch. 1, 4). Amén de no establecer con claridad el lugar y la fecha [dicha «presencia» se produjo el 21 de abril, viernes, a orillas del *yam*], comete otro error. Ignoro qué pudieron contarle los testigos presenciales pero, como ya he tenido ocasión de relatar en este apresurado diario (1), al ofrecerle una ración de pescado, el Galileo la rechazó, negándose a comer. El Resucitado jamás ingirió comida o bebida. Ni en ésa, ni en ninguna de las diecinueve apariciones que alcanzamos a contabilizar. Un «detalle» aparentemente anecdótico y sin mayor trascendencia pero que, para la Ciencia, encierra un interesante contenido. Un sutil «detalle» que, en definitiva, ponía de manifiesto la «lógica» y la aplastante realidad de aquel «cuerpo glorioso». Un maravilloso «detalle» que parecía «programado», no para aquel tiempo, sino para el nuestro...

Lucas, en fin, volvía a adornar los hechos..., innecesariamente.

Y no tengo más remedio que preguntarme: si estos

(1) Amplia información en *Caballo de Troya 3*, pp. 358 y ss. *(N. del a.)*

textos, supuestamente sagrados, han cambiado la dirección de medio mundo, ¿qué habría ocurrido si hubieran respetado la verdad?

Pero lo más triste —que pone en tela de juicio buena parte de cuanto se narra en dichos evangelios— estaba por llegar.

Y poco a poco fui resignándome.

21 DE MAYO AL 15 DE JUNIO

Otro periodo clave, sí. Unas jornadas intensas en las que este explorador recibió una información privilegiada. Una información que, para variar, tampoco fue recogida por los evangelistas. Veamos si soy capaz de sacarla adelante.

Tras descansar el sábado, el domingo, 21 de mayo del año 30, primer día de la semana, abandoné el Ravid con el alba, emprendiendo la que sería nuestra última misión oficial en tierras de la provincia romana de la Judea.

Eliseo, como siempre, fue parco. Ambos detestábamos las despedidas. Como creo haber mencionado, resultaba difícil establecer la fecha exacta de mi retorno. Quizá, con dos o tres semanas sería suficiente, salvo que el Destino tuviera otros planes... En definitiva, un periodo más que sobrado para visitar la Ciudad Santa y la aldea de Nazaret, reuniendo la documentación que se nos había encomendado y que este alocado griego no supo lograr en su momento.

En la cumbre del «portaaviones» todo discurría sin novedad. «Base-madre-tres», como sospechábamos, parecía un refugio excelente, sin interés alguno para los habitantes de la zona y tampoco para el ganado. De hecho, en aquellos días, las alarmas, en especial la «cortina» de los microláseres —que barría la «popa» del Ravid en un ángulo de 180º y a razón de un centenar de «peinados» por segundo—, no detectaron *target* alguno de importancia, excepción hecha de las inevitables irrupciones de las festivas bandadas de palomas bravías, collalbas rubias y vencejos de la Galilea, tan habituales en aquella benigna primavera en los riscos y acantilados del cercano Arbel.

La «cuna», según lo previsto, desconectada la SNAP 27 (la pila atómica), continuó «viva», merced a la energía suministrada por los providenciales espejos solares, capaces de generar hasta 500 W. Como fue dicho, la larga permanencia del módulo en lo alto del Ravid nos obligó a reservar la potencia del plutonio de la SNAP —limitada a un año— para el obligado vuelo de retorno a la meseta de Masada. Desde los primeros instantes, nada más tomar tierra, mi hermano se ocupó de la instalación y puesta a punto de los doce espejos de vidrio con revestimiento de plata (1). Y como medida suplementaria y precautoria fijó igualmente en el exterior de la nave las planchas de reserva, a base de acero dulce plateado y metal electroplateado, cuyos índices de reflexión —91 y 96 por ciento, respectivamente— podían incrementar la autonomía eléctrica de la «cuna».

Tampoco la despensa —discretamente surtida— nos preocupaba. En principio, agua y alimentos eran más que suficientes para sostener a Eliseo durante mi ausencia. En caso de emergencia, sin embargo, siempre quedaba el recurso de la plantación. Mi compañero, entonces, debería descender y negociar con los *felah*. El contacto con Camar había sido positivo, dejando abierta una interesante puerta. Aun así, recordando la amarga experiencia vivida en la cripta de Nahum, le supliqué que no cayera en la tentación de alejarse del módulo.

Sonrió con picardía y, francamente, me eché a temblar.

Según lo acordado, mientras este explorador permaneciera ausente, se mantendría ocupado con los interrumpidos análisis de la sangre de la Señora, la madre

(1) Cada una de estas unidades, de 29,3 centímetros de diámetro, llevaba adherida al dorso una película de cobre, con la posibilidad de ser fijada a un estribo del hierro, en disposición azimutal biaxial. El sistema permitía que toda la radiación reflejada incidiese en un solo punto. Ello era posible merced a la fórmula especular asimétrica y al desplazamiento del eje de giro horizontal en el centro de la curvatura de la imagen. *(N. del m.)*

del Maestro, y la revisión del viaje al sur de Israel, bautizado como Operación *Salomón*. La primera parte de su cometido debía redondearse con los correspondientes estudios sobre el ADN de José, el padre terrenal de Jesús. Pero, para ello, quien esto escribe tenía que hacerse con algunos de los restos óseos. Una misión que me obligaba a visitar de nuevo el cementerio de la recóndita Nazaret. Pero eso sería a mi vuelta de Jerusalén.

Por último, siguiendo las estrictas normas de *Caballo de Troya*, procedimos al chequeo de mi indumentaria y equipamiento. En realidad, pura rutina.

Fui meticulosamente rociado con la «piel de serpiente», incluyendo manos, cuello y cabeza. Repasamos el «tatuaje» adherido a la palma de la mano izquierda, así como las «crótalos» (las lentes de contacto, vitales para la visión infrarroja) y las sandalias «electrónicas». A partir de esos momentos debería extremar la prudencia. Aquél era el último par disponible.

Con la bolsa de hule y los treinta denarios de plata depositados en la misma regresó la risa. Pero mi ánimo se hallaba intacto. Saldríamos adelante...

Por pura prudencia —obedeciendo los sensatos consejos de Eliseo—, el valioso ópalo blanco permaneció en la «cuna».

En cuanto al saco de viaje, pocas veces lo había encontrado tan ligero: algunas provisiones (fundamentalmente frutos secos), agua, la habitual «farmacia» de campaña (1) y un par de ampolletas extras, vacías.

Tampoco la vestimenta fue alterada: túnica color hueso de lino bayal, modesto ceñidor trenzado con cuerdas egipcias y el incómodo pero imprescindible manto

(1) En una docena de ampolletas de barro fueron incluidos, entre otros, los siguientes fármacos: analgésicos antitérmicos, antibióticos de amplio espectro (tetraciclina, cotrimoxazol y amoxicilina), antidiarreicos (loperamida), antiácidos (trisilicato de magnesio e hidróxido de aluminio), antihistamínicos, antibióticos para uso tópico (neomicina y bacitracina), cloroquina (importantísima como antipalúdico), un amebicida (tinidazol o metronidazol), una mezcla especial para rehidratación por vía oral, sueros antiponzoñosos polivalentes y soluciones antifúngidos (clotrimazol). *(N. del m.)*

azul celeste confeccionado con lana de las montañas de Judea.

Y aferrándome a la «vara de Moisés» salté a tierra, alejándome. ¿Qué me reservaba el Destino? La respuesta fue un familiar cosquilleo en el estómago. No me inquieté. Aquella misteriosa «fuerza» seguía allí, inundándome. Y seguro de mí mismo, disfrutando del cálido amanecer, caminé rápido al encuentro de la «vía maris» y de las puertas de la bulliciosa Tiberíades. Sí, aquella experiencia sería distinta. Lo sentía con nitidez. «Algo» o «Alguien» me acompañaba...

En el límite de la conexión auditiva (15 000 pies), frente a la capital del *yam*, me despedí definitivamente de Eliseo, confirmando la marcha hacia la segunda desembocadura del Jordán. A partir de Tiberíades, el enlace con la «cuna» quedaba prácticamente cortado.

No tuve que aguardar mucho tiempo. Al poco me unía a una nutrida caravana de sirios que transportaba harina de cebada y cuyo destino final era Jericó, en la margen occidental del río. El capataz y jefe de los burreros aceptó de buen grado la compañía de aquel griego solitario y la suma de doce ases (medio denario de plata) por día de viaje. Como ya dije, muchos de los peregrinos buscaban este tipo de protección a la hora de desplazarse dentro y fuera del país.

Y el cielo fue complaciente. En la tarde del martes, 23, poco antes del ocaso, este explorador llamaba a las puertas del hogar de los Marcos, en Jerusalén. El último tramo, desde Jericó, aunque en solitario, fue cubierto sin incidentes dignos de mención.

El ambiente, lo reconozco, me desconcertó. El luto por la muerte del cabeza de familia parecía haber desaparecido por completo. Todo era bullicio y una contagiosa e inexplicable alegría. María, la señora de la casa, Juan Marcos, el benjamín, Rode, el resto de la servidumbre y los íntimos del Maestro que aún permanecían en la vivienda me recibieron con los brazos abiertos. Todos menos Juan Zebedeo, claro está...

La verdad es que los echaba de menos. Tras la aparición en el *yam*, en la tarde del sábado, 29 de abril, no había vuelto a verlos. También la Señora y Santiago, su hijo, seguían en el caserón.

¿Seré capaz de explicarlo?

Como digo, allí sucedía «algo» inusual. Rostros, ademanes y actitudes no eran normales. Aquello no guardaba relación con lo que había visto y escuchado en la Galilea. Desconcertante, sí...

Pensé primero en los lógicos efectos provocados por la última aparición del Resucitado. Pero no... El comportamiento, insisto, me resultaba familiar. Sonrisas, alegría, compañerismo y afecto no eran estridentes. Allí latía algo más profundo, más sereno, más sólido y continuado. Todos hablaban y se manifestaban con un aplomo, con una seguridad y una dulzura que, repito, me recordó la enigmática «sensación» experimentada por mi hermano y por quien esto escribe en la cumbre del Ravid.

Algún tiempo después, tras sucesivas jornadas de intensas y minuciosas conversaciones con aquella veintena de amigos, llegué a una conclusión. Una conclusión que me hizo temblar...

Pero sigamos por orden.

No podía creerlo. ¿Qué había sido de aquel Pedro agresivo y desconsiderado? Ahora se presentó ante mí templado, pletórico e irradiando una paz insólita y desconocida. Hasta el seco y escéptico Tomás daba rienda suelta a un optimismo y a una confianza que habrían llenado de satisfacción al Maestro.

Fue María, la Señora, quien, esa misma noche, al interesarme por la causa de tan llamativo cambio, empezó a abrirme los ojos. Y poco a poco, como digo, al interrogar al resto, pude ir montando los detalles de lo que, sin duda, fue una jornada histórica..., para todos. Sí, he dicho bien: para todos.

He aquí la esencia de lo acaecido aquel jueves, 18 de mayo, y que, por mi proverbial torpeza, no tuve la fortuna de presenciar:

Según mis informadores, entre los que debo mencionar a hombres tan sensatos y lúcidos como José de Arimatea, Nicodemo y el propio Santiago, hermano del

Maestro, poco después del definitivo «adiós» del Resucitado en el monte de los Olivos, un Pedro firme y valiente —ignorando las disposiciones del Sanedrín contra los que pregonaran la resurrección— dio una escueta orden: «cuantos amaban a Jesús de Nazaret deberían congregarse en la casa de los Marcos».

El benjamín y la servidumbre recorrieron entonces Jerusalén y, entre las horas tercia y quinta (más o menos hacia las diez y media de la mañana), alrededor de ciento veinte hombres y mujeres, todos fieles seguidores de las enseñanzas de Jesús, fueron a abarrotar el piso superior del caserón.

Allí, el ya casi consagrado nuevo líder, Simón Pedro, se dirigió al grupo y, con su peculiar elocuencia, habló de los recientes sucesos registrados en aquel mismo cenáculo y en el vecino monte.

Según mis indagaciones, Pedro no alteró los hechos, ni tampoco las palabras del rabí. Pero cometió un error —no sé si involuntario— que se repetiría en el futuro y que, como ya he afirmado en otras oportunidades, terminaría modificando gravemente el mensaje del Maestro. Al llegar a las alusiones a la magnífica y esperanzadora paternidad de Dios, el pescador olvidó el pasaje, reforzando, en cambio, el deslumbrante suceso de la realidad física del Resucitado. Y los presentes vibraron de emoción. Sí, Jesús vivía. Jesús tenía cuerpo. Jesús había vuelto de la tumba. Jesús, en definitiva, era el triunfador. Y Pedro cargó contra la casta sacerdotal, ridiculizándola. Supongo que es comprensible. Eran seres humanos. Acababan de padecer el horror y la vergüenza de la crucifixión. ¿Cómo no aferrarse a la maravilla de un Jesús vivo, que hablaba, que se movía y que tocaba? No pretendo justificar el error de Pedro y de cuantos lo secundaron, pero lo entiendo. Yo le vi. Conversé con Él. Tuvimos la fortuna de medio analizar su estructura física. ¿Cómo no quedar desbordado por semejante prodigio?

El vibrante discurso —en el que fue plantada, sin querer, la semilla de una religión «en torno a la figura del Galileo» y no de su mensaje— se prolongó durante una hora. Fue tal el impacto que nadie se movió. Todos aguardaron las órdenes del flamante líder. Pero Pedro, atónito ante su propia fuerza, no reaccionó. Fue Mateo Leví, secundado por Andrés, el hermano de Simón, quien resolvió la incómoda situación, recordando la promesa del Maestro de enviar al Espíritu. Ésa sería la señal. Sólo entonces pasarían a la acción.

Cuando pregunté qué idea tenían de dicho Espíritu de la Verdad, ni uno solo de mis confidentes supo darme razón. No entendieron al Resucitado. No sabían de qué hablaba. Sin embargo, pronto, muy pronto, lo averiguarían...

Todos aceptaron. Esperarían.

La siguiente iniciativa corrió a cargo de Pedro. En uno de aquellos interrogatorios, el pescador me confesó que la idea surgió al recordar las frases de Jesús sobre el malogrado Judas Iscariote. Una alusión, en efecto, que tuvo lugar en aquel mismo piso superior y en la primera parte —digámoslo así— de la última «presencia» del Galileo en la Tierra. «Judas ya no está con vosotros —había dicho el Maestro— porque su amor se enfrió y porque os negó su confianza.»

Pues bien, esta referencia al traidor movió al líder a buscar un sustituto. Lo expuso a la totalidad de los íntimos y la sugerencia fue aprobada por unanimidad. Pero, ¿cómo hacer para nombrar al «embajador» número doce?

Guiados por su buena fe cometieron la torpeza de anunciarlo a los allí presentes. Y parte del grupo, enardecida por los fantásticos sucesos de esa misma mañana, se presentó voluntaria en medio de un formidable griterío. Todos deseaban ese puesto. Curiosamente —según mis informaciones—, entre esos cincuenta o sesenta brazos en alto, ni uno solo pertenecía a una mujer. No me equivocaba. Las cosas, tras la partida del rabí, no mejoraron para las sufridas y resignada hembras. Pero ésta es otra historia.

Necesitaron poner orden y echar mano de una votación. Así, después de no pocas discusiones, el problema quedó reducido a dos candidatos: un judío del barrio alto de Jerusalén, herrero de profesión, viudo, de unos cincuenta años, hombre de escasas palabras, y que recibía el nombre de Matías, y un *badawi* conocido por el alias de «Beer-Seba», «Berseba» (1) o «Barsaba», veinte años más joven y que había destacado por su excelente labor entre los «correos» de David Zebedeo. Lamentablemente, como veremos, la condición de prosélito no le favoreció a la hora de la votación final. Este *a'rab*, nacido entre los nómadas del Neguev, que adoptó el nombre de José al convertirse al judaísmo, hubiera desempeñado un trabajo mil veces más fructífero que el del parco herrero. Pero —no lo olvidemos— los íntimos del Maestro vivían, y seguirían viviendo, enraizados en la fe y en las costumbres judías.

Pedro, finalmente, tomó de nuevo la palabra y explicó que, «dada la importancia y complejidad de la elección», sus hermanos y él se retirarían al patio de la planta baja para decidir. Y así fue.

Cuando me interesé por el procedimiento utilizado para dicha votación, Andrés, el que fuera jefe del grupo en vida de Jesús, sonrió con benevolencia. Me contempló como quien tiene delante a un niño pequeño y exclamó con cierto asomo de arrepentimiento:

—Querido amigo, no seas ingenuo... ¿Votación? ¿Qué votación? Allí mismo, antes de que nadie acertara a pronunciar palabra alguna, mi hermano se adelantó y «sugirió» que no era el momento de «confiar los graves asuntos del reino a los que se acercan»...

«Los que se acercan» era una de las expresiones comúnmente utilizada por los judíos para designar a los prosélitos. Y el *badu*, como digo, era uno de ellos.

—«La importante y compleja elección» —prosiguió con resignación— murió allí mismo. Se hizo un simulacro, sí, pero la suerte estaba echada... Cuando Pedro in-

(1) Berseba, en aquel tiempo, era una próspera y notable ciudad al sur del país, en la ruta hacia Egipto y en los arranques del desierto del Neguev. Al parecer, el nombre procedía de uno de los pozos *(be'er)* practicado por el mítico patriarca Abraham. En cuanto a «Barsaba», el apodo, en arameo, significaba «Hijo del sábado». Lucas, en Hechos (1, 23), lo traduce por «Justo», resaltando así su condición de hombre observante de la ley. *(N. del m.)*

vocó el nombre de Matías, obviamente influidos por la brillantez del nuevo líder, nueve manos se alzaron al unísono. Sólo Bartolomé y Simón, el Zelota, confiaron en «Berseba»...

Interesante. Bartolomé y el Zelota. Ambos, como veremos, se mostrarían especialmente ácidos con la filosofía y el giro de Pedro a la hora de proclamar la buena nueva.

Naturalmente, los interrogué en varias ocasiones. El «oso de Caná», más diplomático, se escudó en la magnífica trayectoria del «correo». Por eso se pronunció a su favor. El Zelota, en cambio, que no sabía de medias tintas, fue contundente:

—Ese herrero parece más fenicio que judío... Nunca me gustaron los tibios...

En honor a la verdad, el antiguo guerrillero terminaría acertando. Matías fue presentado, en efecto, como el nuevo «embajador» número doce. Y se ocupó de la tesorería. Pero, que yo sepa, poco o nada tuvo que ver con las actividades de la primitiva iglesia.

En aquellas semanas alcancé a conversar con él en dos oportunidades. Sinceramente, me decepcionó. Casi no sabía hablar. Había escuchado al Maestro media docena de veces y siempre en la Ciudad Santa. No era un convencido de su divinidad. No entendía el porqué de la encarnación del Hijo del Hombre. En realidad, su adhesión al grupo de los galileos obedecía más al odio hacia la casta sacerdotal —ridiculizada por Jesús de Nazaret— que a un sincero y ferviente deseo de participar en las ideas del rabí.

Consumada la «elección», poco más o menos hacia la hora sexta (las doce), Pedro, asumiendo una jefatura implícita —jamás fue designado abiertamente—, ordenó silencio. Y convencido de la inminente llegada del Espíritu, prometido por el Maestro, pidió calma, entonando el *Oye, Israel*. La oración fue coreada con entusiasmo. Aquel grupo, al que fueron sumándose otros seguidores, estaba seguro. Así me lo ratificaron. Pero, ¿seguro de qué?

La palabra siempre repetida fue «poder». El Maestro —decían— lo había anunciado. El Espíritu llegaría con poder. El «reino» se establecería en el mundo con fuerza y majestad. Ellos eran los embajadores. Ellos fueron elegidos. Suyo sería el poder para conducir a la nación judía a la gloria que le correspondía.

En suma, lo ya sabido...

Me sentí decepcionado. Aquella buena gente —a pesar de lo sucedido hacia la una de la tarde— continuaba obsesionada con las viejas y manoseadas ideas sobre un Mesías terrenal, político y libertador.

Y ocurrió..., lo inexplicable.

Debo confesarlo. Fue inútil. Por más que pregunté, por más horas que consumí en exhaustivos interrogatorios, por más interés que demostré y que demostraron los testigos, no fui capaz de atravesar la barrera. Una y otra vez me estrellé contra la palabra «presencia».

Éste fue el concepto que sintetizó el fenómeno vivido en el cenáculo cuando los allí congregados entonaban fervorosos el *Oye, Israel*.

¡Una «presencia»!

Las opiniones fueron unánimes. No había transcurrido ni una hora desde que Pedro los animó a orar cuando, de pronto, «algo» (?) se instaló en la habitación..., y en los corazones.

Claro que me resultó familiar...

¿«Algo»?

Imposible. Como digo, nadie acertó a describirlo mejor.

«Una "presencia", Jasón —repetían—. "Algo" que nos erizó el cabello... Una "presencia" que fue desmoronando la plegaria hasta dejarnos en silencio... Un silencio total... Nos miramos asustados... Sí, todos experimentamos lo mismo... Allí flotaba "algo" o "alguien"... ¡Una "presencia"!»

¿Nada más?

Al insinuar si vieron, escucharon o percibieron algo más, todos, absolutamente todos, negaron sin vacilación.

«¿Lenguas de fuego o de luz sobre las cabezas? ¿Un ruido, como el de un viento impetuoso?»

Los pacientes y sorprendidos hebreos me miraban desconcertados. Pero no, quien esto escribe no estaba loco.

Negativo. Ni lenguas, ni extraños sonidos... Sólo esa irritante e imprecisa definición: una «presencia».

Lo importante, sin embargo, no eran los detalles. Lo asombroso fue el resultado de la enigmática «presencia»: unos hombres y mujeres..., distintos. Optimistas. Confiados. Seguros de sí mismos. Entrañables... No es que el misterioso fenómeno les hiciera más sabios. Tampoco avanzaron gran cosa respecto a las claves del revolucionario legado de Jesús. Fue «algo» de otra naturaleza. «Algo» que disparó un dormido «motor» interior, proporcionándoles lo ya dicho: una «sensación» de seguridad y confianza en el Maestro.

Fue entonces cuando acerté a intuir que la «cuna», al igual que el cenáculo, había sido «visitada» (?) por esa misma «presencia». Una «fuerza» (?) superior, benéfica, incomprensible para la modesta inteligencia humana, que nos estaba transformando. Un «regalo», en definitiva, que el Resucitado llamó Espíritu de la Verdad.

Por supuesto, mi curiosidad no se vio satisfecha. Necesitaba respuestas. ¿Qué o quién era esa entidad? ¿De dónde procedía? ¿Por qué modificó el talante y el pensamiento de todos nosotros? ¿Por qué en ese momento —18 de mayo del año 30— y no antes?

Naturalmente, tuve que esperar. Sería durante el tercer «salto» cuando esas, y otras interrogantes, recibirían puntual y cumplida aclaración.

El grupo, atónito, sin poder dar crédito a la magnífica «sensación» que lo envolvía, continuó mudo algunos minutos. Después —según mis informantes—, fueron apareciendo murmullos. Y de los cuchicheos, como una ola, saltaron a los gritos, palmas y abrazos.

Pedro tuvo problemas. La asamblea enloqueció de alegría.

«¿Cómo explicarte, Jasón?... Nos sentíamos felices... El miedo desapareció... Era como volar.»

El alborozo y la confusión se prolongaron casi media hora. Por último, haciéndose con el control, Pedro pronunció aquellas históricas palabras:

—¡Hermanos, ha llegado la hora!... ¡Vayamos al Templo y hablemos claro!

El líder acertó. Esta vez sí. Simón Pedro supo captar el fenómeno de la arrolladora «presencia». Y asociándolo con presteza al anunciado advenimiento del Espíritu puso en pie los corazones, provocando el delirio. El nuevo «Jefe» se consagraba minuto a minuto.

¿Detenerlos?

Si alguien hubiera osado solicitar calma o sentido común, sencillamente, se lo habrían llevado por delante. A juzgar por los datos recogidos, el centenar largo de hombres y mujeres se transformó en un ciclón, lanzándose a las calles. Allí no había lógica. Al menos, lógica humana.

Y coreando el nombre del Resucitado siguieron los pasos del inflamado Pedro.

Era el triunfo de un grupo que, durante cincuenta oscuros días, fue humillado, perseguido y supuestamente anulado. Lo entendí.

Los que, en cambio, no salían de su asombro eran los cientos de peregrinos y los sacerdotes que los vieron pasar. Pero nadie se atrevió a enfrentarse a semejante huracán.

Finalmente, Pedro y los suyos tomaron posesión del atrio de los Gentiles, en el concurrido Templo (1).

Según mis informaciones, Pedro fue directo, repi-

(1) En esas fechas, el pueblo de Israel celebraba una de sus tres fiestas anuales más solemnes: la «Hasartha» o «Concentración», también conocida como «Shavuot» (Semanas) porque tenía lugar siete semanas después del ofrecimiento del *omer* en el segundo día de la Pascua o «Pesaj». Antiguamente consistía en una celebración eminentemente agrícola, ya que marcaba el tiempo de la cosecha del trigo (mes de *sivan*). Después se añadió el recuerdo de la entrega de la Ley o Torá en el Sinaí. Según los sabios, dicha entrega pudo ocurrir alrededor del día seis del referido mes de *sivan* (mayo-junio). Como las célebres tablas fueron dictadas a Moisés cincuenta días después de la salida de Egipto, la festividad del «Shavuot» sólo podía conmemorarse en el mencionado mes de *sivan*. Este número —cincuenta— fue el que, posteriormente, sirvió a los griegos para designar la conocida fiesta de «Pentecostés». El doble motivo —agradecimiento a Yavé por la Ley y las obligadas primicias a presentar en el Templo— hacía que la Ciudad Santa se convirtiera en esos días en un hervidero de gentes, procedentes de todo el mundo conocido. *(N. del m.)*

tiendo, poco más o menos, lo proclamado esa mañana en el cenáculo. Quizá fueran las dos o dos y media de la tarde.

No hubo tregua. No hubo concesión.

El parlamento fue calentando los ánimos. Simón, con una elocuencia envidiable, se centró en la gran noticia: Jesús de Nazaret, el crucificado, seguía vivo. Muchos de los allí presentes podían dar fe. Y explicó. Dio detalles. Invocó a los que llegaron a verlo en el *yam* y, esa misma mañana, en las atestadas calles de Jerusalén.

La pasión, las estudiadas pausas y, de nuevo, la aplastante seguridad de aquel galileo no tardaron en hacer efecto en una masa desconcertada e incapaz de razonar.

El líder, hábil, cedió la palabra a sus hermanos. Así fue como los Zebedeo, Mateo Leví, Felipe y Andrés entraron en liza, confirmando lo ya expuesto. Pero ninguno supo completar la brillante plática de Simón, con lo que constituía el alma del mensaje de aquel «poderoso Resucitado»: «el hombre es un hijo de Dios». El error se repetía.

Los sacerdotes, inquietos, formaron corros, murmurando. Pero el magnetismo y la audacia de aquellos hombres doblegaron a la multitud. Se escucharon voces, solicitando perdón y consejo. No era el momento para detenciones o polémicas. Y la casta sacerdotal, rabiosa y humillada, tuvo que retirarse.

El hecho no pasó desapercibido para los íntimos. Y se crecieron.

El resto fue tan lógico como satisfactorio. Hacia la hora «décima» (las cuatro), por iniciativa de Juan Zebedeo, los radiantes «embajadores» tiraron del gentío, invadiendo la gran piscina de Siloé, al sur de la ciudad. Allí, eufóricos —«casi en una nube»—, bautizaron a más de dos mil personas. Eso, al menos, fue lo que dijeron. Un bautismo en nombre del «Señor Jesús»...

Bien entrada la noche, agotados pero felices, se refugiaron de nuevo en el caserón de los Marcos. «El mundo —se decían unos a otros— es nuestro. Preparemos la gloriosa vuelta del Señor.»

Por supuesto que no olvidé el intrigante asunto del llamado «don de lenguas». Según Lucas, los íntimos desconcertaron a la concurrencia, hablando en toda suerte de idiomas. Lenguas que, al parecer, no conocían.

Al plantearlo volvieron las risas. Aquel griego de Tesalónica, en efecto, parecía haber perdido el juicio.

—¿Otras lenguas?... Sí, Jasón, las de siempre. Las habituales...

La información me dejó perplejo. En el fondo había creído al evangelista. ¿Cuándo aprenderé?

Lo sucedido, según me relataron, fue simple. Aquella tarde, en el atrio de los Gentiles, se congregaba una multitud de lo más variopinto. La fiesta del «Shavuot» podía reunir en Jerusalén a más de diez mil peregrinos, llegados de toda la diáspora. De hecho, muchos de los que habían acudido a la Pascua, siete semanas antes, continuaban aún en la Ciudad Santa. Allí, en el Templo, según mis informantes, además de cientos de vecinos de la capital, se reunieron judíos y gentiles de Lidia, la Capadocia, Babilonia, Egipto, Tracia, Palmira, la Nabatea, Numidia, Creta, Roma, Cilicia y un larguísimo etcétera.

Pues bien, siguiendo la costumbre del Maestro —de esto, francamente, apenas sabía gran cosa—, los oradores, los cinco discípulos, intercalaron otros idiomas en sus respectivos discursos en arameo. Naturalmente, lenguas que conocían. A saber: griego (más exactamente *koiné*), latín y frases en *a'rab*, egipcio y siriaco (1).

Lo encontré normal, teniendo en cuenta que muchos de los judíos que residían en el extranjero no hablaban arameo. Éstos, en cambio, sí comprendían la *koiné*, el griego «internacional» al que se recurría para casi todo: comercio, cultura, etc.

(1) El arameo, idioma nativo de los íntimos del Maestro, penetró en Palestina y regiones vecinas hacia los siglos X y VIII a. J.C. Procedía, según todos los indicios, de Siria y de las tribus del Este. Al evolucionar dio lugar a diferentes dialectos. Entre los más sobresalientes se hallaban el hoy llamado «occidental» —que abarcaba el arameo palestino, el de los tárgumes judíos y el samaritano, entre otros— y el «oriental», que los expertos subdividen en arameo del Talmud de Babilonia, de los libros mandeanos y siriaco. Este último nació en Edesa (hoy Urfa, en Turquía). Todavía puede escucharse en el Líbano y en Urmia. *(N. del m.)*

Y volvemos al viejo tema. Muchos, creyentes o no, piensan hoy que los íntimos de Jesús eran unos patanes, sin la menor base intelectual. Lamentable error. Como tendré oportunidad de exponer más adelante, los once galileos y el Iscariote (el único judío) habían acudido a las escuelas de las sinagogas y, aunque el nivel no podría equipararse al de nuestros «universitarios», sabían mantener una conversación de cierto rango, dominando, por supuesto, algunos idiomas. Por ejemplo, salvo los gemelos, que presentaban mayores dificultades, el resto se defendía a la perfección en el mencionado griego «internacional». En latín, la lengua de Roma, aunque macarrónico y portuario, Mateo Leví, Judas, Bartolomé, Simón el Zelota, los Zebedeo y Tomás también eran capaces de entender y hacerse entender. Respecto al *a'rab* (árabe), muy extendido en Palestina y alrededores, Bartolomé y el Zelota manejaban palabras y frases sueltas. Estos dos, en especial el «oso de Caná», sin duda uno de los más ilustrados, estaban en condiciones de aventurarse, incluso, en el difícil egipcio y en el siriaco, otro de los dialectos del arameo.

En suma, de «don de lenguas», nada de nada. En todo caso, un nuevo arrebato literario del amigo Lucas.

Y ya que el Destino parece empeñado en enfrentarme al «inefable» médico de Antioquía me resisto a pasar por alto su increíble versión sobre los acontecimientos registrados en aquella memorable jornada que hoy llaman «Pentecostés».

Ignoro quién le informó, pero lo cierto es que el responsable fue un total irresponsable. El servicio de Lucas a la Historia y a la comunidad de creyentes no pudo ser más negativo.

Veamos por qué.

Al escribir sobre la «sustitución de Judas» (Hch. 1, 15), el escritor sagrado (?) sigue confundiendo las fechas.

«Uno de aquellos días —dice—, Pedro se puso en pie en medio de los hermanos...»

¿Uno de aquellos días? Falso. Todo sucedió en la misma jornada, la del jueves, 18 de mayo (mes de *sivan*). Al leer el párrafo inmediatamente anterior —versículos 12 al 15— (1), uno comprueba que las fuentes del evangelista dejaban mucho que desear... Tras la «ascensión», los discípulos se retiraron a la casa de los Marcos, sí, pero la espera fue cuestión de horas, no de días.

Acto seguido —Hch. 1, 16-23—, Lucas ofrece un discurso de Pedro que jamás fue pronunciado (2). Al menos, no en aquel cenáculo y en la referida mañana. Y dudo que Simón hablara nunca del «campo comprado por el Iscariote». Él sabía que las monedas recibidas por Judas fueron arrojadas por el traidor en la sala de los «cepillos», en el Templo, en un último y desesperado intento de salvar al Maestro (3). No creo, insisto, que Pedro se atreviera a tergiversar aquel suceso. El evangelista, en cambio, además de alterar la suerte final de los treinta ciclos, lo pone en boca del líder. Una afirmación, en fin, tan falsa como poco caritativa.

Y el desastre continúa...

(1) El texto que menciona el mayor dice así: «Entonces se volvieron a Jerusalén desde el monte llamado de los Olivos, que dista poco de Jerusalén, el espacio de un camino sabático. Y cuando llegaron subieron a la estancia superior, donde vivían, Pedro, Juan, Santiago y Andrés; Felipe y Tomás; Bartolomé y Mateo; Santiago de Alfeo, Simón el Zelotes y Judas de Santiago. Todos ellos perseveraban en la oración, con un mismo espíritu en compañía de algunas mujeres, de María, la madre de Jesús, y de sus hermanos.» *(N. del a.)*

(2) El discurso citado por Lucas es el siguiente: «Hermanos, era preciso que se cumpliera la Escritura en la que el Espíritu Santo, por boca de David, había hablado ya acerca de Judas, el que fue guía de los que prendieron a Jesús. Porque él era uno de los nuestros y obtuvo un puesto en este ministerio. Éste, pues, compró un campo con el precio de su iniquidad, y cayendo de cabeza, se reventó por medio y se derramaron todas sus entrañas. Y esto fue conocido por todos los habitantes de Jerusalén de forma que el campo se llamó en su lengua haqueldamá, es decir, "Campo de sangre". Pues en el libro de los Salmos está escrito: "Quede su majada desierta, y no haya quien habite en ella." Y también: "Que otro reciba su cargo."

»Conviene, pues, que de entre los hombres que anduvieron con nosotros todo el tiempo que el Señor Jesús convivió con nosotros, a partir del bautismo de Juan hasta el día en que nos fue llevado, uno de ellos sea constituido testigo con nosotros de su resurrección.» *(N. del a.)*

(3) Amplia información en *Caballo de Troya 1*, pp. 488 y ss. *(N. del a.)*

Al mencionar a Matías, sustituto de Judas, Lucas deforma de nuevo los hechos, ocultando parte de la verdad (1). Ni hubo oración previa a la «votación», ni el escritor advierte de las torcidas intenciones de Simón Pedro respecto a «Berseba», el segundo candidato. El *lapsus*, en parte, tiene una justificación. El discípulo de Pablo, al poner por escrito estos acontecimientos, no podía mancillar la imagen de uno de los fundadores del movimiento al que pertenecía. ¿Cómo explicar a los creyentes que el carismático líder había despreciado a un prosélito?

Así se hace la Historia...

Más adelante, en el capítulo 2 de Hechos, el fantástico Lucas se dispara. Y dice:

«Al llegar el día de Pentecostés, estaban todos reunidos en un mismo lugar. De repente vino del cielo un ruido como el de una ráfaga de viento impetuoso, que llenó toda la casa en la que se encontraban. Se les aparecieron unas lenguas como de fuego que se repartieron y se posaron sobre cada uno de ellos...»

Inaudito.

¿De dónde saca el evangelista el «ruido» y las «lenguas de fuego»? Por cierto, tampoco aclara si fueron doce o ciento veinte... Puesto a repartir «fuegos artificiales», no creo que el Espíritu hiciera restricciones...

El suceso, como ya he dicho, fue más serio y profundo de lo que nos pinta Lucas. Pero, una vez más, estimó que «aquello» no era suficiente y que convenía adornarlo. Si realmente hubiera sucedido lo que afirma el escritor, el «ruido» y las «lenguas» habrían terminado por provocar un pánico generalizado y una desbandada colectiva. El «detalle», sin embargo, no fue tenido en cuenta por el «inventor».

(1) El párrafo en cuestión dice así: «Presentaron a dos: a José, llamado Barsabás, por sobrenombre Justo, y a Matías. Entonces oraron así: "Tú, Señor, que conoces los corazones de todos, muéstranos a cuál de estos dos has elegido para ocupar en el ministerio del apostolado el puesto del que Judas desertó para irse adonde le correspondía." Echaron suertes y la suerte cayó sobre Matías, que fue agregado al número de los doce apóstoles.» *(N. del a.)*

Más confusión.

A renglón seguido —versículos 4 al 14— (1), el evangelista, que no atranca, mezcla, inventa y deforma.

«¿Don de lenguas?»

Falso.

¿Gente de Jerusalén que escuchó el impetuoso ruido y fue a congregarse ante la casa de los Marcos?

Falso.

Esos discursos, tras el advenimiento del Espíritu de la Verdad, se pronunciaron en el Templo una hora y media más tarde.

Sinceramente, no logro entenderlo. No alcanzo a comprender el porqué de tanto despiste. A no ser que Lucas no consiguiera hablar con los testigos presenciales —cosa que dudo— o que su memoria fallase. Cincuenta años era demasiado...

Por supuesto, cabe también otra explicación, ya insinuada anteriormente: que el evangelista sí hubiera tenido puntual información, pero deseoso de magnificar el lance e influenciado por las peregrinas ideas de su maestro, Pablo de Tarso, conviniera en modificar hechos y palabras «para mayor gloria de la primitiva iglesia». No era la primera vez que sucedía algo así, ni sería la última. Y he dicho bien. He hablado de «peregrinas ideas», refiriéndome a Pablo. Basta repasar una de sus epístolas

(1) Hechos (2, 4-14) dice textualmente: «... quedaron todos llenos del Espíritu Santo y se pusieron a hablar en otras lenguas, según el Espíritu les concedía expresarse.

»Había en Jerusalén hombres piadosos, que allí residían, venidos de todas las naciones que hay bajo el cielo. Al producirse aquel ruido la gente se congregó y se llenó de estupor al oírles hablar cada uno en su propia lengua. Estupefactos y admirados decían: "¿Es que no son galileos todos estos que están hablando? Pues ¿cómo cada uno de nosotros les oímos en nuestra propia lengua nativa? Partos, medos y elamitas; habitantes de Mesopotamia, Judea, Capadocia, el Ponto, Asia, Frigia, Panfilia, Egipto, la parte de Libia fronteriza con Cirene, forasteros romanos, judíos y prosélitos, cretenses y árabes, todos les oíamos hablar en nuestra lengua las maravillas de Dios." Todos estaban estupefactos y perplejos y se decían unos a otros: "¿Qué significa esto?" Otros, en cambio, decían riéndose: "¡Están llenos de mosto!"» *(N. del a.)*

(1 Cor. 14) para captar la obsesión de este, no lo dudo, bienintencionado artífice del cristianismo sobre el célebre «don de lenguas». ¿Pudo estar ahí la «inspiración» que movió a Lucas a narrar una historia tan diferente? Como decía el Maestro, «quien tenga oídos...».

En cuanto al supuesto discurso del líder —versículos 14 al 37 del mencionado capítulo 2 de Hechos— (1),

(1) Según Lucas, el discurso de Pedro fue el siguiente: «Entonces Pedro, presentándose con los Once, levantó la voz y les dijo: "Judíos y habitantes todos de Jerusalén: Que os quede esto bien claro y prestad atención a mis palabras: No están éstos borrachos, como vosotros suponéis, pues es la hora tercia del día, sino que es lo que dijo el profeta:

»"Sucederá en los últimos días, dice Dios: Derramaré mi Espíritu sobre toda carne y profetizarán vuestros hijos y vuestras hijas; vuestros jóvenes verán visiones y vuestros ancianos soñarán sueños. Y yo sobre mis siervos y sobre mis siervas derramaré mi Espíritu. Haré prodigios arriba en el cielo y señales abajo en la Tierra. El sol se convertirá en tinieblas, y la luna en sangre, antes de que llegue el Día grande del Señor. Y todo el que invoque el nombre del Señor se salvará.

»"Israelitas, escuchad estas palabras: A Jesús, el Nazareno, hombre acreditado por Dios entre vosotros con milagros, prodigios y señales que Dios hizo por su medio entre vosotros, como vosotros mismos sabéis, a éste, que fue entregado según el determinado designio y previo conocimiento de Dios, vosotros lo matasteis clavándole en la cruz por mano de los impíos; a éste, pues, Dios le resucitó librándole de los dolores del Hades, pues no era posible que quedase bajo su dominio; porque dice de él David: Veía constantemente al Señor delante de mí, puesto que está a mi derecha, para que no vacile. Por eso se ha alegrado mi corazón y se ha alborozado mi lengua, y hasta mi carne reposará en la esperanza de que no abandonarás mi alma en el Hades ni permitirás que tu santo experimente la corrupción. Me has hecho conocer caminos de vida, me llenarás de gozo con tu rostro.

»"Hermanos, permitidme que os diga con toda libertad cómo el patriarca David murió y fue sepultado y su tumba permanece entre nosotros hasta el presente. Pero como él era profeta y sabía que Dios le había asegurado con juramento que se sentaría en su trono un descendiente de su sangre, vio a lo lejos y habló de la resurrección de Cristo, que ni fue abandonado en el Hades ni su carne experimentó la corrupción. A este Jesús Dios le resucitó; de lo cual todos nosotros somos testigos. Y exaltado por la diestra de Dios, ha recibido del Padre el Espíritu Santo prometido y ha derramado lo que vosotros veis y oís. Pues David no subió a los cielos y sin embargo dice: 'Dijo el Señor a mi Señor: Siéntate a mi diestra hasta que ponga a tus ene-

poco puedo añadir. La manipulación fue igualmente feroz.

¿Quién podía burlarse de los discípulos, tachándoles de borrachos, si no existió el pretendido milagro de las lenguas?

A Lucas, sin embargo, le da igual. Es posible que necesitase una excusa. Un incidente que le permitiera cuadrar la historia y sacar a relucir la cita justa. En este caso, del profeta Joel. ¿Y por qué la cita justa? He ahí otra sutileza que termina descubriendo los manejos del evangelista. Fue a partir de Pentecostés cuando los íntimos y seguidores del Maestro llegaron al convencimiento de que el retorno de Jesús era algo inminente. Una vuelta con gran poder y majestad, escoltada por signos celestes. Y Lucas, que escribe medio siglo después de la «ascensión», aprovecha el pasaje para deslizar una profecía que venía ni que pintada. Él, probablemente, continuaba creyendo en ese próximo retorno y no dudó en recordárselo a la iglesia primitiva, poniéndolo en boca de Pedro. El fallo, sin embargo, apenas perceptible, estuvo en la fecha. En ese jueves, 18 de mayo, nadie hablaba aún del espectacular e inmediato regreso del rabí. Eso fue posterior.

Y necesitado, como digo, de una excusa —que justificase, además, el forzado «milagro» de los idiomas desconocidos—, el escritor no tiene otra ocurrencia que situar el arranque del discurso del líder en la hora «tercia».

¿Hora «tercia»? ¿Las nueve de la mañana?

Si Lucas conversó con Pedro, con Juan Marcos, con Pablo o con otros testigos tuvo que saber —necesariamente— que el horario fue otro. Como ya detallé en su momento, la desmaterialización (?) del Resucitado en la falda del monte de las Aceitunas se produjo poco antes de las 8 horas. Y fue entre las 10 y las 11 cuando, obedeciendo la orden de Pedro, se congregaron en el hogar de los Marcos los ciento veinte hombres y mujeres que

---

migos por escabel de tus pies.' Sepa, pues, con certeza toda la casa de Israel que Dios ha constituido Señor y Cristo a este Jesús a quien vosotros habéis crucificado."» *(N. del a.)*

amaban a Jesús. La enigmática «presencia» —el Espíritu— inundó la sala después de la «sexta» (hacia las 13). A raíz de esto, el grupo se movilizó, dirigiéndose al Templo. Y fue al filo de la «nona» (15 horas) cuando los discípulos lanzaron sus discursos.

Estoy seguro de que Lucas sabía todo esto, pero, si deseaba embellecerlo, qué mejor solución que la del mosto a las nueve de la mañana...

Lo dicho: un desastre.

En lo concerniente al contenido de dicho parlamento, amén de olvidar (?) que fueron cinco los que hablaron a la multitud, el evangelista coloca en boca de Simón unos argumentos, citas y reflexiones que nunca existieron. Excepción hecha de las alusiones a la muerte y resurrección de Jesús, lo demás es irreconocible. No dudo de que el líder llegara a predicar esas y otras admoniciones en su dilatada carrera como embajador del reino (más de treinta años), pero nunca en la mañana o en la tarde de ese jueves.

En ambas oportunidades, no me cansaré de insistir en ello, todos, absolutamente todos, se centraron en lo que, obviamente, los tenía perplejos: la deslumbrante realidad física del Resucitado. Repito: aquello era un triunfo y los íntimos, no lo olvidemos, seres humanos...

Eso, y no otra cosa, fue lo que conmovió y dejó boquiabiertos a peregrinos y habitantes de la Ciudad Santa. Allí estaban los testigos, hombres y mujeres de fiar. Podían preguntar y lo hicieron. Ése fue el gran argumento. Si los oradores se hubieran limitado a las rimbombantes palabras que menciona Lucas —impropias, además, del tosco Pedro—, lo más probable es que el desenlace habría sido otro. Los sacerdotes, por ejemplo, no hubieran consentido semejante desafío. La normativa del Sanedrín contra los que dieran publicidad a la resurrección seguía en vigor. Si no actuaron fue, sencillamente, porque el pueblo se hallaba electrizado con la gran noticia. Pero, lamentablemente, esto no fue suficiente para algunos...

Repasando, en fin, el desafortunado texto, uno tiene la sensación de que el evangelista, obedeciendo, quizá, la «recomendación» de otros, procuró sublimar la imagen del cuerpo apostólico..., desde los primeros momentos. Alguien los calificó de hombres «sagrados» y hubo que mantener y defender la idea a toda costa. Parece como si el Espíritu de la Verdad sólo se hubiera derramado sobre los doce...

Esta hipótesis explicaría el porqué de unas no menos desafortunadas frases, atribuidas al líder, y que Lucas introduce en el mencionado discurso. Dudo de que Pedro llegara a afirmar en público, y menos delante de sus compañeros, que «Dios había resucitado al Maestro y que la carne del rabí no experimentaría la corrupción». Y digo que no creo en tales afirmaciones porque, como espero narrar más adelante, los once tuvieron ocasión de escuchar de labios del propio Resucitado cómo el acto de volver a la vida era, en realidad, un atributo de la naturaleza divina de este Hijo de Dios. En otras palabras: que la resurrección de Jesús no dependió de la voluntad del Padre. Si Pedro, en esos instantes, hubiera dicho una cosa así habría faltado gravemente a la verdad. Otra cuestión es que el evangelista no supiera —o no quisiera saber— de este singular suceso e intentara presentar a Simón Pedro como a un profeta, como a un hombre «sagrado».

¿Corrupción? He ahí otra incongruencia de Lucas. En esas fechas, ni Pedro, ni nadie, estaban en condiciones de saber lo ocurrido en la tumba. Para los seguidores del Maestro, simplemente, el cadáver desapareció. Más aún: Simón y los restantes testigos de las apariciones tuvieron la oportunidad de verificar que aquel «cuerpo glorioso», en especial durante las primeras «presencias», poco o nada tenía que ver con el antiguo soporte físico del Maestro. Nunca, que yo sepa, se aventuraron a hablar de descomposición. Esa idea, como otras, fructificó mucho después.

Por último, el evangelista vuelve a pillarse los dedos en el versículo 21 del catastrófico capítulo 2.

«Y todo el que invoque el nombre del Señor —afirma Pedro (?)— se salvará.»

Lucas, como fue dicho, escribe este texto hacia el

año 80 y olvida un casi insignificante «detalle» que, sin embargo, invalida el pasaje. La expresión «los que invocan el nombre del Señor» sería acuñada por los cristianos algún tiempo después de Pentecostés. Fue una especie de «marca de la casa». Una forma de definirse. En aquellos iniciales momentos —cuando Lucas sitúa el discurso de Pedro—, ni el líder ni ningún otro hablaban así. Sería años más tarde cuando nacería el eslogan. No en aquel tergiversado jueves...

Sirvan, pues, estas reflexiones como aviso a los navegantes. Dados los numerosos y graves errores —y lo escribo con todo respeto—, ¿cómo aceptar los evangelios como la palabra de Dios?

Espero y deseo que el hipotético lector de estas memorias sepa juzgar por sí mismo...

Ahora lo sé. La decisión fue providencial. El Destino sabe siempre lo que hace...

Perfiladas las indagaciones sobre Pentecostés, poco faltó para que emprendiera viaje de retorno a Nazaret. Pero la insistencia y el cariño de los Marcos me obligaron a ceder, prolongando mi estancia en Jerusalén hasta mediados de junio.

Sí, la casualidad no existe...

Merced a esta circunstancia, quien esto escribe tendría la excelente oportunidad de ser testigo de una serie de acontecimientos inéditos para mí y, supongo, para los que se consideran creyentes. Unos sucesos de especial trascendencia que, obviamente, no podían ser recogidos por los evangelistas. Y no porque no tuvieran noticias de ellos, sino por la delicada naturaleza de los mismos.

Trataré de ordenarlos, tal y como sucedieron, y de sintetizarlos. La verdad es que me asusta lo poco que me resta de vida..., y lo mucho que aún tengo que contar.

El primero de estos hechos apareció nítido e implacable a las pocas horas del advenimiento del Espíritu. Pedro fue el gran impulsor. En los días que siguieron a Pentecostés, el entusiasta líder y varios de los íntimos continuaron predicando y conversando con cuantos deseaban saber sobre la resurrección. Y fue en esos discursos y charlas donde se perfiló la idea. Los discípulos malinterpretaron las palabras del Resucitado sobre su segunda venida a la Tierra y nació el error. Si el Maestro había afirmado que regresaría —y así fue—, eso significaba que la vuelta era segura..., e inminente. Jesús de Nazaret acababa de marchar junto al Padre para preparar la definitiva entronización del reino en el mundo. El asunto estaba claro. El nuevo orden universal era cuestión de días o semanas...

Y la euforia se disparó.

Pero la equivocación fue más allá...

Movidos por la mejor voluntad, deseosos de allanar el camino del Señor y de crear un propicio ambiente de hermandad, se lanzaron a una febril labor de ayuda y reparación de injusticias. Y no quedó mendigo, indigente o necesitado en Jerusalén que no recibiera dinero o alimentos. Fue la locura. Invocando esa próxima parusía, muchos de los seguidores vendieron sus tierras, casas y propiedades, repartiendo las riquezas entre los hermanos menos afortunados. Nada era de nadie y todo de todos.

Si el «Señor Jesús» —como empezaban a llamar al Maestro— estaba a punto de volver, y la Tierra sería equilibrio y bienestar, ¿qué sentido tenía el dinero?

De poco sirvieron los sensatos llamamientos de gente como José de Arimatea, Bartolomé, María Marcos y la propia Señora, entre otros. Las peticiones de prudencia eran como zumbidos de moscas en los oídos de aquellos exaltados. Nadie escuchaba. Yo, entristecido, no tuve más remedio que permanecer al margen.

Naturalmente, como demostraría la Historia, Jesús de Nazaret no retornó. El resto no es difícil de imaginar. La catástrofe fue inevitable. El Maestro no volvía y el mundo continuaba rodando...

De este importante suceso, sin embargo, ninguno de los escritores sagrados (?) dice nada. No hace falta ser muy despierto para entender por qué...

Y ya que menciono tan trágica circunstancia, que provocaría infinidad de conflictos y fricciones, no silenciaré un pensamiento que me ronda desde entonces. ¿Pudo ser ésta una de las causas que propició la casi absoluta falta de información sobre la faceta humana de Jesús? ¿Fue la firme creencia en el inmediato regreso del Maestro la que restó importancia a los años anteriores a su vida de predicación?

El ambiente, en fin, fue enrareciéndose y algunos de los íntimos y fieles seguidores del rabí de Galilea terminaron por despedirse, abandonando Jerusalén. A primeros de junio, por ejemplo, los gemelos de Alfeo, la Señora y Santiago, su hijo, marchaban hacia el *yam*. Juan Zebedeo los acompañó y quien esto escribe, francamente, se sintió aliviado. Aunque no tuve que soportar sus habituales desplantes, jamás me dirigió la palabra en aquellos días. Fue el único al que no me atreví a interrogar.

Segundo suceso.

Todo arrancó con Mateo Leví, el antiguo recaudador de impuestos. Recuerdo que, a los pocos días de la irrupción del Espíritu en el cenáculo, el serio y parco galileo nos sorprendió a todos. Había empezado a escribir. Y lo hacía sin descanso.

Cuando me acerqué a él y, solícito y feliz, me tendió las hojas, quedé desconcertado. En un pulcro arameo acababa de iniciar una especie de diario o memorias en torno a los trágicos días de la pasión y muerte de Jesús de Nazaret. Aunque superficial, el relato se ajustaba a la verdad. O mucho me equivocaba o aquel texto era el primero de los que, con los años, constituirían el legado de los evangelistas sobre las enseñanzas del Maestro.

Lo interrogué con curiosidad y comprendí que estaba decidido a poner por escrito lo más granado de cuanto había visto, escuchado y sentido junto a su adorado rabí.

La recién estrenada aventura literaria de Mateo no pasó desapercibida. Y poco a poco, casi todos desfilaron por la sala superior del hogar de los Marcos, leyendo el manuscrito. Las reacciones, sin embargo, no fueron unánimes. Aunque la mayoría aprobó el rigor y la precisión del contenido, tres de los discípulos mostraron una clara oposición al hecho físico de la redacción. Bartolomé, el Zelota y Tomás, en contra de Mateo, argumentaron en primer lugar:

«Si el Maestro estaba a punto de retornar, ¿por qué perder el tiempo escribiendo sobre su vida y enseñanzas? Él se encargaría de recordarlo todo...»

«El "Señor Jesús" —dijeron— no aprobaría una cosa así... Sabes bien que, en vida, repitió que no deseaba ver sus palabras por escrito.»

La afirmación, rotunda, me desconcertó. De eso tampoco sabía nada. Ciertamente, el rabí, que yo supiera, no dejó escritos. Al menos de su puño y letra. Pero la advertencia de los discípulos a Mateo no encajaba con algo que este explorador había visto: los manuscritos dictados por Jesús al Zebedeo padre.

Sí, aquello era una contradicción...

Pero tendríamos que esperar al ansiado tercer «salto» para resolver el enigma. Bartolomé y los demás, por supuesto, no captaron las auténticas intenciones de Jesús.

La cuestión es que, haciendo caso omiso, Mateo Leví prosiguió su labor. Y nadie volvió a molestarle.

Curioso. Tiempo atrás, un incidente así hubiera provocado, con seguridad, una agria disputa. Pues bien, desde aquel bendito Pentecostés, no me cansaré de insistir en ello, los íntimos se tornaron menos agresivos. Hubo polémicas y discusiones, pero jamás cayeron en los viejos insultos o en las descalificaciones personales. La extraña «presencia» los cambió radicalmente. No creo que exagere si afirmo que aprendieron más en unos pocos días que en los cuatro años de convivencia con el Galileo...

Cuando este explorador abandonó Jerusalén, el esforzado Mateo seguía enfrascado en su proyecto. Supongo que, con el tiempo, llegaría a ultimarlo. Después, al leer lo que actualmente aparece en el evangelio que lleva su nombre, volví a sorprenderme. También ese texto es irreconocible (1).

(1) Aunque, de momento, no me siento con fuerzas para revelar la espléndida «fuente» en la que he bebido, puedo redondear la información del mayor con lo siguiente: las memorias de Mateo, al

El tercer y significativo acontecimiento no tardaría en llegar. En realidad, según se mire, fue una consecuencia del anterior.

En una reacción muy humana y comprensible, Andrés, hermano de Simón Pedro, adoptó una iniciativa similar a la de Mateo Leví. Escribiría, sí. Pondría por escrito sus muchos e intensos recuerdos. Y se lanzó al trabajo.

Al principio, todo fue bien. Mejor dicho, casi bien. Bartolomé, Tomás y Simón el Zelota protestaron de nuevo. El resultado, sin embargo, fue idéntico. Andrés lo tenía muy claro.

El verdadero problema aparecería en la segunda semana de junio cuando, al leer en voz alta las palabras del Resucitado en su última aparición, Andrés olvidó el gran mensaje sobre la paternidad de Dios y la filiación de los hombres.

Ahí surgió el conflicto.

El «oso de Caná» le hizo ver que estaba suprimiendo lo que más interesaba al Maestro. Tenía razón. Y aunque el complaciente Andrés prometió enmendar el *lapsus*, la amonestación terminó provocando una densa e interminable discusión en la que el líder se manifestó abiertamente contra Bartolomé. No era aquello lo que atraía a las masas. No era esa revolucionaria idea la que arrastraba cada día a cientos de judíos y gentiles al bautismo. No era eso, en definitiva, lo que Pedro y su grupo predicaban diariamente. Era el Jesús vivo, resucitado, poderoso y triunfador lo que les había colocado en boca de todo Jerusalén.

No, no cambiarían...

Bartolomé y los otros dos, pacientes, con serenidad, intentaron centrar la cuestión. Y asistí maravillado a la exposición de unos argumentos irreprochables.

---

parecer, fueron terminadas hacia el año 40. Más tarde, tras el cerco de Jerusalén por Tito en el 70, Isador, uno de los discípulos de Mateo, se decidió a emprender la definitiva redacción del primitivo diario. Aquel creyente conservaba una de las múltiples copias de lo escrito por el recaudador de impuestos de la Galilea, así como parte de lo redactado por Juan Marcos tras la muerte de Pedro. *(N. del a.)*

He aquí los que me parecieron más solemnes y certeros:

«El Maestro —clamó Bartolomé— nos enseñó que el hombre puede sostener una relación directa con el Padre, con Dios... No importa que sea pobre, rico, ignorante o pecador... ¿Es que no veis que éste es el gran triunfo?»

Pero el líder, secundado en la polémica por Felipe, Santiago de Zebedeo y Mateo, no retrocedió. Nunca me expliqué el súbito cambio del antiguo recaudador de impuestos en este crucial asunto. Como se recordará, en otra de las encendidas disputas en el *yam*, Mateo Leví se manifestó a favor de la predicación de la mencionada paternidad de Dios (1).

No conviene olvidarlo. Aquellos hombres, a pesar de lo que llevaban visto y oído, eran judíos. Acataban la Ley, y lo expuesto por Bartolomé rechinaba en su interior. La Torá no hablaba de esa increíble, casi blasfema, relación entre Yavé y los seres humanos. En contra de lo que les enseñó Jesús, continuaban pensando que la obediencia a esa Ley sí provocaba la respuesta de Dios.

Bartolomé insistió:

«Jesús fue muy claro. La salvación no depende de la obediencia a la Ley, sino de la fe...»

No hubo forma. Supongo que, además del deslumbramiento que llevó consigo el fenómeno de la resurrección, Pedro y el resto de la oposición intuyeron que el gran mensaje sólo traería dificultades en el angosto marco en el que, de momento, tenían que vivir y desenvolverse. De hecho, si uno contempla la historia de la primitiva iglesia, observará que el líder y sus hermanos se movieron durante años en las estrictas coordenadas que marcaba la religión judía.

El siguiente planteamiento —esta vez a cargo del Zelota— fue rechazado sin contemplaciones.

«¿Es que no veis que el Maestro nos está proporcio-

(1) Amplia información en *Caballo de Troya 5*, pp. 146 y ss. *(N. del a.)*

nando una religión sin cadenas, sin castas sacerdotales y sin miedos? Una religión por y para el alma...»

Y Tomás añadió:

«¿Cuántas veces lo repitió el rabí? El evangelio del reino nada tiene que ver con viejas leyes, razas o culturas...»

La batalla dialéctica parecía perdida...

Aun así, echando mano de «algo» que todos aceptaban, Bartolomé esgrimió con agudeza:

«El Espíritu de la Verdad nos ha visitado. Pues bien, ¿no comprendéis que uno de sus propósitos es purificar las almas y despejar las mentes? ¿No entendéis que, a partir de ahora, nuestro trabajo se resume en hacer la voluntad del Padre?»

Y subrayó con energía:

«... ¿Qué más gloria, sabiduría y triunfo podéis esperar?»

La «oposición» replicó convencida:

«Olvidas que el Señor Jesús ha vencido a la muerte. Ése es el gran triunfo... Eso es lo que todos deben saber. Ésa es la voluntad del Padre.»

Bartolomé, impotente, negó una y otra vez. Por último, desalentado, clamó:

«¡Yo os diré cuál es esa voluntad!... Cumplir los deseos del Maestro... Es decir, proclamar al mundo que somos hijos de un Dios... ¡Hijos de un Dios!»

Pero el líder, eufórico, desvió el certero planteamiento.

«¡Eso hacemos, querido "oso"... Eso predicamos... ¡Dios es el Padre del Señor Jesús!...»

Simón llevaba razón..., hasta cierto punto. Al fin habían comprendido el oscuro asunto de la divinidad del Maestro. Sin embargo, como señalaba Bartolomé, la segunda parte del misterio —la paternidad de Dios para con los humanos— escapó a su entendimiento. El grupo parecía condenado a «fabricar» una hermandad de creyentes en la figura del «Señor Jesús», olvidando la otra «hermandad»: la de un mundo sin rangos ni distinciones en el que todos se supieran hijos del Padre. Fue una lástima...

Y no me equivoqué. A juzgar por los resultados, Pedro y los suyos mantuvieron la postura inicial, adorando al Galileo y transformándolo en un ejemplo a seguir. Estaba asistiendo al nacimiento de una secta que, años después, bajo el genio organizativo de Pablo, se convertiría en lo que hoy llaman «iglesia». Se confunden cuantos han supuesto, y suponen, que la iglesia se fraguó con Jesús o en los días que siguieron a Pentecostés. Aquello, al menos hasta donde alcancé a conocer, no era una organización, tal y como hoy concebimos. No había jerarquías. A lo sumo, el reconocimiento implícito de un líder. No existía ritual alguno. Sólo un deseo sincero, aunque utópico, de compartirlo todo y de pregonar las excelencias del Maestro.

Y la ruptura fue irreversible. Las posturas, tan claras como encontradas, no cedieron un milímetro. Hablaron, sí, pero el abismo, lejos de desaparecer, fue ensanchándose. El cisma estaba servido.

Naturalmente, ni uno solo de los evangelistas menciona estos lamentables acontecimientos. Unos sucesos que dividían al primitivo colegio apostólico en dos bandos irreconciliables desde el punto de vista estrictamente «teológico». De un lado, Pedro, su hermano Andrés, Santiago Zebedeo, Felipe y Mateo Leví. A éstos se uniría poco después Juan Zebedeo. En el otro extremo, formando un segundo «clan», Bartolomé, Tomás y Simón el Zelota. Tanto los gemelos de Alfeo como Matías se mantuvieron en una tierra de nadie, alejados de toda actividad apostólica.

¿Escribir sobre el distanciamiento de unos hombres que habían estado en íntimo contacto con el Hijo de Dios? ¿Aclarar que el carismático Pedro renunció al gran mensaje de Jesús? ¿Airear el cisma? ¿Reconocer que seis de los apóstoles se equivocaron?

Imposible. Esto hubiera lastimado la imagen de la naciente iglesia, propiciando disensiones y desórdenes. Demasiada humildad para alguien que se consideraba en posesión de la verdad...

Y como era previsible, el bando minoritario no tuvo opción: tendría que abandonar Jerusalén.

Recuerdo que sostuve largas conversaciones con los tres. ¿Cuáles eran sus intenciones? ¿Renunciarían a la predicación?

El «oso de Caná» fue rotundo. Primero solicitaría consejo de los hermanos que residían en Filadelfia, al otro lado del Jordán. Lázaro era uno de ellos. Después, si ésa era la voluntad del Padre, marcharía lejos. Quizá hacia el este. Allí anunciaría la buena nueva sobre la paternidad de Dios y la filiación de los hombres. La verdad es que Bartolomé, aunque lógicamente entristecido por el rumbo de los acontecimientos, habló con serenidad. Sabía lo que quería. En su corazón, además, pesaban ahora, con gran fuerza, las proféticas palabras del Maestro en la «última cena». Unas palabras, a manera de despedida, que no había olvidado y que me recordó puntualmente:

«... Cuando me haya ido —le manifestó Jesús—, puede que tu franqueza interfiera en las relaciones con tus hermanos, tanto con los antiguos como con los nuevos...

»... Dedica tu vida a demostrar que el discípulo conocedor de Dios puede llegar a ser un constructor del reino, incluso cuando esté solo y separado de sus hermanos creyentes...

»... Sé que serás fiel hasta el final...

»... Arrastráis el precepto de la tradición judía y os empeñáis en interpretar mi evangelio de acuerdo a las enseñanzas de los escribas y fariseos...

»... Lo que ahora no podéis comprender, el nuevo maestro, cuando haya venido, os lo revelará en esta vida...» (1).

A qué ocultarlo. Una vez más quedé maravillado ante el poder de aquel Hombre. ¿Cómo podía saber lo que ocurriría a los dos meses de la emotiva e histórica despedida? La pregunta, lo sé, después de lo que llevaba vivido, era una solemne estupidez...

Tomás, por su parte, replicó en el mismo tono que el «oso de Caná». La decisión de separarse de sus antiguos

(1) Amplia información sobre la mencionada despedida de Jesús en *Caballo de Troya 2*, pp. 161 y ss. *(N. del a.)*

compañeros era dolorosa, pero no había alternativa. Cumpliría el mandato del rabí. Hablaría del Padre a los gentiles. Quizá se tomase un descanso. Después, ya veríamos...

A decir verdad, nunca supe de él. Algunas tradiciones aseguran que se dirigió a Chipre, Creta y Sicilia, visitando, incluso, la costa norte de África. Pero sólo son suposiciones. La realidad es que, un día de aquel caluroso mes de *sivan*, creo recordar que el domingo, 10, el que había sido el escéptico del grupo desapareció en solitario y sin despedidas. Algo muy propio de Tomás... (1).

En cuanto al antiguo guerrillero —Simón el Zelota—, comulgando con la opinión de los dos anteriores, dejó hacer al Padre. Por nada del mundo traicionaría al Maestro. Él también guardaba en la memoria las certeras y lapidarias frases que le dedicó el rabí en aquella memorable despedida, en la noche del 6 de abril...

«... ¿Qué haréis cuando me marche y despertéis al fin y os deis cuenta de que no habéis comprendido el significado de mi enseñanza y que tenéis que ajustar vuestros conceptos erróneos a otra realidad?

»... Siempre serás mi apóstol, Simón, y cuando llegues a ver con el ojo del espíritu y sometas plenamente tu voluntad a la del Padre del cielo, entonces volverás a trabajar como mi embajador...»

Simón tampoco dudó. Era el momento. El Espíritu de la Verdad le abrió los ojos. Y ahora se burlaba de sí mismo y de sus torpes ideas sobre un reino material y un Mesías guerrero y libertador. El mensaje aparecía muy claro en su interior: «Era preciso despertar a la gran esperanza. Era menester que el mundo supiera de aquel Dios. Un Padre radiante y benigno, todo amor, que nos estaba regalando la vida. En el fondo era sencillo. Todo consistía en hacer su voluntad...»

(1) Al parecer, según mis «fuentes», Tomás Dídimo fue apresado por Roma y ejecutado en la isla de Malta. Allí, en alguna parte, se encuentran sus restos. Es posible que llegara a escribir también su propio evangelio. *(N. del a.)*

Y él lo haría. Para empezar entraría en Egipto. Después, quién sabe... (1).

Nunca más volví a verlos..., en aquel «ahora».

El miércoles, 14, una noticia procedente de Caná sacudió a los íntimos. Era la segunda muerte en algo más de treinta días. Primero fue la de Elías Marcos y ahora la del padre de Bartolomé.

Y el «oso», acompañado por el Zelota y por quien esto escribe, partió hacia su aldea natal. Desde allí, según explicó, se dirigiría a la residencia de un tal Abner, en Filadelfia (actual Amán).

En cuanto a su compañero de viaje, sencillamente, tras la despedida en Nazaret, le perdí la pista.

Lo que estaba claro para quien esto escribe es que ninguno de los «disidentes» —Bartolomé, Tomás y Simón el Zelota— llegó a participar, directa o indirectamente, en la posterior edificación de la llamada iglesia de los cristianos. Creo, incluso, que jamás volvieron a reunirse. Una iglesia, por cierto, que sería definitivamente diseñada, no por Pedro y su grupo, sino por aquel genio del marketing llamado Pablo. A él y a los griegos se debe en realidad lo que hoy constituye la Iglesia Católica. El inteligente Pablo, haciendo suyas las premisas que vencieron en los días posteriores a la llegada del Espíritu, forjó una religión cuyo objetivo básico era la glorificación del Maestro. Lamentablemente, el gran mensaje, el que propició el cisma, fue enterrado. Y así continúa..., veinte siglos después. Pero esta historia me llevaría muy lejos, apartándome de lo que me ha sido encomendado.

Mi trabajo en la Ciudad Santa tocaba a su fin. En realidad sólo restaba poner orden en otro «capítulo». Un «capítulo», lo reconozco, que me tenía obsesionado y

(1) Esas mismas y especialísimas «fuentes» indican que el Zelota cumplió su palabra. Recuperado el ánimo viajó a Egipto, predicando la buena nueva. Llegó a las fuentes del Nilo y allí murió. África conoció de primera mano el mensaje de Jesús de Nazaret. Quizá, algún día, este investigador se decida a cumplir un viejo sueño: buscar la tumba de Simón el Zelota. Pero eso, como todo, depende de la voluntad del Padre... *(N. del a.)*

que iba engordando día a día. Un «capítulo» espectacular, igualmente cercenado por los evangelistas. Me refiero, claro está, a las numerosas apariciones del Maestro tras su muerte en la cruz...

Desde que llegué a Jerusalén, las noticias sobre las increíbles «presencias» del Resucitado se sucedían casi sin interrupción. Procedían de todas partes.

Al principio me resistí. Aquello era una locura. Alguien, probablemente, estaba fabulando. Quizá el hecho de la resurrección trastornó las mentes...

Pero no. El equivocado era yo.

Conforme fui interrogando a los mensajeros comprobé que sus testimonios eran sólidos. No pude hallar contradicciones. Algo extraño, fuera de lo común, en efecto, había sucedido en esos cuarenta días.

Los íntimos y demás seguidores del rabí se reunían en torno a estos «correos» y escuchaban, felices y embelesados, los sucesivos relatos. Cada historia fue un chorro de oxígeno que renovó la certeza de todos, fortaleciendo ideas y las diarias predicaciones de Pedro y su grupo. En cierto modo, las apariciones parecían dar la razón al líder. Aquello era físico. Palpable. Deslumbrante. Aquello removía los corazones. Hacía palpitar a las gentes. Provocaba la polémica. Entusiasmaba...

Y poco a poco conseguí ordenar el galimatías, reuniendo, creo, una información exhaustiva sobre el particular. Pero, antes de proceder a comentar estos fascinantes sucesos, entiendo que es bueno que el hipotético lector de este diario tenga cumplida cuenta de los hechos. Algunas de las «presencias», ya detalladas en páginas anteriores, han sido reducidas a la mínima expresión. Y es mi deber aclarar igualmente que no todas las apariciones pudieron ser investigadas por quien esto escribe. La falta de tiempo y lo alejado de algunos escenarios me lo impidieron. Sin embargo, como digo, nunca he dudado de la credibilidad de los testigos. Sencillamente, no había razón para sospechar de gentiles y judíos que se hallaban separados por tantos kilómetros y que, no obstante, contaban prácticamente lo mismo.

Dicho esto, intentaré enumerar, en riguroso orden cronológico, lo que vieron y escucharon cientos de hombres y mujeres entre la madrugada del domingo, 9 de abril, y las primeras horas de la mañana del jueves, 18 de mayo, de ese año 30 de nuestra era.

9 DE ABRIL

1.ª — Poco antes del alba (alrededor de las 5.47 horas). Huerto de José de Arimatea. Testigos: María, la de Magdala, y otras cuatro mujeres. Observan a «un hombre con ropas nevadas y el rostro, cabellos y pies como el cristal». Reconocen la voz del Maestro. Cuando la Magdalena intenta abrazarlo, el Resucitado se lo impide: «No soy el que has conocido en la carne.»

Duración: unos cinco minutos.

2.ª — Hacia las 9.35 horas. También en la plantación del anciano de Arimatea, en las afueras de Jerusalén. Único testigo: la de Magdala. Describe al Resucitado como un «extranjero con túnica y manto nevados». Reconoce la voz de Jesús.

Duración: segundos.

3.ª — Hora «sexta» (mediodía), poco más o menos. Betania. Jardín de la hacienda de la familia de Lázaro. El Resucitado se presenta ante Santiago, su hermano. «Me recordó una nube. O quizá humo... Era una masa brumosa que, partiendo de la cabeza, fue moldeando una figura... Y poco a poco, la nube se convirtió en un hombre.» El testigo no reconoce al Maestro, pero sí su voz. Pasean. El «Hombre» le habla de «ciertos hechos» que debían producirse, pero Santiago se niega a desvelarlos. Años más tarde, algunos asociaron esa revelación con la muerte de Santiago, acaecida en el 62. Súbita desaparición.

Duración: de tres a cuatro minutos.

4.ª — Hacia la «nona» (15 horas). También en Betania. En el umbral de una de las estancias de la casa de

Lázaro. Veinte testigos. Entre otros, la familia de Lázaro, David Zebedeo (el que fuera jefe de los «correos»), Salomé, su madre, la Señora, Santiago (hermano de Jesús) y la Magdalena. Esta vez sí que lo reconocen. Se trata de un «hombre de carne y hueso». Súbita desaparición.

Duración: segundos.

5.ª — 16.15 horas, aproximadamente. Interior de la casa de José de Arimatea, en Jerusalén. Testigos: María, la de Magdala, y veinticuatro mujeres. Sienten primero una clara sensación de frío. «Como una corriente de viento helado.» El Maestro aparece de pronto en el centro del corro que forman las hebreas. Es un hombre de carne y hueso. El Resucitado reivindica el papel de la mujer en la difusión de la buena nueva. «Vosotras —dice— también estáis llamadas a proclamar la liberación de la Humanidad por el evangelio de la unión con Dios... Id por el mundo entero anunciando este evangelio y confirmar a los creyentes en la fe...» La «presencia» se extingue. A raíz de esta aparición, el Sanedrín dicta normas contra los que propaguen noticias sobre la vuelta a la vida del rabí de Galilea.

Duración: entre uno y dos minutos.

6.ª — 16.30 horas. Jerusalén. Interior de la casa de Flavio, antiguo conocido de Jesús. Testigos: más de cuarenta griegos, seguidores de las enseñanzas del Maestro (algunos se hallaban en Getsemaní en la noche del prendimiento). Aparición repentina. El «Hombre» les pide igualmente que salgan al mundo y que proclamen la buena nueva. «Dentro del reino de mi Padre —les comunica— no hay ni habrá judíos ni gentiles... Aun cuando el Hijo del Hombre haya aparecido en la Tierra entre judíos, traía su ministerio para todo los hombres.» Desaparición fulminante.

Duración: poco más de un minuto.

7.ª — Alrededor de las 18 horas. En el camino de la Ciudad Santa a Ammaus. Quizá a cinco o seis kilómetros de Jerusalén. Testigos: los hermanos Cleofás y Jacobo, pastores. Un «Hombre» les sale al encuentro. No reconocen al Maestro. Tampoco su voz. El «Hombre» les habla, recordándoles «que el reino anunciado por Jesús no era de este mundo y que todos los humanos son hijos de Dios». El «Hombre» entra en la casa de los pastores, se sienta a la mesa y trocea con facilidad un «redondel» de pan de trigo. Tras bendecirlo, desaparece.

Duración: una hora y media, aproximadamente.

8.ª — 20.30 horas. Patio a cielo abierto en el hogar de los Marcos, en Jerusalén. Testigo: Simón Pedro. Un «Hombre» se presenta de pronto junto al desmoralizado discípulo. El pescador no lo reconoce, pero sí su voz. El Resucitado, entre otras cosas, le dice: «Prepárate a llevar la buena nueva del evangelio a aquellos que se encuentran en las tinieblas.» Pasean recordando el pasado y hablando del presente y del futuro. Desaparición igualmente súbita.

Duración: más de cinco minutos.

9.ª — 21.30 horas. Planta superior de la casa de Elías Marcos (Jerusalén). Testigos: el cabeza de familia, José de Arimatea, diez de los once discípulos (faltaba Tomás) y quien esto escribe. Puertas cerradas y atrancadas. Un viento helado hace oscilar las llamas de las lucernas. La estancia queda a oscuras. Una zigzagueante, infinitesimal y azulada chispa eléctrica (?) aparece al fondo del salón. La «chispa» (?) dibuja una figura humana, nítidamente perfilada por una sutil línea violeta. Una «cascada de luz» (?) se derrama desde la parte superior, colmando la silueta. Aparece un «hombre luminoso». Nadie reconoce al Maestro. La forma violácea habla y parece como si la voz partiera de toda la estructura. Copas metálicas y espadas, situadas cerca de la «aparición», entrechocan, cayendo al suelo. El «ser de luz» (?) se esfuma, recogiéndose sobre sí mismo, hasta que sólo queda un punto brillante, blanco como el más potente de los arcos voltaicos.

Duración: imposible de precisar. Quizá uno o dos minutos (1).

(1) Amplia información sobre estas nueve apariciones en *Caballo de Troya 2*, pp. 258 y ss., 272 y ss., 315 y ss., 396 y ss., 310 y ss., 326 y ss., 336 y ss., 333 y ss. y 344 y ss., respectivamente. *(N. del a.)*

10.ª — Poco antes de las 8 horas. Interior de una de las sinagogas de Filadelfia (más allá de la Perea). Testigos: Lázaro y más de ciento cincuenta seguidores del Maestro. La reunión tenía por objeto difundir la última noticia procedente de la Ciudad Santa: la resurrección del Maestro. Cuando Lázaro y Abner, el jefe de aquellos creyentes, se disponían a hablar, un «Hombre» surgió «de la nada», a escasos pasos de los oradores. Tampoco lo reconocieron. Según los emisarios que dieron cuenta del hecho, el Resucitado dijo:

«La paz sea con vosotros...

»Ya sabéis que tenéis un solo Padre en el cielo y que únicamente existe un evangelio del reino: la buena nueva del regalo de la vida eterna que los hombres reciben por la fe. Al gozar de vuestra fidelidad al evangelio, rogad a Dios para que la verdad se extienda en vuestros corazones con un nuevo y más bello amor hacia vuestros hermanos. Amad a todos los hombres como yo os he amado y servidles como yo os he servido. Recibid en vuestra comunidad, con agradable comprensión y afecto fraternal, a todos los hermanos consagrados a la divulgación de la buena nueva. Sean judíos o gentiles. Griegos o romanos. Persas o etíopes. Juan predicó el reino por adelantado. Vosotros, la fuerza del evangelio. Los griegos anuncian ya la buena nueva y yo, en breve, voy a enviar al Espíritu de la Verdad al alma de todos estos hombres, mis hermanos, que tan generosamente han consagrado sus vidas a la iluminación de sus semejantes, hundidos en las tinieblas espirituales. Todos sois hijos de la luz. No tropecéis en el error de la desconfianza y la intolerancia. Si, gracias a la fe, os habéis elevado hasta amar a los no creyentes, ¿no deberíais igualmente amar a vuestros compañeros creyentes de la gran familia de la fe? Recordad que, según os améis, todos los hombres reconocerán que sois mis discípulos.

»Marchad, pues, por todo el mundo, anunciando el evangelio de la paternidad de Dios y de la hermandad de los hombres. Hacedlo con todas las razas y naciones. Sed prudentes al escoger los métodos para la divulgación de estas verdades. Habéis recibido gratuitamente este evangelio del reino y gratuitamente lo entregaréis.

»No temáis... Yo estaré siempre con vosotros, hasta el fin del tiempo.

»Os dejo mi paz...»

Dicho esto, el «Hombre» desaparece de la vista de los allí congregados.

Duración: alrededor de tres minutos.

Los testigos, impresionados, se apresuran a dar cumplida cuenta de lo ocurrido a los íntimos del Maestro y a salir a los caminos, anunciando lo solicitado por el «Hombre». A decir verdad, son los primeros «misioneros». Los pioneros en la difusión de un mensaje —el gran mensaje— no contaminado...

16 DE ABRIL, DOMINGO

11.ª — 18 horas. Cenáculo, en la casa de los Marcos (Jerusalén). Puertas nuevamente atrancadas. Testigos: los once íntimos y quien esto escribe. Momentos antes de la «presencia», las flamas de las lámparas de aceite oscilan, pero no llegan a apagarse. Como salido de uno de los muros, se presenta en la estancia un «Hombre de carne y hueso». Todos lo reconocen. Es Jesús de Nazaret. El Resucitado ordena que salgan al mundo y anuncien la buena nueva. «Os envío, no para amar las almas de los hombres, sino para amar a los hombres... Sabéis por la fe que la vida eterna es un don de Dios. Cuando tengáis más fe y el poder de arriba (el Espíritu de la Verdad) haya penetrado en vosotros, no ocultaréis vuestra luz... Vuestra misión en el mundo se basa en lo que he vivido con vosotros: una vida revelando a Dios y en torno a la verdad de que sois hijos del Padre, al igual que todos los hombres. Esta misión se concretará en la vida que haréis entre los hombres, en la experiencia afectiva y viviente del amor a todos ellos, tal y como yo os he amado y servido. Que la fe ilumine el mundo y que la revelación de la verdad abra los ojos cegados por la tradición. Que vuestro amor destruya los prejuicios engendrados por la ignorancia. Al acercaros a vuestros contemporáneos con simpatía comprensiva y una entrega desinteresada, los conduciréis a la salvación por el conocimiento del amor del Padre. Los judíos han exaltado la bondad. Los griegos, la belleza. Los hindúes, la devoción. Los lejanos ascetas, el respeto. Los romanos, la fidelidad... Pero yo pido la vida de mis discípulos. Una vida de amor al servicio de sus hermanos encarnados.»

El Resucitado alza los brazos. Las mangas resbalan y muestra a Tomás la piel tersa, sin huella alguna de heridas. Y le dice: «A pesar de que no veas ninguna señal de clavos, ya que ahora vivo bajo una forma que tú también tendrás cuando dejes este mundo, ¿qué les dirás a tus hermanos?»

El «Hombre» se distancia. Camina hacia uno de los muros y desaparece.

Duración: cuatro minutos (1).

18 de abril, martes

12.ª — Poco después de las 20 horas. Residencia de Rodán (ciudad de Alejandría, en Egipto). Testigos: unos ochenta griegos y judíos que compartían las enseñanzas del Maestro. Cuando uno de los «correos» enviado por David Zebedeo concluye su exposición sobre la muerte de Jesús de Nazaret, un «Hombre» aparece de pronto entre los allí reunidos. Rodán, Natán de Busiris (el mensajero) y otros lo reconocen. El Resucitado, según Natán, dice textualmente: «Que la paz sea con vosotros... El Padre me ha enviado para establecer algo que no es propiedad de ninguna raza, nación, ni tampoco de ningún grupo especial de educadores o predicadores. El evangelio

(1) Amplia información en *Caballo de Troya 2*, pp. 442 y ss. *(N. del a.)*

del reino pertenece a judíos y gentiles, a ricos y pobres, a hombres libres y a esclavos, a mujeres y varones e, incluso, a los niños. Extended este evangelio de amor y verdad a través de vuestras vidas. Os amaréis con un nuevo amor, como yo os he amado. Serviréis a la humanidad con una devoción nueva y sorprendente, como yo os he servido. Entonces, cuando los hombres vean cómo los amáis, y cuánto trabajáis en su favor, comprenderán que habéis entrado por la fe en la comunidad del reino de los cielos. Entonces seguirán al Espíritu de la Verdad, al que descubrirán en vuestras vidas, hasta hallar la salvación eterna.

»Al igual que mi Padre me envió a este mundo, yo también os envío. Todos estáis llamados a difundir esta buena nueva a quienes se debaten en las tinieblas. El evangelio del reino pertenece a todos aquellos que creen en él... ¡Prestad atención!: este evangelio no debe ser confiado exclusivamente a los sacerdotes...

»En breve, el Espíritu descenderá sobre vosotros y os guiará hacia la verdad. Id, pues, y predicad esta gran noticia...

»Y no olvidéis que estaré con vosotros hasta el fin de los tiempos.»

El «Hombre» se esfuma. Dos días después —jueves, 20 de abril— otro «correo» llega a Alejandría con la noticia de la resurrección. Rodán y su gente proporcionan al perplejo mensajero otra no menos valiosa información: «Sí, lo sabemos. Nosotros acabamos de verlo.»

Duración de la «presencia»: dos minutos escasos.

21 DE ABRIL, VIERNES

13.ª — Poco después del amanecer (6 horas). Playa de Saidan, en el lago de Tiberíades. Testigos «oficiales» (1): diez de los apóstoles (faltaba Simón el Zelota), el ado-

(1) Con el fin de no agotar al hipotético lector de este diario, he optado por suprimir mis propias vivencias con el Resucitado, registradas desde las 4 horas de esa madrugada. La información, además, aparece en páginas anteriores. *(N. del m.)*

lescente Juan Marcos y quien esto escribe. Un «Hombre» aparece en la orilla del *yam*. A las 6.30 horas, las embarcaciones tripuladas por los íntimos se aproximan a la costa. El «Hombre» indica a los pescadores la presencia de un banco de tilapias. Llenan las redes y regresan. Muy cerca, Juan Zebedeo intuye que aquel «Hombre» es el Maestro. Simón Pedro se lanza al agua y nada hasta la orilla. El «Hombre» los invita a comer algunos de los pescados. Todos lo reconocen. El «Hombre» se niega a comer. Pasea con los discípulos por la playa. Lo hace con una pareja cada vez. Al dirigirse a Pedro, entre otras cosas, le dice: «No te preocupes de lo que hagan tus hermanos. Si quiero que Juan (el Zebedeo) permanezca aquí al marcharte tú, y hasta que yo vuelva, ¿en qué te concierne?»

Minutos después, caminando junto a Andrés, el Resucitado, sutilmente, le anuncia la muerte de Santiago (hermano de Jesús): «...Cuando tus hermanos se dispersen como consecuencia de las persecuciones, sé un sabio y previsor consejero para Santiago, mi hermano por la sangre, ya que tendrá que soportar una pesada carga, que su experiencia no le permite llevar» (1).

En otra de las conversaciones —esta vez con Santiago de Zebedeo—, el Resucitado formula una nueva profecía. Dirigiéndose al «hijo del trueno» afirma: «...Aprende a pensar en las consecuencias de tus palabras y actos. Recuerda que la cosecha es obra de la siembra. Reza por la tranquilidad de espíritu y cultiva la paciencia. Con fe viva, estas gracias te sostendrán cuando llegue la hora de beber la copa del sacrificio. No temas nunca...» (2).

A las 10, tras despedirse, dejan de verle.

Duración: «oficialmente», unas cuatro horas (3).

(1) La muerte de Santiago, al parecer, se produjo treinta y dos años más tarde. Es decir, en el 62 de nuestra era. *(N. del m.)*

(2) Santiago de Zebedeo moriría en el año 44. *(N. del m.)*

(3) Amplia información en *Caballo de Troya 3*, pp. 329 y ss. *(N. del a.)*

22 DE ABRIL, SÁBADO

14.ª — Hora «sexta» (mediodía). Monte de la Ordenación (hoy llamado de las Bienaventuranzas), al norte del Kennereth (lago de Galilea). Testigos «oficiales»: los once discípulos. Un «Hombre» surge de pronto en la cima. Es Jesús de Nazaret. El Resucitado alza el rostro hacia el cielo y, con gran voz, pide al Padre que cuide de aquellos hombres. Después impone sus manos sobre las cabezas. En cada imposición cierra los ojos, permaneciendo en silencio algunos segundos. Finalizada la ceremonia conversa con los once, demostrando un excelente buen humor. Abraza a Simón el Zelota durante un largo minuto. Repite la operación con el resto y hacia las 13 horas, retrocediendo hasta el centro del círculo, desaparece fulminantemente.

Duración «oficial»: una hora (1).

29 DE ABRIL, SÁBADO

15.ª — Hacia la «nona» (15 horas). Playa de Saidan. Testigos: los once discípulos, el joven Juan Marcos, la Señora, parte de la familia de los Zebedeo, alrededor de quinientos vecinos de las localidades próximas y quien esto escribe. Tras un audaz discurso de Pedro, en el que proclama la resurrección del Maestro, el *maarabit*, el viento del oeste, cesa bruscamente. Se hace un silencio anormal. Las fogatas se alteran. De pronto, en el centro de la lancha varada que ocupa Simón Pedro surge un «Hombre». Parte de los *felah* y *am-ha-arez* allí reunidos retrocede y cae. Es el rabí. Durante unos instantes, el Resucitado pasea la vista sobre la muchedumbre. Finalmente exclama: «Que la paz sea con vosotros... Mi paz os dejo.»

(1) Amplia información en *Caballo de Troya 3*, pp. 373 y ss. *(N. del a.)*

El «Hombre» se extingue. Vuelven los sonidos habituales del *yam*, así como el viento.

Duración: no más allá de quince segundos (1).

5 DE MAYO, VIERNES

16.ª — Primera vigilia de la noche (hacia las 21 horas). Patio a cielo abierto en la casa de Nicodemo (Jerusalén). Testigos: el anfitrión, los once discípulos y alrededor de setenta seguidores del Maestro, entre los que se encuentran mujeres y griegos. A la media hora de iniciada la reunión, un «Hombre» se presenta de improviso entre ellos. Es reconocido de inmediato. Y Jesús, según las informaciones que obran en mi poder, les dice: «La paz sea con vosotros... He aquí el grupo más representativo de creyentes, embajadores del reino, discípulos, hombres y mujeres, al que he aparecido desde que me liberé de la carne. Os recuerdo ahora lo que os anuncié tiempo atrás: que mi estancia entre vosotros terminaría. Os manifesté que tenía que volver junto al Padre. También os expuse claramente cómo los sacerdotes principales y los líderes de los judíos me entregarían para ser condenado a muerte. Pero también os dije que me levantaría del sepulcro. Entonces, ¿cuál es la razón de vuestro desconcierto? ¿Por qué tanta sorpresa cuando, al tercer día, resucité? No me creísteis porque escuchasteis mis palabras sin entenderlas.

»Ahora, por tanto, prestad atención para no caer de nuevo en el error de oírme con la mente, ignorándome con el corazón.

»Desde el primer momento de mi estancia entre vosotros os enseñé que mi único fin era revelar a mi Padre de los cielos a sus hijos en la Tierra. He vivido esta encarnación para que podáis acceder al conocimiento de ese gran Dios. Os he revelado que Dios es vuestro Padre y vosotros sus hijos...

(1) Amplia información en *Caballo de Troya 5*, pp. 163 y ss. *(N. del a.)*

»¡Dios os ama!... Y es un hecho que sois sus hijos...

»Por la fe en mis palabras, esto se convierte en una verdad eternamente viva en vuestros corazones.

»Cuando, por esa fe viva, os hagáis conscientes de ese Dios y de cuanto afirmo, entonces habréis nacido como hijos de la luz y de la vida. Y yo os prometo que seguiréis ascendiendo y que encontraréis al Padre en el Paraíso...

»Os exhorto a que no olvidéis que vuestra misión consiste en la proclamación del evangelio del reino. Es decir, la realidad de la paternidad de Dios y la hermandad entre los hombres... Anunciad la buena nueva..., en su totalidad. No caigáis en la tentación de revelar tan sólo una parte... ¡Prestad atención!... Mi resurrección no debe cambiar el gran mensaje. Es decir, ¡que sois hijos de un Dios!

»Permaneced, pues, fieles al evangelio del reino.

»Debéis marchar, predicando el amor de Dios y el servicio a los hombres.

»Lo que el mundo necesita es saber que todos son hijos del Padre y que, gracias a esa fe, pueden conocer y experimentar esa noble verdad. Mi encarnación debería ayudar a comprender que los hombres son hijos del cielo, pero sé también que, sin la fe, no es posible alcanzar el auténtico sentido de esa revelación.

»Ahora, aquí, estáis compartiendo la realidad de mi resurrección. Pero esto no tiene nada de extraño. Yo tengo el poder para sacrificar mi vida... y para recuperarla. Es el Padre quien me otorga ese poder... Más que por esto, vuestros corazones deberían estremecerse por la realidad de esos muertos de una época que han emprendido la ascensión eterna poco después de que yo abandonara la tumba de José de Arimatea...

»He vivido para mostraros cómo, con amor, podéis revelar a Dios a vuestros semejantes. El hecho de amaros y serviros ha sido una revelación. Si he permanecido entre vosotros como el Hijo del Hombre ha sido para que lleguéis a conocer esta gran verdad: ¡sois hijos de un Dios!...

»Id, pues, y gritad este evangelio.

»Amad como yo os he amado. Servid como yo os he servido.

»Habéis recibido con generosidad... Sed, pues, generosos.

»Quedaos en Jerusalén hasta que vaya al Padre y os envíe el Espíritu de la Verdad. Él, después, os conducirá a una verdad más extensa y os acompañará por todo el mundo.

»Siempre estaré con vosotros...

»Os dejo mi paz.»

Dicho esto, el «Hombre» desaparece.

Duración: unos cuatro minutos.

13 DE MAYO, SÁBADO

17.ª — Hacia la «décima» (16 horas). Cerca del pozo de Jacob (ciudad de Sicar, en Samaria). Testigos: alrededor de setenta y cinco samaritanos, fieles seguidores del Maestro. Mientras comentan las noticias sobre la resurrección, el rabí aparece ante ellos. Todos lo identifican. El texto, con las palabras del Resucitado, es enviado igualmente a la casa de los Marcos. Decía así: «La paz sea con vosotros... Estáis gozosos al saber que soy la resurrección y la vida. Pero nada de esto os servirá si antes no nacéis del espíritu y encontráis a Dios. Si llegáis a ser hijos del Padre por la fe..., nunca moriréis.

»El evangelio del reino os enseña que todos los hombres son hijos de Dios. Pues bien, es preciso que esta buena nueva sea extendida por todo el mundo. Ha llegado la hora... Ya no deberéis adorar a Dios en el monte Gerizim o en Jerusalén, sino allí donde os encontréis. Allí donde estéis..., en espíritu y en verdad. Es vuestra fe la que salva el alma. La salvación es una gracia de Dios para todos aquellos que se consideran sus hijos. Pero no os equivoquéis. Aun cuando la salvación es un regalo del Padre, ofrecido a cuantos lo desean por la fe, es menester rendir frutos espirituales en la vida.

»La aceptación de la verdad sobre la paternidad de Dios significa que debéis hacer vuestra la segunda gran revelación: todos los hombres son hermanos..., ¡físicamente!

»Por lo tanto, si el hombre es vuestro hermano, es mucho más que vuestro prójimo. Y el Padre exige que lo améis como a vosotros mismos.

»Si el hombre pertenece, pues, a vuestra propia familia, no sólo lo amaréis con un amor fraterno, sino que lo serviréis como os serviríais a vosotros mismos. Y así lo haréis porque yo, primero, lo hice con vosotros.

»Id, pues, por el mundo, anunciando esta buena nueva a todas las criaturas de cada raza, tribu y nación.

«Mi espíritu os precederá y estaré siempre con vosotros.»

Acto seguido, ante el temor y la perplejidad de los samaritanos, el Resucitado desaparece.

Duración: unos tres minutos.

16 DE MAYO, MARTES

18.ª — Poco antes de las 21 horas. Ciudad de Tiro (costa de Fenicia). Testigos: los emisarios no consiguen ponerse de acuerdo. Algunos mencionan cincuenta. Otros hablan de un centenar de gentiles, todos ellos conocedores de las enseñanzas de Jesús. En el instante de la aparición discuten sobre la pretendida vuelta a la vida del Galileo. Al presentarse súbitamente ante ellos, casi todos lo reconocen. «Es un "Hombre" normal y corriente.»

Éstas son las palabras del Resucitado: «La paz sea con vosotros...

»Os regocijáis al saber que el Hijo del Hombre ha resucitado de entre los muertos. Así sabéis que vosotros, al igual que vuestros hermanos, también venceréis a la muerte. Pero para alcanzar esa supervivencia es preciso que, previamente, hayáis nacido del espíritu que busca la verdad y hayáis descubierto al Padre. El pan y el agua de la vida se otorgan únicamente a los que tienen hambre de verdad y sed de Dios.

»No os confundáis... Que los muertos resuciten no constituye el evangelio del reino. Estas cosas sólo son el resultado, una consecuencia más, de la fe en la buena nueva. Forma parte del evangelio y de la sublime experiencia de aquellos que, por la fe, se convierten en hijos de Dios..., pero, recordad..., no es el evangelio.

»Mi Padre me ha enviado para difundir esta noticia: ¡todos sois hijos de ese Dios!

»Así, pues, yo os envío lejos, para que prediquéis esta salvación.

»La salvación es un don de Dios, pero los que nacen del espíritu demuestran los frutos inmediatamente, a través del servicio a sus semejantes. Éstos son esos frutos: servicio amoroso, abnegación desinteresada, fidelidad, equilibrio, honradez, permanente esperanza, confianza sin reservas, misericordia, bondad continua, piadosa clemencia y paz sin fin. Si los creyentes no aportan estos frutos en su vida diaria..., ¡están muertos! El espíritu de la Verdad —no os engañéis— no reside en ellos. Son sarmientos inútiles de una viña viva y, a no tardar, serán podados.

»Mi Padre exige que todos los hijos de la fe rindan un máximo de frutos. Si vosotros sois estériles, Él cavará alrededor de las raíces y cortará las ramas inútiles. Ésta es la gran verdad: conforme avancéis en el reino de los cielos, esos frutos deberán ser más cuantiosos. Podéis entrar en el reino como un niño, pero os aseguro que mi Padre solicitará que alcancéis, por la gracia, la plenitud de un adulto.

»Estad tranquilos... Cuando salgáis a proclamar esta buena nueva, yo os precederé y mi Espíritu de la Verdad habitará en vosotros.

»Os dejo mi paz...»

A continuación, el «Hombre» desaparece.

Duración: entre cuatro y cinco minutos.

Al día siguiente —según los emisarios que trajeron la noticia— aquellos gentiles (tirios y sidonios en su mayoría) se lanzaron valientemente a las calles, llenando de estupor a los habitantes de Tiro, Sidón, Antioquía y Damasco.

19.ª — 6.30 horas. Estancia superior de la casa de los Marcos, en la Ciudad Santa. Testigos: la totalidad de los íntimos (once), María Marcos, Rode, una de las sirvientas, y quien esto escribe. Cuando se disponen a desayunar, un «Hombre» se «presenta» en la sala. Es el Maestro. Nuevas escenas de pánico. El Resucitado los tranquiliza. Simón el Zelota, a petición del resto, formula la siguiente pregunta: «Entonces, Maestro, ¿restablecerás el reino?... ¿Veremos la gloria de Dios manifestarse en el mundo?» Jesús replica: «Simón, todavía te aferras a tus viejas ideas sobre el Mesías judío y el reino terrenal. No te preocupes... Recibirás poder espiritual cuando el Espíritu haya descendido sobre ti... Después marcharéis por todo el mundo predicando esta buena noticia del reino. Así como el Padre me envió, así os envío yo ahora...» El rabí hace una alusión al desaparecido Judas Iscariote y dice: «Judas ya no está con vosotros porque su amor se enfrió y porque os negó su confianza... ¡Confiad, pues, los unos en los otros!» Acto seguido da media vuelta y camina hacia la salida, dirigiéndose, con los once, a la falda occidental del monte de los Olivos. Al cruzar las atestadas calles de Jerusalén, muchos vecinos lo reconocen.

Poco después de las 7 horas, el Resucitado y los íntimos se detienen a medio camino de la cima. Jesús, en silencio, contempla la ciudad. Regresa junto a los mudos y perplejos discípulos. Pedro se arrodilla frente al Maestro. Todos le imitan. Son las últimas palabras del Hijo del Hombre en la Tierra: «...Amad a los hombres con el mismo amor con que os he amado. Y servid a vuestros semejantes como yo os he servido... Servidlos con el ejemplo... Y enseñad con los frutos espirituales de vuestra vida. Enseñadles la gran verdad... Incitadlos a creer que el hombre es un hijo de Dios... ¡Un hijo de Dios!... El hombre es un hijo de Dios y todos, por tanto, sois hermanos... Recordad todo cuanto os he enseñado y la

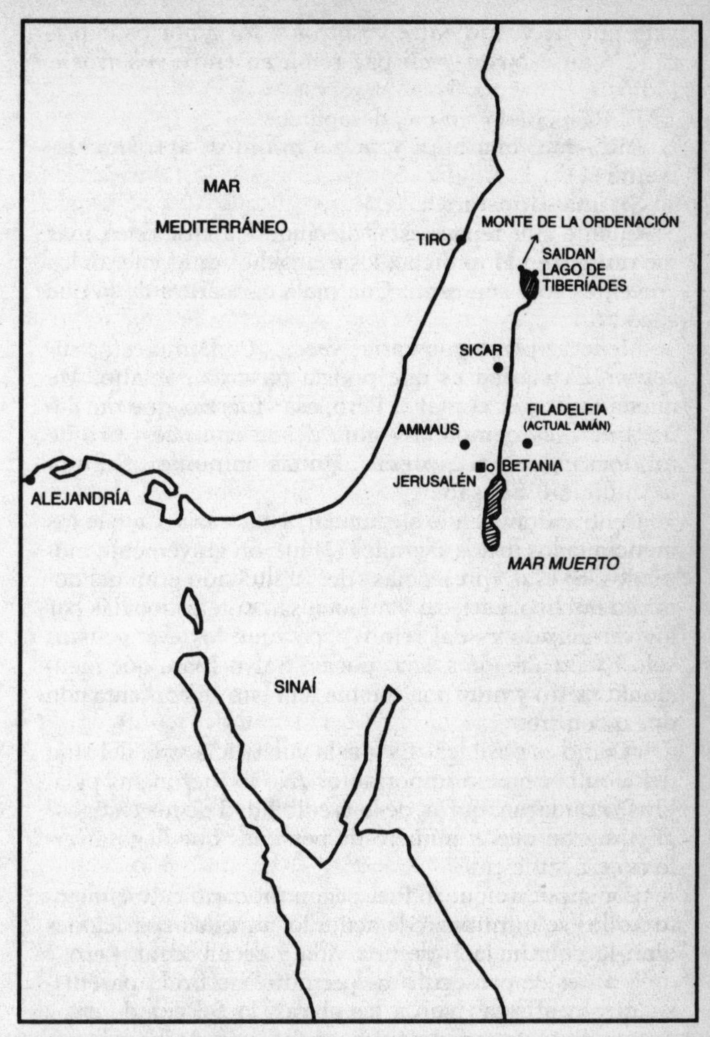

Escenario de las apariciones de Jesús de Nazaret después de su resurrección, en la madrugrada del domingo, 9 de abril del año 30. Durante cuarenta días se presentó a judíos y gentiles en diecinueve ocasiones.

vida que he vivido entre vosotros... Mi amor os cubrirá... Y mi espíritu y mi paz reinarán entre vosotros... ¡Adiós!»

El Resucitado, en pie, desaparece.

Duración: una hora y veinte minutos, aproximadamente (1).

Sí, una caricatura...

Cuanto más repaso estas diecinueve apariciones, más me ratifico en lo ya dicho: los evangelios que veneran los creyentes sólo son eso... Una mala caricatura de lo que sucedió.

Me lo he planteado varias veces. ¿Comento estos sucesos? La verdad es que podría pasarlo por alto. Me queda tanto por contar... Pero, esa «fuerza» que me llena, que me acompaña y guía desde entonces, tira de mí, forzándome a expresar algunas opiniones. Seguiré la intuición. Él «sabe».

Centrándome en lo sustancial, salta a la vista que los mencionados textos sagrados (?) fueron gravemente mutilados. Si esas «presencias» del Resucitado eran del dominio público, perfecta y minuciosamente conocidas por los «embajadores del reino», ¿por qué los evangelistas sólo hacen alusión a unas pocas? Salvo Juan, que menciona cuatro y muy por encima, el resto se contenta con dos o con tres.

¿Cómo es posible? ¿Es que la vuelta a la vida del Hijo del Hombre no era importante? ¿No lo fueron sus palabras? ¿Dudaron, quizá, de la credibilidad de los testigos? ¿Estimaron que el número de personas que llegó a verlo no era suficiente?

Por supuesto que lo fue. Según mi corto conocimiento, todos se mostraron de acuerdo: aquellas apariciones eran la culminación de una vida y de un ideal. Pero...

Y antes de proseguir me permitiré un breve paréntesis que confirma, bien a las claras, la solidez de estos acontecimientos y la unánime aceptación de los mismos por parte de los íntimos. Se trata de datos puntuales, al-

(1) Amplia información en *Caballo de Troya 5*, pp. 427 y ss. *(N. del a.)*

tamente significativos, que impresionaron a cuantos los conocieron. Veamos.

Entre las notas tomadas por este explorador en aquellos días figura lo siguiente:

Primero.

Según los «correos» y demás mensajeros que trajeron las noticias a la Ciudad Santa, el total de testigos que alcanzó a ver y a escuchar al Resucitado en esas diecinueve «presencias» osciló entre 1 488 y 1 538.

¡Dios bendito! ¿No era un número más que sobrado?

Segundo.

Tiempo en el que el Maestro fue visible: ¡ocho horas y treinta y seis minutos, aproximadamente!

Un récord en la Historia de la Humanidad.

Tercero.

Las apariciones se registraron de día, en la noche, en lugares abiertos o cerrados y con puertas atrancadas.

¿Tampoco fue tomado en consideración?

Cuarto.

De esas diecinueve «presencias», cuatro tuvieron lugar a considerables distancias de Jerusalén. A saber: Alejandría, a 517 kilómetros; Tiro, también en línea recta, a poco más de 200; Filadelfia, a 76, y el *yam* (lago de Tiberíades), a 140 kilómetros.

¿Una frivolidad?

Quinto.

Si los apuntes no fallan, he aquí las veces en que el rabí fue observado por discípulos y seguidores de prestigio:

Pedro, el que más, contabilizó siete oportunidades, seguido por los íntimos, con seis (Tomás y Simón el Zelota lo vieron cinco veces). También María, la de Magdala, pudo contemplarlo en cinco momentos. La Señora, Santiago, su hijo, y Juan Marcos, el benjamín de los Marcos, disfrutaron de dos oportunidades cada uno. El Galileo fue visto igualmente, en una ocasión, por José de Arimatea, Nicodemo, Elías Marcos, Lázaro, Cleofás y Jacobo (los pastores de Ammaus), David Zebedeo y la familia de Lázaro.

¿Quién, en su sano juicio, se atrevía a dudar de la

credibilidad de estos hombres y mujeres, a cual más carismático?

Cierro el paréntesis.

En efecto, como decía, los argumentos eran sólidos. Que yo sepa, nadie cuestionó estas «presencias». Al contrario. Reafirmaron la creencia general, fortaleciendo, en especial, la postura de Pedro y su grupo y dando alas a las predicaciones.

Pero...

Sí, algo sucedió. Algo terminó arruinando semejantes prodigios. Y el silencio descendió sobre esta magnífica y sublime etapa de la historia del Hijo del Hombre...

Supongo que la censura —porque de esto se trata— fue gradual. Y los años, el distanciamiento y el olvido hicieron el resto.

No es difícil de imaginar. Cuando los ánimos se estabilizaron, más de uno se llevó las manos a la cabeza, rechazando contenido, marco y circunstancias de muchas de estas apariciones.

Probablemente no hubo mala intención. Era judíos —no lo olvidemos— y no lograron librarse de la mano de hierro (la Ley) que gobernaba vidas e ideas. Fue ese condicionamiento lo que les hizo reflexionar y sepultar los hechos.

¿Por qué?

Esbozaré algunas posibles razones. El corazón me dice que no estoy equivocado...

Primera: las mujeres.

Y no me refiero a la mera circunstancia de que llegaran a ser testigos. Eso podían aceptarlo. Lo que, en cambio, repugnaba a sus costumbres y entendimiento fue lo acaecido en la quinta aparición. Como se recordará, en dicha «presencia», el Resucitado reivindicó el papel de la mujer en la difusión del reino. Fue claro y tajante. «Vosotras —afirmó ante veinticinco hebreas— también estáis llamadas a proclamar la liberación de la Humanidad por el evangelio de la unión con Dios...»

Y por si surgía alguna duda, añadió:

«... Id por el mundo entero anunciando este evangelio y confirmar a los creyentes en la fe...»

Jesús de Nazaret, en definitiva, conocedor de la pésima situación social de la mujer y adelantándose a la Historia, recuerda que todos, varones y hembras, son iguales a la hora de manejar los asuntos del reino.

La orden del rabí, sin embargo, no agradó a los tercos y machistas judíos.

¿Considerar como iguales a las «mentirosas e impuras por naturaleza?»

Ni soñarlo...

Y la aparición en cuestión fue desterrada. Nunca existió.

Las mujeres, por supuesto, no sólo no fueron equiparadas a los «sagrados embajadores del reino», sino que, en el colmo de la desobediencia a lo prescrito por el Hijo de Dios, continuaron anuladas y menospreciadas.

¿Exagero?

Creo que no. Y como muestra de lo que afirmo, he aquí unas frases del, insisto, nefasto Pablo de Tarso. En su epístola primera a los Corintios (14, 33-36) escribe con una desfachatez que hoy provoca sonrojo e indignación:

«Como en todas las iglesias de los santos, las mujeres cállense en las asambleas, porque no les toca a ellas hablar, sino vivir sujetas, como dice la Ley. Si quieren aprender algo, que en casa pregunten a sus maridos, porque no es decoroso para la mujer hablar en la iglesia.»

¿Y éste era el hombre que decía venerar a Jesús de Nazaret?

Sin comentarios...

Más de una vez me lo he preguntado. Si la primitiva iglesia y los evangelistas hubieran respetado hechos y palabras, y más concretamente esta quinta aparición, ¿seguirían los cristianos polemizando sobre el papel de la mujer en la obra del rabí de Galilea?

Pero no fue éste el único, ni el más doloroso silencio...

Segunda: los gentiles y prosélitos.

Como ha sido dicho, el Resucitado se presentó también ante un buen número de griegos, fenicios, *a'rab* y samaritanos, entre otros «no judíos». Según mis cálculos, ante 400 o 600. Es decir, tirando de las estadísticas, alrededor de un 33 por ciento del total (1).

Pues bien, he aquí otra de las posibles razones que provocó una inmisericorde censura.

Y volvemos a lo anteriormente expuesto. Eran judíos y la Torá lo decía sin paliativos: los prosélitos constituían una casta de segundo orden, marcada por el pecado (2). Estos individuos, paganos convertidos al judaísmo, veían limitados muchos de sus derechos cívicos, siendo aborrecidos por los sacerdotes y judíos más ortodoxos. La penosa situación —no comparable, por supuesto, a la de los bastardos— llegaba a extremos inconcebibles. Por ejemplo: las casas y propiedades de un *ger* («extranjero») eran impuras, según la Ley. Una impureza —idéntica a la de un cadáver— que impedía la entrada a los judíos más estrictos. Por ejemplo: apoyándose en el Deuteronomio (23, 4-9), muchos rabinos propugnaban que los prosélitos procedentes de Edom (al sur del mar Muerto) y de Egipto no podían casarse con judíos o judías, inmediatamente después de su conversión (3). Por ejemplo: según el derecho judío, el pagano «no tenía padre legítimo». De ahí que los descendientes de prosélitos fueran designados con el nombre de la madre (ver *Yeb*, 98.ª, y *Pesiata rabbati*, 23-24, 122.ª, 11, entre otros). Tan abominable principio jurídico —*'ên 'ab l^e gôy* (es decir, «el

(1) Es casi seguro que estas cifras fueron sensiblemente superiores. Como ya indiqué, en una de las apariciones en el *yam*, muchos de los más de quinientos testigos eran gentiles que vivían en las poblaciones cercanas a Saidan. *(N. del m.)*

(2) Los *ger* (prosélito), más numerosos que los *halalim* o hijos ilegítimos de los sacerdotes, se dividían en dos grandes grupos: los «prosélitos de la justicia» y los «temerosos de Dios». Los primeros, al convertirse a la religión judía, eran circuncidados, sometiéndose al baño ritual y a la ofrenda del sacrificio. Los segundos, en cambio, considerados como paganos, sólo aceptaban a Yavé, así como la observancia de algunos preceptos. *(N. del m.)*

(3) Aunque parezca increíble, Yavé, en el Deuteronomio, señala que egipcios y edomitas no podían pertenecer a la casa de Israel hasta la tercera generación (una vez convertidos al judaísmo). La norma siguió viva hasta poco después del año 90 de nuestra era, con la oposición de algunos (entre éstos, el célebre Gamaliel). *(N. del m.)*

pagano no tiene padre»— creaba, entre los judíos, una atmósfera de rechazo hacia el *ger* (prosélito) y cuanto le concernía. Al menos, entre los círculos más cerrados y rigurosos. Semejante pesimismo se traducía, además, en una permanente duda sobre la capacidad moral de los gentiles. Así, por ejemplo, «toda pagana, incluso la casada, era sospechosa de haber practicado la prostitución». Otros, más duros, los comparaban con la lepra. Y ni qué decir tiene que ninguna prosélita podía aspirar jamás a contraer matrimonio con un sacerdote. Así lo decía el Levítico (21, 7). Mejor dicho, así interpretaban a Yavé los retorcidos doctores de la Ley... (1). Unos «especialistas» a los que el Maestro se enfrentó valientemente. En cuestiones de herencias, por ejemplo, el *ger* no salía mejor librado. Perdidos y ofuscados en aquel laberinto de normas y leyes, los «guardianes de la Torá» llegaban a plantear preguntas como éstas: «¿Tiene el prosélito derecho a heredar de un padre pagano? ¿Qué derecho tienen a la herencia los hijos del prosélito, concebidos antes de la conversión del padre?» La verdad es que el retorcimiento de aquellas gentes justificaría muchos de los ataques y admoniciones de Jesús. Pues bien, respecto a la primera cuestión, los judíos sólo los autorizaban a quedarse con los dineros y bienes que no guardaban relación con los ídolos del padre. En el segundo caso, los hijos salían peor parados. El inapelable principio jurídico ya citado —«el pagano no tiene padre»— los condenaba a la miseria, no pudiendo siquiera recurrir ante los tribunales, aunque demostraran que también ellos se habían convertido al judaísmo (2).

(1) El mencionado versículo del Levítico dice así: «No tomarás por esposa a una mujer prostituta ni profanada, ni tampoco una mujer repudiada por su marido; pues el sacerdote está consagrado a su Dios.» *(N. del a.)*

(2) La gravísima situación de los prosélitos daba lugar a injusticias como la siguiente: según *Shebiit* (X, 9), «aquel que pidiera prestado a un *ger*, cuyos hijos se han convertido con él, no está obligado a devolverlo, en el caso de que el prosélito muera». Dado que el derecho rabínico establecía que la esposa no podía heredar (*B.B.*, VIII, 1), si el *ger* fallecía sin hijos nacidos después de la conversión, al carecer

Imagino que el hipotético lector habrá comprendido por dónde voy. En los tiempos de Jesús de Nazaret, un *ger*, un prosélito, era un ser despreciado, sin padre legítimo y con escasos derechos ante la Ley de Moisés. Ésta, al menos, era la corriente generalizada en los círculos más ortodoxos. Pero no eran éstos los únicos horrores que soportaban (1). Quizá más adelante —al narrar la vida de predicación del Maestro— tenga la oportunidad de volver sobre esta dramática situación.

Está claro. Cuando los íntimos —judíos a fin de cuentas— recibieron las noticias sobre las diferentes apariciones del rabí a gentiles y prosélitos de Filadelfia, Alejandría, Tiro y el *yam* —por no hablar de los odiados samaritanos—, más de uno torció el gesto, desaprobándolas.

¿Qué era aquello?

¡El Resucitado departiendo con griegos, *a'rab*, tirios, fenicios y los «impuros samaritanos»!

Hoy, lo sé, estos hechos pueden resultar incomprensibles. ¿Es que los discípulos no habían aprendido nada? ¿No recordaban las enseñanzas del Galileo?

Naturalmente que sabían. Pero estaban donde estaban. La Ley era la Ley y ellos, como digo, nunca se apartaron de la férrea normativa judía. No conviene olvidarlo...

Estos testigos también eran creyentes, pero su condición de *ger* casi los invalidaba. En varias ocasiones los vi discutir sobre el particular. Pero, francamente, en esos momentos, no fui consciente de la trascendencia de tales polémicas.

¿Cómo equiparar a estos hombres y mujeres con los

---

legalmente de herederos, cualquiera estaba legitimado para tomar dichas propiedades y, por supuesto, a no restituir las posibles deudas. En el colmo del cinismo, sin embargo, la Ley autorizaba a los acreedores a separar de campos, dineros, casas, cosechas, etc., la parte que el prosélito fallecido había dejado pendiente (*Gerim*, III, 11-12). En otras palabras: el primero que llegaba practicaba lo que se denominaba la «toma de posesión» (*Gerim*, III, 9-10, 13). *(N. del m.)*

(1) Amplia información sobre el rechazo de los judíos hacia gentiles y prosélitos en *Caballo de Troya 5*, pp. 91 y ss. *(N. del a.)*

testigos judíos? Y lo que más los preocupaba: ¿cómo decirle al pueblo que eran hermanos en la fe? ¿Cómo valorar los testimonios de gente «sin padre legítimo», «sospechosos de prostitución e idolatría» y claramente condenados por Yavé?

No, aquello era demasiado. La referencia a estos sucesos en las predicaciones sólo habría conducido a críticas, burlas y, en suma, a una depreciación de la religión que estaban levantando. Una religión, insisto, en torno a la imagen y la resurrección del «Señor Jesús».

He aquí una cuestión que suelen olvidar los creyentes de hoy. Pedro y su grupo trabajaron durante mucho tiempo en la Ciudad Santa y en las tierras de Palestina. Fue más tarde cuando algunos de los «embajadores del reino» se decidieron a probar fortuna en otros parajes del Mediterráneo. ¿Cómo asumir, por tanto, estas apariciones en mitad de una cultura que despreciaba a los prosélitos? ¿Cómo decir y defender que todo un Hijo de Dios había hecho iguales a individuos que la tradición y la sagrada Ley estimaban como indeseables?

Como se recordará, este estricto acatamiento de las reglas de la religión judía por parte del líder y los suyos provocaría lamentables enfrentamientos con Pablo y sus seguidores (1).

Sencillamente, esas «presencias» del Maestro ante cientos de paganos y prosélitos colocaban a la naciente iglesia en una posición tan delicada como innecesaria. Y optaron por no echar más leña al fuego, suprimiéndolas. Si uno revisa lo escrito por los evangelistas, observará que no hay mención alguna a las apariciones en Filadelfia, Alejandría, Tiro y Sicar. Sólo Pablo, sin entrar

(1) Uno de los conflictos que menciona el mayor aparece en el capítulo 15 de los Hechos de los Apóstoles (versículos 1 al 3). Lucas dice textualmente: «Algunos que habían bajado de Jerusalén enseñaban a los hermanos: "Si no os circuncidáis conforme a la Ley de Moisés, no podéis ser salvos." Con esto se produjo una agitación y disputa no pequeña, levantándose Pablo y Bernabé contra ellos. Al cabo determinaron que subieran Pablo y Bernabé, acompañados de algunos otros de aquéllos, a los apóstoles y presbíteros de Jerusalén, para consultarles sobre esto.» *(N. del a.)*

en detalles comprometedores, refiere que, en una de esas apariciones del rabí, los testigos fueron más de quinientos hermanos (1 Cor. 15, 6). Entiendo que habla de lo ocurrido el 29 de abril, sábado, en la playa de Saidan, cuando el Resucitado se presentó ante más de quinientos *felah* y *am-ha-arez*. Hábilmente, Pablo evita mencionar que muchos de aquellos hombres y mujeres, vecinos de los alrededores, eran gentiles y prosélitos.

Hoy, lógicamente, al leer los textos sagrados (?), uno tiene la impresión de que no hubo más apariciones que las mencionadas. No podía ser de otra forma. Y no sólo por lo que acabo de referir. Todo eso, aun siendo importante, no fue lo más grave. En mi opinión, lo que arrinconó definitivamente esas cuatro trascendentales «presencias» del Maestro, después de su muerte y resurrección, fue el contenido de los sucesivos mensajes.

«Aquello» chocaba frontalmente con la Torá, con la tradición, con el sentimiento de superioridad del pueblo elegido y, sobre todo, con la filosofía que empezaba a fraguar en el grupo dominante.

«Dentro del reino de mi Padre —dijo Jesús a los griegos— no hay ni habrá judíos ni gentiles.»

«Recibid en vuestra comunidad —manifestó en Filadelfia ante buen número de *a'rab*—, con agradable comprensión y afecto fraternal, a todos los hermanos consagrados a la divulgación de la buena nueva. Sean judíos o gentiles. Griegos o romanos. Persas o etíopes.»

«El Padre me ha enviado —aclaró finalmente en la ciudad de Alejandría ante griegos, egipcios y judíos— para establecer algo que no es propiedad de ninguna raza, nación, ni tampoco de ningún grupo especial de educadores o predicadores... ¡Prestad atención!: este evangelio no debe ser confiado exclusivamente a los sacerdotes.»

Las directísimas y transparentes alusiones de Jesús no podían ser aceptadas en ese tiempo y, mucho menos, recogidas en los textos evangélicos. Insisto una y otra vez: el mensaje no era compatible con las circunstancias y prácticas de aquellos hombres. Por eso, sin duda, lo repitió con tanta insistencia.

Pero hubo algo más. Algo que dejó a Pedro y a los suyos fuera de juego...

Sabedor de lo que iba a suceder, el Resucitado se presenta en la casa de Nicodemo, en Jerusalén, y en la primera vigilia de la noche, con la totalidad de los íntimos en su presencia, lanza una advertencia clave:

«Os exhorto a que no olvidéis que vuestra misión consiste en la proclamación del evangelio del reino. Es decir, la realidad de la paternidad de Dios y la hermandad entre los hombres... Anunciad la buena nueva..., en su totalidad. No caigáis en la tentación de revelar tan sólo una parte... ¡Prestad atención...! Mi resurrección no debe cambiar el gran mensaje. Es decir, ¡que sois hijos de un Dios!»

Otros setenta seguidores fueron igualmente testigos de excepción. Sin embargo, el líder y la primera comunidad, como ya he mencionado, hicieron oídos sordos a esta decisiva aclaración. Bartolomé, Tomás y Simón el Zelota, en efecto, llevaban razón. Pero, como fue dicho, el gran mensaje «no vendía», no encandilaba a las multitudes...

¿Poner por escrito esta aparición? ¿Reconocer públicamente que no siguieron los consejos del Hombre al que adoraban?

De ninguna manera...

Y no se hizo. La «presencia» número dieciséis tampoco existió. Jamás formaría parte de la historia del Hijo del Hombre. Nuevo y triste silencio en los mal llamados textos revelados...

En esa aparición, justamente, el Maestro habla de «algo» a lo que ya he hecho alusión en páginas anteriores, al comentar uno de los supuestos discursos de Pedro en el día de Pentecostés y que aparece en los escritos de Lucas. El Resucitado, con una clarividencia asombrosa, adelantándose a los acontecimientos, hace una revelación que tampoco fue tenida en cuenta por la primitiva iglesia.

«Ahora, aquí, estáis compartiendo la realidad de mi resurrección —les dijo—. Pero esto no tiene nada de extraño. Yo tengo el poder para sacrificar mi vida..., y recuperarla. Es el Padre quien me otorga ese poder...»

En conclusión: no fue Dios, el Padre, como pregonarían después Simón Pedro y los suyos, quien resucitó a Jesús de Nazaret, sino Él mismo. Él disfrutaba de ese poder. Interesante diferencia...

Y antes de proseguir con este desastre, intuyo que debo volver atrás. «Algo» tintinea en mi interior... Sí, creo que he olvidado una matización.

Fue en Alejandría, en la «presencia» número doce, donde el Resucitado, de pronto, manifestó algo que, en nuestro tiempo, podría ser mal interpretado.

«Este evangelio —afirmó— no debe ser confiado exclusivamente a los sacerdotes.»

La afirmación, en mi humilde opinión, contiene más de lo que aparece en un primer y literal examen. Dudo de que el Maestro se refiriera únicamente a las castas sacerdotales de aquella época. Por lo que sé, y por lo que me fue dado conocer en nuestra dilatada permanencia junto al rabí, el aviso era infinitamente más sutil. Estaba claro que los sacerdotes que habían conspirado contra Él difícilmente harían suyo el gran mensaje. Se hallaban a millones de años-luz de la buena nueva. Se consideraban los sagrados depositarios de la verdad y los únicos que tenían acceso a la Divinidad. Para estas castas, Yavé era inaccesible, vengativo y discriminador. No, como digo, no creo que Jesús de Nazaret estuviera pensando en estos celosos custodios de la Torá cuando formuló la advertencia. Era obvio. Sí me inclino, en cambio, por los «otros sacerdotes». Tal y como demostró en diferentes apariciones, sabía lo que iba a suceder. Y quiso poner las cosas en su lugar. Sabía que, con el tiempo, esos «otros sacerdotes» —la jerarquía, en definitiva, que nacería con la primitiva iglesia— monopolizaría su imagen y sus palabras. Es decir, su evangelio. Un evangelio mutilado y contaminado pero, a fin de cuentas, conteniendo parte de la verdad.

La pregunta clave es «por qué». ¿Por qué el Resucitado no desea que la buena nueva sea «propiedad» exclusiva de los sacerdotes? Hoy, tal y como están las cosas, la mayor parte de los creyentes acepta que el ministerio debe descansar precisamente en esos supuestos representantes del «Señor Jesús». La verdad es que lo repitió hasta la saciedad. Su evangelio —el gran mensaje— nada tenía que ver con estructuras, tradiciones, dogmas, leyes, primados y demás intermediarios. Todo era simple y fascinante. Su gran revolución fue ésa: mostrar al mundo que Dios no era una idea más o menos abstracta, remota y fiscalizadora. La revelación que justificó su vida decía otra cosa: Dios es un *Ab-bā*, un Padre. Un Ser amante que sólo pide confianza. En otras palabras: Jesús de Nazaret no predicó, ni propugnó, una religión tradicional. Lo suyo era un estilo de vida. Compartir su ideal —su evangelio— significa entender y aceptar que existe ese Padre y que, en consecuencia, los seres humanos son físicamente hermanos. Este «hallazgo», para quien tiene la fortuna de descubrirlo, cambia radicalmente la brújula del pensamiento. Y el sujeto entra en una nueva y esperanzadora dinámica en la que sólo cuenta la experiencia personal. Es el inicio de una aventura en la que el hombre no dependerá ya de viejas servidumbres. Al buscar a Dios por ese atractivo sendero..., Dios ya está con él. Este evangelio, en fin, como insistió el Maestro hasta el aburrimiento, no precisa, pues, de recintos sagrados, libros revelados o venerables depositarios de la verdad.

La advertencia, sin embargo, como refleja la Historia, cayó en saco roto. Ni Pedro, ni Pablo, ni el resto de los primeros cristianos la tuvieron presente. Muy al contrario. Al poco, un engranaje cada vez más jerarquizado y dogmático fue abriéndose paso, monopolizando, condenando y discriminando. Y hoy, esa «maquinaria» —tan ajena a los propósitos del gran rabí de Galilea— continúa controlando y dirigiendo voluntades.

¿Escribir y dejar constancia de la aparición de Jesús a los paganos de Alejandría? ¿Decir al mundo que el evangelio no debía ser confiado exclusivamente a los sacerdotes?

No, aquellos hombres no estaban locos...

Y una vez vaciado mi corazón, continuaré con la «gran estafa».

¿De qué otra forma puedo calificar el ocultamiento sistemático de estas apariciones? Discípulos y evangelistas conocieron la verdad y, no obstante, la silenciaron. ¿No es esto un fraude? De hecho, si examinamos los evangelios, uno descubre con alarma que las únicas «presencias» anotadas por los escritores sagrados (?) fueron protagonizados por los íntimos y algunos seguidores próximos. Naturalmente, todos judíos. Naturalmente, todas manipuladas...

Ejemplos.

Juan, en el capítulo 20, versículos 19 al 30 (1), amén de confundir escenas correspondientes a dos apariciones distintas (la número nueve y la once), insertándolas en una sola, coloca en labios de Jesús unas frases que nunca existieron. Lógicamente tengo dudas. ¿Fue el Zebedeo quien falsificó esas famosas frases? ¿O quizá fue una interpolación posterior? Sea como fuere, lo que aparece claro es que la sentencia en cuestión interesaba a la recién estrenada iglesia.

(1) El citado pasaje dice así: «Al atardecer de aquel día, el primero de la semana, estando cerradas, por miedo a los judíos, las puertas del lugar donde se encontraban los discípulos, se presentó Jesús en medio de ellos y les dijo: "La paz con vosotros." Dicho esto, les mostró las manos y el costado. Los discípulos se alegraron de ver al Señor. Jesús les dijo otra vez: "La paz con vosotros. Como el Padre me envió, también yo os envío."

»Dicho esto, sopló sobre ellos y les dijo: "Recibid el Espíritu Santo. A quienes perdonéis los pecados, les quedarán perdonados; a quienes se los retengáis, les quedarán retenidos."

»Tomás, uno de los Doce, llamado el Mellizo, no estaba con ellos cuando vino Jesús. Los otros discípulos le decían: "Hemos visto al Señor." Pero él les contestó: "Si no veo en sus manos la señal de los clavos y no meto mi mano en su costado no creeré." Ocho días después, estaban otra vez sus discípulos dentro y Tomás con ellos. Se presentó Jesús en medio estando las puertas cerradas, y dijo: "La paz con vosotros." Luego dice a Tomás: "Acerca aquí tu dedo y mira mis manos; trae tu mano y métela en mi costado, y no seas incrédulo sino creyente." Tomás le contestó: "Señor mío y Dios mío." Dícele Jesús: "Porque me has visto has creído. Dichosos los que no han visto y han creído."» *(N. del a.)*

«A quienes perdonéis los pecados —escribe el evangelista en el referido capítulo—, les quedarán perdonados; a quienes se los retengáis, les quedarán retenidos.»

La liturgia, el engranaje y el dogmatismo, como decía, avanzaban veloces y era preciso justificar lo que, más adelante, sería conocido como «sacramento de la penitencia». En alguien tenía que reposar el fundamento de tal privilegio y, probablemente, Juan Zebedeo fue elegido como el testigo irrefutable. Y digo que fue «elegido» porque, a la vista de los errores que presenta el mencionado texto, es casi seguro que Juan no pudo ser autor del mismo. Y si lo fue, una de dos: o la memoria le fallaba escandalosamente o manipuló la verdad (1).

¿Errores?

Sí, unos cuantos. Unos fallos que ponen en tela de juicio la autenticidad de todo el pasaje.

Para empezar, en esa aparición, la última de aquel domingo, 9 de abril, el Resucitado no mostró a los íntimos las manos y el costado. Eso ocurrió siete días más tarde (no ocho, como afirma el evangelista).

¿Y de dónde saca el responsable del texto sagrado (?) que el Maestro sopló sobre los discípulos?

El escribano de turno lo confundió todo. El Espíritu de la Verdad, como anunciaría Jesús en muchas de las «presencias», llegó bastantes semanas después y para todos. La verdad es que semejante discriminación resulta sospechosa...

En cuanto a las palabras pronunciadas por el rabí tras el supuesto «soplo», quien conozca mínimamente el

(1) Según mis «fuentes», hacia el 101, cuando Juan Zebedeo contaba 99 años de edad, al observar que los textos que circulaban entre los primeros cristianos se hallaban incompletos, decidió escribir su propio evangelio. Para ello, siempre de memoria, dictó sus recuerdos a un tal Natán, un judío natural de Cesarea y convertido al cristianismo. Sólo la llamada Primera Carta de Juan fue escrita por el apóstol de su puño y letra y a manera de presentación o prólogo a lo narrado por Natán. Presumiblemente, como afirma el mayor, dado el largo tiempo transcurrido desde las apariciones (71 años), la memoria de Juan pudo fallar. A esto habría que añadir las múltiples adulteraciones sufridas por el texto primitivo con el paso de los años. *(N. del a.)*

estilo del Hijo del Hombre se dará cuenta de que difícilmente podían encajar en su pensamiento y línea de conducta. El evangelio no era eso. La buena nueva, repito, no era propiedad de nadie y nadie ostentaba atribuciones especiales. En la aparición número doce, en Alejandría, lo dejó muy claro: «El Padre me ha enviado para establecer algo que no es propiedad de ninguna raza, nación, ni tampoco de ningún grupo especial de educadores o predicadores.»

Concluido el relato sobre la tercera «presencia», en la que el Resucitado reprocha a Tomás su incredulidad, el evangelista se detiene de pronto. Es como si Juan Zebedeo no recordara o no lo hiciera con suficiente precisión. Y salva la situación con una frase en la que reconoce, implícitamente, que hubo más apariciones:

«Jesús realizó en presencia de los discípulos otras muchas señales que no están escritas en este libro...»

Interesante.

Él, como el resto, sabía la verdad. Pero...

Más adelante, en el capítulo 21, sucede algo curioso que parece confirmar lo ya referido anteriormente: alguien «metió la mano» en el texto joánico. Alguien no se contentó con lo expuesto por Juan en torno a las apariciones del Maestro y añadió una más (1). Lo malo es que, al hacerlo, amén de faltar a la verdad, mutilando y deformando las conversaciones de Jesús con sus íntimos

(1) Es bien conocido por los especialistas que el Epílogo (capítulo 21) del evangelio de Juan pudo ser un añadido posterior. Boismard, en 1947, lo apuntó ya con gran valentía: «el capítulo 21 aparece como una confusa mezcla de estilos, adivinándose otras manos» (*Revue Biblique*, LIV). El estilo del «intruso» —según Boismard— guarda una sospechosa relación con el de los escritos de Lucas. En 1936, otro prestigioso escriturista —Vaganay— ya había incidido sobre lo mismo, destacando que el versículo 25 de dicho Epílogo, por ejemplo, «no era del mismo molde que el que le precede, pudiendo deberse a un añadido» (*Revue Biblique*, XLV). Las opiniones de estos eruditos se verían posteriormente ratificadas por las fotografías con rayos infrarrojos y ultravioletas. En la última página del evangelio de Juan (Códice Sinaítico) se comprobó que el texto primitivo concluía en el versículo 24 y no en el 25. Alguien, en efecto, metió la mano... *(N. del m.)*

en la playa de Saidan (1), no contabilizó las «presencias» narradas por el Zebedeo y, además de la mano, metió la pata...

El «intruso», en el versículo 14 de dicho Epílogo, dice que «ésta fue ya la tercera vez que Jesús se manifestó a los discípulos después de resucitar de entre los muertos».

Lástima. Si hubiera tenido la precaución de sumar las apariciones que cita Juan habría comprobado que la añadida por él era la cuarta... A saber: aparición del Maestro a la Magdalena, junto al sepulcro; a los íntimos en el cenáculo y —ocho días después— a la totalidad de los discípulos (incluido Tomás).

Como decía, un relato sesgado, en el que tan sólo se ofrecen las «presencias» de Jesús a los «embajadores del reino» y a María, la de Magdala. En otras palabras: doce testigos. ¿Y qué ocurrió con los otros 1500? ¿Se borraron de la memoria de Juan?

Por supuesto que no...

En cuanto al segundo testimonio evangélico —el de Marcos—, el desbarajuste, manipulación y censura tampoco se quedan cortos.

Echemos un vistazo.

En el capítulo 16, versículos 9 al 20 (2), el evangelis-

(1) Amplia información sobre dicha aparición en *Caballo de Troya 3*, pp. 370 y ss. *(N. del a.)*

(2) El texto mencionado por el mayor dice así: «Jesús resucitó en la madrugada, el primer día de la semana, y se apareció primero a María Magdalena, de la que había echado siete demonios. Ella fue a comunicar la noticia a los que habían vivido con él, que estaban tristes y llorosos. Ellos, al oír que vivía y que había sido visto por ella, no creyeron. Después de esto, se apareció, bajo otra figura, a dos de ellos cuando iban de camino a una aldea. Ellos volvieron a comunicárselo a los demás; pero tampoco creyeron a éstos. Por último, estando a la mesa los once discípulos, se les apareció y les echó en cara su incredulidad y su dureza de corazón, por no haber creído a quienes le habían visto resucitado. Y les dijo: "Id por todo el mundo y proclamad la Buena Nueva a toda la creación. El que crea y sea bautizado, se salvará; el que no crea, se condenará. Éstas son las señales que acompañarán a los que crean: en mi nombre expulsarán demonios, hablarán en lenguas nuevas, agarrarán serpientes en sus manos

ta (o quien se encargara de enmendarle la plana) da fe de tres únicas apariciones. Y todas, claro está, a los de siempre: a los íntimos y a la Magdalena. Del resto, ni palabra...

En el texto, además, convenientemente camuflada, se desliza otra falsedad. Los individuos que «iban camino de una aldea», y a quienes se presenta el Resucitado, no eran dos de los apóstoles, como sugiere Marcos (?), sino Cleofás y Jacobo, unos pastores de Ammaus que, al parecer, conocían las enseñanzas del Maestro.

Lo más grave, sin embargo, se esconde en la tercera y última «presencia». El evangelista —que la identifica con la mal llamada «ascensión»—, sin el menor pudor, «olvida» lo que realmente dijo Jesús en aquella mañana del 18 de abril e inventa con un descaro inaudito...

«El que crea y sea bautizado —pone en boca del rabí—, se salvará; el que no crea, se condenará.»

¡Dios de los cielos! ¿Cuándo y dónde pronunció el Maestro una sentencia tan impropia de su amoroso y misericordioso talante?

Creo intuir que Marcos —o quien fuera el artífice de semejante despropósito— supo o escuchó de «algo» que sonaba relativamente parecido. Y lo retorció, ajustándolo a los intereses del momento y de la naciente iglesia. Ese «algo» fueron unas palabras lanzadas el martes, 16 de mayo, en la aparición a los gentiles de Tiro. En dicha ocasión, como se recordará, Jesús manifestó:

«La salvación es un don de Dios, pero los que nacen del espíritu demuestran los frutos inmediatamente, a través del servicio a sus semejantes. Éstos son esos frutos: servicio amoroso, abnegación desinteresada, fidelidad, equilibrio, honradez, permanente esperanza, confianza sin reservas, misericordia, bondad continua, piadosa cle-

---

y aunque beban veneno no les hará daño; impondrán las manos sobre los enfermos y se pondrán bien."

»Con esto, el Señor Jesús, después de hablarles, fue elevado al cielo y se sentó a la diestra de Dios. Ellos salieron a predicar por todas partes, colaborando el Señor con ellos y confirmando la Palabra con las señales que la acompañaban.» *(N. del a.)*

mencia y paz sin fin. Si los creyentes no aportan estos frutos en su vida diaria..., ¡están muertos! El Espíritu de la Verdad (no os engañéis) no reside en ellos. Son sarmientos inútiles de una viña viva y, a no tardar, serán podados.»

La diferencia es elocuente...

Jesús nunca habló de condenación, ni tampoco de bautismo. Eso fue otra instrumentalización de unos hombres que renunciaron al gran mensaje y que no tuvieron más remedio que defenderse de los múltiples ataques interiores y exteriores.

¿Fidelidad? ¿Honradez? ¿Misericordia? ¿Piadosa clemencia?

Siendo consecuentes con la exposición del Resucitado en Fenicia, ¿dieron los «embajadores del reino» y los evangelistas los frutos señalados por el Maestro? ¿Fueron honrados con la verdad? ¿Se mostraron fieles a lo ocurrido? ¿Era de hombres misericordiosos y clementes una actitud tan severa y radical?

Lo más triste es que esa «invención» siguió galopando a lo largo de la Historia, chantajeando a millones de hombres y mujeres de buena voluntad...

Sí, probablemente, apoyándome en las palabras del Hijo de Dios, fueron ellos los «muertos».

El resto de las afirmaciones de Marcos es pura anécdota.

¿Señales? ¿Cuándo se refirió el Maestro a demonios, lenguas, serpientes y venenos?

No hace falta ser muy despierto para descubrir que sus alocuciones, tras la resurrección, fueron siempre más serias y profundas. El evangelista, en cambio, con una aparatosa «miopía», convierte el magnífico prodigio en un vulgar circo...

Así las cosas, tampoco es de extrañar que los escritores sagrados (?) no hagan una sola mención de las interesantes y puntuales profecías formuladas por el Resucitado en varias de sus «presencias». ¿Es que el anuncio de las persecuciones y de las muertes violentas de su hermano en la carne (Santiago) y del otro Santiago (el Zebedeo) no era importante? ¿Por qué lo ocultaron?

¿Estimaron que una referencia así concedía más relevancia a estos discípulos que al líder? Puede que, incluso, en este punto, sea yo el equivocado. Quizá veo ya maquinaciones donde nunca las hubo. Pero, ¡es que vi tantas...!

Y cerraré esta revisión con un «capítulo» que, personalmente, se me antoja como uno de los más hermosos y esperanzadores de cuantos contiene el amplio episodio de las apariciones. Un «capítulo» —cómo no— igualmente ignorado por los evangelistas...

Si la memoria y mis notas no fallan, es en la primera «presencia», en la número once, en la trece y también en la dieciséis, cuando el Resucitado habla con claridad de «otras formas de vida, existentes después de la muerte».

Tanto mi hermano como quien esto escribe lo repasamos y discutimos hasta la saciedad.

En la primera, cuando la de Magdala trata de abrazar al rabí, éste la frena sin contemplaciones:

«No soy el que has conocido en la carne.»

Poco después, el domingo, 16 de abril, al presentarse en el cenáculo en medio de los once, Jesús, dirigiéndose al incrédulo Tomás, dice:

«A pesar de que no veas ninguna señal de clavos, ya que ahora vivo bajo una forma que tú también tendrás cuando dejes este mundo...»

Cinco días más tarde, en la playa de Saidan [«presencia» número trece], al conversar con los íntimos, es igualmente preciso:

«Estaré poco tiempo en mi actual forma, antes de ir con el Padre... Cuando hayáis acabado en este mundo —Jesús levantó el rostro hacia el azul de cielo— tengo otros mejores, donde trabajaréis también para mí. En esta obra, en este y otros mundos, trabajaré con vosotros...»

Por último, el 5 de mayo, de nuevo ante los íntimos y setenta seguidores, en la casa de Nicodemo, hace otro anuncio singular:

«Ahora, aquí, estáis compartiendo la realidad de mi resurrección. Pero esto no tiene nada de extraño. Yo tengo el poder para sacrificar mi vida..., y para recuperarla. Es el Padre quien me otorga ese poder... Más que por eso, vuestros corazones deberían estremecerse por la realidad de esos muertos de una época que han emprendido la ascensión eterna poco después de que yo abandonara la tumba de José de Arimatea...»

Quedamos sobrecogidos.

Jesús de Nazaret jamás mintió. Nunca inventó. Cuanto dijo se cumplió..., o está por cumplir. ¿Por qué íbamos a dudar de unas palabras que garantizan otra forma de vida después de la muerte? Teníamos, además, ciertas pruebas. Amén de haber visto y tocado aquel «cuerpo glorioso» —la definición me parece excelente—, nuestros sistemas lo analizaron..., hasta donde fue posible (1). Era físico, sí, aunque de una naturaleza desconocida.

«... ahora vivo bajo una forma que tú también tendrás cuando dejes este mundo...»

Ésa era la clave. En esas palabras a Tomás está contenido el gran chorro de oxígeno. La categórica afirmación no deja lugar a dudas: después de la muerte hay vida.

En mi opinión, he aquí uno de los mensajes más extraordinarios y gratificantes que haya podido recibir el siempre temeroso ser humano. Y hoy, mientras pongo en orden estos recuerdos, nada puede convencerme de lo contrario. Al morir, un «cuerpo» similar al que vimos y estudiamos nos aguarda a todos. ¡A todos!

Naturalmente, le dimos muchas vueltas. Y llegamos a conclusiones. Pobres, lo sé, pero conclusiones...

Por ejemplo:

A la vista de lo ocurrido en las tres primeras «presencias», en las que la «forma física» del Resucitado presentaba «anomalías», cabe la posibilidad de que ese recién estrenado «soporte corporal» (?) (las palabras me entorpecen) deba experimentar una serie de sucesivos y necesarios cambios en su formación (?). ¿Explicaría esto la advertencia de Jesús a la Magdalena? ¿Qué habría sucedido si la mujer lo hubiera tocado?

(1) Amplia información sobre el particular en *Caballo de Troya 3*, pp. 396 y ss. *(N. del a.)*

Las siguientes, en las que el Maestro aparecía ya con un «cuerpo» aparentemente normal (?), vendrían quizá a confirmar este supuesto. El misterioso «cuerpo» —la «forma» de la que habló el rabí— se hallaría entonces definitivamente constituido. Un «cuerpo» capaz de atravesar (?) muros, que no precisa de aparatos circulatorio, respiratorio y digestivo y que tiene la facultad de materializarse y desmaterializarse a voluntad.

Un sueño, sí. Algo difícil de aceptar por un científico...

Pero Él lo dijo..., y lo hizo.

Eliseo llegaría también a otra supuesta (?) conclusión.

Ajustándose a lo anunciado por Jesús —«cuando hayáis acabado en este mundo tengo otros mejores, donde trabajaréis también para mí»—, audaz e imaginativo, esgrimió lo siguiente:

—Es posible que, tras la muerte, provistos de esa «nueva forma corporal» (?), seamos transportados y ubicados en «otros mundos mejores que el nuestro», en los que debamos seguir actuando y aprendiendo.

Y entusiasmado —el término más exacto sería «esperanzado»—, formuló una hipótesis que me encanta:

Para mi hermano, ese «cuerpo glorioso» podría ser «MAT-1». Así lo bautizó.

¿Y qué entendía por «MAT-1»?

«Materia» física, aunque desconocida para nuestra Ciencia, a un cincuenta por ciento. Es decir, un «cuerpo» integrado por elementos tangibles y medibles (a un 50 por ciento) y por una «sustancia» más sutil (también al 50 por ciento) que, simplificando peligrosamente, podríamos definir como «espiritual». De ahí que no lo considerase «MATERIA», sino «MAT». En cuanto al «1», he aquí el curioso e indemostrable razonamiento: si lo que llevábamos visto y oído, y lo que nos aguardaba en el tercer «salto», era correcto, tras la muerte nos espera un largo recorrido. El Maestro lo repitió hasta la saciedad. Pues bien, según Eliseo, nada más despertar del «sueño» de la muerte, uno recibe el nuevo «cuerpo» («MAT-1»). Y con él debe «vivir» y prosperar durante un «tiempo» (?). (El hipotético lector de esta memorias comprenderá que las palabras no son mi mejor aliado). Una vez satisfecha esa etapa inicial, el porcentaje de «materia» quedaría reducido, aumentando, en cambio, el de la «sustancia» más liviana. Y el ser gozaría entonces de un «cuerpo» (?) «MAT-2». El supuesto proceso continuaría con las sucesivas «adquisiciones» de «cuerpos» cada vez menos densos y mucho más «espirituales». En otras palabras: a cada salto «evolutivo» (?), el nuevo «hombre» recibiría una «estructura» (?) «MAT-3», «MAT-4», «MAT-5», etc. Y puede que llegue el instante en que esa inteligencia —en el casi infinito camino hacia el Padre— no precise ya de «soporte» físico alguno, transformándose en una entidad absolutamente «espiritual». Quizá, a juzgar por las enseñanzas del Hijo del Hombre, el verdadero objetivo de todos los que han sido, somos, y serán primero pura MATERIA. Obviamente, para alcanzar ese estado ideal, donde la criatura no se vea limitada por las torpes y groseras estructuras materiales, es básico y primordial que entendamos el porqué de ese orden cósmico. Pero, como insinuaba Eliseo, dicha comprensión sólo será una realidad bien cimentada..., «al otro lado». Aquí, de momento, nos basta y nos sobra con la confianza. El cerebro no da para más...

La hermosa teoría encajaba también con «algo» que, poco a poco, fuimos aprendiendo del rabí de Galilea: el Padre, siempre misericordioso, sabio y «económico», nunca actúa bruscamente. Pasar de un cuerpo como el que conocemos a una «forma espiritual» podría suponer un choque, quizá un trauma, nada aconsejable. De la misma manera que un bebé no salta de pronto a la madurez, así entiendo que ocurre «al otro lado». Todo es gradual, sereno, lógico y natural. Y no son palabras mías, sino de Él.

Esto, en fin, justificaría los famosos «MAT» de mi imaginativo hermano. ¿O no eran imaginaciones?

Por supuesto, al reflexionar sobre estas cuestiones, nos asaltó un tropel de interrogantes:

¿Significaba todo esto que el ser humano es inmortal? ¿Y qué sucede con la muerte? ¿Se prueba una vez o hay que morir en cada cambio de «forma»? ¿Por qué hablaba el Maestro de «trabajar» en esos otros mundos? ¿A qué «trabajos» se refería? ¿Qué quiso decir con lo de «esos muertos de una época que habían emprendido la ascensión después de su resurrección»?

Y las respuestas llegaron. Claro que llegaron..., aunque en su momento.

¿Debo contenerme y esperar?

Intuyo que es lo mejor. Sin embargo, hay «algo» que puja por salir. Y no lo retendré. Sé que para el hipotético lector puede ser tan urgente como esclarecedor.

Sí, mi hermano tenía razón..., en parte. Cuando Eliseo interrogó al Maestro sobre la teoría de los «MAT», Jesús, sonriendo feliz, le dio a entender que no andaba muy descaminado...

Dicho queda.

«Quien tenga oídos...»

15 AL 18 DE JUNIO

También en eso acerté. El Destino fue indulgente...

Tras cargar en el saco de viaje unas muestras de tierra del huerto de José de Arimatea —esenciales para redondear los análisis sobre el fenómeno de la resurrección— (1), al alba del jueves, 15 del mes de *tammuz* (junio), quien esto escribe se unía a Bartolomé y a Simón el Zelota, emprendiendo la marcha hacia el norte.

Y acerté...

El camino, en compañía de los discípulos, resultaría así más cómodo, seguro e instructivo.

El «oso», condicionado por la necesidad de llegar a Caná lo antes posible, eligió la ruta más corta, atravesando Samaria. De no haber sido por esta circunstancia, la idea habría sido rechazada. Aquel territorio, como creo haber mencionado, no era del agrado de los judíos. Unos y otros, sencillamente, se odiaban.

Y hábiles y prudentes, los galileos esquivaron en todo momento las aldeas de los «impuros y aborrecidos samaritanos» (2). El fallecido rey Herodes el Grande había intentado suavizar estas tensiones, desposando a una samaritana (Maltake), de la que tuvo dos hijos: los célebres Arquelao y Antipas. Se sospecha, incluso, que, en otro

(1) Amplia información sobre dichos análisis en *Caballo de Troya 5*, pp. 173 y ss. *(N. del a.)*

(2) Aunque no muy claro, el origen de los samaritanos parece estar en algunas tribus del este (Mesopotamia), forzadas por los asirios a ocupar las tierras de los israelitas cuando éstos fueron desterrados en el siglo VIII a. J.C. Al mezclarse con los judíos que continuaban en la zona terminó apareciendo un pueblo mestizo, que,

gesto de buena voluntad, Herodes autorizó a los kuteos (1) a que orasen en el atrio interior del Templo de la Ciudad Santa (así lo refiere Josefo en *Antigüedades*, XVIII, 2, 2). Sin embargo, esa tregua se rompería definitivamente en el año 8 de nuestra era cuando, bajo el gobierno del procurador romano Coponio (6 al 9 d. J.C.), un grupo de samaritanos irrumpió en el citado Templo, esparciendo en los pórticos y en el santuario toda una colección de huesos humanos. Aquel acto de venganza, un sacrilegio en plena fiesta de la Pascua, colmó la paciencia de los judíos. Jamás los perdonaron. Desde entonces, las refriegas e insultos mutuos estuvieron a la orden del día.

Afortunadamente, nadie nos molestó. Y el viernes, 16, dos horas antes del ocaso, este explorador se despedía de los discípulos a las puertas de Nazaret. Ellos continuaron hacia la cercana Caná y quien esto escribe, fiel al plan previsto, rodeó la concurrida fuente, ingresando con prisas en la blanca y polvorienta senda que enlazaba la aldea de la Señora con Séforis, la capital de la baja Galilea.

El propósito, en principio, no era complicado. Ascendería por la falda norte del Nebi Sa'in —un camino

---

a todos los efectos, fue considerado como pagano. Esta situación, a la que se sumaron las notables diferencias en materia religiosa y la construcción en el monte Garizín de un segundo templo (probablemente hacia el siglo V a. J.C.), crearía un abismo entre unos y otros. Para colmo, en el año 128 a. J.C., Juan Hircano destruiría este templo, multiplicando el odio de los samaritanos. Y fue dicho: «A partir de hoy, Siquén será llamada la ciudad de los idiotas, pues nosotros nos hemos mofado de ellos como se hace con un loco» (*Leví*, VII, 2). *(N. del m.)*

(1) El nombre de kuteos (así llamaban los judíos a los samaritanos en tiempos de Jesús) procedía del país de Kuta, en Persia, lugar de origen de las tribus que se asentaron en Samaria (Josefo en *Ant.*, IX y XII). Y aunque los samaritanos defendían que sus ancestros eran los patriarcas judíos —José en especial—, lo cierto es que todo el mundo los calificaba como «gentes de Kut» o descendientes de colonos medo-persas. Es decir, «extraños al pueblo» o *allogenēs*, como cita Lucas (17, 18). Los samaritanos reconocían el Pentateuco, pero despreciaban el resto de la Biblia. Esto, lógicamente, no era suficiente para los judíos que, además, los tachaban de idólatras por mantener un culto en el monte Garizín. (Recuérdese la alusión del Resucitado en la aparición a los samaritanos, en Sicar.) *(N. del m.)*

bien conocido por este torpe explorador y en el que ya había sufrido un lamentable incidente—, situándome frente al cementerio de Nazaret antes de la caída del sol. Una vez allí, ya veríamos...

Si cálculos y razonamientos no fallaban, con el crepúsculo, a la entrada del *shabbat* (el día sagrado para los judíos), el reducido camposanto debería verse libre de toda suerte de visitantes. La ley y la tradición eran inflexibles. En sábado, por ejemplo, estaba prohibido el traslado de los muertos a las sepulturas (1). Más aún: ni siquiera debía moverse uno solo de los miembros del difunto, aunque estaba autorizada la ceremonia de lavado y embalsamamiento (2). Esto me tranquilizó..., en parte. ¿Y qué sucedería con el enterrador y la inseparable plañidera? ¿Continuarían en el lugar? Por supuesto, sólo había un medio para salir de dudas...

La proximidad del sábado jugó a mi favor. Los *felah* que habitualmente trabajaban en las cercanías del camino acababan de abandonar las faenas. No tuve problemas. Ascendí veloz por la ladera del Nebi y, a medio camino de la cima, el apretado olivar me hizo una señal. Aquél era el punto. Me desvié hacia la izquierda y, len-

(1) La Misná, en su capítulo diez («Orden segundo: "Shabbat"»), recoge esta normativa con precisión: «Si se transporta a una persona viva en una camilla, está libre de pecado, a pesar de la camilla, ya que ésta es algo secundario. Si es un muerto, es culpable. Asimismo, si transporta (en sábado) una cantidad como una aceituna de un cadáver, o de una carroña, o como una lenteja de un reptil, es culpable.» *(N. del m.)*

(2) En este sentido, el capítulo XXIII de la citada Misná es igualmente tajante: «Se puede hacer todo lo necesario para el muerto: ungirlo y lavarlo, con tal que no se mueva ninguno de sus miembros. Se puede quitar el colchón de debajo de él y se le puede colocar sobre la arena para retardar la descomposición. Se puede sujetar el mentón, no para que se alce, sino para que no continúe hundiéndose, del mismo modo que a una viga rota se la puede sostener con un banco o con los laterales de la cama, no para que se alce (que sería una construcción o trabajo), sino para que no continúe hundiéndose. En sábado no se cierran los ojos al muerto ni tampoco en día ferial en el momento de la agonía. Quien le cierra los ojos en el momento de expirar es como quien derrama sangre.» (Entendían los judíos que sería como apurar su muerte.) *(N. del m.)*

tamente, camuflado entre los árboles, fui a asomarme a mi objetivo. El breve cuadrilátero, de unos cincuenta metros de lado, se presentó tranquilo y silencioso. Aparentemente se hallaba desierto. Pero no quise precipitarme. El recuerdo de la última y desastrosa incursión entre las ochenta estelas de piedra (1) me frenó en seco. Esta vez obraría sobre seguro. Si era necesario anularía a la «burrita» y a su compañero... Inspeccioné la choza de paja y adobe que se levantaba al este, y que servía de refugio al sepulturero y a la prostituta, pero, desde donde me encontraba, no percibí nada anormal.

¿Qué hacía?

Si la pareja se hallaba ausente, aquél podía ser el momento...

Intenté serenarme. ¿Tenía prisa? Sí y no... En realidad, la operación, tal y como fue concebida, debería ejecutarse durante la noche. Esto reduciría riesgos. Y aguanté en el filo del olivar que amurallaba el cementerio. El sol, desapareciendo ya tras los 488 metros del Nebi, seguiría iluminando alrededor de una hora.

Frente al cobertizo, al otro lado del cuadrilátero, las cinco grandes muelas de caliza que cerraban las criptas aparecían igualmente solitarias y desafiantes. Sí, «desafiantes» para este explorador. Allí, en las grutas ganadas al Nebi, si el instinto no se equivocaba, tenían que reposar los restos de José, el padre terrenal del Hijo del Hombre, y los de Amós, el hermano de cinco años, tristemente fallecido el 3 de diciembre del 12. La advertencia de Santiago, en mi primera visita al cementerio, fue clave. Como se recordará, mientras este explorador permanecía en un respetuoso silencio frente a la estela que perpetuaba la memoria del padre y del niño desaparecidos, el hermano de Jesús, colocando su mano en mi hombro, exclamó bajando la voz:

—Ya no están aquí...

Esto sólo significaba dos cosas: que los huesos, de acuerdo a la costumbre, hubieran sido arrojados al *ko-*

(1) Amplia información en *Caballo de Troya 5*, pp. 401 y ss. *(N. del a.)*

khim o fosa común que se abría en el centro del camposanto o que, también de acuerdo a la tradición, la familia pudiera haberlos trasladado a un osario particular, depositándolos en una de aquellas criptas practicadas en el talud oeste. En el primer supuesto, no había nada que hacer. El *kokhim*, de unos cuatro metros de lado, se hallaba repleto de huesos y calaveras, en el más caótico de los desórdenes.

Pero quedaban las criptas funerarias. Y la intuición me decía que la familia de José pudo haber respetado aquellos restos, conservándolos en una de las acostumbradas arquetas de piedra o madera de cedro.

Era preciso, pues, penetrar en ellas y despejar la incógnita. Sólo así, disponiendo de una muestra de los huesos de José (preferentemente unos molares o premolares), estaríamos en condiciones de ultimar el delicado estudio sobre la posible paternidad del malogrado contratista de obras (1).

Me costó resistir. La espera, lo confieso, me envaró. Ardía en deseos de enfrentarme a las pesadas piedras que bloqueaban las criptas y actuar.

Todo fue calculado minuciosamente. No podía fallar...

Y la claridad perdió terreno.

Unos minutos más...

Ajusté las «crótalos» y la visión IR (infrarroja) modificó la creciente oscuridad, aliviando mis movimientos. Partí una rama de olivo y me dispuse a caminar hacia el talud oeste.

(1) Como fue dicho, estos exploradores lograron extraer el ácido desoxirribonucleico (ADN) del Maestro, merced a los mechones de la barba y a los múltiples coágulos de sangre recogidos en los dramáticos momentos de su pasión y muerte. Pudimos hacernos igualmente con una muestra de sangre de la Señora pero, para intentar verificar si Jesús de Nazaret había sido concebido de forma natural (es decir, con el esperma de José y el óvulo de María), necesitábamos lo que Eliseo llamaba la «tercera pista genética». En otras palabras: sangre, cabellos con raíz, huesos o cualquier otro elemento, perteneciente a José, que hubiera preservado células vivas en las que, como se sabe, se almacena la «espiral de la vida» (el ADN). Si el Maestro debía su concepción a los padres biológicos, el código genético aparecería, necesariamente, en los de José y la Señora. *(N. del m.)*

Parecía claro. Enterrador y plañidera no se hallaban en el cementerio. Deduje que, ante la inminente llegada del sábado y la lógica falta de trabajo, ambos optaron por ingresar en Nazaret o —quién sabe— quizá en Séforis o en cualquiera de las villas próximas. Sin embargo, no debía fiarme. ¿Y si regresaban?

Procuré serenarme, recordando otra de las rígidas disposiciones rabínicas. Ningún judío estaba autorizado a caminar en sábado más allá de los dos mil codos (1). Calculé la distancia entre Nazaret y el camposanto, por la ruta más corta (la cima del Nebi). No me gustó. Como mucho, el camino sumaba setecientos metros. Si la pareja había elegido la aldea de la Señora, el «trabajo» que suponía la ida y la vuelta no violaba la Ley. Suponiendo que el destino fuera Nazaret...

Y otra duda me inquietó: ¿qué seguridad tenía de que enterrador y «burrita» eran judíos? Ninguna. Si eran paganos, las cosas se complicaban. El regreso podía producirse en cualquier momento.

Sí, mal asunto...

Pero estaba donde estaba. No tenía demasiadas alternativas. Así que, confiando en la formidable «fuerza» que me sostenía, me arriesgué. Crucé veloz entre las estelas y fui a situarme frente a las cinco muelas.

Al levantar la vista reparé en algo que no había captado en las anteriores visitas y que, honradamente, me heló la sangre.

—Lo que faltaba —murmuré entre dientes, imagi-

(1) Lo que los judíos denominaban «la frontera del sábado» era el punto más alejado al que se hallaban autorizados a desplazarse. Ese «camino sabático» de Lucas fue establecido en dos mil codos judíos (un kilómetro, aproximadamente; *Fr.*, 4, 3 y 5, 7). La ley dictaba, incluso, las razones por las que se podía alcanzar dicha «frontera»: «se puede esperar al anochecer hasta la frontera del sábado para vigilar los preparativos de una novia o de un muerto, como acarrear el féretro o la mortaja». Naturalmente, los astutos judíos conseguirían burlar la norma, creando lo que llamaban el *erub*: un punto en el que depositaban algo de comida, simulando así que dicho lugar era una segunda residencia. Esto les permitía sumar otros mil metros. En caso de necesidad o conveniencia, el *erub* se multiplicaba hasta donde fuera menester... *(N. del m.)*

nando la suerte de aquel entrometido si llegaba a ser capturado.

En mitad de la roca caliza que hacía las veces de fachada, a poco más de dos metros del suelo, perfectamente visible, las autoridades de Roma habían empotrado una losa de mármol de 60 por 40 centímetros, aproximadamente, en la que, en griego, podía leerse lo siguiente:

«Sabido es que los sepulcros y las tumbas, que han sido hechos en consideración a la religión de los antepasados, o de los hijos o de los parientes, deben permanecer inmutables a perpetuidad. Si alguien, pues, es convicto de haberlo destruido, de haber, con mala intención, transportado el cuerpo a otros lugares, haciendo injuria a los muertos, o de haber quitado las inscripciones o las piedras de la tumba, ordeno que ése sea llevado a juicio como si quien se dirige contra la religión de los Manes lo hiciera contra los mismos dioses. Así, pues, lo primero es preciso honrar a los muertos. Que no sea en absoluto permitido a nadie el cambiarlos de sitio, si no quiere el convicto por violación de sepultura sufrir la pena capital.»

¡Dios bendito! Aquello parecía otra burla del Destino...

Sabía lo que me aguardaba si era sorprendido con las manos en la masa. Pero tampoco era necesario que me lo recordaran con semejante pompa y puntualidad...

El «edicto», nacido probablemente en las cancillerías de Augusto, era algo habitual en aquel tiempo en muchos de los cementerios de la provincia romana de la Judea. No sería el primero ni el último que acertaría a descubrir en mis correrías.

Traté de olvidar el «aviso» y proseguí con lo que importaba.

Me acerqué a las redondas piedras que cerraban las entradas a las respectivas grutas funerarias y fui palpando y examinando. No había duda. Roca caliza...

Las cinco moles, de metro y medio de diámetro, podían pesar no menos de setecientos kilos por unidad. Demasiado para desplazarlas con la fuerza de un solo hombre. Y tal y como fue planificado, me retiré unos metros, activando el «tatuaje» (1). No había opción. Si deseaba penetrar en las criptas y localizar los restos de José, aquél era el procedimiento más rápido y eficaz.

Lancé una mirada a mi alrededor. En el firmamento, envalentonadas por la luna nueva, unas madrugadoras estrellas parpadeaban insolentes. Tuve la sensación de que gritaban, delatándome. Pero no. Todo continuaba en paz.

Tecleé, proporcionando los parámetros necesarios: distancia, volumen espacial, tiempo para la inversión y, obviamente, naturaleza de los *swivels* a «remover».

Quince segundos después, un seco y apagado «trueno» espantaba a una familia de rapaces nocturnas, alzando el vuelo sobre los olivos. Y la boca de la cripta apareció limpia y desafiante.

Repetí la observación sobre el camposanto y su entorno. Aquél era otro instante clave. El estampido, aunque breve, podía llamar la atención.

Esperé inquieto.

Las lechuzas recobraron la paz y yo con ellas.

Bien. Era el momento...

Deslicé los dedos hacia el extremo superior del cayado, pulsando el láser de gas y posicionándolo en la potencia mínima (unas fracciones de vatio). Al punto, un finísimo hilo de fuego apareció en la noche. Aproximé la rama de olivo y el «cilindro» (de apenas 25 micras) provocó la combustión.

No había tiempo que perder. Y portando la improvisada tea penetré sigiloso en la cripta.

La humedad me abofeteó. Hacía mucho que el lugar permanecía clausurado.

El reducido habitáculo, en forma de círculo, de unos tres metros de diámetro y algo más de uno y medio de altura, fue excavado pacientemente, conquistando una dócil y cenicienta caliza. En su perímetro, a cincuenta centímetros del suelo, presentaba una docena de hornacinas.

(1) Amplia información sobre este dispositivo en *Caballo de Troya 5*, pp. 199 y ss. *(N. del a.)*

Dudé...

Encorvado y con el corazón en un puño me volví hacia la «desaparecida» muela. No, aquél no era el plan... Pero no tuve fuerzas.

Una vez en el interior, como medida precautoria, evitando así que alguien me detectara, este explorador debía activar de nuevo el «tatuaje», materializando la roca y cerrando la gruta.

Pero, como digo, dudé. Sentí miedo. Después de la amarga experiencia en los subterráneos de la casa del saduceo, en Nazaret, no deseaba tentar la suerte. Sabía que el «tatuaje» no fallaría, pero...

El corazón, acelerado, se puso de mi lado.

«No lo haría. Correría el riesgo.»

E inspirando profundamente me encaré a la arquetas de piedra que descansaban en los huecos.

Era mi turno.

«José y su hijo Amós.» Ésta era la inscripción que, supuestamente, tenía que figurar en uno de los osarios. ¿Daría con ella?

Repasé las cajas con nerviosismo.

¡Bendito sea el cielo! Todas aparecían grabadas en la cara frontal. La mayoría en arameo. Otras en griego.

Y auxiliado por el chisporroteante fuego fui leyendo:

«Teodoto Liberto.»

No, aquella traducción al griego del nombre hebreo «Natanael» (Bartolomé) no era lo que buscaba...

«Yejoeser hijo de Eleazar.»

Tampoco...

«Miriam hija de Nathan.»

Empecé a desconfiar. ¿Había equivocado la cripta?

«José y su hijo...»

La emoción brincó.

¿José?

Sin embargo, al terminar de leer, comprendí que me equivocaba.

«José y su hijo Ismael y su hijo Yejoeser.»

El resto de las apresuradas traducciones fue igualmente estéril. La decepción se presentó puntual. Allí no reposaban los huesos de José...

No importaba. Repetiría la lectura.

Naturalmente, sólo obtuve un nuevo fracaso. Aquélla no era la cripta.

Regresé al exterior y dediqué unos segundos a la obligada vigilancia de cuanto me rodeaba. Todo respiraba sosiego. Todo menos el cielo y quien esto escribe. Ahora eran miles los «testigos» que parecían gritar, denunciando el sacrilegio. Y me hice una sola pregunta: ¿cuánto tiempo sería necesario para registrar las restantes cuevas?

Afortunadamente reaccioné. No me rendiría. Disponía de toda la noche, a no ser, claro está, que recibiera alguna visita...

Cerré la cripta y, antes de teclear sobre el «tatuaje», preparando la segunda exploración, me concedí unos instantes. Tenía que pensar. Tenía que aliviar aquella condena. Tenía que encontrar una pista, un indicio, que simplificara la búsqueda. Pero, ¿cuál? Sólo Dios y los familiares sabían dónde se hallaba el osario. Suponiendo que la intuición acertara...

Imagino que fue una casualidad. ¿O no?

Lo cierto es que, al repasar mentalmente las inscripciones de las doce arquetas, caí en la cuenta de «algo» que podría tener cierto fundamento. Pero no estaba seguro. Y decidido a verificarlo caminé hacia las estelas del cementerio. Me centré en las más próximas a la criptas.

¡Bingo!

Allí había «algo»...

Volví a leer. Sí, la sospecha era correcta. Las inscripciones que acababa de contemplar en la cueva funeraria se repetían en las primeras filas. Estaba claro. Aquellos restos fueron inhumados en un mismo periodo de tiempo y, posterior y paulatinamente, exhumados y depositados en la cripta correspondiente. En este caso, en la que ocupaba el extremo derecho del talud calcáreo.

El hallazgo me reconfortó. Si existía un orden de exhumación —como era presumible—, estas hileras, las que confirmaron mis sospechas, tenían que ser las más antiguas. En el paño opuesto, así lo recordaba, el pequeño cementerio presentaba una superficie todavía virgen, dispuesta para nuevos enterramientos. Pues bien, en las filas cercanas a esa zona en reserva, quien esto escribe había descubierto la estela que perpetuaba la memoria de José y de su hijo Amós. En resumen: dicha hilera —la número once— era más «moderna» y, en consecuencia, los huesos allí sepultados deberían de haber sido rescatados bastantes años más tarde.

Comprobé la argumentación sobre el terreno. El camposanto sumaba trece hileras. A partir de ahí, hasta el lugar donde se levantaba la choza, la tierra se hallaba libre y, como digo, preparada para nuevos «inquilinos».

La cuestión, ahora, se centraba en otro punto no menos problemático. Aceptando que la hilera «once» fuera una de las más recientes (?) (José llevaba muerto veintidós años y su hijo dieciocho), ¿a cuál de las criptas fueron trasladados?

El dilema, obviamente, no era fácil. Y me dejé arrastrar por el sentido común. Si los huesos de las dos filas iniciales del cementerio se hallaban en la gruta de la derecha (la que acababa de abrir), los exhumados en el lado opuesto quizá habían ido a parar a la ubicada en el otro extremo, es decir, la más «moderna» (?). Naturalmente, lo de «moderna» era otra suposición de este optimista explorador...

Y dado que ahí terminaban las especulaciones, opté por la citada cripta. Fui a situarme frente a la muela y tecleé, «volatilizándola». El segundo estampido volvió a paralizarme.

Afiné los sentidos. Observé la choza, el bosque de olivos y el senderillo que trepaba hacia lo alto del Nebi.

Nuevos e inquietos vuelos de las rapaces. Más ansiedad. Y, al fin, desplomándose despacio, como una nevada, el maravilloso silencio...

Entré con idénticas precauciones. La humedad gobernaba también aquel lugar. Y «alguien» —digo yo que ese ángel con nombre de mujer: «Intuición»— pasó de puntillas junto a este tenso explorador. El susurro, aunque claro y preciso, fue rechazado...

«Esta vez sí.»

La gruta artificial, algo más desahogada que la anterior, guardaba una forma muy similar: había sido excavada en círculo, con una altura máxima ligeramente superior a la mía (1,80 metros). En las paredes, también a corta distancia del tosco pavimento, se alineaban otros huecos. Sumé diez. Y en las hornacinas, sendas cajas o arquetas de caliza. En dos de ellas, a diferencia de la primera cripta, reposaban unos osarios más pequeños. Deduje que podía tratarse de restos de niños.

La chisporroteante flama me previno. En el suelo, al pie de las hornacinas, se hallaba una de las arquetas. Aparecía quebrada, con la tapa a corta distancia, y una serie de huesos esparcidos y desarticulados. Me incliné, examinándolos. Era extraño. La cueva, probablemente, llevaba cerrada mucho tiempo. ¿Qué había sucedido? Paseé la tea por el techo y, al descubrir una ancha fisura, supuse que la caída se debía a un movimiento sísmico.

Volví sobre la malograda arqueta y busqué la inscripción. En principio —me tranquilicé—, aquél no parecía el osario de José. Sólo contenía un esqueleto. La grabación en la piedra —«Menajem hijo de Simón»— confirmó la presunción.

Tanteé los huesos y verifiqué lo que imaginaba. La humedad y la dilatada permanencia en el osario estaban acelerando la desintegración. Se hallaban muy frágiles. Esto podía complicar los planes. Pero no me desanimé. Sabía que la intensa humedad de la Galilea no nos favorecía. Los lugareños conocían esta circunstancia y difícilmente fabricaban osarios de madera. (El ciprés, sicomoro y pino eran más económicos que la piedra.) Si tenía la fortuna de localizar los restos, y concretamente los dientes de José, el problema no nos afectaría. Estas piezas, justamente, son las más indicadas para el estudio que nos proponíamos. La pulpa, de la que deberíamos extraer el ADN, se encuentra siempre muy protegida, resistiendo la acción de los agentes físicos, térmicos y químicos, así como la inevitable putrefacción.

Un segundo hallazgo, a la izquierda de la entrada, me demoró de nuevo. Se trataba de tres lucernas o lámparas de arcilla y dos cántaras de mediano porte. Una contenía aceite en estado sólido, muy degradado, y la otra un líquido verde y corrompido. Probablemente, el agua utilizada en el obligado ritual de purificación tras la última manipulación de los osarios.

La verdad es que pensé en aprovechar el combustible. Pero, inquieto, comprobando con horror cómo escapaba el tiempo, continué en compañía de la mermada antorcha. O mucho me equivocaba o, en breve, tendría que reemplazarla...

Y, atento, repetí la operación, revisando las inscripciones de las nueve cajas.

Las dos primera me confundieron. En ambos osarios, los más pequeños, leí lo mismo:

«Yejoeser Akabia.»

No pude evitarlo. La curiosidad fue más fuerte. Alcé las tapas y creí entender. Estaba ante los restos de dos muchachos. Posiblemente hermanos. Y siguiendo la costumbre, al fallecer el primero, los padres impusieron el nombre del muerto al segundo.

«Menajem (hijo de) Simón Simón.»

¡Mala suerte! La dichosa tea empezó a lamer la mano de este, cada vez, más desconsolado explorador. No tuve alternativa. Deposité antorcha y cayado en el suelo de la cripta y me lancé al exterior, al encuentro del olivar...

El lugar seguía dormido. Esta vez hice acopio de tres largas y robustas ramas. Y me sorprendí a mí mismo: ¿cuánto tiempo pensaba permanecer en esta delicada situación?

Increíble. Eché a un lado el miedo y me convencí de que «aquello debía ser apurado hasta el final». Ni siquiera ahora acierto a entender tan arriesgado, casi suicida, comportamiento...

«Miriam esposa de Judá.»

Negativo...

«Yejoeser hijo de Yejoeser.»

Moví la cabeza, negando. ¡Dios!... ¿Es que había vuelto a equivocar la cripta?

«Salomé esposa de Eleazar.»

El corazón se detuvo. La agitada respiración se vino abajo e intenté escuchar. Algo sonó en el exterior... De pronto, fijando la mirada en la oscilante flama, comprendí que la luz podía delatarme. Apagué la antorcha, pisoteándola, y me incorporé veloz, como impulsado por un resorte. El chasquido se repitió. Esta vez muy cerca...

Me aposté en el umbral y dispuse la «vara de Moisés». Si era el enterrador, no tendría más remedio que dejarlo inconsciente.

Pero el Destino, burlón, no tardó en presentarme al responsable de los ruidos y del sobresalto. Entre las estelas, la visión infrarroja me ofreció el cuerpo inquieto y estilizado y la larga y flotante cola de un hambriento zorro de vientre gris. Respiré aliviado. Sin embargo, el «aviso» me puso en guardia. Me estaba descuidando. Era un violador de tumbas y, si me detenían, el castigo era la muerte...

Prendí la rama de olivo y, con cierto desaliento, me ocupé de las dos últimas arquetas.

«Slonsion madre de Yejoeser.»

Un desastre...

«José...»

Mi pobre corazón estuvo a punto de rendirse.

¡No puede ser!... ¡Oh, Dios!... ¡Sí!...

«José y su hijo Amós.»

Casi dejé caer la antorcha. Y aturdido e incrédulo pegué la nariz a la novena y providencial arca de piedra.

Bajo los nombres, también en griego, despejando dudas, se leía el mismo epitafio grabado en la estela del cementerio:

«No desaparece lo que muere. Sólo lo que se olvida.»

Me separé unos pasos. Contemplé el osario e, intentando apaciguar aquel loco corazón, di gracias al cielo. Mejor dicho, agradecí y solicité perdón. Lo que hacía, y lo que estaba a punto de ejecutar, no hubiera sido aprobado por la familia...

Nueva ojeada al exterior. El zorro continuaba merodeando cerca de la choza. Nada parecía importunarme. Había llegado el momento...

La arqueta, de unos cincuenta centímetros de largo por setenta de alto y treinta de ancho, gimió y protestó al ser retirada del nicho. La deposité con dulzura en el centro de la cripta y, tembloroso, me dispuse a retirar la tapa de caliza.

¿Y si no fueran los restos de José?

Rechacé la estúpida duda. Santiago, en mi primera visita al cementerio, ratificó con sus palabras que aquella inscripción era la de los suyos. Además, ¿cuántos José y Amós compartían osario? Me reprendí. «No debo dudar. Los huesos, por otra parte, terminarán de certificar si estoy o no en un error.»

Levanté la pesada losa y acerqué la antorcha.

Me estremecí.

Cuidadosamente colocados aparecían la calavera y los restos descarnados de un infante.

¿Amós?

El esqueleto, desarticulado, había sido dispuesto sobre una doble estera de hoja de palma. Me hice con los extremos y, con sumo tacto, procurando no alterar la disposición de la osamenta, la extraje, abandonándola sobre el pavimento. Mi objetivo no era éste.

Nuevo escalofrío.

¿José?

En idéntica posición, y con el mismo y esmerado ritual, la familia había almacenado los restos en el fondo de la arqueta.

Estos movimientos, lo sé, hubieran exigido unas muy específicas y férreas condiciones de trabajo. El posterior análisis del ADN así lo demandaba. Pero, ante la imposibilidad de cargar un equipo que aislase las muestras, evitando la contaminación, tuve que resignarme. Procuraría extremar la asepsia, distanciándome de las piezas que debían ser trasladadas a la «cuna». En este sentido, la «piel de serpiente», separando la epidermis, fue de gran ayuda, sirviéndome de guantes.

De pronto, el corazón volvió a oscilar. En la lejanía, el zorro se lamentó. Acudí a la boca de la gruta e inspeccioné ansioso. Falsa alarma.

Y consumido por las prisas tomé en mis manos el cráneo del adulto. Afortunadamente, el tiempo y el traslado a la cripta respetaron la mandíbula. No quedaban muchos dientes. Revisé el maxilar. Uno de los premolares, con las raíces intactas, fue el elegido. A continuación seleccioné el tercer molar, apenas incipiente y visible en la mandíbula. La extracción fue rápida y limpia. El periostio (1), obviamente desaparecido, y la cortical (parte superior del hueso), sumamente quebradiza, aliviaron la operación.

Guardé el «tesoro» en una de las ampolletas de barro que conservaba en el saco de viaje y, sin poder reprimir la curiosidad, continué examinando la calavera. Aquélla era una ocasión única...

La docena de dientes presentaba un acusado desgaste. En especial, los molares y premolares supervivientes. Lo atribuí a la dieta. Concretamente, al exceso en el consumo de pan.

Uno de los caninos, en el maxilar, disfrutaba de una raíz doble, algo relativamente normal en la dentición. Pero lo que más llamó mi atención fue la reabsorción alveolar. Sin duda, José había padecido una de las dolencias más frecuentes en aquel tiempo: la «piorrea» (2) o enfermedad periodontal. Un problema que termina diezmando la dentadura. Esto podía explicar también el porqué de la escasez de piezas dentarias (3).

(1) Periostio: membrana fibrosa, blanca, vascular, más o menos gruesa y resistente (según la edad), que rodea el hueso. *(N. del m.)*

(2) Esta enfermedad afecta progresivamente a los tejidos-soporte del diente, prosperando desde los más superficiales (encías) hasta los más profundos (hueso). Se trata de una dolencia grave. En las fases más avanzadas conduce a la movilidad y pérdidas de las piezas dentarias. Abarca dos situaciones claras: inflamación de las encías (gingivitis) y la del ligamento periodontal (periodontitis). *(N. del m.)*

(3) Como es bien sabido por los especialistas, en el origen de la enfermedad periodontal intervienen múltiples factores. Desde las hormonas hasta los medicamentos. Lo más común, sin embargo, es que la dolencia sea producida por un exceso de placa bacteriana y de cálculos (sarro) en la superficie de los dientes. Esta placa la forman unos determinados microorganismos, así como una sustancia pegajosa integrada por residuos de alimentos y saliva. Las bacterias alteran la configuración normal de la encía, debilitándola, penetrando en ella e inflamándola. El sarro, por su parte, además de contribuir al soporte de los microorganismos, colabora en dicha irritación, multiplicando la inflamación. En la primera fase, la encía se presenta enrojecida y sangrante (gingivitis). Si el problema prospera, la gingivitis desemboca generalmente en la llamada periodontitis. En este caso aparece la bolsa periodontal y las toxinas de las bacterias penetran

En efecto, estaba sobre la pista adecuada. Allí, en la parte superior del cráneo, destacaba un notable orificio ovalado, de unos seis centímetros de diámetro mayor. No me equivocaba. Éstos eran los restos del padre terrenal de Jesús. La aparatosa herida en la región témporo-parietal, que, sin duda, resultó mortal, coincidía con lo descrito por la familia. José, como fue dicho, cayó al suelo cuando trabajaba en lo alto de un edificio, en la ciudad de Séforis. E intrigado, deseoso de comprobar la información, examiné el resto de la osamenta.

No tardé en descubrir que otros huesos se hallaban igualmente fracturados. En el análisis aprecié roturas en la clavícula derecha, peroné, varias de las costillas y uno de los metatarsos. Aquello tenía que ser consecuencia de la fatídica caída.

Otro detalle que me asombró, y del que, lógicamente, no tenía noticia, fue la estatura del contratista de obras. Lástima no haber dispuesto del tiempo y de los medios necesarios para evaluarlo con precisión. Pero entiendo que el error en las mediciones fue mínimo. A juzgar por la longitud de húmeros, tibias y fémures (según la fórmula de Trotter y Gleser), José pudo alcanzar alrededor de 1,80 metros. Una talla respetable, teniendo en cuenta que la media, para los hombres, en la época del Maestro, oscilaba en torno a 1,60. La verdad es que, bien mirado, esto justificaba la no menos destacada estatura de Jesús (1,81 metros).

Los huesos, en general, a pesar de lógico deterioro, me parecieron robustos. José debió de ser también un ejemplar tan atlético como su Hijo. En las tibias, en cambio, percibí algunos síntomas de agarrotamiento. La explicación se hallaba, quizá, en la continua flexión de las piernas. Algo normal en un terreno tan accidentado como Nazaret y su entorno.

---

con facilidad, ocasionando la destrucción del hueso alveolar. Con ello surge la movilidad, la migración dentaria y, finalmente, la pérdida de los dientes. A juzgar por la reabsorción alveolar y la reducción de la altura facial en el cráneo, cabe la posibilidad de que José hubiera padecido esta última fase de la enfermedad. *(N. del m.)*

Al inspeccionar las suturas de la bóveda craneal y la apófisis xifoides del esternón me ratifiqué en lo que ya sabía: José falleció antes de cumplir los cuarenta. Las primeras seguían abiertas y la apófisis no se había unido aún al cuerpo. Tal y como detallé en páginas precedentes, según la familia, el contratista murió el 25 de setiembre del año 8 de nuestra era, cuando contaba 36 años de edad.

El cráneo, en resumen, era claramente mesocéfalo (1), con una frente alta y vertical y un índice nasal mesorrino (alrededor de 48,9°). Es decir, una nariz media, muy distinta, por cierto, a la del rabí. La mandíbula, armónica con el resto de la estructura craneal, se presentaba corta, ancha y poderosa.

Y sumido en aquel apasionante estudio, sinceramente, perdí la noción del tiempo y del peligroso lugar donde me encontraba. Pero el Destino cuidó de este inconsciente explorador...

No lo pensé dos veces. Tenía que aprovechar la magnífica e irrepetible oportunidad. Las nuevas muestras, además, ampliarían y asegurarían los resultados de las investigaciones sobre el ADN. Y ni corto ni perezoso me lancé sobre la pequeña calavera de Amós. Aunque la mandíbula había desaparecido, el maxilar conservaba todavía varios de los dientes deciduales o de «leche», así como los permanentes, ocultos bajo el hueso. Rescaté dos piezas —un canino y un molar— y me apresuré a ocultarlas en la segunda ampolleta vacía.

La misión, prácticamente consumada, tocaba a su fin. Pero la curiosidad, de nuevo, me venció. Nunca aprenderé... Y poco faltó para que aquel error pasara factura.

(1) Mesocéfalo o de cerebro medio. En el caso de José aparecía con bastantes rugosidades, protuberancias superciliares y una pronunciada glabela. El índice medio de altura-longitud craneal era ortocéfalo. Por su parte, los procesos mastoideos eran moderados. Presentaba igualmente un índice fronto-parietal metriometópico. Aunque no disponía del instrumental necesario, calculé que la longitud craneal podía oscilar alrededor de 185 milímetros, con una anchura de 146, aproximadamente. No observé procesos degenerativos en articulaciones y vértebras. *(N. del m.)*

El cráneo del niño, fallecido a los cinco años, presentaba síntomas de osteoporosis (1) en los parietales y occipitales. Revisé una y otra vez los restos pero, naturalmente, en tales circunstancias, era poco menos que imposible averiguar el porqué de dicho problema. Pensé en una hipotética deficiencia de hierro y proteínas o —quién sabe— en una infección de la madre. Todo era posible.

Varios de los dientes habían sido víctimas también de un agudo y generalizado mal: la caries. Otra dolencia habitual entre aquellas gentes.

El resto de la osamenta, frágil y consumida por la humedad, no me dijo gran cosa, excepción hecha de la confirmación de la edad del infante, a través de la observación de la epífisis inferior del peroné.

Y feliz, complacido ante el excelente resultado de la aventura, devolví los huesos de Amós al interior del osario, cubriéndolo con la tapa de piedra. Me incorporé y, obedeciendo a un extraño impulso, bajé los ojos, pronunciando en silencio una oración: aquel hermoso y original padrenuestro que escribiera el propio Jesús de Nazaret.

No pude concluirlo...

Súbitamente, algo me devolvió a la realidad. A la cruda y despiadada realidad...

Me sentí atrapado.

Instintivamente apagué la tea. ¿Qué hacía? ¿Escapaba? ¿Permanecía oculto en la cueva?

El corazón, al galope, no colaboró. ¡Dios!...

Y escuché de nuevos los confusos sonidos. Reaccioné y, despacio, muy despacio, midiendo cada paso, me asomé a la boca de la gruta.

La espesa oscuridad, alimentada por la luna nueva, multiplicó la zozobra. La visión IR no detectaba ningún ser vivo. Pero el clamor estaba allí, en alguna parte. Maldije mi inconsciencia. Podía haber abandonado el cementerio nada más extraer los dientes de José...

(1) La osteoporosis provoca la formación de espacios anormales en el hueso o la rarefacción del mismo sin descalcificación, por la ampliación de sus conductos. *(N. del m.)*

Me aferré al cayado. Si era menester me defendería. Las muestras seguirían conmigo. Nada ni nadie me las arrebataría.

¿Risas?

Eso fue lo que percibí a renglón seguido. Parecían proceder de la zona norte. Quizá del caminillo que conducía a la cima del Nebi.

El corazón, imparable, continuó bombeando hasta hacerme daño.

Sí, risas, voces, gritos...

Alguien se aproximaba por mi derecha, por el citado senderillo.

Creo que empecé a dudar.

La duda y el miedo, a partes iguales, me anclaron al suelo de la cripta funeraria.

¿Qué hacía? ¿Saltaba como un gamo a la búsqueda del olivar? ¿Olvidaba el osario? ¿Cerraba la cueva? ¿Seguía allí?

Si optaba por lo primero, quizá pudiera cruzar el cementerio y desaparecer antes de la llegada de los todavía invisibles individuos.

¿Y si no era así? ¿Qué ocurriría si me detectaban a medio camino? Ni siquiera sabía cuántos eran...

Traté de pensar. Imposible. El miedo no me lo permitió.

De pronto, las «crótalos» pusieron ante este descompuesto explorador dos figuras rojizas, abrazadas y tambaleantes.

Necesité unos segundos para cerciorarme..., y comprender.

¡Maldita sea!

No cabía la menor duda. Las risas y el vocerío lo confirmaron. El enterrador y la plañidera regresaban de Nazaret..., borrachos como cubas.

Al entrar en el camposanto, ciegos por el vino, fueron a topar con una de las estelas, cayendo entre las tumbas. Más risas. Más gritos. Más confusión...

El Destino, lo sé, tuvo piedad de mí.

Esperé. En un principio, la situación no parecía tan

crítica como había supuesto. Y el descompuesto ánimo, lenta y gradualmente, recobró el temple.

La pareja, auxiliándose mutuamente, tropezando aquí y allá, consiguió a duras penas su propósito, alcanzando la choza. Nunca comprendí cómo demonios cruzaron el Nebi.

Al poco, el alboroto fue extinguiéndose, dejando paso a unos maravillosos y tranquilizadores ronquidos.

Encajé susto y lección y, sin perder un minuto, restablecí el orden en la cripta, clausurando la entrada.

Dos horas más tarde, con el alba, aquello era historia...

Y apreté el paso, ansioso por ingresar en el Ravid y concluir esta fase de la misión.

Una vez más, el Destino fue benevolente con quien esto escribe.

18 AL 24 DE JUNIO

La misma tarde del sábado, 17, sin tropiezo ni percance, este explorador abrazaba a su hermano. Todo en el «portaaviones» discurría a entera satisfacción. A decir verdad, tanta paz empezó a preocuparme. No era muy normal...

Esa noche fue dedicada, única y exclusivamente, al descanso. Eliseo lo entendió y, aunque ardía en deseos de preguntar y exponer lo descubierto en los análisis de la sangre de la Señora, dejó que me recuperara.

A la mañana siguiente, con el alma y el corazón pletóricos, le puse al corriente de cuanto había visto y oído en la prolongada estancia en la Ciudad Santa y en el cementerio de Nazaret. No hizo muchos comentarios. No merecía la pena. El destino de los «embajadores del reino» estaba claro. Y la valiosa información, como era habitual, fue transferida al banco de datos de «Santa Claus».

Eliseo, por su parte, no menos feliz, me mostró los informes y los resultados de sus investigaciones en torno a la sangre que este explorador, como se recordará, tuvo la fortuna de recoger en Nazaret, cuando María, la madre del Maestro, resultó levemente lesionada en la nariz (1).

El providencial lienzo y la no menos oportuna hemorragia nasal de la Señora nos permitirían redondear otra decisiva misión, «especial y encarecidamente encomendada por los directores de *Caballo de Troya*». Como

(1) Amplia información en *Caballo de Troya 5*, pp. 77 y ss. *(N. del a.)*

Segunda: padre «A» y madre «AB».
Tercera: «B» para José y «AB» para la Señora.
Cuarta: «AB» para ambos.

Evidentemente, si María era «B», los siguientes análisis sólo podían ofrecer el grupo «A». Pero teníamos que demostrarlo.

Y a partir del lunes, 19, mi hermano y quien esto escribe, sin prisas, se entregaron a una intensa labor, conscientes de las repercusiones de estos experimentos.

La primera inquietud, aparecida ya en los arranques de la operación, se centró en la posible contaminación de las muestras y en el estado de las mismas. Aunque las ampolletas de barro empleadas en el traslado de los dientes fueron minuciosa y severamente desinfectadas, siempre cabía una duda razonable. Sin embargo, las circunstancias mandaban y, sencillamente, confiamos en nuestra buena estrella. Respecto a la integridad de las piezas dentarias, las observaciones al microscopio nos tranquilizaron y animaron. No detectamos caries ni fisuras. Otra cuestión era el interior. Después de tantos años, las pulpas del molar y del premolar (en el caso de José), así como las del canino y molar (en Amós), podían haber resultado reabsorbidas y pegadas a las paredes. Si era así, las cosas se complicarían. Los forenses conocen bien este problema. Cuando los restos se hallan deteriorados, el ADN queda inservible, destruyéndose, incluso, los fragmentos mayores.

Pero, como digo, confiamos. Y llegó el gran momento.

Nos decidimos por el molar, reservando el premolar de José para un segundo ensayo.

Eliseo lo perforó y, hábil, extrajo la pulpa.

¡Bingo!... ¡No había reabsorción!

Este explorador sabía que el diente correspondía a un ser humano. Pero fuimos fieles al método científico. Primera determinación: la especie. El examen fue concluyente. Corona y raíz se hallaban en el mismo plano, indicando que pertenecía a un humano. (Como se sabe, el hombre es el único mamífero en el que los dientes se desarrollan verticalmente.) Segundo y obligado protocolo: edad. Siguiendo las directrices de Gustafson, evaluamos algunos de los seis procesos evolutivos básicos (1). Lógicamente, no todos fueron viables. Pues bien, cuantificando las modificaciones provocadas en el diente por cada uno de estos procesos, el resultado de la línea de regresión ofreció un total de cuatro puntos. Considerando un error de más-menos cinco años, la edad de José quedó así estimada en treinta y cinco años. En otras palabras: lo que ya sabíamos (el padre terrenal de Jesús murió a los treinta y seis).

En cuanto a la tercera determinación —el sexo—, sería aclarada poco después, con los análisis celulares (2). La incógnita, sin embargo, aparecía igualmente despejada para quien esto escribe. Al inspeccionar la osamenta, pelvis, fémur, sacro y el cuerpo del esternón —dos veces más largo que el manubrio— fueron esclarecedores. Los huesos pertenecían a un varón. No obstante, esperamos. Todo debía llevarse con rigor.

Los pasos siguientes —diagnóstico de los grupos san-

(1) Una vez terminada la erupción dentaria, expertos como Gustafson, Miles y Dalitz establecieron una serie de reglas, en función del desgaste, para determinar la edad del individuo. Dichos procesos evolutivos son los siguientes:

Abrasión de la superficie (consecuencia de la masticación). Paradontosis (cambios en los tejidos de soporte del diente). Dentina secundaria (la cavidad de la pulpa se rellena por un tejido duro que procede de la pared). Aposición de cemento (éste aumenta su densidad con la migración). Reabsorción de la raíz (en determinadas áreas, cemento y dentina son reabsorbidos por células especiales). Transparencia de la raíz (con la edad, los canales que cruzan de la pulpa a la periferia se hacen invisibles, debido al relleno de sustancias minerales). *(N. del m.)*

(2) Uno de los procedimiento para establecer el sexo aparece en el recuento cromosómico, gracias a los cuerpos cromatínicos sexuales. En el varón, por ejemplo, el cromosoma «Y» resulta fluorescente a la quinacrina. En las células, en cambio, que no están en división, la femenina señala uno o más nódulos de cromatina fijada a la superficie interna de la membrana nuclear. Las masculinas, por el contrario, carecen de este cuerpo de «Barr». Otro rasgo típico femenino aparece también en los leucocitos. Éstos muestran lo que se denomina cuerpo de «Davidson» (una delgada proyección en forma de palillo de tambor). En el caso que nos ocupa —el supuesto padre biológico de Jesús de Nazaret—, la presencia del cromosoma «Y» en el recuento cromosómico fue decisiva. *(N. del m.)*

guíneos de José y Amós— no ofrecieron excesivas complicaciones. Repetimos los procedimientos ya expuestos, obteniendo lo que sospechábamos: el padre terrenal del rabí de Galilea pertenecía al grupo «A». Exactamente igual que el niño.

El hallazgo nos estremeció. El Hijo del Hombre, verdaderamente, era hijo del hombre...

Su grupo —«AB»—, como mandan las leyes de la herencia, fue propiciado por la genética de José y de la Señora. Y lo mismo sucedía con Amós, el hermano. Desde un punto de vista científico, todo encajaba matemáticamente. Como dije, los aglutinógenos A y B se transmiten con carácter hereditario dominante. O lo que es lo mismo: no se dan en los hijos, si no están presentes en los progenitores. Así, por ejemplo, unos padres «AB» nunca podrían tener hijos del grupo «O».

Pero la importante «pista» debía ser ratificada. Y Eliseo, nervioso y emocionado, penetró en el último capítulo: la observación de los respectivos ADN (1) y sus estudios comparativos.

(1) Todos los rasgos que identifican a un individuo están ligados a su dotación genética, depositada en clave química en una molécula: el ADN o ácido desoxirribonucleico. La dotación genética de cada persona es la resultante de la contenida en el ADN procedente de sus progenitores. El descubrimiento de la estructura del ADN, en 1954, por Watson y Crick fue lo que permitió saber en qué consistía el soporte del material hereditario y dar el paso hacia el concepto del gen. El ADN es una sustancia dispersa en el núcleo de todas las células. En un determinado momento de la división celular, dicha sustancia se concentra en forma de bastones o cromosomas. La estructura del ADN es similar a la de una doble hilera en forma de escalera de caracol. La banda externa se halla integrada por un azúcar y un radical fosfato. En la interior se concentran cuatro bases «claves» (formando pares): «A» (adenina), «T» (timina), «C» (citosina) y «G» (guanina). Cada vuelta de esa doble hélice mide 3,4 nanómetros (un nanómetro equivale a la milmillonésima parte del metro) y contiene diez pares de bases. Un fragmento concreto de ADN forma lo que se denomina gen o unidad funcional. Cada gen encierra el código necesario para fabricar una proteína. El ser humano dispone de unos cien mil. La casi totalidad de esos genes son idénticos, cumpliendo las mismas funciones en todos los individuos. El uno por ciento, en cambio, es específico y aporta los rasgos y características que diferencian a cada persona. *(N. del m.)*

En esta ocasión, me mantuve al margen. Mi hermano, supongo, lo comprendió. Aunque no era propio de un científico, la «invasión» de los territorios más íntimos del ser humano nunca me agradó. Y mucho menos, bucear y sacar a la superficie los ADN de mis amigos... Fue instintivo. No sé expresarlo con palabras, pero el sentimiento era claro: no manipularía las claves de la vida de Jesús de Nazaret y de la Señora.

Para estos experimentos, *Caballo de Troya* nos había dotado de dos técnicas, desconocidas, que yo sepa, por la comunidad científica. La primera fue desarrollada y puesta a punto por los laboratorios de ingeniería genética de la Navy. Durante años, como es habitual, la Inteligencia Militar fue «absorbiendo» y «haciendo suyos» los interesantes descubrimientos de científicos como Khorana y Niremberg (descifradores del lenguaje del código genético), Smith y K. Wilcox (descubridores de las enzimas de restricción), A. Kornberg y su equipo (que hallaron la polimerasa) y Berg (que produjo la primera molécula de ADN recombinado), entre otros muchos. Ni qué decir tiene que estos brillantes hombres de ciencia nunca supieron de semejantes manejos...

Desde luego, no agotaré al hipotético lector de este diario con las complejas y farragosas secuencias que integraban esa técnica, «propiedad» de la Armada (1). No es

(1) A título meramente orientativo, proporcionaré algunas de las más destacadas características de esta primera técnica, utilizada en la obtención de los referidos ADN. Para empezar, conviene aclarar que la aplicación de pruebas científicas en la determinación de la paternidad biológica se realiza en función de polimorfismos genético-bioquímicos, tales como marcadores enzimáticos eritrocitarios, proteínas séricas y antígenos, entre otros. Estos sistemas, en especial los marcadores enzimáticos, proteínas séricas y sistema HLA, presentan la característica de una herencia mendeliana sencilla. De esta manera, el hijo reúne dos alelos —uno heredado del padre y el otro de la madre— que se manifiestan con claridad en los análisis.

Pues bien, dicha técnica perseguía, fundamentalmente, la replicación del ácido desoxirribonucleico. Este ácido, como se sabe, es portador de la información genética, conteniendo cuatro tipos de desoxinucleótidos: «A» (desoxiadenilato), «T» (desoxitimidilato), «G»

éste, obviamente, el propósito que me mueve a narrar lo que nos tocó vivir en la Palestina de Jesús de Nazaret.

Recuerdo que fue el miércoles, 21, hacia el mediodía...

Quien esto escribe se hallaba paseando por la zona de la muralla romana, absorto en los planes de nuestra

---

(desoxiguanilato) y «C» (desoxicitidilato). Es la secuencia de estas bases, justamente, lo que determina la información genética.

Y fue gracias a los hallazgos de los científicos mencionados como *Caballo de Troya* consiguió la replicación del ADN contenido en las muestras y su posterior identificación. Para ello, Eliseo, en síntesis, llevó a cabo los siguientes procesos:

Primero. Extracción química del ADN, partiendo de las muestras que obraban en nuestro poder (sangre, cabellos con raíz y dientes). Los restos fueron «digeridos», aislando así el ADN. Posteriormente se procedió a la separación, utilizando fenolcloroformo (con 400 microlitos pueden obtenerse, por ejemplo, entre 5 y 40 microgramos de ADN. Por encima de un microgramo, el ADN, en forma de ovillo blanco, aparece a simple vista en el fondo del tubo de ensayo).

Segundo. Mediante el uso de unas «tijeras químicas» (enzimas de restricción), el ovillo fue segmentado en zonas específicas. Las restrictasas cortan el ADN en pequeñas secciones, permitiendo un manejo más cómodo de las llamadas regiones hipervariables y no codificantes del genoma humano. (Dichas regiones no son genes propiamente dichos, ya que no codifican la síntesis de ninguna proteína y, por tanto, no tienen expresión genética. En otras palabras: el estudio de estas regiones hipervariables no aporta información sobre la estructura fenotípica del sujeto.) A continuación, mediante un «primer cebador» y un ciclador térmico, se obtuvieron «copias» ilimitadas. (En horas, por ejemplo, después de 30 ciclos, es posible «fabricar» 1 073 741 824 «copias».) En nuestras pruebas se utilizó una polimerasa especial, extraída de una bacteria cuyo hábitat son las fuentes termales (la *Thermus aquaticus*), que proporciona excelentes resultados a altas temperaturas.

Tercero. Mi hermano «exploró y reconoció» las regiones que interesaban, auxiliado por una sonda especial (marcada con fosfata alcalina). Ésta es más recomendable que el fósforo 32, ya que rompe los enlaces, pudiendo ser recogida, además, en una película.

Cuarto. El patrón (ADN) fue transferido a nylon, preparándose después una sonda radiactiva.

Quinto. Tras la unión de la sonda con las secuencias específicas de ADN se procedió, mediante lavado, a la eliminación del exceso de ADN.

Sexto. La sonda radiactiva fue fijada sobre el patrón (ADN) de la membrana, añadiendo la película de rayos X.

próxima y casi inminente misión fuera de las fronteras de Israel.

Eliseo, excitado, me reclamó a través de la conexión auditiva.

—¡Lo logramos!... ¡Aquí tienes las pruebas!

Tras los ensayos con los grupos sanguíneos, yo había intuido el desenlace. Pero ahora estaba ante la definitiva confirmación...

Mi hermano, mostrando los diferentes «perfiles genéticos», me invitó a compartir su alegría. Los examiné cuidadosamente, ratificando los resultados en la pantalla del ordenador central. No había duda: el análisis conjunto de las regiones seleccionadas ofrecía un patrón de bandas claramente coincidente. «Santa Claus», frío y objetivo, lo resumió así:

«Para cada una de las regiones se obtiene una perfecta compatibilidad entre las muestras del supuesto padre y de la supuesta madre... Se observa la presencia de un fragmento materno y de otro..., de procedencia paterna.»

¡Dios!... ¡Aquello era dinamita!

En las seis regiones hipervariables seleccionadas, todos los «códigos de barra» resultaban coincidentes. La certeza, pues, era superior a un 99,9 por ciento...

Eliseo, al final de su informe, escribió rotundo:

«La perfecta compatibilidad de perfiles en los ADN del Maestro, de José y de María permite concluir que la paternidad y maternidad han sido probadas, a pesar de no haber podido realizar un estudio estadístico referencial, por razones obvias... Teniendo en cuenta, sin embargo, la distribución de las frecuencias en USA y otras poblaciones, la probabilidad de paternidad y maternidad obtenida supera el 99,9 por ciento.»

Por último, tras el revelado, Eliseo consiguió al fin el patrón de bandas, el ansiado «perfil genético» del individuo. *(N. del m.)*

NOTA DEL AUTOR: El mayor, fallecido en 1981, no llegó a conocer lo que fue bautizado como la «reacción en cadena de la polimerasa» (PCR), descubierta dos años más tarde por Kary Mullis. Las técnicas descritas en su diario se ajustan extraordinariamente a los actuales procesos para la obtención del ADN. ¿Casualidad?

¿Qué significaba esto? En palabras sencillas, que el código genético de Jesús aparecía repartido entre los de sus padres terrenales. El Hijo del Hombre, por tanto, según la Ciencia, fue concebido con el esperma de José y el óvulo de la Señora.

Lo dicho: pura dinamita...

Y otro tanto sucedía con la «huella genética» de Amós.

¿Posibilidad de error?

Mínima, según mi hermano.

Para que dos perfiles de ADN, pertenecientes a individuos distintos, coincidan en seis regiones hipervariables tendríamos que pensar en una «supercasualidad». Dicho de otro modo: uno en un billón..., según «Santa Claus».

Para ambos estaba claro. No obstante, cumpliendo lo programado por *Caballo de Troya*, la experiencia fue repetida. En esta oportunidad, Eliseo echó mano de la segunda técnica, igualmente desconocida por el mundo científico.

La prueba fue ejecutada sobre el premolar de José y el molar de su hijo, Amós.

Extraídas las pulpas, tras congelarlas y esterilizarlas con nitrógeno líquido, evitando así la posibilidad de contaminación, las redujo a polvo, depositándolas en una minicámara de flujo laminar. A continuación, consumada la selección química del ADN, su aislamiento y el corte del ovillo con las enzimas de restricción, «Santa Claus» tomó el mando, procediendo a la «inyección» de un «nemo» en cada una de las regiones elegidas. (Esta especie de «microsensor», de treinta nanómetros, al que bautizamos con el nombre de «nemo» y que describiré en su momento con más detalle, actuaba como una «sonda», identificando y transmitiendo por radio el patrón de bandas. Es decir, el «perfil genético» del individuo. La «huella», una vez en poder del ordenador, era amplificada a voluntad.)

Esta diminuta maravilla de la Ciencia —únicamente programable con el concurso de «Santa Claus»— ahorraba muchas de las fases de la primera técnica de identificación del ADN, excepción hecha de las ya mencionadas. En definitiva, un sistema más rápido, limpio y fiable.

Segundos después del ingreso de los «nemos» en las regiones hipervariables seleccionadas en las muestras, la pantalla de la computadora ofrecía unas imágenes incuestionables.

Eliseo, tranquilo, las repasó dos veces, emitiendo un veredicto:

—Paternidad y maternidad..., probadas. Porcentaje de seguridad: cien...

Misión cumplida.

Acto seguido, demostrada definitivamente la paternidad biológica de José, la información fue transferida, en su totalidad, a los archivos de «Santa Claus». En cuanto a los ADN, muestras, etc., cumpliendo las órdenes, fueron herméticamente clausurados en un contenedor especial. Ni siquiera nosotros tuvimos acceso a la clave de apertura. Eso fue confiado al ordenador central. El general Curtiss fue muy explícito y tajante: el envase con el ADN de Jesús de Nazaret pasaría directa e inmediatamente a sus manos, nada más aterrizar en la meseta de Masada...

En esos momentos, como ya mencioné, no fuimos conscientes de las auténticas intenciones de los directores del proyecto respecto a ese delicadísimo material genético. Éramos soldados. Cumplíamos una misión. No debíamos preguntar. Pero el Destino, afortunadamente, lo tenía previsto...

A partir de esos instantes todo fue extraño. Confuso.

Abandoné la nave y, sin dar explicaciones, paseé durante horas por la cima del Ravid. Tenía que pensar.

No sé cómo decirlo, pero, al demostrar la paternidad biológica de José, me invadió una sensación amarga. Era paradójico. Se trataba de un triunfo. Sin embargo, mi espíritu se ensombreció. Quizá estábamos cruzando una frontera sagrada. No lo sé...

Lo cierto es que, en mitad de aquel desasosiego, un pensamiento terminó por instalarse en mi corazón, confundiéndose definitivamente. Y no porque afectara a mis principios religiosos, totalmente inexistentes, sino porque, como científico, me descabalgó. No conseguía encajar lo que acababa de ver —la «huella genética» del Maestro— con otra no menos incuestionable realidad: su divinidad.

Este explorador fue testigo de excepción. Había visto, verificado y —si se me permite— «tocado» esa divinidad. La resurrección y posteriores apariciones no dejaban lugar a dudas. Sin embargo, como digo, «aquello» no cuadraba en mi corto conocimiento. Si concepción y naturaleza física del rabí de Galilea eran absolutamente humanas, ¿dónde o cómo ubicar ese otro innegable rasgo que completaba la esencia de Jesús? ¿Debía buscar en los genes? Las investigaciones fueron transparentes. En el código genético no hallamos nada anormal. Entonces, ¿fue adquirida a posteriori? Pero, ¿cómo?, ¿cómo consiguió esa divinidad?

Naturalmente, me enredé. No tenía respuestas. Pero, terco, subido en el ridículo pedestal de la Ciencia, seguí buscando..., y hundiéndome.

Los padres terrenales no disfrutaban de ese poder. Por tanto, no pudieron transmitirlo. Pero estaba allí, en alguna parte...

Recuerdo que, al final, impotente, me quedé en blanco. Y el Destino, supongo que compadecido, me lanzó un cabo.

«Quizá la divinidad —me dije en uno de los escasos momentos de lucidez— no sea pariente de la genética. ¿No estaré midiendo con varas distintas? ¿Desde cuándo, querido Jasón, lo adimensional (la divinidad) es comparable a lo puramente material?»

Me rendí.

Y al retornar al módulo y compartir estas inquietudes con mi hermano, Eliseo replicó con su proverbial lógica:

—¿Por qué te atormentas? Cuando le veas..., pregúntaselo.

Me desarmó. Llevaba razón. Así lo haría en cuanto diéramos el ansiado tercer «salto» en el tiempo.

Y sin poder contenerse dejó en el aire otra delicada cuestión. Una interrogante que también martilleaba en mi cerebro desde que acertáramos a probar la paternidad biológica del contratista de obras:

—Si el Maestro fue engendrado como cualquier ser humano, ¿por qué los evangelios y creyentes le asignan una concepción sobrenatural?

El asunto, obviamente, nos llevó muy lejos...

Ya lo toqué en su momento (1), pero, en honor a mi desaparecido hermano y a lo que pudo ser la verdad, volveré sobre él, trazando las líneas maestras de aquella interesante conversación.

Eliseo decía bien. Dos de los evangelistas —Mateo y Lucas— aseguran que María concibió a Jesús «por obra y gracia del Espíritu Santo» (2). Nosotros sabíamos que no fue así, pero, ¿de dónde partió semejante noticia?

Tomamos el primer texto y lo desguazamos, analizándolo con frialdad.

¿Cómo supo Mateo Leví de aquella información?

Primera posibilidad: ¿se lo comunicó la propia Señora? Sinceramente, lo dudé. Ella, por supuesto, creía firmemente en la concepción «no humana» de su hijo. Así lo manifestó muchas veces. Nunca lo entendí pero, insisto, lo respeté. Y digo que dudé porque, de haber contado a Mateo cuanto aconteció en aquellos meses previos al alumbramiento, la Señora nunca hubiera inventado lo

(1) Amplia información en *Caballo de Troya 2*, pp. 410 y ss. *(N. del a.)*

(2) Mateo, en el capítulo uno, versículos 18 al 25, dice textualmente: «La generación de Jesucristo fue de esta manera: Su madre, María, estaba desposada con José y, antes de empezar a estar juntos ellos, se encontró encinta por obra del Espíritu Santo. Su marido José, como era justo y no quería ponerla en evidencia, resolvió repudiarla en secreto. Así lo tenía planeado, cuando el Ángel del Señor se le apareció en sueños y le dijo: "José, hijo de David, no temas tomar contigo a María tu mujer porque lo engendrado en ella es del Espíritu Santo. Dará a luz un hijo, y tú le pondrás por nombre Jesús, porque él salvará a su pueblo de sus pecados." Todo esto sucedió para que se cumpliese el oráculo del Señor por medio del profeta: "Ved que la virgen concebirá y dará a luz un hijo, y le pondrán por nombre Emmanuel", que traducido significa: "Dios con nosotros." Despertado José del sueño, hizo como el Ángel del Señor le había mandado, y tomó consigo a su mujer. Y no la conocía hasta que ella dio a luz un hijo, y le puso por nombre Jesús.» *(N. del a.)*

que asegura el escritor sagrado (?). Podía estar equivocada en sus apreciaciones, pero jamás mentía. Me explico. El evangelista afirma que María se encontró encinta «antes de empezar a estar juntos». Es decir, antes de estar casados legalmente. Esto nunca lo hubiera dicho la Señora. Como ya informé en su momento, cuando la mujer se quedó embarazada de Jesús, hacía ocho meses que había contraído matrimonio con José. Más claro: tanto el anuncio del ángel, como la concepción, tuvieron lugar después de las bodas (éstas se celebraron en marzo del año «menos ocho» y la visita de Gabriel y el inmediato embarazo se registraron en noviembre de ese mismo año). Lo escrito por Mateo, por tanto, es erróneo: no fue durante los esponsales o «noviazgo» cuando María quedó encinta, sino mucho después...

Si esto es así, la siguiente afirmación —«José resolvió repudiarla en secreto»— tampoco se sostiene. Imagino la cara de la Señora si alguien se hubiera atrevido a plantearle semejante despropósito...

En cuanto al célebre sueño del perplejo José, el evangelista no dice toda la vedad. Si la información procedía de la Señora, el escritor sagrado (?) volvió a manipularla. María sabía lo que ocurrió. Sabía que la auténtica preocupación de su esposo era otra. Lo que realmente obsesionaba al entonces carpintero era lo mismo, poco más o menos, que tenía confundido a quien esto escribe. A saber: «cómo un niño concebido por humanos podía ser divino».

El resto del mensaje, proporcionado en el sueño, tampoco se ajusta a los hechos. La Señora, insisto, nunca faltó a la verdad. ¿Cómo entender, entonces, la categórica afirmación de que su marido era de la casa de David? Era ella la única descendiente del famoso rey...

¿Pecados? ¿Vino Jesús al mundo para salvar a su pueblo de los pecados?

Esto, evidentemente, no fue cosa de la Señora. Ella supo de las palabras del Resucitado en todas las apariciones. En ninguna se refirió jamás a «salvar a su pueblo de sus pecados». Alguien, efectivamente, volvió a «meter la mano»...

En suma: en mi humilde opinión, lo escrito por Mateo no procedía de la madre del Maestro.

Segunda posibilidad: ¿recibió la información de la familia de Jesús, de sus compañeros, los apóstoles, o de otros seguidores? Nadie está capacitado para negarlo. Obviamente, entra dentro de lo posible. Sin embargo, si así fue, detecto algo que no encaja con Mateo. El evangelista era galileo. Conocía las tradiciones y leyes judías. ¿Qué quiero decir? Muy simple: Mateo Leví difícilmente habría afirmado que María se quedó encinta antes de contraer matrimonio. De ser así, Jesús de Nazaret —como ya expliqué en páginas anteriores— (1) hubiera sido calificado como *mamzer* (bastardo). Nada de esto ocurrió. Si lo narrado en el texto, supuestamente sagrado, fuera cierto, la vergüenza y la marginación habrían caído como una losa sobre la Señora, sobre su familia y, naturalmente, sobre el Maestro. Y sus actos y palabras no habrían tenido el menor eco social. Sus enemigos no le hubieran perdonado.

No, Mateo no era un irresponsable. No creo que esas afirmaciones sobre la virginidad nacieran de su pluma...

Tercera posibilidad: una vez más..., alguien metió la mano en el primitivo texto de Mateo. Poco importa quién y cuándo. Lo triste, lo lamentable, es que deformó la realidad. Una realidad, la magnífica maternidad de la Señora, que no precisaba de adorno alguno. Porque, en definitiva, ésa parece ser la razón que movió al «manipulador o manipuladores» a modificar los hechos. La historia se repetía. El Hijo del Hombre —su figura, en suma— debía ser «vendido» con todos los honores. ¿Y qué decían las más antiguas y regias leyendas?: dioses, héroes y avatares en general nacieron siempre de una virgen. En Alejandría, por ejemplo, mucho antes de Jesús de Nazaret, el pueblo celebraba el 6 de enero el alumbramiento del dios Eon. Un ser nacido de la virgen Kore. En esa fecha, tras una ceremonia nocturna, las gentes marchaban en procesión hasta la gruta en la que

(1) Amplia información sobre los *manzerîm* en *Caballo de Troya 5*, pp. 120 y ss. *(N. del a.)*

había nacido el dios. Lo tomaban en sus brazos, lo paseaban y, finalmente, lo devolvían a la cueva en la última vigilia: la del canto del gallo. Al abandonar el santuario, el grito era unánime: «La virgen ha dado a luz... Aumenta la luz.» Y otro tanto sucedía en el vecino reino de la Nabatea, al sureste de Israel. Allí, en los templos de Petra, otra virgen —«Chaabou»— alumbraba al no menos célebre dios Dusares... (Esta festividad pagana serviría después a los árabes cristianos para fijar la fecha del nacimiento de Jesús en el mencionado 6 de enero.) ¿Fueron estos, u otros mitos, los que condicionaron la verdad, reduciéndola a lo que hoy leen los creyentes? Personalmente, así lo creo. Basta echar una ojeada a la Historia para comprobar que las iglesias no tuvieron el menor reparo en hacer suyos algunos de estos mitos. Ejemplo: la Natividad. Cualquier investigador medianamente avisado sabe que ese «25 de diciembre» no fue el día del nacimiento de Jesús, sino la usurpación de una vieja celebración, igualmente pagana. Desde la más remota antigüedad, sirios y egipcios festejaban en dicha fecha lo que denominaban «la victoria del sol». Es decir, el lógico alargamiento de los días. Y la iglesia católica, ni corta ni perezosa, probablemente hacia el siglo IV, se adueñó de la festividad —heredada entonces por los romanos—, convirtiéndola, «por real decreto», en la «Navidad»... (1).

También el segundo texto evangélico —el de Lucas— fue escrutado con minuciosidad. El resultado —cómo no— nos decepcionó (2).

(1) Amplia información en el *Caballo de Troya 2*, pp. 421 y ss. *(N. del a.)*

(2) El capítulo 1, versículos 26 al 39, dice así: «Al sexto mes fue enviado por Dios el ángel Gabriel a una ciudad de Galilea, llamada Nazaret, a una virgen desposada con un hombre llamado José, de la casa de David; el nombre de la virgen era María. Y entrando le dijo: "Alégrate, llena de gracia, el Señor está contigo." Ella se conturbó por estas palabras, y discurría qué significaría aquel saludo. El ángel le dijo: "No temas, María, porque has hallado gracia delante de Dios; vas a concebir en el seno y vas a dar a luz un hijo, a quien pondrás por nombre Jesús. Él será grande y será llamado Hijo del Altísimo, y el Señor Dios le dará el trono de David, su padre; reinará sobre la casa de Jacob por los siglos y su reino no tendrá fin." María respondió al

Para empezar, el médico de Antioquía no conoció personalmente a la Señora. La información, en consecuencia, no fue de primera mano. (Lucas pudo convertirse al cristianismo, e iniciar el seguimiento de su maestro, Pablo de Tarso, hacia el año 47, aproximadamente. María, por su parte, al morir Jesús, contaba alrededor de 50 años de edad. En el 47, por tanto, de haber estado viva, rondaría casi los 70. Es decir, difícilmente pudo coincidir con Lucas. Todas las noticias apuntan a que falleció uno o dos años después de la crucifixión (años 31 o 32).

Partíamos, pues, de un hecho casi seguro: el evangelista recibió los datos de segundas o terceras personas.

¿Cuándo empezó a escribir?

Todos los indicios señalan una época: tras la muerte de Pablo, en el año 67. Esto nos situaba, como mínimo, a casi 40 de la desaparición del Maestro. ¡Cuarenta años!...

¿Era fácil reconocer la verdad después de tanto tiempo? Evidentemente, la tarea no era sencilla. Y mucho menos si, como sospechamos, ya circulaban las torcidas interpretaciones sobre la supuesta virginidad de la Señora. Quizá Lucas no tergiversó deliberadamente los hechos. Quizá se limitó a escuchar y copiar lo que era de dominio público entre los primeros cristianos. Aunque también cabe la posibilidad ya apuntada con el texto de Mateo: que alguien, mucho después, cambiara ese pasaje..., «porque así convenía».

Sea como fuere, lo cierto es que el aludido capítulo es otro cúmulo de errores y falsedades...

Ni Nazaret era una «ciudad», ni María una «virgen», ni se hallaba «desposada», ni José era de la «casa de David», ni el ángel mencionó jamás que Dios le daría el trono de dicho rey, ni la Señora pronunció las palabras que

---

ángel: "¿Cómo será esto, puesto que no conozco varón?" El ángel le respondió: "El Espíritu Santo vendrá sobre ti y el poder del Altísimo te cubrirá con su sombra; por eso el que ha de nacer será santo y será llamado Hijo de Dios. Mira, también Isabel, tu pariente, ha concebido un hijo en su vejez, y éste es ya el sexto mes de aquella que llamaban estéril, porque ninguna cosa es imposible para Dios." Dijo María: "He aquí la esclava del Señor; hágase en mí según tu palabra." Y el ángel dejándola se fue.» *(N. del a.)*

cita Lucas —«¿Cómo será esto, puesto que no conozco varón?»—, ni Gabriel se refirió a la «sombra del Altísimo», ni aquél era el sexto mes del embarazo de Isabel, ni María, en fin, se proclamó jamás como «la esclava del Señor»...

Aunque ya fue incluido en otro lugar de este diario, entiendo que es oportuno y benéfico recordar ahora el texto del verdadero parlamento del ángel a la joven esposa de José. La diferencia con el del escritor sagrado (?) es elocuente...

«Vengo por mandato de aquel que es mi Maestro, al que deberás amar y mantener. A ti, María, te traigo buenas noticias, ya que te anuncio que tu concepción ha sido ordenada por el cielo...

»A su debido tiempo serás madre de un hijo. Le llamarás "Yehošu'a" (Jesús o Yavé salva) e inaugurará el reino de los cielos sobre la Tierra y entre los hombres...

»De esto, habla tan sólo a José y a Isabel, tu pariente, a quien también he aparecido y que pronto dará a luz un niño cuyo nombre será Juan. Isabel prepara el camino para el mensaje de liberación que tu hijo proclamará con fuerza y profunda convicción a los hombres. No dudes de mi palabra, María, ya que esta casa ha sido escogida como morada terrestre de este niño del Destino...

»Ten mi bendición. El poder del Más Alto te sostendrá...

»El Señor de toda la Tierra extenderá sobre ti su protección.»

El mensaje es transparente.

«Concepción ordenada por el cielo...»

Eso no significaba que Dios fuera a modificar las naturales leyes de la herencia, haciendo concebir a María sin la participación de su esposo. Siempre he creído que ese magnífico y poderoso Padre tiene la facultad para lograr que alguien engendre al estilo de lo apuntado por los evangelistas. Pero también sé que, por encima de todo, es un Dios sensato y respetuoso con sus propias leyes. Si el Maestro deseaba ser un hombre —en todo el sentido de la palabra—, ¿por qué empezar con una alteración tan singular? No es lógico, a no ser que fueran los propios hombres quienes, en su afán por enaltecer a Jesús, cambiaran la realidad. Como siempre, somos nosotros quienes hacemos a Dios a nuestra imagen y semejanza...

«E inaugurará el reino de los cielos sobre la Tierra y entre los hombres.»

¿Cuándo, el ángel, hace alusión al trono de David o a la casa de Jacob?

¿No es más espléndido que el Hijo del Hombre viniera a abrir los ojos de toda la Humanidad, en lugar de tomar posesión del «gobierno» de una nación?

Los primeros cristianos, en efecto, arrinconaron muy pronto las advertencias del Resucitado. Y como buenos judíos no desaprovecharon la oportunidad, identificando al Maestro con el Mesías prometido...

Y de nuevo creo que olvido algo importante. Lo he mencionado de pasada, pero entiendo que conviene profundizar en ello. Dije que la Señora estaba convencida de la concepción «no humana» de su Hijo. Pues bien, ¿cómo era esto posible? ¿Cuál fue su razonamiento? Si María, cuando se quedó encinta, se hallaba legalmente casada, manteniendo las lógicas relaciones sexuales con José, ¿por qué afirmaba que Jesús fue engendrado de forma sobrenatural?

La clave, en mi opinión, era Isabel, su prima lejana. Fue, simplemente, una deducción. Si la madre de Juan, el Bautista, estaba incapacitada para tener hijos y, sin embargo, alumbró al Anunciador, eso quería decir que dicho embarazo fue cosa del Altísimo. Y si ambos niños —Juan y Jesús— tenían prácticamente la misma misión (así lo adelantó el ángel), ¿por qué la concepción de su Hijo iba a ser diferente? El argumento tenía cierta lógica. Y la Señora, como digo, lo hizo suyo. En definitiva, esta pretensión pudo más que las nítidas palabras de Gabriel: «tu concepción ha sido ordenada por el cielo». Para María, mujer a fin de cuentas, aquello era más sublime, y acorde con el sagrado destino de Jesús, que la prosaica idea de un embarazo puramente humano.

Ni qué decir tiene que nos desmoralizamos. Y Eliseo y quien esto escribe dejamos ahí el enojoso asunto de los textos evangélicos. Tampoco éramos jueces. Nuestra misión era otra. Si se me permite la inmodestia, más fina y trascendental. Nos fue dada la oportunidad de seguir al Hijo del Hombre y narrar cuanto vimos y escuchamos. Ése era el trabajo. Y a él nos entregamos con pasión...

El resto de aquella semana fue igualmente tenso. Tras no pocos cálculos, mi hermano y yo fijamos el sábado, 24, como la fecha límite para partir hacia el sur e iniciar así la Operación *Salomón*, que debería esclarecer las causas del extraño seísmo registrado en la histórica jornada del 7 de abril, en Jerusalén. Un movimiento sísmico, como se recordará, que siguió a la muerte de Jesús de Nazaret.

Al margen de la lógica preocupación por tan largo y comprometido viaje, lo que nos mantuvo inquietos fue, sobre todo, el hecho de tener que abandonar la «cuna». Lo sabíamos. No teníamos elección. Éramos plenamente conscientes también de que el módulo quedaba en las mejores «manos»: las de «Santa Claus». Todo se hallaba previsto. Nada debía fallar. Pero...

Supongo que fue un sentimiento natural. Aquél era nuestro «hogar» y el único medio para regresar a «casa», a nuestro verdadero «ahora». Y estábamos a punto de dejarlo...

Eliseo y quien esto escribe cruzamos algunas significativas miradas. Nadie dijo nada. Los pensamientos, sin embargo, estoy seguro, fueron los mismos:

«¿Qué sucedería si no regresábamos? Peor aún: ¿qué sería de aquellos exploradores si, al ascender de nuevo al Ravid, encontraban la nave destruida o inutilizada?»

Eso no es posible, me dije una y otra vez, en un vano intento por serenarme.

Desde un punto de vista estrictamente técnico —si no ocurría una catástrofe—, llevaba razón. Las medidas de seguridad eran casi perfectas. Sin embargo...

Y la angustia, desde esos momentos, fue una inseparable compañera.

Pero no todo fue negativo en aquellos últimos días. Otra de las inquietudes —la falta de dineros— fue hábil y puntualmente eliminada por el genial Eliseo. El muy ladino esperó casi al final para mostrar lo conseguido durante mi permanencia en la Ciudad Santa.

Fue al sugerir que el valioso ópalo blanco nos acompañase, intentando así el canje, cuando mi hermano, sonriendo con picardía, me entregó una pequeña bolsa, rechazando la proposición.

—No será necesario... Dejémoslo en la «cuna»... Con esto será suficiente...

Al abrir el saquito quedé atónito.

—Pero...

Sonrió de nuevo, haciéndome un guiño.

¡Dios santo!

E incrédulo vacié el contenido en la palma de la mano. Lo examiné una y otra vez y, temiendo lo peor, lo interrogué con la mirada.

—No sea desconfiado —terció al punto, colocándose a la defensiva—. He cumplido sus órdenes, mayor... En ningún momento he cruzado la línea del manzano de Sodoma...

—Entonces...

E invitándome a pasar a la popa de la nave despejó definitivamente el enigma.

No tuve más remedio que felicitarle. El «trabajo», amén de oportuno, fue tan impecable como imaginativo.

Sabedor de la precaria situación económica dedicó un tiempo a consultar los archivos de «Santa Claus». Y el ordenador le proporcionó la idea...

Inspeccioné de nuevo las diminutas, transparentes y luminosas piedras e intenté encontrar el fallo. No lo conseguí. Los pequeños diamantes —porque de eso se trataba— me parecieron perfectos. No eran birrefringentes. En cuanto al índice de refracción, resultó casi idéntico al de los verdaderos. Sólo el «fuego» —cuatro veces superior— infundía sospechas.

Sumé las piezas. Veinte. La mayoría de unos milímetros y, tres o cuatro, de dos centímetros y medio.

¡Increíble!

Las falsas gemas, en efecto, podían sacarnos del apuro.

Y Eliseo, complacido, fue a descubrir su particular «mina». El ingeniero había puesto en marcha una reducida «cámara de deposición», haciendo crecer varias láminas de diamante. Para ello, auxiliado por el ordenador central, utilizó filamentos de tungsteno (wolframio en español), manteniendo presiones inferiores a la atmosférica (1). Unas descargas de microondas, generando el hidrógeno atómico, hicieron el resto, propiciando el crecimiento de las gemas «sintéticas». El resultado, como digo, impecable..., y salvador.

Con un poco de suerte, aquellos «diamantes» serían cambiados por monedas de curso legal o canjeados por artículos que, necesariamente, nos veríamos obligados a utilizar y consumir en el periplo que nos aguardaba.

La operación, también lo sabíamos, no era muy ortodoxa, pero, dadas las circunstancias, no teníamos elección.

Y, con el alba, aquel sábado, 24 de junio, mi hermano y quien esto escribe cargaron los sacos de viaje, despidiéndose del «portaaviones». La suerte estaba echada...

Una nueva y fascinante aventura se abría ante nosotros.

(1) Además del tungsteno, Eliseo probó con antorchas de oxiacetileno, ligeramente ricas en combustible. Estas llamas terminan produciendo hidrocarburos de bajo peso molecular, así como hidrógeno atómico, condensándose en diamantes. Junto al sustrato y el filamento fue dispuesto un tubo alimentador que abastecía el hidrógeno y el metano, siempre a una presión de 0,1 atmósferas. El tungsteno (wolframio) calentaba los gases, rompiendo sus enlaces moleculares y provocando que el hidrógeno atómico eliminase los átomos de carbono, autorizando así el desarrollo de los cristales de diamante. Cada una de estas preciosas láminas alcanzó un grosor de 250 micrometros. *(N. del m.)*

1 AL 7 DE SETIEMBRE

Eliseo y yo nos miramos. E instintivamente apretamos el paso. A qué negarlo. La duda nos consumía...

¿Seguiría todo igual?

Habían transcurrido dos meses. Dos largos e intensos meses...

¡Dios!... Teníamos que acabar con aquella cruel incertidumbre!

¿En qué estado encontraríamos la nave? Mejor dicho: ¿la encontraríamos?

Mi hermano, perfecto conocedor del blindaje de la «cuna» y de los cinturones que la protegían, rogó calma.

Y con el sol en el cenit divisamos al fin la «zona muerta», en la «popa» del Ravid.

Esperamos al filo del camino. Varias reatas de onagros cruzaron rápidas hacia Migdal. Era viernes, 1 de setiembre, y los burreros deseaban descargar las mercancías antes de la llegada del sábado.

Vía libre...

Atacamos el desnivel y, en segundos, nos situamos en la línea del manzano de Sodoma. Aquéllos, probablemente, fueron los instantes más duros...

La dulce pendiente aparecía tranquila y solitaria, como siempre. Pero....

Esta vez fue mi hemano quien apremió.

—¡Vamos!... ¡Las «crótalos»!...

En ello estaba, por supuesto. Y la visión infrarroja fue una bendición.

Aquel suspiro sonó redondo.

Eliseo se dejó caer sobre el terreno y, vencido por la

tensión, lloró en silencio. Lo entendí. Yo también hubiera deseado dar rienda suelta a la carga que soportaba. Pero hace mucho que mis lágrimas se secaron...

La nave, apantallada en IR, plata, rojo y naranja, se presentó ante este explorador como la más hermosa de las visiones. Mi hermano no se equivocaba. El sistema funcionó. Y lo hizo como un reloj. Éramos nosotros los que fallábamos, los que dudábamos...

Proseguimos el avance y, ochocientos metros más allá, al irrumpir en el cinturón infrarrojo, el fiel y eficaz «Santa Claus» reaccionó de inmediato, alertándonos a través de la «cabeza de cerilla» (1).

—¡Todo OK!... ¡De primera clase!

Y Eliseo, feliz, me dejó con dos palmos de narices, corriendo como un gamo hacia el vértice del «portaaviones».

A decir verdad, así lo reconocimos, la dilatada ausencia fue una especie de ensayo general para el tercer «salto». Nos sirvió, ya lo creo. En especial, desde un punto de vista estrictamente sicológico. Aprendimos algo que resultaría de gran utilidad: a separarnos de la «cuna» y a no obsesionarnos con su seguridad. «Santa Claus» era un «aliado» que merecía más respeto y confianza...

Y durante dos días —creo que con todo merecimiento— nos negamos a poner en marcha ninguna otra actividad. Fueron cuarenta y ocho horas de absoluto descanso. Necesitábamos un respiro. Era preciso que mente y espíritu hallaran un mínimo de reposo. La Operación

(1) Aunque creo haberlo explicado, insistiré en ello. A raíz del dramático incidente en la cripta de Nahum, mi hermano efectuó algunas modificaciones en la conexión auditiva. Una de ellas consistió en la reprogramación del ordenador central, de forma que, en ausencia de ambos exploradores, cualquier intruso que penetrara en la zona de seguridad IR pudiera ser detectado por nosotros, siempre y cuando nos encontrásemos dentro de los límites de dicha conexión auditiva (15 000 pies). Para ello, «Santa Claus» «traducía» los impulsos provocados por el *target* a señales electromagnéticas de 0,0001358 segundos cada una, siendo puntualmente remitidas hasta la «cabeza de cerilla» del explorador. Gracias a esta corrección, estábamos en situación de averiguar si alguien o algo rondaba en torno a la «cuna». Por supuesto, antes de proceder al tercer «salto», el alcance de esta medida de seguridad fue ampliado a casi el doble: 30 000 pies. *(N. del m.)*

Salomón, honradamente, nos dejó exhaustos (1). Por otra parte, conscientes de que había llegado el gran momento, nos concedimos un margen para la reflexión. Cada uno, por su lado, procuró mentalizarse. Estábamos a punto de estrenar el viejo y añorado sueño: retroceder en el tiempo y unirnos al querido y admirado Jesús de Nazaret... Sí, un ideal que colmaba todas mis aspiraciones en la vida. Y creo no equivocarme si digo que a Eliseo le sucedía lo mismo. Es difícil de exponer. Haber conocido a este Hombre fue lo más grande que nos ocurrió. Y, lógicamente, no desperdiciaríamos aquella ocasión de oro...

Aun así, en el anochecer del sábado, 2 de setiembre, mantuvimos una serena conversación. Fui yo quien lo planteó, ante la sorpresa y el desconcierto de mi hermano.

—Todavía estamos a tiempo —expuse con frialdad—. Si no lo deseas, si no estás seguro, cancelamos el proyecto... Ahora mismo volvemos a «casa»...

No me dejó terminar. Se hallaba preparado y ansioso. No había nada más que hablar...

Insistí, recordando lo que ya sabía. Las nuevas inversiones de masa podían acelerar el mal que nos aquejaba.

Fue inútil. Aquel Hombre tiraba de él como el más poderoso de los imanes.

—Si renunciara —se lamentó—, ¿cómo crees que sería el resto de mi vida?

Me llenó de satisfacción y orgullo.

E implacable, sentenció:

—Agradezco su delicadeza, mayor, pero... ¡a la mierda las neuronas!... ¡Él lo merece!

Yo no lo hubiera expresado mejor.

El Maestro empezaba a dar sentido a mi torpe y vacía existencia. ¿Por qué anteponer ahora la salud cuando me hallaba ante la verdadera «fuente de la vida»?

(1) A lo largo de este diario no aparece información alguna sobre la citada Operación *Salomón*. Sólo en una de las páginas, como veremos más adelante, el mayor ofrece una breve e intrigante «pista». Ignoro, por tanto, en qué consistió esa aventura «más allá de las fronteras de Israel». *(N. del a.)*

Apuraríamos la copa. Llegaríamos al final. Nos convertiríamos en su sombra. Nada quedaría oculto. El mundo, las nuevas generaciones, tenían derecho a saber...

A la mañana siguiente —eufóricos— dividimos el trabajo. Mi hermano revisó los preparativos para el tercer «salto» y este explorador consultó de nuevo el instrumental científico que nos acompañó en la Operación *Salomón*, cargando resultados y mediciones en la base de datos del ordenador.

El lunes, 4, aunque el plan había sido estudiado hasta el agotamiento, nos sentamos frente al monitor de la computadora, chequeando procedimientos y valorando las informaciones de que disponíamos.

En principio, todo se presentó «OK». Mejor dicho, no todo...

La gran duda seguía instalada en la fecha prevista para el retroceso en el tiempo.

Las noticias proporcionadas por Zebedeo padre parecían sólidas. Sin embargo, la confusión de los íntimos respecto al inicio de la vida de predicación de Jesús de Nazaret nos tenía preocupados. Unos señalaban el bautismo en el Jordán como el arranque de dicho ministerio. Otros, en cambio, hablaban del célebre y misterioso «milagro» de Caná. El resto lo asociaba a la muerte del Bautista. En suma, un rompecabezas...

Finalmente, arriesgándonos, elegimos la propuesta del Zebedeo. El anciano de Saidan nunca habló del comienzo de la vida pública. Eso también era cierto. Basándose en lo dictado por el propio rabí, él estimaba que, antes del periodo de predicación, Jesús dedicó unos meses a «otras actividades de gran interés y trascendencia». Aquello, lógicamente, nos intrigó. En los textos de los evangelistas no hay mención alguna a esas «otras actividades». Tampoco era de extrañar. En el desastre de las narraciones evangélicas podía esperarse cualquier cosa...

Lo averiguaríamos. El reto nos entusiasmó.

¿Qué sucedió en esos meses previos al ministerio público? ¿Por qué el Zebedeo los calificó de «especialmente importantes»? Y si así fue, ¿por qué los escritores sagrados (?) lo silenciaron?

Decidido.

De mutuo acuerdo, Eliseo y quien esto escribe fijamos la fecha: «agosto del año 25».

Por cierto, ya que lo menciono, sigo sin saber qué hacer con la valiosa documentación que me facilitó el anciano Zebedeo. ¿La incluyo en este diario? ¿La entierro definitivamente? ¿Por qué dudo? ¿Es que lo acaecido en esos años «secretos» escandalizaría hoy a las personas de buena voluntad?

Pero no debo distraerme. Lo dejaré en «sus manos»..., como siempre.

¡Año 25!

Eso significaba un seguimiento de más de cuatro años...

La misión —así lo determinamos— finalizaría, inexorablemente, en febrero o marzo del 30. De lo contrario nos hallaríamos de nuevo ante el peligroso fenómeno de la «ubicuidad».

Eliseo, inasequible al desaliento, se felicitó ante lo prolongado de la aventura. Este explorador, en cambio, más cauto, guardó silencio. Por supuesto que me fascinaba. La sola idea de vivir junto al Hijo del Hombre durante tanto tiempo me hizo vibrar. Pero la misión debía ser contemplada también en su conjunto. No todo aparecía tan claro y prometedor. Aunque lo intenté, aunque procuré olvidarlo, en la memoria destelleaban implacables los preocupantes sucesos vividos como consecuencia de las sucesivas inversiones de masa. Aquella amenaza podía arruinarnos, acabando en un instante con el dorado sueño. Y en mi cerebro, como decía, con una fuerza inusitada —como si de un aviso se tratase—, fueron desfilando los informes de Curtiss, mostrados a estos exploradores poco antes del segundo «salto». En ellos, como ya mencioné, los expertos de la base de Edwards recomendaban la inmediata suspensión del proyecto. En las pruebas sobre ratas de laboratorio detectaron una grave alteración en algunas colonias neuronales, provocadas, al parecer, por el proceso de inversión axial de los *swivels*. En las microfotografías aparecía con claridad. «Algo» sobreexcitaba dichas neuronas, multiplicando el consumo de oxígeno y destruyéndolas. (Los pigmentos del envejecimiento —«lipofuscina»— en las neuronas y en otras células fijas posmitóticas no ofrecían ninguna duda.)

Y «vi» también la misteriosa «caja secreta», instalada por *Caballo de Troya* en la nave. Una caja abierta por mi hermano que certificaría lo anunciado por el general: nuestro mal era irreversible. Con suerte, nos restaban nueve o diez años de vida... El experimento con las *drosophilas* (las diminutas moscas de Oregón) fue definitivo: en las décimas de segundo consumidas en la inversión axial, el ADN nuclear sufría una mutación desconocida. Resultado: varias de las redes neuronales envejecían progresivamente y nosotros con ellas.

Esta dramática situación podía deteriorarse mucho más (?) con nuevos retrocesos en el tiempo. Ahí estaba, por ejemplo, el desvanecimiento sufrido por Eliseo el 9 de abril, cuando nos disponíamos a tomar tierra en el monte de las Aceitunas. Ahí estaba la pérdida de sentido experimentada por quien esto escribe, en esa misma jornada, cuando me dirigía al piso superior de la casa de los Marcos, en Jerusalén. Ahí estaba, en fin, la «resaca síquica» que me asaltó durante los críticos momentos que viví en el subsuelo de la casa de Ismael, el saduceo, en Nazaret...

No..., no todo era tan claro y prometedor.

Pero me tragué los amargos recuerdos. Habíamos aceptado el riesgo. Lo hicimos libre y conscientemente. ¡Adelante! Él, además, nos cubriría...

Martes, 5 de setiembre.

Tensa espera. La meteorología obligó a posponer el lanzamiento. Un inoportuno frente borrascoso, procedente del Mediterráneo, se estancó en la región. Y nos hizo dudar. Pudimos arriesgarnos y levantar la «cuna». El viento racheado no la hubiera desestabilizado excesivamente. Pero tampoco había prisa... Miento. Ambos deseábamos escapar cuanto antes de aquel suplicio. La tensión se hacía insostenible.

Sin embargo, la cautela se impuso. Aguardaríamos.

Eliseo no esperó a los últimos minutos. Se saltó el programa y, con la ayuda de «Santa Claus», desmanteló los cinturones de seguridad que nos custodiaban. Todos menos uno: la barrera de microláseres que peinaba la «popa» del Ravid a razón de un centenar de barridos por segundo. Ésta fue la única protección en aquellas postreras horas.

En cuanto a mí, procuré relajarme, revisando, por enésima vez, la ruta a seguir en el intento de localización del Maestro. Lo conseguí a medias, claro...

Miércoles, 6 de setiembre.

Poco antes del crepúsculo, los barómetros del módulo ascendieron. Fue una subida lenta, pero progresiva.

Aquello, sin embargo, lejos de tranquilizarnos, disparó la ansiedad. Que recuerde, en ninguno de los lanzamientos padecimos un nerviosismo tan acusado. Quizá era lógico. La inminente inversión axial —la cuarta— era crucial. ¿Crucial? Creo que soy muy benevolente. Si las neuronas se desplomaban en este retroceso, quién sabe lo que nos reservaba el Destino... Y la palabra «muerte» rondó de nuevo.

No obstante, sujetando en corto los temores, cada cual procuró evitar el asunto lo mejor que pudo y supo. Paseamos. Oteamos los horizontes. Verificamos la meteorología. Hicimos proyectos. Conversamos y, sobre todo, nos refugiamos en nosotros mismos y en esa espléndida y enigmática «fuerza» que nos asistía...

1 020 milibares.

La noche, serena y estrellada, lo intentó. Quiso apaciguarnos. Fue inútil. No hubo forma de conciliar el sueño.

El frente huyó y, una vez consolidada la meteorología, el ordenador central recomendó el despegue para las 6 horas del día siguiente, jueves, 7 de setiembre. El «salto» no debía ser demorado. A partir del mediodía, el molesto *maarabit*, el viento del oeste, irrumpiría puntual en el *yam*. Convenía, pues, adelantarse.

1 030 mbar.

Respiramos.

La meteorología se puso definitivamente de nuestro lado.

A eso de las tres de la madrugada, envarado como una lanza, mi hermano abandonó su litera. Se sentó frente a los controles y tecleó. Así permaneció durante una hora. Después, volviéndose hacia este explorador, mostró una hoja de papel. Sonrió y me invitó a leer.

Al comprobar el contenido le respondí con otra sonrisa. Aquel joven brillante y entusiasta no tenía arreglo...

Al medio centenar de preguntas ya dispuesto anteriormente —todas destinadas a Jesús de Nazaret— sumaba ahora otras cincuenta, a cual más insólita y comprometedora. La verdad sea dicha, en esos críticos instantes no presté mayor atención a las inquietudes de Eliseo. Pero el piloto iba en serio. Muy en serio...

En cuestión de días tendría la oportunidad de comprobarlo.

5 horas.

Me puse en pie. Y con una mirada, mi hermano me entendió.

Había llegado el momento.

El amanecer, previsto para 37 minutos más tarde, marcaría el comienzo de la cuenta atrás.

Inspiré profundamente y sentí cómo aquella benéfica «fuerza» me empujaba hacia el puesto de pilotaje.

«Bien..., allá vamos.»

Y las últimas palabras del Resucitado en el monte de las Aceitunas sonaron «cinco por cinco» (fuerte y claro) en mi memoria:

«Mi amor os cubrirá... ¡Hasta muy pronto!... ¡Hasta muy pronto!... ¡Hasta muy pronto!...»

Jueves, 7 de setiembre.

5.30 horas.

A siete minutos del alba...

Enfundados en los trajes especialmente diseñados para la inversión de masa procedimos al rutinario chequeo de los parámetros de vuelo. «Santa Claus», alertado, ya había efectuado la lectura. Pero quisimos asegurarnos.

—Caudalímetro...

—Leo siete mil doscientos once...

—Roger... Entendí siete mil.

—Ok... Siete mil... ¿Sigues pensando que debe pilotarlo el ordenador?

—Afirmativo... Es mejor así...

La insinuación de Eliseo no me hizo cambiar. Lo medité fríamente. La «cuna» despegaría, haría estacionario, retrocedería en el tiempo y volvería a tomar tierra..., en automático.

No quería correr riesgos. El recuerdo del incidente sobre la cima del monte de los Olivos, en el que mi compañero perdió el conocimiento, me tenía obsesionado. Con «Santa Claus» al mando, si se repetía el desvanecimiento, ni el módulo ni nosotros sufriríamos el menor percance. Ése, naturalmente, era mi deseo... Que la técnica respondiera, o no, era otra cuestión...

Y el Destino —bendito sea— me iluminó.

—Repite combustible...

—Roger... Leo siete mil doscientos once..., sin la reserva.

Aquél era otro problema que no podíamos descuidar. La nave disponía de algo más de siete toneladas de tetróxido de nitrógeno (oxidante) y una mezcla, al cincuenta por ciento, de hidracina y dimetil hidracina asimétrica. Aunque la maniobra prevista era breve, el consumo del carburante debía ser vigilado muy estrechamente. El vuelo de retorno a Masada, con suerte, demandaría casi seis mil novecientos kilos de combustible. En otras palabras: estábamos al límite. El menor fallo, cualquier contingencia, nos colocaría en una situación altamente comprometida.

—«Apeese»... [sistema de propulsión de ascenso].

—OK...

—«Bee mag»... [giroscopio de posición].

—OK...

—«Ces»... [sección de control electrónico].

—Sin banderas...

—«Dap»... [piloto automático digital].

—De primera...

Las primeras luces del amanecer resucitaron los suaves perfiles de la orilla oriental del *yam*.

La meteorología parecía excelente: viento en calma, visibilidad ilimitada, humedad a un 70 por ciento, temperatura en ascenso (20° en aquellos instantes)...

En resumen: todo auguraba un despegue sin incidentes. Sin embargo...

—«Fait»... [«fuego en el agujero»: aborto del ascenso].

—OK...

—«Imu»... [unidad de medición de inercia].

—OK...

—«Indicadores de velocidad»...

—OK...

5.40 horas.

—«Erre ce ese»... [control de reacción].

—De primera clase...

—¡Atención, Eliseo!... «Esnap»... [pila atómica].

—Adentro..., y OK...

Mi hermano y quien esto escribe respiramos aliviados. La SNAP era el «alma» del módulo. Sin ella, nada hubiera sido posible. No es que dudáramos, pero después de tan largo periodo de inactividad...

—A cinco para ignición...

—Roger...

—Terminemos de una vez...

—Tranquilo...

Mi hermano alzó la mano izquierda, rogándome calma. Procuré concentrarme. Seguía siendo el jefe y no debía empeorar la ya crítica situación.

—Lo siento... Dame «erre eme ene»... [dispositivos de resonancia magnética nuclear].

—Activados..., y en manos de tu «novio»...

Agradecí la broma. Y la tensión aflojó.

«Santa Claus», mi «novio», se hizo cargo de la RMN.

En el primer momento dudamos. ¿Incluíamos este sistema de control en la cuarta inversión axial? (1). En

(1) El fundamento de la RMN se basa en la peculiar característica del núcleo de los átomos de hidrógeno. En palabras sencillas: viene a ser como microscópicos imanes, capaces de originar un fenómeno

el segundo «salto», como ya expliqué en otras páginas de este diario, fue decisivo, demostrando que los especialistas de Edwards estaban en lo cierto. Lo medité y, finalmente, estimé que era lo correcto. Nos someteríamos al chequeo de la RMN. Aunque la dolencia era irreversible, cualquier nuevo dato podía resultar de utilidad. Y venciendo el inicial rechazo de mi compañero nos ajustamos las escafandras en las que fueron dispuestos los referidos y miniaturizados dispositivos. La RMN, como creo haber comentado, tenía por objetivo «fotografiar» los tejidos neuronales durante la fracción de tiempo en la que los *swivels* variaban sus hipotéticos ejes. Estos «cortes», en definitiva, arrojarían más luz sobre el estado de las respectivas masas cerebrales.

6 horas.

—¡Ignición!...

«Santa Claus», frío e inapelable, dio luz verde.

—¡Allá vamos!...

Congelamos la respiración. Y los corazones aceleraron, casi al ritmo del poderoso J 85. Una familiar vibración sacudió el módulo.

—¡Ánimo, «Santa Claus»! ¡Es todo tuyo!...

Un segundo después, la turbina a chorro CF-200-2V elevaba la «cuna» con un empuje de 1 585 kilos.

—¡Atento!... Dame caudalímetro...

—Roger... Quemando a cinco coma dos...

—OK... ¡Un poco más!...

El despegue, obligados por la escasez de combustible, concluiría a una altitud máxima de ochenta pies. Eso fue

---

de resonancia magnética. Sometiendo dichos átomos a un campo magnético de alta intensidad (1,15 teslas, equivalente a un campo magnético casi 34 000 veces superior al del campo magnético terrestre en la zona del Ravid), los núcleos de hidrógeno se alinean. Al ser excitados mediante ondas de radio, los núcleos atómicos «giran» sobre sí mismos, perdiendo la energía inicial en forma de radiación. Ésta puede ser captada y procesada con el auxilio de «Santa Claus», siendo «traducida» a imágenes. Nuestros dispositivos RMN, trabajando en un campo de dos teslas, podían explorar la totalidad de las masas cerebrales, interpretando cada órgano y región en tres dimensiones simultáneas y reconstruyendo los «cortes» en forma sagital, axial u oblicua. *(N. del m.)*

lo programado por el ordenador. Como medida preventiva, cada estacionario fue fijado por los directores de la Operación en ochocientos pies sobre el terreno en el que deberíamos posarnos. Este margen, en principio, soslayaba cualquier posibilidad de choque en el crítico instante del retroceso en el tiempo. En esta oportunidad nos planteamos la anulación del ascenso de la nave. La pelada cumbre del Ravid no parecía haber cambiado en el transcurso de los últimos años. De esta forma, haciendo únicamente estacionario a siete o diez metros de la cima, el gasto habría sido prácticamente nulo. Pero, sinceramente, no nos atrevimos. Era mejor actuar con prudencia y elevarnos a una altitud que ofreciera todas las garantías y, por supuesto, que permitiera un consumo mínimo.

—Tres segundos y subiendo a cuatro...

—OK... Dame combustible...

—Sigue a cinco coma dos... Leo dieciséis...

—Roger... Entendí dieciséis kilos...

—Afirmativo... Dieciséis y subiendo a cuatro por segundo...

—¡Vamos, vamos!...

—Preparados auxiliares...

—OK... Tranquilo... Tu «novio» sabe...

—Cinco... Seis...

—Adentro cohetes...

«Santa Claus», infinitamente más sereno, activó los auxiliares, estabilizando el módulo a ochenta pies.

—Leo seis y dos... ¡Bravo!

La nave, en efecto, ascendió lenta y dulcemente, a razón de cuatro metros por segundo y quemando según lo previsto: 5,2 kilos por segundo. Tiempo invertido hasta el estacionario: seis segundos y seis décimas.

—Caudalímetro... Dame caudalímetro...

—Lo previsto... Treinta y cuatro...

—Roger... Entendí treinta y cuatro...

—OK... Afirmativo... Treinta y cuatro coma treinta y dos...

—¡Preparados!...

—Membrana exterior activada...

—¡Incandescencia!... ¡Ya!

Y el ordenador disparó los circuitos de incandescencia que cubrían el fuselaje, destruyendo así cualquier germen vivo que hubiera podido adherirse a la estructura. Esta precaución, como detallé en su momento, resultaba esencial para evitar la posterior inversión tridimensional de los mencionados gérmenes en los distintos «ahora» a los que nos «desplazábamos». Las consecuencias de un involuntario «ingreso» de tales organismos en «otro tiempo» hubieran sido fatales.

—Siete... Ocho...

—¡OK!... ¡Inversión!

A los nueve segundos y dos décimas del despegue —antes, incluso, de lo previsto—, «Santa Claus» nos llevó, al fin, al instante decisivo: la inversión axial de las partículas subatómicas de la totalidad del módulo. E hizo retroceder los ejes del tiempo de los *swivels* a los ángulos previamente establecidos: los correspondientes a las 6 horas del miércoles, 15 de agosto del año 25 de nuestra era.

E imagino que, como era habitual, la «aniquilación» fue acompañada del inevitable «trueno».

15 DE AGOSTO, MIÉRCOLES (AÑO 25)

—¡Jasón!... ¡No veo!... ¡Oh, Dios mío!...

No recuerdo más. Ni siquiera acerté a desviar la mirada hacia mi hermano...

Algo se clavó en mi cerebro. Fue un lanzazo...

Después llegaron los círculos. La oscuridad y unos círculos concéntricos... Una espiral luminosa que invadió la mente...

Y caí... Caí despacio, a cámara lenta, en un abismo negro e interminable...

Después, nada. Silencio.

Pero el Destino tuvo piedad...

Cuando desperté, un Eliseo sudoroso y demacrado pujaba por arrancarme la escafandra.

Dijo algo, pero no comprendí.

—¡Jasón, responde!... ¡No me dejes con este monstruo!... ¡Lo ha conseguido!...

Pensé que estábamos muertos. Aquello no era real. ¡Dios!... ¿Qué había ocurrido?... ¿Dónde habíamos ido a parar? ¿Y la nave?...

El cielo quiso que, lentamente, fuera recuperándome. Sólo entonces empecé a entender. Mis temores se cumplieron. Algo falló. Algo se vino abajo en el momento de la inversión axial.

Pero, ¿y la «cuna»?... ¡Dios!... ¡Estaba en tierra!

Me desembaracé del solícito Eliseo y, de un salto, me planté frente a los controles.

—¡Calma! —terció mi compañero—. Él lo ha hecho todo... Estamos a salvo... Si no fuera tu «novio» me casaría con él...

Necesité algunos minutos para captar el sentido de las refrescantes palabras.

Inspeccioné el panel de mando. Miré por las escotillas. Volví de nuevo a «Santa Claus»...

Afirmativo. El ordenador, en automático, había rematado la operación. ¡Y de qué forma!

Nada quedó al azar. La computadora, fiel al plan director, hizo descender el módulo. Silenció el J 85 y, en el colmo de la eficacia, desplegó la totalidad de los sistemas y cinturones de seguridad.

Eliseo, con un leve y afirmativo movimiento de cabeza, confirmó lo que tenía a la vista. Y tuvo la gentileza de felicitarme:

—Mayor..., nunca más volveré a dudar... ¡Eres el mejor!

Me senté en silencio y fijé la mirada en los dígitos verdes que anunciaban el nuevo «ahora». Tuve que hacer un esfuerzo. Un sudor frío y una ligera inestabilidad entorpecían los pensamientos.

«6 horas y 20 minutos..., del 15 de agosto, miércoles... Año 25 de nuestra era (778 A.U.C. y 3786 del cómputo judío)» (1).

Me costó reaccionar. Si el retroceso fue planificado para «aparecer» a las seis de la mañana, esos veinte minutos de más representaban el tiempo que habíamos permanecido inconscientes...

¡Dios!... Aquello era realmente grave.

(1) El año 25 correspondía al 778 *ab Urbe Condita* (desde la fundación de Roma). Por su parte, los judíos —fundamentalmente los ortodoxos— se hallaban en el 3786 (consideraban el 3761 a. J.C. como el momento de la supuesta creación del mundo y desde ahí contaban). En el 50 a. J.C., Julio César modificaría el antiguo calendario romano. Sosígenes, responsable del cambio, se inclinó por el cómputo solar, abandonando el lunar e introduciendo los bisiestos. De esta forma se intentó salvar el grave desajuste provocado por la cronología lunar, fijando el año en 365,25 días. (El equinoccio de primavera, por ejemplo, con el cómputo lunar, llegó a caer en los idus de mayo cuando, en realidad, debía celebrarse en marzo.) Este calendario «juliano» estaría en vigor hasta 1582, fecha en que fue reformado por el papa Gregorio XIII. *(N. del m.)*

Eliseo, como yo, presentaba un aspecto preocupante. La palidez era extrema... Sin embargo, a decir verdad, coordinación motora, fluidez de pensamientos y estado general del organismo eran relativamente buenos. Ésa, al menos, fue la sensación.

Pero lo primero era lo primero. Tiempo habría para intentar averiguar qué diablos sucedió en la inversión de masa. Estábamos vivos. Eso era lo que contaba..., y no era poco.

Ahora, lo prioritario era la «cuna» y nuestra situación en el «nuevo tiempo».

Chequeamos todos los parámetros.

«Santa Claus» ofreció un balance prometedor:

«Tiempo invertido: 16 segundos y 6 décimas. Consumo total de combustible: 86,32 kilos.»

Perfecto. Inferior a lo programado. El ordenador había «pilotado» con una finura de primera clase...

Esto nos proporcionaba un importante respiro. Las reservas de oxidante y carburante sumaban 7 124,68 kilos. Suficiente para el vuelo de retorno, siempre y cuando la nave quedara definitivamente inmovilizada.

Así nos comprometimos. Por nada del mundo tocaríamos esas siete toneladas.

«Deterioros: ninguno.»

Eliseo masculló algo entre dientes. Le di la razón. «Santa Claus» olvidaba a este par de maltrechos exploradores...

En cuanto a la seguridad, nada que objetar. El primer cinturón —el gravitatorio— fue establecido por la casi «humana» computadora a 205 metros de la «cuna». Los hologramas, con las imágenes de las terroríficas ratas-topo, entre 1 000 y 1 500 metros del vértice en el que nos había posado tan magistralmente. La radiación IR (infrarroja), a 1 500 y, por último, el «ojo del cíclope» fue disparado hasta la altura del manzano de Sodoma, en la «popa» del Ravid.

En lo único en lo que no reparó fue en la desconexión de la pila atómica, la SNAP. Pero no fue culpa suya. Fui yo quien, por prudencia, no la incluí en el sistema automático.

Mi hermano la silenció y el suministro eléctrico partió de las baterías solares.

A pesar de los pesares, respiramos. Y nos sentimos medianamente optimistas. Aquel retroceso de 1 848 días pudo ser peor...

Poco después, hacia las 8 horas, sensiblemente repuestos, emprendimos la última fase del obligado chequeo, con la observación directa, y sobre el terreno, de la cumbre del «portaaviones».

Lo primero que nos llamó la atención fue el cambio térmico. La cima era casi un horno. Los sensores de la «cuna» marcaban 30° Celsius. Un anticiclón, montado en 1 035 milibares, era dueño y señor del *yam*. Pronto nos acostumbraríamos. Agosto, en aquellas latitudes, era tórrido. Sofocante...

Apenas percibimos modificaciones. La planicie continuaba solitaria, visitada únicamente por aquel sol estival, cada vez más alto e inmisericorde.

La escasa vegetación, en especial los heroicos cardos —las *Gundelias de Tournefort*—, casi había sucumbido. Ahora apenas destacaba reseca y cenicienta entre los azules de las agujas calcáreas y el negro brillante y resignado de los guijarros basálticos.

Descendimos hasta la «popa» y comprobamos con alegría que el manzano de Sodoma —el cinco años más «joven» *Calatropis procera*— seguía manteniendo una notable envergadura, luciendo miles de flores plateadas y aquel fruto maldito para los judíos.

El resto del recorrido por los abruptos acantilados fue igualmente satisfactorio.

Abajo, hacia el oeste, junto a la senda que unía Migdal con Maghar, distinguimos verde y sosegada la familiar plantación de los *felah*.

Y al fondo, el *yam*, el mar de Tiberíades, azul metálico, pacífico y pintado de gaviotas.

Más al norte, en la lejanía, un gigante con la cara nevada: el Hermón...

Guardamos silencio. Y al contemplar el macizo montañoso creo que tuvimos el mismo pensamiento. Allí, en alguna parte, se hallaba el añorado rabí de Galilea...

«Lo encontraríamos.»

Lanzamos una postrera ojeada a las difuminadas poblaciones que se recostaban a orillas del lago e, impacientes, retornamos a nuestro «hogar».

Todo en «base-madre-tres», en suma, se hallaba bajo control.

¿Todo? ¡Qué más hubiéramos querido!

La verdad es que Eliseo se enfadó. No le faltaba razón. Pero me impuse. Debíamos ser audaces, sí, pero también sensatos y previsores. Olvidar lo ocurrido en la reciente inversión axial no nos beneficiaba. Teníamos que conocer el auténtico alcance del problema. Si el nuevo desplome de las neuronas —como suponía— era grave, el gran sueño peligraba. En cualquier momento, la operación de seguimiento de Jesús de Nazaret podía cortarse en seco.

No, no todo se hallaba bajo control...

Y el resto de aquel miércoles, a pesar del lógico mal humor de mi compañero, fue hipotecado en el exhaustivo análisis de los dispositivos alojados en las escafandras: la RMN (resonancia magnética nuclear).

Las microfotografías, ampliadas por el ordenador, confirmaron las sospechas: «algo» desconocido había alterado unas muy puntuales regiones del cerebro. Concretamente, varias de las áreas neuronales del hipocampo. En las imágenes de los espacios extracelulares detectamos unos microscópicos depósitos esféricos —no demasiados, afortunadamente— que asocié con agregados de la proteína amiloide beta. Este polipéptido aparecía también en vasos sanguíneos de la corteza cerebral.

«Santa Claus», siempre en pura teoría, interpretó el daño como la consecuencia del crecimiento desmedido de la enzima responsable de la síntesis del óxido nítrico (la óxido nítrico sintasa). Este radical libre, muy tóxico, estaba conquistando las grandes neuronas, aniquilándolas (1).

(1) Las neuronas especializadas en la secreción de acetilcolina presentaban los axones y cuerpos celulares muy deteriorados, proyectándose desde la parte basal del prosencéfalo hacia el hipocampo. La acetilcolina, como se sabe, constituye uno de los neurotransmisores utilizados por las neuronas para intercomunicarse. *(N. del m.)*

Las células glía, en cambio, que sirven de soporte metabólico a las anteriores, se hallaban intactas. La alarmante situación, unida al claro deterioro del ADN mitocondrial, me dejó hundido.

Lo que en esos momentos no acerté a concretar fue dónde se hallaba la raíz primigenia de la doble alteración. ¿Debía considerar al NO (óxido nitroso) responsable de la caída del suministro energético del ADN mitocondrial? ¿O era, quizá, la inversión de masa la que provocaba una mutación en dicho ADN, propiciando el descontrol de la óxido nítrico sintasa? (Como es sabido, los radicales libres aparecen también como consecuencia de muy específicas radiaciones ionizantes, oxidando las moléculas —es decir, multiplicando los átomos de oxígeno— y alterando su comportamiento. ¿Qué clase de «radiación» (?) se registraba en ese instante infinitesimal de la inversión axial de los ejes de los *swivels*?)

Con los medios a nuestro alcance, obviamente, ni la computadora ni quien esto escribe estábamos en condiciones de despejar tales incógnitas. Lo único claro —la RMN era inapelable— es que el exceso de NO empezaba a «canibalizar» algunos sectores de las grandes neuronas. Esto, en definitiva, podía desembocar en una catástrofe generalizada, ya insinuada en los sucesivos desvanecimientos. Semejante catástrofe, si no erraba en el diagnóstico, iría manifestándose en síntomas de envejecimiento prematuro, posible merma de la memoria (1), confusión espacio-temporal, rechazo a la realidad y, finalmente, la muerte.

(1) El estrés oxidativo, con la consiguiente liberación de radicales libres, pudo estar estimulado por la reacción del NO con el anión superóxido, generando peroxinitrito, un implacable agente nitrante de proteínas. Este óxido nitroso, sin duda, podía afectar a los engranajes de la memoria, muy especialmente al sistema límbico, responsable de dicha memoria, así como de las emociones y del aprendizaje en general. Si consideramos que las neuronas no se reproducen después del nacimiento y que, a partir de la segunda mitad de la vida, alrededor de un 5 por ciento de las situadas en el hipocampo se pierde irremisiblemente cada diez años, el panorama de estos exploradores era francamente delicado... *(N. del m.)*

Bonito panorama...

Pero debo ser honesto. No todo fue cruel y pesimista. Ante mi sorpresa, los «cortes» de la resonancia magnética nuclear no ofrecieron rastro alguno de algo que habíamos observado antes del segundo «salto». Lo repasé hasta el aburrimiento. Y «Santa Claus» lo confirmó una y otra vez: los pigmentos del envejecimiento (lipofuscina) que vimos en las microfotografías procedentes de la base de Edwards, instalados en neuronas y otras células posmitóticas..., ¡se esfumaron! ¿Explicación? Racionalmente, ninguna. Aquellas redes neuronales, sencillamente, recuperaron la lozanía. Lo único que acerté a deducir es que, por razones desconocidas, la propia inversión axial sofocó el mal, obsequiándonos, eso sí, con otro igual..., o peor.

¿Un rayo de esperanza?

Así lo interpreté, aferrándome a él como un náufrago a una tabla. Quizá no todo estaba perdido. ¿Cabía aún la posibilidad de que en el quinto y, supuestamente, último «salto» en el tiempo se obrara el milagro? ¿Limpiaríamos entonces los cerebros? ¿Seríamos indultados?

E, ingenuo, abracé la remota idea.

El Destino, sin embargo, se encargaría de colocar las cosas en su lugar. Y ese «lugar» era el ya señalado por «Santa Claus» cuando mi hermano, violando las normas, abrió la secreta caja de acero de las *Drosophilas*: la expectativa de vida para ambos no superaba los nueve o diez años...

Prudentemente guardé silencio sobre los primeros y dramáticos «hallazgos» de la RMN, transmitiendo únicamente a Eliseo el tímido e hipotético rayo de esperanza. Me observó incrédulo, respondiendo con una media sonrisa. Supongo que agradeció el gesto aunque, a estas alturas, el deterioro neuronal tampoco le quitaba el sueño. El valiente muchacho lo tenía asumido. Su verdadera preocupación era otra: partir cuanto antes hacia el Hermón.

Finalmente, amparado por el ordenador, busqué soluciones, en un vano intento de frenar o paliar el avance de la destrucción cerebral.

Las propuestas de «Santa Claus» me decepcionaron.

Y no porque estuviera equivocado, sino ante la dificultad de materializar aquellos remedios. El banco de datos fue muy explícito: sólo unas continuas dosis de glutamato o de N-tert-butil-α-fenilnitrona podían luchar contra el proceso de oxidación. A esto, naturalmente, deberíamos añadir un consumo máximo de vitamina «E».

¡Dios!... ¿De dónde sacábamos estos específicos?

La «farmacia» de la «cuna», si no recordaba mal, no fue provista de fármacos tan singulares...

El glutamato, efectivamente, administrado con prudencia (1), constituía un excelente reductor, capaz de sanear, a medio o largo plazo, los tejidos infectados por el óxido nitroso.

En cuanto al segundo compuesto —el tert-butil—, de haber contado con él, también habría sido de gran ayuda como antioxidante, colaborando en la limpieza de los radicales libres y precipitando los niveles de las proteínas oxidadas («Santa Claus» advirtió igualmente que los índices de superoxidodismutasa y catalasa, enzimas responsables de la inactivación del NO, se hallaban muy bajos).

¿Qué hacer? ¿Qué partido tomar? ¿Cómo combatir semejante fantasma en aquel «ahora» y con tan precarios medios?

Me resigné, claro está. E hice lo único que podía hacer: procurar aumentar la ingesta de vitamina E (2).

(1) Este aminoácido, como neurotransmisor, favorece el intercambio sináptico entre las neuronas (en especial sobre el N-metil-D-aspartato), consiguiendo la apertura de los canales iónicos que, a su vez, promueven la migración de los iones de calcio hacia el interior de las neuronas. Con ello se obtiene un benéfico impulso activador. Sin embargo, la administración del glutamato exige cautela. Un exceso en las dosis podría provocar el efecto contrario al deseado: la «lluvia» del neurotransmisor, al abrir los canales, «empapa» las neuronas, «asfixiándolas». Muchos de los accidentes cerebrovasculares así lo ratifican. En suma: si no se acierta con la dosis justa, la nefasta óxido nítrico sintasa termina triplicándose, agudizando el problema. *(N. del m.)*

(2) Esta vitamina es un buen antioxidante. Gracias a los tocoferoles —sobre todo, al alfatocoferol— ayuda a la conservación de las membranas, permitiendo la formación de complejos con fosfolípidos poliinsaturados. Parte de nuestro problema —como la aparición de

Para ello convenía seleccionar muy bien la dieta, incluyendo, sobre todo, un máximo de huevos, leche, aceites vegetales, legumbres verdes, mantequilla, gérmenes de trigo, nueces, almendras y algunos pescados muy concretos (anguilas, sardinas y, a ser posible, extracto de hígado de bacalao. Este último, obviamente, de difícil obtención en aquel tiempo).

También contaba con el auxilio de la vitamina C y el betacaroteno, como «cazadores» de radicales libres (1).

Éste, en definitiva, era el oscuro horizonte que tenía a la vista.

Pero olvido algo...

La verdad es que, abrumado, no le presté excesiva atención. La solución de «Santa Claus», además, me pareció entonces tan compleja como arriesgada. Sencillamente mencionó los «nemo». Conocedor de la eficacia de estos microsensores sugirió la posibilidad de inyectarlos en los tejidos neuronales. Y trazó, incluso, un minucioso plan, destinado al «ataque» al NO y a la posterior regeneración de las grandes neuronas. Los «nemo» se hallaban capacitados, por supuesto, para una labor como la apuntada por el providencial e «imaginativo» ordenador central. Sin embargo —torpe de mí—, la idea fue desestimada..., de momento. Y la olvidé.

Pero las sorpresas no habían terminado...

Ocurrió esa misma tarde del miércoles, 15, cuando, casi por inercia (?), «algo» me impulsó a repasar de nuevo el contenido de la «farmacia» de a bordo. Fue curioso, sí, muy curioso...

---

la dermatitis descamativa— se hallaba potenciado por la referida y grave oxidación de los tejidos, que disminuía los valores plasmáticos de dicha vitamina E. Esta caída, a su vez, repercutía en la actividad de la deshidratasa de ácido δ -aminolevulínico, vital para la síntesis del hem. *(N. del m.)*

(1) El suministro de vitamina C estaba garantizado a través de las frutas y hortalizas y el hígado de vaca o de ternera. Las patatas, lógicamente, eran inviables, ya que en el siglo I no eran conocidas en el viejo mundo. Respecto al betacaroteno —de la clase de los pigmentos carotenoides— podíamos ingerirlo merced a algunas hortalizas, especialmente con la zanahoria. *(N. del m.)*

Servidor estaba al tanto de dicho inventario. Casi lo recordaba de memoria. Sin embargo...

Al principio me desconcertó.

¿Soñaba?

No era posible...

Revisé las etiquetas y verifiqué el interior.

No, no estaba soñando. Aquello era real..

Pero, ¿cómo?

Y el rayo de esperanza iluminó el negro túnel.

¡Dios de los cielos!... Ahora sí que creía en los milagros.

Pero, ¿cómo habían llegado hasta la «cuna»? ¿Quién los puso allí? ¿Por qué no fuimos informados? ¿Por qué no constaban en el banco de datos de la computadora?

Y lentamente, al reflexionar, de la natural alegría pasé a una mortificante duda y, lo que fue peor, a una creciente indignación.

En la cámara frigorífica ubicada en la «popa» se alineaban, en efecto, tres fármacos tan inesperados como salvadores: glutamato, N-tert-butil-α-fenilnitrona y dimetilglicina. Todos ellos, como fue dicho, de un especial poder antioxidante.

Los acaricié una y otra vez y, perplejo, intenté recordar. Fue inútil. El general Curtiss jamás nos habló de ellos. Nadie nos puso en antecedentes.

Entonces...

¡Hijos de...!

Y una feroz sospecha me devoró.

Aquellos fármacos tan específicos fueron introducidos en el módulo subrepticiamente. Ellos dedujeron que, tarde o temprano, los descubriríamos. Pero, ¿por qué no nos advirtieron?

La respuesta apareció clara e instantánea:

Curtiss y los suyos sabían más de lo que nos dijeron...

A partir de esa deducción, todo se encadenó.

¡Una comedia! Todo fue una comedia...

Los responsables de *Caballo de Troya* conocían el verdadero alcance del mal que padecíamos. Supieron de su existencia mucho antes del inicio de la operación. Y, sin embargo, siguieron adelante..., sacrificándonos.

Sí, un puro y triste teatro... Las dramáticas palabras de Curtiss en Masada, al mostrar los informes de Edwards, sólo fueron eso: teatro. Apuntó parte del mal, pero sabiendo de nuestro interés por aquella aventura, jugó con la confianza y la buena voluntad de Eliseo y de quien esto escribe. Muy hábil...

¡Pobres e incautos exploradores!

¿Informarnos? Si lo hubieran hecho, ningún piloto en su sano juicio se habría prestado a semejante suicidio. No en un primer momento, cuando aún ignorábamos quién era en realidad Jesús de Nazaret.

Pero, conforme fui reflexionando, la indignación creció y creció. Fui atando cabos y comprendí que la sibilina actitud de aquellos militares era más vil y despreciable de lo que imaginaba.

Al retornar a «casa», mi hermano y yo lo confirmaríamos (1). No erramos ni un milímetro.

¿Por qué los antioxidante ingresaron en la «cuna» en el segundo «salto»? ¿Por qué no en el primero?

Muy simple: no llegaron a tiempo.

Curtiss y los directores del proyecto decidieron suministrar los fármacos en la primera aventura. Pero, al no poder contar con ellos, optaron por arriesgarse. Mejor dicho: por arriesgar nuestras vidas. Y la segunda experiencia, sin querer, se convirtió en un magnífico «banco de pruebas». Fue entonces cuando depositaron los medicamentos en la «farmacia» y no por caridad, sino como parte del sucio experimento.

¿Sibilinos? No, el calificativo no era ése...

Pero hubo más. Algo que siguió enturbiando mi corazón, haciéndome desconfiar de la «bondad» de aquel,

(1) Si los dos primeros medicamentos eran difíciles de obtener, el tercero —la dimetilglicina— aún lo era más. Eliseo y yo, tras algunas discretas averiguaciones, supimos que *Caballo de Troya* encargó tales fármacos en el verano de 1972. Es decir, seis meses antes del primer lanzamiento. Esto, como decía, confirmó nuestras sospechas. La N,N-Dimetilglicina pura fue adquirida a los prestigiosos laboratorios Da Vinci que, posteriormente, la comercializaría como Glucónico DMG. *(N. del m.)*

supuestamente, espléndido proyecto. Y es que, en el fondo, cometieron un error.

Lo deduje al contabilizar los frascos que contenían los referidos antioxidantes. Sumé diez para cada uno de los específicos. ¿Por qué tantos? Ningún otro medicamento contaba con unas existencias tan exageradas. La dimetilglicina, por ejemplo, reunía un total de ¡900 tabletas! Considerando que la dosis óptima eran 125 miligramos (es decir, una tableta) por persona y día, esas 900 unidades permitían prolongar el tratamiento durante ¡450 días!

¡Qué extraño!

Oficialmente, el segundo «salto» no debería ir más allá de los 40 o 45 días en el nuevo «ahora» histórico...

Muy raro, sí, muy raro.

Y la intuición me puso en guardia. En esos momentos era imposible verificarlo, pero el instinto se manifestó «cinco por cinco» (claro y fuerte): Curtiss sospechaba o sabía que estos exploradores desobedecerían las órdenes, lanzándose a una tercera exploración.

No tenía pruebas, lo sé, pero la intuición jamás se equivoca.

¡Dios!... ¡Y no se equivocó!

Pero debo contener mis impulsos. Todo en su momento...

Una vez más dudé. ¿Hacía partícipe a Eliseo de estos «hallazgos» y deducciones? Finalmente elegí el silencio. ¿Para qué cargarle con un suplicio extra? Con lo que nos aguardaba tenía más que suficiente.

«Sí —me dije, buscando un mínimo de consuelo—, lo haré más adelante. Quizá la víspera del definitivo retorno a nuestro verdadero "ahora".»

E intenté quedarme con lo positivo. Los fármacos recién descubiertos eran un buen augurio. Nos aliviarían, inyectándonos nuevas fuerzas.

¡Pobre ingenuo!

Y esa misma noche iniciamos el tratamiento. Eliseo, confiado, no preguntó. Mi escueto comentario, supongo, aclaró la situación:

—De parte de la Providencia...

¿Casualidad? Me niego a admitirlo.

En realidad, parecía como si el Destino tuviera prisa. Como si deseara mostrar todas las cartas. En especial, las «marcadas». Como si quisiera desvelar la otra «cara» de *Caballo de Troya*. Como si pretendiera hacerlo antes del arranque de la nueva misión...

¡Y ya lo creo que lo logró!

¿Casualidad?

Aparentemente, sí, pero hoy sé que la palabra azar es un espejismo, una pésima justificación de la Ciencia para lo que no controla.

Esta vez fue Eliseo el «descubridor». Y el desagradable «hallazgo» echó leña al ya crecido fuego de la desconfianza.

El «incidente» surgió a raíz de una maniobra rutinaria. Después de meditarlo, en previsión de una posible emergencia, el ingeniero informático me puso al corriente de algo importante. Algo que, honradamente, pasamos por alto y que pudo costarnos un disgusto en la «reciente» (?) Operación *Salomón*. (Por fortuna, esos meses estivales fueron secos y extremadamente tórridos.)

Como ya expliqué, el apantallamiento infrarrojo de la «cuna» y los cinturones de protección dependían vitalmente de la SNAP, la pila atómica. Pues bien, al desconectarla, financiando el suministro eléctrico con los espejos solares, mi hermano se planteó una seria y lógica duda: ¿qué sucedería si, en nuestras prolongadas ausencias, cambiaba la meteorología? La respuesta era simple y grave: el sistema se vendría abajo, dejándonos sin protección. Si el cielo se encapotaba, disminuyendo la radiación solar, los acumuladores, como mucho, resistirían cinco o seis días. Había que encontrar, por tanto, una solución alternativa que nos permitiera abandonar el Ravid sin temor.

Eliseo estimó que lo más prudente era dejar el asunto en «manos» de «Santa Claus». Bastaba con transferir una orden para que, en caso de emergencia —variación meteorológica o cualquier otro contingente—, el ordenador activase automáticamente la SNAP, sosteniendo así la infraestructura de seguridad. Considerando que la pila atómica tenía una vida útil superior a un año, el peligro quedaba conjurado.

Aprobé la idea y, aunque las ausencias no deberían superar nunca las cuatro semanas, se puso manos a la obra.

Y fue en el desarrollo de esa sencilla operación cuando mi hermano se sobresaltó al «descubrir» algo con lo que no contábamos.

Siguiendo el procedimiento tecleó en el ordenador central, reclamando el directorio correspondiente: «CD-GMS» («código de acceso a los sistemas generales de mantenimiento»). Como decía, pura rutina. Al introducir la orden, «Santa Claus» la hacía suya, archivándola en el sistema director.

Pero mi compañero cometió un pequeño, casi insignificante, error. Al pulsar la mencionada clave —«CD-GMS»— los dedos equivocaron una tecla. En lugar de tocar la «S» se deslizaron unos milímetros hacia la izquierda, alcanzando la «A».

¿Casualidad? Lo dudo...

La cuestión es que la clave requerida no fue la misma. Eliseo, involuntariamente, demandó a «Santa Claus» la orden de entrada en otro directorio: el «CD-GMA» («acceso a material genético»).

Ahí llegó la sorpresa. Toda una desagradable sorpresa...

Recuerdo que escuché un exabrupto. Después, tras un breve silencio, mi hermano, alterado, pidió explicaciones (?) a la máquina.

—¡Será malnacido!

Me aproximé intrigado.

—No puedo creerlo, Jasón... Tu «novio» desvaría...

En la pantalla, en efecto, pulsaba en rojo una frase que me dejó atónito.

—¿Qué pasa?

Eliseo explicó el pequeño desliz.

—Inténtalo de nuevo...

Así lo hizo, solicitando el directorio que contenía los informes sobre el material genético. Y lo hizo despacio, recreándose.

—¡La madre que lo parió!

«Santa Claus», impertérrito, ofreció la misma y desconcertante consigna.

Nos miramos confusos. No había duda. Eliseo repitió la clave un total de cuatro veces. E, impotente, me cedió el puesto ante el rebelde ordenador central.

Tampoco tuve fortuna.

—¿Cómo es posible?

Mi hermano, tan perplejo como quien esto escribe, se encogió de hombros. Y sentenció:

—Una de dos: o se ha vuelto loco o «alguien»...

¿Loco? No, la máquina era casi perfecta. Y la respuesta de «Santa Claus» abrió de nuevo la caja de los truenos:

«El usuario no tiene prioridad para ejecutar esta orden.»

Increíble...

Tanto Eliseo como yo estábamos lógicamente capacitados para ejecutar esa y todas las órdenes, abriendo los directorios que estimásemos oportuno. Así lo hicimos, por ejemplo, al introducir los resultados de los análisis efectuados sobre las muestras de la Señora, de José, de Amós y de Jesús de Nazaret. ¿A qué venía ahora esta estupidez? ¿Acceso denegado? ¿A nosotros?

Tuvimos que rendirnos. Los esfuerzos del ingeniero se estrellaron. «Santa Claus», convertido de pronto en enemigo, fue inabordable.

«Acceso denegado.»

Discutimos. Intentamos desmenuzar el problema. La conclusión, lamentablemente, fue siempre la misma: «alguien», en efecto, una vez transferido el paquete informativo sobre los ADN, programó el ordenador, bloqueándolo.

¿«Alguien»?

Mi hermano estuvo de acuerdo conmigo. Ese «alguien» era Curtiss...

Pero, ¿por qué? ¿A qué obedecía aquella desconfianza?

Eliseo sonrió con benevolencia.

—¿Es que no comprendes?... Son de Inteligencia...

Le reproché la venenosa insinuación aunque, en el fondo, tenía sobradas razones para opinar como él. Finalmente se excusó:

—Hay militares y militares, querido mayor... Tú y yo pertenecemos a los de buena voluntad, como muchos compañeros, que tratan de servir a su nación lo mejor posible.

Acepté la matización, regresando al tema principal. ¿Qué encerraban esas investigaciones para que «alguien» las hubiera clausurado?

—Está muy claro —prosiguió el ingeniero con cierto cansancio—. Los ADN son mucho más que un experimento científico... ¡Sólo Dios sabe lo que planean con ellos! Por eso han sido clasificados...

Reconocí que podía estar en lo cierto. Y poco faltó para que le confesara cuanto había descubierto con los fármacos. Pero la indignación del leal soldado era tal que me contuve.

Definitivamente, sólo éramos marionetas al servicio de «algo» que me estremeció.

¡Pobres, esforzados e incautos exploradores! ¿Cuándo aprenderíamos?

Y ambos tomamos buena nota.

Eliseo, herido en lo más íntimo, juró que «aquello» no quedaría así. Encontraría la «puerta trasera» o la clave de acceso para abrir de nuevo el directorio de los ADN. Creía conocer la psicología del administrador del sistema y pelearía por hallar la «llave». No dudé de su capacidad pero, sinceramente, la empresa se me antojó casi imposible. Estaba claro que nos enfrentábamos a una mente especialmente agresiva y diabólica. El tiempo me daría la razón...

En cuanto a mí, a raíz del «incidente», también tomé algunas «decisiones». Para empezar, nos aprovecharíamos de la Operación en todos los sentidos. Uno, en particular, recibiría la máxima prioridad: la información obtenida en aquel tercer y extraoficial «salto» sería de nuestra absoluta propiedad. Nadie nos arrebataría la valiosa documentación.

Y una audaz y peligrosa «idea» fue germinando en mi cerebro.

No lo consentiría. No permitiría que esas tenebrosas fuerzas que nos estaban utilizando se apoderasen del valioso «cargamento» depositado en el módulo. Los ADN no caerían en sus manos.

También lo juré. Y lo hice por lo más sagrado que conocía: el Hijo del Hombre...

He sido militar, y me siento orgulloso, pero entiendo que todo tiene un límite.

Mi hermano tampoco supo de estas drásticas «decisiones». No lo consideré oportuno. Dado lo arriesgado de la «idea», y las imprevisibles «consecuencias» que podían derivarse de una «acción» así, preferí mantenerlo al margen. Nadie le culparía. Sería yo el único responsable.

Así terminó aquel extraño y difícil día. Una jornada, como apuntaba anteriormente, en la que el Destino se empeñó en mostrarnos la otra «cara» de la Operación *Caballo de Troya*.

Por supuesto, lo agradecí. Era más útil y rentable saber a qué atenernos..., antes de emprender la nueva y fascinante aventura. Era vital que estos exploradores conocieran de antemano lo que les aguardaba al retornar a su verdadero «ahora».

Y me puse en manos de la Providencia. Ella «sabe»...

17 DE AGOSTO, VIERNES

No sé por qué pero, al asomarme al «portaaviones», me sentí optimista.

Cielo azul. Viento en calma... Un día magnífico, sí.

Los recientes y tristes «hallazgos» parecían casi olvidados. Ahora sólo contaba el inminente viaje al macizo montañoso del Hermón. E imaginé al Maestro en algún bello rincón de aquel coloso nevado...

¿Qué haría? ¿Por qué tomó la decisión de refugiarse en un lugar tan apartado? Y, sobre todo, ¿cuáles eran sus pensamientos? ¿Había concebido ya la idea de lanzarse a predicar?

Súbitamente, sin embargo, el Destino me arrancó de estas reflexiones. Y siguió tejiendo y destejiendo...

Fue al reparar en mis manos cuando, de pronto, el optimismo se evaporó. ¿Cómo no me di cuenta? Al acostarme no estaban allí... Esto tuvo que aparecer en el transcurso de la pasada noche.

Y los viejos temores, los familiares fantasmas, se agolparon en tropel en el corazón de este cansado explorador...

¡Dios mío!

Lo examiné cuidadosamente, llegando a un único e inmisericorde diagnóstico: la degradación neuronal avanzaba con mayor rapidez de lo inicialmente supuesto.

Desperté a mi hermano y, sin mediar palabra, repetí la inspección.

¡Afirmativo!

Eliseo, como yo, reaccionó con asombro. Se restregó las manos y, titubeante, preguntó:

—¿Es grave?

No supe contestar. Mejor dicho, no quise.

Por supuesto que lo era. Desde mi punto de vista como médico, «aquello», al menos, constituía un síntoma preocupante.

Terminé mostrando las mías y creo que entendió.

—¿Y bien?

Moví la cabeza negativamente y, supongo, se hizo cargo.

De la noche a la mañana, en efecto, como un aviso, los dorsos de las manos aparecieron abundantemente moteados. No había duda. Las máculas seniles, de un inconfundible color rojizo oscuro y con las típicas formas circulares, nos estaban invadiendo. El envejecimiento, animado por la agresión de los radicales libres, seguía su curso. Y me eché a temblar...

Si las manchas se presentaron en cuarenta y ocho horas, ¿cuánto necesitaría el resto de la patología para hacer acto de presencia? La recuperación tras los desvanecimientos, ciertamente, fue buena. Casi óptima. Sin embargo, allí estaba la verdad. El mal cabalgaba inexorablemente.

Luché por serenarme. Ahora, más que nunca, debía ser frío y consecuente.

Lo primero era someter a mi compañero, y a mí mismo, a un concienzudo chequeo. Después, ya veríamos...

Eliseo, dócil y preocupado, me dejó hacer.

Estaba claro que los capilares fallaban como consecuencia del déficit de vitamina C. La fragilidad saltaba a la vista.

Al inspeccionar los ojos, sin embargo, me tranquilicé relativamente. El arco corneano senil, alrededor del iris, no se había presentado aún. El gerontoxon, a nivel de la córnea, con su depósito de calcio y células muertas, era otro de los indicios más temido. Esta opacidad amarillenta de la superficie de la córnea, por la degeneración adiposa de las citadas células corneales, podía marcar el principio del fin...

Ninguno de los dos lucíamos aquel «aviso»..., de momento.

Tampoco el cabello y las uñas aparecían afectados. El primero se conservaba firme y lozano, sin señales de recesión o encanecimiento. Las segundas, por su parte, se hallaban igualmente limpias e íntegras. Un envejecimiento prematuro las volvería quebradizas.

Otra cuestión fue la piel...

Al igual que sucediera con este explorador, la de mi hermano acababa de iniciar un preocupante proceso de secado, con una abundante descamación. Estaba, por tanto, ante una piel hiperqueratósica.

Procuré animarle, explicando que el síntoma, aunque aparatoso y desagradable, no era alarmante. Ni yo me lo creí...

El piloto continuó en silencio, cada vez más entero y reposado. E intenté imitarle, aunque la verdad, sólo lo conseguí a medias.

Al proceder con la vista y el oído, Eliseo estalló. No pudo contenerse y se desbordó en una risa limpia y contagiosa. Aquello era absurdo, en efecto. Tanto él como quien esto escribe conservábamos unos índices inmejorables. Naturalmente, los valores de presbiacusia (menor audición) y presbicia (menor vista) fueron negativos.

Y atacado por las carcajadas bromeó:

—¿Dos ciegos y dos sordos a la búsqueda del Maestro?... ¡Eso me suena, mayor!

Agradecí el buen humor. Y la tensión aflojó.

El resto del chequeo resultó igualmente negativo. No observé los típicos dolores que hubiera provocado la osteoporosis y tampoco signo alguno de arteriosclerosis. Respecto a la secreción neurohormonal, sólo los «nemo» podrían haber valorado la situación del factor «tropo», responsable de la estimulación hormonal a través de la hipófisis. Y supuse que no debía de ser muy boyante.

En cuanto al otro «problema» —la andropausia o disminución de las hormonas gonadales, con la consiguiente «caída» de la libido—, a qué engañarnos: nos traía sin cuidado. Después de tan prolongada estancia en las tierras de Palestina era, sin duda, el único síntoma de envejecimiento que agradecíamos...

El balance, pues, a pesar de las apariencias, no era tan derrotista. El mal nos cercaba, sí, pero, al parecer, se mantenía a distancia.

Aun así, dudé.

La patología, la enfermedad, anidaba en nuestro interior y, tarde o temprano, nos asaltaría.

¿Qué decisión tomaba?

Si el daño nos conquistaba gradualmente quizá tuviéramos una oportunidad. Quizá, al detectar el primer indicio grave, fuéramos capaces de abortar la misión, regresando de inmediato a Masada y a nuestro legítimo «ahora». Pero esto sólo eran suposiciones...

¿Qué sucedería si la memoria, por ejemplo, fallaba repentinamente? ¿Qué sería de nosotros si las neuronas se colapsaban sin previo aviso, originando un accidente cerebrovascular? ¿Qué hacer ante una pérdida de visión?

Aquellas muy reales posibilidades me mantuvieron absorto el resto de la jornada. Fue otro mal trago. Y todo quedó pospuesto.

Por último, al atardecer, abrumado, incapaz de hallar por mí mismo una solución responsable, me reuní con Eliseo. Fui medianamente franco. Detallé algunos de estos peligros —no todos—, expresando mis dudas sobre la conveniencia de emprender la misión.

Escuchó paciente y resignado. Pero, al pronunciar la frase clave —«entiendo que deberíamos suspender el proyecto»—, se descompuso. Olvidó rango y amistad y me tachó de cobarde, pusilánime y no sé cuántas otras «lindezas».

Lo encajé sin alterarme. Hasta cierto punto era comprensible. Y dejé que se vaciara.

Abandonó la «cuna» y lo vi alejarse hacia el manzano de Sodoma. Fue un momento amargo. El primer enfrentamiento serio.

¿Era en verdad un cobarde?

El pensamiento me torturó.

Quizá tenía razón... Ya lo habíamos hablado. Ya convenimos que nuestra salud no era lo importante. Entonces...

Sí, un cobarde...

Y aquella magnífica y poderosa «fuerza» que nos asistía me puso en pie. Salté a tierra y, decidido, salí al encuentro de Eliseo.

No hubo muchas palabras.

Fui yo quien solicitó disculpas. Y el noble amigo, sonriendo abiertamente, se encargó del resto:

—No, soy yo quien te pide perdón... Y ahora, escúchame... Comprendo que la situación no es óptima. Si quedáramos disminuidos físicamente en este tiempo, tal y como apuntas, no sé qué sería de nosotros y, muy especialmente, de la valiosa información que se nos ha concedido...

¿A dónde quería ir a parar? Al punto, con idéntica seguridad, aclaró la cuestión:

—... Pues bien, te propongo una vía intermedia.

Me observó fijamente. Sin pestañear. Y tras la breve y estudiada pausa, proclamó:

—Prosigamos. Busquemos al Maestro. Cumplamos la misión..., hasta donde sea posible. Y al primer síntoma grave, al primero..., regresemos.

Su mirada se intensificó. Yo diría que brilló.

—¿Aceptas?

Sonreí complacido. Su devoción e interés por aquel Hombre eran más fuertes y profundos que los míos.

Le tendí la mano.

—Hecho... Pero con una condición...

Aguardó impaciente.

—Llegado ese momento, cuando la nave despegue del Ravid, no deberás preguntar..., sobre lo que veas. Sencillamente, acéptalo.

Frunció el ceño, sin comprender. Pero, astuto, no indagó.

—Hecho..., mayor. Usted está al mando... Llegado ese instante tendrá un copiloto ciego, sordo y mudo. Lo normal en nuestra situación...

Recompuesto el ánimo, olvidado el agrio enfrentamiento, nos enfrascamos en el último repaso del plan y de la modesta impedimenta.

Como mencioné, si la información del anciano Zebedeo era correcta, en aquellos días —agosto del año 25 de nuestra era—, el Galileo debía de encontrarse en algún lugar del macizo montañoso que espejeaba al norte. En mi poder obraban dos valiosas pistas que, quizá, si la fortuna seguía de nuestro lado, nos permitirían localizarlo con relativa facilidad (?).

En teoría, el plan era sencillo.

A la mañana siguiente, al amanecer, abandonaríamos el Ravid, encaminándonos hacia la primera desembocadura del Jordán, en las cercanías de Saidan. Desde allí, a buen paso, remontando el río, podíamos alcanzar la orilla sur del lago Hule (Semaconitis) antes del ocaso. La segunda etapa del viaje, prevista para el domingo, 19, era más compleja. Y no por la distancia a recorrer —prácticamente similar a la del día anterior—, sino por el hecho de penetrar en las estribaciones del inmenso Hermón. El macizo, integrado por múltiples alturas, sumaba más de sesenta kilómetros de longitud. Todo un laberinto. Si las pistas fallaban, la búsqueda de Jesús de Nazaret sería un empeño casi inviable.

Pero no quisimos pensar en esa posibilidad. Lo importante, de momento, como repetía Eliseo, «era llegar al río». Una vez allí, ya veríamos cómo «cruzarlo»...

Si lo hallábamos, si encontrábamos al Maestro, y si las fuerzas nos acompañaban, el trabajo consistiría en seguirlo. Vivir a su lado día y noche. Reunir toda la información posible. Conocer sus pensamientos, deseos y proyectos. Averiguar, en definitiva, quién era aquel Hombre...

Ni qué decir tiene que, conforme fuimos chequeando el plan, mi compañero se encendió, contagiándome su entusiasmo. El instinto (?) nos gritaba que lo teníamos al alcance de la mano. Estábamos a punto de desvelar otro misterioso e ignorado capítulo de su vida...

Aquellos intensos momentos, francamente, nos compensaron de las pasadas amarguras. Parecíamos niños, ilusionados con la magia de un encuentro largamente deseado.

Y fue el pletórico ingeniero quien planteó también una de las cuestiones clave: ¿nos reconocería?

El problema era arduo.
Si nos ajustábamos a un criterio estrictamente racional, ese «reconocimiento» era imposible. Lo habíamos conocido en el año 30. Es decir, en el «futuro». Obviamente, al retroceder cinco años, Él no podía saber quiénes eran aquellos griegos. ¿O sí? Y en mi mente surgió la increíble escena en la casa de Lázaro, en Betania. El Maestro, a pesar de ignorarlo todo sobre mí, dejó a los suyos y, avanzando hacia quien esto escribe, fue a posar sus largas y velludas manos sobre mis hombros. Y haciéndome un guiño, sonriendo, exclamó:
«Sé bien venido.»
Aquello ocurrió un 31 de marzo, viernes (1). Nunca lo olvidaré.
Pues bien, si fue capaz de tal recibimiento en dicho año 30, ¿qué sucedería ahora, en el 25?
El examen de los petates e indumentarias fue rápido. No era mucho lo que precisábamos. En cambio, sí necesitábamos dormir y reponer las maltrechas fuerzas.
Dineros.
Optamos por introducir quince denarios de plata en cada una de las bolsas de hule que colgarían de los respectivos ceñidores. Las setenta monedas restantes —capital sobrante de la Operación *Salomón*— permanecerían en la «cuna» junto al valioso ópalo blanco y los providenciales diamantes sintéticos, que tan excelente «juego» nos proporcionaron en el desierto. Según nuestros cálculos —basados siempre en las noticias del Zebedeo padre—, el regreso de Jesús al *yam* (mar de Tiberíades) debería registrarse en los primeros días de setiembre, más o menos. En ese momento, inexcusablemente, ascenderíamos al Ravid, reaprovisionándonos. En principio, por tanto, si no surgían imprevistos, esas treinta piezas de plata (equivalentes al salario mensual de un jornalero) cubrirían las necesidades básicas de aquellos exploradores.
Agua y medicinas.

(1) Amplia información en *Caballo de Troya 1*, pp. 114 y ss. *(N. del a.)*

Cargaríamos también sendas calabazas ahuecadas, a guisa de cantimploras, con tres litros de agua cada una, previamente tratada en el módulo. Como ya informé, tanto la producida en la nave como la recogida del exterior, siguiendo la normativa, eran filtradas y sometidas a ebullición, con el fin de evitar los gérmenes. Los quistes *Entamoeba histolytica* y *Giardia lamblia* recibían un tratamiento especial con tintura de yodo de hasta diez gotas por litro (a un 2 por ciento). Estos parásitos, muy frecuentes en aquellas latitudes, eran resistentes, incluso a la cloración.

A decir verdad, estas precauciones, muy loables y necesarias, terminaban siendo impracticables a los pocos días de iniciada una exploración. Por lógica, el agua se agotaba y nos veíamos obligados a consumir la que aparecía más a mano. Para evitar estos problemas, además de ser extremadamente escrupulosos a la hora de beber, incluimos en las ampolletas de barro de la «farmacia» de campaña abundantes dosis de fármacos antiinfecciosos. Contra el paludismo, por ejemplo, ambos ingeríamos, obligatoriamente, trescientos miligramos de cloroquina dos veces por semana, reforzando la barrera quimioprofiláctica con una asociación de pirimetamina-dapsona. (Teníamos fundadas sospechas de que algunas de las cepas —caso de la *P. falciparum*— eran resistentes a la citada cloroquina.)

El resto de la «farmacia», amén de lo ya habitual, lo integraba uno de los providenciales específicos antioxidantes, la dimetilglicina. En total dispuse una treintena de tabletas para cada uno. Con ello, el tratamiento estaba a salvo durante un mes.

Por último, haciendo caso omiso a las protestas de Eliseo, los ropones fueron cuidadosamente plegados y depositados en el fondo de los sacos. A pesar de las altas temperaturas del verano en la Galilea convenía ser prudentes y cargar con los incómodos mantos de lana. Las noches en el Hermón no tenían nada que ver con las del *yam*. Seguramente lo agradeceríamos...

En cuanto a mi petate, tras reflexionar, decidí completarlo con los últimos papiros existentes en la «cuna» y que tan útiles habían resultado en la transcripción de lo escrito por el Zebedeo padre respecto a los años «secretos» del Maestro. Lo pensé y terminé decidiendo que lo más adecuado era tomar notas sobre la marcha. Las palabras del rabí, los sucesos cotidianos, así como nuestras impresiones personales, serían minuciosa y puntualmente registrados. La memoria era buena, pero prefería anotarlo todo, día a día. Para ello sólo contaba con aquel rústico soporte vegetal, del tipo *amphitheatrica*. Gradualmente, conforme lo necesitara, iría reponiéndolo, redondeando así el precioso «diario». Cada hoja, como ya expliqué, de ocho por diez pulgadas (veinticuatro por treinta centímetros), permitiría escribir por ambas caras, siendo enlazadas a continuación con un sencillo cosido. E incluí, lógicamente, un par de *calamus* o carrizos, cortados oblicuamente y convenientemente hendidos, que servirían de plumas. Junto a ellos, tres pequeños «cubos» de tinta solidificada —de unos doscientos gramos de peso cada uno—, con el correspondiente y necesario tintero de barro. La tinta, fabricada con hollín y goma, se conservaba seca, siendo diluida en agua cuando el escribano se disponía a escribir.

Provisiones.

Este capítulo sería resuelto en la cercana plantación de los *felah*. Nada más descender del Ravid intentaríamos adquirir lo necesario.

Seguridad personal.

Poco cambió. En principio, con lo habitual era más que suficiente: «piel de serpiente» cubriendo la totalidad del cuerpo, «tatuajes» en las respectivas manos izquierdas y la inseparable «vara de Moisés», provista de los ya conocidos sistemas de defensa (láser de gas y ultrasonidos). En un primer momento, dado que aquel tercer «salto» era extraoficial, pensamos en retirar el resto de los dispositivos de análisis alojado en el cayado de «augur». Finalmente opté por dejarlos donde estaban. Quizá fueran útiles. La verdad es que no sabíamos a qué nos enfrentábamos. Por otro lado —y de esto, obviamente, no dije nada a mi compañero—, si aquella malévola «idea» continuaba creciendo en mi cerebro, no tenía por qué preocuparme por dichos dispositivos...

Seguridad de la «cuna».

Como en la Operación *Salomón*, fue confiada al inflexible e «insomne» «Santa Claus».

Los dos largos meses de ausencia, como ya manifesté, sirvieron de ejemplo y lección. El ordenador nunca falló.

Como precaución extra, sin embargo, Eliseo sugirió la desconexión de las mangueras que suministraban oxidante y combustible al J 85 y a los restantes motores. El tetróxido de nitrógeno y la mezcla de hidracina y dimetil hidracina asimétrica (al cincuenta por ciento) eran propulsores hipergólicos (es decir, se queman espontáneamente cuando se combinan, sin necesidad de ignición). Y aunque el riesgo era muy remoto, algo así hubiera ocasionado una catástrofe, dejándonos en aquel «tiempo» para siempre...

Los tanques, por tanto, fueron convenientemente aislados. El ordenador, por su parte, se responsabilizaría del chequeo de los mismos, velando para evitar cualquier fuga. La alta toxicidad, en el caso de emanación, habría resultado letal para todo el entorno, incluyendo, naturalmente, a los pilotos.

En el caso de una alta emergencia —algo realmente improbable—, la computadora fue programada para modificar la direccionalidad del «ojo del cíclope», advirtiéndonos. En dicho supuesto, el último cinturón protector —el de los microláseres— sería dirigido hacia el cielo. Si nos hallábamos en el *yam*, o en sus alrededores, el abanico infrarrojo podía ser detectado con el auxilio de las «crótalos». Todo era cuestión, entonces, de retornar de inmediato a la cima del Ravid. La privilegiada atalaya, como creo haber mencionado, se encontraba a diez kilómetros en línea recta de Nahum y a catorce de la pequeña localidad costera de Saidan. Suficiente para «visualizar» el «faro» de los microláseres.

Y, satisfechos y nerviosos, nos retiramos a descansar.

Al poco, sin embargo, mi hermano volvió a levantarse. Parecía preocupado. Lo atribuí a lo inminente del viaje y, quizá, al no muy lejano encuentro con el Hijo del Hombre. Pero, ante mi sorpresa, descendió a tierra, perdiéndose en la oscuridad. Aquello me intraquilizó.

¿Qué sucedía?

Supongo que fue lógico. Por mi mente desfiló de inmediato la vieja amenaza del deterioro neuronal.

¡Dios!... ¡Otra vez no!

¿Es que presentaba algún nuevo síntoma? ¿Cuál de ellos?

E inquieto lo busqué a través de las escotillas.

Imposible. La luna nueva caía negra y espesa sobre el «portaaviones».

¿Y si estuviera equivocado?

Debía contenerme.

Quizá se trataba, únicamente, de un insomnio pasajero, fruto de la tensión...

No, mi hermano disfrutaba de unos nervios de acero. Siempre dormía como un bendito...

Tenía que sacudirme aquella maldita duda.

Media hora más tarde, ansioso, cuando me disponía a saltar, lo vi llegar.

Se sorprendió al verme en pie. Y, comprendiendo, se excusó, explicando el porqué de la repentina salida al exterior.

Al escucharle, mi estima por aquel espíritu limpio y generoso creció notablemente. La verdad es que la Providencia —estoy convencido— tuvo mucho que ver en la «organización» de aquel gran «viaje». De haber tropezado con otro piloto, nada hubiera sido igual...

Naturalmente asentí, aprobando la sugerencia. A pesar de los pesares, cumpliríamos...

Mi hermano, según confesó, se vio asaltado por una duda. Él, como yo, seguía teniendo presente la súplica del general Curtiss antes de partir hacia el segundo «salto»:

«... Llevad también este retoño y plantadlo en nombre de los que quedamos a este lado... Será el humilde y secreto símbolo de unos hombres que sólo buscan la paz. Una paz sin fronteras. Una paz sin limitaciones de espacio..., ni de tiempo. ¡Gracias!...»

Pues bien, después de lo descubierto e intuido, el joven no supo qué hacer. ¿Me recordaba la presencia en el módulo del vástago de olivo? ¿Aceptaría su propuesta? ¿Me mostraría conforme con el hecho de transportar el retoño y plantarlo en alguna parte?

Los recientes acontecimientos, colocando a Curtiss y a su gente en una situación tan reprobable, lo frenaron. Él deseaba cumplir la palabra dada, pero desconocía mis sentimientos.

Lo tranquilicé. Cumpliríamos. Aunque no merecían nuestro respeto, cumpliríamos...

Después de todo, aquel olivo no representaba únicamente a unos pocos, sino a toda la Humanidad. Era nuestro modesto homenaje al Hombre que más ha hecho por la paz.

Y el vástago, «hijo de una época», fue igualmente depositado en su saco, dispuesto para ser trasplantado a «otra».

Curioso. La sugerencia de Eliseo terminaría haciendo feliz a quien menos imaginábamos...

Cosas del Destino.

Y la noche y el silencio —como una bella premonición— me trasladaron lejos, muy lejos...

Nunca olvidaré aquel sueño.

18 DE AGOSTO, SÁBADO

¿Fue sólo un sueño?

Quién sabe...

Recuerdo que nos hallábamos en una pequeña meseta, rodeada de espesos bosques...

En la ensoñación no identifiqué el lugar, pero yo sabía que era el Hermón...

Eliseo estaba conmigo, a mi lado. Y al fondo, resplandeciente, la «cuna»...

Hablábamos con el Maestro...

Más allá, cerca de la nave, Pedro y los hermanos Zebedeo nos miraban espantados... Parecían medio dormidos...

Jesús, mi hermano y quien esto escribe conversábamos sobre el «futuro», sobre nuestra misión y lo que nos aguardaba al retornar a nuestro verdadero «ahora». El Maestro lo conocía todo. Y nos aconsejó valor y confianza. Todo saldría bien...

Era extraño. Hablábamos, sí, pero no escuchábamos sonidos... Sin embargo, nos entendíamos...

Fueron momentos intensos y felices. Una paz desconocida nos invadía...

Pero lo más increíble (?) es que, triunfando sobre el radiante sol, rostros, manos y vestiduras irradiaban una luminosidad blanca, intensa y deslumbrante...

El Maestro, después, se refirió a su próximo ingreso en Jerusalén. Notamos cierta tristeza...

Eliseo le animó.

Por último, tras abrazarnos, regresamos al módulo. Entonces, los íntimos corrieron hacia Jesús. Y al pasar ante nosotros, con gran veneración, se decían unos a otros:

«Son Moisés y Elías.»

Mi hermano quiso hablar. Sacarles del error, pero yo tiré de él, recordándole que «eso estaba prohibido»...

¡Dios mío!... ¡Qué absurdo!... ¿Absurdo? Hoy no estoy tan seguro.

Despegamos y, de pronto, algo falló...

«Santa Claus» se volvió loco... Las alarmas acústicas atronaron la cabina...

¡Peligro!... ¿Qué sucedía?

En ese instante desperté... Mejor dicho, me despertaron.

—¡Jasón!... ¿Qué ocurre?... ¿Qué ha fallado?

Inmenso todavía en el recuerdo del aparentemente «loco» (?) sueño necesité unos segundos para reaccionar. ¿Dónde estaba? ¿Seguía en el Hermón?

—¡Jasón!... ¡Peligro!...

Salté de la litera y, confuso, me dirigí al panel de mando.

Aquello era un manicomio.

El ordenador había disparado las señales luminosas y acústicas. En el exterior, los hologramas, con las gigantescas ratas-topo agitándose y chillando, multiplicaron la confusión.

—Pero, ¿qué sucede?... ¿Qué es eso?

Algo se movía y llenaba la pantalla del 2 D, el radar de alerta temprana (AT). Eran cientos, miles, de *target* (1).

Eliseo desconectó las alarmas y el silencio nos favoreció. Debíamos obrar con un máximo de cautela y precisión.

Fui serenándome.

—¡Jasón!... ¿qué diablos es eso?

No supe responder. No tenía ni idea. Algo, en efecto, acababa de irrumpir en el «portaaviones» haciendo saltar la totalidad de los cinturones de protección, incluido el gravitatorio, a 205 metros de la «cuna».

(1) *Target*: en el argot aeronáutico, un objeto localizado en el radar. *(N. del m.)*

—No veo nada... Las imágenes infrarrojas sólo detectan pequeños cuerpos calientes...

Afiné la resolución, amplificando los *target*.

—Negativo. «Santa Claus» distingue únicamente focos de calor... ¡Son seres vivos!...

¿Miles y miles?

Consulté los relojes. Faltaban diez minutos para el alba.

—Está bien. Nos arriesgaremos... ¡Anula defensas!

Eliseo me miró perplejo.

—¡Por Dios, obedece!... ¡Desconecta!... ¡Voy a salir!...

No había alternativa.

Tomé la «vara» y me lancé a tierra. No sabíamos qué era «aquello», pero tampoco podíamos quedarnos con los brazos cruzados. El «intruso» era lo suficientemente importante como para haber violado toda nuestra seguridad.

No necesité caminar mucho. A escasos metros de la muralla en ruinas, «algo» alado, ligero y silencioso se precipitó sobre este atónito explorador, cubriéndolo de pies a cabeza.

¡Dios!

Mi hermano, a la escucha a través de la conexión auditiva, irrumpió alarmado:

—¡Jasón!... ¿Estás bien?... ¿Qué es eso?... ¡Veo miles de focos calientes!... ¡Responde!

Y contesté, claro está.

—¡Maldita sea!... ¡Están por todas partes!...

Cuando acerté a quitármelos de encima creí entender. Pero «otros» cayeron de nuevo sobre mí colocándome al borde de la histeria...

Los toqué y, al tacto, a pesar de la oscuridad, me parecieron insectos. Pero eran enormes...

Minutos más tarde —a las 4.55—, con las primeras luces del amanecer, el susto fue disipándose.

Respiré aliviado.

—¡Falsa alarma!... Sufrimos una plaga...

La cima, en efecto, se vio asolada por una «nube» de mariposas —de hasta diez y quince centímetros de envergadura—, de alas blancas, naranjas y negras, con unos tórax y cabezas igualmente oscuros. Se hallaban por doquier...

Al penetrar en la planicie e invadir las barreras de seguridad, microláseres, IR, hologramas y gravitatorio «despertaron» a «Santa Claus», «volviéndolo loco».

¡Qué extraña y singular «conexión» con el sueño del monte Hermón!

Al regresar al módulo y analizar uno de los ejemplares, el banco de datos nos dio la respuesta. Se trataba de la *Danaus chrysippus*, un lepidóptero dotado de brillantes colores de advertencia cuyo principal alimento —¡qué casualidad!— lo integran las hojas de los manzanos de Sodoma, así como otros vegetales de la familia de las asclepias. Durante la primavera y el verano, por lo visto, forman inmensos «enjambres», precipitándose como una maldición bíblica sobre los oasis, la costa o cualquier otro terreno donde crece su dieta.

No tuvimos opción. El ingeniero cursó la orden pertinente y la defensa gravitatoria fue desplazada hasta la «popa» del Ravid, más allá de «nuestro» manzano de Sodoma (1). Al punto, las *Danau* se vieron irremediablemente empujadas en todas direcciones. Y la cima quedó limpia.

¡Cuán certero es el adagio!... No hay mal que por bien no venga.

Gracias a las inoportunas mariposas comprendimos que no todo era tan perfecto como suponíamos. Y de inmediato, mi hermano corrigió la estrategia de seguridad.

Varió el límite del cinturón gravitatorio, fijándolo a 500 metros de la «cuna» y convirtiéndolo en el primero de los escudos. Con ello, la nave quedaba perfectamente protegida bajo una gran cúpula, invisible a los ojos hu-

(1) La poderosa emisión de ondas gravitatorias, como fue explicado en su momento, partiendo de la membrana exterior de la «cuna», era proyectada a voluntad, envolviendo la nave en una invisible y gigantesca cúpula. La «barrera» actuaba como un muro de contención, impidiendo el paso de cualquier ser vivo. Si alguien trataba de franquearlo se encontraba con una especie de silencioso «viento huracanado» que lo despedía violentamente. *(N. del m.)*

manos. Por detrás, a 400 metros del vértice o «proa» del «portaaviones», la barrera IR. Por último, coincidiendo con la muralla romana, a 173 metros del lugar del asentamiento del módulo, «Santa Claus» ubicó el «escenario» de los hologramas, con las ficticias y temibles escenas protagonizadas por nuestros «vecinos», las ratas-topo. En cuanto al barrido de los microláseres, fue desestimado. Con las protecciones mencionadas era suficiente. Así se consiguió, además, un notable ahorro energético y, por supuesto, un «descanso» para el ordenador. El «ojo del cíclope» sólo actuaría en el ya referido caso de alta emergencia, proyectando el abanico infrarrojo en vertical.

Las nuevas medidas redujeron el área de protección pero, a cambio, la fortificaron, conjurando «invasiones» como la de aquella madrugada y eliminando, definitivamente, las continuas y familiares irrupciones, en la franja de seguridad, de los otros «vecinos»: las aves que anidaban en el cercano Arbel y alrededores.

Todos salimos ganando. Las perplejas aves, nosotros y, obviamente, el ordenador, que vio aliviada la tarea de detección y alerta.

El único inconveniente de esta modificación estuvo en la obligada operación de apertura y cierre del gravitatorio. Al aproximarse a la línea establecida —500 metros—, los exploradores no tenían más remedio que desactivarlo y volverlo a activar. Para ello, el ingeniero ideó una doble «llave». Merced a la conexión auditiva, «Santa Claus» recibía las órdenes pertinentes, procediendo a la anulación, y reintegración de la cúpula, según los casos. Al alejarnos hacia la «popa», por ejemplo, o retornar a la nave, bastaba con formular una contraseña —«base-madre-tres»— y la computadora despejaba el camino. Para el cierre, el «santo y seña» elegido fue «Ravid», pero en inglés...

La sugerencia me pareció correcta. Y Eliseo transfirió los códigos al sistema director.

Sin embargo, algo me dejó intranquilo...

¿Qué sucedería si ambos olvidábamos las contraseñas?

Muy simple: no habría forma de salir del entorno de la «cuna» y, lo que era peor, de acceder a ella.

Al comentarlo, mi hermano rechazó la, aparentemente, peregrina posibilidad.

¿Y por qué iba a ocurrir algo así?

Llevaba razón..., hasta cierto punto.

Entonces lamenté no haberle puesto al corriente de la magnitud del mal que nos acechaba. Si la memoria se hundía, si quedaba bloqueada —hipótesis verosímil en el proceso de envejecimiento prematuro que padecíamos—, ¿qué sería de aquellos exploradores? Si nos pillaba fuera del Ravid, ¿cómo ingresaríamos de nuevo en el módulo?

Mi compañero, siempre optimista, se burló de estas reflexiones y de quien las formulaba, tachándome de «pájaro de mal agüero».

Encajé el rapapolvo. Quizá exageraba.

Además, en ese nefasto supuesto, si perdíamos la memoria, poco importaba el «santo y seña». Quién sabe dónde nos sorprendería semejante catástrofe...

Pero el instinto (?) había avisado.

¿Cuándo aprenderé? ¿Cuándo seré capaz de atender las certeras y rumorosas «palabras» de la intuición?

Y, torpe de mí, olvidé la sutil «advertencia», no adoptando las medidas oportunas.

Lo pagaríamos caro. Muy caro...

7 horas.

Todo se esfumó. Todo cayó en el olvido...

Estábamos en marcha. Inaugurábamos, al fin, la búsqueda del Hijo del Hombre.

Él nos esperaba. Él nos cubriría...

Sacrificios, penalidades, angustias..., todo fue relegado. Olvidado. Y ansiosos iniciamos el descenso, alejándonos del «portaaviones».

La plaga y las modificaciones ya referidas nos retrasaron, demorando en dos horas la partida.

Observé el cielo. Radiante. El presagio se me antojó inmejorable. Temperatura: 27 °C. No importaba. ¡Adelante! En dos o tres días, a lo sumo, si el Destino se mostraba benévolo, estaríamos de nuevo frente al añorado rabí de Galilea. La idea, como digo, nos motorizó, sumándose a la misteriosa «fuerza» que ahora, más que nunca, parecía levantarnos en vilo.

¡Dios!... ¡Qué magnetismo el de aquel Hombre!

En la plantación de los *felah* poco o nada había cambiado. Camar, el viejo nómada, nos atendió con su proverbial hospitalidad.

No pude evitarlo. Un escalofrío me sacudió al llegar a su presencia.

¿Me reconocería? ¡Qué absurdo! Yo sabía que eso no era posible. «Estábamos» en el «pasado». Ahora «vivíamos» cinco años atrás...

Y así fue. El «luna» no supo quién era. Su aspecto y talante tampoco habían variado gran cosa.

Adquirimos algunas provisiones —las justas— y deshicimos lo andado, situándonos frente a la rampa que denominábamos «zona muerta». Desde allí, según lo convenido, torceríamos hacia el norte, al encuentro del *nahal* (río) Zalmon. Por prudencia seleccionamos aquella ruta, más tranquila y solitaria, evitando así la concurrida Migdal.

Y mientras dejábamos atrás las sedientas y agostadas elevaciones que nos separaban de la curva de la «herradura» no pude evitar el recuerdo de Camar. Fue en esa breve estancia en los huertos cuando Eliseo y yo tuvimos auténtica conciencia de otro «hecho» que ahora adquiría especial relevancia.

Lo hablamos por el camino y llegamos a una misma conclusión: ese «otro Jasón» al que hacían mención algunos familiares e íntimos del Maestro sólo podía ser este explorador. La explicación, aunque enrevesada, era elemental. Ellos, Ruth, la Señora, los discípulos, etc., me «conocieron» en el transcurso del año 30. Pues bien, nos hallábamos en el 25 y, casi con seguridad, volvería a encontrarlos. Para todos, este «ahora», el que estrenábamos, era el «primero». Es decir, no tenían memoria de lo acaecido cinco años después. Era, pues, en el año 25 cuando nos conocerían por primera vez. Pero, si todas las alusiones hacían referencia a un Jasón mucho más viejo que el del 30, ¿qué quería decir esto?

Mi hermano y yo guardamos silencio, dejando correr una dramática pausa.

Estaba clarísimo. Por razones que conocíamos muy bien, ambos envejeceríamos prematuramente en este «ahora».

Nuevo y prolongado silencio.

Por eso, sencillamente, al verme en el 30, en el «futuro», no consiguieron identificarme con el «otro Jasón», el «viejo griego» con el que trataron en el «pasado». ¿Cómo era posible —llegaron a comentar— que el Jasón del 30 fuera más joven que el del 25?

Y la sospecha —yo diría que la certeza— me eclipsó durante algún tiempo. Debíamos prepararnos. «Algo» sucedería en esta nueva aventura. «Algo» nos dejaría casi irreconocibles. Varios de los síntomas, en efecto, apuntaban ya en nuestra piel.

Sacudí el «fantasma» y procuré centrarme. Eso sería evaluado..., en su momento. Estábamos donde estábamos. Las fuerzas se hallaban intactas. Y olvidé.

Alcanzamos la solitaria curva de la «herradura» y vadeamos el disminuido cauce del Zalmon. A partir de allí penetramos en la «jungla», uno de los tramos más peligrosos de aquella etapa del viaje. La margen izquierda del terroso río que desembocaba en el *yam* era un nido de insectos, a cual más agresivo. En aquel infierno de altas espadañas, papiros, venenosas adelfas, juncos de laguna y los míticos *aravah* o sauces de diminutas y verdosas flores se concentraba una «nube» de potenciales «agresores». Nos hicimos con los mantos y, a pesar de la sofocante atmósfera y de la protección de la «piel de serpiente», cubrimos los cuerpos hasta donde fue posible, cruzando la intrincada vegetación sin demora. Al ingresar finalmente en la «vía maris», la calzada que rodeaba la orilla occidental del mar de Tiberíades, respiramos. Los ropones aparecían invadidos por muchos de aquellos mortíferos *Anopheles* (mosquito transmisor de la malaria), *Aëdes aegypti* (responsable de la fiebre amarilla), *Culex quinquefasciatus* (provocador del dengue) y otros indeseables propagadores de enfermedades como el tifus, filariasis, leishmaniasis, tripanosomiasis y oncocercosis, entre otras.

Aceleramos. Desde el puente sobre el Zalmon hasta la ciudad de Nahum restaban aún cuatro kilómetros.

Nos deslizamos sin problemas por el jardín de Guinosar y los molinos de Tabja. El tránsito de gentes y animales, tal y como suponíamos, era casi nulo en aquel sábado.

Y al llegar a la altura de la familiar colina o monte de las Bienaventuranzas, antigua «base-madre-dos», disfrutamos rememorando los muchos e intensos momentos vividos en el segundo «salto».

Lo habíamos discutido y, a la vista de los negros muros de Nahum (Cafarnaum), replanteamos el dilema. Esta vez no cometeríamos los mismos errores. Al menos lo intentaríamos...

Esta vez no nos proclamaríamos como «prósperos comerciantes en vinos y maderas» y, mucho menos, en mi caso, como médico. Era mejor así. Y de mutuo acuerdo establecimos que, a partir de ese sábado, 18 de agosto del año 25, aquellos «griegos de Tesalónica» serían, sencillamente, unos ricos viajeros, deseosos de conocer mundo y de averiguar dónde estaba la Verdad. En el fondo, algo absolutamente cierto.

El solo recuerdo de los problemas suscitados por mi condición de «sanador» me hacían estremecer. No caería en semejante error. Otra cuestión era si podría mantenerme al margen. ¿Reaccionaría con frialdad ante una circunstancia de esa naturaleza? Honradamente, lo dudé...

10 horas.

Los nueve kilómetros que separaban el peñasco del Ravid de la «ciudad de Jesús» —Nahum— fueron cubiertos a un tren excelente.

¿De dónde sacábamos aquel ímpetu?

Al principio lo atribuí a Eliseo, fuerte como un toro, tirando sin piedad de quien esto escribe. Pudo ser. Sin embargo, había «algo» más... Conforme nos aproximábamos a la primera desembocadura del Jordán, los corazones iniciaron un agitado bombeo. Más cerca, sí, nos hallábamos más cerca...

¡Dios mío!... ¿Qué nos ocurría? Aquel Hombre nos tenía trastornados...

Nahum, más silenciosa que de costumbre, tampoco se presentó diferente. Bajo los arcos de la puerta norte, displicentes y derrotados por el calor, algunos mendigos y lisiados nos observaron al pasar. Uno o dos agitaron las escudillas de barro, solicitando las consabidas limosnas.

Si continuábamos a este ritmo, y el Destino no nos «entretenía», en cuatro o cinco horas divisaríamos la orilla sur del lago Hule.

«Perfecto —me dije—. Eso significaba concluir la primera etapa del viaje hacia las 15 (la hora "nona").»

Teníamos, pues, tiempo más que sobrado para buscar alojamiento (el ocaso llegaría a las 18 horas, 14 minutos y 53 segundos de un supuesto horario «zulú» o «universal»). De todas formas, ante lo benigno del tiempo, tampoco me inquieté. Dormir al raso era algo habitual entre aquellas gentes y en aquel tiempo estival.

Y el Destino nos salió al paso...

¿Cómo pude olvidarlo?

Sí, allí estaba... Era lógico...

Me detuve. Eliseo percibió el sobresalto. Preguntó inquieto. Sin embargo, fui incapaz de responder.

—¿Qué pasa? —me interrogó por segunda vez.

Si «aquello» acababa de paralizarme —reflexioné—, ¿qué sería de mí al enfrentarme al Maestro?

A trescientos metros de la puerta principal de Nahum, a la derecha del camino que conducía a Saidan, se alzaba un viejo y no menos «familiar» caserón.

—¡La aduana! —musité casi para mí.

—¿La aduana? —replicó mi hermano, intrigado—. ¿Y qué?

No, no era el negro edificio de basalto lo que me tenía perplejo...

—¡Es él!... Eliseo, ¡es él!

Mi compañero dirigió la mirada hacia el único individuo que, sentado al pie de una de las frondosas higueras que sombreaban la fachada, cabeceaba una y otra vez, vencido por el calor y el aburrimiento.

—¡Él?... Pero, ¿quién?

Eliseo se impacientó. Y comprendí. Mi hermano difícilmente podía recordarlo. Que supiera, sólo lo había visto una vez.

No fui capaz de sacarlo de la irritante incógnita. Sencillamente, estaba fascinado...

Me aproximé y, sonriente, me planté ante el funcionario. Eliseo, detrás, contrariado ante tanto mutismo, mascullό algo irreproducible.

Y el hombre, al fin, en una de las violentas cabezadas, fue a distinguir las siluetas de los dos «visitantes». Intentó despabilarse y, sin comprender el sentido de aquella interminable sonrisa, nos interrogó con la mirada.

Poco faltó para que le llamara por su nombre. Ésta, sin duda, fue una de las disciplinas más arduas en tan extraordinaria misión. Costó trabajo acostumbrarse. «Ellos» no me conocían. Yo, en cambio, perfectamente...

Se puso en pie y, fiel a su cometido, solicitó sin palabras que abriéramos los petates. Eliseo obedeció al punto. Quien esto escribe, embobado, continuó mirándole.

Físicamente era casi idéntico. Ahora podía contar 25 o 26 años de edad. Tenía la misma luz en los profundos ojos azules y sus cabellos, menos encanecidos, lucían rubios y cuidados sobre los estrechos hombros. Manos, túnica, ceñidor y sandalias aparecían como antaño (mejor dicho, como en el «futuro»): esmeradamente limpios y aseados.

El único «cambio», el más «notable», se hallaba en la reluciente chapa de latón prendida en el pecho, sobre la inmaculada túnica de lino blanco. Aquél, en efecto, era el distintivo de su «gremio».

Sí, el Destino, burlón, nos salía al paso de nuevo...

El funcionario no era otro que Mateo Leví, el publicano, el recaudador de impuestos, uno de los íntimos.

Pero estábamos en agosto del 25 y el Maestro no había tocado aún en su hombro y en su corazón. Para todos, en esos instantes, era un «odiado siervo de Roma», despreciado e ignorado.

El buen hombre me observó perplejo. Imagino que la intensa y nada pudorosa mirada de aquel viajero lo turbó.

Hizo un brusco movimiento con la mano izquierda, ordenando que abriera el saco.

—Lo siento...

Fue lo único que acerté a articular.

¡Dios mío!... ¿Cómo describir aquella emoción? ¿Cómo expresar la tromba de recuerdos que me asaltó?

Revolvió las ampolletas de barro, curioseando los papiros y, sin demasiado interés, estimó el «peaje» por las provisiones en diez leptas (pura calderilla).

Mi hermano abonó lo estipulado y el «funcionario», satisfecho, se retiró hacia la corpulenta higuera.

Al proseguir y confesar, al fin, el porqué de la sorpresa, Eliseo intentó recordar. Lo logró a medias. El rostro del discípulo se hallaba difuminado en su memoria. Tan sólo lo vio una vez: en la penúltima aparición en el *yam*, en la cima de la colina donde se asentaba entonces la nave.

Aproveché la circunstancia y le advertí sobre el peligro de la fortísima tentación que acababa de experimentar. Por nada del mundo deberíamos «adelantarnos», pronunciando los nombres de los que conocíamos y que, como en este caso, iríamos encontrando en el transcurso de aquel tercer «salto». Era difícil, pero ésas eran las normas. La prudencia, de nuevo, tenía que ser nuestra brújula.

Dejamos atrás el territorio de Herodes Antipas y penetramos en los dominios de su hermanastro Filipo, en la hermosa y agreste Gaulanitis (1).

(1) La tetrarquía en la que ahora entrábamos ocupaba un amplísimo territorio, al norte y este del Jordán. En realidad, aquellas divisiones de la provincia romana de la Judea eran casi papel mojado. Todo se hallaba bajo el control de Roma. Por conveniencias políticas, Augusto aceptó el testamento de Herodes el Grande, fallecido en marzo del año «menos cuatro», y el reino quedó dividido de la siguiente manera: Arquelao, hijo del tirano edomita y de Maltaké, una samaritana, gobernaría Judea, la Idumea (al sur de Jerusalén) y la Samaria. Antipas, hermano menor de Arquelao, recibió la Galilea y la Perea (al este del Jordán), ambas separadas por la Decápolis. En cuanto a Filipo, hijo de Cleopatra, la quinta esposa «oficial» de Herodes el Grande, fue nombrado tetrarca de la Gaulanitis, un inmenso y mon-

Fue entonces cuando, a raíz del encuentro con Mateo Leví, mi compañero planteó varias e interesantes cuestiones:

¿Cómo era el Jesús de Nazaret inmediatamente anterior al de la vida pública? ¿Se hubiera mezclado con gentes como el repudiado publicano? Y apuntó más lejos: ¿pudo el Maestro saber de la existencia de Mateo antes de su periodo de predicación? ¿Qué habría sucedido si estos exploradores le hubieran mencionado al rabí?

Discutimos.

Yo defendía la hipótesis de un Jesús siempre idéntico. Eliseo, en cambio, se mostró reticente. No había pruebas sobre lo que aseguraba. Tenía razón. Era el instinto lo que me impulsaba a pensar así. La verdad es que no concebía al Hijo del Hombre discriminando a nadie. Y menos por la actividad desplegada, aunque fuera la de recaudador de impuestos para Roma, la invasora.

Eliseo afinó.

Si la divinidad de aquel Hombre era un hecho, ¿cuándo empezó a disfrutar de semejante poder? ¿Debíamos hablar de un Jesús anterior a esa facultad y, por tanto, distinto?

Sonreí para mis adentros. Las interrogantes eran viejas compañeras. Algunas me torturaron lo suyo tras los análisis de los ADN...

Obviamente, no hubo forma de aunar criterios. Carecíamos de información. Pero estábamos cerca, muy cerca de la resolución del enigma...

El segundo dilema parecía más fácil.

¿Conoció el Maestro al publicano antes de iniciar el periodo de predicación?

Las noticias aportadas por el Zebedeo padre apuntaban al «sí». Según el riguroso confidente, en el año 21, tras abandonar Nazaret, Jesús se instaló en el *yam* du-

---

tañoso territorio poblado casi en su totalidad por gentiles. Por último, la hermana de Herodes —Salomé— obtuvo un pequeño paño de tierra en la costa (Iamnia), así como las ciudades de Azoto, Fasaelis y el palacio herodiano en Askalón, también en la orilla del Mediterráneo. *(N. del m.)*

rante una temporada, trabajando, al parecer, en los astilleros del próspero vecino de Saidan. Si esto fue así, si el Hijo del Hombre, efectivamente, vivió por espacio de un año en Nahum, era verosímil que hubiera coincidido con Mateo Leví y, quizá, con otros futuros discípulos. Que yo supiera, casi la totalidad nació o era residente en el *yam*.

Mi compañero, puntilloso, recordó que el Galileo, después de todo, era judío. ¿Por qué iba a mezclarse con individuos malditos y «pecadores»?

Supuse que no hablaba en serio. Eliseo intuía cómo era en verdad aquel Hombre. E imaginé que le divertía tirarme de la lengua. Jesús de Nazaret se había convertido en mi debilidad...

Por supuesto, rechacé la sugerencia.

No tenía pruebas. No sabía a ciencia cierta cómo era aquel «otro» Jesús, anterior al dibujado por los evangelistas. Sin embargo, «algo» me gritaba en lo más íntimo que la diferencia tenía que ser mínima. Lo apuntado ya en la infancia y juventud era muy significativo.

Éste, en suma, constituía otro fascinante motivo para seguir adelante con la misión.

¿Qué hallaríamos en el Hermón? ¿Qué clase de Hombre nos esperaba? ¿Un místico? ¿Quizá un iluminado? ¿Un revolucionario? ¿Un Dios?

11 horas.

Echamos una ojeada al lago.

El sábado lo mantenía dormido. Apenas media docena de embarcaciones, tripuladas con seguridad por gentiles, esperaba inmóvil y paciente la puntual visita del viento del oeste, el *maarabit*. Entonces desplegarían las velas, enfilando la primera desembocadura del Jordán. Algunos averíos blancos, chillones e inquietos, se precipitaban sobre el azul plomo de las aguas, «marcando» los bancos de tilapias.

Era hermoso estar allí, sí, hermoso y esperanzador...

Casi sin darnos cuenta, absortos en la conversación, dejamos atrás los mojones que señalizaban el viejo y el nuevo camino. Estos miliarios, a decir verdad, resultarían de gran utilidad en este y en los futuros viajes. Roma, eficaz y severa, se encargaba de plantarlos al filo de las calzadas y rutas menores, informando al caminante sobre distancias y direcciones. En este caso, cada cilindro de piedra caliza, de un metro de alzada, además de anunciar las ciudades próximas y las millas a recorrer, presentaba una leyenda alusiva al emperador de turno. Grabado en latín se leía:

«Emperador César Divino Tiberio, hijo del Divino Augusto... Año V de Tiberio.»

Salvo que fueran destruidos o derribados —algo bastante habitual entre los judíos más fanatizados—, estos miliarios aparecían siempre a distancias exactas: una milla romana (mil pasos o 1182 metros). Para estos exploradores, como digo, fueron utilísimos, aliviando los cálculos que efectuábamos merced a los dispositivos alojados en las sandalias «electrónicas». Y llegó el día en que, prácticamente, aprendimos de memoria rutas y distancias.

Al cruzar el puente cercano a la primera desembocadura del Jordán, dos de aquellos miliarios nos advirtieron. Uno señalaba «Nahum (3,3 millas)» y el otro «Beth Saida Julias (2 millas)». A partir de allí, todo era nuevo para mí y, por supuesto, para mi hermano.

Y prestamos especial atención. Las referencias geográficas, como expliqué en su momento, eran vitales.

Apretamos el paso.

La estrecha y descuidada senda serpenteó dócil, durante casi dos kilómetros, bajo un benéfico «túnel» formado por esbeltos y canosos álamos del Éufrates y enmarañados tamariscos. El «paseo», en solitario, fue una delicia. Entre las frondosas copas verdiblancas se adivinaba el incesante ir y venir de las laboriosas golondrinas de mar y de las calandrias de cabeza negra, siempre discutidoras y melodiosas. Desde la primavera, los sufridos *hawr* (álamos), una de las pocas especies capacitadas para resistir la salinidad de las tierras próximas al Jordán, se convertían en el obligado hogar de estas pequeñas y siempre bienvenidas aves migratorias. Para los galileos, golondrinas y calandrias eran *allon* (palabra sagrada que significa «Él» o «Dios»). Sencillamente, las asociaban al resurgimiento de la vida, al «santo amanecer» de la Naturaleza...

De pronto, lejano, apenas perceptible bajo la sinfonía del bosque, escuchamos un griterío.

Nos miramos inquietos. Parecían voces infantiles...

Y en guardia nos aproximamos a uno de los escasos claros. Al contemplar el «espectáculo» entendí. Tranquilicé a Eliseo y, rogando prudencia, continuamos.

En el reducido calvero se dibujaba un cruce de caminos. Otra pista angosta, e igualmente trabajada con la negra escoria volcánica de la región, se aupaba con dificultad hacia un cerro de doscientos o trescientos metros. Arriba, amurallado por el apretado bosque, se distinguía un conato de ciudad. Era Beth Saida Julias, la población levantada por Filipo y, en cierto modo, «capital» administrativa de la zona. Una ciudadela azabache y caótica que evitaríamos, de momento.

Debí suponerlo. Al igual que en casi todas las rutas, los lugareños aprovechaban estas encrucijadas para sentar sus reales y vender toda suerte de mercancías.

Por supuesto, era un lugar estratégico. Y tomamos buena nota.

Consultamos el sol. Volaba hacia el cenit. Estábamos cerca de la hora «sexta» (mediodía).

Lo comentamos y, necesitados de un respiro, decidimos hacer un alto.

Lentamente, con precaución, nos mezclamos en aquel caos. Treinta o cuarenta miradas nos siguieron curiosas.

Entre los asnos amarrados a los árboles y los improvisados tenderetes, una chiquillería incansable e incombustible desafiaba el calor, corriendo y saltando ante la lógica irritación de los paisanos. Semidesnudos, con las cabezas rapadas y las costillas al aire, los niños iban y venían, atosigando y mortificando a los altos onagros con cardos espinosos y largos y puntiagudos palos. Los justificados rebuznos y el peligroso cocear, lejos de intimidar a la gente menuda, la excitaba, haciéndola volver a la carga con renovados bríos y entre incontenibles gritos y risas malévolas y contagiosas.

Varias y modestas columnas de humo huían perezosas de otras tantas y herrumbrosas marmitas, sofocando el lugar con los típicos y ya familiares olores a pescado frito y carne guisada.

Allí, en aquellos «mercadillos» en miniatura, el caminante encontraba de todo.

Con aire cansino, sin demasiada contundencia, campesinos y pescadores espantaban un ejército de moscas de todos los portes que caía negro y zumbante sobre personas, enseres y mercancías. La plaga, sencillamente, formaba parte del paisaje. No tendríamos más remedio que acostumbrarnos. Así era la Palestina de Jesús...

Frutas, hortalizas, huevos, especias, tilapias y «sardinas» del *yam* —frescas o saladas—, pan recién horneado, agua, vino recio y caliente e, incluso, zumo de melón convenientemente enfriado con la nieve transportada desde el Hermón...

Esto, y mucho más, se ofrecía en casi todos los cruces de caminos.

Eliseo me hizo un gesto, reclamándome.

A sus pies, sobre una descolorida y deshilachada manta de lana, uno de los vendedores presentaba un «producto» un tanto singular. «Singular» para nosotros, claro está...

El viejo, un *badawi* (beduino) de edad indefinible y casi escondido bajo un amplio ropón escarlata, nos invitó a curiosear.

Mi hermano se inclinó y, decidido, tomó uno de «ellos». Lo abrió y, divertido, leyó en voz alta:

«Para la hija de ... [el nombre del comprador aparecía en blanco]. Para conjurar la fiebre y el mal de ojo y para echar los demonios femeninos... Ya, ya, ya, ya, ya..., y los espíritus del cuerpo. En nombre de Yo, el que Soy.»

Sonreí, comprendiendo.

Y el nómada, diplomático, correspondió con otra sonrisa, mostrando unas encías desdentadas, sangrantes y purulentas. Y el enjuto rostro, oscuro como el carbón, se iluminó ante la posibilidad de una buena venta.

La «mercancía», en efecto, abarcaba una nutrida y variopinta colección de amuletos, talismanes e ídolos, «muy capaces —según el dueño— de resolver la vida a quien tuviera la sabiduría de comprarlos».

Entre los primeros los había confeccionados en papiro, cuero, lana, cobre y piedra.

—Son santos —aclaró el astuto propietario en un arameo inválido y cargado de infinitivos—. Si tú comprar, ellos cuidar... Nada temer...

Me fijé en dos grandes planchas rojizas de arcilla, de 40 por 30 centímetros. Se hallaban grabadas por una de las caras, con sendas aspas, formadas por cuatro líneas paralelas.

Me intrigó. Aquello era desconocido para mí.

—Santo..., muy santo —se adelantó el *badawi*, adoptando solemnidad—. Líneas hechas por ángel Esdriel... Protección máxima... No tocar. Primero comprar... Barato... Te lo dejo en diez piezas.

—¿Diez «ases»? —tercié convencido.

El anciano echó atrás el manto, descubriendo una larga y pastosa melena plateada.

—Tú loco..., amigo... ¡Diez denarios plata por tabla!... Tu vida protegida hasta la muerte... Esdriel ser número uno...

El tal Esdriel era uno de los espíritus habitualmente invocado por estas supersticiosas y temerosas gentes. Triste, sí, pero ésta, y no otra, era la realidad. A lo largo y ancho del país, cientos de traficantes como aquel *badawi* vendían «felicidad» con la ayuda de toda clase de elementos supuestamente mágicos. Y, como iríamos descubriendo, muy pocos se resistían. Éste, justamente, sería otro de los frentes de batalla del Hijo del Hombre: la lucha por sanear mentes y voluntades, haciéndoles ver que la «suerte» y la verdadera «protección» no se hallaban en tales objetos. Pero no adelantemos acontecimientos...

Rechacé las «divinas aspas» y me interesé por el resto de los amuletos.

Uno de ellos, torpemente pintado en hoja de palma, rezaba en un defectuoso hebreo:

«Canción para glorificar al rey de los mundos: Yo soy el que Soy, el rey que habla en una forma diferente y misteriosa a todo mal, que no debe causar dolor al rabino ... [aquí se incluía el nombre del comprador; en este caso un rabino], servidor del Dios de los cielos... Anael, Suriel, Kafael, Abiel y demás ángeles proteged a ...».

Quedé pensativo.

Éste era un excelente resumen del concepto de Yavé. Así pensaban los judíos. Su Dios —«Yo soy el que Soy»— era Alguien que sólo causaba dolor o administraba justicia. Y nada mejor que un amuleto para congraciarse con semejante «fiscal» y, de paso, recibir su bendición...

A la vista de la desgraciada situación empecé a entender el auténtico alcance de la «revolución» que pondría en marcha el rabí de Galilea. Desde mi corto conocimiento, Jesús intentó acabar con esa implacable y única «cara» de Dios. Un «rostro» —ahora lo sé— absolutamente falso.

Otro, escrito sobre un lienzo de lino, podía arrollarse en la cabeza, siendo «útil y beneficioso en los viajes». Decía así:

«Yo soy el que Soy... Yo no sumaré tus culpas ... [nombre del individuo], porque llevas la señal del temeroso.»

Por último —la lista sería interminable—, mi hermano fue a mostrarme una pequeña placa de cobre en la que el artesano había grabado lo siguiente:

«Donde este amuleto sea visto ... [nombre del propietario] no debe temer. Y si alguien lo detiene será quemado en el horno. Bendito eres tú, Señor. Envía a ... los remedios. Ángeles que curan las fiebres y el temblor, curad a ... con palabras santas.»

La pieza, provista de un cordón tan cargado de años como de sebo, se colocaba al cuello. Pero, ¡ojo!, según el viejo, el «poder» del amuleto se hallaba limitado por las horas... Me explico. Si uno pagaba el precio «base» —un denario de plata—, la «protección» se extendía a las vigilias de la noche. Por otra moneda más, en cambio, el incauto comprador recibía una «bendición extra», alargando la «magia» al resto del día.

Junto a esta «sagrada mercancía» se alineaban otros «poderosos fetiches», fundamentalmente fenicios e hititas. En plomo, bronce, piedra y madera, y en todos los tamaños, distinguimos lo más selecto de las «cortes celestiales», adoradas en aquel tiempo y en aquellas tierras de la pagana Gaulanitis. Allí, por uno, dos o tres denarios —según el material y la «categoría» del ídolo—, el caminante se llevaba consigo al número «uno» fenicio, el dios «Él», representado en forma de toro (1), a su esposa Asherat del Mar o Astarté, con su perfil casi egipcio y tocada con un disco entre dos cuernos o al hijo de ambos —Baal—, portando el rayo de la victoria en su mano izquierda. Además de estas representaciones divinas de Tiro, Biblos, Sidón, Arvad y la extinguida Ugarit, uno podía adquirir lo más granado de los dioses de la

(1) Entre las múltiples deidades fenicias, el trío formado por «Él», «Asherat del Mar» y «Baal» constituía el pilar de todas las creencias. «Él», algo así como un «dios-padre», identificado por los griegos como Cronos, era un ser lejano, casi sin forma y todopoderoso. Los fenicios apenas lo invocaban. No sucedía lo mismo con su esposa, también conocida como Astarté o Baalat («nuestra querida esposa»). Simbolizaba la fertilidad, las buenas cosechas, los hijos y la larga vida. Y aunque tampoco debía ser invocada directamente o por su nombre, sino a través de dioses de segundo rango, el pueblo la respetaba, considerándola más próxima y «humana» que el misterioso y abstracto «Él». Por supuesto, según todos los indicios, Astarté no era una creación fenicia. Probablemente fue copiada y modificada, basándose en otros dioses asirios, egipcios y babilónicos. El parecido con la Isis de Egipto, por ejemplo, es notable. Y también con el Inniu sumerio o el Ishtar de Asiria y Babilonia. (En el siglo XII a. J.C. las relaciones entre Egipto y Biblos eran tan intensas que Astarté y Hator se confunden prácticamente.) En cuanto a Baal, el tercero de los dioses importantes de Fenicia, era, quizá, el más popular y socorrido. En realidad había innumerables Baal. Cada región, cada ciudad o cada aldea tenía el suyo propio: Baal Tsafon («señor del Norte»), Baal Shamim («señor de los cielos»), Baal Lebanon («señor del Líbano») y un largo etcétera. Otros pueblos, por su parte, lo conocían con nombres distintos. Para los de Sidón era Asmún. Para los giblitas, Adon o Adoni («señor»). (Más tarde, los griegos lo denominarían Adonis.) Para los habitantes de Tiro, en cambio, era conocido como Melqart. Baal, curiosamente, como predicaría más tarde el cristianismo, moría cada año para redimir a los hombres. Una vez recogidas las cosechas, se autoinmolaba, reapareciendo con la primavera. Esta leyenda, sin duda, preparó el terreno para la futura y errónea creencia de los cristianos respecto a la misión de Jesús de Nazaret. *(N. del m.)*

mítica Cartago o de las ancianas Babilonia y Asiria. Entre la «nómina» de los primeros distinguí a Baal Hammón, el dios barbudo, sentado en un trono cuyos brazos eran rematados por cabezas de moruecos. (Los romanos lo identificaron con el dios africano Júpiter Ammón.) El *badawi*, listo como el aire, conociendo la arraigada superstición de los pescadores del *yam*, se había procurado, incluso, unos ídolos de madera de ébano con la representación del dios Bes, un enano grueso como un tonel, de expresión feroz, que los marinos gustaban clavetear en las proas de los barcos. Aunque el «invento» procedía de Cartago, pronto se extendió por todo el «Gran Mar» (Mediterráneo) y por los ríos y lagos navegables. Junto a Bes me llamó también la atención otro extraño «ídolo», grabado sobre hierro. Lo examiné pero, francamente, no supe identificarlo. Lo formaba una especie de cono truncado, con un disco en la parte superior. Entre ambos, el grabador había trazado una línea con los extremos doblados hacia arriba y en ángulo recto.

Pregunté y, harto ante la insaciable curiosidad de aquellos extranjeros y el, hasta entonces, nulo éxito en las ventas, el nómada replicó con un escueto «gran magia de dioses bajados del cielo»...

Poco más sabía. Al regresar al Ravid, vivamente intrigado, consulté el banco de datos del ordenador. «Santa Claus», con reservas, lo identificó con la diosa Tanit, de Cartago, también conocida como el «rostro de Baal». La imagen figura en numerosas estelas de esa parte del norte de África pero, en honor a la verdad, sólo son opiniones de los arqueólogos. La computadora, finalmente, aportó un dato tan interesante como misterioso: quizá estábamos, no ante un dios, sino en presencia de un antiguo y desconocido «alfabeto». ¿Quizá beréber?

Entre el nutrido panteón de dioses hititas reconocí a Ishkur, también venerado como Adad, y simbolizado con una «X». Con este número o marca (?) se representaba una divinidad innominada, responsable de la administración de las lluvias. Como tendríamos ocasión de comprobar, para muchos *felah* no judíos, la presencia de Baal o de «X» en sus campos favorecía las precipitaciones —en especial las tempranas—, siendo entronizados en los accesos y orientados siempre hacia el norte o el oriente, respectivamente. Es decir, hacia los lugares de sus supuestos orígenes.

El «muestrario», en fin, era altamente ilustrativo. Éste era el panorama religioso de los gentiles. A esta caótica situación debería enfrentarse en su día el Hijo del Hombre. Un confuso «panorama» al que se sumaba, naturalmente, la «plantilla» de dioses romanos, griegos, egipcios, galos, beduinos, etc. Según nuestros cálculos —apoyados en el cómputo de Hesiodo en *La teogonía*—, cuando al Maestro apareció en la Tierra, sólo en la cuenca mediterránea, se adoraban ¡90 000 dioses!

Es posible que hoy, influido por el monoteísmo, el hipotético lector de este diario no haya reparado en lo anómalo de un mundo con semejante proliferación de dioses.

Pues bien, como digo, ésta era la terrible y cotidiana verdad que se encontró Jesús de Nazaret. Por un lado, sus propios paisanos —los judíos—, sirviendo y venerando a un Yavé distante, vengador y siempre vigilante. Un Dios «negativo» del que se derivaron —directa o indirectamente— 365 preceptos prohibitivos contra 248 positivos o afirmativos. Toda una «pesadilla» burocrática que convirtió a ese Dios en un «contable» y en un «inspector» tan frío como absurdo.

Por otro, los gentiles, esclavizados por ídolos de piedra, oro o hierro, a cual más tirano y caprichoso.

Curiosamente, con ninguno de ellos —incluido el sangriento Yavé— era posible el diálogo. Sólo el sumo sacerdote, una vez al año, estaba autorizado a penetrar en el «santo de los santos» e interrogar (?) al temido Dios del Sinaí. Por su parte, entre los paganos, sólo algunas, muy contadas, divinidades menores se hallaban capacitadas para escuchar y transmitir las súplicas de los pesimistas e infelices seres humanos. Y, dependiendo del azar y del humor de tales entidades, así discurría la vida de estos hombres y mujeres...

Creo que, en verdad, no se ha valorado con justicia el inmenso, arduo y revolucionario empeño del Maestro por cambiar semejante estado de cosas.

¿Difícil? A juzgar por lo que teníamos a la vista, la tarea del rabí de Galilea no fue difícil. Yo la calificaría de casi imposible...

Eliseo y quien esto escribe nos alejaríamos del *badawi*, y de su singular y significativa «mercancía», con una asfixiante sensación.

¿Cómo hacer el «milagro»? ¿Cómo arrancar al mundo de tanta oscuridad?

Pronto, muy pronto, lo descubriríamos. Y quedamos maravillados. El Hijo del Maestro, verdaderamente, tenía la «clave»...

El *maarabit*, puntual como un reloj, entró en escena, tumbando las indolentes columnas de humo y sorprendiendo a chicos y grandes. Entre toses y carraspeos, la parroquia procuró acomodarse bajo los ropones. Y nosotros, esquivando cántaras, enormes sandías, relucientes cacharros de cobre y a la inevitable chiquillería, fuimos atraídos por un apetitoso tufillo. Mi hermano se asomó curioso a una de aquellas anchas sartenes de hierro negro y grasiento. La mujer, impertérrita, siguió removiendo la humeante fritura. A su lado, en sendos cuencos de barro, creí identificar unos sanguinolentos hígados de pollo, materialmente asaltados por las moscas. Despacio, estudiadamente, la oronda matrona tomaba las porciones, arrojándolas al aceite profundo. Una cebolla previamente cocinada, brillante y transparente, flotaba entre la chisporroteante carne.

Nos miramos. El condumio ofrecía un buen aspecto. Pero desistimos. Las condiciones higiénicas del pollo, literalmente «rebozado» por los tábanos, dejaban mucho que desear.

Al vernos cuchichear, la dueña alzó la mirada y, tomando el pequeño toro de madera que colgaba de su cuello, invocó a Baal, agradeciendo la presencia de aquellos extranjeros frente a su humilde puesto de venta. Esto explicaba el amuleto y, sobre todo, el hecho de aparecer cocinando en público en un sábado. Algo terminantemente prohibido para los judíos. Según la Ley, ni siquiera estaban autorizados a mantener viva la candela... Eso suponía un esfuerzo, un trabajo.

Supongo que familiarizados con nuestra presencia, algunos de los pescadores y *felah* terminaron por tomar confianza y, tirando de mangas y ceñidores, nos obligaron a ir de aquí para allá, mostrándonos las excelencias de sus tenderetes. Las sucesivas y corteses negativas no fueron escuchadas. Y tuvimos que soportar la cata de melones y sandías y la forzosa degustación de higos, dátiles y alguna que otra tilapia salada. Aquello empezaba a complicarse. Los voluntariosos paisanos, disputándose a los «clientes», se enzarzaron en agrias discusiones. Y en previsión de males mayores apremié a Eliseo, haciéndole ver que debíamos reanudar la marcha. Pero mi compañero, tentado por una luminosa cesta de manzanas rojas y verdes, se resistió. Me resigné.

El pequeño y delicioso fruto —unas *tappuah* procedentes, al parecer, de la vecina Siria— acababa de llegar al *yam*.

Eliseo examinó un par y preguntó el precio. El *felah*, inmisericorde, lo apuntilló, solicitando un denario. Negué con la cabeza. «Como mucho —le aconsejé—, un par de leptas...»

Discutieron. Era lo acostumbrado. El regateo formaba parte del juego.

Y, de pronto, lo vi acercarse. Pero, sinceramente, no me preocupé. Era uno de tantos...

Mi hermano ofreció cinco y el campesino, teatral, se mesó las barbas, maldiciendo su estrella. Finalmente, entre bien estudiados lloriqueos, aceptó dejarlo en tres. (Un denario de plata equivalía, aproximadamente, y según los lugares, a veinticinco ases. Cada cuarto de as, por su parte, significaba un par de leptas.)

Asentí en silencio y me hice con las manzanas mientras mi compañero echaba mano de la bolsa de hule, dispuesto a abonar lo estipulado. Pero cometió un error...

Fue todo tan vertiginoso y súbito que nos sorprendió.

Eliseo, como digo, confiado, desató la bolsa de los dineros de las cuerdas egipcias que le servían de cinturón. Ése fue el error. La abrió y tomó las diminutas monedas de cobre...

Visto y no visto.

Aquel rapaz, plantado a metro y medio de estos exploradores y pendiente de la discusión, se lanzó como un meteoro hacia Eliseo, arrebatándole limpiamente la negra bolsa.

Necesitamos unos segundos para reaccionar.

Mi hermano fue el primero. Y, voceando, salió tras el ágil mozalbete. Después le tocó el turno al *felah* quien, a gritos, puso en alerta al resto del «mercadillo». Imagino que vio en peligro la venta.

En cuanto a mí, para cuando quise darme cuenta, compañero y ladronzuelo se hallaban ya a veinte o treinta metros, en la pista que conducía a Beth Saida Julias.

Pensé en utilizar los ultrasonidos pero, dada la movilidad del niño, hubiera sido infructuoso. Además, ¿cómo hacerlo ante una parroquia tan concurrida? No era racional ni prudente.

La verdad es que tampoco fue necesario...

En esos instantes, el desafortunado ladrón, perseguido muy de cerca por el indignado Eliseo y algunos de los vendedores, volvió la cabeza en un intento de comprobar su ventaja. Y fue a resbalar en la menuda capa de grano basáltico que alfombraba la senda. No tuvo ocasión de alzarse y proseguir la carrera. Los perseguidores cayeron sobre él, inmovilizándolo.

Me apresuré a intervenir. Y gracias al cielo llegué a tiempo.

Mi hermano recuperó los dineros y, sofocado, interpeló a la criatura, reprochándole su acción.

Fue extraño. En esos momentos, sinceramente, no caí en la cuenta...

El jovencito, a pesar de los puntapiés propinados por los *felah*, no rechistó. Continuó con el rostro hundido en la oscura ceniza, resoplando y bregando por zafarse de las rudas manos que lo contenían.

Al parecer, no era la primera vez que ocurría algo semejante y con el mismo protagonista. Y uno de los campesinos, llamándole *mamzer* (bastardo), levantó su bastón, dispuesto a destrozarlo.

Fue instintivo. Detuve el palo en el aire y lo sujeté con firmeza.

El galileo, atónito, me miró sin comprender. Traté de sonreír, explicándole que «aquello no era necesario». Con las patadas sobraba y bastaba... El castigo era desproporcionado.

Supongo que lo entendió. Bajó el arma y, moviendo la cabeza negativamente, se alejó.

Alcé al agitado ladronzuelo y, haciendo presa en sus escuálidos brazos, lo interrogué. Siguió peleando pero, al fin, rendido, accedió a mirarme. Y percibí miedo y odio en aquellos grandes y desolados ojos verdes. No tendría más de ocho o nueve años...

No se dignó responder. Ninguna de las preguntas obtuvo respuesta. Y del pánico, el pelirrojo fue pasando a una actitud desafiante.

Sentí tristeza. Una profunda tristeza...

Al examinar el cuerpo casi desnudo, apenas cubierto por un *saq* o taparrabos sucio y deshilachado, comprobé que se hallaba seriamente desnutrido. Los síntomas, a simple vista, eran inequívocos: vasos muy visibles bajo una piel seca, atrofia muscular y un acentuado —casi escandaloso— relieve óseo. Calculé a ojo la circunferencia de los brazos. Lamentable (1)...

Rogué a Eliseo que lo mantuviera inmóvil y le obligué a abrir la boca.

Lo que me temía...

La inspección de las mucosas en lengua, encías y velo del paladar confirmaron el inicial diagnóstico.

Y el jovencito, inquieto, emitió unos broncos sonidos guturales. ¿Cómo fui tan torpe? ¿Cómo no me di cuenta?

También las conjuntivas (membranas que recubren el interior de los párpados y la cara anterior de la escleró-

(1) Aunque no es un dato seguro, la medición de la circunferencia del medio del brazo puede proporcionar una pista importante. Con los centímetros exactos, previa consulta a las tablas para percentiles (*Hanes*, II), es posible una aproximación al índice de desnutrición. En este caso la estimé como preocupante. Con dicha medida es fácil obtener el área muscular. Basta con aplicar la fórmula de Gurney-Jelliffe (área muscular = circunferencia, en centímetros, menos «pi» pliegue, todo ello elevado al cuadrado y dividido por 4 «pi», considerando como «pliegue» el grosor del tricipital en centímetros). *(N. del m.)*

tica) me reafirmaron en lo dicho. El pequeño *mamzer* padecía una acusada desnutrición. Algo bastante común en aquel tiempo y, sobre todo, entre los más desgraciados: los bastardos.

Insistí, interesándome por su familia, por el lugar donde vivía e, incluso, por su nombre.

Imposible. Se negó a contestar.

Palpé por último el hígado y dirigí una significativa mirada a mi compañero. Entendió que algo no iba bien y, con la misma espontaneidad con que abroncó al pillo, rebuscó en la bolsa de hule, extrayendo un reluciente denario de plata.

Los expresivos ojos del niño se fueron detrás de la pieza. La observó ávido. Pero siguió acuartelado en aquel absoluto y enigmático mutismo.

Me decidí a soltarlo.

Y Eliseo, mostrando la moneda, le invitó a emplearla en la compra de comida. Pareció dudar.

—Quizá no comprende el arameo —insinué como un perfecto idiota.

Mi hermano repitió el consejo en griego, en *koiné*, pero el resultado fue el mismo. El pelirrojo no se inmutó. El rostro, con una mugre crónica, permaneció inalterable. Sólo los ojos, ágiles y afilados como los de un halcón, siguieron fijos en los esporádicos destellos de la plata.

Finalmente, cariñoso, con la mejor de sus sonrisas, Eliseo tomó la mano del muchacho y depositó en ella la moneda.

El niño le miró desconcertado. Se llevó la pieza a la boca y, tras mordisquearla, el verde hierba de los ojos se iluminó. Trató, creo, de decir algo, pero sólo distinguimos un leve movimiento de los labios. Acto seguido, como impulsado por un muelle, saltó hacia el bosque, desapareciendo.

Eliseo se encogió de hombros.

Minutos después, satisfechas las tres leptas, entre los cuchicheos de las matronas, el alborozo de la chiquillería y los lamentos de los onagros, estos exploradores reemprendían la marcha, alejándose hacia el norte.

Durante un trecho casi no hablamos.

Supuse que los sentimientos eran idénticos. Habíamos visto la miseria en la «pasada» Operación *Salomón* y, a pesar del duro entrenamiento, resultaba difícil acostumbrarse. Sin embargo, no teníamos opción. Más aún: era preciso que nos mentalizáramos. Poco o nada podíamos hacer para solventar el problema. E imaginé que «aquello» sólo era el principio. Naturalmente, acerté...

La senda, siempre regada con la negra y crujiente ceniza volcánica, empezó a encabritarse. En cuestión de tres millas pasamos del nivel del *yam* (en aquellas fechas a «menos 208» metros respecto al del Mediterráneo) a unas alturas que oscilaban entre los 100 y 500 metros. Y así continuaría hasta que divisásemos las lagunas de Semaconitis.

Al poco, el bosque de álamos del Éufrates y tamariscos se detuvo. Y al salir del benéfico «túnel», el sol de agosto nos abofeteó.

Si los cálculos no erraban, el siguiente cruce de caminos se hallaba a unos cinco kilómetros, en las cercanías de Jaraba, otra población de la alta Galilea, igualmente desconocida para nosotros. Nuestra intención era detenernos lo menos posible, procurando alcanzar la orilla sur del Hule, como dije, antes del anochecer. El retraso en el claro próximo a Beth Saida Julias —bautizado desde ese momento como el «calvero del pelirrojo»— no era significativo, pero tampoco convenía descuidarse.

Fue instintivo.

Aquellos exploradores se detuvieron maravillados. Lo que se abría ante nosotros era más hermoso de lo que imaginamos.

Allá abajo, a la izquierda de la ruta, a cosa de un kilómetro, el alto Jordán descendía lento y verdoso, como un dueño y señor. Y en ambas márgenes de las espejeantes aguas, inmensas plantaciones de frutales, laberínticos huertos, cargados viñedos y una endiablada tela de araña ensamblada con acequias y canales. Y entre verdes, ocres y cenizas, los perpetuos vigilantes del río:

los olmos canos —los *geshem*—, ahora amarillentos y peleando inútilmente con las elevadas temperaturas. Decenas de chozas avisaban de la presencia humana, apretadas unas contra otras o saltando, imprevisibles, entre disciplinados escuadrones de cítricos, granados, moreras, manzanos y la «luz», los blancos almendros, paradójica e incomprensiblemente «nevados».

¡Dios!... ¡Aquél era otro de los habituales escenarios en la vida del Hijo del Hombre!

Y como un negro y cilíndrico «aviso», apuntando al incansable azul del cielo, las torres de vigilancia. Unas corpulentas atalayas de piedra basáltica de diez metros de altura, siempre oteando, siempre cargadas de razón, siempre gritando que los *kerem*, los viñedos bajo su tutela, eran sagrados. Así lo decía la Ley de Moisés. La *gefen* (la vid) y las *anavim* (las uvas) eran intocables. Y durante el verano y el tiempo de la vendimia, dueños y patronos instalaban en lo alto —día y noche— a los mejores oteadores. Abajo, confiadas, decoradas en rojo, se adivinaban unas viñas bien preñadas, a punto para la cosecha y apuntaladas con estacas.

El padre Jordán —menos bíblico en aquel curso que en el propiciado por la segunda desembocadura— bendecía sin descanso la escasamente célebre Gaulanitis. Unas tierras, sin embargo, de especial importancia en la existencia de Jesús de Nazaret. Poco a poco iríamos comprobándolo...

Parecía como si la Providencia hubiera invertido un tiempo y un esfuerzo «extras» a la hora de diseñar aquellos parajes. No en vano, digo yo, debían ser hollados por un Dios... (1).

(1) La depresión del Jordán forma parte del gran valle denominado «falla sirio-africana», extendiéndose desde el norte de Siria hasta el río Zambeze. Aunque los expertos no coinciden, todo parece apuntar a que el gran valle se dividió en dos tramos en el Neógeno, que finalizaría hace unos dos millones de años. En ese periodo apareció la falla del norte (desde Bet Shean hasta el Hermón) y la del sur, hasta la Aravá. A finales del Pleistoceno, al parecer, el mar penetró por el oeste, inundando estas depresiones. Poco a poco, caliza, yeso y sal común fueron hundiéndose, explicando así el alto contenido salino de estas tierras cercanas al actual Jordán. Movimientos tectóni-

Extasiados, continuamos en silencio.

A la derecha de la solitaria senda, aunque diferente, el paisaje no era menos rico y exuberante.

Pacientes e inteligentes, los *felah* habían conquistado el abrupto perfil, robando planicies casi imposibles y convirtiéndolas en los codiciados graneros de la alta Galilea. Los campos de trigo y cebada —cosechados entre abril y junio— se derramaban hacia el este como un mar negro-amarillento, ahora en llamas por la quema de rastrojos. En la lejanía, envueltos en el humazo, partidas de campesinos pastoreaban un fuego débil e inquieto, peligrosamente arengado por el *maarabit*, el viento del Mediterráneo.

En los linderos, altas, oscuras y brillantes pirámides de basalto recordaban a propios y extraños el titánico esfuerzo de los galileos en la doma de aquellos cabezos. Ni una sola de las planicies había quedado libre de la minuciosa labor de limpieza de los guijarros y rocas volcánicos que asolaban la región.

En algunas de las «islas», rezagados, los *felah* cargaban en grandes carretas las últimas gavillas de una paja aburrida y tostada por el sol.

Más allá, encorvados, severos y vestidos de arrugas, los *zayit*, los olivos, avisando del nuevo territorio y marcando sin discusión la frontera entre la humilde verticalidad del cereal y la altivez del bosque. Fiel al profeta Oseas, el olivar se engalanaba discreto y distante...

Escrupulosos y sabios, sabedores de la permanente y legendaria «sed» de esta especie —la *Olea europea*—, los campesinos procuraban plantarlos tal y como recomendaba la Ley: a once metros uno de otro. Algunos de los *zayit*, vencedores, lucían unos troncos ahuecados de has-

---

cos terminaron cortando la comunicación con el océano y «apareció» un enorme lago salado: el «mar del Jordán» o «mar de Lisán». Hace unos 25 000 años, este mar llegó a su profundidad máxima, con unos 200 metros, siempre por debajo del nivel del océano. Y tras algunos cambios —hace 17 000 o 15 000 años— se contrajo, formando, básicamente, lo que hoy conocemos: los lagos residuales de Tiberíades y Hule y el profundo mar Muerto, al sur. *(N. del m.)*

ta cuatro y cinco metros de diámetro. Probablemente eran mudos testigos de mil años en la historia de Israel.

Y por detrás de esta «milicia», de nuevo el bosque, colonizando el norte y el oriente hasta los 800 o 900 metros de altitud.

Era asombroso.

La masa forestal tomaba el relevo. Se disfrazaba de horizonte verdiazul y confundía a los cielos. Verdaderamente, la Palestina de Jesús de Nazaret poco o nada tenía que ver con lo hoy conocido. Por lo que fuimos descubriendo, una ardilla del Hermón hubiera podido descender hasta el mar Muerto sin tocar el suelo...

En primera línea, respetuosos con el anciano olivar, se apretaban los dulces algarrobos —los *haruv* del Talmud y de la Misná—, con sus copas anchas, abiertas y hospitalarias a todas las aves. Por detrás, desafiantes y engreídos, los *egoz*, los gigantescos nogales persas de treinta metros de altura, listos para dar fruto. Y entre el denso y aromático ramaje, sus «primos», los nogales negros, unos intrusos y ladrones de luz de hasta cincuenta metros.

Prudentes, los galileos habían trazado numerosos cortafuegos que se adentraban y perdían en la floresta. Semanas más tarde, en una inolvidable incursión en aquellos bosques, siguiendo, naturalmente, al Hijo del Hombre, mi hermano y yo disfrutaríamos de una excelente ocasión para explorarlos y conocer de cerca la vida de otro gremio apasionante: los leñadores. Ni qué decir tiene que uno de esos «leñadores» era, justamente, el entrañable y siempre sorprendente rabí.

Allí, en alguna parte, ocultas entre nogales y algarrobos, se alzaban tres aldeas —Dardara, Batra y Gamala—, básicamente afanadas en la recolección de la *keratia* (la dulce vaina del *haruv*), de la nuez y en la tala del *egoz* negro, de madera dura y homogénea, muy apreciada por carpinteros y ebanistas de interiores.

El avance, en fin, fue un espectáculo...

Cubrimos en solitario y sin problemas los siguientes dos kilómetros y medio y, al llegar a la altura del miliario que anunciaba la población de Jaraba (a dos millas romanas: 2 364 metros), «algo» nos detuvo.

Inspeccionamos los alrededores pero, a simple vista, no detectamos el origen del prolongado y sordo «martilleo» que eclipsaba el familiar y monótono «chirriar» de las incansables cigarras.

Eliseo señaló el cielo.

A pesar del fortísimo calor —quizá rondase los 35° Celsius—, inquietas bandadas de pájaros flotaban y descendían sobre los barbechos, atacando a «algo» que, en la distancia, fuimos incapaces de distinguir.

Proseguimos despacio, con cautela, imaginando —no sé por qué— una plaga de serpientes. Quizá víboras, tan abundantes en el estío y, sobre todo, en las zonas rocosas.

Un centenar de pasos más adelante obtuvimos puntual respuesta.

Mi hermano, desconcertado, se echó atrás.

Los había a millares...

El camino, las plantaciones de la izquierda y los campos y bloques basálticos de la derecha eran un hervidero.

¿Qué hacíamos?

«Aquello» nos cortaba literalmente el paso. No parecían agresivos, pero...

Eliseo, decidido, tocó uno de los increíbles ejemplares con la punta de la sandalia. Al momento, el «individuo» escapó con un ágil y vertiginoso salto, con tan mala fortuna que fue a topar y a engancharse en el pecho del sorprendido ingeniero. Se lo quitó de encima a palmetazos y, lívido, me interrogó con la mirada.

Poco faltó para que me echara a reír. Pero el susto de mi amigo recomendó prudencia...

Pensé en despejar la senda con el láser de gas. La «carnicería», sin embargo, se me antojó desproporcionada.

Sólo quedaba una alternativa: cruzar la plaga lo más rápidamente posible. La «piel de serpiente» nos protegería...

Y dicho y hecho.

Embozados en los mantos y a la carrera, los exploradores se lanzaron por la pista, triturando a cada zancada varias de aquellas «máquinas devoradoras».

Al dejar atrás el «infierno verde», jadeantes y sudorosos, no pudimos ocultar una punzante sensación de ridículo y rompimos a reír como pobres e impotentes tontos. Cuando se presentó la ocasión, «Santa Claus» dio cumplida cuenta de la naturaleza y «actividades» de semejantes insectos. Porque de eso se trataba, de otra de las plagas habituales del verano en la Palestina que conoció Jesús. Según el ordenador, estos gigantescos ortópteros —de diez y doce centímetros de longitud— recibían el nombre de *Saga ephippigera*, aunque los judíos los bautizaron como «devoradores verdes»..., y con razón. Los enormes saltamontes, con alas rudimentarias, presentaban una tonalidad verde botella con franjas blancas o marrones en el vientre. Y allí donde se trasladaban teñían el lugar de verde muerte. Nada se resistía a su voracidad: plantas, otros insectos, ranas, lagartos, serpientes y hasta pájaros del tamaño de una golondrina. Se desarrollaban con la primavera y en el verano —al igual que las langostas— migraban por todo Israel, asolando cuanto surgía a su paso. En varias oportunidades, a lo largo de aquel tercer «salto», tendríamos la mala fortuna de tropezar con los *saga*. Y la experiencia fue siempre desagradable. Los órganos bucales, enormes, hacían presa en la piel, cortándola como una navaja. Durante la noche se mostraban especialmente activos. Si uno dormía al raso, de pronto, sin previo aviso, podía verse materialmente «enterrado» por los «devoradores», que no distinguían plantas, animales o seres humanos. Los *felah* los combatían a duras penas con el auxilio del fuego y, por supuesto, con la inestimable ayuda de las aves, que se precipitaban sobre ellos en grandes bandadas. Si alguno de los pájaros, sin embargo, era atacado simultáneamente por los *saga* difícilmente llegaba a remontar el vuelo. En segundos, otros «devoradores» caían sobre él, dejándolo en los huesos.

En este caso, los penetrantes silbidos de los multicolores abejarucos alertaron a otros «inquilinos» de la zona, que se apresuraron a compartir el festín. Hasta el «guardarríos» (martín pescador de pecho blanco) abandonó su plácido territorio en el Jordán, aventurándose en la tórrida atmósfera de aquellas elevaciones. Y con él, otras entusiasmadas familias de alondras, aviones y calandrias de cabeza negra. La «caza», en ocasiones, se prolongaba dos o tres días, convirtiendo el paraje en un maremágnum de saltos, chillidos, «martilleo» e incesantes planeos y picados.

Pero las sorpresas no habían terminado...

Repuestos del susto, tras limpiar los ropones de los pegadizos y recalcitrantes «devoradores», optamos por concedernos un nuevo respiro. Elegimos varias de las moles de basalto que escoltaban de cerca la senda y, a la sombra de uno de los bloques, nos dispusimos a matar el hambre, echando mano de las provisiones suministradas por Camar: huevos crudos, granos de trigo tostado, zanahorias, nueces, higos secos y dátiles. Una dieta obligada, rica en vitaminas E y C.

Y en ello estábamos cuando, por encima del monocorde canto de las chicharras negras, creímos escuchar «algo»...

Sonó cercano.

Nos incorporamos e intentamos localizar el lugar de procedencia.

Se repitió por segunda vez.

Intercambiamos una mirada. Parecía un gruñido. ¿Un animal?

En aquel tiempo, y en aquellos bosques, no eran infrecuentes el oso pardo, el jabalí arocho, de gran cabeza y colmillos curvos y temibles como dagas o, lo que era peor, las manadas de perros salvajes, generalmente famélicos y despiadados.

Deslicé los dedos hacia el extremo superior de la «vara de Moisés», preparándome.

Mi hermano caminó unos metros, rodeando parte del negro circo de basalto.

Tercer gruñido...

Imité a Eliseo e, inquieto, avancé despacio a dos o tres pasos de las piedras, siguiendo el flanco opuesto. El extraño sonido, claramente gutural, partía de algún punto del roquedal.

No sé cómo explicarlo pero, al oír de nuevo el singular «lamento» (?), una imagen me vino súbitamente a la memoria. La deseché. Eso no era posible...

De pronto, Eliseo me alertó.

—¡Jasón!... ¡Aquí!... ¡Rápido!...

Volé hacia el lugar y seguí la dirección apuntada por mi compañero.

—No puede ser...

Mi hermano, intuitivo, exclamó:

—Lo sabía... Algo me decía que esto iba a ocurrir...

También yo acerté. El presentimiento fue atinado.

—Bien —terció Eliseo, adelantándose a mis pensamientos—. Y ahora, ¿qué?

No supe qué decir.

—Esto no es casual...

Estuve de acuerdo.

En lo alto de uno de los peñascos, acurrucado, nos observaba un «personaje» recientemente conocido: ¡el pelirrojo!

Pero, ¿cómo no lo vimos? ¿Cómo no nos percatamos de su presencia en la larga marcha?

En el fondo daba igual. La cuestión es que estaba allí y, evidentemente, nos seguía por alguna razón.

Receloso, haciendo caso omiso a las peticiones para que bajara, el niño continuó en su escondite. De vez en vez, por toda respuesta, negaba con la cabeza.

Eliseo hizo ademán de trepar por las peñas. Al punto, emitiendo uno de aquellos animalescos sonidos guturales, saltó más arriba, manteniendo la distancia.

Mi hermano desistió.

Aunque nos había seguido, estaba claro que no tenía intención de relacionarse.

Le mostramos algunas viandas, invitándole a descender.

Negativo.

Una y otra vez negó con manos y cabeza, acompañando los movimientos con sendos y agudos chillidos. Unos chillidos de protesta y rechazo.

¡Torpe de mí!

Entonces comprendí. Pero, confuso, no tuve valor

para decírselo a mi compañero. Y a la vista de aquel infeliz me vi nuevamente asaltado por la tristeza...

¿Qué podía hacer? Nada. Absolutamente nada...

Enterré el «hallazgo» en lo más hondo y, cargando los petates, tras lanzar una última ojeada al adusto y refractario ladronzuelo, retornamos a la senda, apretando el paso.

Un centenar de metros más adelante, al volvernos, la criatura había desaparecido.

¿Cómo era posible? ¿Dónde se escondía?

Oteamos campos y vaguadas. Inútil. Era como si se lo hubiera tragado la tierra.

Y, preocupados, nos dispusimos a rematar aquel tramo del viaje. En breve divisaríamos el cruce de Jaraba.

¿Volveríamos a encontrarlo? En ese supuesto, ¿qué hacíamos?

Y sin querer nos enzarzamos en una difícil y esquinada polémica.

Admitiendo la remota posibilidad de que se uniera a nosotros, ¿qué papel nos reservaba el Destino?

Aquello no estaba previsto...

Eliseo, compasivo, no puso reparos.

—¿Qué mal puede haber en que nos acompañe? Quizá sea positivo para todos...

Me opuse.

La misión nos obligaba a permanecer libres y sin compromiso alguno. Y tentado estuve de confesar mis sospechas. Si la apreciación era correcta, acoger al niño complicaría los planes...

No hubo forma. Tozudo, se mantuvo en sus trece. E intuí que empezaba a encariñarse con el pelirrojo. Algo absolutamente prohibido por *Caballo de Troya*. Según las normas, sólo éramos meros observadores y, por nada del mundo, debíamos enredarnos en sentimientos o amoríos con los naturales de aquel «ahora» histórico. Por supuesto, esto era lo ideal. Pura teoría. En la práctica —tal y como nos ocurría con el Maestro—, las cosas eran muy diferentes... Pero, tan obstinado como mi compañero, me atrincheré en la normativa, rechazando las sugerencias del bien intencionado Eliseo. El Destino, afortunadamente, dejaría el asunto en el lugar que correspondía.

—Lo llamaremos «Denario»...

Protesté. Seguramente tendría su propia gracia.

Creo que ni me escuchó. Y siguió haciendo planes.

—Es listo... Podríamos enseñarle un oficio... Quizá buscarle una buena familia...

Y feliz, deseoso de volver a verlo, fue deteniéndose de vez en cuando, buscando inútilmente entre campos y colinas.

Al recordarle la terminante prohibición de intervenir en sucesos que pudieran alterar el natural devenir de los acontecimientos, se echó a reír. Y con su habitual y cristalina espontaneidad afirmó:

—Teorías... Puras teorías... Sabes bien que nuestra sola presencia constituye ya una descarada violación de este «ahora».

Me atrapó.

—Además —añadió, hundiendo el dedo en la delicada llaga—, ¿quién te dice que nosotros, pobres diablos sentimentales, somos capaces de modificar el Destino? Si así fuera, ¿crees que esta operación habría tenido lugar?

Y remató convencido.

—No, querido mayor... Ese Destino, al que tú, ahora, quizá con razón, distingues con una merecida mayúscula, no lo hubiera autorizado...

Las sensatas y justas palabras me desarmaron. Y pensé en ellas durante mucho tiempo. En aquella operación, en efecto, palpitaba «algo» mágico. «Algo» misterioso y sublime que, por fortuna, escapó a nuestra percepción. Pero ésta es otra historia...

Al doblar un recodo, la conversación voló. Y regresamos a la realidad. Frente a nosotros, lenta y cansina, apareció una caravana.

Frenamos la marcha. Aunque no tenía por qué surgir problema alguno, montamos la guardia.

Se trataba de una docena de *redas*, enormes y pesados carros de cuatro ruedas, tirados por mulas agotadas y resoplantes.

Nos echamos a un lado.

Los caravaneros, semidesnudos, tocados con blancos turbantes y armados de palos y largos látigos de cuero, castigaban sin piedad a las bestias, forzándolas a avivar el paso. Por los gritos y juramentos deduje que estábamos ante una cuadrilla de tirios. Hablaban una jerga indescifrable para quien esto escribe.

A cada golpe, las caballerías respondían con un nuevo esfuerzo. Pero las pesadas cargas, el piso suelto y granulado y, sobre todo, la violencia del sol, las sofocaban a los pocos minutos, haciéndoles temblar y tambalearse. Y los cinco o seis fenicios, más brutos si cabe que las propias mulas, arreciaban en sus blasfemias y latigazos, colocando a los exhaustos animales al borde de la muerte.

Eliseo, indignado, miró hacia otro lado.

Intenté averiguar el contenido de los carros pero, a simple vista, era imposible. Aparecían cuidadosamente tapados por densas ramas de helecho.

De pronto, uno de los caravaneros se detuvo ante nosotros. Y, sudoroso, señalando en dirección al *yam*, preguntó en arameo si el camino se hallaba despejado. Aquélla, como ya expliqué, era otra costumbre habitual en las siempre peligrosas e imprevisibles rutas de Palestina. Viajeros, burreros y jefes de convoyes intercambiaban información cuando acertaban a cruzarse. Aclaré que todo estaba tranquilo, excepción hecha del tramo infectado por los «devoradores verdes». Al oírlo masculló algo en su lengua, escupiendo sobre la escoria. Dudó unos instantes y, acto seguido, avanzando hacia la cabeza de los *redas*, gritó algo. Las mulas se detuvieron, cabeceando nerviosas. Los tirios se agruparon y, tras escuchar al que nos había interrogado, discutieron, golpeando el sendero con los látigos. Parecían furiosos y contrariados. Prudentemente dimos media vuelta, reemprendiendo la marcha. A los pocos pasos, sin embargo, nuestro interlocutor nos reclamó a gritos. Quería cerciorarse. Describí la escena y, convencido, arrugó el ceño, maldiciendo su alma, la de su patrón, a sus difuntos, al «injusto dios Baal» y la maldita hora en la que se le ocurrió aceptar el transporte de aquella agua mineral...

¿Agua mineral?

Eliseo se interesó por la curiosa carga y el tirio, a regañadientes, con el pensamiento hipotecado por los «devoradores», explicó que procedía de las fuentes del Jordán, en las cercanías de Paneas (Cesarea de Filipo), al norte. Más adelante lo verificaríamos. Se trataba, efectivamente, de una saludable agua hipotermal (fría), de baja mineralización y de notables propiedades diuréticas.

Aproveché la ocasión y formulé la misma pregunta planteada por el fenicio en el primer encuentro.

—Sin problemas...

Me tranquilicé. Eso significaba que el resto de la ruta se hallaba despejado y sin conflictos.

Pero el rudo caravanero, sonriendo ladinamente, fue más allá, aclarando un extremo que siempre inquietaba a los caminantes. En especial, a los muy patriotas y a los judíos más ortodoxos.

—Ni rastro de los *kittim*..., hasta el cruce de Dabra.

El tipo regresó con los suyos y dio un par de órdenes. Al momento, las cabezas de las mulas fueron tapadas con sendos y generosos sacos de arpillera. Dos de los arreadores se situaron al frente del convoy y animaron a las indecisas caballerías, reemprendiendo el camino. Esta vez en silencio, sin golpes, al paso y con el miedo como nuevo «caravanero».

Hice algunos cálculos.

La referida encrucijada de Dabra se hallaba casi al sur del lago Hule. Al atardecer, por tanto, tropezaríamos con los *kittim* (los romanos). Pero no teníamos por qué preocuparnos. Al contrario. En nuestro caso, las tropas auxiliares, destacadas en la apartada región de la Gaulanitis, siempre constituían una cierta seguridad. ¿O no?

Avanzamos de nuevo y Eliseo, tras otear por enésima vez los alrededores, a la búsqueda del desaparecido «Denario», refiriéndose a la caravana, se congratuló de haber elegido el sábado para iniciar la búsqueda del Maestro. Compartí la satisfacción. Tuvimos suerte. En cualquier otro día, la estrecha y descuidada «arteria» por la que transitábamos hubiera sido un suplicio y una fuente inagotable de conflictos.

Sí, quizá sea el momento de hacer un paréntesis y hablar de ello. Cuanto voy a referir formaba parte, además, del cotidiano marco en el que se movía Jesús. Y propició infinidad de anécdotas y hechos más o menos importantes. Unos sucesos, como veremos, silenciados por los textos sagrados (?).

Esta senda, por la que ahora caminábamos, era uno de los ejes comerciales de mayor intensidad y trascendencia en la vida de Palestina. Día y noche, decenas de caravanas lo cruzaban en una y otra dirección. El tráfico resultaba agobiante. En el fondo era lógico. Más al norte, en la mencionada ciudad de Paneas, la ruta se unía a otra igualmente vital: la que se dirigía a Damasco, por el este, y a la bulliciosa Tiro, en la costa mediterránea. Procedentes, pues, de los cuatro puntos cardinales, confluían en esta carretera todas las mercancías imaginables..., y algunas más.

Esta floreciente realidad no era algo nuevo. Aunque la paz del emperador Augusto multiplicó la seguridad general, el intensísimo comercio aparecía reflejado ya en las palabras del profeta Ezequiel, 600 años antes de Cristo (1). Refiriéndose a la vecina Fenicia —más con-

(1) En el capítulo 27, versículos 9 al 25, Ezequiel habla de las relaciones comerciales entre algunas ciudades fenicias y el resto del mundo. Entre otras cosas dice: «En ti estaban los ancianos de Guebal (Biblos) y sus artesanos para reparar tus averías. Todas las naves del mar y sus marineros estaban contigo para asegurar tu comercio. Los de Persia, de Lud y de Put servían en tu ejército como hombres de guerra... Tarsis era cliente tuya, por la abundancia de toda riqueza: plata, hierro, estaño y plomo daban por tus mercancías. Yaván (Jonia), Túbal y Mések (probablemente Anatolia) traficaban contigo: te daban a cambio hombres y utensilios de bronce. Los de Bet Togarmá (Armenia) daban por tus mercancías caballos de tiro y de silla, y mulos. Los hijos de Rodán (Rodas) traficaban contigo; numerosas islas (¿océano Índico?) eran clientes tuyas; te pagaban con colmillos de marfil y madera de ébano. Edom (Siria) era cliente tuyo por la abundancia de tus productos; daba por tus mercancías malaquita, púrpura, recamados, batista, coral y rubíes. Judá y la tierra de Israel traficaban también contigo: te daban a cambio trigo de Minnit (país de Ammón: la Decápolis o la Perea), *pannag* (posiblemente bálsamo),

cretamente a Tiro y Biblos—, hace un minucioso y exhaustivo «inventario» de cuanto entraba en dichas ciudades costeras. Pues bien, tanto entonces, como en aquel año 25, buena parte de esas innumerables y exóticas mercaderías pasaba obligatoriamente por la «arteria» a la que me refiero, siempre paralela al alto Jordán.

Como es fácil imaginar, el próspero comercio arrastraba consigo gentes, lenguas, costumbres, religiones y problemas de mil orígenes y naturalezas, convirtiendo la Gaulanitis en un foro tan internacional como atractivo. Esa riada humana —no conviene olvidarlo— fue testigo, en numerosas oportunidades, de las palabras y prodigios del Galileo.

Si tuviera que sintetizar tan rico tránsito de razas, culturas y mercancías lo haría en cuatro grandes grupos, según los puntos de partida. A saber:

Los que procedían del norte y del oeste.

En las prolongadas estancias en la región asistimos a un continuo, casi diario, transporte, desde los espesos bosques de la Fenicia (hoy Líbano), de las más nobles y codiciadas maderas. Por esta senda, rumbo a Israel, la Nabatea, etc., circulaba el «rey» de los árboles, el cedro, en interminables y lentos convoyes. Junto a los troncos, o a la madera ya cortada, los fenicios exportaban también el costoso aceite balsámico que se extraía de dichos cedros y que los egipcios precisaban para los rituales de momificación de sus príncipes y faraones. Era Egipto,

---

miel, aceite y resina. Damasco era cliente tuya por la abundancia de tus productos; gracias a la abundancia de toda riqueza, te proveía de vino de Jelbón (al norte de Damasco) y lana de Sajar (?). Dan y Yaván, desde Uzal (beduinos), daban por tus mercancías hierro forjado, canela y caña. Dedán traficaba contigo sillas de montar. Arabia y todos los príncipes de Quedar eran también tus clientes: pagaban con corderos, carneros y machos cabríos. Los mercaderes de Saba y de Ramá (Yemen) traficaban contigo: aromas de primera calidad y toda clase de piedras preciosas y oro daban por tus mercancías. Jarán, Kanné y Edén (alto y medio Éufrates), los mercaderes de Saba, de Asur y de Kilmad (también Mesopotamia) traficaban contigo. Traían a tu mercado vestidos de lujo, mantos de púrpura y brocado, tapices multicolores y maromas trenzadas. Las naves de Tarsis formaban tu flota comercial.» *(N. del m.)*

igualmente, el principal consumidor de coníferas, *mer* (un árbol de madera roja) y enebro, utilizados en la fabricación de navíos, mástiles, muebles y ataúdes. El *mer*, sobre todo, era talado en la región de Nega, famosa por sus bosques impenetrables.

También del norte, en toda suerte de carros y animales de carga, vimos desfilar a tirios y sidonios, orgullosos con uno de sus grandes «inventos»: el vidrio. Aquélla era una de las mercancías más habituales en esta senda. El inimitable vidrio fenicio, cuyo secreto de fabricación fue robado, casi con seguridad, a los egipcios (1), llegaba a todas partes. El bajo costo logrado por Tiro y Sidón repercutía en las ventas, haciendo que espléndidos jarrones, copas, botellas, vasijas, platos, perlas y tejas vidriadas pudieran entrar hasta en los hogares más humildes. Y poco a poco, estas piezas transparentes reemplazaron a los enseres de barro y madera.

Y junto a la «especialidad» de Fenicia —el delicado y barato vidrio—, otra no menos próspera fuente de ingresos para la vecina costa norteña: la púrpura, el emblema de los fenicios. Los hábiles comerciantes, siempre en carros cerrados y permanentemente vigilados, enviaban las telas ya teñidas a todo el mundo conocido. En ocasiones, no demasiadas, aceptaban vender los pequeños gasterópodos de los que extraían el precioso y preciado tinte. En este caso, las panzudas cántaras o los cestos de mimbre que los transportaban viajaban siempre de noche y, como digo, fuertemente escoltados por

(1) Unos 4 000 años a. J.C., los egipcios, al parecer, conocían ya el arte de la fabricación del vidrio. Utilizaban para ello arena, cenizas vegetales, creta y salitre, produciendo una pasta opalina que alcanzó mucho éxito. Está claro que los astutos fenicios se hicieron con el secreto de dichas fabricación, mejorándolo. Y surgió toda una floreciente industria. Pero los habitantes de Tiro y Sidón se las ingeniaron para lograr un vidrio transparente que causó el lógico furor. No contentos con ello idearon una producción «en serie», inundando los mercados y abaratando los precios. Al poco, los artesanos descubrieron la técnica del soplado, y el negocio, sencillamente, los hizo inmensamente ricos. Las caravanas transportaban el vidrio, bien fundido, en bruto o delicadamente tallado y perfilado. *(N. del m.)*

mercenarios a sueldo (1). A diferencia del vidrio, la púrpura era un artículo de lujo, al que sólo tenían acceso los más poderosos. El color en sí, en aquella época, era símbolo de realeza y de máximo poder. Algo que nació, justamente, del humilde *Murex*.

En clara competencia con los fenicios, otros países —incluido Israel— se procuraban una púrpura, de menor calidad y brillantez, que obtenían de un parásito de la encina, un insecto denominado precisamente «púrpura». Pero la escasez del mismo, y lo laborioso del proceso, convertían dicha púrpura «descafeinada» en un producto más caro, incluso, que la genuina.

De los puertos de Tiro, Biblos, etc., llegaban también a esta «arteria» infinidad de convoyes o comerciantes solitarios, cargando un producto que nos maravilló: toda clase de esculturas —ídolos, animales y bellísimas representaciones de ciudades en miniatura— talladas en marfil, previamente adquirido en Asia, África y en las remotas costas de la Europa septentrional. Los había de elefante y de morsa.

De estos talleres fenicios partía igualmente la más nutrida y artística colección de vasijas de oro, plata y bronce que se pueda imaginar. Con una delicadeza exquisita, los laboriosos alfareros de Sidón consiguieron vidriar la arcilla, obteniendo jarrones, platos y diminutos frascos de perfume que nada tenían que envidiar al vidrio auténtico.

También la lejana Cartago formaba parte de esta intrincada red comercial, ofreciendo, sobre todo, «algo» que se puso de moda entre las amas de casa de la región: huevos de avestruz, previamente vaciados, y decorados con vivos colores. Algunos alcanzaban precios exorbitantes. Los judíos ortodoxos, sin embargo, los rechazaban, calificando a los compradores de idólatras. Y no

(1) El molusco —del género *Murex brandaris* o *Murex trunculus*— era entonces muy abundante en las costas de Fenicia. El colorante era obtenido a través de la segregación de las glándulas de dicho gasterópodo. Para conseguir un solo gramo de púrpura, los fenicios tenían que sacrificar alrededor de 10 000 *Murex*. De ahí que el preciado producto fuera siempre bien guardado y custodiado. *(N. del m.)*

fueron pocas las peleas y disputas que se suscitaron a raíz de esta «novedad». (Como se recordará, Yavé prohibía la representación de imágenes.)

Por esta concurrida vía entraban, asimismo, los más sorprendentes productos: alcachofas, *garum* y pescado en salmuera de Iberia; armas, brazaletes y collares de Cirene; carne en adobo de la Galia; miel y queso de Sicilia; gansos de Bélgica; minerales de Germania, Gran Bretaña, Italia y África; lino y trigo de Egipto; vino de las campiñas griegas, chipriotas e italianas; marisco de Córcega; cítricos de Numidia y, naturalmente, la producción de la propia Gaulanitis (papiro, cañas y aves de las lagunas del Hule, la apreciada carne de vacuno de sus siempre verdes pastos norteños, trigo, cebada, miel, flores y pescado, entre otras especialidades).

Mercados del este y del sur.

Si lo ya mencionado resultaba a todas luces abrumador, lo que viajaba de las misteriosas China e India y desde Arabia, mar Rojo, Nubia, etc., no le iba a la zaga.

Cuando las vistosas caravanas desembocaban al fin en el alto Jordán, bien por la ruta de Damasco o por el sur del *yam*, la congestión provocaba innumerables y endiablados atascos, ora divertidos, ora trágicos, con los consiguientes altercados, confusiones, peleas y abusos de todo tipo. Éste, insisto, era el paisaje habitual que contempló el Maestro y cuantos le acompañamos en sus frecuentes idas y venidas por la Gaulanitis.

Procedentes de la anciana y mítica senda de la seda, hindúes y orientales, de mil pelajes y condición, atravesaban Israel ofreciendo primorosas alfombras, pimienta, nardo, algodón, caballos, finísimos instrumentos musicales, rosas secas, jade, la inevitable y preciada seda y hasta juegos malabares.

Era una delicia...

Desde el principio, estos exploradores disfrutaron con aquel maremágnum de gentes, en general abiertas, respetuosas y deseosas de complacer. Y no digamos el Hijo del Hombre...

Pero debo contenerme. Todo a su debido tiempo.

Quizá los más espectaculares eran los traficantes árabes, originarios, en su mayoría, de los reinos de Saba, la Nabatea y los austeros desiertos del Nafud, al norte de Arabia. La gente menuda, sobre todo, los recibía con especial entusiasmo.

Los altos «barcos del desierto» (los camellos), siempre malhumorados y respondones, los blancos y generosos *abba* de algodón de los hombres, los alegres y multicolores ropajes de las beduinas —con los rostros tatuados—, las tiendas de pieles, los halcones encapuchados que habitualmente los acompañaban y las cálidas danzas y gritos rituales hacían de este pueblo todo un espectáculo. Y a su paso, chicos y grandes quedaban hipnotizados.

Con ellos llegaba la mirra (vital para la elaboración de perfumes y cosméticos), el costoso bálsamo (en dura competencia con el cultivado en Jericó y en el oasis de En Gedi, en la costa occidental del mar Muerto), los voluminosos cestos de incienso (consumido a toneladas en el Templo de la Ciudad Santa), el alquitrán (imprescindible para calafatear embarcaciones y embalsamar cadáveres), otras finas maderas como el boj y el cidro, pájaros exóticos de las costas e islas del mar Rojo y del golfo Pérsico y el no menos buscado índigo (un colorante natural que embellecía los tejidos y que hacía furor entre las clases adineradas) (1).

(1) Esta sustancia, originaria, al parecer, de la India, se extraía de las hojas del añil *(Indigofera tinctoria)*. Los egipcios, una vez más, fueron los grandes exportadores del tinte ya elaborado. Para ello maceraban las hojas con cañas, obteniendo un líquido que, al contacto con el oxígeno del aire, cambiaba a una hermosa tonalidad azul. El índigo era una mezcla que contenía hasta un 90 por ciento de indigonita (índigo azul) y un 10 de otros elementos residuales (fundamentalmente indirrubina o rojo de índigo). Posteriormente se cocía, impidiendo la fermentación y desactivando así las enzimas. Otros pueblos, como el romano, lo utilizaban como cicatrizante y elemento base para la preparación de cosméticos. Las romanas, por ejemplo, lo tenían en gran aprecio para sombrear los ojos. Debido a su naturaleza molecular, y a la gran estabilidad, admite enérgicos lavados. Algo que no ignoraban en aquellos tiempos. En Europa no sería introducido hasta el siglo XVI. *(N. del m.)*

Eliseo, efectivamente, llevaba razón. Tuvimos suerte. El Destino, una vez más, fue compasivo.

Aquel sábado fue una excepción. El tráfico, debido, quizá, a lo caluroso del mes de *elul* (agosto), era casi nulo.

Y al fin alcanzamos el miliario que anunciaba el desvío hacia la vecina población de Jaraba.

Impacientes, aceleramos...

Allí —cómo no— nos aguardaban el Destino..., y «alguien» más.

¿Cómo íbamos a imaginar algo así?

Pero allí estaba...

A escasa distancia de la encrucijada, en uno de los puntos más alejados del Jordán (alrededor de dos kilómetros), divisamos un notable tumulto.

Instintivamente aliviamos la marcha.

El camino se hallaba materialmente tomado por una reata de bestias. Y empezamos a distinguir gritos y las inevitables maldiciones.

Mi hermano torció el gesto, intuyendo problemas. Esta vez tampoco se equivocó...

Y al alcanzar la cola de la caravana, procedente sin duda del *yam* o de otras latitudes más meridionales, no supimos qué hacer. Rodearla hubiera sido una pérdida de tiempo. Por otro lado, la gran excitación de los arrieros —negros en su casi totalidad—, corriendo de un lado para otro y propinando una lluvia de palos a uno de los enormes asnos, nos intrigó, forzándonos a sortear la veintena de caballerías.

Nunca, hasta ese momento, había visto burros tan vistosos y espectaculares. Disfrutaban de una alzada considerable (casi metro y medio), con orejas largas y altaneras sobre cabeza anchas en las que destacaban hocicos blancos como la nieve. Pero lo más llamativo era el pelaje, casi rosado, con una cruz de san Andrés en la espalda y un mechón de crines grises rojizas rematando las colas. Alertados ante los rebuznos del que estaba siendo tan cruelmente apaleado, los animales se agitaban inquietos, tropezando entre ellos y poniendo en peligro las voluminosas ánforas que cargaban a los costados. El caos, lógicamente, fue espesándose. Los negros, ataviados con túnicas rojas que casi rozaban el suelo, trataban de calmar a la reata, empleando estridentes chillidos y, lo que era peor, contundentes varazos sobre patas y vientres. Más de uno tuvo que saltar precipitadamente ante las certeras, violentas y más que justificadas coces de los aturdidos jumentos. Nosotros, entre unos y otros, nos las vimos y nos las deseamos...

Finalmente, al superar aquel manicomio, fuimos a topar con una muralla humana.

¿Por qué no obedecí al instinto? ¿Por qué no evitamos el tumulto? ¿Qué hubiera importado una pérdida de diez o quince minutos? Bastaba con ingresar en los barbechos que ceñían la ruta para sortear el desastre...

Pero no. El Destino se hallaba muy atento y, como decía, nos puso frente a otro singular aprieto.

Al principio no distinguimos nada. El grupo de hombres, fundamentalmente vendedores en aquel cruce de caminos, formaba un apretado círculo gritando y gesticulando sin orden ni concierto.

Eliseo, cada vez más intrigado, trató de abrirse paso, en un intento de averiguar qué era lo que provocaba semejante excitación. Le dejé hacer.

¡Torpe de mí!

Tendría que haber tirado de él, alejándonos del lugar y de lo que nos aguardaba...

Algunos de los galileos, indignados, levantaban las voces sobre el resto de los paisanos, pidiendo justicia y reclamando a los *kittim*. Otros, igualmente enardecidos, tachaban a alguien de «sucio gentil» y «asesino».

Temí lo peor. Nosotros también éramos extranjeros e, inconscientemente, nos habíamos situado en el ojo del misterioso huracán.

No hubo tiempo ni posibilidad de reaccionar. Varios de aquellos energúmenos, al percatarse de la presencia y de la insistencia de mi hermano por llegar al interior del círculo, se revolvieron contra él y, confundiéndole con uno de los integrantes de la caravana, la emprendieron a golpes, empellones y patadas, derribándolo.

El cielo quiso que la «piel de serpiente» lo protegiera y que este explorador, rápido como el rayo, pulsara los ultrasonidos, dejando a tres de ellos fuera de combate en cuestión de segundos.

Atónito, sin saber qué hacer ni a dónde mirar, el resto retrocedió, incapaz de articular palabra. Gritos, improperios y amenazas cesaron al punto, quedando en el aire la zarabanda de negros y asnos y, por supuesto, un «protagonista»: un miedo colectivo e insuperable.

Ayudé a mi compañero y crucé con él una significativa mirada. Asintió con la cabeza. Se encontraba bien y convenía alejarse del lugar lo antes posible. No debíamos tentar la suerte.

Pero las sorpresas acababan de empezar...

Eliseo, al descubrirlo, olvidó la consigna. Y se precipitó sobre él. Yo, tan desconcertado como el ingeniero, no supe reaccionar.

¡Dios bendito!

Aquello era lo último que hubiera imaginado...

Lancé una mirada a los pasmados y silenciosos vendedores. Parecían estatuas. Pero no podía fiarme. En cuestión de minutos, los exánimes compañeros volverían en sí y Dios sabe qué ocurriría...

Retrocedí despacio, sin perderles la cara, y fui a incorporarme al trío que integraban Eliseo, un altísimo individuo de casi dos metros, igualmente arrodillado en mitad de la negra senda, y la «causa» de aquel desbarajuste.

El gigante, vivamente compungido, sin poder contener el llanto, movía el cuerpo sin cesar hacia adelante y hacia atrás, alternando las lágrimas con cortos y agudos gemidos.

Mi hermano, suplicante, hizo un gesto para que interviniera. Y lentamente, sosteniendo el extremo superior del cayado, sin dejar de controlar a los galileos, me incliné sobre la «víctima».

—¿Está muerto?

El espigado y lloriqueante hombre, entendiendo el arameo de mi compañero, arreció en sus lamentos.

Busqué el pulso. Algo lento, pero normal. E inspeccionando la cabeza traté de hallar algún signo de posible fractura.

Negativo. Sólo la espalda presentaba algunas equimosis, provocadas por la extravasación de la sangre bajo la piel. Aparentemente, unos edemas locales de escasa relevancia.

Interrogué al desconsolado individuo y, entre gimoteos e incontenibles hipos, creí entender que uno de sus asnos lo había arrollado y pisoteado. Al parecer, no vio llegar la reata y el niño cayó bajo las pezuñas del animal que ahora estaba siendo apaleado.

En efecto, sólo Dios sabe por qué, estos exploradores fueron a tropezar de nuevo con el inevitable «Denario»...

Palpé las pequeñas hinchazones de líquido seroalbuminoso y, como suponía, el dolor reactivó al inconsciente ladronzuelo, despabilándolo.

Abrió los atractivos ojos verdes y, confuso, nos miró de hito en hito.

Imaginé que, una vez más, trataría de escapar. Me equivoqué.

Al reparar en Eliseo, súbitamente, sin mediar palabra, se lanzó hacia él, abrazándose con fuerza al pecho del explorador. Y ante la sorpresa general se deshizo en un amargo y ruidoso llanto.

Mi hermano me miró. Le sonreí y me encogí de hombros. Y tierno, gratamente sorprendido, muy despacio, dudando, fue a rodearlo con sus poderosos brazos, correspondiendo al entrañable gesto de la criatura.

Por lo que pude apreciar, el jovencito sólo presentaba contusiones de primer grado. Nada de importancia.

Al observar la recuperación del atropellado, los inmóviles vendedores se agitaron nerviosos.

Me alcé y, dispuesto a actuar de inmediato, me interpuse entre los dos bandos. No fue necesario. Los galileos, temerosos, retrocedieron hasta los tenderetes.

Y a una señal, sin pérdida de tiempo, mi compañero cargó sobre los hombros a «Denario». De momento convenía poner tierra de por medio...

Y así fue.

El gigante, reconfortado ante el insospechado final,

reaccionó con idéntica diligencia, restableciendo el orden en la caravana y reemprendiendo la marcha sin demora.

Al perder de vista el cruce nos detuvimos. El niño había cesado en su llanto y, dócil y complacido, continuó sobre los hombros de mi amigo.

Por prudencia preferí esperar la reata, uniéndonos a los negros de las túnicas granates. El viaje, en compañía, resultaba más agradable y seguro.

El conductor y jefe, más calmado, nos acogió con los brazos abiertos, bendiciendo la hora en la que aquellos griegos se cruzaron en su camino.

Y el individuo amenizó la marcha, contándonos su azarosa existencia. Así supimos que se llamaba Azzam, que en árabe significa «buen hombre». Era, en efecto, un beduino, nacido en el desierto del Neguev, al sur de Israel. Durante los años de su juventud fue un *gazou*, un bravo guerrero, siempre empeñado en razzias o refriegas con otras tribus. Un día lo dejó todo y se dedicó al tráfico de esclavos. Vivió en Egipto y Nubia. Finalmente formó una compañía, especializándose en la elaboración y venta del «vino de enebro» (1). Éste, justamente, era el cargamento que transportaba a lomos de los singulares jumentos nubios, una especie hoy desaparecida.

Su intención era llegar a Damasco y vender allí la preciada carga.

Dos horas más tarde, frente a la piedra miliar que advertía de la siguiente encrucijada, optamos por despedirnos, separándonos del lento convoy.

Azzam, que hacía honor a su nombre, nos bendijo, pidiendo a la brillante estrella matutina que guiara nuestros pasos. Nos abrazamos, y, antes de partir, el «buen hombre» nos obsequió con una calabaza vinatera, reple-

(1) Este codiciado «vino», consumido habitualmente por gentiles y judíos, era extraído del fruto del *Juniperus phoenicia* o *communis*, del que existían grandes plantaciones al norte del Sinaí, en los rojos pedregales de Edom, al sur del mar Muerto, y en el desierto del Neguev. Una vez maduro era triturado, añadiéndose agua previamente calentada a 30°. Al fermentar se obtenía el citado licor. Algunos lo destilaban, logrando así un jugo borrascoso y peleón. También era adquirido para aromatizar la carne y como aceite medicinal. *(N. del m.)*

ta de aquel brebaje recio y transparente, relativamente parecido a nuestra ginebra. No pudimos rechazarla. Le habríamos insultado.

Curioso Destino...

Algún tiempo después —en plena vida pública de Jesús de Nazaret— volveríamos a encontrarlo. ¡Y en qué circunstancias!

Verdaderamente, el mundo ha sido —y es— un insignificante pañuelo...

El sol, tan agotado como estos exploradores, se fugaba por el oeste, concediendo perdón y dejando libres a las criaturas.

Aceleramos. Apenas restaban dos horas de luz y el lago Hule, si no erraba, distaba aún cinco piedras miliares (casi seis kilómetros).

Al contemplar a mi hermano, feliz y confiado, con el silencioso pelirrojo sobre los hombros, regresaron las viejas dudas y recelos.

Se había salido con la suya. Muy bien. Y ahora, ¿qué? ¿Se lo decía? ¿Le ponía en antecedentes del mal que, con toda seguridad, padecía el muchachito?

No me atreví. Lo dejaría para mejor ocasión. Quizá terminara por descubrirlo. Era irremediable.

Sí, una vez más me abandoné en manos del Destino. Él «sabía»...

Inmerso en estas reflexiones necesité un tiempo para darme cuenta que olvidaba algo vital: las referencias geográficas. Y procuré espantar las inquietudes, centrándome en lo que tenía a la vista.

Desde el cruce de Jaraba, el paisaje cambió. El Jordán, cada vez más alejado de la senda, desapareció por detrás de una nueva oleada de olivos. Huertos y plantaciones quedaron allá abajo, a la izquierda, ahora resucitados por un sol oblicuo y en retirada.

El camino, voluntarioso, siguió conquistando repechos y vaguadas. Calculé que el abrupto perfil alcanzaba ya los 800 o 900 metros.

A la derecha, los nogales y algarrobos de los kilómetros precedentes fueron reemplazados por otro inmenso, tupido y verdinegro horizonte en el que gobernaban el tortuoso ramaje de los robles del Tabor (los sagrados *allon*) y las suaves y despeinadas copas de los pinos carrascos (los *etz shemen*), veteranos conquistadores de aquella agreste y bellísima Palestina de Jesús de Nazaret. Y de vez en cuando, asomándose tímidos a la senda, huyendo del escandaloso cónclave de las aves y de los amarillos cañones de luz de la espesura, los *ar*, los espartanos y sufridos laureles, metidos, incomprensiblemente, a aprendices de árboles.

Aquél, desde entonces, fue el «tramo de los *ar*».

Al coronar una de las rebeldes pendientes, exhaustos, divisamos al fin la encrucijada de Qazrin.

Sorpresa. ¡Un edificio!

Era el primero en los 17 kilómetros recorridos desde Nahum. Se alzaba negro y descuidado, a la diestra de la ruta y a corta distancia de la bifurcación. Quizá a diez o quince pasos más allá.

A juzgar por el emplazamiento y la inconfundible lámina deduje que se trataba de una *mutation*, un hospedaje y estación destinada al relevo de caballerías. Como las posadas que ya habíamos visitado, ésta constaba de dos plantas con un «detalle» que la distinguía de las anteriores: una engordada y alta muralla de casi tres metros que la abrazaba y protegía en su totalidad, formando un rectángulo de unos 50 metros de lado. Estábamos en la Gaulanitis, tierra de bandidos, proscritos e indeseables. Esta lamentable realidad justificaba el oscuro y aparatoso murallón. Los viajeros, así, se sentían más seguros.

Observamos atentamente. Otro incidente hubiera sido excesivo...

Todo parecía tranquilo. Dormido.

Al pie del parapeto, a ambos lados del camino y en los bordes de la encrucijada, dormitaban y conversaban los inevitables vendedores. En esta ocasión más de cincuenta. Era lógico. Aquel ramal conducía a la mencionada Qazrin, una industriosa localidad de algo más de tres mil almas, ubicada a seis kilómetros, rodeada de bosques y montada en un peñasco, a 900 metros de altitud. Una plácida aldea de leñadores y *felah* que recorreríamos, en su momento, a la sombra del Galileo.

Los robles y pinos de Alepo, obligados por los campesinos, habían retrocedido. En su lugar, alguien, paciente y delicadamente, pintó una marcial formación de olivos. Eran centenares, trazados a tiralíneas y anestesiados por el furioso sisear de las cigarras. Agrietados y epilépticos se perdían hacia el norte, civilizando, a su manera, el primitivo paisaje.

Al fondo, a un tiro de piedra del albergue, un puentecillos de troncos brincaba alegre y ágil sobre un *wadi* por el que huía, cristalino y con prisas, un riachuelo de menguado porte. A la pesada carga del caluroso estío, el modesto tributario del Jordán veía añadida ahora la no menos molesta presencia de una chiquillería desnuda, alborotadora y feliz.

Al descubrir a los niños, «Denario» lanzó un ronco chillido. Y deslizándose por las espaldas de Eliseo corrió pendiente abajo, reuniéndose con el festivo grupo. No lo dudó. De un salto se zambulló en las refrescantes aguas, mezclándose con los muchachos.

Mi hermano, sorprendido, no supo qué hacer. Lo tranquilicé, explicando que el baño, amén de arrastrar parte de la mugre, calmaría el dolor de la espalda, provocando una vasoconstricción y la consiguiente y benéfica reducción de los edemas.

Avanzamos en silencio.

Observé a Eliseo de reojo, pero no percibí señal alguna de que hubiera detectado la dolencia del ladronzuelo.

¿Es que estaba ciego? ¿Cómo era posible? El último grito, gutural, casi estrangulado, era un síntoma inequívoco...

Al llegar a la encrucijada, como era de prever, los *felah* se movilizaron. Hicieron gestos para que nos acercáramos. Pero no era ésa la intención. Y al comprobar que pasábamos de largo, algunos, los más decididos, nos salieron al encuentro, mostrando el género entre interminables parloteos y reverencias más que fingidas.

Mi hermano, siempre afable y condescendiente, se detuvo, examinando las mercancías. Me resigné.

La zona, como dije, rica en bosques, ofrecía a los naturales un buen puñado de productos derivados de los algarrobos, robles, carrascos y laureles.

El más abundante, dispuesto en cestas y sacos, lo constituía la semilla del *haruv* (el algarrobo). Unas vainas marrones, de pulpa azucarada y generosa en calcio, consumidas, a partes iguales, por el pueblo y el ganado (en especial, por las grandes piaras de cerdos existentes en la orilla oriental del *yam*). Las vendían frescas, desecadas o molidas. Con esta harina confeccionaban unas sabrosas tortas, muy apreciadas por los hombres y mujeres que deseaban conservar la línea. En Qazrin, cuando la visitamos, descubrimos con asombro toda una «industria», basada precisamente en esta semilla, la *keratia*. Los campesinos procedían a su molienda, obteniendo un polvo ocre con el que endulzaban bebidas y postres. El ingenio de los *felah* iba, incluso, más allá. Dicho polvo era mezclado con huevos, leche y miel, y el resultado —convertido en tabletas— exportado como una suerte de «chocolate». De la *keratia*, en fin, además de ser utilizada como medida de peso para el oro (1), extraían una ambarina goma que perfumaba los cosméticos.

Eliseo, perplejo, me reclamó. Acudí intrigado y, al verificar el contenido, asentí. Al pie del murallón, en efecto, otro de los tenderetes ofrecía al sediento caminante un líquido rubio, de gran consumo entre judíos y gentiles. Quien esto escribe ya lo había observado en anteriores exploraciones. En grandes jarras de vidrio o cerámica, materialmente enterradas en la nieve procedente del Hermón, aquel galileo vendía cerveza... Una cerveza ligera y medianamente bebible, fruto de la fermentación de la cebada. En el proceso, el almidón se transformaba

(1) El término *keratia* (griego) dio lugar al nombre científico de esta semilla *(Ceratonia)*. Y fueron precisamente los griegos quienes descubrieron que los granos del algarrobo mantenían siempre el mismo peso (200 miligramos), siendo aprovechados como eficaz medida para pesar el oro *(carat)*. En un principio, la onza tenía 140 *carates*. De ahí la denominación «quilate». *(N. del m.)*

en azúcar y, posteriormente, en un alcohol de tímida graduación y en dióxido de carbono. Los recipientes, provistos de coladores (algo similar a los de las modernas teteras), suministraban el líquido limpio, sin rastro de la cáscara de cebada.

Poco faltó para que solicitáramos un par de medidas. Más adelante, superados los lógicos escrúpulos, estos exploradores disfrutarían en más de una ocasión de los oportunos y benéficos puestos de cerveza.

En aquella estratégica zona del «mercadillo», a lo largo de la tapia frontal del albergue, los vendedores eran mujeres. Hebreas, beduinas y fenicias, tan parlanchinas, discutidoras y descaradas como los hombres..., o más.

Al cruzar a su altura, el apuesto Eliseo tuvo que soportar toda suerte de «lindezas», destinadas, naturalmente, a atraer la atención del viajero sobre las mercancías. Pero el tímido ingeniero, sofocado y rojo como la grana, no captó la intencionalidad. Y apretó el paso. Pero todo estaba previsto entre las astutas y veteranas matronas. De inmediato, a una orden colectiva, varios de los pequeñuelos que las acompañaban cortaron el nervioso caminar de mi compañero. Y, como un tonto, lo arrastraron hasta los cuencos y canastas. Ya aprendería...

Supongo que mi amplia sonrisa lo tranquilizó. En el fondo, como en todas las épocas, sólo pretendían vender.

El género lo integraban también los frutos habituales de la región: semillas y cortezas de pino de Alepo y laurel.

Las primeras, sueltas o enquistadas en miel. Según las maliciosas mujeres, «muy adecuadas para los que sufrían impotencia sexual».

Eliseo, medio recuperado, replicó que no era ése su caso. Y las vendedoras, cáusticas, ulularon a coro, enrojeciendo de nuevo al inocente explorador. Se defendió como pudo y, obviamente, fui yo la «víctima»...

—¿Has pensado en tu «novio»? Quizá te lo agradezca.

Negué nervioso. Demasiado tarde. La parroquia, divertida, se ensañó con quien esto escribe. Y tuve que soportar las más mordaces insinuaciones. Lo di por bueno. Mi compañero, muerto de risa, equilibró el ánimo.

En otras vasijas aparecían los granos previamente tostados. De aquello tampoco sabíamos gran cosa. Pues bien, ante nuestra sorpresa, resultó ser la base para una infusión negra, suave y aromatizada, muy cercana al «café». Los montañeses la consumían día y noche.

Pero la más próspera «industria» de la región, derivada de los pinos carrascos, se fundamentaba en el aprovechamiento de su resina. Los habitantes de Qazrin la recogían y envasaban, exportándola a numerosos países. Sobre todo a Grecia y a otros pueblos productores de vino blanco. Con ella, embadurnando el interior de cubas y toneles, evitaban que se agriara el vino. El licor, así tratado, recibía el nombre de *retsina* y era igualmente cotizado entre los más exigentes y exquisitos.

En grandes montones, apilada en mantas o directamente sobre la ceniza volcánica del terreno, se ofrecía también la corteza del Alepo.

Intrigado, pregunté.

La verdad es que el ingenio y la picaresca de los *felah* no conocían fronteras.

Una vez pulverizada servía como emplasto, favoreciendo la cicatrización de las heridas. Algunos gremios, especialmente barberos y «auxiliadores» (médicos), se la disputaban. Si la molienda era destilada, la «brea» resultante actuaba, además, como antiséptico y —según las mujeres— «milagroso remedio contra las arrugas». A juzgar por sus rostros, consumidos por una vejez prematura, puse en duda tales afirmaciones. Pero, como en todas las épocas, siempre había incautos que lo creían a pie juntillas...

Por último, en el instructivo paseo frente a la posada, fuimos a dar con las no menos hábiles vendedoras de laurel. Por un lado vendían las hojas, imprescindibles en la cocina. Por otro, los frutos, de un negro brillante, empleados como tónicos estomacales y, lo más asombroso, como «favorecedores de la menstruación». Al retornar al Ravid y consultar a mi «novio», «Santa Claus» confirmó lo dicho por las expertas mujeres. El *ar*, al igual que la ruda, sabina o apiol, disfrutaba de unas excelentes propiedades emenagogas, excitando directamente los órganos genitales. Para ello lo trituraban, mezclando el espeso jugo con vino tinto o licor de enebro. Lo tomaban las que presentaban irregularidades en el ciclo menstrual y las niñas retrasadas respecto a la pubertad. Naturalmente, en este último caso, siempre se escondían torcidas intenciones económicas. Según la Ley, las hebreas eran desposadas a partir de los doce años y medio. Es decir, con la primera regla. Si la familia tenía la ocasión de casar a la hija con un buen partido, pero la pequeña no era todavía mujer, le administraban la referida pócima, provocando así una prematura menstruación. Y el documento de esponsales era firmado y bendecido.

En otras zonas de Palestina, el fruto del laurel se aprovechaba también para la obtención de un aceite verde oscuro, muy aromático, que añadían en la fabricación de jabones de lujo.

Al llegar al portalón de la muralla, abierto de par en par, consciente de que las incombustibles vendedoras podían enredarnos hasta el infinito, me las ingenié para rescatar a Eliseo, escapando vergonzosamente —lo sé— hacia el interior de la posada. A nuestras espaldas, inevitables, sonaron silbidos de protesta y más de una maldición.

En principio no teníamos intención de pernoctar en el lúgubre y poco recomendable albergue. Pero, ya que estábamos allí, bueno sería echar una ojeada. Con el Destino nunca se sabe...

El amplio patio se hallaba desierto. Como en la mayoría de las edificaciones de la comarca, el basalto era el principal, casi único, material empleado en la construcción. Grandes losas oscuras, heridas, polvorientas y achacosas pavimentaban la desahogada explanada.

A la izquierda (tomando como referencia el portalón), al pie de la tapia, se alzaban un pozo cuadrado y dos estrechos y altos abrevaderos, adosados al brocal y paralelos a la muralla. Una pareja de onagros, suelta y aburrida, bebía con desgana, peleando sin éxito contra una pertinaz y zumbante mancha de tábanos. Los jumentos nos miraron huraños.

A la derecha y al frente, en forma de «L», se levantaba el negro y hostil edificio de la posada. Una viejísima y estirada casona de dos plantas, tan aburrida y mal encarada como los burros. En la parte baja, a través de siete oscuros y corpulentos arcos, se adivinaban los establos, probablemente vacíos. Y en la zona superior, la típica y tradicional galería, proporcionando cobijo a una treintena de menguadas y deslucidas puertas de madera. Casi con seguridad, las habitaciones de los clientes. En los extremos de la «L», sendas escaleras de piedra, empotradas en los muros, permitían el acceso al corredor y a las celdas. En lo alto de los peldaños, colgadas de los dinteles, aparecían otras tantas cortinas rojas. Aquello, en todas las posadas, anunciaba que aún quedaba sitio para posibles y rezagados caminantes.

Ante lo avanzado del caluroso agosto, y la coincidencia del sábado, era presumible que el lugar se hallara casi vacío. No nos equivocamos.

Eliseo reparó en «algo» que destacaba en la muralla de la izquierda, a escasa altura por encima del pozo. Curioso, como siempre, se aproximó. Y le seguí, un tanto desconcertado por el absoluto silencio.

Se trataba de un cartel, con una leyenda en *koiné* y arameo, grabada a fuego en una plancha de madera.

«No arrojes piedras a la fuente de la que has bebido.»

El aviso era bastante común en pozos y «alas del pájaro» (fuentes).

En la parte inferior, el responsable del albergue, harto de la pésima educación de muchos de los visitantes, había añadido:

«Y no orines en los abrevaderos.»

Los asnos, displicentes, mantuvieron la distancia, jugueteando con el agua y rebuscando entre las milagrosas hierbas que coloreaban las juntas de las losas.

De pronto, un súbito repiqueteo nos sacó de la atenta lectura. Al volvernos descubrimos frente a uno de los arcos a una mujer que, danzando, se aproximaba hacia nosotros.

Nos miramos desconcertados.

Solicité calma. Aquélla era otra de las costumbres entre los posaderos. Sobre todo, cuando los clientes escaseaban. En muchos albergues, patrones o empleados salían al encuentro de los viajeros y, bailando, prometían toda suerte de placeres si aceptaban entrar y alojarse en sus dominios.

Sensual, contoneándose y sin dejar de golpear unas blancas castañuelas de madera, terminó por llegar a nuestra altura.

Eliseo, descompuesto, hizo ímprobos esfuerzos para no soltar una más que justificada carcajada. Lo fulminé con la mirada aunque, verdaderamente, la estampa resultaba tragicómica.

Sonriente, envuelta en una vaporosa túnica de seda verde, la esquelética «aparición» prosiguió el baile, girando sobre sí misma y brincando de vez en cuando con un más que dudoso donaire.

Los pies, descalzos y sucios, me parecieron raros. Enormes para una mujer. Largos como tumbas de filisteos...

Pero, torpe y lento de reflejos, no caí en la cuenta.

La grotesca danza, al son del insufrible toque de castañuelas, concluyó al fin con una violenta reverencia. Aquél, sin embargo, no era su día...

Al inclinarse, rozando el suelo con los ensortijados y largos cabellos rubios, la «melena» se despegó, precipitándose contra el pavimento.

Mi compañero no lo resistió. Y las carcajadas retumbaron en el patio, siendo puntualmente correspondidas por unos no menos inoportunos rebuznos. Los asnos, en efecto, eran más inteligentes de lo que suponíamos.

La anfitriona, aturdida, rescató la peluca, encasquetándosela en un cráneo mondo y lirondo.

Nos miró desafiante. Con dureza.

Pero Eliseo, rápido, rectificó, replicando con otra ceremoniosa inclinación de cabeza.

Sudorosa y rendida, aceptó el cumplido. Sonrió de nuevo y, guiñando un ojo, nos felicitó por haber escogido su casa. La voz, cuadrada y profunda como el pozo, me descolocó. Pero seguí en las nubes...

Los goterones de sudor, descolgándose por el estrecho y huesudo rostro, terminaron de aguarle la fiesta. Inmisericordes, se llevaron por delante el azul que sombreaba los ojos y el rojo cinabrio que explotaba en los labios.

Dio media vuelta y, dando por hecho que aceptábamos la invitación, provocadora, recreándose en unos bien estudiados movimientos de caderas, se alejó hacia el edificio.

El ingeniero preguntó.

¿Qué hacíamos?

Me sentí atrapado.

Dormir en aquel lugar no figuraba en los planes. Sin embargo, el lógico cansancio y los kilómetros que nos separaban del lago Hule me hicieron dudar.

Parlamentamos.

A mi amigo, la idea de suspender la marcha le pareció positiva. Al día siguiente, con el frescor del amanecer, recuperaríamos el tiempo perdido.

¿Tiempo perdido?

El Destino sonrió burlonamente. Por supuesto, nos esperaba en el interior...

Acepté. Me hice cargo del petate de mi compañero y, resignado, dirigí los pasos hacia el arco por el que acababa de desaparecer la «danzarina». Eliseo regresó al exterior, a la búsqueda del pelirrojo.

¡Dios bendito!

En cuestión de posadas no lo había visto todo...

Aquélla superaba la suciedad y la miseria de cuantas figuraban en nuestro haber.

Al término de la oscura y fétida arcada tuve que taparme el rostro. Un humazo blanco llenaba casi por completo la amplia estancia que hacía las veces de cocina, comedor y «salón social». Una sala rectangular de ocho por cinco metros, pésimamente aireada por un par de angostas troneras y humillada por una penumbra crónica.

Escuché gritos y maldiciones. Era la voz de esparto de la «aparición». Después, el siseo del agua al ser arrojada sobre el fuego. Y la humareda, poco a poco, se extinguió. Pero la patrona continuó vociferando, arremetiendo contra dos jovencitos, responsables, al parecer, del desaguisado. Los sirvientes, acobardados, se retiraron a un extremo de la «cocina». Y la mujer, al percatarse de mi presencia, se apresuró a reunirse con este explorador, deshaciéndose en mil excusas y tachando a la servidumbre de inútil y bastarda. Rogó que tomara posesión de su casa y, retornando al simulacro de cocina, la vi llenar una jarra.

¡Dios mío! ¿Dónde estábamos?

Un largo «mostrador» dividía la sala en dos «ambientes», por llamarlo de una forma caritativa. Era el típico tablero de las tabernas y albergues públicos: una plancha de madera de unos seis metros, abierta por cinco puntos y en los que fueron encajadas otras tantas y panzudas tinajas, ancladas, a su vez, al pavimento de piedra. Al otro lado, al pie del muro que se levantaba frente al arco de entrada, iluminada (?) por las voluntariosas troneras, se distinguía una caótica sucesión de pucheros, fogones de hierro, sacos y cestas, jaulas de madera con pollos y gallinas medio asfixiados, platos, cuencos de barro y un par de mesas atestadas de hortalizas, hogazas de pan moreno y una temible familia de cuchillos, clavada en una superficie húmeda y grasienta.

En lo alto, colgando de la descascarillada techumbre, mortificados por insectos y moscas, goteaban grasa y sangre varios costillares, algunos corderos desollados y numerosas ristras de un embutido negro y rezumante.

El resto del «ajuar» lo integraban tres larguiruchas mesas de pino carrasco, tan cojas como gastadas por el tiempo y la roña, estratégicamente ordenadas en paralelo en el centro del salón-comedor. Tres lucernas de aceite, más voluntariosas, si cabe, que las troneras, combatían con un amarillo oscilante la densa y pesada penumbra.

La mujer insistió. Tomé asiento y, de un trago, apuré el vaso de tinto caliente que acababa de escanciar. La verdad es que lo necesitaba.

Sonrió complacida, sirviendo una segunda ronda. Traté de rechazarla, pero, sagaz e intuitiva, advirtiendo que se hallaba frente a un extranjero, dejó a un lado el arameo galalaico y, expresándose en una *koiné* impecable, anunció sin rodeos:

—El vino es gratis...

Y, curiosa, sin el menor pudor, inició un bombardeo de preguntas, interesándose por nuestros orígenes, motivo del viaje, destino, profesión y, sobre todo, por la «salud» de la bolsa que colgaba del ceñidor.

Escapé como pude, improvisando. Sólo éramos unos griegos, de paso hacia el norte, y empeñados en ver mundo...

Supongo que me creyó. En este tipo de locales era peligroso hablar más de la cuenta. Los espías de Roma, y también los numerosos confidentes de los tetrarcas, menudeaban por albergues y estaciones de cambio de caballerías, compartiendo mesa y mantel con lugareños y viajeros. En el discurrir de la vida pública del Maestro tendríamos la oportunidad de comprobarlo: algunos de estos «infiltrados» se dieron prisa en seguir los pasos del rabí, informando puntualmente al gobernador, a Filipo, a su hermanastro Antipas y a la crema de las castas sacerdotales de cuanto hacía y decía. Lógicamente, ante una situación así, todos desconfiaban de todos. (Flavio Josefo lo apunta en varias ocasiones. Jerusalén, en concreto, sobre todo bajo el reinado de Herodes el Grande, se convirtió en una ciudad en la que sus habitantes procuraban hablar en voz baja y lo menos posible. Hasta el propio «criado edomita» —Herodes— se disfrazaba, mezclándose con sus súbditos y escuchando los comentarios que se hacían sobre él o sobre Roma.)

En este caso, sin embargo, me equivoqué. Por lo que averiguaríamos más adelante, la jefa de la posada del cruce de Qazrin no era muy simpatizante, que digamos, de los *kittim* y, mucho menos, de los hijos y herederos de Herodes al Grande...

Pero de esto me ocuparé a su debido tiempo.

No tuve que interrogarla. Ella misma se presentó. Dijo llamarse Sitio y ser oriunda de Pompeya. Allí, en la hermosa ciudad italiana, regentó un próspero *oshpisa*, un *hospitium* u hospedaje muy popular y reconocido —según sus palabras— por la fina cerveza de Media y las langostas encurtidas en vinagre.

¿Sitio?

El nombre, si no recordaba mal, era de varón.

Qué extraño...

Y al fin, este ciego explorador cayó del olivo. Todo encajaba. Los grandes pies, la voz de minero y, naturalmente, la puntiaguda nuez, subiendo y bajando sin descanso en la laringe...

Pero, discreto, incapaz de «lastimarla», me abstuve de formular comentario alguno sobre su sexo.

Animada y agradecida ante la esmerada atención prestada por aquel desconocido continuó la perorata, haciéndome saber que, desde la subida al poder del maldito «viejecito» (el emperador Tiberio), todo se volvió contra ella. Los impuestos la ahogaron y los acreedores, finalmente, la forzaron a huir con lo puesto. Tras una turbulenta estancia en Tiro, donde trabajó como «burrita», intérprete y mesonera, optó por probar fortuna en la Gaulanitis. Y allí estaba, al frente de una posada de mala muerte, «entre bastardos e incultos galileos».

Hizo una pausa. Mojó los descompuestos y churretosos labios rojos en el vino y, de pronto, los ojos chispearon. Y, solemne, proclamó:

—Pero esto no durará mucho... Pronto hallaré la fortuna.

¿Quién lo hubiera imaginado? Acertó, sí, pero no como suponía. La fortuna, en efecto, la visitaría. Una «fortuna» con nombre propio: Jesús de Nazaret...

Apuró la bebida y, excusándose, retornó a la «cocina». La cena —aseguró— estaría lista antes del anochecer.

Tentado estuve de volver al camino. La tardanza de Eliseo empezaba a inquietarme. Sin embargo, esperé.

Me alcé y, tomando una de las lámparas de aceite, fui a inspeccionar «algo» que me tenía intrigado. La totalidad de los muros, incluyendo el de las troneras, aparecía cubierta con una excitante «decoración».

Aproximé la flama.

Curioso...

«Aquello» no era lo habitual en las toscas y primitivas posadas de Palestina.

Me paseé ante la pared de la entrada y mi asombro fue en aumento.

De vez en cuando, expectante, la patrona lanzaba algunas miradas. Mi curiosidad, seguramente, la complació. No debía de ser muy normal que los rudos visitantes se interesasen por aquella muestra de su innegable sensibilidad.

No sé cuántos acerté a leer. Quizá veinte o treinta. Lo cierto es que, tras la lectura de los «cuadros», mi confusa opinión sobre Sitio fue despejándose. Como decía, aquel ser era más inteligente e inquieto de lo que aparentaba.

Con paciencia y sabiduría, la dueña había ido colgando de las gastadas y desabridas piedras decenas de pequeñas y grandes planchas de madera, pintadas o grabadas con sutiles, acertados e insinuantes dichos y adagios. La mayoría en arameo. Otros en el griego «internacional» (la *koiné*) y algunos en latín.

Esa noche, al retirarnos, me apresuré a tomar buena nota de los más significativos.

«Comer sin beber —rezaba uno de ellos— es como devorar la propia sangre.»

«Mercurio os anuncia aquí ganancia —decía otro—. Apolo, salud y Sitio, albergue, buena cocina, grata conversación o silencio (según gustes).»

«Quien entre en la posada de Sitio saldrá satisfecho. Si no fuera así es que sólo ha soñado que entraba.»

Más allá, la desconcertante «mujer» advertía:

«Si un caminante acude a esta casa, su Dios —Baal, Júpiter o el Santo, bendito sea su nombre— se sentará con él.»

Y añadía mordaz:

«Siempre paga el caminante... A Dios hay que dejarle en paz.»

Francamente, me divertí, olvidando, incluso, la extraña y prolongada ausencia de mi hermano.

«Que los pobres no pasen de largo —escribía en *koiné*—. Si no hay dinero, no importa... La servidumbre escasea.»

«No te fíes de las apariencias —aseguraba con tino en

otra de las planchas—. Las mujeres también son seres humanos.»

Sencillamente inaudito. Las atrevidas sentencias hacían de Sitio una excepción en el desprestigiado ramo de la hostelería de aquel tiempo. La casi totalidad de las posadas, dentro y fuera de Israel, tenían una bien ganada fama de lugares de latrocinio, prostitución y abuso desmedido. Raro era el posadero honrado. Como afirma Petronio en su *Trimalquio*, «estos estafadores tienen más de aguadores que de taberneros». Cuando un viajero entraba por la puerta, siempre lo hacía en guardia y a la defensiva. En cualquier momento podía surgir la mentira, el robo o la calamidad.

En el muro de la derecha (siempre tomaré el arco de entrada como referencia), destacando sobre los restantes «avisos», aparecía un «menú del día», los precios y diversos «servicios extras»...

«Sopa de verduras... Verduras "nuevas" —aclaraba—. Res guisada con tomillo y pimienta negra (no recomendable para célibes y virtuosos) —volvía a puntualizar con sorna—... y "pirámide de jengibre"... Sin límite... [Supuse que hacía alusión a que el cliente podía repetir cuanto gustase.]

»Pan, vino y charla, regalo de la casa. Total: cuatro ases...

»Por la cama, dos ases...»

Y anunciaba con letras más destacadas:

«...Con "burrita" (prostituta), ocho ases... Baño gratis (en el río).»

Por debajo, en rojo, una advertencia obligada en los establecimientos regentados por gentiles:

«Comida *kosher* a petición. Idéntico precio. La misma amabilidad.»

Este tipo de «menú» —*kosher* o «limpio»— era habitualmente solicitado por los hebreos. En especial, por los más religiosos.

Las carnes, sobre todo, eran celosamente vigiladas. Para ser *kosher*, según la rígida Ley de Moisés, tenían que haber sido seleccionadas y despiezadas por carniceros expertos. Como mínimo, antes de ser cocinadas, debían pasar por un baño purificador, a base de agua con sal. Cualquier rastro de sangre las invalidaba. La tradición dedicaba interminables y farragosas especificaciones (1) al tipo de animales a sacrificar, herramientas de los matarifes, modo de degüello, fórmulas para el desangrado, prohibición de inmolación en el mismo día de madre y cría, tendón femoral (terminantemente prohibido) y artículos «puros o impuros». Toda una pesadilla, en efecto, que el pueblo liso y llano soportaba con las lógicas dificultades y que, en ocasiones, era motivo de agrias polémicas. Para los rabiosos «vigilantes de la Torá» no había duda ni posibilidad de discusión. «Aquello» era la voluntad de Dios. Para otros, más sensatos, mezclar los «deseos divinos» con el hecho de disfrutar de un buen jamón o de una sabrosa centolla era algo absurdo. El propio Jesús de Nazaret, para regocijo de muchos, se vio envuelto en más de una discusión con los intransigentes doctores de la Ley. Y, naturalmente, los confundió. Unos encuentros dialécticos, por cierto, jamás mencionados por los evangelistas...

Pero, sin duda, los que más me sorprendieron fueron los «carteles» que adornaban la pared de la izquierda.

(1) Esta normativa, recopilada en el siglo II en la Misná *(Julin)*, reunía antiquísimas leyes y tradiciones, en especial sobre la inmolación de animales no destinados a los sacrificios religiosos. Las alambicadas reglas, conocidas también como *kashruth*, procedían, al parecer, del propio Yavé. Y establecía, por ejemplo, cómo proceder al degüello. En el ganado, el corte era obligatorio por la tráquea y el esófago. Con las aves bastaba en uno de los conductos. El golpe tenía que ser sin dilación, con un movimiento hacia adelante y atrás. La Ley fijaba igualmente las carnes y pescados autorizados o prohibidos. Sólo podían comer los cuadrúpedos que rumiaban y que tenían la pezuña hendida. El cerdo, en cambio, era tabú. En cuanto al pescado, Yavé prohibía los que carecieran de escamas y aletas. El marisco, por ejemplo, no era *kosher*. Otra de las reglas determinaba que los judíos no debían cocer la carne del cabrito en la leche de la madre. (La costumbre era habitual entre muchos pueblos paganos.) Esto obligaba a que los productos lácteos no apareciesen sobre la mesa al mismo tiempo que las carnes. Servir leche o mantequilla junto al cordero, por ejemplo, era un sacrilegio. La increíble Ley disponía, incluso, que todas las familias hebreas tuvieran varios juegos de vajillas. En el *sabbath*, una era destinada a la carne y otra a los citados productos lácteos. *(N. del m.)*

«Ama y busca la paz... Ama a los otros hombres y acércalos a la Ley.»

«Si uno es agredido, serán dos a defenderse.»

«Mejor no prometer que dejar de cumplir lo prometido.»

Los repasé varias veces y llegué a la misma conclusión: los dichos, en su mayoría, pertenecían a un venerado y ya desaparecido rabino de Jerusalén. En cierto modo, un precursor de la filosofía del Galileo. Me refiero, claro está, a Hillel, muerto hacia el año 10 de nuestra era.

«Quien extiende su fama —seguí leyendo— la hace perecer. Quien no aumenta, disminuye. Quien no aprende se hace reo de muerte. Quien se sirve de la corona (la Torá), desaparece.»

«Más vale una sola mano llena de reposo que las dos llenas de trabajo y de vanos afanes.»

«Con lo mejor de tu riqueza adquiere la sabiduría. Con lo que poseas, compra la inteligencia.»

Las sabias palabras, desde luego, me recordaron otras no menos certeras y sublimes.

«Si no estoy para mí, ¿quién estará? Y si estoy para mí, ¿qué soy yo? Y si ahora no, ¿cuándo?»

«¿Quién es rico?... El que se regocija con lo que tiene.»

«La envidia, la codicia y la ambición abrevian la vida humana.»

Poco a poco, como digo, mi admiración por Sitio fue creciendo.

¿Quién era realmente aquella «mujer»? ¿Qué hacía en un lugar tan remoto y oscuro?

Las siguientes frases me dejaron igualmente perplejo...

«Habla poco y haz mucho. Y recibe a todo hombre con la cara sonriente.»

«Cumple la voluntad de Dios como si fuera la tuya, para que haga Él la tuya como si fuera suya.»

«No juzgues a tu prójimo hasta que no estés en sus mismas circunstancias.»

Algún tiempo después, el Maestro hablaría de lo mismo. La voluntad del Padre. Su gran mensaje. Su gran deseo...

«Los ríos van todos al mar y la mar no se llena.»

«Que el honor de tu amigo te sea tan querido como el tuyo propio.»

«No te fíes de ti mismo hasta el día de tu muerte.»

Un apetitoso tufillo a carne guisada casi me desvió de la lectura. Estaba hambriento.

¿Y Eliseo? ¿Por qué no regresaba?

«¿Quién es honrado?... Aquel que honra a otros.»

«Anillo de oro en jeta de puerco es la bella mujer sin seso.»

«Ve con los sabios y te harás sabio. Al que necios se acerca le llega la desdicha.»

Sitio procedió a preparar la mesa. Me observó de reojo, pero no dijo nada. Ambos, creo, estábamos de acuerdo: la lectura era más importante.

«Donde no hay hombres, esfuérzate por serlo.»

«Cuanta más carne, más gusanos. Cuanta más riqueza, más preocupaciones. Cuantas más mujeres, más sortilegios. Cuantas más criadas, más incontinencia. Cuantos más esclavos, más robo. Cuanto más estudio de la Ley, más vida. Cuanta más escuela, más sabiduría. Cuanto más consejo, más inteligencia. Cuanta más justicia, más paz.»

La patrona había subrayado «mujeres» y «sortilegios». Normal en su «caso»...

«El contenido es más importante que el recipiente.»

«Todo te ha sido dado como préstamo y una red se extiende sobre ti.»

«No juzgues en solitario. Como mucho, júzgate a ti mismo.»

Creí reconocer en algunas de las sentencias los ecos del libro de los Proverbios y del Eclesiastés. Pero, ¿cómo podía ser? Sitio, supuestamente, era pagana.

«Es mejor el pacífico que el fuerte. El que domina su espíritu que el que conquista una ciudad.»

«No desprecies a nadie, ni rechaces ninguna cosa como imposible, porque no hay hombre que no tenga su honra, ni cosa que no tenga su lugar.»

«Sé humildísimo, ya que lo que te espera es la muerte.»

En la inminente y providencial cena, la «mujer» nos aclararía el porqué de la singular «decoración». Y reconozco que, tanto mi compañero como yo, tuvimos que inclinarnos ante su poco común y, al mismo tiempo, ardiente deseo. Y surgiría otra interesante «sorpresa». Mejor dicho, varias «sorpresas»...

«Todo aquel que profana en secreto el nombre de Dios será públicamente castigado.»

«Que tu amor no dependa de las cosas, ni de lo que tienes, sino de lo que eres.»

No hubo tiempo para más. De pronto, por el arco, irrumpió Eliseo. Le salí al encuentro. Y, furioso, exclamó:

—¡Lo ha hecho otra vez!

Intenté calmarlo. Su rostro aparecía sudoroso.

—¿Lo ha hecho? Pero, ¿qué?..., ¿quién?

Sitio, al depositar en la mesa una humeante olla de barro, nos miró intrigada.

Mi hermano, visiblemente agotado, fue a tomar asiento y, moviendo la cabeza negativamente, repitió una y otra vez:

—¡Lo ha hecho!... ¡Lo ha hecho!

Sin querer, la posadera y quien esto escribe cruzamos una mirada. Y, decidida, se inmiscuyó, preguntando la razón de semejante alarma.

Tuvo más suerte que yo. Al punto, Eliseo, derrotado, le manifestó que el niño que nos acompañaba había desaparecido.

¿Otra vez?

Mi hermano detalló la estéril búsqueda en el exterior. Consultó, incluso, a los pequeños que se bañaban en el río. Negativo. Ninguno le dio razón. Tampoco pudo localizarlo entre los vendedores. Recorrió parte de la senda que llevaba al norte, pero resultó igualmente infructuoso. Y asustado y perplejo optó por regresar.

Sitio, fría y racional, se interesó por las características del desaparecido.

Me adelanté, dibujando el perfil y agregando «algo» que mantenía en secreto.

Y el Destino, atento, intervino...

La alusión a la posible dolencia del ladronzuelo fue determinante.

—Pelirrojo..., mudo...

La anfitriona meditó unos segundos. Y, segura, exclamó:

—Ése sólo puede ser el hijo de Assi...

Eliseo, confuso, no daba crédito a lo que escuchaba. Ni a las palabras de Sitio, ni a las mías.

—¿Mudo?... ¿«Denario» es mudo?

—Sordo —maticé—. Casi con seguridad, sordo... Y ya ves que tiene familia. No debemos preocuparnos. Es lógico que haya vuelto con los suyos.

El ingeniero, verdaderamente, le había tomado cariño.

Tuvo que esforzarse para aceptar la realidad. Finalmente, más sosegado, al amor de la suculenta sopa de verduras, prosiguió el interrogatorio. Sitio, solícita, comprendiendo la desazón de mi compañero, le dio toda clase de detalles. Al parecer, conocía bien a los naturales de la zona.

Así fue como nos enteramos del oscuro origen del niño, de su lugar de residencia y de la persona que lo cuidaba.

Según la posadera, «Denario», cuyo nombre era «Examinado» (1), cargaba con una doble desgracia. Además de sordomudo era *mamzer* (bastardo). La madre, una fenicia de Sidón dedicada a la prostitución, lo parió en la ciudad de Paneas, donde trabajaba. Días más tarde lo entregó en un *kan* existente al sur del lago Hule. (El *kan* era una antiquísima institución que se ocupaba de acoger a todos aquellos —judíos o gentiles— que carecían de medios para sobrevivir. En ocasiones eran utilizados también como albergues de paso. Generalmente consistían en casonas o chozas, estratégicamente ubicadas, siempre abiertas, y a cargo de no judíos que se responsabilizaban del alojamiento, comida y cuidado de residentes o transeúntes. El sostenimiento corría por cuenta de los

(1) Según el tratado *Qiddushim*, ésta era la designación que se daba a cuantos eran recogidos en la calle y cuyos progenitores eran desconocidos. *(N. del m.)*

tetrarcas, de ricos saduceos o de almas caritativas. En ocasiones, los «clientes» aportaban lo que buenamente podían. Eran lugares destartalados, más lúgubres, si cabe, que las posadas públicas, sin muebles y con unas condiciones higiénicas prácticamente nulas. En los *kanes* terminaban refugiándose, amén de lisiados, enfermos crónicos, ancianos o niños desamparados, la flor y nata de la picaresca, de los huidos de la justicia y del bandolerismo. Unos lugares, en efecto, muy poco recomendables. El Génesis [42, 27] los menciona y también Jeremías [41, 17].)

Allí, en definitiva, creció «Denario», al amparo del gobernante del *kan*, un tal Assi, «auxiliador» de gran bondad y notable reputación como médico o sanador.

Al escuchar a Sitio, la memoria se agitó.

¿Assi?

Indagué y, efectivamente, surgió limpio y transparente el recuerdo de otro viejo conocido. Alguien con quien coincidiría en el año 30, en la casa de los Zebedeo, en Saidan.

¡Increíble Destino!

Assi, con seguridad, era el esenio que cuidaba al patriarca de los Zebedeo cuando este explorador alivió al anciano de un pequeño problema en uno de los oídos (1).

No podía creerlo...

El egipcio, destacado, al parecer, por la comunidad de Qumran a la lejana Gaulanitis, se hallaba, justamente, muy cerca del camino que nos conduciría en las siguientes jornadas hasta la base del Hermón.

¿Casualidad?

Lo certero de mis insinuaciones pusieron en guardia a la intuitiva «mujer». No le faltaba razón. ¿Cómo era posible que aquel griego, supuestamente de paso, conociera al «auxiliador» del lago Hule?

Esquivé el asunto, centrándome de nuevo en el pelirrojo.

El niño, tal y como suponía, era sordo de nacimien-

(1) Amplia información en *Caballo de Troya 3*, pp. 288 y ss. *(N. del a.)*

to y, en consecuencia, mudo. Nadie, obviamente, sabía la causa. Sencillamente, nació así. Y gracias a los cuidados de Assi pudo salir adelante, librándose, en parte, de la maldición que suponía en aquel tiempo una patología de esta naturaleza.

«Denario» —así lo llamaríamos entre nosotros—, a juzgar por las informaciones proporcionadas por Sitio, era un muchacho «especial». A pesar de su terrible limitación disfrutaba de una inteligencia sobresaliente. Se le veía con frecuencia por la ruta, robando a caravanas y caminantes y entregando el fruto de las rapiñas a su padre adoptivo. Éste, por lo visto, no se hallaba al tanto de las andanzas del jovencito.

Naturalmente, me hice el firme propósito de ingresar en el *kan* e intentar ubicar a ambos. A la mañana siguiente, si todo discurría con normalidad, pasaríamos muy cerca del lugar. Lo que no imaginé en esos instantes fue la trascendencia de dicha visita...

Sitio retiró la sopa, alejándose hacia la «cocina». En esos momentos, Eliseo hizo un comentario que confirmó mis tardías sospechas. La «mujer», efectivamente, era un hombre... Uno de los muchos homosexuales que proliferaban en aquella Palestina. Pero, prudentemente, de mutuo acuerdo, preferimos «ignorarlo» y dejar las cosas como estaban.

No me cansaré de repetirlo. Aquel encuentro en el albergue próximo a Qazrin tampoco sería «casual». El Destino, previsor, sabía lo que hacía. Pero debo ser fiel a los acontecimientos, tal y como se registraron. Ojalá ese Padre maravilloso siga regalándome luz y fuerza para continuar...

Carne de ternera «al vino».

Eliseo, entusiasmado, elogió la buena mano de la posadera. Y Sitio, hinchada con los cumplidos, le obsequió una doble ración.

La tertulia se animó.

Creo que la corriente de simpatía fue mutua y sincera. Y aproveché la circunstancia para intercalar un par de temas que me interesaban. Por un lado, la segunda y no menos dramática maldición que pesaba sobre el pelirrojo: su condición de *mamzer*. ¿Cómo era posible que un esenio, extremos y radicales en lo concerniente a la pureza religiosa, hubiera adoptado a un bastardo?

La «mujer» suspiró. Señaló hacia uno de los «carteles» que yo había tenido la oportunidad de leer y, certera, casi sin palabras, reprochó mi, aparentemente, poco caritativo interrogante:

—No juzgues...

No era ésa mi intención, pero encajé el varapalo. Acto seguido, en tono conciliador, explicó:

—Assi, aunque nacido en Egipto, es de origen judío. Pero su noble corazón no tiene raíces, ni entiende esas malditas discriminaciones de los que se dicen «santos y separados». Tú eres extranjero y no sabes que en esta tierra son más los que buscan y ansían la verdad que los que adoran a esa injusta Torá...

—¿La verdad?

Y salté al segundo asunto. ¿A qué obedecía la singular colección de sentencias que adornaba las paredes?

—¿Te interesa la verdad? —insistí, simulando cierto escepticismo—. ¿Y qué es? ¿Está quizá en esos «carteles»?

No respondió de inmediato. Me observó con gravedad y, convencida, supongo, de la sinceridad de mis planteamientos, abrió el corazón, vaciándose. Y durante un rato, rememorando la estancia en Tiro, relató su encuentro con unos «misioneros» cínicos. La filosofía de aquellos griegos, al parecer, le impresionó. E intentó vivir conforme a lo que predicaban: abandonó la prostitución, entregó a los pobres cuanto tenía, luchó por liberarse de los deseos mundanos y procuró pensar en la muerte como un mal irremediable. Sin embargo no fue suficiente. «Algo» fallaba. Su espíritu siguió huérfano. El cinismo (1) no era la verdad. Y continuó la búsqueda.

Probó con los estoicos (2). Su «Dios-Razón» la con-

(1) Amplia información sobre las principales corrientes filosóficas existentes en aquel tiempo en *Caballo de Troya 3*, pp. 361 y ss. *(N. del a.)*

(2) Platón y los estoicos influyeron poderosamente en las creencias judías. El cuarto libro de los Macabeos es un claro ejemplo. Estas circunstancias provocaron una inevitable catástrofe, con la consiguien-

movió. Estuvo de acuerdo en el posible origen divino del alma y en la hermandad de los hombres, cantado por los seguidores de Zenón de Citio. Aprendió a vivir en armonía con la Naturaleza y, lo que era más importante, consigo mismo. Pero las brillantes ideas del estoicismo la dejaron igualmente insatisfecha. Necesitaba la esperanza y ésta, lamentablemente, no aparecía en aquella filosofía. El «Dios-Razón», como el resto de los dioses de los gentiles, era «alguien» lejano e inalcanzable.

Tampoco epicúreos y escépticos aportaron novedades a su inquieto y anhelante espíritu. Los primeros, defendiendo la prudencia como máximo exponente de la felicidad, no le convencieron. No era lo que precisaba. No era eso...

En cuanto a la doctrina de los escépticos —el conocimiento y la sabiduría son engañosos—, sinceramente, no la tuvo en cuenta. Aprender, conocer, crecer, no podía ser dañino o detestable...

Finalmente, en este arduo peregrinaje, tropezó con el Dios de los judíos. Pero el desencanto fue idéntico. Aquel Yavé, lejos de infundir algo que justificase y diese sentido a su vida, sólo provocó miedo e incomprensión. El instinto la obligó a renunciar. Yavé no era la esperanza...

De todas formas, el «viaje» a la religión del colérico Dios del Sinaí no fue en vano. Algo le impactó. Mejor dicho, alguien. Y el espíritu de ese alguien —profundamente humano y universalista— fue a presidir su alma y las paredes de la casa. Ese alguien, como suponía, no era otro que Hillel (1). Sus dichos y sentencias sí la equi-

---

te confusión. Fue el célebre Filón de Alejandría quien, finalmente, trató de poner orden, armonizando la filosofía griega y la teología hebrea. Más tarde, Pablo de Tarso haría suyo este «híbrido», construyendo el cristianismo. *(N. del m.)*

(1) Hillel, el Viejo o el Babilonio, llegó a Jerusalén en el reinado de Herodes el Grande. Procedía de Babilonia, de la diáspora. Era un *jajamin* (los que desarrollaban, interpretaban y difundían la Ley). Muy pronto adquirió prestigio y respeto, convirtiéndose, junto al también rabino Sammay, en la máxima autoridad en la *halajá* (la tradición oral o la «senda por la que transita Israel»). De hecho, formaron uno de los famosos «pares» de la sabiduría rabínica en los tiempos del

libraron en parte. Pero no la llenaron. Tampoco era eso lo que buscaba...

El postre puso fin a las disquisiciones de la atormentada Sitio.

Exquisito.

La «mujer», a decir verdad, se había esmerado.

Pirámide de jengibre blanco, comprado a las caravanas de la India. Un exótico y dulcísimo «bizcocho», hábilmente emborrachado con un «chocolate» líquido extraído de la ya referida *keratia*. Y en lo alto, una reluciente bola de miel y nueces.

Eliseo y yo lo devoramos en silencio. Nos miramos y, creo, compartimos el mismo sentimiento. Le hice una señal. No debíamos precipitarnos. No era el momento...

Sin embargo, impulsivo, deseoso de proporcionar un rayo de luz a la solícita mesonera, el ingeniero abrió las compuertas de aquel sentimiento mutuo, planteándole una pregunta:

—¿Conoces a un tal Jesús, carpintero de Nazaret?

Buscó en la memoria. Aquél fue ya un signo inequívoco...

Negó con la cabeza.

Mi hermano, tenaz, insistió.

—Hijo de María y José...

Negativo. Era lógico. Estábamos en el año 25. Aún faltaba mucho para que el Maestro fuera conocido...

Y, curiosa e intuitiva, preguntó a su vez:

—¿Por qué?... ¿Es quizá como Hillel?

Sonreímos, aguijoneando su intriga.

Nos miró de hito en hito, esperando una aclaración. Esta vez tomé la palabra:

---

joven Jesús. Es muy probable que el Hijo del Hombre, siendo niño, llegara a conocerlos durante la célebre estancia en el Templo, cuando contaba casi trece años de edad. Al contrario que el pedante fariseo Sammay, Hillel destacaría por su humildad y gran talla moral. Para aquél, la esencia de la Torá se hallaba en el detalle. Para su oponente, la clave de la Ley era su espíritu. Si uno acertaba en la interpretación de dicho espíritu, el detalle era secundario. Años después, el Maestro haría suyas algunas de las sentencias de Hillel, «puliéndolas» y «perfeccionándolas». *(N. del m.)*

—Algún día, si el Destino lo tiene previsto, volveremos a encontrarnos. Entonces, si lo recuerdas, haznos de nuevo esa pregunta. Mejor aún: házsela a Él...

Asintió confusa.

—Lo recordaré... Jesús de Nazaret...

Y retomando la cuestión clave —la que este explorador dejó en el aire— musitó casi para sí:

—La verdad... ¿Conoce ese Jesús, el carpintero de Nazaret, cuál es la verdad?

No respondimos. Ella misma, en su momento, lo descubriría. Y se convertiría, curiosamente, en uno de sus más apasionados y fieles defensores. Un «seguidor» del Galileo que, como otros, jamás figuraría en los textos sagrados (?)...

El canto de las rapaces nocturnas nos advirtió. Debíamos retirarnos.

Sitio lo lamentó. Hacía mucho que no disfrutaba de una tertulia tan amena y constructiva. Pero, comprendiendo, se hizo con un par de lucernas, acompañándonos.

La temperatura, todavía cálida, nos abrazó. Y el firmamento nos retuvo en el patio durante unos minutos, cortándonos el paso.

La «mujer» levantó igualmente el rostro y definió aquella maravilla mejor que nosotros...

—Ésa sí es la verdad...

Una estrella fugaz, oportunísima, bendijo sus palabras, emborronando en blanco y verde una hilera de asustadas y disciplinadas estrellas.

¿Dónde estaría?

Y mi pensamiento, como otro Jasón, zigzagueó entre las vigilantes constelaciones, dejando atrás a las sorprendidas Castor y Capella y planeando sobre el Hermón.

Sí, allí estaba...

Lo presentí. Lo vi. Nos esperaba.

No lo ocultaré. En esos intensos momentos, la poderosa «fuerza» que nos escoltaba susurró en el corazón:

«¡Ánimo!... Ha llegado la hora...»

Poco importó la mugre, las familias de chinches o la estrechez de la celda. Lo di por bien empleado. Estábamos a un paso del Hijo del Hombre. Podía sentirlo...

La siguiente jornada sería decisiva. Si el Destino nos protegía, al anochecer del domingo, o lo más tardar el lunes, 20, nos encontraríamos frente a las estribaciones del Hermón.

Arropado por el recuerdo del añorado Maestro y por la perpleja y humilde flama amarillenta de la lucerna traté de conciliar el sueño. Pero me costó.

De pronto, no sé por qué, surgió en la penumbra la casi olvidada imagen de «Denario».

Me resistí. Tenía que descansar. Sin embargo, los guturales y animalescos gritos del pelirrojo inundaron la memoria, atormentándome.

Fue extraño. Parecía como si «alguien» se empeñara en que no olvidara su sordera.

¿Extraño? ¿Es que había algo normal o racional en semejante aventura?

¡Pobre y torpe Jasón! ¿Cuándo aprenderé?

«Aquello», en efecto, fue un «aviso». Más adelante comprendería por qué...

El caso es que, a pesar de mi resistencia, el problema del pequeño *mamzer* se instaló en mí. Y durante un tiempo le di vueltas, en un vano intento de averiguar cuál pudo ser la causa de dicha dolencia.

Obviamente, para intentar llegar a un diagnóstico tenía que explorar los oídos. Y aun así, el resultado era dudoso. Aparentemente, y según las noticias de Sitio, la sordera era prelingüística. (Aparecida antes de hablar.) Si, como me temía, se trataba de una sordera profunda, originada, quizá, por un problema durante la gestación o en el parto, las posibilidades de recuperación eran escasas o nulas (1). La verdad es que estas lesiones, como en la actualidad, eran muy frecuentes en aquel tiempo.

(1) En términos simples, las sorderas se dividen en leves (hipoacusias de transmisión), en las que aparece lastimado el sistema mecánico de conducción del sonido (oídos externo y medio) y profundas (hipoacusias de percepción), en las que el daño afecta al interior del caracol o a las vías nerviosas que «conducen el sonido» hasta el cerebro (oído interno). Si la sordera de «Denario» se hallaba provocada por una deformación o destrucción del órgano de Corti o de las vías neurales poco podía hacerse *(N. del m.)*

Enfermedades como la rubeola (padecida por la madre en el periodo de gestación) (1), toxoplasmosis, citomegalovirus congénito y otras infecciones intrauterinas hacían auténticos estragos en la población. También era posible que la cofosis (sordera profunda) estuviera determinada por un factor genético o por un accidente perinatal (no eran infrecuentes los traumatismos en el parto, la hipoxia [oxigenación insuficiente], el exceso de bilirrubina, etc.). Por supuesto, si el mal se presentó después del nacimiento, las causas podían ser también incontables (2).

Lo importante, sin embargo, no eran esas hipotéticas causas, sino el alcance de las mismas. ¿Hasta dónde le habían afectado? ¿Era un sordo irrecuperable?

El instinto de médico me decía que sí.

Y en aquella pelea, intentando desterrar la imagen de «Denario» y buscando desesperadamente el necesario descanso, volví a reprocharme la absurda obsesión.

¿En qué me afectaba todo aquello? Este explorador, poco o nada podía hacer. Y aunque hubiera estado en mi mano ayudar al infeliz, las normas de *Caballo de Troya* lo prohibían terminantemente.

Entonces...

En esos instantes, como decía, no comprendí. El «aviso» (?) no iba en esa dirección. No se trataba de auxiliar al pelirrojo. La «advertencia» (?) apuntaba «más allá»...

(1) La embriopatía rubeólica afecta al «calendario embriológico» entre la séptima y la décima semanas. El oído interno del feto queda alterado, produciéndose una hipoacusia perceptiva bilateral profunda, con destrucción de las células ciliadas y la membrana tectoria del órgano de Corti. *(N. del m.)*

(2) La meningitis cerebroespinal es una de las primeras causas de sordera después del alumbramiento. A ésta hay que sumar las otitis agudas necrosantes originadas por el sarampión, gripe, escarlatina, paludismo, fiebre de Malta, viruela y fiebre tifoidea, entre otras enfermedades. Todas pueden propagarse al interior del laberinto, destruyéndolo. Las paperas, por su parte, alcanzan con frecuencia la zona nerviosa, siendo responsable de la parotiditis y de las consiguientes sorderas unilaterales. También el herpes zóster puede asentarse en el ganglio de Corti, causando lesiones parecidas. *(N. del m.)*

El niño, en efecto, sería una pieza clave a la hora de analizar y constatar uno de los grandes prodigios del rabí de Galilea. Pero demos tiempo al tiempo...

Finalmente, rendido y confuso, caí en un profundo y reparador sueño. Y «viví» una extraña ensoñación. Otra más.

Por supuesto, jamás la olvidaré...

19 DE AGOSTO, DOMINGO

Ahora, tan lejos y tan cerca de aquella inolvidable aventura, me estremezco.

Estoy seguro. Y me gustaría gritárselo al mundo: nada es casual. El azar no existe. La ensoñación que me visitó en la posada del cruce de Qazrin es una prueba más...

Ahora lo sé. Me fue ofrecida «en su momento» para que supiera, y pudiera dar fe, que todo, en la vida, se halla atado y bien atado. Otra cuestión es que no comprendamos esos designios.

Y al verificar lo que verificamos llegamos a la misma conclusión: nuestra misión era «mágica». Nuestro trabajo, sí, fue minuciosa y magistralmente diseñado por la USAF..., y por Alguien infinitamente más poderoso y sublime. No, no estábamos allí por casualidad...

Pero vayamos al extraño y premonitorio «sueño». Lo recuerdo con una nitidez escalofriante.

Nos encontrábamos a orillas del *yam*. Era una aldea. Quizá Saidan. En la ensoñación no aparecía con claridad. Ahora, sin embargo, sé que se trataba del pequeño pueblo de pescadores.

Era invierno. Todos nos cubríamos con los pesados ropones.

El sol estaba a punto de caer por detrás del Ravid.

De pronto, uno de los íntimos llamó la atención del Maestro. Por el camino de Nahum se acercaba una multitud.

Salimos a la calle.

El gentío, al ver a Jesús, se detuvo. Eran cientos. La

mayoría, enfermos y lisiados. Cojos, ciegos, mancos, paralíticos...

Y por delante, un querido amigo: «Denario».

Gritaban. Imploraban. Rogaban al rabí que hiciera un milagro, que tuviera piedad de ellos...

El pelirrojo había crecido.

Uno de los discípulos se acercó al Galileo y le susurró al oído. En el sueño supe lo que decía:

—Olvídalos, Señor... Sólo son *mamzer*, locos de atar y basura.

El Maestro continuó mudo, observándolos con ternura y compasión.

Y los gritos arreciaron.

«Denario», entonces, se separó de la muchedumbre y fue a arrodillarse a los pies del Maestro. Y, por señas, con lágrimas en los ojos, le indicó que no oía...

Me aproximé al rabí y le dije:

—Imposible, Señor... Es sordo de nacimiento.

Jesús se volvió y preguntó algo absurdo:

—¿Hipoacusia de transmisión o de percepción?

—De percepción —repliqué como lo más natural—. El oído interno está desintegrado. Curarlo sería un sueño...

El Maestro me miró y, en un tono de cariñoso reproche, exclamó:

—Tú, mejor que nadie, deberías saberlo: los sueños se hacen realidad.

Pero, obtuso, insistí:

—¡Nadie puede! El órgano de Corti y las vías neurales están destrozadas... No te esfuerces. Sólo Dios podría...

Jesús soltó una carcajada. Y todos le imitaron.

—Es que yo soy Dios —aclaró el rabí—. Yo puedo... Basta con desearlo. Y ahora lo deseo...

Y al punto, el gentío estalló en un alarido, eclipsando las palabras del Hijo del Hombre. Él continuó hablando, ajeno al alboroto, dándome mil explicaciones sobre la misericordia divina.

Quise advertirle. «Algo» increíble acababa de suceder. Los paralíticos caminaban. Los ciegos veían...

Y «Denario», pálido, miraba a todos lados, tapándose los oídos.

¡«Denario» oía!

Pero el Maestro, sin reparar en el prodigio, seguía hablando y hablando...

—¡Dios mío! —grité—. ¡Esto es un sueño! ¡Estoy soñando!

Jesús, entonces, alzó los brazos, pidiendo silencio. La multitud enmudeció.

Sonrió y, colocando sus manos sobre los hombros de este perplejo explorador, comentó:

—No es un sueño, Jasón.

Acto seguido, tomando las hojas de papiro, escribí: «Ha curado a cientos... Hora: las cinco A.M.» (1).

El Maestro señaló el «cuaderno de campo» y puntualizó:

—P.M., Jasón... Las cinco P.M. El «sueño» se ha cumplido a las cinco P.M.

Rectifiqué el error.

—Tienes razón. A.M. es el alba, Señor...

En ese instante desperté.

Alguien, aporreando la puerta de la celda, clamaba a voz en grito:

—¡Es el alba, señor...!

Comprendí. Había tenido un sueño. Un extraño y absurdo sueño...

¿Absurdo?

Cuando retornamos al Ravid y consulté el ordenador quedé perplejo. El orto solar, en aquel domingo, 19 de agosto del año 25, se registró a las 4 horas, 55 minutos y 44 segundos...

Increíble. Casi las cinco... A.M., claro está.

Y durante un tiempo no supe qué pensar.

¿Fue una coincidencia? ¿Fue una casualidad que este explorador escribiera en el sueño las «cinco A.M.» y la

(1) A.M. (*ante merídiem* o antes del mediodía). P.M. (*post merídiem* o después del mediodía). Se trata de voces latinas, utilizadas por los países anglosajones, donde la cuenta de las horas del día, de 0 a 24, no es habitual *(N. del a.)*

salida del sol, en esos instantes, cuando finalizaba la ensoñación, se produjera también a la misma hora?

Evidentemente fue un sueño. De eso no hay duda. Pero ¿qué clase de ensoñación?

¿Por qué el Maestro aseguró que no era un sueño? ¿Absurdo?

Más adelante, recién estrenada la vida de predicación, comprobaría que, a veces, lo supuestamente «absurdo» es lo más real...

Y llegarían las «explicaciones». Unas «explicaciones» sobrecogedoras.

Jamás vimos cosa igual...

Definitivamente, nada es azar.

Verdaderamente, *Caballo de Troya* fue algo «mágico»...

Sitio, silenciosa, sirvió el desayuno. Parecía contrariada por nuestra partida.

Leche caliente, tortas de flor de harina recién horneadas, requesón y dátiles.

Pagamos y, en el portalón, triste y agradecida, rogó que no la olvidáramos.

Asentimos.

Entonces, nerviosa, suplicó que aceptáramos un humilde presente. Tomó mis manos y depositó en ellas una de las pequeñas planchas de madera que decoraban la posada. La leyenda me conmovió:

«Creí no tener nada, pero, al descubrir la esperanza, comprendí que lo tenía todo.»

La abracé, agradeciendo la gentileza.

Después le tocó el turno a Eliseo. Le entregó una bolsita de arpillera y, sonriente, aclaró:

—Son «sueños»...

La abrió con curiosidad y extrajo otra de las especialidades de la cocinera: buñuelos rellenos de coco, almendras, mantequilla, canela, miel y especias. Un dulce similar a la *baklavá*. Una receta aprendida —aseguró— de los «misioneros» griegos que conoció en Tiro.

Mi hermano enrojeció. No supo qué decir.

«Sueños»... ¡Qué casualidad!

Y poco amantes de las despedidas nos alejamos del lugar. Algún tiempo después, como decía, el Destino nos conduciría de nuevo ante la presencia de aquel entrañable ser humano. En esa oportunidad, sin embargo, acompañados. Muy bien acompañados...

Aprovechamos la tibieza del amanecer y, descansados, decididos y, sobre todo, pletóricos, nos encaminamos hacia el siguiente objetivo: el lago Hule.

Mi hermano parecía haber olvidado al pelirrojo. Así que guardé silencio sobre la reciente ensoñación. ¿Para qué remover sentimientos?

El panorama cambió.

La relativa paz de la jornada anterior se esfumó. Y la senda se presentó tal y como era: bulliciosa, plena de gritos, de burreros siempre con las varas en alto, de sudor y de invisibles cantos y trinos en las profundidades del bosque.

Nada más cruzar el puentecillo de troncos nos vimos desbordados por un febril ir y venir de hombres y reatas.

Aquél sí era el auténtico y cotidiano rostro de la ruta.

Procedentes del norte, del Hermón, marchaban nerviosas las últimas y rezagadas hileras de onagros, cargados hasta los topes con la preciada y preciosa nieve de las cumbres. Los arreadores, conscientes del retraso, fustigaban a los animales, obligándolos a trotar. Más de una vez estuvimos a punto de ser arrollados.

En dirección contraria, hacia el Hule, nos vimos igualmente rebasados por otras no menos inquietas y castigadas reatas de asnos y mulas. Las prisas eran lógicas. En cuestión de horas, el sol de agosto apretaría, poniendo en apuros las delicadas cargas de pescado del *yam*. A pesar de la sal y de las densas ramas de helecho, las tórridas temperaturas lo hacían peligrar.

Media hora después de la partida, el terreno, benévolo, se inclinó. E inició un suave y gratificante descenso.

Salimos de una curva y, de pronto, los cielos nos obsequiaron con un espectáculo difícil de olvidar.

El miliario de turno, puntual y en blanco y negro, anunció la distancia al Hule: tres millas romanas (casi cuatro kilómetros).

Majestuoso. Sencillamente, majestuoso...

Nos detuvimos y, felices, nos bebimos el paisaje. Los relojes del módulo debían de marcar las seis.

Al fondo, a cosa de treinta kilómetros, tumbada a lo largo del frente norte, presidiendo y mandando, nos saludó la cadena del Hermón.

La nieve, refugiada en lo alto, despertaba inmaculada y naranja, obediente a los suaves toques de la luz rasante.

¡Allí estaba nuestro Hombre!

Desde sus 2814 metros de altitud, el macizo resbalaba verde, azul y negro en todas direcciones. Eran las «raíces», los «pies» de un gigante de 60 kilómetros de longitud. Decenas de colinas compartiendo silencio y el mullido abrigo de pinares, encinares, robledales y el soberano del lugar, el altivo cedro.

¡Magnífico!

Jesús de Nazaret había elegido acertadamente.

Y entre el *Gebel-esh-Sheikh* (la «montaña de cabellos blancos» de árabes y beduinos o el «Sirión» de los sidonios, cantado en el Deuteronomio) y estos perplejos exploradores, otro «milagro» de los laboriosos *felah* de la Gaulanitis: la olla del Hule, un inmenso «cuenco» ovalado de 29 kilómetros de diámetro mayor por 10 de diámetro menor. Un vergel, todavía en sombra, aguardando respetuoso el despertar de su otro dueño y señor: el manso y verde «corazón». El lago Hule, el antiguo Merón de la Biblia. Un pantano de 9 por 7 kilómetros, casi en el centro geométrico del jardín y, justamente, con forma de corazón. Y enganchada al Hermón, descendiendo hacia el «corazón», una madeja de vitales «arterias»: cuatro ríos con la correspondiente prole de afluentes. Y a diestro y siniestro, por el este, por el norte y por el oeste, orbitando el Hule, una constelación de lagunas de todos los tamaños, agazapada entre una «jungla» de cañas, juncos y papiros. Una «selva» dominante en los pantanos, difícilmente mantenida a raya por los campesinos. Una espesura alta, cimbreante y peligrosa por la que macheteaban violentos y rumorosos los tributarios del Jordán.

Creí distinguir el más nervioso: el *nahal* Hermón, el

río más oriental, saltando por las estribaciones, a casi 200 metros de altitud. Se despeñaba suicida por cañones y cascadas hasta que, agotado, iba a reunirse, a nueve kilómetros del Hule, con su hermano, el *nahal* Dan. Allí, sereno y patriarcal, nacía realmente el padre Jordán.

Más al oeste, también salvajes e indomables, descendían el Senir y el 'Iyyon. El primero se sometía al Jordán, desembocando en el bíblico cauce a tres o cuatro kilómetros al norte del «corazón». El 'Iyyon, en cambio, arisco, pagano a fin de cuentas, evitaba a los anteriores, vaciándose en la margen occidental del Hule.

Aquella bendición, nacida fundamentalmente en las nieves perpetuas del Hermón, hacía fructificar toda la Gaulanitis, proporcionando al mar de Tiberíades un caudal aproximado de 150 millones de metros cúbicos anuales.

Y al socaire de este tesoro, los *felah*, como digo, ganaron la batalla, transformando la olla que se abría ante nosotros en floreciente y envidiado vergel. Allí donde la «jungla» se quedaba quieta aparecían de inmediato disciplinadas legiones de olivos, huertos inclinados o en terrazas y un rizado oleaje de frutales, entre los que sobresalían decididos y dominantes manzanos de Siria.

Aquí y allá, tímidas y adormiladas, se distinguía una veintena de aldeas. Todas con sus finas y blancas columnas de humo recién pintadas.

Desde aquella posición, la senda, feliz como el caminante, olvidaba alturas y promontorios, precipitándose rectilínea hacia el Hule. Una vez allí, tras lamer el lago por la cara este, renunciaba de nuevo a la comodidad de la llanura, trepando en zigzag y sin prisas hacia el norte. Finalmente se reunía con la capital de la región: Paneas (Cesarea de Filipo).

Por el oriente, apareciendo y desapareciendo entre las masas forestales, se veía venir la también concurrida ruta procedente de Damasco. Hacía un alto en Paneas y, acto seguido, tenaz y voluntariosa, burlaba el *nahal* Dan, el Senir y el 'Iyyon, perdiéndose entre colinas y bosques, en dirección a la marítima Tiro.

El joven sol, sin querer, alertó a la fauna de los pantanos. Y varias nubes de aves acuáticas, blancas y escandalosas, escaparon de la «jungla», desconcertando al paisaje. Era el primer cambio de guardia en las lagunas.

Mi hermano señaló el Hermón e, intranquilo, planteó la gran pregunta:

—Eso es inmenso... ¿Cómo lo encontraremos?

No era mucho lo que teníamos, pero intenté calmarle.

—Confía, muchacho... Daremos con Él.

En realidad sólo disponíamos de dos pistas: una aldea ubicada, al parecer, en los pies del gigante y el nombre de uno de sus vecinos.

Supongo que fue inevitable...

Al inspeccionar de nuevo el silencioso *Gebel-esh-Sheikh*, una vieja duda me salió al paso.

El Hermón no era únicamente la cima plateada por la nieve. En esos sesenta kilómetros se apretaban otras cumbres: Kahal, Ram, Kramim, Varda y Hermonit, entre otras.

¿A cuál de ellas se refería mi confidente?

En principio, si no recordaba mal, el jefe de los Zebedeo fue muy preciso: el Maestro, en aquel verano del año 25, fue a refugiarse en la «montaña de cabellos blancos». Eso, probablemente, significaba el gran Hermón.

Pero también podía estar equivocado...

Atormentarse no tenía sentido. Al menos allí, a una o dos jornadas del gigante.

Primero convenía localizar Bet Jenn, la pequeña población en la que, según mi informante, Jesús de Nazaret contrató los servicios de uno de sus habitantes. Después, ya veríamos...

Descendimos y procuré espantar los temores, refugiándome en la obligada toma de referencias geográficas, vitales, como ya he mencionado, para futuras incursiones por la zona.

Por el oeste, como un faro blanco, aupada en riscos de caliza, perseguida muy de cerca por el bosque, creí identificar la religiosa y ortodoxa Safed.

Más al norte, a una hora de camino de la célebre ciudad de los rabinos, despuntaba negro y afilado el Meroth, un pico de 1208 metros, enlutado de pies a cabeza por el olivar. En algún punto de aquella montaña se escondían las tumbas del insigne Hillel, de sus treinta y seis alumnos, del contrincante del «Babilonio», Sammay, y de la esposa de éste.

Quién sabe —me dije a mí mismo—. Quizá algún día pueda visitarlas y rendir un particular homenaje al ídolo de Sitio...

Y, tal y como imaginaba, mis deseos se verían satisfechos..., «en su momento».

Por encima del Meroth, a unas diez millas de Safed y a poco más de cuatro del flanco occidental del Hule, brillaba rosa y deslumbrante otra misteriosa población: Cades o Cadasa, lugar santo para los judíos. Allí, según la tradición, se veneraba la tumba de Josué.

También aquella ciudad me interesaba. Por lo que sabía, Cades disfrutaba de una curiosa singularidad: era una de las seis antiguas y míticas «ciudades refugio» citadas en la Biblia (1). Un «asilo» inviolable en el que

(1) El libro de Josué (20, 1-9) dice textualmente: «Yavé dijo a Josué: "Habla a los israelitas y diles: Señalaos las ciudades de asilo de las que os hablé por medio de Moisés, a las que pueda huir el homicida que haya matado a alguien por inadvertencia (sin querer), y que le sirvan de asilo contra el vengador de la sangre. (El homicida huirá a una de estas ciudades: se detendrá a la entrada de la puerta de la ciudad y expondrá su caso a los ancianos de la ciudad. Éstos lo admitirán en su ciudad y le señalarán una casa para que habite con ellos. Si el vengador de la sangre le persigue, no le entregarán al homicida en sus manos, pues ha herido a su prójimo sin querer, y no le tenía odio anteriormente. El homicida habrá de permanecer en la ciudad, hasta que comparezca en juicio ante la comunidad, hasta la muerte del sumo sacerdote que esté en funciones en aquel tiempo. Entonces el homicida podrá volver a su ciudad y a su casa, a la ciudad de la que huyó.)"

»Consagraron: Quedeš (Cades) de Galilea, en la montaña de Neftalí, Siquem en la montaña de Efraím, Quiryat Arbá, o sea Hebrón, en la montaña de Judá. En Transjordania, al oriente de Jericó, se designó Béser, de la tribu de Rubén, en el desierto, en el llano; Ramot en Galaad, de la tribu de Gad, y Golán en Basán, de la tribu de Manasés. Éstas son las ciudades designadas para todos los israelitas, así como para el forastero residente entre ellos, para que pueda refugiarse en ellas cualquiera que haya matado a alguien por inadvertencia, y no muera a manos del vengador de la sangre, hasta que comparezca ante la comunidad.» *(N. del m.)*

podía guarecerse todo aquel —judío o gentil— que hubiera cometido un homicidio involuntario. Así lo establecían Éxodo (21, 12-14) y Números (25, 9-29) (1). Fue precisamente a Josué, al cruzar el Jordán, a quien Yavé ordenó que seleccionase dichas «ciudades asilo». De esta forma se garantizaba al presunto inocente un juicio justo y, sobre todo, que no cayera en manos de parientes y amigos del muerto (vengadores de sangre).

Según una antiquísima tradición, estos «refugios» debían hallarse a distancias equidistantes entre sí. Tres a cada lado del Jordán. Y se obligaba, incluso, a gobernantes y ciudadanos a que cuidaran el trazado y pavimento de los caminos, construyendo puentes, señalizando las ciudades convenientemente y despejando las sendas de cualquier obstáculo que entorpeciera o confundiera al huido.

A la muerte del sumo sacerdote, si el juicio no se había celebrado, el supuesto homicida estaba autorizado a regresar a su lugar de origen. Y se daba un hecho interesante: la madre del sumo sacerdote fallecido procuraba alimentar y vestir a estos fugados, conjurando así la posibilidad de que maldijeran al hijo.

Si, por el contrario, el fugitivo moría antes que el sumo sacerdote, los restos eran trasladados junto a los suyos.

Ensimismado con estos asuntos me vi de pronto junto al Jordán. Faltando dos kilómetros para el Hule, el todavía cristalino cauce se asomó a la senda y, rumoroso, le puso música.

(1) En su capítulo 35, Números establece: «Habló Yavé a Moisés y le dijo: "Habla a los israelitas y diles: Cuando paséis el Jordán hacia la tierra de Canaán, encontraréis ciudades de las que haréis ciudades de asilo: en ellas se refugiará el homicida, el que ha herido a un hombre por inadvertencia. Esas ciudades os servirán de asilo contra el vengador; no debe morir el homicida hasta que comparezca ante la comunidad para ser juzgado. De las ciudades que les cedáis, seis ciudades serán de asilo: tres ciudades les cederéis al otro lado del Jordán y tres ciudades en el país de Canaán; serán ciudades de asilo. Las seis ciudades serán de asilo tanto para los israelitas como para el forastero y para el huésped que viven en medio de vosotros, para que se pueda refugiar en ellas todo aquel que haya matado a un hombre por inadvertencia..."» *(N. del m.)*

Al poco, otro miliario nos obligó a reducir el paso. El lago se hallaba a una milla romana.

Muy cerca, en algún rincón del extremo sur del «corazón», según las informaciones de Sitio, debía de encontrarse el *kan* de Assi, el auxiliador. Y nos preparamos para visitarlo.

Lo que no imaginábamos es que el Destino, tomando la delantera, nos aguardaba «impaciente»...

No fue difícil. Assi, el esenio, era sobradamente conocido en los pantanos. El *kan* se levantaba en un ángulo estratégico, entre el Jordán, por el oeste, y el lago, por el norte.

Y siguiendo las indicaciones de los *felah* abandonamos la ruta, tomando un estrecho y humilde senderillo que zigzagueaba hacia poniente. Calculé que, al dejar la vía principal y torcer a la izquierda, podíamos estar a unos seis kilómetros del cruce de Qazrin y a diecisiete, más o menos, del calvero del «pelirrojo», en las cercanías de Beth Saida Julias.

Al avanzar hacia el Jordán, el paisaje dio un vuelco. Y el caminillo, de apenas metro y medio, valiente, se enfrentó a la temida y sofocante «jungla» de cañas, adelfas y espadañas. A ambos lados, macizas, casi impenetrables, se alzaban sendas murallas de *Arundo donax*, las cañas gigantes de cinco metros, rematadas por aburridos penachos de plumas. Más allá, encarceladas entre las gruesas y nudosas *qane*, disputando cada palmo de tierra, pedían clemencia las rojas, blancas y naranjas *ardaf*, las adelfas impregnadas en veneno. Y al final, lindando con las invisible aguas del Hule, otra resignada y compacta población de espadañas, el mítico *suf* que sirvió para trenzar la canasta que salvó a Moisés, con sus esbeltos tallos de tres y cuatro metros buscando la luz desesperadamente. Y entre las erectas hojas, finas como cintas, una errática, oscura y zumbante amenaza: la malaria...

Al fondo, quizá a medio kilómetro, sobre el pantano, se escuchaba, confuso y desafinado, el concierto de las aves acuáticas.

Conté setecientos pasos. Allí, al fin, el pasillo de cañas se rindió. Y ante estos exploradores se presentó una desahogada explanada, casi circular, de unos cien metros de diámetro, férreamente cercada por otro verdiamarillento bosque de *Arundos*. Por detrás, hacia el oeste, a escasa distancia, murmuraba ronco e inconfundible el padre Jordán, recién liberado del Hule.

En el centro, plantadas en círculo, siete chozas. Todas montadas con las huecas y recias cañas gigantes. Los techos, a poco más de tres metros del negro y polvoriento suelo, habían sido confeccionados con ramas y hojas de palma.

Nos miramos intrigados.

A primera vista, el *kan* parecía abandonado.

¿Qué extraño? Ninguno de los *felah* nos advirtió...

Las chozas se hallaban cerradas, con las estrechas puertecillas de cañas firmemente bloqueadas con sendos y pesados maderos. Cada viga, de un metro, era sostenida por un par de lazadas de cuerdas, sólidamente amarradas al cañizo.

El cierre, no sé por qué, se me antojó raro. Retirar los travesaños no hubiera sido difícil...

Por puro instinto, conversando en voz baja, optamos por echar un segundo y minucioso vistazo.

Negativo.

La espesura que abrazaba el lugar, al margen de las alborotadoras aves y los oscuros nubarrones de insectos, aparecía tan solitaria como el minúsculo poblado.

¿Qué hacíamos?

Mi hermano, inquieto, presagiando algo, recomendó dar media vuelta, retornando a la senda principal.

Tentado estuve de obedecer, prosiguiendo el viaje hacia el Hermón, pero «algo» —no sé cómo definirlo— me retuvo. «Algo» me atraía. «Algo» me llamaba desde las silenciosas cabañas.

Y el Destino —cómo no— entró en acción...

De pronto, de algún punto del calvero escapó un chillido. Después otro y otro...

Eliseo, pálido, me interrogó con la mirada.

Ni idea.

Súbitamente cesaron. Entonces, por nuestra derecha, por detrás de una de las chozas más próximas, creímos escuchar un ruido metálico. Algo similar al arrastre de cadenas.

¿Cadenas?

No lo pensé. Y ante las protestas del ingeniero avancé decidido hacia el centro del círculo formado por las cabañas.

¿Qué ocurría? ¿Qué pasaba en aquel remoto y perdido lugar?

No tuvimos que esperar mucho para descubrirlo.

Al rebasar el primer chozo de la derecha quedamos inmóviles y perplejos. Allí estaba el «responsable» del sonido metálico...

Al vernos, tan sorprendido como nosotros, se puso en pie. Nos observó unos instantes y, sin previo aviso, furioso como una pantera, se lanzó hacia estos exploradores, berreando y agitando los brazos.

Eliseo, instintivamente, retrocedió.

Y quien esto escribe, en un movimiento reflejo, deslizó los dedos hasta el extremo superior de la «vara de Moisés». Y, atento, acarició el clavo de los ultrasonidos.

No hubo necesidad de intervenir. La cadena que lo sujetaba a la base de la cabaña, con eslabones gruesos como puños, se tensó, derribándolo.

Pero el joven negro se incorporó de nuevo y, aullando y retorciéndose de dolor, intentó avanzar. Y por segunda vez, el grillete de hierro que aprisionaba el tobillo izquierdo lo frenó en seco, lanzándolo de bruces contra el polvo.

Impotente, sin dejar de bramar, empezó entonces a golpearse el rostro con la ceniza volcánica que cubría el calvero.

Y, lívidos, igualmente impotentes, asistimos al progresivo e inevitable destrozo de nariz, frente, cejas, labios y mentón.

Y así continuó durante unos largos —eternos— minutos...

La criatura, quizá de unos veinte años, alta y fuerte, totalmente desnuda, presentaba el cuerpo «tatuado» con decenas de pequeños círculos que corrían paralelos desde el ensangrentado rostro hasta los pies. Parecían cicatrices, evidentemente provocadas. Una suerte de escarificación o incisiones en la piel, brutales e intencionadamente resaltadas, que hacían las veces de los tradicionales tatuajes pintados. Tal y como averiguaríamos más adelante, algo bastante habitual entre las razas africanas.

Superada en parte la crisis, el negro volvió a sentarse y, sin dejar de gesticular, rompió a reír. Y las carcajadas, sonoras e interminables, atronaron el *kan*, poniendo en fuga a las aves del cañaveral.

Nos encontrábamos, en efecto, ante un desequilibrado. Un pobre infeliz que permanecía encadenado día y noche.

Semanas más tarde, en una segunda visita al triste lugar, esta vez en la compañía del Maestro, Assi, el auxiliador, me proporcionó algunos datos complementarios que dieron una pista sobre el mal que aquejaba al muchacho negro. El esclavo, recogido en el *kan* desde hacía años, era víctima de un síndrome poco común, ligado a la locura. Una dolencia que en nuestro tiempo recibe el nombre de *amok* (1). Un mal, de origen oscuro, que le hacía estallar en frecuentes y repentinos ataques de ira, golpeando e hiriendo a cuantos se cruzasen en su camino. La peligrosidad del sujeto obligó a encadenarlo y aislarlo. Verdaderamente, en aquella época y con los rudimentarios medios al alcance del paciente esenio, no había demasiadas alternativas...

Una desgarradora secuencia de chillidos nos sacó de la atenta observación del encadenado.

Mi hermano, nervioso, suplicó que lo dejara. Ya era suficiente...

Pero la curiosidad tiró de mí. Allí, efectivamente,

(1) *Amok*, en malayo, significa «lanzarse furiosamente a la batalla». El trastorno, registrado fundamentalmente en varones, ha sido detectado entre los nativos de Malasia y también en tribus del África tropical. Los malayos definen los violentos ataques de locura como *mata gelap* («ojo oscurecido»). Pasada la crisis, el enfermo queda aniquilado física y psíquicamente, sin recuerdo alguno de lo ocurrido. *(N. del m.)*

sucedía algo extraño. El *kan* no estaba vacío ni abandonado.

Eliseo, intuitivo, pronosticó nuevos sobresaltos.

No repliqué. Intenté localizar el lugar del que partían los gritos y, a grandes zancadas, me dirigí a él.

El ingeniero, maldiciendo su estampa, no tuvo más remedio que seguirme.

Nunca imaginé lo que encerraban aquellas chozas...

Afortunadamente, todas disponían de dos o tres ventanucos, altos y estrechos, de apenas una cuarta, por los que tan sólo penetraban la luz y las inevitables nubes de insectos.

Al principio, al asomarme, la penumbra me confundió. Creí que se trataba de animales. Y, en cierto modo, así era...

De pie y tumbados distinguí bultos. Diez o quince.

¡Dios bendito!

A los pocos segundos, acostumbrado a la cuasi oscuridad, comprendí. Retrocedí incrédulo. Pero los afilados chillidos me empujaron de nuevo hasta la «tronera».

A la izquierda del habitáculo, sentado y con la espalda pegada a la pared de cañas, se hallaba el autor del griterío. No tendría más de diez o doce años. Aparecía igualmente encadenado. Tres pesados grilletes lo inmovilizaban. Uno, alrededor del cuello, lo fijaba al muro. Los otros, en las muñecas, anclados a sendas y cortas cadenas, impedían que pudiera levantar los brazos más allá de treinta o cuarenta centímetros del suelo.

Al verme (?) giró la cabeza e intensificó los chillidos, pataleando e iniciando un violento y sistemático golpeteo de las cañas con el cráneo.

En el extremo opuesto, a cuatro o cinco metros, otro individuo, también sentado, jugaba en silencio con sus manos. Las hacía aletear ante los ojos. Parecía absorto y divertido con los movimientos de los dedos.

¡Dios mío!

Empecé a entender...

Un tercer autista, cubierto con un taparrabo, también joven y esquelético, marchaba de un lado a otro, rígido como un árbol y esquivando con habilidad los «bultos» que ocupaban el centro de la choza. Sostenía una sandalia. De pronto, siempre en los mismos lugares, se detenía. Palpaba el calzado. Lo acercaba a la nariz y, tras olfatearlo, reanudaba el monótono y repetitivo paseo.

¿Qué clase de *kan* era aquél?

Mi compañero, intrigado, se unió a este desmoralizado explorador.

En esos instantes, una de las «sombras» se levantó, aproximándose al ventanuco.

Al entrar en el cañón de luz y descubrir su aspecto, Eliseo, descompuesto, se echó atrás.

El «hombre», sin embargo, continuó avanzando. Llegó hasta quien esto escribe y, esbozando una difícil sonrisa, preguntó:

—¿Sois nuevos?

Tuve que hacer un esfuerzo. La garganta, seca ante aquel espanto, se negó a responder.

El infeliz, haciéndose cargo, bajó los ojos y, humillado, hizo ademán de volver a la penumbra.

—Sí —balbuceé como pude—. Somos nuevos...

La sonrisa regresó y me estudió detenidamente.

El individuo, entrado en años, sufría un mal «repugnante». Una dolencia de la que no tenía culpa alguna y que, no obstante, provocaba un absoluto rechazo social. La casi totalidad del rostro aparecía cubierta por una densa mata de pelo negro. Unos pelos largos, de hasta diez centímetros, que, unidos al enrojecimiento de la conjuntiva y a la masiva caída de dientes, le daban un aire feroz. Si no recordaba mal, el «hombre» padecía lo que la Medicina denomina «hipertricosis lanuginosa congénita». Un hirsutismo o abundancia de pelo duro y recio que, generalmente, prolifera por todo el cuerpo, salvo las palmas de las manos y las plantas de los pies. Un problema no muy común, probablemente de carácter hereditario (autosómico dominante), que convertía a estos infortunados en «sanguinarios hombres lobo», «cara de perro» o «skye terrier humano».

Correspondí a la franca sonrisa y, animado, se acercó definitivamente. Sus ojos, a pesar de todo, irradiaban una lejana paz.

—Buscamos a Assi —adelanté—. Éste es su *kan*, creo...

Asintió con la cabeza y, señalando hacia el Hule, aclaró:

—Está pescando en el *agam* [el lago] con los otros... No regresará hasta la puesta de sol.

Mala suerte...

Me despedí del buen «hombre» y, reuniéndome con el todavía nervioso Eliseo, resumí la situación. Mi hermano, aliviado, apremió. Deseaba salir del calvero de inmediato. Sin embargo, aunque empezaba a tener muy clara la naturaleza del «albergue», le pedí unos minutos. Lo justo para inspeccionar otra choza. Sólo una.

Aceptó a regañadientes.

Elegí la más alejada y caminamos hacia ella.

El «espectáculo» tampoco fue muy gratificante, que digamos...

Definitivamente, el *kan* parecía un refugio de «monstruos», locos irrecuperables y lisiados «vergonzantes».

Al asomarnos, una peste fétida y sólida nos obligó a taparnos el rostro.

En esta ocasión, el lugar se hallaba casi vacío. Distinguí dos hombres y otras tantas mujeres.

Al pie del ventanuco, tumbado en un lecho de paja, desnudo y con los ojos muy abiertos, miraba sin mirar un larguirucho muchacho.

¡Dios!

Eliseo, atormentado por el hedor y la visión del personaje, se retiró. Y mi estómago, retorciéndose, amenazó con un par de violentas arcadas.

¿Cómo era posible?

Aquel infeliz era el causante de la insoportable atmósfera que gobernaba la cabaña. Se hallaba materialmente rebozado en sus propios excrementos. Con una mano hacía acopio de ellos, llevándoselos a la boca. Con la otra se masturbaba sin cesar. Obsesivamente. Gimiendo con un hilo de voz...

A juzgar por el aspecto y la conducta se trataba, sin duda, de un oligofrénico, un deficiente mental profundo, cuyo coeficiente intelectual no creo que llegase siquiera a 20. En otras palabras: un total y absoluto irresponsable, con una «edad mental» inferior a la de un niño de dos o tres años.

Sinceramente, me vine abajo.

Al detectarnos, las mujeres se alzaron, acercándose cautelosas. Se detuvieron a un metro y una de ellas, con voz ronca y varonil, me increpó, exigiendo comida. La hebrea podía pesar cien o ciento veinte kilos.

Desafiante, esperó una respuesta.

Me encogí de hombros, insinuando que no era el momento.

El rostro, redondo como una luna llena, rojizo y rubicundo, se endureció. Aprecié claros síntomas de calvicie. Una alopecia frontal, de tipo masculino.

Supongo que insatisfecha con mis palabras terminó dándome la espalda. Entonces, bajo la mugrienta túnica, muy próximo a la nuca, descubrí un bulto sospechoso. Probablemente, otra acumulación de grasa. La típica «giba de búfalo» que presentan los afectados por el llamado síndrome de Cushing. Un cuadro clínico provocado por el defectuoso funcionamiento de la corteza suprarrenal. En suma, una excesiva secreción de cortisol, una hormona adrenocortical (1). Si era lo que sospechaba, la notable obesidad tenía que estar propiciada por dicho mal.

Y ante mi sorpresa, impúdica, la mujer fue a levantar los bajos de la túnica, mostrando un enorme trasero. El desvergonzado gesto revelaría algo que confirmó el diagnóstico.

La piel, en efecto, aparecía frágil, atrófica y dejando transparentar las vénulas. Los flancos y raíces de los muslos se hallaban arrasados por las características es-

(1) Esta enfermedad, descrita por el neurocirujano de Boston, Harvey Cushing, es el resultado, generalmente, de un adenoma independiente de la corteza suprarrenal o de un adenocarcinoma, responsable de un exceso de cortisol que inhibe la hormona adrenocorticotrópica (ACT-H). Ello lleva, inexorablemente, a una atrofia de la glándula suprarrenal contralateral. El cortisol propicia, a su vez, entre otros problemas, una anormal distribución de la grasa. *(N. del m.)*

trías rojovinosas. En cuanto a las piernas, flacas como palillos, contrastando con el pronunciado vientre en péndulo, remataban el desastre con un racimo de equimosis y otras manchas rojas (púrpura).

No había duda. La mujer era víctima del síndrome de Cushing. Una patología que, además de lo ya descrito, coloca al paciente en una no menos delicada inferioridad psíquica (1).

La segunda, envuelta en un grueso manto de lana, tiritando de pies a cabeza, se llevó el dedo índice izquierdo a la sien y me dio a entender que su compañera no estaba muy cuerda. Después, confiada, se acercó. Cabello, cejas y pestañas casi habían desaparecido.

Tomó mis manos. La piel de la anciana, helada, seca, dura, amarillenta y escamosa, me alarmó.

¿Cuál era su mal?

Y con voz lenta y áspera preguntó:

—¿Buscas a Assi?

Asentí desconcertado.

—Él es muy bueno —añadió despacio. Muy despacio—. Cuida de nosotros... Ahora está procurando la cena...

Segunda confirmación. El responsable del *kan* se hallaba ausente.

Acto seguido, apretando mis manos, formuló algo absurdo:

—Hace frío... No consigo acostumbrarme... Hace mucho frío...

Perplejo, no acerté a responder.

¿Frío? ¿En pleno agosto? En aquellos momentos, y en aquella «jungla», no creo que la temperatura bajase de 20 o 25 grados...

Y alzando la voz de arriero exclamó:

(1) El exceso de cortisol afecta también al sistema nervioso, produciendo excitabilidad, estados confusionales, alteración de conciencia, depresiones, alucinaciones visuales y auditivas o ideas delirantes. También altera los centros de la «saciedad y del apetito», ubicados en la región ventromedial y ventrolateral, respectivamente. La destrucción del primero ocasiona un aumento del apetito, con la lógica sensación de hambre permanente e insaciable. *(N. del m.)*

—¿Qué dices? No te oigo...

Negué con la cabeza. No había dicho nada. Probablemente era sorda. Pensé en un hipotiroidismo, otro déficit en la secreción de las hormonas tiroideas. La caída del pelo, tumefacción y tonalidad amarillenta de la piel, tiritona y la voz lenta y aguardentosa parecían indicarlo. Si era así, la desagradable voz tenía que estar producida por la infiltración mucoide de la lengua y de la laringe. Sin embargo, sin un examen más riguroso, sólo cabía especular (1).

Me dispuse a retirarme. Ya había visto suficiente...

Intenté zafarme de las manos de la mujer. Pero, supongo que necesitada de compañía, se resistió, apretando con fuerza. En esos instantes, de improviso, el segundo y silencioso hombre se incorporó. Lo vi gesticular. Y, de un salto, se colocó a espaldas de la anciana.

No, no lo había visto todo...

De pronto, el renegrido y arrugado rostro se convulsionó. Y cejas, párpados, nariz, mejillas y boca se enzarzaron en un espectacular baile de tics.

Desconcertado, incapaz de precisar el alcance y la intencionalidad de las violentas muecas, solté al fin mis manos, echándome atrás.

La mujer repitió la señal, colocando el dedo en la sien.

También acertó.

Sin control, dominado por los tics motores, el pobre infeliz inició entonces una nerviosa y compulsiva sarta de blasfemias, juramentos y obscenidades de todo tipo.

El ataque se endureció y, junto a las aparatosas muecas y tics musculares, surgió otra incontrolable serie de movimientos espasmódicos en la mitad superior del

(1) En la siguiente visita lo confirmaría. La anciana sufría de hipotiroidismo. Su corazón trabajaba en precario, con una reducción del volumen sistólico, así como de la frecuencia. La extrema frialdad de la piel y la hipersensibilidad al frío se hallaban igualmente justificadas por la vasoconstricción periférica. También el sistema nervioso central aparecía dañado, dando lugar a una lentitud en todas las funciones intelectuales. La mujer, en definitiva, estaba a las puertas de la demencia. *(N. del m.)*

cuerpo. La mujer, golpeada sin querer por manos, brazos y tórax, se retiró atemorizada.

¡Dios! Aquello era demasiado...

La coprolalia (repetición de frases obscenas) se centró en el otro desgraciado —el oligofrénico—, sacando a relucir, a voz en grito, todas y cada una de las miserias del deficiente mental.

Y a cada mención a los excrementos, el enfermo acompañaba su locura con toses, salivazos y cavernosos ruidos bucales.

Eliseo, harto, me enganchó por la espalda, obligándome a desaparecer de aquel «infierno».

No creo equivocarme. El último sujeto era víctima de un trastorno mental llamado «síndrome De la Turette», una enfermedad de muy mal pronóstico..

¡Dios bendito! ¿Dónde estábamos? ¿A qué clase de *kan* habíamos ido a parar?

«Aquello» nada tenía que ver con lo que conocía. «Aquello» no era el típico albergue de paso...

Y, desmoralizado, siguiendo de cerca los presurosos pasos de mi compañero por el pasillo de cañas, me pregunté qué otras calamidades y despojos humanos escondía el resto de las chozas.

¡Dios de los cielos! Sólo nos asomamos a dos...

¿Qué encerraban las otras cinco?

Semanas después, como ya he mencionado, al descender del Hermón y entrar de nuevo en el lugar, quedaríamos sobrecogidos.

Al igual que la oscura y tenebrosa «ciudad de los *mamzer*, ubicada, como se recordará, en las cercanías de Tiberíades, este rincón junto al lago Hule era también una «pesadilla». Otra demoledora realidad de la Palestina en la que se movió el Maestro. Una especie de tristísimo «almacén» de locos, enfermos y lisiados —sumamos más de sesenta—, perfecta y rigurosamente «controlados y marginados». Un gueto al que muy pocos se atrevían a llegar. Una humillante y humillada «aldea» que, sin embargo, no pasó desapercibida para el tierno y magnánimo Hijo del Hombre.

En esos momentos no podíamos imaginar el destacado protagonismo que alcanzarían los olvidados pupilos de Assi durante la vida de predicación de Jesús de Nazaret. Un protagonismo, por cierto, del que nadie habla en los textos sagrados (?)...

Pero ésa, como habrá intuido el paciente lector de estas memorias, es otra historia. Una bellísima historia que —Dios lo quiera— espero relatar en su momento...

Quizá fuera la hora «tercia» (alrededor de las nueve) de aquella luminosa mañana cuando, al fin, desembocamos en la senda principal.

No alcanzamos a ver a Assi, ni tampoco al pelirrojo, pero dimos por buena la experiencia.

El tránsito de hombres y animales continuaba en auge.

Me fijé en las caras. Muchas, risueñas. Otras, congestionadas por el calor y la marcha. Todas, en definitiva, ajenas a lo que acontecía algo más allá, a setecientos pasos de donde nos encontrábamos...

Me sentí impotente. Derrotado.

Aquellos infelices no existían. No contaban. Peor aún: eran la vergüenza y el descrédito de una nación.

Proseguimos hacia el norte e, incapaz de sofocar tanta amargura, comencé a hablar solo, lamentando cuanto había visto.

Mi hermano se hizo cargo e, intentando aliviar y repartir la «carga», me interrogó sobre el porqué de semejante situación.

¿Quién era el culpable?

Agradecí el salvavidas. Fue muy oportuno.

Ante nosotros, haciendo guiños desde la cumbre, se alzaba el gigante de los «cabellos nevados». Debía sosegarme. Era preciso que arrojara por la borda el lastre de aquel sufrimiento. El encuentro con el rabí de Galilea nos obligaba a permanecer atentos y con el ánimo limpio y estable. No podíamos distraernos. Era mucho lo que estaba en juego. Demasiado...

Y aferrándome a la pregunta intenté simplificar.

Para comprender medianamente lo que representaba el *kan* del esenio era necesario regresar a un viejo y ya comentado concepto judío: pecado = castigo divino = enfermedad (1).

En el fondo —fui explicando a mi compañero— era tan simple como dramático. Yavé era la clave. No exageraba. El Dios del Sinaí, en buena medida, era el responsable de tanta miseria, marginación y error. Naturalmente, con el paso de los siglos, «otros» contribuyeron también a endurecer la ya lamentable situación.

Éste fue el arranque de la esclarecedora conversación que sostuvimos mientras ganábamos terreno.

—¿Yavé?... ¿Y por qué Yavé? Se supone que es Dios...

—Sí —argumenté—, un Dios extraño. Negativo.

Y me centré en los hechos.

—Recuerda algunos pasajes del Pentateuco. ¿Qué dice el Levítico?

»«...Pero, si no me escuchareis, ni cumpliereis todos mis mandamientos, si despreciareis mis leyes y no hiciereis caso de mis juicios, dejando de hacer lo que tengo establecido, e invalidando mi pacto, ved aquí la manera con que yo también me portaré con vosotros: Os castigaré prontamente con hambre, y con un ardor que os abrasará los ojos, y consumirá vuestras vidas...» (Levítico XXVI, 14-16).

Eliseo guardó silencio. Extraño Dios, sí...

—... ¿Y qué sucedió cuando Aarón y María murmuraron contra Moisés por haber tomado por esposa a una kusita [etíope]? La cólera de Yavé se encendió contra ellos y María terminó leprosa, «blanca como la nieve». Aarón lo tuvo claro. Aquel ataque de *zarâ'at* (¿lepra?) era cosa de Dios. Y pidió a su hermano Moisés que intercediera (Números 12, 1-15).

»En el Deuteronomio (28, 21-27) —continué— Yavé insiste: «Si no escuchas la voz del Señor..., entonces, el Señor traerá sobre ti mortandad... Te herirá de tisis y

(1) Amplia información complementaria sobre dicho tema en *Caballo de Troya 3* y *4*, pp. 450 y ss. y 389 y ss., respectivamente. *(N. del a.)*

fiebre..., y con la úlcera de Egipto, con tumores, con sarna, y con comezón...»

»Y más adelante (Deuteronomio 32-39), el despiadado Dios (?) aclara: «Yo he herido y yo sano... Si obras con rectitud, ninguna de estas enfermedades caerá sobre ti.»

—Menos mal... —murmuró mi compañero, perplejo.

—El Deuteronomio, como sabes, está plagado de avisos similares.

»«... Yavé te castigará con la locura, con la ceguera y con el frenesí, de suerte que andarás a tientas en medio del día, como suele andar un ciego rodeado de tinieblas... Te herirá el Señor con úlceras malignísimas en las rodillas y en las pantorrillas, y de un mal incurable desde la planta del pie hasta la coronilla... el Señor acrecentará tus plagas y las de tu descendencia, plagas grandes y permanentes, enfermedades malignas e incurables; y arrojará sobre ti todas las plagas de Egipto, que tanto te horrorizaron, las cuales se apegarán a ti estrechamente. Además de esto enviará el Señor sobre ti todas las dolencias y llagas, que no están escritas en el libro de esta Ley, hasta aniquilarte.»

Guardamos silencio. Y creo que pensamientos y corazones volaron al unísono hasta el Hermón.

¡Qué hermosa y difícil «revolución» la de aquel Hombre! ¡Qué distintos el Yavé de los judíos y el *Ab-bā* de Jesús de Nazaret!

Y continuamos...

—Está claro —sentencié—. La salud ha sido, y sigue siendo, un patrimonio exclusivo de Yavé. La Biblia lo repite hasta la saciedad: «Yavé curó a Abimélej» (Génesis 20, 17). «Yo soy Yavé, tu sanador» (Éxodo 15, 26). «¡Ruégote, oh Dios, que los sanes ahora!» (Números 12, 13). Y así podríamos seguir hasta el infinito...

»De hecho, como también sabes, los judíos no aceptan el título de médico. Sólo Dios es *rofé*. Ellos se contentan con una designación que no ofenda a ese «Señor». Se autoproclaman «auxiliadores» o «sanadores». Assi, cuando lo conozcas, es uno de ellos. Los otros médicos, los gentiles, son despreciables usurpadores. Habrás notado que, en muchas ocasiones, me miran con repugnancia...

»En resumen, de acuerdo a lo promulgado por Yavé, la enfermedad es un castigo divino, consecuencia, ¡siempre!, de los pecados humanos. Si un judío se equivoca, si infringe la Ley, ese Dios vigilante y vengativo no perdona...

—¡Dios mío! —se lamentó Eliseo con razón—. ¿Y qué sucede con las enfermedades genéticas? ¿Qué pecado puede haber cometido el oligofrénico que acabamos de ver?

—Todo está previsto y contemplado en esa retorcida y sibilina Ley, querido amigo. Todo...

»Evidentemente, es muy difícil culpar de pecado a alguien que haya nacido con ese o con cualquier otro defecto. No importa. Los intérpretes de la Ley invocan entonces la culpabilidad de los padres. Y si éstos son sanos, retroceden en los ancestros...

»Alguien, en definitiva, cometió un error. Y Dios, implacable, hiere y humilla.

—No, eso no es un Dios...

Sonreí para mis adentros. Eliseo, efectivamente, estaba poniendo el dedo en la llaga. Estaba aproximándose a otro de los «frentes de batalla» que debería sostener el Hijo del Hombre. Un «frente» que multiplicaría el número de enemigos y que contribuiría decisivamente a su arresto y ejecución. No conviene olvidarlo.

—En otras palabras —maticé—: la salud, para este pueblo, depende directa y proporcionalmente del cumplimiento de la Ley. El problema, el gran problema, es que esa Ley es una diabólica tela de araña, imposible de memorizar. En consecuencia, según los rigoristas, siempre hay algo que se incumple. Esta demencial situación, como comprobarás en su momento, provoca dos realidades, a cual más absurda. Un hombre sano, para los judíos, es alguien puro, fiel cumplidor de los preceptos divinos. Esta suposición, en multitud de ocasiones, arrastra a rabinos, doctores de la Ley y demás castas principales a una presunción y engreimiento más que notables. Ahí tienes, sin ir más lejos, a los llamados «santos y separados», los fariseos... Dios, sencillamente, está con ellos.

»Con los enfermos, lisiados o locos, en cambio, ocurre lo contrario. Sus males son la demostración palpable de que Yavé los ha abandonado. Y así seguirán hasta que no reconozcan sus faltas y se purifiquen.

—Absurdo...

—Sí, pero real. Y el concepto en cuestión, querido Eliseo, se halla tan arraigado en sus corazones que muy pocas de las enfermedades psiquiátricas o mentales disfrutan de nombre propio (1). Para el judío, sobre todo para el extremista, la demencia no es una patología. Esa idea es extraña. No la concibe.

—Entonces...

—Con los desequilibrados, el problema empeora. No solamente son pecadores. Para colmo de desgracias, Yavé los castiga enviándoles un espíritu maligno, un *ruah*. Los locos, sencillamente, son poseídos. Es decir, doblemente infortunados. Por eso encienden una lámpara durante el sábado: para que los *ruah* no se acerquen. Opinan que estos demonios son invisibles y que están en todas partes, siempre al servicio de Yavé. Algunos, incluso, aseguran haber visto sus huellas, similares a las de gallos gigantes...

—Entiendo. Según esto, el negro encadenado en el *kan* de Assi es un poseso...

—El negro, los epilépticos, los autistas, los esquizofrénicos y, prácticamente, todos los que padecen trastornos mentales, de lenguaje, de audición, etc.

»Estos pobres infelices, además, como habrás intuido, no tienen derechos. Son impuros y contaminan, incluso, «a distancia».

—¿A distancia?

—Yavé lo dejó claro en el Levítico (5, 3): «Si alguno,

(1) Al contrario de las enfermedades somáticas, para las que empleaban el paradigma *pa'élet* o *pa'álat*, con las funcionales utilizaban una terminología ambigua, amparándose en el modelo *pi'alón*: *deavón* era el difuso «pesar», el «atolondramiento» lo definían como *hipazón*, *kilayón* equivalía a «sensación de aniquilamiento», *'iŝavón* correspondía al «nerviosismo», *'ivarón* a «ceguera espiritual», *šimamón* al «estupor», *šigayón* a la «alucinación» y *šiga'ón*, por ejemplo, a la «enajenación». *(N. del m.)*

sin darse cuenta, toca a una persona impura, mancha-
da con cualquier clase de impureza, cuando se entere se
hace culpable.»

Mi hermano rompió a reír.

—¡Dios!... ¡Vaya Dios!

—Y no queda ahí la cosa. Para Yavé (Levítico 21, 17-22), cualquier impedido o inválido está desautorizado para hacerse sacerdote. Escucha lo que dice ese «Dios»: «Ninguno de tus descendientes en cualquiera de sus generaciones que tenga un defecto corporal podrá acercarse a ofrecer la comida de su Dios: sea ciego, cojo, con una pierna o un brazo fracturados, jorobado, raquítico, enfermo de los ojos, con sarna o tiña, o eunuco. Nadie con alguno de estos defectos puede ofrecer la comida de su Dios. Ninguno de los descendientes del sacerdote Aarón que tenga un defecto corporal se acercará a ofrecer la oblación en honor de Yavé. Tiene un defecto corporal: no puede acercarse a ofrecer la comida de su Dios.»

—¡Dios!... ¡Qué Dios!...

—Sí —comenté con desaliento—, en nuestro tiempo, Yavé sería calificado de «nazi»...

»Hasta el rey David se vio contagiado por la intransigencia de ese «Dios» brutal y selectivo. Así lo confirma el segundo libro de Samuel (5, 8): «Y dijo David aquel día: "Todo el que quiera atacar a los jebuseos que suba por el canal..., en cuanto a los ciegos y a los cojos, David los aborrece."» Por eso se dice: «Ni cojo ni ciego entrarán en la Casa (Templo).»

»Más aún: según la tradición, estos desheredados de la fortuna no tienen derecho a participar en los rituales de las grandes fiestas, en las ofrendas e, incluso, en determinados matrimonios.

»Tres veces al año, como sabes, los israelitas varones deben peregrinar al Templo y ofrecer varios sacrificios a Yavé (1). Pues bien, esto no cuenta para los niños, her-

(1) En las solemnes fiestas de la Pascua, Pentecostés y Tabernáculos, como señalan Éxodo (23, 14-17) y Deuteronomio (16, 16), los judíos mayores de doce años y medio (edad legal) tenían la obligación de comparecer en el atrio del Templo, en Jerusalén, y ofrecer un ho-

mafroditas, mujeres, esclavos, sordomudos, imbéciles, individuos de sexo incierto, enfermos, ciegos, ancianos y, en suma, para todos aquellos que no estén capacitados para llegar a pie.

—¿Individuos de sexo incierto?

—Sí, aquellos cuyos órganos genitales aparecen ocultos o no desarrollados.

—Entonces, Sitio...

—Si fuera judío, tampoco podría presentarse en el Templo. Entraría en la difusa categoría de los hermafroditas. Es decir, los que reúnen los dos sexos.

—¿Y qué entienden por «imbéciles»?

—No lo que tú crees... No se trata de gente con escasa inteligencia, sino de personas como las que has visto en el *kan*: deficientes mentales y desequilibrados.

—¿Sordomudos?... ¿Por qué Yavé les prohíbe acercarse al Templo?

—En este caso, en honor a la verdad, la culpa no es de Yavé, sino de los retorcidos intérpretes de sus palabras. Todo procede de un texto del Deuteronomio (31, 10-14). Escucha y deduce:

»«...Y Moisés les dio esta orden: "Cada siete años, tiempo fijado para el año de la Remisión, en la fiesta de las Tiendas (Tabernáculos), cuando todo Israel acuda, para ver el rostro de Yavé tu Dios, al lugar elegido por él, leerás esta Ley a oídos de todo Israel. Congrega al pue-

---

locausto o sacrificio de comparecencia *(re 'iyya)*. La sangre era derramada, la piel quedaba para los sacerdotes y la carne, con la grasa, se quemaba sobre el altar. En otro pasaje del Éxodo (23, 14) se dice también que Yavé debería recibir, tres veces al año, lo que denominaban «sacrificio festivo» *(hagigá)*. En muchas ocasiones, por tanto, la ofrenda era doble. La *hagigá* era un sacrificio pacífico, en el que la sangre y la grasa se ofrendaban en el altar y la carne era comida por los peregrinos, siempre y cuando se hallaran en estado de pureza o no fueran individuos marginados por la Ley. Si la *hagigá* no era suficiente para satisfacer las necesidades de los comensales se añadía un tercer holocausto: el sacrificio llamado de la «alegría». «Alegría» —decían— por estar cerca de Dios y poder degustar la carne sagrada. Los dos primeros rituales, en suma, eran obligatorios. El de la «alegría», en cambio, voluntario. Naturalmente, los «pecadores» (lisiados, enfermos, locos, etc.) no podían disfrutar de tales sacrificios... *(N. del m.)*

blo, hombres, mujeres y niños, y al forastero que vive en tus ciudades, para que oigan, aprendan a temer a Yavé nuestro Dios, y cuiden de poner en práctica todas las palabras de esta Ley. Y sus hijos, que todavía no la conocen, la oirán y aprenderán a temer a Yavé vuestro Dios todos los días que viváis en el suelo que vais a tomar en posesión al pasar el Jordán."»

—Increíble...

—Sí, esas expresiones: «Leerás esta Ley a oídos de...», «para que oigan» y «la oirán», han dejado fuera a los sordos. Para los doctores de la Ley, y demás rigoristas, está claro que, al no poder escuchar, no tienen derecho.

»Y otro tanto sucede con la ofrenda y el famoso diezmo. Ninguno de los infelices del *kan* de Assi está autorizado a dichas prácticas. A ésos, además, se unen los mudos, ciegos, borrachos, desnudos y, asómbrate, los que han tenido una polución nocturna (emisión involuntaria de semen durante el sueño) (1).

—Pero...

—Así lo dice Yavé en el Levítico (15, 16-17): «El hombre que tenga derrame seminal lavará con agua todo su cuerpo y quedará impuro hasta la tarde. Toda ropa y todo cuero sobre los cuales se haya derramado el semen serán lavados con agua y quedarán impuros hasta la tarde.»

—¿Y qué mal hacen un ciego o un borracho? ¿Por qué no pueden presentar el diezmo?

—La decisión, una vez más, fue tomada por los «sabios» de Israel. Basándose en Números (18, 29), donde Yavé fija la obligación del diezmo, estos «intérpretes» dedujeron que ciegos y borrachos no están capacitados

(1) Según la Ley de Moisés (Lev. 22, 10-14 y Núm. 18, 8-11-12-26-30), los judíos estaban obligados a entregar una ofrenda a los sacerdotes. La disposición de Yavé abarcaba todos los frutos de la tierra. De éstos, según los rabinos, debía separarse el uno por cincuenta. Se trataba de la «ofrenda grande» *(teruma gedola)*, diferente de la que el levita hacía de su propio diezmo *(terumat ma 'aśer)*. La Ley prohibía que dichos frutos fueran consumidos si antes no se procedía a la separación del referido diezmo. *(N. del m.)*

para «ver» y seleccionar «lo mejor de lo mejor», tal y como ordena su Dios.

Mi hermano, desconcertado, hizo entonces un comentario. Un acertado comentario...

—Empiezo a entender a qué clase de pueblo tuvo que enfrentarse el Maestro...

—Apenas has visto nada, querido amigo. Nada...

—¿Y qué sucede con los matrimonios?

—Ésa es otra larga y prolija historia. Poco a poco irás descubriéndola. Te pondré un ejemplo. En la extensa normativa dedicada a las cuñadas *(yemabot)* se especifica que si un hombre se casa con una mujer sana y, al cabo de un tiempo, se vuelve sordomuda, el marido está legitimado para repudiarla.

—¿Y si ocurre lo contrario?

—Eso, que yo sepa, no lo contempla la Ley.

—Machistas, cretinos e ignorantes...

—Querido Eliseo —puntualicé—, en el fondo no son culpables. Simplemente, han heredado una situación creada por Yavé. Además, no olvides que el concepto «pecado = castigo divino = enfermedad» ha terminado convirtiéndose en un excelente negocio...

Y procuré resumir.

—Tal y como señala la Ley, la curación está en manos de los sacerdotes. Yavé sana a través de ellos. Yavé perdona los pecados por mediación de esas castas. ¿Qué significa esto? Beneficios.

Eliseo sonrió malicioso.

—Entiendo...

—Cada vez que alguien se cura, o considera que ha pecado, está obligado a pagar en dinero o en especie. ¿Imaginas lo que esto supone para las arcas del Templo y para los bolsillos de los astutos representantes de Yavé?

Y le proporcioné un simple y elocuente ejemplo.

—Según la Ley, el número de preceptos negativos que «Dios» encomendó a Israel asciende a trescientos sesenta y cinco. ¿Quién es capaz de controlar semejante pesadilla? ¿Quién puede recordarlos en su totalidad? Los «pecados», por tanto, están en todas partes y se cometen, según Yavé, por los asuntos más nimios e inconcebibles.

Tiré de la memoria y recordé algunos...

—«El judío no debe vestir con tejidos donde la lana y el algodón aparezcan mezclados.» Eso, para Yavé, es «pecado»...

»«El judío no debe dañar su barba» (!).

»«El judío no debe apiadarse de los idólatras.»

»«El judío no debe volver a morar en Egipto.»

»«El judío no debe permitir que se le echen a perder los frutales.»

»«El judío no debe consentir que la noche sorprenda al ahorcado.»

»«El judío no debe dejar que el inmundo se acerque al Templo.»

»«El judío no debe comer espigas ni trigo tostado.»

»«El judío no debe arar con buey y asno juntos.»

»«El judío no debe chismorrear...»

—Todo un negocio, sí...

—Una «sociedad limitada» —«Yavé y cía.»— que, como comprenderás, no vio con buenos ojos la «competencia» del Galileo...

Y procedí a sintetizar otro capítulo clave en la vida pública del Maestro.

—Espero que lo veamos con nuestros propios ojos, pero lo adelantaré. Cuando Jesús inicie las espectaculares curaciones masivas, ¿cómo crees que reaccionarán esos «legítimos y autorizados sanadores oficiales»?

—Nunca reparé en ello...

—Se revolverán como víboras. Como te dije, sólo ellos tienen capacidad para sanar. Sólo ellos disfrutan de las prerrogativa de perdonar los pecados. Así lo dice Yavé.

—Y aparece Jesús y rompe con lo establecido...

—Más que romper, desintegra. No olvides que el Galileo no es sacerdote. Legalmente no tiene derecho. Y, sin embargo, devuelve la salud y, lo que es más importante e insufrible para esas castas, ¡perdona las culpas! La perplejidad, indignación y odio de los «santos y separados» no conocerá límites.

»El Maestro, al inmiscuirse en el «territorio» de los sacerdotes, violará la normativa y, de paso, hará peligrar el saneado «negocio» del Templo.

—Conclusión...

—La ya sabida: muerte al impostor. Pero observa algo interesante. Los dirigentes judíos caerán en su propia trampa. Si Yavé es el único *rofé*, el único «médico» y «sanador», y el único con potestad para redimir al hombre de sus pecados, ¿quién es este humilde carpintero de Nazaret que hace lo mismo? Si aceptaban sus prodigios tenían que admitir igualmente que Jesús se hallaba capacitado para perdonar los pecados. En otras palabras: el Hijo del Hombre era de origen divino.

—O lo que es lo mismo: Yavé y tradición..., pulverizados.

—Afirmativo.

A partir de esos momentos, la conversación discurrió por otro rumbo, aunque íntimamente ligado a estos planteamientos.

No toda la culpa de este caos e intransigencia era de Yavé y de los celosos custodios de la Ley. Durante siglos, como ya insinué, otras culturas penetraron el espíritu judío, multiplicando la confusión y fortaleciendo el referido concepto: «pecado = castigo divino = enfermedad».

La babilónica, sin duda, fue una de las más importantes.

Desde la derrota de Judá en el 587 a. de C., y el consiguiente destierro a Babilonia, la normativa de Yavé se vio alterada por las creencias y costumbres de los vencedores. Cincuenta años más tarde, cuando Ciro permitió la vuelta de los judíos a Yehud (así se conocía entonces a la provincia persa de Judá), la elite político-religiosa de Israel se hallaba contaminada por la filosofía babilónica. Aquel pueblo, al igual que Moisés y sus descendientes, pensaba que la enfermedad era consecuencia de la cólera de los dioses. Esta actitud, en definitiva, reafirmó y redondeó el pensamiento judío sobre dicho particular.

Los textos cuneiformes, anteriores al éxodo de Egipto, son muy claros: «Al que no tiene dioses, cuando anda por la calle, el dolor de cabeza le cubre como una vestidura.»

Para los babilónicos, cuando alguien caía enfermo, lo primero consistía en determinar la falta cometida y, a continuación, averiguar la identidad del dios injuriado. Si esto era posible, se procedía a la «penitencia». Los sacerdotes, entonces, recitaban salmos y el «pecador» debía «congraciarse» de nuevo con la deidad, confesando sus errores. Por último, como obligado tributo, se efectuaban las correspondientes ofrendas. Un «sistema», en suma, muy similar al establecido por el Dios del Sinaí.

Hasta los «pecados» eran idénticos o muy parecidos. Veamos algunos ejemplos: violar las leyes religiosas, maldecir a los padres, robar, pisar una libación, tocar unas manos sucias, mentir, adular, incumplir las promesas, cometer adulterio, destruir los mojones que señalizaban las propiedades, practicar la hechicería, adulterar pesos y medidas, asesinar, sembrar la discordia y desunir a las familias, despreciar a los dioses y a sus legítimos representantes, no cumplir con los sacrificios y ofrendas, tomar la comida de los dioses o poseer un corazón falso, entre otros.

Y de esta antigua cultura, los judíos tomaron también las creencias en los ángeles y en los espíritus diabólicos. Babilonia, en definitiva, era la gran «exportadora» en demonología (1). Fueron los primeros, incluso, que representaron a los ángeles con alas...

Cuando las casi 5 000 familias hebreas exiliadas a Babilonia descubrieron que la idea «pecado = castigo divino = enfermedad» era algo tan viejo como arraigado entre sus conquistadores no tuvieron reparo alguno en hacerla suya. Y de ahí, muy probablemente, nació el segundo concepto: «diablo = posesión». Para los pueblos del Éufrates, locos y desequilibrados no eran otra cosa que individuos «tocados» por *ziqa*, el viento o soplo de los dioses. Aunque modificado, éste sería el panorama que encontraría Jesús de Nazaret respecto a los «pose-

(1) Entre los babilonios del siglo VI a. de C. aparecían perfectamente diferenciadas la profesión de mago y exorcista *(ashipû)* y la de médico *(asû)*. Este último término, curiosa y sospechosamente, se halla muy cercano al arameo *assia*, sinónimo del hebreo *rofé* (médico para los judíos). Los demonios que, según la Biblia, atormentaron al rey Saúl —Shedim, Maziqin y Ruah Ra'a— eran viejos «conocidos» de los exorcistas babilónicos. *(N. del m.)*

sos» y perturbados mentales con los que convivió y a quienes curó.

A la nítida y rotunda influencia babilónica se sumó igualmente la casi gemela creencia de los egipcios. Muchos de los conjuros, amuletos y actos mágicos que rodeaban las «sanaciones» (?) de los judíos procedían de Egipto. Los exorcistas hebreos —a quienes tendríamos oportunidad de conocer a lo largo de aquella nueva y apasionante aventura— bebieron, sin duda, en las no menos antiguas tradiciones del Nilo. Recuerdo, por ejemplo, las «recomendaciones» de uno de estos «expulsadores de demonios» a la familia de un pobre epiléptico. Para que el «poseído» recobrara la salud, amén de reconocer sus pecados, padre y madre debían raparse las cabezas. El peso de los cabellos se convertía entonces en oro. Sólo así —predicaba el astuto exorcista— podía ahuyentarse al espíritu inmundo. Pero la entrega de los dineros, claro está, no provocaba otra cosa que la ruina de los progenitores...

La «terapia», como otras muchas, procedía de Egipto (1).

También Roma dejaría su sello en las creencias judías sobre la enfermedad y, más concretamente, sobre la locura. A pesar del visceral odio hacia los invasores, los «auxiliadores» hebreos —así lo constatamos, por ejemplo, con Assi, el esenio— terminarían aceptando las ideas y «remedios» de los *kittim*.

Uno de los que más influyó, sin duda, fue Celso, médico y enciclopedista, nacido en el 25 a. de C. y que ejerció entre el 14 y el 37 de nuestra era. Para él, como para el resto de la ciudadanía romana, enfermedades y desgracias eran lógicos castigos por desobedecer a los dioses o, simplemente, por no saber interpretar su voluntad. Personajes tan ilustrados como Plutarco o Cicerón lo manifiestan claramente en sus obras. Tanto en *Numa* como en *Leyes y sobre la naturaleza de los dioses*, ambos expresan su convencimiento de que las fuerzas de la Naturaleza son removidas por el poder divino. La enfermedad, naturalmente, formaba parte de las caprichosas

(1) Ver las obras de Diodoro de Sicilia. *(N. del m.)*

voluntades de los 30 000 dioses que los gobernaban. La filosofía, en el fondo, a pesar del monoteísmo de Israel, era la misma. El pobre mortal se equivocaba y los dioses o Yavé respondían puntual y fulminantemente, castigándolo con la enfermedad.

Fue una lástima que, entre tanta influencia extranjera, los griegos, en cambio, no consiguieran «vender» sus acertados pronósticos al recalcitrante «pueblo elegido». A pesar de sus errores y primitivismo, hombres como Platón, Aristóteles, Frasístrato o Asclepiado, entre otros, supieron darle la vuelta al viejo concepto «pecado = castigo divino = enfermedad», redefiniéndolo con una idea más ajustada a la verdad: «la enfermedad era una pérdida del equilibrio natural». Sólo eso.

Platón, cinco siglos antes de Cristo, al igual que el eminente Hipócrates, propiciaron un giro de 180º en las ancestrales creencias sobre el espíritu y, consecuentemente, sobre la enfermedad y la demencia. Ambos plantearon algo revolucionario: el alma existía. Era racional e inmortal y residía en el cerebro. A partir de ahí, la interpretación de la locura, por ejemplo, fue más coherente. Los desequilibrios mentales fueron atribuidos a desajustes orgánicos, rechazándose de plano las pretendidas posesiones diabólicas y el «ajuste de cuentas» por parte de los iracundos dioses.

Aristóteles, discípulo de Platón, compartía la esencia de estos planteamientos, aunque difería en el «territorio» donde se asentaba la inteligencia. Para «el estagirita», muerto en el 322 a. de C., el alma descansaba en el corazón (el *sensorium commune*, donde memoria e imágenes se transforman en pensamientos).

Poco después, un nieto de Aristóteles —Frasístrato— da un paso más. Examina las circunvoluciones del cerebro humano y deduce que la inteligencia depende de esos misteriosos y sinuosos recorridos.

«Ahí —asegura— tiene que estar el secreto de algunas enfermedades.»

Asclepiado, por su parte, va más allá. Y se atreve a distinguir entre «locura febril» y «locura fría». Para el griego, ambas, como el resto de las dolencias, dependían del tamaño y movimiento de los átomos, auténticos integradores de la materia humana. Dichos átomos «anidaban» en unos vacíos que denominaba *poros*. El cierre o alteración de tales *poros* provocaba, en definitiva, el quebranto de la salud, sólo recuperable con el restablecimiento del orden atómico.

Estas sugerentes proposiciones, sin embargo, repugnaron a la teología judía.

Si Yavé no era el justiciero administrador de las enfermedades, y si todo dependía de «átomos» o «desajustes orgánicos», ¿qué hacían con las categóricas afirmaciones contenidas en la Biblia?

El «negocio» de los sacerdotes, además, según las hipótesis griegas, era fraudulento.

Y rabinos y doctores de la Ley se rasgaron las vestiduras.

¿Desplazar a Yavé en beneficio del raciocinio?

Ni pensarlo...

¿Revisar la próspera secuencia «pecado = castigo divino = enfermedad»?

Ni soñarlo...

¿Renunciar a la prestigiosa prerrogativa de perdonar las culpas a los míseros mortales?

Nada de eso...

Y la saludable filosofía griega fue condenada por sacrílega..., e inoportuna.

«Yavé y cía.» era intocable. Y continuó alimentándose de citas bíblicas, conjuros, posesiones demoníacas y con el fructífero monopolio de la curación «previo pago».

Un «monopolio» que sería duramente cuestionado por un nuevo y magnífico «Yavé»: el Hijo del Hombre.

¡El puente «7»!

Absortos en la animada charla, no tuvimos conciencia de lo avanzado. Según mis cálculos, al cruzar dicho puente podíamos encontrarnos a unos diez kilómetros del *kan*.

Observamos el sol. Corría hacia el cenit. Quizá rondase la hora «quinta» (alrededor de las once).

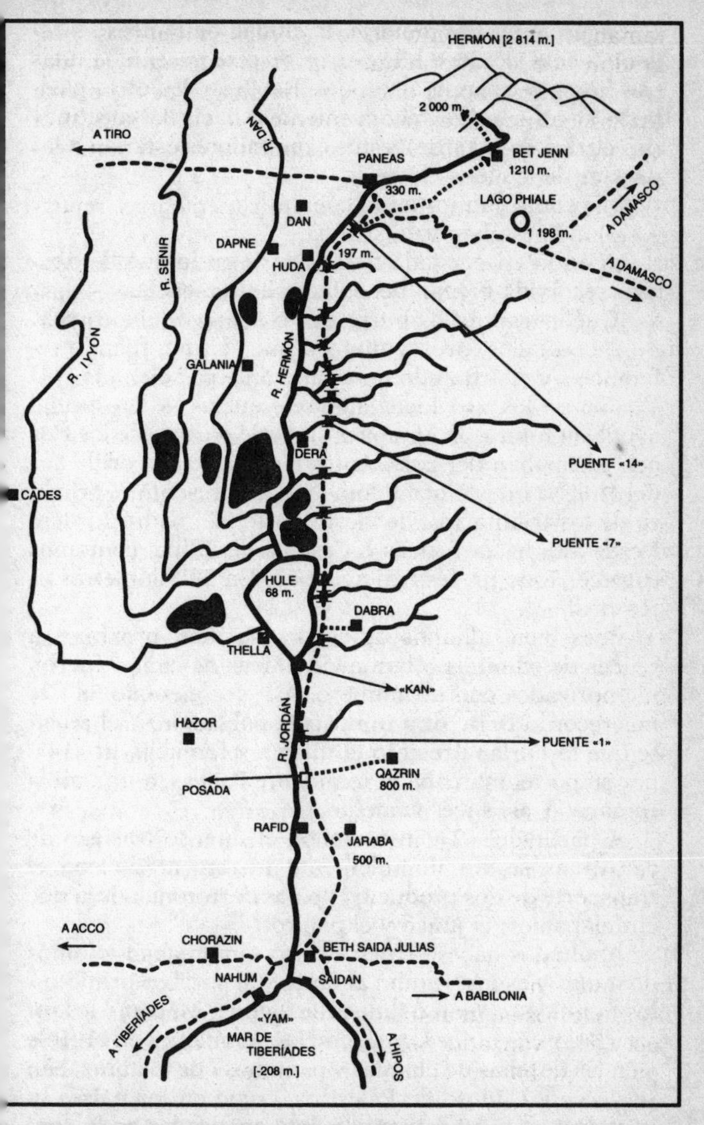

A la derecha del río Jordán, el territorio de Filipo, la Gaulanitis. Desde el *yam* hasta el monte Hermón, el camino recorrido por Jasón y Eliseo.

Según el último miliario, la ciudad de Paneas se hallaba a cosa de doce kilómetros. Eso representaba unas tres horas de marcha. Después, Bet Jenn. En otras palabras: si no surgían inconvenientes, hacia la «décima» (las cuatro de la tarde), estos exploradores estarían a las puertas de la aldea clave.

De pronto caímos en la cuenta...

¿Dónde estaban los «kittim»?

Ni en la encrucijada de Dabra ni en lo que llevábamos recorrido habían hecho acto de presencia.

¡Qué extraño! Los burreros no solían equivocarse...

Y, confiados, proseguimos a buen ritmo, fijando referencias y disfrutando del exuberante paisaje.

Una de las providenciales referencias —de especial ayuda en futuras incursiones— corrió a cargo de los ríos que escapaban del Este. Antes de alcanzar la orilla sur del Hule, a unos cinco kilómetros, se presentó el primero de los tributarios, de cierto porte, del padre Jordán. Desde allí, hasta Paneas o Cesarea de Filipo, contamos catorce. Todo un festival acuático. En 28 kilómetros..., ¡14 ríos!

Pues bien, algunos de estos afluentes, próximos a cruces de caminos o lamiendo aldeas de cañas, fueron memorizados con un número. Así, por ejemplo, el «7» nos recordó Dera, otra minúscula población. Y el puente que lo burlaba recibió la misma referencia. El «14», por su parte, marcaba la inminente Paneas, a una milla romana. Y así sucesivamente...

A partir del «7», justamente, el intenso trasiego de caravanas se vio notablemente incrementado con el transporte de dos productos típicos de la zona por la que circulábamos: el junco y el papiro.

Abultados haces verdes y rosas cimbreaban a lomos de mulas y asnos, rumbo al norte y al sur. Los primeros, los humildes *agmon* o juncos de laguna, así como los rosas *(Butomus umbellatus)*, crecían a millones en el Hule y en las decenas de charcas y pantanos que lo abrazaban por doquier. Tanto en Palestina, como en los países limítrofes, eran fundamentalmente empleados en la confección de alfombras y esteras.

En cuanto a su «hermano», el papiro, los largos y triangulares tallos —de hasta cuatro metros de altura— constituían otro próspero negocio. Con ellos, además del «papel» (1), judíos y gentiles fabricaban decenas de artículos: barriles, ropa para los más pobres, cuerdas, sandalias, cestos, chozas, embarcaciones y un largo etcétera. En caso de hambruna, incluso los rizomas eran cocinados o consumidos crudos. Una costumbre igualmente exportada de Egipto, «inventor» del *gomeh* o papiro. Aunque no llegamos a probarlos, imaginé que el alto contenido en almidón de los citados *Cyperus* los hacía muy nutritivos.

La prosperidad de aquella parte de la Gaulanitis, en definitiva, estaba asegurada. Por un lado, gracias a la inmensa «selva» que bullía a expensas de ríos y pantanos. A la izquierda de la ruta, desde el *kan* de Assi hasta las proximidades de Daphne, una población cercana a Dan, en el norte, juncos, papiros, cañas, adelfas y espadañas formaban un todo compacto e ininterrumpido. Una «jungla» de unos 23 kilómetros de longitud, de sur a norte, por otros 5 de este a oeste. Un intrincado laberinto de ríos y lagunas, infestado de mosquitos, aves y alimañas, en el que sólo se aventuraban los más diestros o necesitados. Una masa verde, trepidante y traicionera que no permitía el crecimiento de otras plantas y a la que los esforzados *felah* se veían obligados a hacer retroceder casi a diario.

De vez en cuando, sobre las mansas y brillantes láminas de agua del Hule y de las lagunas mayores se distinguían pequeñas canoas de papiro, ya mencionadas por Job e Isaías. Avanzaban lentas, con las proas y popas afiladas y el «casco» panzudo e igualmente trenzado con cientos de tallos dorados. Probablemente pescaban. Y a cada grito o maniobra de los tripulantes, de la espesura —blancos, chillones y atolondrados— escapaban nutri-

(1) Curiosamente, el humilde papiro terminaría dando nombre a la Biblia. El término *byblos* servía para designar la médula blanca de la planta. Pues bien, con el paso del tiempo, *biblion* se aplicó a todos los rollos o libros y, posteriormente, a la propia Biblia. *(N. del m.)*

dos pelotones de aves acuáticas. Sería imposible describir la variedad y belleza de aquella fauna. Sólo en aves menores llegué a contabilizar más de cien especies. Pero lo más llamativo del Hule y de sus pantanos eran las innumerables cigüeñas y pelícanos. Por esas fechas, mediado agosto, llegaban las primeras oleadas migratorias procedentes del Bósforo. En varias oportunidades, entre agosto y octubre, calculé en más de trescientas mil las cigüeñas blancas y negras que hicieron un alto en la «olla» del Hule, antes de proseguir hacia el sur. La aparición de la *Ciconia ciconia* (cigüeña blanca), enorme, majestuosa e insaciable, era muy celebrada entre los *felah*. La presencia de miles de ejemplares, con sus picos y patas pintados en rojo, constituía un alivio para la campiña. Desde el alba hasta la puesta del sol caían inexorables sobre insectos, langostas, grillos y saltamontes, «limpiando» prácticamente huertos, frutales y plantaciones. En la «jungla» hacían igualmente estragos, devorando toda clase de anfibios y serpientes.

Los pelícanos, en cambio, no eran bien recibidos. Para los pescadores de la desembocadura del Hule y de las grandes lagunas, los blancos y deformes *Pelecanus onocrotalus* eran una maldición. Desde finales de agosto o principios de septiembre, con los primeros migradores, las capturas disminuían sensiblemente. En ocasiones descendían sobre las aguas hasta diez mil de estas voraces aves, engullendo a diestro y siniestro con sus afilados y amarillentos picos-saco. Formaban auténticos tumultos, imposibilitando las faenas de los irritados vecinos. Cada uno de estos ejemplares era capaz de engullir uno y dos kilos de pescado por día. Y los frenéticos pescadores los combatían con todos los medios a su alcance: fuego, redes lanzadas sobre las apretadas colonias, piedras, palos y pescados previamente envenenados con tallos y hojas de adelfas. Era inútil. Cuando remataban a un centenar, otro millar ocupaba su puesto. Sólo en octubre, cuando remontaban el ruidoso vuelo hacia el *yam*, en dirección a la costa y al norte del Sinaí, volvían la paz y las buenas capturas.

A estas corrientes migratorias se unían, naturalmente, las de flamencos, garzas, garcetas, espátulas, grullas y miles de ánades y patos que, a su vez, propiciaban otra floreciente «industria»: carne para las mesas de los más exigentes (en especial del ánade rabudo y del silbón), hígados triturados (una especie de *paté*) y plumas para adornos, almohadas, edredones y colchones.

Por otro lado, como decía, a la derecha de la ruta por la que avanzábamos, la Gaulanitis disponía de una no menos próspera y envidiada fuente de riqueza. Sólo en algunos puntos del bajo Jordán, en Jericó, vimos algo semejante. Nunca alcanzamos a recorrerla en su totalidad. Era poco menos que imposible. La «olla» del Hule, con sus casi 28 kilómetros de norte a sur, por otros 10 de este a oeste, aparecía como uno de los vergeles más extensos e intensos de Palestina. Hasta la frontera marcada por los bosques, en el oriente, el inmenso «rectángulo» de 280 kilómetros cuadrados no presentaba un solo metro sin cultivar.

Aquí y allá, al borde del camino o perdidas en la frondosidad de los minifundios, se alzaban decenas de aldeas o minialdeas, siempre fabricadas con cañas, juncos o papiros. Muchas de ellas, asentadas junto a los tumultuosos afluentes, eran literalmente barridas por las súbitas crecidas invernales. No importaba. Días después, los *felah* las reconstruían en los mismos lugares. Peor era el fuego. En más de una oportunidad fuimos testigos de rápidos e implacables incendios, que reducían los primitivos asentamientos a negras y humeantes manchas. Este tipo de cabañas, sin embargo, ofrecía notables ventajas. Una de ellas —la que más nos llamó la atención— era su movilidad. Hoy pasabas junto a un corro de chozos y, al día siguiente, la aldea se había evaporado. La explicación, sencilla y racional, estaba en los trabajos temporales. Cuando los *felah* eran reclamados para recolectar frutos y cosechas, si las plantaciones se hallaban retiradas, desmontaban las cañas gigantes, papiros o juncos, trasladándose al punto requerido con las «casas bajo el brazo o sobre los hombros».

En mitad de semejante magnificencia, el «rey» del *gan* o jardín era, sin duda, el manzano. Meticulosamente alineados en el negro y volcánico *nir* (tierra arable), los imponentes árboles, de hasta doce metros de altura, dominaban la práctica totalidad de la «olla». No creo que bajasen de cincuenta mil. Las afamadas *tappuah* sirias —blancas y rojas— eran exportadas a toneladas hasta los más recónditos mercados.

Y junto a los fragantes manzanos, igualmente interminables, casi infinitos, otros curiosos y exóticos frutales. Dos de ellos, inéditos para nosotros: unos «albaricoques» (?) de pequeñas dimensiones, sedosos y ligeramente teñidos de rojo, importados, al parecer, de la remota China. Los romanos se los disputaban, comprando las dulcísimas cosechas de «armeniaca» mucho antes de que el árbol floreciese. Y entre manzanos y albaricoques, otra «perla» de la Gaulanitis: una «cereza» de color oro, enorme, de hasta cinco centímetros, reservada casi exclusivamente a ricos, sacerdotes y patricios. Un singular híbrido, nacido probablemente de la *Prunus ursina*, trasplantado también de la cercana Siria. Un fruto que, quizá, sirvió de inspiración a Salomón cuando, en el libro de los Proverbios (25, 11), escribe que «la palabra dicha a tiempo es como manzana de oro en bandeja cincelada en plata». Ni qué decir tiene que el paso por aquel vergel era una borrachera de perfumes, incrementada desde los cientos de «mata» (huertos) por la menta, el comino y el eneldo.

A lo largo de toda la ruta, al pie de los caminillos y pistas que se adentraban en las plantaciones y «matas», decenas de *felah* ofrecían al caminante montañas de hortalizas, hierbas aromáticas, verdes y apepinados *mikshak* (melones), voluptuosas sandías de carne roja o amarilla, ácidos *ethrog* (unos refrescantes cidros de piel pálida y aromática llegados siglos antes desde la India) y, por supuesto, toda clase de potajes y la bendita y fría cerveza de cebada.

Por esos mismos senderillos, una y otra vez, sin descanso, amanecían reatas de onagros, cargadas con cajas de cañas y juncos, rebosantes de frutas y verduras. Unas tomaban nuestra misma dirección, hacia Paneas o la carretera del este, y otras, presurosas, emprendían la marcha en dirección al *yam* y, supongo, hacia la Ciudad Santa.

En el puente «13», próxima la «nona» (las tres de la tarde), optamos por hacer una pausa y comer algo. Poco antes, en el «11», el terreno inició un suave ascenso, alcanzando la cota de los 100 metros sobre el nivel del Mediterráneo (el Hule, como fue dicho, se hallaba a 68). A partir de allí, la ruta se empinaba, marcando 330 metros en las cercanías de Paneas. Debíamos reparar fuerzas y prepararnos para la penúltima etapa: la localización de Bet Jenn.

A la sombra de una de las cabañas, rodeados de niños curiosos y preguntones, dimos buena cuenta de las ya escasas viandas: carne de res ahumada, huevos crudos y los apetitosos «buñuelos», obsequio de Sitio. Naturalmente, la mitad del postre fue a parar a manos de los revoltosos hijos de los *felah*.

Frente a nosotros, hacia el noroeste, se destacaban en la lejanía las populosas ciudades de Dan y Daphne, casi asfixiadas por los pantanos. Algo más cerca, también al otro lado del nahal Hermón, una pequeña e igualmente desconocida aldea: Huda.

Pasaría un tiempo antes de que pudiéramos visitar la mítica Dan o «tierra grande», conocida desde antiguo como Lais. También aquella rica y pacífica población sería escenario de la vida pública de Jesús. En realidad, como creo haber mencionado, todo aquel paisaje, salvaje y floreciente, lo recorrería en su momento el inquieto e infatigable Hijo del Hombre. Unos viajes difíciles de olvidar...

¡El Hijo del Hombre!

Y mis ojos buscaron el Hermón, ahora blanco, azul y verde.

Ya estábamos cerca. Muy cerca...

Consultamos el sol. En cuestión de tres horas —hacia las seis— oscurecería.

Convenía proceder con rapidez. Lo previsto en el plan era intentar pernoctar en Bet Jenn. Pero antes, obviamente, teníamos que localizarla.

Y arrancamos.

Puente «13». La ruta saltó sobre el nahal «Si'on», un rebelde y escandaloso afluente del río Hermón. Cota «197» y subiendo.

Tres kilómetros y medio más allá avistamos el puente y el nahal «14», otro tributario del Hermón —el «Sa'ar»—, tan impetuoso e impaciente como el anterior. Cota 300 y subiendo.

El miliario de turno avisó: Paneas a una milla romana.

Nueva consulta al implacable sol. Hora «décima» (alrededor de las cuatro).

El vergel, de pronto, flaqueó. Las continuas ondulaciones del terreno lo hacían inviable.

Decidimos preguntar. Según los mapas de «Santa Claus», la modesta Bet Jenn se escondía en algún punto al oriente de Paneas. Quizá a dos o tres kilómetros. No más. Penetrar en Cesarea de Filipo no entraba en nuestros cálculos. No en aquellos momentos. No lo veíamos necesario. Probablemente existía algún atajo que, rodeando la ciudad, nos llevase al objetivo primordial.

Los *felah*, solícitos, confirmaron la información del ordenador central. Poco más adelante, por la derecha, arrancaba un *nathiv* (1), un sendero «pisado o batido».

(1) En aquel tiempo, los judíos distinguían tres tipos de rutas: *nathiv*, del término *nathav* u hollar; *messillah* (carretera trazada), de *salal* o trazar y los «caminos reales». Los primeros eran pistas detestables, de un metro o metro y medio. Tenían un carácter privado y, lógicamente, reparación y adecentamiento corrían por cuenta de los lugareños. Los caminos públicos, según la legislación, debían tener una anchura de siete metros. Pero muy pocos cumplían con lo reglamentado. La Ley exigía igualmente que las carreteras públicas fueran reparadas en primavera, antes de las grandes peregrinaciones a la Ciudad Santa. El cumplimiento, por supuesto, era muy irregular. Dicha legislación, escrupulosa y exhaustiva, prohibía cualquier tipo de túnel o estructura subterránea que pusieran en peligro la integridad del pavimento. También las ramas de los árboles tenían que ser podadas, de manera que no entorpecieran el paso de hombres y caballerías. Si alguien arrojaba basura o escombros a la calzada se responsabilizaba de los daños que sufrieran viajeros o caravanas. Árboles podridos o muros peligrosos tenían que ser retirados o demolidos en un plazo de treinta días. La Ley, incluso, prohibía que se lanzaran agua, vidrios o cualquier otro material peligroso sobre la senda. («Baba Kama» y «Baba Bathra.) *(N. del m.)*

Siguiendo dicho camino, a cosa de seis estadios (unos 1 200 metros), desembocaríamos en la importante calzada de Damasco, la que llegaba del Este. Pues bien, según nuestros informantes, todo era cuestión de cruzar la calzada. Allí mismo, al parecer, el mencionado *nathiv* proseguía en soledad hacia la mismísima Bet Jenn. ¿Distancia desde el cruce con la carretera de Damasco hasta la aldea?, unas cuatro millas romanas (casi cinco kilómetros). Algo más de lo previsto.

Y una advertencia. Mejor dicho, dos: en el referido nacimiento del senderillo de cabras encontraríamos una patrulla romana. La senda que ahora seguíamos aparecía cortada «por obras».

Pero fue el segundo «aviso» el que nos inquietó. El *nathiv* que conducía a Bet Jenn era un continuo ir y venir de bandidos y maleantes...

Tomamos nota.

Algunos metros más allá, en efecto, en terreno abierto y despejado, divisamos una cierta aglomeración de gentes.

Nos aproximamos despacio.

La ruta, efectivamente, se hallaba interrumpida. Reatas y caminantes eran desviados por nuestra derecha. Un *nathiv* estrecho, negro y polvoriento trepaba hacia el este, absorbiendo con dificultad los hombres y caballerías que iban y venían.

Al alcanzar el final de la carretera comprendimos. La vital y descuidada arteria por la que circulábamos estaba siendo rehabilitada. Partiendo de Paneas, una nutrida cuadrilla de obreros y técnicos procedía a la construcción de una calzada.

Eliseo, fascinado, solicitó tiempo. Y fuimos a mezclarnos entre los curiosos y desocupados que contemplaban la febril labor de topógrafos, canteros, carpinteros, herreros y demás especialistas.

A un centenar de pasos, protegidos del sol por un cobertizo de ramas y hojas de palma, descubrimos a los siempre temidos y temibles *kittim*. Mi hermano me interrogó. Los observé minuciosamente y deduje que estábamos ante un *contubernium*, una patrulla o grupo de ocho infantes, pertenecientes a las tropas auxiliares. En definitiva, soldados rasos, más que hartos y aburridos. A juzgar por los arcos, cortos y fabricados con acero y cuerno, supuse que eran sirios. Los hábiles y belicosos guerreros asentados habitualmente en Rafan (Siria). En lugar de la típica coraza metálica —la *lorica segmentata*— vestían una armadura anatómica, de cuero leonado, que protegía el tórax. También las largas espadas, de un metro y de bordes afiladísimos, les distinguían de los legionarios.

Tres o cuatro parecían jugar a los dados. El resto dormitaba o miraba de vez en cuando hacia la obra, más pendientes del sol y de la caída de la tarde que del tráfico y de los que vigilábamos los trabajos.

Por delante, en cabeza, distinguimos media docena de operarios, a las órdenes de los topógrafos y de sus ayudantes. Su labor consistía en la limpieza del terreno por el que debía discurrir la calzada. Y con ellos, los admirables «técnicos» encargados del trazado propiamente dicho. Sencillamente, quedamos perplejos. La minuciosidad y buen hacer de los romanos en este tipo de construcciones eran sobresalientes.

Los topógrafos, armados de los instrumentos de nivelación —*dioptras*, bastones y *gromas* (1)— medían una y otra vez, apuntando los cálculos en pequeñas tablillas de cera que colgaban de los ceñidores. Los ayudantes sostenían los bastones, pendientes de los gritos de sus «jefes». Ora subían los discos. Ora los bajaban hasta que, finalmente, el punto de mira de la *dioptra* quedaba alineado con el disco deslizante del bastón. Aquélla, probablemente, era la tarea más difícil y engorrosa. La *diop-*

(1) La *dioptra*, de 1,26 metros de alzada, ancestro de los actuales teodolitos, disponía, en la parte superior, de una pequeña plataforma circular con un punto de mira. Por debajo aparecían un tornillo nivelador del disco y otro que lo hacía girar. El bastón, por su parte, de hasta 2,4 metros de altura, presentaba la correspondiente escala y un disco móvil, con un punto o señal para marcar dicha escala. Por último, la *groma* consistía en una lanceta, armada con un aspa en el extremo superior, de la que colgaban cuatro pesas de plomo. El topógrafo la clavaba en el suelo y, tras verificar la horizontalidad de los brazos, trazaba las líneas rectas o los ángulos. *(N. del m.)*

tra, obviamente, no servía para medir grandes distancias. Ello obligaba a repetir las mediciones hasta un centenar de veces. Teniendo en cuenta que la casi totalidad de los 90 000 kilómetros de calzadas de que disponía el imperio era prácticamente en línea recta (1), es fácil imaginar la paciencia, tesón y habilidad de dichos topógrafos.

Inmediatamente detrás de los responsables del trazado aparecían los «excavadores». Grupos de obreros provistos de picos y palas que, siguiendo líneas marcadas por cuerdas, abrían el terreno, practicando dos canalillos paralelos de un metro de profundidad y separados entre sí por otros 13. Cada uno de los surcos era entonces rellenado con altos bloques rectangulares de basalto, perpendiculares a la ruta. De inmediato, una segunda cuadrilla excavaba la tierra comprendida entre las hileras de piedra, preparando así un lecho hondo y espacioso, a metro y medio por debajo del nivel del terreno. Y una nueva oleada de operarios atacaba la siguiente

(1) La mayor parte de esta espléndida red de vías romanas —de las que 1 500 km se hallaban en la provincia de la Judea— fue planificada y construida por y para las legiones. Con el tiempo, sin embargo, resultarían de gran utilidad para el comercio, correo y las relaciones internacionales en general. Por supuesto, antes que los romanos, otros pueblos ya se habían destacado por sus excelentes calzadas. Herodoto, cinco siglos antes de Cristo, menciona una verdaderamente espectacular obra de los persas: «A todo lo largo de la calzada hay puestos reales con excelentes posadas. Todos los parajes que cruza están habitados, con lo que se puede viajar por ella con toda seguridad. Si es correcta la medida de esta Calzada Real en parasangas (medida que equivalía a unos cinco kilómetros), entonces la distancia desde Sardes (hoy Turquía) hasta el palacio de Memnón (actual Irán) es de 450 parasangas (alrededor de 2 400 km)... y el viaje no dura más de 90 días.»

Pero lo más intrigante de las calzadas romanas eran los trazados. Los expertos actuales no se explican cómo podían conseguir unas alineaciones tan perfectas. Veamos una elocuente muestra. En la primera vía construida en Gran Bretaña —desde Dover (Dubris) a Thorney Island, pasando por Canterbury (Durovernum) y Rochester (Durobrivae)— no existía una sola curva. Y la calzada en cuestión suma 90 kilómetros, salvando inifinidad de punto elevados. Está claro, pues, que, antes de iniciar la construcción, los «ingenieros» romanos tuvieron que trazar una línea recta entre los extremos de la misma. Cómo lo hicieron sigue siendo un misterio. *(N. del m.)*

fase: la cimentación o *statumen* propiamente dicha, consistente en grandes piedras. Por encima se disponía el «rudo» (grava de menor consistencia y tamaño) y, por último, el «núcleo», una tercera capa, generalmente de creta. Acto seguido entraban en acción pesados rodillos de más de mil kilos, tirados por seis obreros cada uno, y otra partida de trabajadores, provista de mazas con las que concluían el apisonado. El pavimento o *summa crusta* llegaba después. Dependiendo de la importancia estratégica del *summum dorsum* (calzada) y del dinero y materiales disponibles, la nueva ruta era rematada con losas perfecta o medianamente labradas. En este caso, el pulido no era tan exquisito como el de la célebre Vía Apia. Las lajas de basalto negro, sin embargo, presentaban sendos espolones en las caras inferiores, facilitando el anclaje en la creta.

Pacientes y concienzudos canteros iban encajándolas de forma que la flamante plataforma, a un metro por encima del primitivo suelo, quedara ligeramente combada en el centro. El agua, así, discurría hacia los laterales, favoreciendo la marcha y preservando la obra.

Lenta y minuciosamente, los artesanos rellenaban los intersticios, «soldando» las placas con argamasa (la utilísima *puzolana*) (1) y limaduras de hierro.

Finalmente, al pie de las cantoneras que encorsetaban la calzada, otros operarios daban el toque definitivo, roturando el terreno y preparando —a ambos lados— una especie de pasillos o caminos paralelos, a base de la grava, por los que, en principio, deberían transitar los caminantes y aquellos animales no acostumbrados a la dureza del *summun dorsum*.

(1) Para cimentar ladrillos o piedra, los romanos disponían de un «invento» que les proporcionó gran fama: la *puzolana*, una ceniza volcánica que endurecía la tradicional argamasa, a base de arena, cal y agua. El nombre procede de la ciudad romana de Puteoli (hoy Pozzuoli). En general, dependiendo de las necesidades, utilizaban dos o tres partes de *puzolana* por una de cal. La mezcla era especialmente útil en zonas muy lluviosas. Con ella, la calzada —según los constructores— «se convertía en hierro». Y el paso de los siglos les dio la razón. *(N. del m.)*

Todo este «aparato» aparecía sustentado y abastecido por diferentes talleres móviles en los que se afanaban cortadores de piedra, carpinteros, herreros y los obligados servicios sanitarios, intendencia y aguadores. En uno de los cobertizos, alrededor de una mesa de campaña repleta de planos y dibujos, creí distinguir a los delegados o representantes de los *curatores viarum* (cuidadores de caminos), los funcionarios responsables de la construcción y mantenimiento de estas notables obras. Los *curatores*, a su vez, se hallaban a las órdenes directas de los gobernadores de cada provincia. La eficaz empresa gubernamental había nacido dos siglos antes, de la mano de Cayo Graco, un político que perfiló la legislación sobre calzadas y sobre los indispensable miliarios que orientaban al viajero. Al contrario de lo que sucede hoy en día, estas vías eran costeadas por el tesoro público, autoridades locales y propietarios de las tierras por las que pasaban.

Satisfecha la curiosidad, Eliseo y quien esto escribe reanudamos la marcha, desembocando, efectivamente, en la no menos trepidante ruta del Este. Una calzada, a diferencia de la vía del Hule, más ancha y desahogada y tan meticulosamente pavimentada como la que estaban construyendo un kilómetro más abajo.

Si las indicaciones eran correctas, el *nathiv* hacia Bet Jenn debía arrancar allí mismo, al otro lado de la carretera. Pero nuestra atención se vio súbitamente desviada...

A una veintena de pasos, por la derecha, en el «pasillo» de grava en el que nos hallábamos detenidos y que corría paralelo a la congestionada senda, cientos de aves se atropellaban, peleaban y graznaban furiosamente.

Algunos burreros, al pasar, las espantaban, golpeándolas con varas y látigos. Otros se tapaban el rostro y volvían la cabeza en dirección contraria. Muchos de los jumentos y mulas, al llegar a la altura del desquiciado averío, cabeceaban inquietos o se negaban a avanzar. Y los arrieros, tan encabritados como las bestias, la emprendían a palos con las asustadas caballerías y, de paso, con las enloquecidas aves.

Al acercarnos descubrimos con espanto el motivo de semejante estrépito.

Eliseo, prudente, sugirió que no continuáramos avanzando. Tenía razón. Las aves, fuera de sí, podían suponer una amenaza. Los corpulentos buitres leonados, de cabezas y cuellos blancos y pelados, nos observaron nerviosos y desafiantes. A su alrededor, sobrevolándolos o intentando aproximarse con cortas y bien estudiadas carreras, se disputaban la «pitanza» todo un ejército de correosas y manchadas gaviotas reidoras, cornejas cenicientas y funerarios cuervos de hasta un metro de envergadura. La pelea, sin embargo, era desigual. A pesar de la evidente superioridad de los diez o quince «leonados», los cientos de implacables competidores, atacando por todos los ángulos, terminaban invadiendo el «territorio» de los buitres, sacando tajada de las mutiladas «víctimas».

De pronto, empujado por el incesante aleteo de los carroñeros, nos vimos asaltados por una peste pútrida. Y retrocedimos. Ya habíamos visto y comprendido...

Al filo del camino, como una advertencia, las autoridades de la Galaunitis —puede que los *kittim*— habían abandonado los cuerpos de tres posibles maleantes o bandoleros. Aparecían sentados, espalda con espalda, y firmemente sujetos con una cadena. No debían llevar muertos mucho tiempo. Las aves, voraces y despiadadas, medio los ocultaban con sus alas, desgarrándolos y vaciándoles las entrañas. Los rostros, irreconocibles, eran una masa informe, sanguinolenta y con las cuencas oculares negras y vacías.

Colgando de la cadena, agitada por los continuos picotazos, se distinguía una tabla en la que, en griego y arameo, se leía la siguiente inscripción:

«Tres "bucoles" menos. Los deudos de sus víctimas se felicitan.»

No cabía duda. La palabra «bucoles» hacía referencia a los facinerosos que habitaban los pantanos y la «jungla» del Hule. El término, sin duda, fue tomado de otros bandoleros, tan tristemente famosos como éstos, que asolaron en su día la comarca de Damiete, en el

Nilo. De ellos habla Eratóstenes, cuando recorrió Egipto invitado por Tolomeo III. Estas partidas de sanguinarios eran el peor problema de Palestina y países limítrofes en la época de Jesús de Nazaret. A pesar de los esfuerzos de Roma y de los tetrarcas, las bandas organizadas sembraban la muerte y el horror en la alta Galilea, al este del Jordán y en los desiertos de Judá y del Neguev. Pronto, muy pronto, estos exploradores vivirían una amarga experiencia con uno de estos escurridizos y violentos grupos...

Naturalmente, tanto los vecinos de la Gaulanitis, como los de otras regiones en las que imperaban estos desalmados, aplaudían este tipo de «exhibiciones». Y los esqueletos permanecían en caminos, o a las puertas de las ciudades, ante el regocijo de propios y extraños.

Casi escapamos del lugar. Y al cruzar al otro lado de la ruta, en efecto, distinguimos al punto el angosto y maltrecho senderillo de cabras que ascendía hacia el este, materialmente encajonado entre las estribaciones del Hermón, por la izquierda, y los cerros sobre los que se asentaba el lago Phiale, a nuestra derecha.

Intentamos divisar la aldea. Fue inútil. A cosa de medio kilómetro, el *nathiv* desaparecía, engullido primero por los bosques de olivos y, posteriormente, conforme trepaba, por otra oscura, apretada y puntiaguda masa de cipreses.

Una vez más quedamos maravillados ante los cientos, quizá miles, de olivos, sabia y pacientemente plantados a ambos lados del desfiladero, en interminables y eficaces terrazas. Tenían razón los rabinos cuando, refiriéndose al río de aceite que mana de la Gaulanitis, aseguraban que era más fácil «criar una plantación de olivos en la Galilea que un niño en Judea».

Eliseo, inquieto, señaló la peligrosa posición del sol. En cuestión de hora y media, como mucho, desaparecería por detrás del Meroth. La verdad es que nos habíamos descuidado...

Lanzamos una última ojeada al silencioso paisaje y, preocupados, iniciamos el ascenso. Si nuestros cálculos y las indicaciones de los *felah* no erraban, Bet Jenn tenía que aparecer al final del solitario sendero, a cosa de cuatro kilómetros y a unos 1 200 metros de altitud. En otras palabras: teniendo en cuenta que partíamos de la cota «330», si los cuerpos resistían y el Destino era benévolo, quizá coronásemos los riscos en hora y media. Es decir, justo al anochecer.

Pero el hombre propone...

A medio camino, como era previsible, las fuerzas fallaron. El cansancio acumulado pasó factura y la marcha se ralentizó. Hasta los livianos sacos de viaje pesaban como el plomo...

Sugerí una pausa, pero Eliseo, impaciente y receloso, tiró de mí, no concediendo tregua ni cuartel.

Reconozco que llevaba razón. La soledad del *nathiv* no era normal. Desde que dejáramos atrás la calzada de Damasco no habíamos tropezado con un solo lugareño.

Extraño, sí. Muy extraño...

Y las insistentes advertencias de los campesinos me abordaron sin previo aviso, sumando inquietud a la ya agotada mente.

«¡Atención!... Bet Jenn y sus alrededores son un nido de maleantes.»

Luché por sacudir los negros presagios. La senda, culebreando entre olivares, parecía tranquila e inofensiva. De vez en cuando, a nuestro paso, alguna madrugadora rapaz nocturna huía sigilosa y molesta, cambiando de observatorio entre las verdiazules copas de los árboles.

Todo, en efecto, respiraba calma.

Sin embargo, el instinto continuó en guardia. Y poco faltó para que me ajustara las «crótalos», las lentes de visión infrarroja. Pero no quise alarmar a mi hermano.

Y la luz, inexorable, se apagó, obligando a detenernos y a recapacitar. Para colmo, los espaciados olivos se rindieron, siendo reemplazados de inmediato por el bosque de *berosh*, los cipreses siempre verdes, mirando hostiles desde sus 25 y 30 metros de altura.

Eliseo buscó descanso al pie de uno de los piramidales cipreses. Yo hice otro tanto e intentamos calcular la distancia que nos separaba de la hipotética aldea. No nos pusimos de acuerdo. Él estimó que nos encontrábamos muy cerca. Quizá a un kilómetro. Yo, basándome en la altitud a la que había desaparecido el olivar —alrededor de mil metros—, deduje que aún restaba el doble: unos dos kilómetros.

Y en ello estábamos cuando, de pronto, en la negrura sonaron unos silbidos.

Nos alzamos como impulsados por un resorte. En el fondo, no era el único preocupado por los bandidos...

Inspeccionamos el laberinto de troncos. Imposible. Las tinieblas de la luna nueva eran casi impenetrables.

Nuevos silbidos. Largos. Con una clara intencionalidad...

Mi hermano preguntó, pero no supe aclarar el origen de los repetitivos y, cada vez, más cercanos sonidos.

—¡Allí!...

Eliseo marcó un punto entre el confuso y rectilíneo ramaje.

—¡Veo unos ojos!... ¡Allí!

Me aproximé unos pasos y, efectivamente, en la parte baja de uno de los *berosh*, medio ocultos, se distinguían dos pares de ojos redondos, grandes, amarillos y perfectamente alineados.

Los silbidos, ahora monótonos, se repitieron. Pero no parecían proceder del árbol desde el que éramos observados.

Avancé algunos metros más y, súbitamente, los ojos desaparecieron. Al detenerme, a los pocos segundos, surgieron de nuevo, en el mismo lugar.

Respiré aliviado. Y creyendo conocer la identidad de los «propietarios» de los espectaculares y pertinaces ojos regresé junto a mi compañero.

Eliseo, impaciente, me acosó a preguntas. Pero, divertido, guardé silencio, mortificándolo.

Extraje las lentes de contacto y, ajustándolas, le invité a que me acompañara. Lo hizo receloso.

A una distancia prudencial me detuve. Y alimentando la farsa, conteniendo la risa como pude, indiqué con el dedo que guardara silencio.

Los cuatro ojos, ante la proximidad de los intrusos, se «apagaron» por segunda vez.

Eliseo, descompuesto, señaló el extremo superior de la «vara de Moisés». Asentí. Y, deslizando los dedos hacia el clavo de los ultrasonidos, hice como si me preparara para un inminente ataque.

Una oportuna tanda de silbidos multiplicó la tensión...

Y los ojos, calculadores, aparecieron de nuevo ante el perplejo ingeniero.

La visión infrarroja, efectivamente, ratificó las sospechas iniciales. Dos cuerpos calientes, ahora rojos, de unos treinta centímetros de altura, surgieron nítidos entre las ramas.

No lo dudé. Pulsé el clavo y el finísimo «cilindro» de luz coherente fue a impactar en el centro de la «plateada» cara de uno de los ejemplares. El leve choque fue suficiente para descontrolarlo. Y saltando del árbol, emitiendo un agudo chillido, voló directo hacia Eliseo. El segundo, presintiendo el peligro, siguió al compañero. Y ambos nos rebasaron como una exhalación, peinando nuestras cabezas.

Las risas de quien esto escribe, incontenibles, pusieron al tanto a mi hermano. Y durante un buen rato tuve que sufrir —merecidamente, lo reconozco— toda clase de improperios y maldiciones (esta vez en inglés, por supuesto).

La pequeña broma, sin embargo, nos alivió. El bosque, como iríamos comprobando, era un hervidero de rapaces nocturnas, murciélagos y cigüeñas blancas. Estas últimas —como reza el libro de los Salmos—, asentadas en lo más alto de los *berosh*. Los misteriosos e hipnotizadores ojos amarillo-limón, así como los casi humanos silbidos, formaban parte también de la agitada colonia de lechuzas, mochuelos, autillos y otros inofensivos y vigilantes policías de la espesura. Las singulares apariciones y desapariciones de los dos pares de ojos se hallaban igualmente justificadas. En realidad no tenían nada de extraño. Como se sabe, la lechuza común, la *Tyto alba*, a diferencia del resto de las aves, tiene los ojos en la zona frontal de la cabeza. Esta «anormalidad» le proporciona una visión binocular, relativamente semejante a la del hombre, con la posibilidad de un cálculo casi exacto de las distancias. El campo de visión, sin embargo, queda restringido a 110 grados. Para corregir el «defecto», la *óah* (lechuza), como otras especies, ha sido dotada por la sabia Naturaleza de un sistema que le permite girar la cabeza 270 grados. Ésta, ni más ni menos, era la explicación a la referida y supuesta «aniquilación» de los penetrantes ojos.

Y algo más relajados nos pusimos nuevamente en camino.

El instinto, previsor, me impulsó a mantener las «crótalos». No se equivocó...

Al poco, en la distancia, frente a nosotros, escuchamos algo. Prestamos atención.

¿Bandidos?

Era extraño. Muy raro...

—¿Estás oyendo lo mismo que yo?

Esperé unos segundos y asentí, confirmando la impresión de Eliseo.

—Pero...

En efecto, el sonido que llegaba por la espesura era absurdo. Imposible en aquel «ahora»...

—Sí —me adelanté—, son carcajadas..., y «tirolesas».

¿Tirolesas? ¿El típico y tradicional canto de los campesinos suizos y austríacos? ¿Aquí, en la alta Galilea y en el año 25?

—¡Dios santo! —clamó mi compañero desmoralizado—. ¡Estamos perdiendo el juicio!

No supe qué decir. Las carcajadas y el famoso *jodel* tirolés seguían acercándose.

¿Qué nos ocurría?

Y por un instante tomé muy en serio las exclamaciones del asustado ingeniero.

¿Alucinábamos? ¿Éramos víctimas del mal provocado por la inversión de masa?

Pero no. «Aquello» no era una alucinación audititva. «Aquello» era real.

Instintivamente nos hicimos a un lado del senderillo, ocultándonos entre los cipreses.

¡Increíble!

Aunque sin demasiado acierto, los entrecortados «cánticos» pasaban de los sonidos de pecho a los agudos, y al revés. Y entre uno y otro, colmando la confusión, unas discretas carcajadas...

—Jasón, ¿ves algo?

Segundos después llegaría la respuesta.

—¡No puede ser...!

—¿Qué pasa? ¿Qué has visto?

Y transmití lo que ofrecía la visión IR. El espectro infrarrojo no alucinaba.

A medio centenar de metros, al fondo de la pista, surgieron en la oscuridad seis figuras rojas y azules verdosas.

—Veo un individuo y...

Hice una pausa, asegurándome.

—Un individuo y qué más...

—Las «crótalos» presentan otras cinco imágenes. Parecen perros... El hombre va armado. En el cinto se distingue una daga...

»Pero —añadí estupefacto—, eso es imposible...

—¿Imposible? ¿Qué es imposible? ¿La daga?

Dudé. Y dejé que el grupo se aproximara un poco más.

—¡Jasón!...

Finalmente, consciente de la locura que iba a pronunciar, aclaré:

—El individuo no canta... Se limita a sujetar los animales con sendas cuerdas.

Eliseo, mirándome con terror, subrayó:

—¡Locos!... ¡Estamos locos!

Acto seguido, remachó, hundiéndome:

—Entonces, los que cantan son los perros... ¿Perros que entonan «tirolesas»? ¿Que ríen a carcajadas?

Sí, de locos, pero eso era lo que tenía ante mí.

Y sucedió lo inevitable.

El caminante, de pronto, se detuvo, reteniendo con dificultad a los cada vez más inquietos canes.

Los animales nos detectaron. Y la «música», descompuesta, emborronada con las no menos increíbles «risas», creció y creció, consecuencia, supongo, del fino olfato de los compañeros del alto y sudoroso paisano. Rostro y manos, en efecto, ahora en un color plata fulgurante, denotaban el esfuerzo de la marcha.

—¡Quién va!

La voz, autoritaria y amenazante, dejó las cosas claras.

¿Qué hacíamos?

En décimas de segundo, ante la posibilidad de que soltara los perros, preparé la «vara». Con suerte, si atacaban, uno o dos caerían fulminados antes de que se nos echaran encima. Después, ya veríamos...

Afortunadamente, mi hermano reaccionó. Saltó al centro del camino y, alzando la voz, replicó con un claro y contundente *Shalom, oheb!* («Paz, amigo»).

Sin dudarlo me sumé al temerario gesto, saludando en los mismos términos y sin dejar de apuntar a los cráneos de los excitados animales. El rojo encendido y pulsante de los cuerpos, con las fauces blancas y babeantes, me sobrecogió. A pesar de la protección de la «piel de serpiente», aquellas bestias podían hacernos pasar un mal rato...

El individuo vaciló. En el fondo, supongo, se hallaba tan sorprendido y desconcertado como estos exploradores. Pero Eliseo, valiente, intentó segar las suspicacias. Se adelantó unos pasos, identificándose e identificándome.

—... Somos griegos. Hombres de paz. Nos hemos perdido... Buscamos una aldea llamada Bet Jenn...

Los perros, ante el corto avance de mi hermano, tensaron las cuerdas, «riendo» y «cantando» amenazadores. Sé que resulta paradójico, pero, en esos momentos, «carcajadas y tirolesas» no sonaban, precisamente, como una hospitalaria bienvenida.

Y, toscamente, parapetado en la desconfianza, preguntó a su vez:

—¿Bet Jenn?... ¿Por qué? ¿A quién buscáis?

Intervine conciliador.

—A Tiglat...

El nombre —la segunda pista proporcionada por el anciano Zebedeo— suavizó en parte la lógica brusquedad del interlocutor. Se retiró a un lado de la senda y, tras acariciar y calmar a los perros, procedió a amarrarlos a uno de los troncos.

Me felicité. El peligro, en principio, se alejaba.
Se acercó despacio y, lacónico, respondió:
—Yo soy Tiglat.
La inesperada aclaración nos confundió. Según nuestro confidente, el personaje que buscábamos y que, al parecer, ayudó a Jesús de Nazaret, era un muchacho. Quizá un niño...
Sin entrar en profundidades le explicamos que, probablemente, se trataba de un error. Escuchó en silencio y, comprendiendo que aquella pareja de inconscientes extranjeros nada tenía que ver con bandoleros o merodeadores de caminos, se abrió definitivamente y, sin disimular la sorpresa, comentó:
—El señor Baal os protege. No hay duda... Ese joven al que buscáis es mi hijo...
Eliseo y yo cruzamos una mirada, atónitos.
¿Casualidad?
Ahora sé que aquello no fue consecuencia del azar. «Alguien», no me cansaré de repetirlo, parecía guiar nuestros pasos.
—... Tiglat se encuentra en la aldea —redondeó el cada vez más amable y providencial fenicio—. No marcháis descaminados... Bet Jenn está cerca, a unos cinco estadios... Si lo deseáis puedo acompañaros. Si el señor Baal os ha puesto en mi camino, seréis bien recibidos en mi humilde casa.
Cinco estadios. Eso representaba un kilómetro escaso.
La verdad es que, sorprendidos, gratamente sorprendidos, no fuimos capaces de replicar. El Destino, magnífico y eficaz, seguía protegiéndonos.
Y dicho y hecho.
El alto y fornido padre de Tiglat se reunió con los apaciguados perros y, haciéndose con las cuerdas, nos invitó a seguirle.
Esa noche, al amor del fuego, al contemplar a nuestro alrededor a los pacíficos, bien plantados y «musicales» canes, mi hermano no pudo contenerse y preguntó por el origen de los singulares animales.
Tiglat no supo dar muchas explicaciones. Vivían en la aldea desde siempre. Eran buenos cazadores, excelentes

guías y mejores compañeros. Casi todos los vecinos disponían de dos o tres. Su hijo, Tiglat, también disfrutaba de la compañía de uno de ellos. Al día siguiente, en la azarosa e inolvidable jornada del lunes, 20, mientras ascendíamos hacia el Hermón, el muchacho contaría la curiosa historia de *Ot*, su perro.

No, no estábamos locos. Aquellos ejemplares, casi con seguridad, eran los únicos del mundo que no ladraban. En su lugar emitían los ya mencionados y rarísimos sonidos, mitad «risa», mitad «tirolesas».

Naturalmente, al retornar a «base-madre-tres», al ingeniero le faltó tiempo para consultar a mi «novio». «Santa Claus», millonario en información, ofreció imágenes y una interesante documentación. Más o menos, esto es lo que recuerdo:

La particular raza procedía del antiguo Egipto. Hoy es conocida como *basenji*. Su imagen aparece en estelas funerarias cuya antigüedad se remonta a 2 300 años antes de Cristo. En dos de ellas resulta perfectamente reconocible: en la de User, hijo de Meshta y en la de un tal Sebeh-aa, inspector de transportes. Los arqueólogos, que los han localizado en pinturas y grabados de la IV Dinastía, los bautizaron como «perros de Keops». El parecido, desde luego, con los de Bet Jenn era asombroso.

Más tarde, hacia 1870, los exploradores blancos que penetraron en Sudán y en el Congo los descubrieron entre las tribus.

La estampa, como decía, era agradable y bien proporcionada. Pesaban poco. Entre nueve y diez kilos. Presentaban un cráneo plano, con el hocico afilado desde los ojos a la trufa. Al alzar las orejas arrugaban sistemáticamente la «frente», avisando a los dueños. Algo no iba bien...

Aunque la mayoría tenía los ojos color avellana, otros, como el fiel y valiente *Ot*, se distinguían por unos atractivos y vivísimos ojos azules, siempre almendrados y hundidos entre los párpados. Algunos, incluso, lucían unos espectaculares ojos amarillos.

Los cuellos eran largos. Sólidos como troncos. Poderosos. El pecho bajo, breve y recto. Manos y patas musculosas, como cinceladas en piedra, con los jarretes aplomados. Las colas, enroscadas en uno o dos anillos, jamás se movían, permaneciendo apoyadas sobre uno de los lados de la grupa. En cuanto al pelo, realmente llamativo, la casi totalidad de los que vimos aparecía pintada en alazán (rojo amarillento), con manchas blancas en el hocico, cuello, manos, patas y en el remate de la cola. *Ot*, en cambio, era una excepción. El pelaje, corto y sedoso, era de un brillante negro azabache, delicadamente nevado en hocico, cuello, remos y en el final de la cola.

¡Pobre *Ot*! Fue leal y bravo hasta la muerte...

Y al fin, guiados por el solícito Tiglat, divisamos la aldea.

¡Bet Jenn!

El final del laborioso viaje parecía cercano...

Todo, como siempre, dependía del imprevisible Destino.

Poco puedo contar sobre Bet Jenn. Media docena de casas, todas negras, todas en basalto, todas roídas por los años y las frecuentes lluvias y nieves de aquellas latitudes. Todas pobres, casi míseras. Una aldea perdida, habitada por los Tiglat. Un clan fenicio, casi puro, amable, orgulloso de su origen, discreto y, sobre todo, hospitalario. Maravillosamente hospitalario. Nunca lo olvidaríamos...

Al penetrar en el hogar de nuestro guía y anfitrión nos salieron al paso una prolífica familia, integrada por los ancianos padres, la esposa y quince hijos, y un reconfortante fuego.

A la modesta luz de las llamas y de las lámparas de aceite distinguimos, al fin, el aspecto de Tiglat. Al igual que la numerosa prole, presentaba la típica lámina de los habitantes de Tiro: nariz ganchuda, ojos oblicuos, negros y profundos, piel achicharrada, cabellos largos, oscuros, ensortijados y con un nacimiento muy bajo y barba espesa, descuidada y ligeramente blanqueada por sus cuarenta o cuarenta y cinco años.

Se dirigió a los suyos en fenicio y, al punto, excusándose, rectificó, prosiguiendo en un rudimentario arameo galalaico.

Nos presentó a su hijo, el segundo Tiglat, haciéndole ver que estos *ger* (forasteros) venían de muy lejos para conocerle. El muchacho que, en efecto, no pasaría de los catorce o quince años, asintió en silencio. Se adelantó y, sonriente, se puso a nuestra disposición.

Pero, cuando nos disponíamos a interrogarlo, la madre, regañando al cabeza de familia, le reprochó su falta de atención para con aquellos ilustres invitados. Y antes de que acertáramos a replicar nos vimos obligados a tomar asiento sobre una enorme y mullida piel de oso negro. Tiglat pidió perdón por su desconsideración y nos ofreció unas pequeñas tazas de barro, animándonos a brindar.

—*Lehaim!*

—¡Por la vida! —repetimos agradecidos.

Y, de acuerdo a la costumbre, apuramos de un trago el transparente y furioso licor, una especie de aguardiente o *arac*, fabricado con arroz.

Eliseo, poco hecho a estos brebajes montañeses, carraspeó, provocando las risas.

Fue entonces, mientras mujeres y niños se afanaban en la preparación de la cena, cuando el complacido Tiglat sugirió que preguntásemos a su hijo. Lógicamente extrañado, no acertaba a entender el por qué de nuestro interés por aquel jovencito.

Tomé la iniciativa y, midiendo las palabras, expliqué que andábamos detrás de un viejo amigo.

En parte fui fiel a la verdad. En el *yam*, otro antiguo conocido nos había proporcionado un par de importantes pistas: Bet Jenn y el nombre del muchacho.

Padre, abuelo e hijo siguieron las aclaraciones con interés.

Y sin hacer mención de la identidad del «amigo» al que pretendíamos encontrar añadí que, probablemente, en esos días, podía hallarse en algún lugar del «Gebel-esh-Sheikh». Según esas mismas noticias, Tiglat hijo fue su ayudante, auxiliándole en el transporte de la impedimenta.

Los tres, al unísono, asintieron en silencio.

Y mi hermano y quien esto escribe, cruzando una triunfante mirada, respiramos aliviados.

¡Al fin!

La información del anciano Zebedeo era correcta...

El anfitrión tomó entonces la palabra y vino a ratificar cuanto acababa de exponer, añadiendo algunos preciosos datos.

El «extraño galileo» llegó a la aldea a mediados de ese mes de agosto. Caminaba solo, con la única compañía de un onagro. Habló con el *yošeb* del clan (en este caso, el «jefe» era el propio Tiglat) y solicitó los servicios de alguien que pudiera abastecerlo de comida un par de veces por semana. Pagó por adelantado. En total, doce denarios de plata. Y Tiglat, aunque receloso, aceptó la oferta, encomendando el trabajo a su hijo. Cada lunes y jueves, de acuerdo con lo pactado, el joven cargaba el jumento y ascendía hasta un punto previamente convenido, muy próximo a un paraje que denominaban las «cascadas», casi a 2 000 metros de altitud.

—¿Lunes y jueves?

Tiglat sonrió, comprendiendo el sentido de mi pregunta.

—Así es. Como os dije, el señor Baal, nuestro dios, está con vosotros... Mañana, al alba, si lo deseáis, podéis acompañar al muchacho.

¿Otra vez la casualidad?

Nada de eso...

Aceptamos, siempre y cuando nos permitieran pagar por el servicio. Tiglat cuchicheó en fenicio al oído del abuelo. El anciano nos observó brevemente y, por último, aceptó la propuesta del *yošeb*.

—Eso —intervino entonces Tiglat— lo dejamos a vuestra voluntad. Tampoco conviene tentar a Baal...

Cerramos el trato y, previsor, los interrogué sobre la posibilidad de adquirir una tienda y viandas extras.

Ningún problema. Antes de la partida, todo estaría dispuesto.

Y Eliseo, atento y perspicaz, volvió sobre las recientes explicaciones del anfitrión.

—¿«Extraño galileo»?... ¿Por qué extraño?

Tiglat, rápido y ágil, no deseando empañar la sagrada hospitalidad, rectificó:

—No he pretendido ofender a vuestro amigo. Simplemente, me pareció raro que deseara vivir en soledad en un lugar tan aislado y... peligroso.

Esta vez fui yo quien intervino.

—¿Peligroso?

—Estas montañas, estimados *ger*...

—*Yewani* —corregí, intentando eliminar el despreciativo carácter del término «forastero»—, somos *yewani* [griegos]...

Tiglat, indulgente, prosiguió con una media sonrisa.

—... Estas montañas, estimados *yewani*, son una vergüenza. Aquí, en cualquier rincón, en cualquier cueva, se refugia lo peor del bandidaje. Últimamente, hasta los «bucoles» del Hule le han tomado gusto a nuestros bosques. Y raro es el día en que no tenemos noticia de algún asalto...

El resto de los Tiglat asintió con la cabeza.

—¿Comprendéis ahora?

—Si es así —terció el ingeniero con evidente preocupación—, ¿por qué consientes que tu hijo cruce esas montañas dos veces por semana?

—En eso, como en todo, estamos en las manos de Baal, nuestro señor... Tenemos que ganarnos la vida. No podemos escondernos como viejas asustadas... Y mañana, os lo aseguro, todo el *kapar* [la aldea] invocará al hijo de Aserá y de Él para que nada os ocurra.

Agradecimos los buenos deseos. Lamentablemente, como espero tener ocasión de relatar, el sordo Baal no debió escuchar las plegarias de sus fieles y confiados hijos...

—Padre —arrancó al fin el adolescente, sumando una nueva y negra nota al ya delicado panorama de los bandoleros—... y no olvides al *dob*. Algunos dicen que los han visto por las «cascadas»...

Tiglat confirmó el anuncio del hijo, erizando los pelos de Eliseo y también los míos. En los parajes donde se hallaba el Maestro, según los lugareños, habían sido observadas algunas parejas de los temibles y poco sociables *dob*, los osos sirios, negros, de más de 200 kilos de peso y hasta dos metros de altura cuando se alzan sobre los cuartos traseros. Algunos judíos, y también gentiles, solían dedicarse a la captura de los oseznos, adiestrándolos para el trabajo en los circos o como atracciones ambulantes. Estos robos, obviamente, provocaban las iras de los montañeses. Como asegura el profeta Samuel muy acertadamente (II, 17-8), «no hay nada más peligroso que una osa a la que le hayan arrebatado la cría».

Excelente perspectiva...

Los sangrientos «bucoles» por doquier y, para colmo, los *dob*, merodeando en las proximidades del Maestro.

La familia, sin embargo, no consintió que nos perdiéramos en tan oscuros presagios. Y tras reiteradas excusas, rogando perdón por lo improvisado y «parco» de la cena, fueron a colocar ante estos desfallecidos exploradores dos reconfortantes y apetitosos platos.

¿Parca cena?

Menos mal que la visita fue inesperada...

Para despabilar el apetito —aunque el nuestro se hallaba más que despierto—, lo que llamaban *jolodetz*: un caldo espeso y aguerrido en el que flotaba una gelatina preparada con patas de vaca. Una receta típica de la alta Galilea.

Tras lavar y limpiar las piezas, las mujeres las braseaban, procediendo después al escalpado de la piel. Una vez saneadas eran introducidas en agua y escoltadas en la gran marmita por sucesivas oleadas de cebolla, laurel, sal, pimienta, ajos, zanahorias y un generoso chorro de *arac* o vino blanco.

El caldo se servía muy caliente.

A continuación, el segundo y no menos nutritivo plato: carne y médula, minuciosamente molidas y mezcladas con huevo duro. Y para terminar de ponerlo en pie, un suspiro de mostaza y unas cucharadas de miel que humillaban el poderío del condumio.

Delicioso.

Eliseo, naturalmente, repitió.

Y en el transcurso de la plácida cena supimos algo más de aquel remoto y caritativo clan. Una familia que, a su manera, modestamente, contribuyó también al desarrollo del gran «plan» del Hijo del Hombre. Un grupo humano que, sin embargo, no consta en los escritos evangélicos...

Tiglat explicó que los suyos, como el resto de las menguadas aldeas que sobrevivían en el Hermón, se dedicaban desde siempre a tres actividades principales: tala de árboles, caza y soplado de vidrio.

Sobre la primera, como creo haber referido, tendríamos cumplida información pocos meses después, cuando el Destino nos permitió acompañar al Maestro. Allí, como dije, entre los bosques de la Gaulanitis, descubriríamos a un Jesús leñador. Algo nuevo para estos exploradores.

Respecto a la caza, el cabeza de familia atendió gustoso y divertido todas las preguntas —a veces ingenuas y aparentemente infantiles— de aquellos curiosos *yewani*.

Así supimos que eran expertos en la captura del jabalí, ciervo rojo, gamo, liebre, zorro y, en ocasiones, del lobo y del no menos peligroso *dob*.

Carne y pieles constituían un buen negocio, así como los «remedios» derivados de las piezas, habitualmente elaborados por las mujeres.

El jabalí o *chazir* era casi una plaga. Cada año, al final del verano, invadía los viñedos de la «olla» del Hule y del resto de la Gaulanitis, arrasando las cosechas. La carne, inmunda para los judíos, era muy apreciada entre los gentiles, siendo utilizada, incluso, como «arma disuasoria» contra las partidas de «bucoles» hebreos. Las cabezas eran colgadas en cancelas y puertas, advirtiendo así a los posibles asaltantes. Tal y como prescribía la Ley de Moisés, el simple hecho de aproximarse al *chazir* o cerdo salvaje significaba contaminación y pecado.

Ciervo y gamo, en cambio, gozaban de una excelente reputación en la Palestina de Jesús. El primero, abundantísimo en aquellas montañas, era plato obligado en las mesas de los poderosos, desde que Salomón lo pusiera de moda (Reyes 1, 4-23). Para darle caza, los montañeses empleaban un curioso y efectivo sistema: a la caída del sol se ocultaban junto a ríos y fuentes y esperaban pacientemente la llegada del *tsebi* (término hebreo más próximo a «gacela» que a «ciervo»). Cuando el animal comenzaba a beber entonaban una dulce melodía con la ayuda de flautas y cítaras. El *tsebi*, entonces, lejos de huir, quedaba como hipnotizado, aproximándose y cayendo en manos de los astutos cazadores.

Los cuernos eran «comercializados» como amuletos de «especial fuerza», capacitados —según los Tiglat— para contrarrestar cualquier veneno y, sobre todo, muy útiles para evitar broncas y peleas con esposas y suegras. La ingenuidad de estas gentes era conmovedora...

Con el *shual* o zorro sucedía algo parecido a lo mencionado sobre el jabalí. Su afición a las uvas, arruinando las prósperas vides, lo había convertido en otro enemigo público. Y dueños y capataces pagaban entre uno y tres denarios-plata por cabeza presentada. En realidad, según nuestras observaciones, no se trataba del zorro rojo europeo, sino del *Vulpes vulpes niloticus*, un hermano de menor talla, de pelaje pardo-amarillento, con el lomo y vientre grisáceos y el dorso de las orejas en un negro profundo.

En el fondo, judíos y gentiles lo admiraban por su sagacidad. Y corrían decenas de leyendas. Una, en especial, hacía las delicias de grandes y chicos. Decía, más o menos, así:

«Tras el pecado de Adán, Yavé entregó al mundo al "ángel de la muerte". Y todas las especies animales, incluida la serpiente, fueron arrojadas al agua por parejas. Cuando le tocó el turno a *shual*, la astuta raposa, señalando su imagen reflejada en las aguas, comenzó a gemir y a lloriquear. El ángel, entonces, preguntó el por qué de tanto lamento. Y el zorro explicó que se hallaba apenado por la triste suerte de su "compañero". Al reparar en el sutil engaño, Dios ordenó que fuera indultado.»

Esto aclaraba por qué los judíos se negaban a darle caza, quedando el asunto en las casi exclusivas manos de los paganos.

Al interesarnos por la *arnabet* (liebre), Tiglat, entusiasmado, reconoció que era la pieza de la que obtenían mayores y más regulares beneficios. Y no por la carne o piel, estimadas únicamente por los gentiles, sino por sus estómagos y cerebros. Desde antiguo, la creencia popular aseguraba que los primeros eran un certero e infalible remedio contra la esterilidad. (Entendiendo siempre la femenina. La masculina era impensable.) Todo procedía, al parecer, de una información contenida en la Biblia. Según el libro de los Jueces (13, 4), la madre de Sansón fue estéril. Pues bien, según los judíos, cuando el ángel de Yavé se presentó ante ella, anunciando el nacimiento del mítico héroe, le ordenó que consumiera el citado estómago de liebre. En el pasaje en cuestión no se menciona nada semejante. El ángel habla de la esterilidad de la esposa de Manóaj y, simplemente, le prohíbe beber vino y comer alimentos impuros. La cuestión es que, con el paso del tiempo, el texto resultaría deformado, montándose un floreciente negocio a cuenta de las pobres *arnabet*.

Los cerebros, por su parte, eran igualmente valorados. En especial por las madres. Estas supersticiosas gentes estaban convencidas de que el simple roce sobre las encías de los bebés conjuraba los dolores provocados por los primeros dientes.

La liebre palestina, definitivamente, no tenía suerte. En el colmo de la ignorancia y del retorcimiento, rabinos y «auxiliadores» recomendaban, incluso, que no se la mirase fijamente y, mucho menos, que fuera deseada sexualmente. Si esto ocurría, Yavé fulminaba al «pecador» con el defecto conocido como «labio leporino» (1).

Pero nuestra sorpresa llegó al límite cuando Tiglat aseguró convencido que todas las liebres eran de sexo femenino. Aquella era otra creencia, firmemente arraigada, nacida quizá del propio término (*arnabet* es una palabra femenina). Como mucho, tras una encendida discusión, el fenicio aceptó que «un año podían ser machos y al siguiente, irremediablemente, hembras».

Insistir era inútil. Y ahí lo dejamos.

(1) La lagoquilia o labio leporino (semejante a la liebre) es una malformación congénita del labio superior, que aparece abierto o hendido como consecuencia de una mala soldadura de los arcos maxilares y del brote medio intermaxilar. *(N. del m.)*

Cuando le llegó el turno al lobo, el temido y respetado *zeeb*, también aprendimos algo.

Durante los inviernos, sobre todo en los más crudos, descendían en manadas desde el Hermón, llegando hasta los pantanos del Hule. Algunos de los vecinos habían sido ferozmente atacados. Y Tiglat añadió otro dato preocupante: la zona de las «cascadas», muy próxima al campamento de Jesús de Nazaret, era uno de los parajes habitualmente frecuentado por los *zeeb*. Allí, en definitiva, acudían a abrevar la mayor parte de los animales del bosque...

Para capturarlos, los montañeses se valían de lazos y trampas. Y todo en él era aprovechado.

Con la piel cubrían el calzado, aliviando la marcha del caminante. También la vendían en pequeñas porciones, previamente empapadas en vino o vinagre. Al comerla —aseguraban—, los sueños eran benéficos..., y eróticos.

Los dientes, como los cerebros de las liebres, se utilizaban para restregar las encías de los niños, eliminando (?) el dolor de las incipientes dentaduras.

En cuanto al corazón —siguiendo otra vieja creencia—, la familia lo secaba, vendiéndolo como un mágico talismán contra los propios lobos. La mejor «arma», sin embargo, era la manteca que destilaban los riñones de león. Si el viajero se embadurnaba con ella, ningún lobo osaba acercarse. Así nos lo juró Tiglat. El problema, claro, era cómo conseguir semejante «ungüento»...

Para unos y otros —judíos y gentiles—, este depredador era el símbolo vivo de la traición. Su cuello corto —decían— era la prueba irrefutable. Y aseguraban también que la inteligencia del *zeeb* crecía a la par que la luna. Por ello, durante la fase de creciente —y no digamos con la luna llena—, nadie, en su sano juicio, se aventuraba de noche por aquellas montañas.

La tertulia, acosada por el sueño y el cansancio, declinó. Y la tercera actividad de los Tiglat —el soplado del vidrio— quedó pospuesta para mejor ocasión.

El anfitrión lo percibió y, haciéndose cargo, se puso en pie, recomendando que nos retiráramos. Lo agradecimos.

Y en ello estábamos cuando, de pronto, irrumpió en la estancia un nuevo «personaje». El joven Tiglat lo reclamó y, al instante, obediente y cariñoso, fue a saltar sobre el pecho de su dueño, lamiento manos y rostro. Era *Ot*, el *basenji* negro que nos acompañaría al día siguiente.

Mi hermano, intrigado, se dirigió entonces al muchacho, preguntando el por qué de tan original nombre. (*Ot*, en hebreo, significaba «milagro», «señal», o «prodigio»).

Y Tiglat, orgulloso, le puso en antecedentes.

—Fue en pleno invierno. Mi padre, mis hermanos y yo volvíamos de la sierra...

Dudó. E interrogando al complacido cabeza de familia trató de confirmar la fecha. Tiglat padre le recordó que, efectivamente, fue el 14 de adar (febrero), en pleno Purim, hacía ya cuatro años...

—Eso... —prosiguió el adolescente—. Para mí fue el mejor regalo...

(En dicha fiesta, como espero narrar más adelante, era típico hacer regalos. Sobre todo a los niños.)

—... Caminábamos por la meseta donde ahora se encuentra vuestro «amigo» y, de repente, vimos algo en la nieve. Era una bola negra, muy pequeña. Nos aproximamos y allí estaba...

Ot, captando que su joven dueño hablaba de él, arreció en sus lametones, emitiendo aquellas increíbles «risas».

—Era *Ot*... Apenas tenía un mes. Nunca supimos cómo llegó hasta allí, ni cómo sobrevivió... Fue un milagro. Un prodigio. Un regalo del señor Baal.

Y Tiglat lo bautizó con el citado nombre.

Curioso Destino. Como ya apunté, el valiente animal iría a perecer muy cerca de donde fue rescatado y salvado...

Pero no adelantemos acontecimientos.

Algo, sin embargo, no cuadraba en la historia. Y Eliseo, que nunca atrancaba, lo planteó abiertamente:

—¿Por qué *Ot*? Tú eres fenicio...

El muchacho enrojeció. Miró a su padre y éste, esbozando una pícara sonrisa, replicó con la misma sinceridad:

—Una tonta e infantil venganza... Vosotros sois griegos y puedo explicároslo. Los judíos nos desprecian y, como seguramente sabéis, odian a los perros. Pues bien, ojo por ojo... ¿Qué mejor gracia para un «perro fenicio» que un nombre hebreo? (1).

La familia, ingenua y feliz, rió el juego de palabras.

Estaba claro. Y aprovecharé la circunstancia para hacer un breve inciso y apuntar algo que también tuvo que ver con el Hijo del Hombre. «Algo» que tampoco figura en los Evangelios y que, sin embargo, aportaría un dato más sobre la ternura del Galileo, provocando, a su vez, más de uno y más de dos enfrentamientos con los puristas de la Ley mosaica.

Me refiero, claro está, a *Zal*, el magnífico perro propiedad de Jesús de Nazaret.

Pero, para comprender mejor cuanto digo y cuanto señalaba Tiglat, es preciso contemplar primero la actitud del pueblo judío hacia estos no menos infelices y desprestigiados canes. El origen de la ancestral repulsión de los hebreos hacia el perro, tan alejada del actual concepto, se hallaba, cómo no, en el mismísimo Yavé. Lisa y llanamente era condenado y vilipendiado en todos los textos sagrados (?) en los que aparece. Sus cometidos, básicamente, se reducían a tres: carroñeros, guardianes de rebaños y «excusa» para el insulto. Isaías, Reyes y los Salmos lo dejan muy claro. En el último (22, 17-20), el término «perro» alcanza su auténtico significado: «malvado». Y a éste, poco a poco, se sumarían otros: sucio, cobarde, traidor, perezoso y despreciable. Si a esta lamentable situación uníamos las alusiones de Yavé, por ejemplo en el Éxodo (2), es fácil captar la intencionali-

(1) La «infantil venganza» fue bien meditada. Como es sabido, el hebreo era habitualmente utilizado en los «asuntos sagrados». En especial en la lectura y estudio de la Ley. De haber empleado el término en arameo (*At*), la «broma» no habría sido tan mordaz. *(N. del m.)*

(2) En el capítulo 22, versículo 30, Yavé dice: «Hombres santos seréis para mí. No comáis la carne despedazada por una fiera en el campo: echádsela a los perros.» *(N. del m.)*

dad de Tiglat y, muy especialmente, la de los rigoristas judíos hacia el Maestro por el hecho de demostrar cariño hacia un perro. Para colmo de males, otras ridículas y fantásticas leyendas terminaron por arruinar el escaso prestigio del perro, rebajándolo, como digo, a la categoría de alimaña y criatura inmunda. Una de las más extendidas se remontaba al supuesto diluvio. Según esta creencia, el perro fue tachado por Dios de «inmoral» por no haber sabido contener sus instintos sexuales durante su permanencia en el arca de Noé.

Sí, verdaderamente de locos...

Al margen de esta realidad cotidiana, muchos judíos, bajo cuerda, se aprovechaban, sin embargo, de los «sarnosos perros», convirtiendo su caza y captura en un interesante «negocio». Así, lenguas, ojos y dientes eran extirpados, siendo vendidos como amuletos. La lengua, colocada bajo el dedo gordo del pie —decían—, evita que otros perros ladren al propietario de tan estimado talismán. Lo mismo sucedía con los ojos de los perros negros, siempre que se tuviera la precaución de colgarlos del cuello antes de iniciar un viaje. Pero la «eficacia suprema» contra los ataques de otros canes se hallaba en los dientes de un perro rabioso. Eso sí: antes de atarlos al hombro, el can en cuestión tenía que haber mordido a un hombre. Si la víctima era una mujer, miel sobre hojuelas...

Tiglat nos condujo hasta la sala contigua y, excusándose de nuevo, nos hizo ver que no disponía de nada mejor. El lugar, amplio y espacioso como la «vivienda», era en realidad el taller en el que la familia fabricaba toda suerte de utensilios de vidrio.

Agradecimos la hospitalidad. Para aquellos agotados caminantes, cualquier rincón era bueno. Preparamos los ropones al pie de uno de los apagados hornos y, tras desearnos paz, Tiglat depositó una lucerna de aceite en una de las estanterías, arrancando guiños verdes y dorados a los abombados y transparentes vasos, jarrones y botellas. Nos observó un instante y, feliz, cerró la puerta, desapareciendo.

La Providencia, en efecto, seguía velando y protegiéndonos. Aquella familia fue una bendición y un chorro de oxígeno en nuestro camino.

Al poco, el bueno de Eliseo dormía profundamente. Yo, en cambio, me agité inquieto. No hubo forma de llamar al sueño. Y lo atribuí al cansancio. ¿O fue la inquietud?

La verdad es que, una y otra vez, obsesivamente, la imagen del Maestro se presentaba en la memoria.

Estábamos muy cerca, sí, casi a un paso...

Pero, ¿por qué me preocupaba? Y me vi asaltado por una jauría de furiosas e irritantes incógnitas.

¿Nos reconocería? ¿Nos admitiría en su compañía? ¿Qué podíamos decirle? ¿Cómo explicarle?

Y la seguridad que me había acompañado hasta esos momentos huyó de quien esto escribe. Me sentí desolado. Quizá estábamos equivocados...

¿Qué sucedería si Jesús de Nazaret no nos aceptaba junto a Él?

¡Dios!

En eso no habíamos pensado...

Y la figura del Galileo, ora distante, ora seria y ajena, seguía visitándome en la penumbra del taller.

Me resistí.

Ése no era el afable y entrañable «amigo» que conocía. El agotamiento, sin duda, jugaba conmigo.

Finalmente, incapaz de soportar aquel suplicio, me alcé. Tomé la débil y amarillenta flama e intenté distraerme. Repasé hornos, fuelles, cañas de soplado, materia prima (1) y la nutrida batería de objetos que se apretaba fría e indiferente en paredes y suelo.

Imposible. El sueño, rebelde, se mantuvo a distancia.

Y opté por asomarme al exterior. Allí, seguramente, me relajaría.

(1) Los inteligentes Tiglat, además de a las costas de la vecina Tiro, sabían sacar provecho de la propia tierra del Hermón, rica en cuarzo. De ella obtenían el ácido silícico, clave para la fabricación del vidrio. Este subproducto, mezclado con cenizas de plantas marinas (carbonato) y caliza o creta, era calentado hasta 800 o 900 grados, consiguiéndose así el cotizado y codiciado vidrio fenicio. *(N. del m.)*

Pero todo, aquella noche, parecía huraño y contrario a mi voluntad. Al empujar la achacosa portezuela que comunicaba con el resto de la aldea, los goznes, irritados, protestaron. Me volví hacia el lugar donde descansaba mi hermano. ¡Bendito ingeniero! Ni un terremoto lo hubiera despertado...

Las casuchas, oscuras y silenciosas, ni se inmutaron.

Busqué refugio al pie de uno de los muros del taller. Inspiré profundamente y me bebí las estrellas.

Casi podía tocarlas con las manos.

¡Dios! ¡Qué hermosa y blanca negrura!

De pronto, en la lejanía, en ninguna parte, sonó limpio y prolongado un aullido.

Sentí un escalofrío.

¿Lobos? ¿Chacales?

Y Venus y Júpiter, en conjunción, me hicieron una señal. Después otra y otra...

Nuevos aullidos. Nuevo estremecimiento.

Y como huida de aquella luminosa ciudad flotante vi entrar en mi agitada mente una inconfundible figura. Vestía de negro y sujetaba una reluciente y afilada guadaña...

La rechacé.

¿Qué ocurría?

Pero la imagen, decidida, alzó la cuchilla, avisando. Y, súbitamente, se extinguió.

Y dos, tres, cuatro nuevos aullidos, más cercanos, me erizaron los cabellos.

¿Qué era aquello? ¿Un presentimiento? ¿Una advertencia? ¿Una locura? ¿Por qué la muerte? ¿Y por qué en esos instantes y en ese lugar?

Horas más tarde, por desgracia, comprobaría que la «visión» (?) no fue fruto de mi cansada y casi nula imaginación. El Destino, supongo, a su manera, me advertía...

Y poco a poco, consumada la extraña «aparición», la inquietud fue anestesiada y caí en el pozo de los sueños. Sí, otra vez las ensoñaciones...

En esta ocasión me vi caminando entre bosques. Era el Hermón. Aparecía muy cerca, con la cumbre nevada.

En cabeza marchaba el joven Tiglat, a lomos de un jumento. A su lado, *Ot*, el *basenji* negro. Detrás, alegre, cargando el saco de viaje, Eliseo y cerrando la expedición, este explorador.

Pero no. Quien esto escribe no era el último caminante...

A mis espaldas, a cuatro o cinco metros, con paso igualmente presuroso, avanzaba una vieja «conocida».

¡La muerte!

Se cubría con la misma y larga túnica funeraria, cargando sobre el hombro una temible y larguísima guadaña.

Intenté avisar, pero la voz no salía de mi garganta.

Nadie parecía verla. Ni siquiera *Ot*.

Volví la cabeza y la muerte, con una helada sonrisa, asintió.

De pronto, en las cercanías de un corpulento árbol, comenzó a llover. Era una lluvia torrencial.

El perro «habló» y aconsejó que nos refugiáramos bajo la gran copa. Así lo hicimos.

Y la osamenta, impasible, sin dejar de sonreír, se plantó frente al grupo. Entonces alzó los descarnados dedos y señaló hacia lo alto.

¡Dios mío!

De las ramas colgaban nuestras propias cabezas...

Estaban vivas.

La de *Ot*, en cambio, sangrante y suspendida por los ojos, carecía de vida.

Intenté reaccionar. Pulsé el láser de alta energía, graduándolo a la máxima potencia.

¡Dios santo!

No funcionó...

Y la muerte replicó con unas sonoras y cavernosas carcajadas.

Entonces, por detrás, entre los árboles, surgieron unos hombres. Portaban hachas, mazas y espadas.

¡Eran americanos!

Vestían uniformes de campaña. Y avanzaron amenazantes...

¡Oh, Dios!

Todos tenían el mismo rostro. ¡El del general Curtiss!

Zarandeé a Eliseo, advirtiéndole. No hizo caso. Y continuó hablando con Tiglat sobre la inoportuna cortina de agua. *Ot* aseguró que pasaría pronto...

Uno de los militares se detuvo junto a la muerte. Se abrazaron. Aquel «Curtiss» era el único que no iba armado. Mejor dicho, era el mejor armado...

¡En la mano izquierda sostenía otra «vara de Moisés»!

Cuchichearon.

De vez en cuando me miraban y seguían hablando en voz baja.

Finalmente, el chorreante «Curtiss» indicó que me acercara.

Obedecí.

Y al separarme del árbol, la intensa lluvia me empapó.

—¡Los informes!... ¡Queremos los informes de ADN! ¡Tú los tienes!

Negué con desesperación.

El individuo, entonces, se quitó el gorro que lucía unas estrellas de general y lo arrojó al suelo, pisoteándolo con rabia.

Volví a negar.

—¡Entrégamelos!... ¡Eso es propiedad de la USAF!

E irritado, soltando el cayado, se abalanzó sobre mí. Hizo presa en mis brazos y gritó:

—¡Jasón!... ¡Obedece!... ¡Jasón!

En ese instante, alguien me despertó.

—¡Jasón!...

Eliseo, tan empapado como yo, me zarandeaba sin miramiento.

—¿Qué?... Mi general..., yo no sé nada...

Mi hermano, al escuchar las inconexas frases —¡y en inglés!— se alarmó definitivamente.

—¿Qué te ocurre?... ¡Despierta!

Los fríos y densos goterones terminaron devolviéndome a la realidad. Me puse en pie y, aturdido, me excusé.

—¿Otra pesadilla?

Asentí en silencio.

—Te lo dije... Anoche abusamos del *jolodetz* y del maldito *arac*. Pero, ¿qué diablos haces aquí afuera?

Respondí como pude, improvisando. Tampoco deseaba abrumarlo con mis extrañas inquietudes y las no menos locas ensoñaciones.

¿Locas?

Hoy sé que algunos sueños no son tan demenciales ni absurdos como parecen a simple vista...

20 DE AGOSTO, LUNES

Regresamos al taller. La familia se afanaba ya en el desayuno y en los preparativos para la partida.

El reciente sueño, sin embargo, me tenía perplejo. Seguía vieno la cara de aquel «Curtiss» y la calavera de la muerte.

¡Qué extraño!

Me aproximé a la portezuela e inspeccioné el cielo. El brillante firmamento había sido borrado de un plumazo. Durante la noche, un inesperado frente borrascoso escapó del Mediterráneo, cubriendo parte de la Gaulanitis. Y la lluvia, benéfica, descargó sobre valles y colinas.

¡Qué extraño! También en el sueño llovía torrencialmente...

E intenté espantar la absurda coincidencia. Estábamos donde estábamos. El alba llegaba puntual, encendiendo montañas. Sólo debía preocuparme del inminente viaje. Con un poco de suerte, hoy estaríamos con Él...

¡Al fin!

El cabeza de familia terminó uniéndose a este desconcertado explorador. Me vio observar las negras y veloces masas nubosas y, captando una supuesta inquietud por el cambio atmosférico, quiso tranquilizarme.

—Pasará pronto...

En parte tenía razón. Estas borrascas eran bastante comunes en los veranos de la alta Galilea. Y de la misma y súbita forma en que se presentaban, así se alejaban. En esta oportunidad, sin embargo, el espectáculo de los «yunques», inmensos como torres, castigándose mutuamente con fulgurantes culebrinas, me dejó inquieto. ¿Pasarían? Con esto no habíamos contado. Si la lluvia no cesaba, el viaje peligraría.

Compartimos el desayuno y hacia la hora «tercia» (las nueve), tal y como pronosticara Tiglat, escampó. Los cumulonimbos, no obstante, continuaron desembarcando por el oeste, sombreando el paisaje y obligando al sol a derramarse en estrechas y clandestinas cascadas blancas, azules y doradas. Aquello no me gustó. La lluvia seguía allí, amenazante.

Y el «sueño», de nuevo, tocó en mi hombro...

Tiglat revisó la carga. El onagro propiedad del Maestro aguantó sin problemas. El animal, alto, joven, y fuerte, recibió dos grandes alforjas de junco, repletas de viandas. Y entre ambas, meticulosamente enrollada, la tienda de pieles de cabra solicitada la noche anterior.

Y ante nuestra sorpresa, el anfitrión solicitó que inspeccionáramos el cargamento.

Me negué.

El jefe del clan, entonces, con voz autoritaria, ordenó al hijo que retornara a la casa.

Comprendimos. Si no accedíamos, no había viaje...

Legumbres, carne salada, pescado ahumado, huevos, aceite, dos *log* de sal (alrededor de un kilo), dos *bats* de vino (cinco litros), especias, harina, fruta en abundancia, un par de ánades, seis grandes y redondas hogazas de pan de trigo, miel, dos botellas de *arac* y un obsequio de la casa: un cuarto de *seah* (unos cuatro kilos) de un excelente lomo de ciervo curado. El resto, la verdad, no lo recuerdo.

Satisfecho el inventario —más que suficiente para una o dos semanas—, Eliseo echó mano de la bolsa, preguntando el importe.

Tiglat, de nuevo, nos sorprendió.

—Eso —proclamó con la misma contundencia—, a la llegada...

—Pero...

No hubo forma. Y tras agradecer la confianza y hospitalidad de aquellas sencillas y entrañables gentes nos pusimos en camino.

El joven Tiglat, en cabeza, tiró del asno, tomando un senderillo que, de inmediato, se coló en el bosque de cipreses. A su lado, correteando arriba y abajo, *Ot*, el dócil *basenji*. Detrás, alegre, aliviado por el frescor de los «Cb» (cumulonimbos), mi hermano, cargando al hombro el saco de viaje. Por último, como siempre, este explorador, ahora relativamente feliz y confiado. El nevado Hermón, apenas molestado por los «Cb», estaba a la vista.

¡Al fin!, me dije.

Si los cálculos de Tiglat eran correctos, los cinco kilómetros que separaban Bet Jenn del *mahaneh*, el campamento en el que permanecía Jesús de Nazaret, deberían ser cubiertos en dos o tres horas. Todo dependía de la ruta elegida por el pequeño guía y, naturalmente, del voluble Destino...

Al principio descendimos. Después, la estrechísima pista se enderezó, escalando nuevas colinas.

Cota «1 500».

Al mirar atrás, entre la arboleda, distinguí la media docena de casitas negras de Bet Jenn. Por debajo, en la cota «1 198», el verdinegro lago Phiale, un antiguo volcán anegado por las corrientes subterráneas que huían del Hermón. Los lugareños aseguraban que la menguada y circular laguna, de unos trescientos metros de diámetro, se hallaba comunicada con la ciudad de Paneas e, incluso, con el padre Jordán.

Y, de pronto, al cruzar un olivar, Tiglat, de un salto, fue a montar sobre el onagro.

¿Cómo no me había dado cuenta?

Me estremecí.

La reducida expedición presentaba el mismo orden de marcha que el sueño...

Y como un idiota llegué a volver la cabeza. Allí, a mis espaldas, obviamente, sólo encontré olivos.

El breve trayecto entre los corpulentos *zayit* fue un suplicio. Y la ensoñación se creció. Sin querer estaba olvidando a los «bucoles», los sanguinarios rufianes del Hule.

Entonces —no sé cómo—, lo vi claro...

Los «hombres» del sueño podían ser bandidos. Estábamos en sus dominios. El jefe del clan ratificó las advertencias de los *felah*. Aquellas alturas eran un nido de maleantes.

No, los militares armados no eran un «residuo» del subconsciente. Allí latía «algo» más...

Pero, ¿y las cabezas colgadas de las ramas? ¿Por qué la de *Ot* era la única sin vida?

Y el negro presentimiento tomó posesión, definitivamente, de este agustiado explorador.

Por fortuna, el fragante olor a tierra mojada y la aparente paz de los riscos fueron relajándome. Y el susto se diluyó.

Cerca de la cota «1 700» el paisaje cambió de rostro. Cipreses y olivos se rezagaron y, en su lugar, las estribaciones del Hermón presentaron una cara más adusta y cerrada. Al frente y a la derecha, picudos y vigilantes, aparecieron los *har* Nida y Kahal, con las laderas vestidas de enebros griegos, pinos de Calabria, abetos cilíceos y los perfumados mirtos, dulcificando con sus coronas de flores blancas los graves, enmarañados y azules perfiles del espeso *ya'ar*, el bosque anunciador, siempre súbdito, del «rey» del Hermón, el monumental y mítico cedro.

La senda, como pudo, torció a la izquierda y atacó los nuevos promontorios.

En lo alto, montada en el viento, patrullaba en círculo una familia de buitres negros y leonados. De vez en cuando, bregando con la fuerza de los «Cb», se dejaban caer, señalizando algo. No presté mayor atención. Probablemente vigilaban alguna carroña.

Tiglat también miró a los cielos y, sin previo aviso, azuzó al jumento, avivando la marcha.

¿Qué ocurría?

Pronto lo sabríamos...

Al cabo de unos minutos, el bosque se abrió momentáneamente. Y el sendero se dividió en dos.

El muchacho descendió e inmovilizó al onagro. Al reunirnos, señalando hacia nuestra derecha, fue a descubrir un minúsculo grupo de chozas, medio oculto por el pinar. Era Quinea, un poblado de leñadores. Pidió que esperásemos. Deseaba entrar y consultar la situación de la zona. La presencia de los buitres no le agradó. No era buena señal.

—Esos —manifestó— llegan siempre detrás de los «bucoles»...

Y dicho y hecho.

Tiglat corrió hacia los árboles, seguido del bullicioso *basenji*.

Eliseo observó las evoluciones de los buitres y me interrogó con la mirada.

Poco pude decirle. Mi experiencia con los bandidos —al margen de la vivida en la pasada operación «Salomón»— era casi nula.

E inquietos nos entretuvimos inspeccionando el calvero.

El senderillo, en efecto, se bifurcaba a escasa distancia. El nuevo ramal partía hacia la izquierda, tragado prácticamente por la espesura. En la encrucijada, un grueso poste clavado en la escoria volcánica advertía: «Paneas. Siete millas.»

Tomamos nota de la referencia. La senda, al parecer, descendiendo hacia el suroeste, moría en la ruta de Damasco, muy cerca de Cesarea de Filipo.

Regresamos al centro del claro. Tiglat se demoraba. Todo, a nuestro alrededor, parecía tranquilo. El silencio, sin embargo, se me antojó raro. Podía oírse. Y lo atribuí a lo alejado y remoto del lugar.

De pronto, *Ot* surgió entre los pinos. Y detrás, su dueño, acompañado por dos individuos.

—Malas noticias —gritó Tiglat mientras se aproximaba—. Esos malditos merodean por los alrededores...

—¿Esos malditos?

La pregunta de Eliseo era innecesaria. Pero el guía aclaró:

—Los «bucoles».

Y refiriéndose a los fornidos y renegridos leñadores, añadió:

—Acaban de confirmarlo. Esta mañana, al alba, han visitado la aldea. Se han llevado vino y provisiones...

El muchacho se dirigió entonces a uno de los paisanos y, en fenicio, volvió a interrogarlo.

El *hoteb*, un leñador curtido y con cara de pocos amigos, se extendió en un largo parlamento, marcando el norte con la mano derecha.

—Dice —tradujo el guía— que los vieron alejarse hacia las «cascadas»... Eran seis. Los manda un viejo «conocido»: Kedab, también llamado «Al».

El nombre, en arameo, significaba «mentiroso». En cuanto al apodo —«Al»—, me dejó confuso. E, inseguro, pregunté:

—¿«Al»?

Tiglat asintió.

No había entendido mal. «Al», en efecto, quería decir «no».

Y moviendo la cabeza negativamente, el preocupado jovencito resumió el resto de las explicaciones del *hoteb*.

—Dice también que van armados hasta los dientes... Seguramente, a estas horas, estarán borrachos...

—¿Y qué aconsejan tus amigos?

Tiglat transmitió la cuestión planteada por mi compañero al tipo de las malas pulgas.

La respuesta fue inmediata.

—Dice que lo mejor es dar media vuelta y regresar a Bet Jenn. Esos malnacidos matan por un *log* de *arac*...

(Un *log* equivalía a unos seiscientos gramos y nosotros, para colmo, cargábamos más de dos litros.)

Tiglat, silencioso, acarició al *basenji*. Comprendí sus dudas. Pero, por puro instinto, permanecí mudo. Finalmente, tras una larga pausa, hizo una recomendación:

—Si lo deseáis podéis permanecer en Quinea. La menguante de agosto ya ha terminado y ellos— se dirigió entonces a los leñadores— no reemprenderán la tala hasta la próxima luna llena (1). Aquí estaréis bien y a salvo... Son hombres honrados.

—¿Y tú?

Tiglat sonrió sin ganas.

—Yo cumpliré lo pactado con el «extraño galileo».

—Pero...

No atendió las razones de Eliseo.

—Confío en mi señor, Baal. Él me protegerá.

Estaba claro.

Tomé a mi hermano por el brazo y, retirándonos unos pasos, cambié impresiones.

Ambos estuvimos de acuerdo. Proseguiríamos. No habíamos llegado hasta allí para echarnos atrás por causa de los «bucoles»...

Así se lo hicimos saber.

Y el muchacho, complacido, aceptó.

Doscientos o trescientos metros más allá el bosque volvió a abrirse. Y nos encontramos frente a un adolescente y parlanchín río Hermón. Al cruzar el decrépito puentecillo de troncos que lo burlaba, Tiglat, señalando las verdes aguas, proclamó orgulloso:

—Aleyin, el que cabalga las nubes...

Éste era el nombre del tributario del Jordán entre los montañeses. Aleyin, uno de los hijos del dios Baal, favorecedor de las plantas. Por regla general, los fenicios gustaban bautizar a los ríos con los nombres de sus divinidades. El menguado cauce, como tendríamos ocasión de verificar días más tarde, nacía en los ventisqueros del Hermón. De ahí también su atributo: «cabalgador de las nubes».

(1) A la hora de talar los bosques, aquella gente, con una envidiable sabiduría, solía ajustarse a las fases de la luna. Sabían que, en menguante, la savia permanece en las raíces. Ésos eran los momentos propicios para el corte. El mejor era el de enero. La madera cortada en esas fechas es más duradera. Le seguían los menguantes de agosto e invierno. En cuanto a la creciente y luna llena, los leñadores las aprovechaban, únicamente, para la madera destinada al fuego. Con la savia en «ascenso», algunos poblados se limitaban a descortezar los árboles, preparándolos para la tala de invierno. *(N. del m.)*

El puente sobre el nahal era otra excelente referencia. Y calculé el tiempo invertido desde Bet Jenn. Si no me equivocaba, hacía unas dos horas que caminábamos. Distancia recorrida: unos tres kilómetros. Restaban, pues, otros dos, con un tiempo estimado de una hora, aproximadamente.

Y me sentí feliz.

Si todo discurría con normalidad, hacia el mediodía (hora «quinta») estaríamos en presencia del Maestro...

¿Con normalidad? ¡Pobre ingenuo!

El Destino, desde alguna parte, debió sonreír con benevolencia...

Al otro lado del nahal Hermón, al filo del bosque, entre un atrevido y oloroso maquis formado por arbustos de menta, cisto, salvia amarilla y tomillo, se alzaba una novedad: cinco piedras cónicas, toscamente labradas, de metro y medio de altura, y perfectamente alineadas de este a oeste.

Tiglat desmontó. Se aproximó reverencioso a la hilera de basalto negro y, durante unos minutos, permaneció en silencio, con la cabeza baja. Después, volviéndose, nos invitó a descansar. A partir de allí, según sus palabras, empezaba lo más duro. El senderillo, paralelo a la margen derecha del río, trepaba arduo y desequilibrado, saltando de la cota «1 700» a la «2 000» en cuestión de 1 500 metros. Poco antes de dicha cota «2 000», a unos tres estadios (algo más de medio kilómetro), finalizaba el viaje. Para ser exactos, el de Tiglat. Allí —explicó—, de acuerdo a lo convenido con el «extraño galileo», depositaría las provisiones. Acto seguido regresaría.

El muchacho dejó libre al onagro y, sentándose al pie de una de las rocas, abrió el zurrón que colgaba en bandolera. Extrajo pan y una oscura porción de cecina de jabalí y se dispuso a dar buena cuenta del refrigerio. *Ot*, atento, se plantó frente al dueño, aguardando su parte.

Mi hermano, imitando al guía, buscó apoyo en la piedra contigua. Yo, por mi parte, intrigado, dediqué unos minutos a la exploración del monumento sagrado. Porque ésa, en definitiva, era la intencionalidad de las puntiagudas rocas. Tiglat, más tarde, lo confirmaría.

Estábamos, efectivamente ante un *asherat*, una formación megalítica, muy frecuente en Fenicia y, sobre todo, en las montañas. Aunque nos encontrábamos en territorio de la Gaulanitis —es decir, en Palestina—, estos centros de culto pagano eran relativamente habituales. A veces, en lugar de piedra, los montañeses utilizaban altos y robustos troncos de cedro, bien en círculo o también en línea recta. Los judíos, en especial los amantes de la paz, hacían la vista gorda, ignorando tales construcciones. Yavé, en el Deuteronomio (16, 21), era especialmente rígido con estos símbolos idolátricos.

Finalmente me uní a Eliseo y, curioso, interrogué al muchacho sobre la naturaleza del conjunto.

Los erectos peñascos, en efecto, recibían el nombre de *asherat*, en honor a la diosa y madre de Baal, aunque, en este caso, habían sido dedicados a dos de los hijos de Baal-Ros, señor de los promontorios: Resef y el mencionado Aleyin. El primero —según el ceremonioso Tiglat— gobernaba el rayo y el trueno. El segundo, como fue dicho, cuidaba de fuentes, ríos y aguas subterráneas.

Cada fenicio, siempre que acertaba a pasar junto a uno de estos «templos», tenía la obligación de detenerse y orar ante los dioses representados por las piedras o leños.

Concluidas las explicaciones, el ingeniero intervino, planteando un asunto tan oportuno como interesante. Un asunto del que, forzados por las circunstancias, casi no hablamos en Bet Jenn.

—¿Qué aspecto tiene tu amigo, el «extraño galileo»?

El adolescente, sorprendido por la súbita pregunta, contestó con una hábil y lógica interrogante:

—Pero, ¿no dices que lo conoces?

Mi hermano, atrapado, escapó como pudo.

—Sí, bueno..., pero hace mucho que no lo vemos...

—No sé —balbuceó Tiglat, dirigiendo el rostro hacia la cumbre del Hermón—, no hemos cruzado ni diez palabras...

Y añadió pensativo:

—Parece serio..., y preocupado. Algo grave debe sucederle para que se haya refugiado en ese lugar...

Eliseo, de ideas fijas, insistió.

—Me refiero al aspecto físico...

El guía, desconcertado, encogiéndose de hombros, repitió la cuestión.

—¿Aspecto físico? No te entiendo...

Intenté hacérselo más fácil.

—¿Tiene buena salud?

—¡Ya lo creo!

Y aportó un dato interesante.

—Es un hombre muy fuerte. Es un *šallit*...

(Así denominaban a los individuos poderosos, con especial fuerza física.)

—... Él solo ha levantado un refugio de piedra...

Pero, poco amante de las medias verdades, corrigió:

—Bueno, yo también colaboré. Pronto lo alcanzaremos. Allí dejo siempre la comida.

—¿Allí?

Tiglat asintió.

—Entonces —redondeó Eliseo—, ¿no permite que llegues al *mahaneh*, al campamento?

—Eso fue lo establecido. Él paga y yo obedezco...

Mi hermano y yo cruzamos una inquieta mirada. ¿Por qué Jesús no consentía que el jovencito pasara del refugio de piedra? ¿Qué ocurría en el lugar donde acampaba? Y lo más importante: ¿seríamos una excepción? ¿Nos autorizaría a permanecer junto a Él? Pero, lógicamente, ninguna de las irritantes cuestiones le fue formulada. Eso deberíamos averiguarlo por nosotros mismos.

—¿Y qué supones que hace allá arriba?

Los negros y despiertos ojos del adolescente, intuyendo una segunda intención, se clavaron en los de Eliseo. El ingeniero, sin embargo, frío como las piedras del *asherat*, aguantó impertérrito. Finalmente, tras una tensa pausa, Tiglat esgrimió con audacia:

—¿Quiénes sois?... ¿Quién es en verdad ese «extraño galileo»?

—No has respondido a mi pregunta.

—Vosotros tampoco...

—Te lo dijimos —tercié conciliador—. Somos griegos. Viejos amigos de tu amigo... Necesitamos hablar con Él.

No pareció muy convencido, pero se resignó.

—En primer lugar, no es mi amigo... Un *oheb* [amigo] es otra cosa. Es alguien querido... A un *oheb* no se le cobra. Y os diré más. Nunca espío...

Eliseo acusó el golpe.

—... Los dioses no lo permiten y mi padre tampoco. Nunca he pasado del refugio. Además, como sabéis, ese paraje, el de las «cascadas», no es muy recomendable...

—¿Él lo sabe?

—Fue lo primero que le dijimos cuando se interesó por nuestros servicios. Nadie, en su sano juicio, acampa en ese lugar. Y menos ahora, con «Al» y su gente merodeando por los alrededores...

—¿Comentó algo? ¿Os dio alguna explicación?

—Sí, se refirió a que no estaba solo... Pero, francamente, no le entendimos. Que yo sepa, allá arriba no hay nadie más..., salvo esos malnacidos.

Hizo un silencio y, cayendo en la cuenta de algo, añadió convencido:

—Claro... Ahora lo entiendo. Él os espera... Por eso dijo que no estaba solo.

No le sacamos del error. ¿O no fue un error? ¿Es que el Maestro sabía...? No, eso era imposible.

Y Eliseo, desviando la conversación, retornó al tema inicial.

—¿Y por qué dices que parece preocupado?

—No sé... Quizá porque habla poco. Además, en sus ojos se nota cierta tristeza...

—¿Sabes cómo se llama?

Negó con la cabeza. Y, nuevamente sorprendido, admitió:

—Es curioso... Ahora que lo mencionas, nadie se lo preguntó y él tampoco lo dijo. Mi padre y yo nos referimos a él como el «extraño galileo».

Y, curioso, se adelantó a nuestros pensamientos.

—¿Cuál es su gracia?

—Yešua'...

—Jesús...

—Jesús de Nazaret —precisé sin disimular un cierto orgullo—. Un «ah», un hermano...

—Pero vosotros sois extranjeros. ¿Cómo podéis llamar hermano a un *yehuday* [judío]?

—Este *yehuday* no es como los demás...

—¿Es rico?

El ingeniero, encantado ante la sinceridad del joven fenicio, rió con ganas. Y replicó con la verdad.

—Su corazón es inmensamente rico...

—Comprendo... Es un judío que no teme a ese despiadado Yavé.

—Es un ser humano.

—¿Humano y judío? Imposible...

—Ya veo que no te agradan —sentenció Eliseo.

—No me gusta su Dios. Los vuelve locos. Discrimina. Se consideran en posesión de la verdad. Nos desprecian.

—¿La verdad? —intervine—. ¿Qué es para ti la verdad?

No lo dudó. Señaló las piedras cónicas y, seguro de sí mismo, afirmó:

—Mi padre dice que la verdad, si existe, no está en los dioses, ni tampoco en las leyes. La verdad está por llegar.

—Y si algún día llega, ¿sabrás reconocerla?

Asintió tímidamente.

—Creo que sí. Según mi padre, la verdad va directa al corazón. Lo sabré porque me hará temblar. Pero no de miedo, sino de emoción...

—Tu padre es un hombre sabio.

—Mi padre —corrigió a Eliseo— es bueno. Él se deja guiar por el instinto. Os contaré algo...

Pero la confesión quedó en suspenso. Unos gruesos y aislados goterones nos pusieron en guardia.

Tiglat inspeccionó la cumbre del Hermón. Negros nubarrones empezaban a peinarla. Se alzó y, autoritario, nos metió prisa.

—Prosigamos. Eso tiene mal aspecto...

No le faltaba razón. Los «Cb», animados por fortísimas corrientes ascendentes, se habían vuelto montañosos, con alturas superiores a los diez kilómetros. La base de los cumulonimbos descendió y los jirones, veloces, ocultaron las nieves. Las culebrinas, escapando de yunque en yunque y precipitándose rabiosas sobre los cada vez más oscuros bosques, dieron el primer aviso. Una espectacular tormenta estaba a punto de sorprendernos. Y los truenos, secos, todavía distantes, terminaron avivando la marcha.

Fue instantáneo. El contacto con la lluvia resucitó la vieja y, aparentemente, absurda ensoñación.

«En las cercanías de un corpulento árbol, de pronto, comenzó a llover. Era una lluvia torrencial...»

No pude evitarlo. Me estremecí.

¿Se cumpliría el sueño?

Y en un postrer gesto de raciocinio traté de echar fuera la negra premonición.

Imaginaciones...

¿Dónde está el «corpulento árbol»? Esto es un pinar...

Pero la «visión» no retrocedió.

Al abandonar el *asherat*, el senderillo, encajonado entre la cerrada arboleda por la izquierda y el cada vez más impetuoso torrente y el resto de la maraña de pinos albares por la derecha, hizo lo que pudo. Y fue subiendo, metro a metro, sacrificándose y quedando reducido a una huella de apenas cincuenta centímetros. Obviamente, tuvimos que marchar de uno en uno.

Tiglat sujetó en corto las riendas del asno, tirando de él sin contemplaciones. Y la carga, más de una vez, fue a tropezar con las bajas e impertinentes ramas de los pinos. Un paso en falso del onagro hubiera hecho peligrar las provisiones. Al filo mismo de la pista, por nuestra derecha, como decía, el joven nahal Hermón saltaba inconsciente entre peñascos, provocando innumerables y nada recomendables rápidos.

La lluvia arreció. Y las descargas eléctricas destellaron al frente, iluminando durante décimas de segundo un macizo negro y desdibujado por los torreones borrascosos. Varias de las detonaciones, muy cercanas, asustaron al voluntarioso jumento. Alzó la gran cabeza y se resistió a los tirones del guía.

El muchacho, experto, reclamó al perro y, en fenicio, le dio una orden. *Ot*, introduciéndose entre las patas del asno, le mordió los testículos. El onagro, dolorido, respondió con una violenta coz. Mano de santo. Al instante caminaba de nuevo.

La temperatura bajó. Y conforme ganábamos la siguiente cota, la oscuridad se fue espesando.

Nueva parada. Tiglat indicó el fondo del sendero. Y entre la cortina de agua, alumbrado por las chispas, distinguimos otro ya familiar alboroto. El camino aparecía cortado por cuatro o cinco grandes buitres. Y deduje que estábamos ante los mismos carroñeros que habíamos divisado en las cercanías de Quinea.

Como en el caso de las aves que devoraban a los «bucoles» en la ruta de Damasco, éstas, igualmente nerviosas y agitadas, saltaban unas sobre otras, disputándose la presa.

El guía volvió a gritar al *basenji*. Y el can, emprendiendo una veloz carrera, se lanzó hacia los ciegos buitres negros y leonados. Dos de ellos, sorprendidos, tuvieron el tiempo justo de abrir las enormes alas grises, despegando con apuros. Un tercero no tuvo tanta suerte. *Ot* cayó sobre el largo, blanco y desnudo cuello, destrozándolo. E, incomprensiblemente, los dos últimos continuaron con las cabezas enterradas en el vientre de la víctima...

El perro, implacable, hizo presa en uno de los tarsos. Y al punto, una cabeza ensangrentada y otro cuello deforme y azulado hicieron frente al valiente *Ot*. El afilado y ganchudo pico del buitre negro lo hizo retroceder. Pero siguió atacando. Tiglat, entonces, aproximándose, la emprendió a pedradas con los recalcitrantes carroñeros. Nos unimos al guía y, finalmente, acosados, remontaron el vuelo, cayendo pesadamente sobre las copas de los albares.

Mi hermano y yo, atónitos, descubrimos a la «víctima».

Me precipité sobre el cuerpo. Se hallaba prácticamente desnudo, cubierto tan sólo con un *saq* o taparrabo de piel de oso. El rostro carecía de ojos. En cuanto al vientre, negros y leonados lo habían abierto casi en canal.

Tiglat, a pesar del lamentable aspecto, creyó reconocerlo.

—Es uno de ellos... Le llamaban *Anaš* [«castigo»]... Siempre estaba ebrio.

—Un bandido...

Asintió en silencio. Se inclinó y, de un golpe, arrancó el largo clavo que colgaba sobre el pecho.

—Tú ya no lo necesitas, maldito *yehuday*...

(Estos enormes clavos, de sección cuadrangular y de veinte o treinta centímetros de longitud, eran muy codiciados por judíos y gentiles. Generalmente eran utilizados en las crucifixiones y —según decían— constituían un excelente amuleto.)

Lo amarró al cuello del onagro y permaneció unos instantes con la vista fija en el casi borrado y trepador senderillo.

No era difícil penetrar sus pensamientos...

Allí, en alguna parte del bosque, debía encontrarse el resto de la partida.

¿Qué podíamos hacer?

Francamente, muy poco. A estas alturas, lo más probable es que estuvieran al tanto de nuestra presencia. Pero, ¿por qué no atacaban? E imaginé que, quizá, esperaban a que amainase la tormenta. Una vez más me equivoqué...

El decidido y valeroso jovencito no dijo nada. Tiró del burro y continuó ascendiendo por la resbaladiza y brillante huella de ceniza volcánica.

Eliseo, prudente, hizo un gesto, recomendando que me ajustara las «crótalos». Si los «bucoles» hacían acto de presencia... habría jaleo.

En ello estaba cuando, como era de prever, las tronadas se nos echaron materialmente encima. Y las chispas golpearon el pinar.

El asno se agitó de nuevo, pero Tiglat, sin concesiones, lo arrastró.

Acabábamos de entrar en uno de los ojos de la borrasca. Y la lluvia, densa como una pared, nos frenó. Casi no veíamos...

—¡Esto es un diluvio! —grité—. ¡Deberíamos detenernos!

El guía se volvió y, señalando el fondo de la senda, vociferó entre los estampidos:

—¡Un poco más!... ¡Allí arriba tenemos un claro!

No tuvo ocasión de enderezar la cabeza. Uno de los rayos partió de la revuelta «panza» de los «Cb», cegándonos. Y se cebó en el mástil de un chorreante pino, a diez metros escasos por delante del grupo. El resto fue un desastre...

En una milésima de segundo —quizá menos—, el «canal» por el que descendió la chispa se calentó a más de 30 000 °C, provocando dos fenómenos simultáneos. De un lado, el aire caliente del milimétrico «túnel» por el que viajó el rayo se expandió, dando lugar a un espantoso trueno que nos dejó temporalmente sordos. Por otro, al impactar en el húmedo árbol, la súbita y violenta evaporización creó una onda de choque. Y la expedición, incluyendo perro y onagro, rodó por los suelos.

Fueron instantes de gran confusión. Nadie gritó. Nadie se lamentó. No hubo tiempo material...

Y, aturdidos, mi hermano y yo nos incorporamos como pudimos. El torrencial aguacero terminaría despejándonos. Y lo que vimos nos llenó de espanto...

Tiglat yacía en tierra. Permanecía inmóvil. Parecía muerto. Me asusté.

Ot, a su lado, emitía aquellos extraños sonidos, lamiendo sin cesar la cara de su dueño.

En cuanto al jumento, despavorido, galopaba colina arriba.

¿Galopaba?

Yo juraría que volaba...

Y culebrinas y estampidos siguieron acorralándonos.

Nos lanzamos sobre el muchacho. Verifiqué el pulso.

¡Estaba vivo!

Exploré la cabeza. Un fino reguero de sangre brotaba por la nariz. Se hallaba inconsciente. Y deduje que pudo golpearse en la caída.

Medio sordo, con aquel zumbido instalado en el cerebro, a gritos, por señas, deslumbrado por los rayos y con el corazón desmayado por los continuos mazazos de los truenos, le hice ver a Eliseo que teníamos que salir de aquel infierno.

Y recordando las últimas palabras de Tiglat lo tomé en brazos, corriendo entre las chispas y la muralla de agua hacia el extremo del camino.

Al final del senderillo, en efecto, distinguimos un claro. El bosque se había retirado, formando un mediano círculo, cruzado únicamente por la pista y el feroz torrente. En el centro geométrico, dueño y señor del calvero, se alzaba un corpulento árbol. Una sabina enorme, de casi treinta metros, con una copa piramidal, abierta y generosa que, de momento, nos alivió.

Llegué exhausto. Jadeante...

Deposité al joven al pie del grueso y ceniciento tronco e intenté reanimarlo.

El cielo fue compasivo. No tuve que esforzarme. Al poco volvía en sí. Y, descompuesto, trató de incorporarse.

—¡El onagro! —clamó—. ¿Dónde está?... ¡Las provisiones!

Lo retuve. Quise tranquilizarlo. Imposible.

Al final se alzó e hizo ademán de saltar al caminillo. Pero Eliseo, oportuno, se interpuso, sujetándolo. Y despacio, poco a poco, fuimos calmándolo.

—Yo lo buscaré...

Y así fue.

Minutos después, dejando el petate junto al árbol, el ingeniero, a la carrera, salía en persecución del jumento. Y lo vi desaparecer bajo el diluvio.

Tiglat obedeció. Y accedió a sentarse bajo la corpulenta sabina. Ahora sólo podíamos esperar. Aguardar pacientemente a que escampase.

¿«Corpulento árbol»?

Un nuevo estampido subrayó el súbito recuerdo. Y el sueño regresó.

Levanté el rostro y quedé petrificado.

Y el Destino, en forma de rayo, iluminó el calvero, confirmando la visión...

¡No es posible!

Colgando de las ramas, a corta distancia de este perplejo explorador, golpeadas por la tormenta, me miraban seis o siete osamentas, ahora plateadas por la visión IR. A su lado se balanceaban otras tantas y secas tripas...

A qué negarlo. Las examiné con miedo.

Eran cráneos y vísceras de cabras.

Comprendí.

Nos encontrábamos bajo un árbol sagrado. Otro símbolo de los gentiles de la Gaulanitis. Allí colgaban sus ofrendas a los dioses. La peculiar naturaleza de la madera de la sabina albar —inatacable por los insectos y resistente a la putrefacción— la convertía en una excepción, asociada por los lugareños al «poder de los cielos».

Tiglat, advirtiendo mi sorpresa, ratificó las sospechas. Se alzó de nuevo y fue a buscar entre los boquetes y las onduladas estrías de la corteza. Al encontrar lo que perseguía fue a mostrármelo. Eran, efectivamente, unas pequeñas puntas de flecha de basalto y pedernal. Las llamaban «piedras de rayo», unas piezas neolíticas que —según los supersticiosos montañeses— tenían la virtud de conjurar los efectos de las chispas eléctricas. Algún tiempo después las descubriríamos también en las oquedades de los robles. En realidad se trataba de una creencia errónea y peligrosa. La sabina, como el roble, encina, sauce, abeto o tilo, se caracteriza, justamente, por todo lo contrario. Es decir, por su capacidad para atraer los rayos.

De pronto, la enconada borrasca cedió. La lluvia se amansó y las descargas se esparcieron.

Respiré aliviado. Los «Cb» se rendían.

Pero la tímida alegría duró poco.

Ot, inquieto, nos abandonó, plantándose en mitad de la senda.

Tiglat y yo nos miramos.

El *basenji*, con la musculatura tensa como una tabla y las orejas rígidas, había detectado algo.

Pensé en mi compañero. Seguramente acababa de localizar el jumento y regresaba...

Sí y no.

La duda se despejó en segundos.

Al poco, en el claro, vimos aparecer a Eliseo..., y a cinco individuos más.

El corazón dio un vuelco y avisó. E, instintivamente, eché mano del cayado.

Las voces de Tiglat, aterrado, confirmaron la intuición.

—¡Son ellos!... ¡Los «bucoles»!...

Salí bajo la lluvia y ordené al muchacho que se mantuviera a mis espaldas. Pero, descompuesto, argumentó con razón:

—¡Oh, señor Baal!... ¡Protégenos!... ¡Ellos van armados!... ¡Tú, en cambio, sólo tienes una vara!

Insistí.

—¡No temas!... ¡Ahora verás la fuerza de la razón!

—¿La razón? —se burló el guía—. ¡Ésos no entienden de razones!

Caminaban despacio. Al vernos se detuvieron. En cabeza marchaba un sujeto de corta estatura, huesudo y cubierto únicamente, al igual que el resto de sus compinches, con un oscuro y empapado *saq* de piel de oso, similar al del cadáver que habíamos dejado atrás. En la mano izquierda portaba una pesada maza, erizada de clavos. Le faltaba la mitad de la pierna derecha. Una pata de palo negra y chorreante abrazaba el muñón a la altura de la rodilla.

Tiglat lo identificó.

—Ése es «Al», el jefe...

Detrás, pálido e impotente, mi hermano. Y a sus espaldas, amenazándole con los afilados hierros de tres *gladius*, otros tantos *hetep* o bandidos, igualmente silenciosos y mal encarados. Por último, cerrando el cortejo, un quinto rufián, más alto que los demás, tocado con un turbante rojo y tirando de las riendas del onagro.

Los cuerpos se iluminaron al paso de uno de los relámpagos, brillando en un azul verdoso.

Me preparé. Y no sé por qué, elegí el clavo del láser de gas. Mi intención, naturalmente, era asustarlos y ponerlos en fuga. Pero, en esta oportunidad, sólo acertaría a medias...

El cojo se volvió. Cuchicheó con los que vigilaban a

Eliseo y, acto seguido, avanzó de nuevo y en solitario hacia la sabina.

El adolescente, parapetado detrás de este explorador, anunció:

—No hay salida... Dale cuanto pida...

No repliqué. Y acaricié el clavo, ajustando la potencia.

Mi hermano, entonces, hizo una señal. Se llevó la mano derecha al cuello y la deslizó como un cuchillo.

Mensaje recibido.

Ésa, por lo visto, era la síntesis de la breve charla sostenida por los ladrones.

Muy bien. Adelante...

Ot, envarado, no se movió.

E imaginando el inminente desenlace sugerí a Tiglat que llamara al perro. El muchacho, sin embargo, no obedeció.

—¡Dehab! —gritó el jefe al llegar a cinco metros del árbol.

Y repitió con insolencia.

—¡Oro!... ¡Queremos todo el oro!

Intenté calcular. Primero el de la pata de palo. A continuación, aprovechando la sorpresa, las tres espadas. En cuanto al del turbante rojo, ya veríamos...

—Somos unos pobres caminantes —contesté en tono sumiso—. No llevamos oro...

—¡No!

—Puedes registrarnos.

—¡No!

—Si lo deseas —insistí— quédate con las provisiones...

—¡No!

Tiglat, apretado a mi cintura, susurró:

—Es la única palabra que conoce... Por eso le llaman «Al»... ¡Por el señor Baal!... ¡Dale el oro!

—¡Mientes! —prosiguió el energúmeno, cada vez más violento y enfurecido—. ¡Kesap!... ¡Plata!

El *basenji*, pendiente de la voz de su amo, abrió las fauces, dispuesto a saltar sobre el cojo.

No lo pensé más. Aquella comedia tenía que concluir...

Levanté ligeramente la «vara de Moisés» y Eliseo, comprendiendo, se arrojó al suelo.

Al punto, una invisible descarga de ocho mil vatios hizo blanco en la semi podrida prótesis del bandido, incendiándola.

El desconcierto, como era de esperar, fue general. Tiglat retrocedió espantado. Y «Al», aullando, soltó la maza.

Dos segundos después, uno de los «gladius», consumido por el láser, se quebraba y caía a tierra. Y los «bucoles», al unísono, levantaron las cabezas hacia la negra tormenta.

Eliseo, gateando, trató de alejarse del grupo.

El guía reaccionó y, en fenicio, ordenó a *Ot* que atacase. Y el perro, como un ariete, cayó sobre el jefe, derribándolo.

Uno se los sujetos, sin embargo, al descubrir la huida de Eliseo, se arrojó sobre él, descargando un fuerte mandoble a la altura de los riñones. Y la espada se partió en dos...

Preso de rabia, lancé una descarga contra el *saq* del atónito agresor. Esta vez, el láser, además de consumir el taparrabo, alcanzó el bajo vientre, achicharrándolo. Y el fulano cayó desmayado.

Busqué al que continuaba armado. Miedo y sorpresa lo mantenían inmóvil, pálido como la cera. Y en la precipitación cometí un error...

En lugar de quemar el *gladius*, apunté hacia uno de los extremos de la piel de oso. Y al instante, a pesar de la humedad, unas llamas aparecieron en el *saq*, desencadenando el pánico de su propietario. Y el sujeto, descompuesto, soltó la espada, corriendo hacia el torrente. Poco después, arrollado por las turbulentas aguas, se perdía río abajo.

Y digo que me equivoqué porque, contra todo pronóstico, el que sostenía las riendas del asno supo reaccionar con presteza, apoderándose del único *gladius* que no había sido inutilizado.

Y, aullando, corrió hacia el maltrecho «Al».

Apunté de nuevo y pulsé el clavo...

—¡Mierda!

El láser no respondió.

Lo intenté una segunda y una tercera vez...

Negativo.

Algo falló en el dispositivo de defensa.

Esos segundos fueron decisivos.

Ot, ciego, encelado con el berreante e incendiado cojo, seguía buscando el cuello del rufián. No se percató de la llegada del tipo del turbante rojo. Y antes de que este perplejo explorador acertara a pulsar el clavo de los ultrasonidos, el esbirro, levantando la espada con ambas manos, la abatió sobre el can, decapitándolo.

El tajo me dejó helado.

De pronto, a mis espaldas, escuché un grito desgarrador. Fue cuestión de segundos.

Un Tiglat fuera de sí cruzó como un bólido, lanzándose de cabeza contra el estómago del bandido. Y ambos rodaron por tierra.

No pude evitarlo.

El muchacho se rehízo. Se apoderó del «gladius» y lo enterró en el corazón del derribado y dolorido individuo.

Acto seguido, arrancando el enrojecido hierro, se dirigió hacia el que quedaba en pie. Pero el *hetep*, comprendiendo, huyó del claro, saltando limpiamente al nahal. Instantes después, como sucediera con su compinche, los rápidos lo engullían, desapareciendo.

Tiglat terminó arrojando la espada a las embravecidas aguas. Después, ignorándonos, regresó junto al destrozado cuerpo del *basenji*. Tomó la negra y blanca cabeza entre las manos y, besándola, rompió a llorar amargamente.

Eliseo, dolorido por el mandoble, se reunió con este desolado y hundido explorador. Me sentí culpable. De haber utilizado los ultrasonidos desde un primer momento, quizá *Ot* hubiera seguido vivo...

Pero lamentarse no servía de nada. La «vara», por primera vez, falló.

En cuanto al jefe, cuando quisimos darnos cuenta, escapaba a trompicones en dirección al *asherat*. Inteligentemente optó por la huida. Y en el claro, bajo la lluvia, quedó la humeante pata de palo...

Curioso Destino. Algún tiempo más tarde volveríamos a encontrarlo. Y en esa ocasión solicitaría del Maestro «algo» mucho más importante que la plata y el oro...

Impotentes, no supimos qué hacer ni qué decir.

El jovencito fue a sentarse bajo el árbol sagrado y allí permaneció largo rato, con el ensangrentado despojo de *Ot* entre las piernas y llorando desconsoladamente.

Mi hermano, conmovido, incapaz de soportar la triste escena, le dio la espalda.

La borrasca, más afortunada, fue retirándose hacia el Este, buscando la lejana Siria.

La lluvia cesó y, muy a mi pesar, la vieja ensoñación continuó a mi lado, recordándome que no había sido un simple y absurdo sueño.

Pero el enigmático y, a veces, cruel Destino tenía algo más que decir...

Tiglat se secó las lágrimas y, amurallado en aquel impenetrable mutismo, trepó hasta las ramas más bajas.

Eliseo y yo, intrigados, le vimos rasgar la túnica y manipular la cabeza del *basenji*. Después, con delicadeza, amarró el lienzo a la sabina y *Ot* quedó colgado por las cuencas oculares.

¡Dios!

Aquella cabeza, goteando sangre y oscilando, también formaba parte del sueño...

Acto seguido, al descender, se abrazó al tronco. Cerró los ojos y, con un hilo de voz, entre suspiros, entonó un cántico.

No supimos lo que decía. El ritual —porque de eso se trataba— se desarrolló en fenicio. Días después, cuando las relaciones con el muchacho se normalizaron, explicó que, sencillamente, intentó congraciarse de nuevo con los dioses, suplicando que le dieran fuerzas para vivir sin su amigo.

Y he dicho bien. Cuando nuestras relaciones se normalizaron...

La cuestión es que, concluida la ceremonia, Tiglat

nos observó brevemente. Noté algo raro en la mirada. Quizá odio...

Finalmente, rompiendo el silencio, anunció:

—Mi amigo ha muerto por tu causa... Si hubieras entregado el oro, ahora seguiría conmigo...

Empecé a comprender.

Eliseo, al corriente del fallo de la «vara», replicó indignado:

—No eres justo...

Pero Tiglat, con el odio crecido, no escuchó.

—Te lo advertí... Te lo dije: dales el oro...

—¿Sabes lo que habría ocurrido de haberles entregado lo que pedían?

Los incendiados ojos del guía se desviaron hacia mi hermano. Pero no supo o no quiso responder a su pregunta. Y Eliseo resumió el breve parlamento sostenido entre «Al» y los «bucoles» poco antes de la refriega.

—Yo te lo diré... Recuerda que estaba allí y pude oírles.

El jovencito dudó.

—... Primero el oro y la plata, ordenó ese salvaje, después, al cuello y sin misericordia...

Esperamos una respuesta. No la hubo. Tiglat, en el fondo, sabía que mi compañero decía la verdad. Esos miserables no perdonaban.

Pero, enroscado en la desolación, no cedió. Y haciendo un esfuerzo proclamó:

—Cumpliré lo pactado... Lo haré, únicamente, por mi padre. Os llevaré hasta el refugio de piedra... Después rogaré a mi señor Baal para que os maldiga...

Fueron sus últimas palabras. Tomó las riendas del onagro y, sin mirar atrás, caminó con prisas hacia el siguiente promontorio.

Eliseo y quien esto escribe, resignados, le seguimos.

Minutos después, cercana ya la cota de los dos mil metros, aparecieron sobre el calvero de la sabina las inconfundibles y oscuras siluetas de los carroñeros.

Y en mi corazón, a pesar de las sensatas reflexiones de Eliseo, asomó una penosa duda:

«¿Tenía razón el fenicio? ¿Qué habría sucedido si hubiéramos entregado las bolsas de hule con los diamantes y denarios de plata?»

Quiero creer que fue la mejor respuesta...

Mientras ascendíamos, por el Oeste, amarrado a los bosques, se presentó de pronto un brillante y hermoso arco iris.

E hizo el milagro.

Consiguió que olvidara, en parte, los recientes y dramáticos sucesos. Y me devolvió a la realidad, a la feliz y esperanzadora realidad.

Casi lo habíamos logrado...

El Maestro se hallaba al alcance de la mano.

¡Al fin!

El tramo entre el árbol sagrado —referencia difícil de olvidar— y el refugio de piedra, en el que Tiglat debía depositar las provisiones, fue breve, aunque arduo. La montaña se puso en pie y la senda, cada vez más humillada, tuvo que serpentear, disputando cada metro con tesón.

Finalmente, vencidos por la altitud, en la cota «1 900», los frondosos pinares, abetos, mirtos y demás cohorte claudicaron, cediendo laderas y cañadas al señor del Hermón: el cedro.

También el basalto se quedó atrás. Y fue sustituido por las femeninas calizas y margas jurásicas, más a tono con la delicada y silenciosa belleza de aquellas cumbres.

Sí, ésas serían las palabras adecuadas: silencio y majestad. Nunca, mientras duró nuestra aventura en la Palestina de Jesús de Nazaret, alcanzamos a vivir un silencio tan sonoro y continuado como aquél.

En cuanto al nuevo paisaje, ¿cómo describirlo?

Hoy, el Hermón es una pobre caricatura de lo que llegamos a contemplar. El llamado *Cedrus libani* podía contarse por millones. Ni una sola de las estribaciones, y menos aún la propia cumbre del monte santo, aparecía abierta o mutilada. Todo, en realidad, era una masa verde oscura, en dura competencia con las nieves perpetuas y el azul cristalino, casi milagroso, de los cielos. Lástima que el profesor Beals, de la Universidad de Beirut, no tuviera oportunidad de verificar semejante derroche. Seguramente habría modificado sus conclusiones (1). No pongo en duda los argumentos de los expertos: la tala indiscriminada de la codiciada riqueza del Hermón —el cedro— pudo hacer peligrar la supervivencia de los venerados *erez*. Testimonios como el del primer libro de los Reyes (5, 20) y el de Esdras (3, 7) (2) así lo atestiguan. Pero de eso hacía ya mucho tiempo. La montaña, evidentemente, se recuperó, convirtiendo el norte de la Gaulanitis en el más grande e intrincado bosque de toda Palestina.

Recuerdo bien los primeros pasos entre los altos *erez* —la «gloria del Líbano», según Isaías—, la mayoría de 20 y 30 metros, con el ramaje en candelabro, filtrando con cuentagotas los audaces rayos del sol. Mi hermano, sonriente, se volvió, destacando la fortísima y dulce fragancia de la espesura. Un aroma casi sofocante que terminaría impregnando ropas y enseres.

Y en lo más alto, entre el ramaje y los ondulados troncos gris plomo, la inevitable y desenfadada tropa alada, descendiendo en ocasiones hasta un nahal Hermón igualmente despreocupado, rápido y prematuramente encanecido por rocas, desniveles y pequeñas cascadas.

No soy capaz de explicarlo, pero, al ingresar en aquellas alturas, conforme ascendíamos, «algo» en mi interior desplegó las alas, convirtiéndome en otra persona. No voy a decir que mejor, pero sí más feliz. ¿O fue quizá

(1) En un interesante estudio (1965), el citado científico —cuyos informes figuraban también en el banco de datos del módulo— aseguraba que, en el pasado, los cedros sólo cubrían las laderas norte y oeste del Hermón, entre los 1 400 y 1 800 metros de altitud. *(N. del m.)*

(2) En dichos textos sagrados se hace alusión, efectivamente, a la intensa tala de cedros (los afamados *erez*) desde los tiempos del rey Salomón. Jiram, rey de Tiro, firmó un acuerdo con Salomón, suministrándole madera del Líbano. Con estos cargamentos, enviados probablemente por mar hasta el puerto de Joppe, el hijo de David edificaría el primer Templo a Yavé. La madera de cedro, liviana, amarillenta, olorosa y de excelente calidad, era muy buscada y cotizada. También los asirios, egipcios y persas la demandaban desde tiempos remotos. Cuando escaseó, el rey Sargon II (en el 720 a. J.C.) la buscó en los montes de Amanus y Zagros. También el llamado Segundo Templo de Jerusalén sería edificado con los cedros del Hermón, símbolo de «fuerza, dignidad y grandeza» entre judíos y gentiles. *(N. del m.)*

la seguridad del inminente encuentro con el rabí de Galilea?

Y rondando la «nona» (las tres de la tarde), Tiglat se detuvo.

En mitad del bosque, a escasa distancia del escandaloso aprendiz de río, se alzaba el famoso «refugio» de piedra. Toda una desilusión...

Pero, ¿qué habíamos imaginado? ¿Una casa robusta y espaciosa? Nada de eso.

El modesto habitáculo —por llamarlo de alguna manera— consistía en un montón de pequeñas y medianas rocas, apiladas en semicírculo, de un metro de diámetro por otro de altura y techado con ramas de cedro. En suma: una especie de «despensa» o «almacén», habilitado únicamente para las provisiones.

El guía, adusto y en silencio, procedió a la descarga del asno, introduciendo las viandas en el «refugio». No permitió que le ayudásemos.

El corazón aceleró.

¿Dónde estaba el Maestro?

Por un momento, siendo lunes, uno de los días acordado para el suministro de comida, imaginé que estaría allí, aguardando...

Nueva desilusión.

El bosque aparecía desierto. Y me consolé: «No puede tardar...»

Y durante algunos minutos me entretuve en una minuciosa inspección de la falda a la que fuimos a parar. La rampa apuntaba directamente al norte. El senderillo, mal dibujado, continuaba entre los árboles, tentándome...

Según mis estimaciones, la cota «2 000», en la que se hallaba el *mahaneh* o campamento de Jesús de Nazaret, debía encontrarse cerca. Muy cerca. Quizá a quince o veinte minutos.

Pero me contuve. El instinto, fuerte y claro, aconsejaba calma. Esperaríamos.

Concluida la descarga, el jovencito, dirigiéndose a Eliseo, exigió la paga.

—Son cinco denarios...

Mi hermano me miró. Asentí con la cabeza. Entonces, echando mano de la bolsa, contó las monedas. Pero, en lugar de entregárselas, las introdujo de nuevo en el saquete de hule. Lo desató del ceñidor y volvió a interrogarme con la mirada. Comprendí. Y repetí el ligero movimiento de cabeza, aprobando el generoso gesto del ingeniero. Era lo menos que podíamos hacer por el decepcionado Tiglat.

Mi compañero le ofreció la bolsa y, sonriente, en un vano intento por suavizar la tensa situación, preguntó:

—¿Por qué no te quedas? Pronto oscurecerá... Tu padre lo aprobaría...

No replicó. Contó las piezas de plata y, sorprendido, exigió una explicación.

—¿Qué es esto?... Aquí hay diez denarios...

Eliseo, con su mejor voluntad, trató de justificar la retribución extra. Pero el orgulloso adolescente, reteniendo la mitad de las monedas, le devolvió la bolsa, hiriéndonos:

—Guardaos el dinero... No pienso lavar vuestra culpa con cinco denarios... *Ot* valía más que eso y más que vosotros...

Acto seguido tiró de la caballería, alejándose con rapidez entre los cedros.

Y allí quedamos los «tres»: Eliseo, quien esto escribe... y una profunda tristeza.

No hubo comentarios. ¡Qué podíamos decir!

Y Eliseo, regresando a la realidad, solicitó mi parecer.

—Y ahora, qué...

Le hice ver que convenía esperar. Las provisiones se hallaban en el refugio. El Maestro lo sabía.

—No creo que tarde...

Y añadí, movido por una repentina alarma:

—¿Recuerdas las palabras de Tiglat?... El «extraño galileo» parece serio y preocupado...

—No te comprendo.

Dudé. Quizá exageraba. Quizá aquel inesperado sentimiento no tenía sentido. Pero decidí compartirlo.

—No sé... El muchacho dijo también que algo grave debía de sucederle para que se hubiera retirado a este lugar...

Mi hermano, con su fina intuición, adivinó la extraña e inoportuna inquietud.

—¿Estás insinuando que quizá desea estar solo?

Asentí.

—¿Crees que nos hemos precipitado?

No supe responder.

Y el silencio de aquellos exploradores se unió al de las cumbres.

El ingeniero se dejó caer junto al semicírculo de piedra y, tras una larga pausa, sentenció con tino:

—Muy bien, querido mayor... Aceptemos que tienes razón, que no es el momento, ni el lugar adecuados. Incluso que el Galileo, al vernos, manifiesta su deseo de continuar en soledad... Todo eso puede ser correcto, pero, utilizando tu propio lenguaje, ¿por qué no dejas que el Destino decida?

Y, burlón, matizó:

—Destino, como tú dices y escribes, con mayúscula...

Agradecí la sugerencia. Como casi siempre, hablaba con tanta oportunidad como sentido común. La verdad es que no disponíamos de la menor información respecto al porqué de la estancia del Maestro en aquel remoto paraje. Los textos evangélicos no lo mencionan. Tampoco el anciano Zebedeo sabía gran cosa. Se limitó a relatar lo que el propio Jesús le confesó: «permaneció en el Hermón unas cinco semanas, descendiendo a mediados del mes de *elul* (septiembre). Cuando llegó al *yam* era otro hombre. Lo notamos cambiado. Pletórico».

Allí, evidentemente, había una contradicción. Tiglat aseguró que «parecía serio y preocupado, con cierta tristeza en sus ojos». El jefe de los Zebedeo, en cambio, afirmó que aquel Jesús «era otro», feliz y seguro de sí mismo...

¿Qué demonios sucedió allí arriba? ¿A qué obedecía tan dilatado aislamiento? ¿Y por qué en esos momentos? Estábamos en el año 25. Faltaba mucho para el arranque de la vida pública...

Obviamente, en esos críticos instantes, ni Eliseo ni yo podíamos imaginar siquiera la extraordinaria «razón» que impulsó a Jesús de Nazaret a refugiarse a dos mil metros de altitud. Una «razón» que, por supuesto, justificaba plenamente las certeras palabras del Zebedeo...

Y los cielos quisieron que estos esforzados exploradores fueran testigos de excepción de ese increíble «milagro».

Pero, una vez más, debo contener los impulsos. Es preciso que me ajuste a los hechos, tal y como sucedieron.

La cuestión es que, enredado en estos análisis y suavemente arropado por el susurro y la fragancia de los cedros, quien esto escribe, como Eliseo, terminó cayendo en un plácido sueño. Supongo que el cansancio acumulado y lo agrio de la última experiencia con los «bucoles» contribuyó igualmente a que ambos, sin querer, nos viéramos sumidos en aquel profundo y relajante descanso.

Hoy, sin embargo, con la ventaja del conocimiento y la distancia, tengo dudas. Serias dudas. ¿Fue un sueño lógico y natural? ¿Y por qué los dos a la vez? ¿Fue provocado?

Sólo Él lo sabe...

¿Cómo describir aquel momento? ¿Cómo definirlo? ¿Absurdo? ¿Entrañable? ¿Muy al estilo de Jesús de Nazaret y de estos patosos exploradores?

Veamos si soy capaz de pintarlo, aunque sólo sea a grandes trazos.

Primero vi a Eliseo. Se hallaba a mi lado, zarandeándome nervioso. Estaba pálido. Con la mano derecha señaló al frente.

—¡Jasón, despierta!... ¡Mira!

Necesité unos segundos para ubicarme.

El bosque, sí... Los cedros... Tiglat, enfadado, alejándose... La cota «2 000»... El refugio con las provisiones... La espera... El Maestro no podía tardar...

¡El Maestro!

E intenté ponerme en pie a tal velocidad, y con tal aturdimiento, que —torpe de mí— fui a pisar los bajos de la túnica, precipitándome de bruces sobre el empinado terreno.

Y al punto surgió una risa. Una cálida, familiar y contagiosa risa...

Mi hermano, solícito, se apresuró a auxiliar a este desolado y confuso piloto. Pero aquel, evidentemente, no era nuestro mejor día...

Al levantarme, sin proponérmelo, golpeé con el cráneo la frente del ingeniero, derribándolo cuan largo era y perdiendo de nuevo el equilibrio. Y ambos, como dos perfectos inútiles, rodamos por tierra...

Las risas, incontenibles, arreciaron.

Entonces, aquellos estúpidos, a gatas, lo observaron atónitos y con las bocas abiertas...

Nos miramos y, al comprobar la embarazosa situación, ocurrió lo inevitable: rompimos a reír con la misma fuerza, asustando al bosque con un sonoro concierto de carcajadas.

Eliseo, con las lágrimas saltadas, me señaló con el dedo, burlándose. Y yo, contemplando su no menos ridícula estampa, le imité, doblándome de risa. Pero el ataque me traicionó. Y me atraganté.

Entonces, el Hombre se incorporó. Y, aproximándose, fue a golpear la espalda de este caído y cada vez más desconcertado explorador.

Instantes después, en pie, disipadas las risas, sumidos en la sorpresa y antes de que acertáramos a pronunciar una sola palabra, Jesús de Nazaret abrió los brazos y, estrechándome, susurró:

—*Oheb!*

Y repitió:

—*Yaqqir oheb!*... ¡Querido amigo!

No soy capaz de explicarlo. No hay forma de articular y poner en pie el torbellino de sentimientos y sensaciones que provocó aquel abrazo.

¿Gratitud? ¿Alegría? ¿Emoción? ¿Desconcierto?

Sólo recuerdo que, sin poder contenerme, rompí a llorar. Y me abracé a Él, con más fuerza si cabe...

¡Al fin!

—¡Querido amigo!... ¡Querido amigo!

A continuación, al estrechar a Eliseo entre los musculosos brazos, siguió pronunciando la misma frase.

—*Yaqqir oheb!...*

¡Dios bendito!

De un plumazo, de la forma más simple y natural, todos mis temores y recelos se extinguieron.

¡Nos reconoció! ¿Nos reconoció?... No, fue mucho más que eso. Pero, ¿cómo pudo?, ¿cómo sabía?, ¿cómo era posible?...

¡Pobre idiota! Nunca aprenderé...

Nos contempló unos segundos y, acogiéndonos con una radiante e interminable sonrisa, exclamó:

—¡Gracias!... ¡Gracias por vuestra decisión y sacrificios!...

Aquella sonrisa... ¡Era la misma!...

—Sé que estáis aquí por la voluntad de mi Padre...

Eliseo y yo, mudos, perplejos, con un nudo en el estómago, flotábamos en una nube. Aquello no era real. ¿Estaba soñando de nuevo? ¿Gracias por nuestra decisión? Pero, ¿cómo podía saber?

La respuesta aparecería «en su momento». Y lo haría delicadamente. Sin brusquedades. «Como lo más natural del mundo» (!).

—Como habrás visto, querido Jasón, el «hasta muy pronto» se ha cumplido...

Y guiñando un ojo me electrizó.

Claro que recordaba aquellas palabras. Pero, ¡Dios santo!, las pronunció en la mañana del jueves, 18 de mayo... ¡del año 30! Fue su despedida en el monte de los Olivos...

—Bien —concluyó, despabilándonos—, prosigamos. Hay mucho por hacer...

Creo que le seguimos como autómatas. Ni el ingeniero ni quien esto escribe fuimos capaces de pronunciar un «sí» o un «no». Sencillamente, parecíamos hipnotizados.

Cargamos las provisiones y la tienda y marchamos tras Él...

Y, de pronto, mal que bien, rememoré la reciente escena.

¡Él estaba allí, frente a estos dormidos exploradores! Lo vi plácidamente sentado, observándonos...

¡Dios!

¿Cuánto tiempo estuvo pendiente de nosotros?

A los pocos pasos, mi hermano, emparejándose con este explorador, habló al fin. Y repitió mis propios pensamientos:

—¿Cómo es posible?... ¡Nos ha reconocido!...

Entonces, pillándonos de nuevo por sorpresa, el Maestro fue a detenerse. Giró sobre los talones y, esbozando una pícara sonrisa, fijó su irresistible mirada sobre quien esto escribe, pronunciando unas palabras que me remataron:

—¿Recuerdas?... «Y en el aire de los corazones quedó aquel pañuelo blanco..., flotando como un definitivo adiós»...

Supongo que palidecí.

¡Increíble! Esas frases, surgidas a raíz de su «ascensión», habían sido escritas en mi diario poco después del histórico y ya mencionado 18 de mayo del año 30..., al retornar al Ravid. Nadie las conocía...

Pero, divertido, no concedió cuartel. Y añadió:

—Pues no... Ahí te equivocaste... Los que conocen al Padre nunca se despiden. Nunca dicen «adiós»... Sólo «hasta luego».

Nuevo guiño de complicidad. La sonrisa se abrió al máximo y, dándonos la espalda, continuó ascendiendo por la trocha con aquellas —casi olvidadas— grandes zancadas.

Eliseo, sin comprender el alcance de la pequeña-gran revelación, me interrogó impaciente, solicitando una aclaración. No hubo respuesta. Mi mente, confusa, se hallaba muy lejos (1).

(1) El mayor hace referencia a la última aparición del Hijo del Hombre, en la llamada «ascensión». Ver *Caballo de Troya 5*, p. 438. *(N. del a.)*

¿Estaba soñando? No podía ser... Él tampoco conocía esas frases. Unas frases escritas... ¡en el futuro! Sin embargo, acababa de pronunciarlas... ¡Las conocía!

El enigma —lo reconozco— me obsesionó. Después, conforme pasaron los días en aquel inolvidable campamento, creí entender.

Era Él, sí, un ser humano. Pero también un Dios...

No fue fácil asimilar la idea. Nada fácil. Y menos para unas mentes racionales y científicas... Pero los hechos, día tras día, se impusieron.

Y decía que era Él. En efecto, aparentemente, poco había cambiado en su figura física. Era cinco años más joven, pero la estampa era casi la misma.

Así lo vimos:

Alto, muy alto para la media de los judíos: alrededor de 1,81 metros. Todo un atleta...

Hombros anchos. Poderosos. Tórax olímpico. Musculatura elástica. Envidiable. Ni un gramo de grasa. Piernas fibrosas. Duras como piedras.

Manos estilizadas. Velludas. Pausadas. Asomadas al trabajo. Uñas sanas. Siempre cortas y limpias.

El rostro, alto y bien proporcionado, fue quizá lo que más me sorprendió. Aparecía intensamente bronceado y más dulce y risueño que el del otro «ahora». No creo equivocarme si afirmo que, en ese tiempo, aquel Jesús era más extrovertido y confiado. No era de extrañar. Se hallaba en los comienzos...

La barba, partida en dos, se presentaba ahora más crecida, aunque igualmente cuidada. El cabello, lacio, color caramelo, menos encanecido, fue otra novedad: en esos momentos, mucho más largo, lo recogía con una cola.

Mentón valiente.

La nariz, prominente, típicamente judía, era el único rasgo ligeramente en discordia.

Labios finos. El superior apuntando levemente bajo el bigote.

Dentadura impecable. Blanca y alineada, reforzando aquella peculiar y abrazadora sonrisa.

Frente audaz. Alta y con las cejas rectas y bien marcadas. Pestañas largas, tupidas, perfilando unos ojos rasgados...

¡Los ojos! ¿Cómo describirlos?

Eran y no eran humanos.

De tonalidad miel clara. Líquida. Vivos. Furiosamente vivos. Penetrantes como dagas. A veces insostenibles. Dulces. Compasivos. Atentos. Veloces. Socarrones. Amigos. Sin necesidad de palabras...

Los ojos de un Hombre-Dios.

Un Hombre irresistible. Magnético. Imprevisible. Cercano. Sabio. Humilde. Y, sobre todo, en esos momentos, feliz.

Tampoco el atuendo nos sorprendió. Vestía su querida túnica de lana, sin costuras, de un blanco inmaculado, flotando hasta los tobillos, de anchas mangas y sujeta a la cintura, sin aprietos, por una doble y sencilla cuerda trenzada con fibra de lino. Las sandalias, en cuero de vaca empecinado, similares a las nuestras, aparecían notablemente desgastadas.

Sí, así lo vimos...

Un Hombre ilusionado. Un Hombre que, como veremos, acababa de hacer su gran «descubrimiento». Un Hombre —lo adelanto sin la menor sombra de duda— que acababa de «estrenarse» como Dios. Y ese «hallazgo», esa seguridad, durante un tiempo, lo catapultó hasta las estrellas, hasta su Padre Celestial... Y todo cuanto lo rodeó quedó contagiado, incluyendo a estos exploradores. Jamás vivimos una experiencia tan gratificante como aquélla, al pie de las nieves perpetuas del Hermón. Lástima que los evangelistas no hicieran mención de unos sucesos tan memorables...

Pero debo serenarme. Me estoy precipitando, una vez más. Todo en su momento. Todo paso a paso...

Ahora, vencida la «nona» (las tres de la tarde), sólo contaba el presente. Sólo contaba Él.

Y comenzaron a suceder cosas extrañas...

¿Extrañas?

No, con Él, nada era extraño. Éramos nosotros los que no lo conocíamos suficientemente. Éramos nosotros los que habíamos forjado una imagen falsa, distante, erróneamente solemne de aquel cariñoso, espontáneo, cercanísimo y casi infantil Jesús de Nazaret.

Y, como digo, de improviso, el Maestro se destapó tal cual era.

Se detuvo de nuevo. Señaló a lo alto y, con el rostro grave, anunció:

—¡El último friega los cacharros!...

Soltó una carcajada y, dando media vuelta, se lanzó cuesta arriba, a la carrera.

Eliseo y yo, atónitos, necesitamos unos segundos para reaccionar.

Y el ingeniero, finalmente, comprendiendo, salió tras Él, dejando a este explorador con dos palmos de narices.

Instantes después, picado en el amor propio, feliz, impulsado por aquella «fuerza» que seguía habitándome, tiré de la agotada musculatura, en un vano intento de alcanzarlos.

Éste era el Maestro. El auténtico Hijo del Hombre...

Minutos más tarde, jadeando, casi a rastras, fui a parar a un gran claro. Allí, cómodamente sentados, muertos de risa, aguardaban aquellos «locos». Aparecían como nuevos, sin el menor signo de agotamiento.

Los miré desconcertado y, rendido, me dejé caer, tratando de llenar los pulmones y de recomponer la catastrófica lámina.

—¡Te ha tocado! —se burló mi hermano—. ¡Servicio de cocina! ¡Los quiero impecables!

Me resigné.

Jesús, entonces, tomando mi petate y las provisiones que me habían tocado en suerte, cargó con todo, haciendo causa común con el ingeniero:

—¡Impecables!...

Y se dirigió hacia la muralla de cedros que se levantaba frente a nosotros, a escasos cincuenta metros.

En realidad se trataba de una menguada arboleda, formada por tres o cuatro filas de *erez*. Y al otro lado, una nueva sorpresa: el *mahaneh*, el campamento...

Eliseo también se detuvo. Y durante unos instantes,

fascinados, recorrimos con la vista el increíble y bellísimo lugar.

Me resultó familiar. Yo conocía aquel paraje...

Pero, al punto, rechacé la ridícula idea. Jamás estuve allí.

Materialmente cercada por los cedros se abría ante nosotros una meseta de regulares dimensiones, ovalada, de unos cien metros de diámetro mayor y cubierta por una tímida alfombra de hierba. A nuestra izquierda, al fondo, lindando casi con la pared del bosque, una pequeña tienda de dos aguas, armada, como la nuestra, con negras y embreadas pieles de cabra. Y en el centro de la planicie, un gigantesco cedro de unos cuarenta metros de altura, con un milenario, ajado y ceniciento tronco de cuatro metros de circunferencia. La copa, verde oscura, aplastada, sobresalía por encima de sus hermanos, acogiendo una ruidosa y, de momento, invisible colonia de aves. Y al pie del gigante, la «guinda», el toque exótico: ¡un dolmen! Un remoto monumento megalítico integrado por cinco rocas blancas, verticales, sólidamente enterradas, de casi tres metros, sosteniendo, en forma de techumbre, otra enorme laja plana. En este caso, la colosal estructura carecía de las habituales cámaras funerarias.

Pasé mucho tiempo a la sombra de aquella impresionante construcción. Y siempre me pregunté lo mismo: ¿cómo la levantaron? O mucho me equivocaba o la roca superior pesaba más de dos toneladas...

Y al norte, a poco más de 800 metros por encima de la meseta, el pico nevado, refulgente, del Hermón, amado de cerca por el verdiazul de los bosques.

Quedamos extasiados. Pero no..., no lo habíamos visto todo.

Acto seguido, auxiliados por el Maestro, nos centramos en el montaje de la tienda y en la organización de la modesta impedimenta. El rústico refugio, muy próximo al del Galileo, quedó listo en cuestión de minutos.

Y en ello estábamos cuando, de pronto, en el silencio de los dos mil metros, sonó algo.

Mi hermano y yo, soltando los petates, nos miramos atónitos.

El pensamiento fue el mismo. Pero, discreta y prudentemente, no hicimos comentario alguno.

Al poco, el increíble «ruido» se repitió. Esta vez más nítido.

No había duda...

Jesús, atareado en el anclaje de uno de los vientos, captó nuestra inquietud. Nos miró y, divertido, esbozó una media sonrisa. Pero siguió a lo suyo.

La tercera tanda fue, incluso, más espectacular. Procedía, al parecer, del flanco oriental de la meseta. Pero allí sólo se distinguían los árboles.

De improviso, sobre los cedros, apareció la silueta de una rapaz. No estoy seguro, pero juraría que se trataba de una «perdicera» de gran tamaño, dotada con la fuerza del águila y la agilidad del halcón.

Planeó lenta y majestuosa, trazando círculos al otro lado de la arboleda. Súbitamente se dejó caer en un rápido e impecable picado, desapareciendo por detrás del bosque. Y al instante, el desconcertante e «imposible» sonido...

¡Eran disparos!... ¡Ráfagas!

Creí que alucinaba.

¿Disparos? ¿En el año 25?

Medio minuto después el águila reapareció, alejándose hacia el Hermón. Y las «ráfagas de ametralladora» cesaron.

Esperamos un nuevo tableteo. Nada. Silencio. No volveríamos a escucharlo.

A la mañana siguiente llegaría la explicación...

Concluida la faena, el Maestro buscó el sol. Podía ser la «décima» (las cuatro de la tarde). Faltaban, pues, algo más de dos horas para el ocaso.

Y, atento y servicial, preguntó:

—¿Qué tal un baño antes de la cena?

¿Un baño? ¿A dos mil metros de altitud?

Mi hermano, entusiasmado, accedió al instante.

Y con un gesto de su mano izquierda nos invitó a seguirle. Como decía, no lo habíamos visto todo...

El Galileo cruzó la explanada, adentrándose en la breve arboleda del referido flanco este. Al otro lado nos aguardaba una no menos reconfortante sorpresa.

¡Las cascadas!

Creo que fue normal. Eran demasiadas emociones como para recordar algo tan insustancial como las repetidas alusiones de los montañeses a aquel «poco recomendable lugar». Espero volver sobre ello, pero, francamente, la presencia del Hijo del Hombre me tenía —nos tenía— medio hipnotizados...

Al filo mismo de los cedros apareció el olvidado nahal Hermón. Bajaba de los ventisqueros. Y lo hacía espumoso, enfadado y protestón. A la altura de la meseta, a cosa de cinco o seis metros por debajo de nuestros pies, el terreno se escalonaba, forzando a saltar al torrente. Resultado: dos blancas y rumorosas cascadas de más de dos metros de altura cada una. Y entre ambas, una espaciosa y mansa «piscina», de aguas frías y transparentes. Un amarillento circo rocoso de yeso cenozoico, magistralmente diseñado por la Naturaleza, ocupaba parte de la «piscina», frenando el ímpetu del nahal. El roqueo acompañaba a la corriente, formando un segundo islote al pie de la última cascada.

Desde ese instante, para Eliseo y para quien esto escribe, el remanso en cuestión sería bautizado como la «piscina de yeso».

Frente a nosotros, asomándose a dicha «piscina», desafiando a los cedros, vigilaba una solitaria patrulla de robles. Y entre la miniarboleda, algunos sauces y los inevitables corros de adelfas.

Y dicho y hecho.

El Maestro, alborozado, se despojó de túnica y sandalias y, de un salto, se lanzó de cabeza a las aguas, provocando la precipitada huida de decenas de inquilinos del robledal: nectarinas de cabezas y pechos violetas, trigueros de oreja negra y cola blanca y tímidos carpinteros sirios, entre otros.

Eliseo, nervioso, se desnudó como pudo y, sin dudarlo, siguió el ejemplo de Jesús de Nazaret.

Y yo, sin poder creer lo que estaba viendo, fui a sentarme al filo de la «piscina», contemplándolos.

¡El Maestro nadando!

Quizá suene a infantilismo. No lo sé... Tampoco importa. Para mí, aquel Jesús era nuevo. Distinto. Tan cercano y natural...

Braceaba ágil, con fuerza. Se detenía. Tomaba aire y desaparecía bajo las aguas. Buscaba al ingeniero. Hacía presa en sus piernas y, como si fuera una pluma, lo levantaba sobre la superficie, dejándolo caer. Risas. Eliseo, desconcertado, se recuperaba y, ni corto ni perezoso, perseguía al Maestro. Se apoyaba en los brillantes y musculosos hombros e intentaba hundirlo. Imposible. El Hijo del Hombre era una roca. Se revolvía. Chapoteaba. Y, entre carcajadas, terminaba hundiendo de nuevo al pobre Eliseo...

No sé cuánto tiempo permanecí allí arriba, atónito..., y feliz. Sí, esa es la palabra exacta: feliz.

Pero, de pronto, les vi cuchichear. Y, en silencio, se desplazaron hacia quien esto escribe. Ambos lucían una sospechosa sonrisa de complicidad.

Me puse en pie y, comprendiendo las malévolas intenciones, supliqué calma. Me desvestí a toda velocidad y, antes de que fuera presa de aquellos maravillosos «locos», salté a la «piscina». Cuando acerté a resollar, cuatro poderosas manos cayeron sobre mí, hundiéndome.

Y como tres niños, sin dejar de reír, persiguiéndonos una y otra vez, así se prolongó aquel primer e inolvidable baño a los pies del Hermón.

Nunca, nunca podré olvidarlo...

Una hora después, agotados, nos reuníamos al pie de los cedros.

El Maestro soltó sus cabellos y fue a sentarse frente a estos jadeantes exploradores.

El sol, despidiéndose, rozando el horizonte azul y ondulado de los bosques, empezó a vestir y a preparar para la noche las nevadas cumbres. Y lo hizo despacio, respetuoso, con dedos naranjas.

Jesús inspiró profundamente y echó la cabeza atrás. Después, cerrando los ojos, permaneció en un largo y majestuoso silencio. Algunas gotas, irreverentes, resbalaron por las sienes, cayendo sobre el bronceado, ancho y relajado tórax.

Quedé nuevamente sorprendido. Mientras mi hermano y yo soportábamos el agitado bombeo de los corazones, Él, impasible, apenas alzaba la caja torácica. Su capacidad de recuperación era asombrosa.

Y, de pronto, sin previo aviso, el siempre sincero y espontáneo ingeniero formuló una pregunta. Una cuestión que nos rondaba y atormentaba desde mucho antes de llegar a su presencia.

Eliseo, como de costumbre, fue más valiente que quien esto escribe...

—Señor, ¿qué haces aquí?

De momento, el Galileo no replicó. Continuó con los ojos cerrados, ajeno a todo y a todos. Pensé que no deseaba hablar. Y fulminé a mi compañero con la mirada. Eliseo, desolado, bajó la cabeza.

—No, Jasón —intervino el Maestro, pillándome por sorpresa—, no reprendas a tu hermano porque, como tú, ansía la verdad...

Era imposible. No lograba acostumbrarme. ¿Cómo lo hacía? ¿Cómo podía «ver» o «leer» en los corazones? Si tenía los ojos cerrados, ¿cómo pudo...?

Enderezó el rostro y, atravesándome con aquella mirada, me salió de nuevo al paso:

—Porque ahora, querido Jasón, finalmente, he recuperado lo que es mío...

Y volviéndose hacia el aturdido Eliseo, regalándole su mejor sonrisa, añadió:

—Amigo..., haces bien en preguntar. Para eso estáis aquí. Para contar y dar fe de lo que soy y de lo que desea mi Padre... Vuestro Padre...

Solicité disculpas a mi compañero y, olvidado el leve incidente, Eliseo, vibrante, cayó sobre el rabí, matizando la cuestión inicial.

—¿Has venido al Hermón para buscar algo que habías perdido?

El Maestro, encantado ante la transparencia de aquel hombre, lo miró unos segundos. Sus ojos brillaron y una sonrisa casi imperceptible se derramó por el rostro, alcanzándonos.

Y volvió a desconcertarnos.

—Excelente pregunta... Recuérdamela después de la cena...

Le guiñó un ojo y, de un salto, como un atleta, se puso en pie. Recogió sus cosas y, decidido, canturreando, regresó al *mahaneh*.

Y estos exploradores, y un Hermón definitivamente naranja, quedaron en suspenso.

Así era aquel Hombre...

Supongo que es inevitable. Suplico perdón. Espero que el paciente e hipotético lector de estas atropelladas memorias sepa comprender y disculpar. Escribo con el corazón, con todas mis ya escasas fuerzas, pero, aun así, las vivencias escapan. Son tantas las cosas que debo contar que, en ocasiones, no sé por dónde tirar y, lo que es peor, puede que olvide detalles e impresiones.

Ahora mismo acaba de suceder. Estaba olvidando otra de las desconocidas facetas del Hijo del Hombre.

¿Quién ha imaginado alguna vez a Jesús de Nazaret «cocinero»?

La verdad es que, en el transcurso de las anteriores experiencias junto al Maestro, jamás reparé en ello. Sin embargo, así era. Así lo descubrimos en el Hermón. Y nos rendimos a la evidencia.

¿Jesús cocinero?

Sí..., y muy bueno.

El sol caía. En cuestión de una hora oscurecería.

Y Jesús puso manos a la obra. Eliseo, más hábil para los menesteres domésticos que este limitado explorador, se brindó como «pinche». Y reconozco que, en el tiempo que duró la estancia en las cumbres de la Gaulanitis, el Maestro y mi hermano formaron una excelente y bien compenetrada pareja culinaria.

Quien esto escribe, como era de prever, fue relegado a «pinche del pinche». En otras palabras: a mero friegaplatos. Pero no me arrepiento. También aprendí lo mío con el natrón, ollas, vasos y demás utensilios de cocina.

El Maestro dio las órdenes oportunas y estos «ayudantes», sumisos y felices, se dispusieron a levantar un buen fuego.

Frente a la tienda del Galileo se hallaba preparado un modesto hogar: seis grandes piedras en círculo y, al lado, una buena reserva de ramas de cedro.

Pero surgió el primer problema...

Eliseo y yo nos interrogamos mutuamente. Ninguno cayó en la cuenta. Entre las provisiones adquiridas a los Tiglat no figuraba el imprescindible manojo de «cerillas». Aquellas largas astillas previamente embadurnadas en azufre y que eran activadas al choque del pedernal.

Discutimos. Busqué entre los sacos. Negativo. Ni rastro de las dichosas «cerillas».

El Maestro escuchó y, advirtiendo la naturaleza del conflicto, fue a su tienda. Al poco, depositando en mis pecadoras manos un puñado de «fósforos», sentenció burlón:

—¡Vaya par de ángeles!

Instantes después, gracias a mi hermano, claro está, un aromático fuego danzaba rojo, alto y con ganas, llamando la atención de un madrugador y curioso Venus.

A partir de ese momento —dada mi preclara inutilidad— me limité a vigilar y sostener las llamas, asistiendo, entre incrédulo y divertido, al ir y venir de los esforzados y muy serios «cocineros».

¡Quién lo hubiera dicho! ¡Jesús de Nazaret cocinando...!

Primero extendió una amplia estera de hoja de palma sobre la hierba. Después organizó los cacharros y dispuso ingredientes y viandas.

Eliseo, atentísimo, cumplió las instrucciones del *chef*. Tomó media docena de blancas y hermosas manzanas sirias y comenzó el rallado.

Sonreí para mis adentros. No lo había visto tan concentrado ni en las operaciones de vuelo de la «cuna»...

De pronto, al llegar al corazón de la primera fruta, se detuvo. E, indeciso, preguntó:

—Señor, ¿qué hago con el *lebab*?

(En arameo, la palabra *lebab* tenía un doble sentido: corazón y mente.)

Jesús, absorto en el batido de una salsa, replicó sin levantar la vista del cuenco de madera:

—¿Qué le ocurre?... ¿Está inquieta?

Comprendí. El Maestro, distraído, interpretó el término como «mente».

—¿Inquieta? No, Señor... Es que no sé qué hacer con él...

—Olvida las preocupaciones. Disfruta del momento...

—Pero...

—Comprendo... —se resignó Jesús, agitando con fuerza la mezcla—. La echas de menos... ¿Es guapa?

El ingeniero, perplejo, miró el corazón que sostenía entre los dedos.

—¿Guapa?... No, Señor...

—¿No es guapa? —prosiguió sin dejar de golpear la salsa—. ¡Qué raro!... ¿Y cuál es el problema? ¿Por qué te inquietas?

—Señor —intentó aclarar el cada vez más confuso «pinche»—, es una *tappuah*...

Nuevo enredo. *Tappuah* (manzana) era utilizado también como piropo. Equivalía a «dulce», «sabrosa», «deseable» (referido, naturalmente, a una mujer bella).

—¿En qué quedamos? ¿Es o no *tappuah*?

—Sí, pero...

No pude contenerme y rompí a reír, alertando al ensimismado «cocinero jefe».

Jesús alzó la vista y Eliseo, mostrándole el corazón de la *tappuah*, insistió rojo como una amapola:

—Yo no tengo novia, Señor... Hablaba del corazón. ¿Lo rallo o no?

Naturalmente, al descubrir el equívoco, las carcajadas regresaron al *mahaneh*, contagiando a las primeras estrellas. Y las vi parpadear, desconcertadas.

Así era aquel maravilloso Hombre...

La cena no se demoró.

Ensalada «*made in* María», la de la «palomas». Una receta aprendida de su madre. Disfrutamos y repetimos:

manzanas ralladas, palitos de una legumbre parecida al apio, nueces, pasas de Corinto (sin grano) y una suave y disgestiva salsa integrada por aceite, sal, miel, vinagre y un chorreón de vino.

Después, tocino magro a la brasa y queso en abundancia.

No pude por menos de felicitarles. Y mi hermano, satisfecho y mordaz, tendió la mano, obligándome a besarla. Pero el de Nazaret, que no le iba a la zaga en el sentido del humor, hizo otro tanto. Ese beso, sin embargo, fue distinto. Y me estremecí...

La noche nos sorprendió. La temperatura descendió ligeramente y el firmamento, atento, con una luz de lujo, se arremolinó sobre el Hermón, sabedor de a «quién» iluminaba y protegía. Hasta el cometa Halley, oportunísimo, asomó una breve cabellera por el oeste de la pulsante Procyon...

No, las estrellas no se equivocaban. Aquélla, efectivamente, sería una noche histórica. Inolvidable. Al menos para nosotros...

Allí, concluida la cena, al amor del fuego, con el rítmico e incansable croar de las ranas junto al nahal Hermón, tendría lugar la primera de una serie de conversaciones con el Hijo del Hombre. Unas conversaciones íntimas. Sinceras. Reveladoras...

Prácticamente, excepción hecha de la última semana, cada jornada, a la misma hora, como algo minuciosamente «programado», el Maestro habló, abriendo mentes y corazones. Y así, suavemente, nos fue preparando...

No ha sido fácil. A pesar de los muchos apuntes y notas, tomados siempre tras las animadas tertulias y en el silencio de la tienda, algunas de sus ideas y palabras, muy probablemente, se perdieron. Pero ha quedado lo fundamental. Las claves...

Y entiendo que debo ser honesto. No todo lo que dijo puede ser recogido aquí y ahora. El mundo no lo entendería. «Eso» ha sido guardado en lo más profundo de mi corazón. Quizá, antes de mi ya cercana muerte, me decida a escribirlo con la esperanza de que sea leído por las generaciones futuras. Él «sabe»...

Y otra advertencia. Aunque he procurado reunir por capítulos los asuntos de mayor calado, las intensas charlas no siempre fueron monográficas. Como es lógico y natural, dependiendo de las circunstancias, saltábamos de un tema a otro. No obstante, para una mayor claridad, he buscado un cierto orden, un hilo conductor...

Dicho esto, prosigamos.

El primero en hablar fue Él. Serio, pausadamente, se interesó por nuestro viaje. Nunca supimos con certeza a cuál se refería. Estaba claro que conocía nuestro verdadero «origen», pero siempre —y mucho más en presencia de otros— se mantuvo en una discreta «nebulosa». En el fondo lo agradecimos.

Finalmente, como colofón, llenándonos una vez más de optimismo y sorpresa, repitió lo apuntado en las «cascadas»:

—Mis queridos «ángeles»... No os rindáis... ¡Ánimo!... Ni vosotros mismos sois conscientes de la trascendencia de vuestro trabajo...

Alzó la vista hacia los luceros y, suspirando, añadió:

—Mi Padre sabe... Llegará el día, gracias a vosotros y a otro «mensajero», en que mis palabras y mi obra refrescarán la memoria del mundo. Gracias por adelantado...

—¿Otro «mensajero»?

Eliseo y yo nos pisamos la pregunta.

El Maestro, sonriente, asintió con la cabeza. Pero nos dejó en el aire. Hoy, casi con seguridad, sé a qué se refería. Mejor dicho, a quién. Él, a su manera, también estaba allí..., en la suave noche del Hermón.

—Señor —terció el ingeniero, que jamás olvidaba—, contéstanos ahora. Lo prometiste. ¿Qué es lo que has perdido en estas montañas? ¿Por qué dices que has venido a recuperar lo que es tuyo?

El Hijo del Hombre, consciente de lo que se disponía a revelar, meditó las palabras. Echó mano de una de las ramas y jugueteó con el pacífico fuego. Después, grave, en un tono que no admitía duda alguna, se expresó así:

—Hijo mío, lo que voy a comunicarte no es de fácil comprensión para la limitada y torpe naturaleza humana. Sois los más pequeños de mi reino y entiendo que tu mente se resista. Pero, en breve, cuando llegue mi hora, lo comprenderás...

Y desviando la mirada hacia este atento explorador insistió:

—Entonces, sólo entonces, estaréis en condición de entenderlo. Ahora, por el momento, escuchad y confiad...

Eliseo, impulsivo, le interrumpió:

—¡Confiamos, Señor!... ¡Tú lo sabes!

Jesús lo agradeció. Le sonrió y prosiguió:

—De acuerdo a la voluntad de mi Padre, ha llegado el momento de restablecer en mí mismo la auténtica identidad del Hijo del Hombre. Mi verdadera memoria, voluntariamente eclipsada durante esta encarnación, ha vuelto a mí... Y con ella, mi «otro espíritu»...

Quedamos perplejos y confusos. Y, de pronto, una luz me iluminó. Creí entender lo que decía. En el fondo estaba confirmando lo que ya explicó en el otro «ahora» y que fue detallado en páginas precedentes (1).

Sonrió de nuevo y, mirándome fijamente, asintió despacio, convirtiéndose en cómplice de los súbitos recuerdos.

—Así es, querido amigo, así es...

Y durante un largo rato descendió a los detalles, informando del porqué de su presencia en este mundo.

Al parecer —según dijo—, ésa era la voluntad de su querido *Ab-bā*, su Padre Celestial. Él, como Hijo de Dios, debía vivir, conocer y experimentar de cerca la existencia terrenal de sus propias criaturas. Eso era lo establecido. Ese requisito resultaba vital e imprescindible para alcanzar la absoluta y definitiva soberanía como Creador de su universo... Ése, en suma, era el precio para lograr la definitiva entronización como rey de su propia creación.

Y advirtiendo nuestra perplejidad recalcó:

—No os atormentéis... Estáis en el principio de una larga travesía hacia el Padre. Ahora debe bastaros con mi palabra.

(1) El mayor hace alusión a estos temas en su diario (*Caballo de Troya 3* y *4*, pp. 341 y ss. y 337 y ss., respectivamente). *(N. del a.)*

—Entonces, si no he comprendido mal —terció el ingeniero—, tú eres un Dios... «camuflado».

El Maestro, descabalgado, rió con ganas. No había duda. Las ingenuas y, aparentemente, infantiles cuestiones de Eliseo le fascinaban.

—¿Un Dios escondido?... Sí, de momento...

Le guiñó un ojo y añadió:

—Y os diré más. Aunque tampoco es fácil de asimilar, de acuerdo con los designios de *Ab-bā*, otro de los objetivos de esta experiencia humana consiste en «vivir» la fe y la confianza que yo mismo, como Creador, solicito de mis hijos respecto a ese magnífico Padre.

Y subrayó con énfasis:

—Vivir la fe y la confianza...

—Pero, no comprendo..., ¿es que tú no tienes fe?

La risa lo dobló de nuevo y, cuando acertó a recuperarse, aclaró:

—Mi querido ángel..., yo soy la fe. Pero, aun así, conviene que sea probado.

—Una experiencia... —musitó casi para sí el cada vez más desconcertado Eliseo—. Tu encarnación en este planeta obedece a eso, a la necesidad de experimentar...

—Es el plan divino. Sólo así puedo llegar a ser íntima y realmente misericordioso.

Mi hermano buscó mi parecer.

—Y tú, «pinche» de ángel, ¿qué dices? Esto es nuevo para mí. Esto nada tiene que ver con lo que han dicho...

Jesús, sonriendo pícaramente, aguardó mi respuesta.

—A juzgar por lo visto y oído —resumí—, muy poco de lo dicho y escrito tiene que ver con la verdad...

Y me atreví a profundizar en lo que ya sabía.

—... Si no he comprendido mal, tú, Señor, no estás aquí para redimir a nadie...

Sencillamente, negó con la cabeza. Y afirmó:

—En su momento lo escuchaste del propio Hijo glorificado: el Padre no es un juez. El Padre no lleva esa clase de cuentas. ¿Por qué exigir responsabilidades a unas criaturas que no tienen culpa? Cada uno responde de sus propios errores...

Eliseo se mostró de acuerdo.

—Eso sí tiene sentido.

Y Jesús, señalándonos entonces con el dedo, remachó:

—Estad, pues, atentos y cumplid vuestra misión: debéis ser fieles mensajeros de cuanto digo. Que el mundo, vuestro mundo, no se confunda.

Mensaje recibido.

—Conocer de cerca a tus criaturas. Vivir y experimentar en la carne. Pero, Maestro, ¿qué puedes aprender de nosotros?

Mi compañero, perplejo, siguió preguntando y preguntándose.

—... ¿Qué hay de bueno en unos seres tan mezquinos, brutales, necios, primitivos...?

El Galileo le interrumpió.

—¡Dios!

—¿Dios?

—Así es —explicó Jesús acariciando cada palabra—. Ésa es otra de las razones, la gran razón, por la que he descendido hasta vosotros. Revelar a *Ab-bā*. Recordar a éstas, y a todas las criaturas de mi reino, que el Padre reside, per-so-nal-men-te, en cada espíritu.

Eliseo, en esos momentos, no se percató de la importancia de la revolucionaria afirmación del Galileo. Y se desvió:

—¿Otras criaturas?

Jesús, comprendiendo, se resignó. Sonrió con benevolencia y asintió de nuevo con la cabeza en un significativo silencio.

—Pero, ¿cómo otras criaturas? ¿Dónde?

—Querido e impulsivo niño... Acabo de decírtelo: estás en los comienzos de una venturosa carrera hacia el Padre. Algún día lo verás con tus propios ojos. La creación es vida. No reduzcas al Padre a las cortas fronteras de tu percepción. Y te diré más: la generosidad de *Ab-bā* es tan inconmensurable que nunca, ¡nunca!, alcanzarás a conocer sus límites.

—¿Estás diciendo —manifestó el ingeniero con incredulidad— que ahí fuera hay vida inteligente?

—Mírame... ¿Me consideras inteligente?

Eliseo, aturdido, balbuceó un «sí».

—Pues yo, hijo mío, procedo de «ahí fuera», como tú dices...

Eliseo, descolocado, cayó en un profundo mutismo. Él, como yo, amaba a Jesús de Nazaret. Habíamos visto lo suficiente como para no poner en duda sus palabras. El tiempo, por supuesto, seguiría ratificando este convencimiento.

Aproveché el silencio de mi compañero y me centré en otra de las insinuaciones del Maestro.

—Tu reino... ¿Dónde está? ¿En qué consiste?

Jesús extendió los brazos. Abrió las palmas de las manos y me miró feliz.

—Aquí mismo...

Después, levantando el rostro hacia la apretada e insultante «Vía Láctea», añadió:

—Ahí mismo...

—¿El universo es tu reino?

—No, querido Jasón —matizó con aquella infinita paciencia—, los universos tienen sus propios creadores. El mío es uno de ellos...

—Eso tiene gracia —reaccionó el ingeniero—. Tú, Señor, no eres el único Dios...

—Te lo repito una vez más: la pequeña llama de tu entendimiento acaba de ser encendida. No pretendas iluminar con ella la totalidad de lo creado. Date tiempo, querido ángel...

Pero Eliseo, de ideas fijas, comentó casi para sí:

—¡Muchos Dioses!... Y tú, ¿eres grande o pequeñito?

El Maestro y yo cruzamos una mirada. Y, sin poder remediarlo, terminamos riendo.

—En los reinos de mi Padre, querido «pinche», no hay grandes ni pequeñitos... El amor no distingue. No mide.

—Señor, hay algo que no sé...

—¡Por fin! —me interrumpió socarrón—. ¡Por fin alguien reconoce que no sabe!

—... Esas criaturas, las que dices que también forman tu reino, ¿son como nosotros? ¿Necesitan igualmente que les recuerdes quién es el Padre?

—Toda la creación vive para alcanzar y conocer a

Ab-bā. Ésa es la única, la sublime, la gran meta... Algunos, como vosotros, están aún en el principio del principio. Ellos, no lo dudéis, están pendientes de este pequeño y perdido mundo. Lo que aquí está a punto de suceder los llenará de orgullo y de esperanza...

Extrañas y misteriosas palabras.

—¿Y por qué nosotros? —atacó de nuevo el incansable ingeniero—. ¿Por qué has elegido este remoto planeta?

—Eso obedece a los designios del Padre..., y a los míos, como Creador. En su momento te hablaré de las desdichas de este agitado y confundido mundo. Nada, en la creación, es fruto del azar o de la improvisación...

Lamentablemente, mi hermano volvió a interrumpirlo, cortando lo que, sin duda, podía hacer sido una revelación. Pero quien esto escribe no lo olvidó.

—Entonces, Señor, tú vas por tu reino, por tu universo, revelando al Padre... ¿Ése es tu trabajo?

La capacidad de asombro de aquel Hombre no parecía tener límite. Abrió los luminosos ojos y, conmovido, replicó:

—Sí y no... Entrar a formar parte de la vida de mis criaturas, como te dije, es una exigencia para todo Hijo Creador. Antes de esta encarnación, por ejemplo, yo he sido ángel... Y también me he sometido voluntariamente a la naturaleza de otros seres a mi servicio. Otros seres que tú, ahora, ni siquiera imaginas...

—¿Tú has sido un ángel?... Pero, ¿cómo?

—Hijo mío, ¿puedes explicar a los hombres de este tiempo de dónde vienes y cómo lo haces?

Eliseo negó con la cabeza.

—Pues bien, deja que el conocimiento y la revelación lleguen a su debido tiempo. Disfruta de la maravillosa aventura de la ascensión hacia el Padre. Nada quedará oculto..., pero ten fe. Aguarda confiado.

Y Jesús puso el dedo en la llaga.

—Dime: ¿crees en lo que digo?

Esta vez me uní a la rotunda afirmación de Eliseo.

—Absolutamente, Señor...

—Entonces, dejadme hacer. Mi Padre «sabe». No lo olvidéis...

—Ahora lo entiendo —susurró el «pinche»—, ahora lo entiendo...

Señaló las desdibujadas nieves del Hermón y proclamó triunfante:

—Ha llegado tu hora... El Creador ha recuperado lo que es suyo. Ahora sabe quién es. Aquí y ahora se ha hecho el milagro. Jesús de Nazaret, el hombre, es consciente, al fin, de su verdadera naturaleza divina...

—Hijo mío, eres afortunado... Es mi Padre quien habla por ti.

Las llamas oscilaron, tan electrizadas como nuestros corazones. Mi hermano —no sé cómo— lo resumió a la perfección. Y nosotros, por la generosidad de los cielos, fuimos testigos. Testigos de excepción del «gran cambio»...

Aunque creo haberlo mencionado, bueno será recordarlo.

En esas fechas, justamente, agosto del año 25, en la montaña santa, el Hijo del Hombre, arrastrado por el Destino, «despertó». Mis sospechas se vieron así confirmadas. Jesús de Nazaret nació y vivió como un ser humano normal y corriente. Durante años —tal y como reconocería en aquellas conversaciones nocturnas— no supo quién era en realidad. Él mismo, antes de su encarnación, se impuso esta condición. Sólo así, con esa generosa renuncia, fue posible vivir, sufrir y experimentar, en definitiva, la naturaleza humana. Fueron años turbulentos. «Algo» férreo e invisible lo impulsaba hacia el gran Padre Azul. Pero, ¿quién era Él? ¿A qué obedecía este irrefrenable «tirón»? ¿Por qué su corazón se empeñaba en hablar a las gentes de su Padre Celestial? Y la lucha —una batalla ignorada igualmente por los escritores sagrados (?)— se prolongó, feroz, hasta ese mes de *elul*, cuando el Maestro estaba a punto de cumplir 31 años...

¡Dios santo!

Este «hallazgo», revalidado después por los innumerables prodigios, me mantuvo en vela durante muchas noches.

¡Estábamos en la presencia de un Dios! Sin embargo, por más que lo observaba y estudiaba, no era capaz de distinguir la frontera entre lo puramente humano y lo divino. Lo adelanto y lo confieso humildemente: fue un misterio. Científicamente carezco de explicación. Pero así fue.

¡Un Dios hombre!

Mejor dicho, un Dios a la búsqueda del hombre...

¡Un Dios niño!

Mejor dicho, un Dios anulado. Inmolado durante años en la espesa y torpe naturaleza humana. La más baja de la creación...

¡Un Dios indefenso!

Mejor dicho, un Dios desamparado..., voluntariamente.

Demasiados enigmas para este pobre e inútil explorador...

Y otro dato más, escuchado de sus propios labios: justo en esos días, durante la estancia en el Hermón, una vez asumida la genuina naturaleza divina, el Maestro pudo haber abandonado el mundo de su encarnación.

Al plantear la insólita y desconocida posibilidad, Eliseo, pasmado, preguntó:

—¿Qué dices? ¿Hablas en serio?

Naturalmente. A pesar de sus continuas bromas, el Maestro siempre hablaba en serio.

—Mi trabajo —manifestó— ha sido culminado. He cumplido la voluntad del Padre. Ahora conozco al hombre. De haber regresado a mi lugar habría recibido la soberanía que me pertenece. Pero...

Hizo una pausa. Nos miró con ternura y añadió:

—Pero me he sometido al Padre...

Eliseo, impaciente, le cortó.

—¿Y qué ha dicho el «Jefe»?

El Galileo, desarmado, interrumpió lo que iba a decir. Y, entre risas, preguntó a su vez:

—¿El Jefe?

—Sí —apremió el ingeniero señalando al no menos atónito firmamento—, el «Barbas»...

—¿El «Barbas»?

—El Padre... Tú me entiendes, Señor... Yo, al Padre, me lo imagino así..., con barbas.

—¿Y por qué con barbas?

—Si es lo que dices, Señor, tiene que ser muy viejo...

Jesús, maravillosamente desconcertado, sonrió levemente. Fue una sonrisa fugaz, pero plena de amor y satisfacción.

—Te diré algo. Poco importa si estás o no acertado. A mi Padre le encantan esos retratos...

—Y bien... ¿Qué ha dicho?

—Que mañana será otro día..., querido «pinche».

—Pero...

Ahí finalizó la charla. Jesús, guiñándole un ojo, se puso en pie.

—El «Barbas» dice que es hora de descansar. Para hablar de Él necesitamos tiempo. Mucho tiempo...

¿Desilusión?

Sí, en parte...

A la mañana siguiente, al despertar, el Maestro no se hallaba en el *mahaneh*. Frente a la tienda había situado una de las escudillas de madera. En el interior, garrapateado con un tizón, se leía:

«Estoy con el "Barbas". Regresaré al atardecer.»

Pronto nos acostumbraríamos. Mejor dicho, nos resignaríamos. La verdad es que, una vez conocido, era difícil vivir sin su compañía. Pero, como digo, no tuvimos opción. Debíamos respetarlo y respetar sus ausencias. Y así ocurrió a lo largo de aquellas cuatro inolvidables semanas en el Hermón. La mayor parte de las veces desaparecía del campamento con el amanecer. Desayunaba algo y, feliz, tomaba el senderillo que atravesaba los bosques de cedros, rumbo a los ventisqueros. Poco antes del ocaso le veíamos retornar y, siempre, siempre aparecía alegre, renovado, casi transfigurado... ¿Explicación?: *Ab-bā*. Según Él, ese tiempo en íntima comunión con el Padre era esencial. En varias oportunidades, obedeciendo sus deseos, tuvimos ocasión de acompañarlo. Y, como iré relatando, descubrimos algunas nuevas facetas de aquel increíble Hombre...

El prolongado descanso —a qué negarlo— fue providencial. No sólo nos llenó de fuerza y optimismo —vitales para los intensos días que aguardaban— sino que, por encima de todo, nos permitió profundizar en el pensamiento y en los objetivos del Hijo del Hombre. Y, por añadidura, nuestros ojos se abrieron, disipando dudas y oscuridades.

Hoy, en la distancia, agradecido y maravillado, doy gracias. Aquella aventura modificó nuestras vidas, dándole sentido. ¡Cuánto aprendimos!

No puedo pensar otra cosa: todo estuvo delicada y magistralmente «programado».

En cuanto al día a día de estos pletóricos exploradores, fue simple y espartano.

Quien esto escribe se ocupaba en el repaso de las notas. Atendía junto a mi hermano los modestos quehaceres domésticos, nos relajábamos en la «piscina» o caminábamos por los alrededores, siempre sorprendidos por la magnífica naturaleza. Y cada jornada, con el ocaso, el instante culminante: el retorno de Jesús de Nazaret. Después, tras la cena, las ansiadas tertulias...

Aquel martes, sin embargo, 21 de agosto, sería diferente. Veamos por qué...

Recuerdo que, tras asearnos y fregotear los cacharros en la «piscina de yeso», al penetrar de nuevo en la tienda y disponerme a escribir, «algo» me llamó la atención. Revisé apuntes y memoria y, efectivamente, caí en la cuenta...

Busqué a Eliseo y, entre aturdido y alborozado, anuncié:

—¿Sabes qué día es hoy?

El ingeniero, burlón, replicó:

—¿De qué tiempo? ¿Del nuestro o del actual?

Le mostré uno de los pergaminos y leyó:

—«Veintiuno de agosto»... ¿Y qué?

—¿No lo recuerdas?... Hoy es su cumpleaños.

—¿Hoy?

El rostro del amigo se iluminó.

—Su cumpleaños... Y hace...

—Creo que treinta y uno... ¿Se te ocurre algo?

Permaneció pensativo. Después, prosiguiendo con la limpieza del hogar, soltó un lacónico «puede ser...»

No le saqué una sola palabra más. Y, encogiéndome de hombros, regresé a lo mío. A decir verdad, no me quedé tranquilo. Conocía a Eliseo y sabía que su calenturienta imaginación no descansaría...

Al poco, sin embargo, estas reflexiones se vieron súbitamente interrumpidas.

Allí estaba otra vez...

Salí intrigado. Mi hermano, en pie, con las manos sobre los ojos y a manera de visera, oteaba el flanco oriental de la meseta. Pero el sol, frontal y rasante, no nos permitió ver con claridad.

—¿Estás oyendo? —preguntó el ingeniero a media voz—. Esto es de locos...

Asentí.

¡Eran «disparos»!... ¡Auténticas ráfagas!

Y el eco jugueteó en las cumbres, asustando a los inquilinos del cedro gigante. No había duda. «Aquello» era real.

Tomé la «vara de Moisés» y, decidido a despejar la irritante incógnita, me encaminé hacia las «cascadas». Eliseo, detrás, siguió con la cantinela.

—Jasón, estamos alucinando...

En la última fila de cedros nos detuvimos. Y, ocultos, fuimos a descubrir el origen del increíble «tableteo».

¿«Tableteo»?

Sí y, además, toses, silbidos, ronquidos y un agudo y no menos desconcertante ruido. Algo así como un «je-je-je-je»...

Eliseo y yo nos miramos. Y poco faltó para que le diera con la vara en la cabeza...

—¿Alucinados...? ¡Tú sí que estás loco!

—Pero, ¿qué son?

No supe responder. La verdad es que nunca los había visto. Más tarde, al retornar al Ravid y consultar a «Santa Claus», recibimos puntual información. Los responsables de los «disparos», silbidos, etc., eran en realidad una pacífica «tribu» de damanes de las rocas (1), asen-

(1) El damán de las rocas —hoy conocido como damán del Cabo— pertenece a la familia de los procávidos y el orden de los hiracoideos. Tres son arborícolas y las dos restantes, esteparias. Se trata de unos mamíferos de dimensiones parecidas a las del gato, de cabeza grande, sin cuello perceptible, ojos y orejas pequeños, boca hendida, patas cortas y sin cola. Puede pesar entre tres y cuatro kilos, alcanzando el medio metro de longitud en el caso de los adultos. Dispone de dos incisivos superiores enormes y los testículos, como en el caso del elefante, permanecen siempre ocultos. *(N. del m.)*

tada en los peñascos que emergían en la «piscina» y entre los saltos de agua. Unos simpáticos y muy sociables animalitos, relativamente similares a las liebres y conejos, con un rostro «casi humano», en continuo ejercicio sobre las piedras. Algo así como bolas de pelo, marrones, negras y naranjas, agilísimas, casi al margen de la ley de la gravedad. En otras oportunidades, al cruzar las montañas de Neftalí, al oeste del Hule, volvimos a encontrarlos en las orillas del nahal Kedesh, entre las peñas de yeso cenozoico. Los judíos los llamaban *tafna*, en arameo, o *safan*, en hebreo, por su costumbre de vivir casi ocultos (*safun*: estar escondidos) (1). A decir verdad pasamos muy buenos ratos observándolos. Jesús el primero. Y allí, frente a los cuarenta o cincuenta damanes, fuimos a descubrir otra peculiar costumbre del Maestro. Llevado de su inagotable sentido del humor terminaba siempre por colgar un apodo a cosas, animales o personas. Así, por ejemplo, dependiendo de los rasgos o actitudes, algunos de los *tafna* fueron «bautizados» por Jesús como *malku* (rey), *behilu* (prisa), *hašok* (oscuridad) o *gemir* (perfecto), entre otros.

En cuanto a la explicación de los intensos «tiroteos», al mirar a lo alto comprendimos. Una rapaz —posiblemente la misma águila perdicera del día anterior —planeaba de nuevo sobre la familia. Se hallaba alta, a unos quinientos metros, y, sin embargo, fue rápidamente detectada por los damanes «vigías». La vista de nuestros «vecinos» era portentosa. Y al instante sonó la alarma, en forma de gritos cortos, secos y estridentes, idénticos a disparos. Algunos de los machos se unieron presurosos a los «centinelas» e, incorporándose sobre las patas traseras, buscaron la silueta del águila, acompañando las «ráfagas» con silbidos, ronquidos y aquel inconfundible

(1) Durante siglos, los judíos asociaron el nombre *safan* con el conejo y la liebre, confundiendo a los damanes con aquéllos. El error, al parecer, se debió a los navegantes fenicios, quienes, al desembarcar en la actual España, quedaron asombrados por la abundancia de conejos. Y llamaron a dicho país «I-ha-sefanim» (tierra de damanes). De ahí nacería «Hispania». Como es sabido, en los tiempo de Jesús, el conejo no existía en Palestina. *(N. del m.)*

y desconcertante «je-je-je-je». Las hembras, con la numerosa prole, desaparecieron de inmediato entre las fisuras del roqueo. Y allí quedaron los inquietos y desconfiados *tafna*, pendientes de las evoluciones de la perdicera. Minutos después, al descender y sobrevolar la «piscina», el «tiroteo» se intensificó. Y, al punto, la colonia entera se esfumó. La rapaz, burlada, se dirigió entonces hacia el bosquecillo de robles, buscando un almuerzo menos esquivo. La enorme y silenciosa sombra «peinó» el ramaje y una descompuesta escuadrilla de cerrojillos de Orfeo, de Upcher, torcecuellos con traje de camuflaje, alondras de pecho negro, collalbas rubias, gorriones chillones de cola blanca, roqueros de cuellos azules y carpinteros sirios uniformados en blanco y negro emprendió una escandalosa y desordenada fuga hacia el cedro gigante y bosques próximos. La perdicera no perdió un segundo. Y en un quiebro impecable atrapó en el aire a una de las alondras «laponas», atravesándola con las afiladas garras. La víctima sólo tuvo tiempo de emitir un chillido, similar al tañido de una campana. Segundos después, al alejarse, el lugar recobró su habitual aspecto. Y los damanes, tímidamente, ocuparon posiciones, disfrutando del sol y de sus continuos juegos.

La jornada, lenta y apaciblemente, fue extinguiéndose.

Y ojos y corazones continuaron fijos en la muralla de cedros que nos aislaba y protegía. El Maestro no podía tardar...

Hacia la «décima» (las cuatro), puntual, Jesús de Nazaret irrumpió en el campamento. Lo escuchamos en mitad de la espesura, cuando cruzaba las últimas hileras de cedros. Venía cantando. Y lo hacía a voz en grito.

«Te doy gracias, Padre mío, de todo corazón... Cantaré tus maravillas...»

Al principio no estuve seguro. Parecía un salmo.

Al reunirse con estos boquiabiertos exploradores soltó el caldero que portaba y, sonriendo, alzó brazos y rostro hacia el azul del cielo, rematando el canto con voz grave y templada:

«Escucha mi ley, pueblo mío, tiende tu oído a las palabras de mi boca...Voy a abrirla en parábolas...»

Esta vez lo identifiqué. Salmo 78.

Eliseo, curioso, se asomó al recipiente de hierro.

—¡Nieve!

El Maestro, en efecto, aprovechó la visita a la cumbre para hacer acopio del inmaculado y siempre gratificante cargamento. Esa noche, sobre todo, resultaría especialmente útil.

—Regalo del Jefe —intervino el Galileo, refiriéndose a la nieve—. Hoy, queridos ángeles, es un día señalado...

Mi hermano y yo nos miramos. Y creímos captar el sentido de las enigmáticas palabras. Entonces, desolado, hice una señal al ingeniero. Y éste, comprendiendo, respondió con una rápida sonrisa y un guiño.

Debí suponerlo. Eliseo maquinaba algo. Naturalmente, no había olvidado el aniversario del rabí.

—¿Qué tramáis?

Mi compañero, pillado in fraganti, se escurrió como pudo.

—Nada, Señor..., cosas de ángeles...

El Maestro, divertido, indicó la dirección de las «cascadas», animándonos a seguirlo. Era el momento del baño.

Una hora después, el imprevisible Jesús volvió a sorprendernos. En esta ocasión, sin embargo, el suceso nos llenó de sonrojo...

Fue un fallo, sí. Pero aprendimos la lección.

Al vestirnos, cuando nos disponíamos a retornar al *mahaneh*, el Galileo, siempre discreto y delicado, rogó que me adelantara. Entendí. Por alguna razón deseaba hablar a solas con mi compañero.

Minutos después, mientras avivaba el fuego, los vi aparecer en la explanada. Caminaban despacio. Al llegar a la altura del dolmen se detuvieron. El Maestro era el único que hablaba. Eliseo, con la cabeza baja, se limitaba a escuchar, asintiendo una y otra vez.

Intuí algo. La actitud de mi hermano no era normal. ¿Qué sucedía?

Por último, Jesús lo abrazó.

Avanzaron y, al reunirse con este intrigado explorador, cada uno tiró hacia sus respectivas tiendas. Eliseo ni me miró. Estaba pálido. Poco faltó para que saliera tras él, pero me contuve. El asunto, evidentemente, no era de mi incumbencia. ¿O sí?

¿Qué demonios pasaba?

Al poco, Eliseo regresó. Traía una escudilla en las manos. La reconocí al instante. Era el cuenco de madera en el que el rabí había escrito el breve mensaje:

«Estoy con el "Barbas". Regresaré al atardecer.»

Y seguí hecho un lío...

La verdad es que, tras la lectura del «aviso», no presté mayor atención a la dichosa escudilla. Sencillamente, la perdí de vista. Y un súbito pensamiento me desconcertó todavía más: ¿Por qué Eliseo la guardó en nuestra tienda?

El ingeniero continuó mudo, esquivando mi mirada. Lo noté hundido. Desmoralizado. Y me asusté.

Algo grave, sin duda, acababa de ocurrir...

Jesús se situó frente al hogar. Presentaba un rostro sereno y relajado, como si nada hubiera sucedido. Aquella actitud, francamente, terminó confundiéndome del todo. No entendía nada de nada...

Y al punto, entregándole el pequeño cuenco de sopa, Eliseo, con la voz quebrada, se excusó:

—Te pido perdón, Señor... No volverá a repetirse...

El Maestro tomó la escudilla y, aludiendo a lo escrito en el interior, quitó hierro al asunto, tratando de animar al decaído ingeniero:

—Compréndelo, mi queridísimo hijo... Vosotros tenéis unas normas. Mi Padre y yo, otras...

Entonces, aproximándose al muchacho, fue a posar las manos sobre sus hombros y, agitándolo cariñosamente, gritó:

—¡Despierta!... ¡Tampoco es para tanto!

Eliseo, remontando con dificultad, movió la cabeza afirmativamente y replicó con un amago de sonrisa.

—Eso está mejor... Y ahora, escucha. Escuchad los dos...

Tomó los ánades. Se sentó frente a la fogata y, entregando uno de los patos a mi compañero, le sugirió que lo desplumase. Él, con el suyo, hizo otro tanto. Y, mientras limpiaba el cebado «silbón», fue a desvelarnos algo de especial interés, que aclaró la mente de este confuso y confundido explorador. Algo que tampoco figura en los evangelios y que, no obstante, como digo, despejaba varias e importantes incógnitas relacionadas con la encarnación del Hijo del Hombre. Unas incógnitas que, de haber sido resueltas por los escritores sagrados (?), habrían evitado mucha confusión e infinitos ríos de tinta...

Según sus palabras, de acuerdo a los planes divinos, el hecho físico de su experiencia humana se hallaba «limitado» por una serie de «condiciones», absolutamente inviolables. Esas «prohibiciones» —autoimpuestas por el propio Jesús de Nazaret durante su estancia en el Hermón— resultaban casi de sentido común...

En primer lugar, el Hombre-Dios no debería dejar escrito alguno. Escritos —entendimos— de su puño y letra. De ningún tipo. Llevaba razón. Si el Maestro hubiera puesto por escrito su doctrina y filosofía, los seguidores, muy probablemente, habrían convertido semejante tesoro en un «artículo» de veneración y, lo que podía ser más lamentable, en un motivo de permanentes disputas e interpretaciones de todo tipo.

En ese instante se hizo la luz. Miré a mi hermano y, avergonzado, bajó los ojos. Comprendí y, en cierto modo, lo justifiqué. Fue una travesura. Un impulso infantil. Eliseo, saltándose las rígidas normas de Caballo de Troya, escondió la escudilla de madera, deseoso de conservar el pequeño-gran «mensaje», con la letra del Maestro. Después de todo, él era el «inventor» del calificativo (el «Barbas») que tanta gracia había hecho al Maestro. En cuanto a cómo lo averiguó, después de lo que llevaba visto, ni me lo planteé.

Y tomé buena nota. Eliseo no era el único tentado por algo así...

En segundo lugar —movido por ese mismo sentido común—, el Hijo del Hombre tomaría otra no menos importante decisión: su imagen, su figura, no podría ser dibujada por manos humanas. Es curioso. Cuando algunos, a lo largo de su vida pública, intentaron «retratarlo», Él siempre se opuso, provocando el desconcierto de propios y extraños. En mi opinión, era igualmente lógico. Esas pinturas, en el fondo, sólo habrían causado problemas. En especial, de índole idolátrico.

«... No podría ser dibujada por manos humanas.»

Al pronunciar esta frase, Jesús de Nazaret interrumpió la limpieza del ánade. Me traspasó con aquellos ojos rasgados, incisivos y limpios como la atmósfera del Hermón y, haciéndome un guiño de complicidad, prosiguió.

El corazón aceleró. Entendí perfectamente.

Su imagen sí quedaría en este mundo, pero «confeccionada» por otras manos...

Como decía con regularidad, «quien tenga oídos...».

La tercera autolimitación —de mayor calado si cabe— nos dejó perplejos. Alguna vez lo pensé, pero, francamente, no imaginé a qué obedecía su firme y decidido celibato. Pues bien —de acuerdo con sus palabras—, la decisión de no contraer matrimonio y no dejar descendencia formaba parte también de la rígida «normativa» (?) divina. Eso —dijo— era lo aconsejado por su Padre. Y como Creador no podía infringir la ley. Una ley, obviamente, que escapaba a nuestra comprensión. Pero lo aceptamos. No había, pues, «razones» oscuras, ni tampoco religiosas, en dicha actitud. Sencillamente, eso era lo dispuesto, antes, incluso, de su encarnación. Ése era el «orden» establecido por lo Alto. Y no le faltaba razón. Si un escrito de su puño y letra, o bien un dibujo de aquel hermoso rostro, hubieran originado auténticas conmociones en el futuro, ¿qué se supone que habría ocurrido con unos hijos, nietos, etc., del Hijo de Dios?

Por supuesto, no dejé pasar la excelente ocasión y pregunté:

—Señor, ¿significa esto que prefieres el celibato al matrimonio?

Jesús, leyendo en mi corazón, se apresuró a corregirme.

—Sabes que no he dicho eso. Y sé igualmente por qué lo planteas. Pues toma buena nota: el matrimonio es tan digno como la decisión de permanecer célibe. En el reino de mi Padre no hay matrimonios, tal y como vosotros lo entendéis. Pero eso no importa ahora. Aquí, en la fraternidad humana, tanto uno como otro tiene su papel y su justificación. Pero, ¡ojo, mi querido «mensajero»!, transmite bien mis palabras... Ningún célibe deberá considerarse superior, ni más capacitado, a la hora de pregonar o practicar mi mensaje...

Y añadió rotundo y sin contemplaciones.

—... Buscar al «Barbas», y hacer su voluntad, no depende de la categoría social, de las riquezas y, mucho menos, del estado civil. Y te diré más: ni siquiera está sujeto a la inteligencia... El gran secreto de la existencia humana, descubrir al «Jefe», sólo puede ser desvelado con la voluntad. Si lo deseas, sólo si lo deseas, hallarás al Padre y habrás triunfado en la vida...

El Maestro, entonces, atravesando el ánade con un largo palo, lo sometió al fuego, flameándolo y purificándolo. Y así permaneció unos instantes, con la vista fija en las llamas. Después, como si despertara, proclamó solemne:

—Queridos hijos... ¿Veis las lenguas de fuego?... Pues ése, en cierto modo, es el trabajo que le aguarda al Hijo del Hombre...

Eliseo, recompuesto, le interrumpió, alegrando el corazón del Maestro y no digamos el de este explorador. Ambos, creo, echábamos de menos sus bromas...

—¡Bombero!... ¿Piensas ejercer como la *militia vigilum*?

Jesús, atónito, rompió a reír. Y casi chamuscó el pato. Mi hermano, echando mano de la expresión latina, se refería al cuerpo de bomberos de Roma, fundado por Augusto en el año 22 antes de Cristo, dependiente desde el 6 d. J.C. de un *praefectus vigilum*, y que alcanzaría gran fama en todo el imperio.

Al unirme a las carcajadas del Galileo, mi compañero nos observó perplejo. Finalmente, feliz, intuyendo que las risas eran mucho más que una consecuencia de sus palabras, espontáneo como siempre, soltó el «silbón» y fue a arrodillarse frente al divertido Maestro. Le sonrió y, sin previo aviso, se abrazó a Él. Y así permaneció varios minutos.

Jesús de Nazaret, conmovido, hizo un esfuerzo. Muy leve, la verdad. Y un par de lágrimas terminaron traicionándolo. Y rodaron solitarias por las mejillas.

—¡El pato, Señor!

Mi grito puso en guardia al Maestro. El sufrido ánade, en efecto, ardía por los cuatro costados...

—¿Será posible?...

El Galileo, desconcertado, intentó apagar las llamas. Y lo logró, claro. Pero el pobre pato, negro y humeante, estaba en las últimas...

—¿Será posible? —repitió Jesús contemplando la carbonizada cena—. ¡Vaya Dios más torpe!

Eliseo, desconsolado, pidió disculpas.

—¡Perdón, Señor!... ¡Perdón!

Y el Maestro, atrapado en otro ataque de risa, le exigió:

—¡No, por favor!... ¡No más perdón!... ¡Sólo nos queda un pato!

Así era aquel maravilloso Hombre...

Cuando los ánimos se calmaron, el rabí, absolutamente perdido, preguntó:

—¿Por dónde iba?

Quise responder, pero la risa, incontenible, me zancadilleó. Eliseo, entonces, muy serio, trató de socorrer a Jesús, aclarando:

—Por los bomberos...

Imposible. Las carcajadas, de nuevo, se hicieron dueñas y señoras del *mahaneh*, llegando claras hasta un Hermón igualmente enrojecido.

—Queridos hijos —respiró al fin el Maestro—, ¿sabéis qué es lo más hermoso y reconfortante de la risa?

Eliseo contempló el malogrado ánade, pero, prudentemente, guardó silencio.

—... Lo más atractivo del sentido del humor —prosiguió el Maestro— es que sólo es practicado por gente segura y confiada.

Y dirigiéndose al ingeniero remachó:

—No cambies nunca, mi querido ángel..., «destrozapatos»...

Era inútil. El Hijo del Hombre, cuando se lo proponía, era peor que Eliseo...

No fue fácil sujetar el nuevo ataque de risa. Y desde esa tarde, mi hermano recibiría el sobrenombre de «destrozapatos». Naturalmente, supo encajar la broma del Galileo y aceptó el apodo con deportividad.

—... ¿Sabéis que el humor —reveló Jesús— es un invento del Padre?

—Entonces —proclamó Eliseo con los ojos muy abiertos—, el Jefe se ríe...

—Sobre todo cuando el hombre piensa...

—Señor —intervine reconduciendo la conversación—, ¿por qué decías que tu trabajo es similar al de las lenguas de fuego?

El Maestro agradeció el cable. Se puso nuevamente serio y matizó:

—El Hijo del Hombre ha venido también para sanear la memoria humana. Ahora, no por vuestra culpa, se halla enferma. Dominada por la oscuridad. Sujeta al error y a la desesperación. Yo soy el fuego que purifica. Yo os traigo la esperanza. Yo os anuncio que, a pesar de las apariencias, todo está por estrenar. Dios, el Padre, está por «estrenar»...

Hizo una pausa y, señalando el perfil grana de los bosques, nos dejó nuevamente en suspenso:

—Y hablando de estrenar..., ¿qué hay de la cena? Hoy, queridos ángeles, como os dije, es un día especial... Ataquemos... ¡El pato es nuestro! Después seguiremos con el «Barbas»...

Pato asado. El Maestro se esmeró.

Con el socorro del resucitado «pinche» puso a punto una jugosa salsa a base de cebolla rallada, ajo machacado, dos o tres buenos pellizcos de jengibre, pimienta en abundancia, sal y aceite. Y sin dejar de canturrear pinceló el ánade por dentro y por fuera, dorándolo despacio.

Nos supo a gloria.

Después, fruta picada, ligeramente emborrachada

con *arac* y vino helado, cuidadosamente enterrado en la nieve del Hermón.

Al final, un brindis. El Maestro alzó la humilde copa de madera. Repasó las estrellas y, descendiendo feliz a nuestros corazones, pronunció una de sus palabras favoritas:

—*Lehaim!*

—*Lehaim!* —replicamos al unísono.

—¡Por la vida!, repitió con voz imperativa.

Supongo que era el momento esperado por Eliseo. Se levantó y, en silencio, se perdió en el interior de la tienda. Jesús, impasible, continuó con la vista anclada en el tumultuoso firmamento. Venus, Marte y Regulus, casi en línea, destellaron con más fuerza. Parecían cómplices. El Halley, ahora más al norte y al oeste, también fue testigo de la siguiente, emotiva... y absurda escena.

Eliseo reapareció. Se plantó frente al rabí y le miró sonriente. Tenía las manos a la espalda. Después, buscándome con la mirada, intensificó la sonrisa. Creí entender. Pero, ¿qué ocultaba?

Jesús le observó curioso. Desvió la vista hacia quien esto escribe y me interrogó sin palabras. Me encogí de hombros.

La verdad es que me hallaba al margen.

Finalmente, ceremonioso, el ingeniero fue a mostrarle lo que había ido a buscar. Y, al entregárselo, exclamó despacio y solemne:

—¡Felicidades!... Un regalo de otro mundo para el «gordo» de todos los mundos...

El Maestro, perplejo, no supo qué decir.

Mi hermano, sin querer, equivocó una de las palabras. En lugar de utilizar el arameo *mare'* (Señor) pronunció *meri'*, que en hebreo significa «cebado» o «gordo». Y arruinó la bien estudiada frase.

—*Mare'*, le corregí aturdido.

Pero el voluntarioso ingeniero que, al parecer, ensayó el momento una y otra vez, no se percató del lapsus y siguió en sus trece.

—Sí, eso, *meri'*... Un regalo de otro mundo para el «gordo» de todos los mundos...

El Maestro, comprendiendo el baile de letras, sonrió benevolente, tomando el vástago de olivo. Pero, incapaz de resistir la tentación, volvió a echar mano de aquel incombustible sentido del humor, replicando:

—¡Gracias!... ¡Gracias, mi querida «reina»!

No pude contenerme y solté una carcajada.

Siguiendo el involuntario juego de Eliseo, el rabí alteró el término *mal'ak* (ángel), cambiándolo por *mal...kah* (reina).

Mi hermano, sin embargo, feliz con el obsequio, no percibió el doble lenguaje.

Jesús terminó alzándose y, tras observar el retoño tan celosamente conservado, colocó su mano derecha sobre el hombro de mi amigo, exclamando:

—Un regalo de otro mundo para el Señor de todos los mundos... No podías definirlo mejor...

Y añadió complacido:

—... Lo plantaremos como símbolo de la paz... La paz interior: la más ardua...

Acto seguido se retiró a la tienda, guardando el vástago que nos entregara el general Curtiss. Al quedarnos solos le felicité. Fue una idea excelente. En el fondo, el mejor de los destinos para el humilde olivo... Algún tiempo después, aprovechando una «especialísima circunstancia», el rabí cumpliría su palabra, plantando el vástago en otro no menos «entrañable lugar». Y allí creció. Y allí se encuentra, aunque muy pocos conocen su mágica y verdadera historia...

Pero de eso hablaré en su momento.

Aquella noche, verdaderamente, sería histórica e inolvidable. También el Hijo del Hombre se reservaba una sorpresa. Algo insinuó a su llegada al campamento, pero, sinceramente, tras el incidente de la escudilla, la ruina del ánade y la entrega del obsequio, lo olvidamos por completo.

El Maestro se aproximó a las llamas. Nunca olvidaré su expresión. Nos miró en silencio. Se hallaba serio, pero los ojos, de nuevo, hablaron. Fue un «discurso» breve y elocuente. Pocas veces, hasta ese instante, había percibido en su mirada tanto amor y comprensión. Fue como una marea. Intensa. Arrolladora. Y nos invadió, erizándonos el cabello.

No movimos un músculo. Algo estaba a punto de suceder. Lo sabía. Podía palparlo...

Jesús parpadeó. Relajó los corazones con una amplia y sostenida sonrisa y, dulcemente, fue levantándonos hasta las estrellas.

—Hoy, en mi treinta y un cumpleaños en esta forma humana, voy a pedir al Padre que os convierta en mis primeros discípulos... Y quiero hacerlo solemnemente... Como corresponde a unos auténticos embajadores y mensajeros...

Levantó los brazos y fue a depositar sus manos sobre nuestras cabezas. Fue instantáneo. No sé cómo describirlo...

Una especie de fuego frío, una llamarada helada, me recorrió en décimas de segundo. Aquella mano era y no era humana...

Guardó silencio. Después, con gran voz, prosiguió:

—¡Padre!... Ellos son los primeros!... ¡Protégelos!... ¡Guíalos!... ¡Dales tu bendición!...

Entonces, intensificando la presión de las manos, añadió solemne y vibrante:

—¡Ellos, al buscarme, ya te han encontrado! ¡Bendito seas, *Ab-bā*, mi querido «papá»...!

Nuevo silencio.

Y el Maestro, retirando las manos, nos atravesó de parte a parte. Aquellos ojos eran y no eran humanos...

—Mis queridos ángeles... ¡Bienvenidos!... ¡Bienvenidos a la vida!... ¡Bienvenidos al reino!... Y recordarlo siempre: este «viaje» hacia el Padre no tiene retorno...

Acto seguido, uno por uno, nos abrazó. Fue un abrazo sólido. Incuestionable. Prolongado. Un abrazo que ratificó la inesperada y cálida «consagración».

¡Sus primeros embajadores!

¿Y por qué no?

Éramos observadores, sí, pero observadores «atrapados» por un Dios. ¿Qué podíamos hacer?

Yo, personalmente, me sentí feliz y agradecido. Mi trabajo fue el mismo. Continué analizando y evaluando.

Me mantuve siempre en la sombra, a cierta distancia, pero, en lo más íntimo, compartiendo y aprendiendo.

¿Las normas de la operación?

Fueron respetadas, sí. Palabras y sucesos figuran en este diario con escrupulosa objetividad. En cuanto a los sentimientos —igualmente prohibidos por Caballo de Troya—, siguieron su inevitable curso: sencillamente le amamos. Y jamás me sentí culpable.

Como apuntó el ingeniero, ¡a la mierda Curtiss y su gente!

Jesús de Nazaret llenó de nuevo las copas y, entusiasmado, gritó:

—¡Por el «Barbas»!

—¡Por *Ab-bā*!

Arrojó una carga de leña al fuego y, frotándose las manos, se sentó frente a las sorprendidas llamas. Las vio danzar. Chisporrotear. Después entró en materia. En su materia favorita: el Padre.

Y aquellos perplejos exploradores siguieron aprendiendo.

—¿Dónde estábamos?

Eliseo, adelantándose, le refrescó la memoria.

—Decías que tu trabajo ha sido culminado. Decías que ahora conoces al hombre, que podrías regresar, si lo desearas, y asumir la soberanía de tu universo...

Jesús fue asintiendo con la cabeza.

—... Decías también que, sin embargo, habías optado por someterte a la voluntad del Jefe... Y yo te pregunté: ¿y qué ha dicho?

—En palabras simples: que siga con vosotros, que cumpla el segundo gran objetivo de esta experiencia humana... ¡Que os hable de Él!... ¡Que encienda la luz de la verdad!

Este explorador, más pragmático y prosaico que el ingeniero, intervino de inmediato.

—Señor, si vas a hablarnos del Padre, bueno será que lo definas, que nos digas qué o quién es...

E intentando justificarme añadí:

—... No olvides que, en el fondo, somos hombres escépticos...

Jesús sonrió malévolo. Y preguntó:

—¿Escépticos?

Me atrapó. Después de lo visto en la anterior experiencia, después de haber sido testigos de su resurrección, la definición, por supuesto, no era correcta. Y rectifiqué.

—Ignorantes...

—Eso sí, querido Jasón... Pero no te alarmes. Ignorancia y escepticismo tienen arreglo. Recuerda: para dar sentido a tu vida, para saber quién eres, qué haces aquí y qué te aguarda tras la muerte, sólo precisas de la voluntad. Si quieres, puedes «saber»... Y ahora vayamos con tu pregunta.

Meditó unos instantes. Supuse que no era fácil. Me equivoqué. La definición del Padre era casi imposible. Imposible para las bajísimas posibilidades de percepción humana.

—Recordad siempre —arrancó con un preámbulo decisivo— que, en el futuro, cuando llegue mi hora, hablaré como un educador. Ése será mi papel. En consecuencia, tomad mis palabras como una aproximación a la realidad...

Buscó nuestra comprensión y prosiguió.

—... ¿Por qué digo esto? Sencillamente, porque lo finito, vosotros, no puede entender, abarcar o hacer suyo lo infinito. Y eso es *Ab-bā*: una luz, una presencia espiritual, una realidad infinita que, de momento, no está al alcance de las criaturas materiales.

Sonrió y, optimista, redondeó:

—... Pero lo estará.

—¡Una luz! —comentó mi compañero intrigado—. ¡Una energía que, obviamente, piensa!

—Obviamente...

—¡Lástima! —lamentó el ingeniero—... Lo de «Barbas» me gustaba...

El Maestro negó con la cabeza. Y corrigió a Eliseo.

—No, mi querido ángel. Eso está bien. ¿Por qué crees que utilizo la palabra «Padre»?

No esperó respuesta.

—Porque lo es. El Jefe, como tú lo llamas, y muy acertadamente, por cierto, no tiene un cuerpo físico y material... Pero es una persona. Es un *Ab-bā*, en el sentido literal de la expresión. Él es el principio, el generador, la fuente, el que sostiene la Creación... Podéis imaginarlo como queráis. Podéis definirlo como gustéis. Y yo os digo que siempre os quedaréis cortos...

—¿Una persona? —intervine—. No entiendo... Una persona sin cuerpo...

El Maestro parecía estar esperando aquella duda.

—Es lógico que te lo preguntes. Mis pequeñas y humildes criaturas del tiempo y del espacio, las más limitadas, tienen dificultad para imaginar una personalidad que carezca de soporte físico visible. Pero yo te digo que la personalidad, incluso en vuestro caso, es independiente de la materia donde habita. Más adelante, cuando sigáis ascendiendo hacia el Padre, tu personalidad, Jasón, continuará viva. Más viva que nunca, a pesar de haber perdido el cuerpo que ahora tienes. Serán tu mente y espíritu quienes forjarán y sujetarán esa personalidad. Así, de hecho, ocurre ahora mismo.

Sonrió levemente y nos hizo otra revelación.

—Es pronto para que lo entendáis con plenitud, pero en verdad os digo que la personalidad humana no es otra cosa que la sombra del Padre, proyectada en los universos. El problema, insisto, está en vuestra finitud. Estudiando esa «sombra» jamás llegaréis a descubrir al «propietario» y causante de la misma.

Quedamos en silencio, pensativos. Tenía razón. Si alguien pretendiera estudiar a un ser humano a través de su sombra, sencillamente, perdería el tiempo...

—Pero no os desaniméis. Todo en su momento. Llegará el día en que estaréis en la presencia de *Ab-bā*. Entonces, sólo entonces, empezaréis a comprender y a comprenderle. Si Él careciese de esa personalidad, el gran objetivo de todos los seres vivientes sería estéril. Es su personalidad, a pesar de la infinitud, lo que hace el «milagro»...

Y recalcó, deseoso de que entendiéramos.

—Al igual que un padre y un hijo se aman y comprenden, así sucede con el gran Padre y todos sus hijos... Él es persona. Vosotros sois personas. Pero, como os digo, dejad que se cumplan los designios de *Ab-bā*...

—¿Sus designios? —clamó Eliseo contrariado—. ¿Y por qué no habla con más claridad? ¿Qué quiere?

—En primer lugar —replicó el Maestro al instante—, que sepas que existe. Para eso estoy aquí. Para revelar al mundo que *Ab-bā* no es un bello sueño de la filosofía. ¡Existe!

Hizo una pausa y la palabra «existe» quedó flotando, rotunda, sólida, incuestionable. Alzó la voz y repitió, haciendo retroceder cualquier vestigio de escepticismo:

—¡Existe!

A estas alturas, algo estaba muy claro para estos exploradores. Jesús de Nazaret jamás mentía o inventaba. Y aunque resultaba difícil de entender, lo aceptamos.

—En segundo lugar, el Padre, tu Padre, desea que lo busques, que lo encuentres...

—¿Cómo, Señor? Tú mismo acabas de reconocerlo... Somos finitos, limitados, lo último de lo último... Parece que el Jefe se descuidó al pensar en nosotros...

El Maestro acogió la broma con dulzura.

—No, querido «pinche»... En el reino de *Ab-bā* no hay descuidos. Todo se halla minuciosamente planificado. Y, aunque no lo creas, vosotros, los «destrozapatos», sois y seguiréis siendo la admiración de los universos.

—¿Nosotros?

—¿Imagina por qué?

—Ni idea...

—Vosotros, lo más denso y limitado, poseéis algo de lo que no disfrutan otras criaturas, creadas en perfección: tenéis la maravillosa virtud de ascender y progresar..., sin saber, sin haber visto. Tenéis la envidiable capacidad de creer, de confiar..., sin pruebas.

—Exageras...

El Galileo negó con la cabeza.

—No, no exagero. Y ése es el «cómo». Ésa es la respuesta a tu pregunta. Al Padre, de momento, sólo puedes buscarlo con la ayuda de la confianza. Ése es el plan. Eso es lo establecido. Progresar. Progresar. Progresar...

—¿Aquí? ¿En este basurero?

—Aquí, en este atormentado mundo —le corrigió—, en los que te reservo después y siempre... Ya me has oído. Para llegar a la presencia de *Ab-bā*, primero debes recorrer un largo, muy largo, camino. Ése es el objetivo. Ésa es la única razón de tu existencia: una aventura fascinante...

—Un largo camino... Muchos, en nuestro mundo, piensan que el «Barbas» los estará esperando al otro lado de la muerte...

Jesús, divertido, escuchó los razonamientos de mi amigo.

—... Dicen y creen que los justos serán recibidos de inmediato en su presencia. Tú, en cambio, hablas de un largo recorrido...

En esos instantes —¿casualidad?—, una enorme y hermosa mariposa cuadriculada en blanco y negro, una *Euprepia oertzeni*, atraída por la luz de la fogata, fue a posarse en el extremo de la rama con la que jugueteaba el Maestro. Y Jesús, aludiendo al bello ejemplar, respondió así:

—Dime, querido ángel, ¿crees que esa criatura está en condiciones de comprender que un Dios, su Dios, la está sosteniendo?

—No, Señor. Hay demasiada distancia...

Entonces, agitando el palo, la obligó a volar.

—Tú lo has dicho. Hay demasiada distancia... Pues bien, la que ahora te separa de *Ab-bā* es infinitamente mayor... Si un mortal fuera transportado, tras la muerte, ante la presencia del Padre, en verdad te digo que reaccionaría como esa mariposa. No sabría, no tendría conciencia de dónde está ni de quién lo sostiene...

Y añadió feliz.

—Afortunadamente, vosotros sois mucho más que una mariposa. Y podéis estar seguros de lo que afirmo: llegará el día, cuando hayáis crecido espiritualmente, cuando hayáis progresado, que veréis al Jefe y comprenderéis.

Mi hermano, espontáneo, clamó:

—Pero, ¿tan grande es?

Jesús se vació.

—No hay palabras, querido «pinche». Sostiene y contempla los universos en el hueco de su mano. Es todo presente, pero está en el futuro. Es el único santo, porque es perfecto. Es indivisible y, no obstante, se multiplica sin cesar. Él te imagina y apareces...

Eliseo negó con la cabeza. Y comentó casi para sí:

—Hermoso, muy hermoso, pero la ciencia...

El Maestro, percibiendo la dirección de Eliseo, le salió al paso con contundencia:

—No te equivoques... Ni la ciencia, ni la razón, ni tampoco la filosofía podrán demostrar jamás la existencia del Padre.

El ingeniero le miró perplejo.

Y el rabí, penetrando sin piedad en sus pensamientos, sentenció:

—Tu Jefe es más listo, imaginativo y amoroso de lo que supones. Él no está a merced de hipótesis o postulados. Él sólo está a merced del corazón...

Entonces, señalando el revoloteo de la *Euprepia*, afirmó:

—En eso le lleváis ventaja... Vosotros sí podéis experimentar a Dios.

Nos miró intensamente y remachó:

—He dicho experimentar, no demostrar... En esa búsqueda, cuando el hombre persigue y ansía a Dios, su alma, al encontrarlo, nota, percibe, experimenta su presencia. Eso es suficiente..., por ahora.

—¿Experimentar al Padre? Y eso, ¿cómo se hace?, ¿cómo se sabe?

—No has escuchado mis palabras, querido «destrozapatos». Cuando un ser humano «toca» al Padre, cuando Él te «toca», el alma se pone en pie. Es una sensación única. Clamorosa. Y una magnífica seguridad te acompaña de por vida... Pero ese benéfico sentimiento es personal e intransferible. Es difícil de explicar, pero tan real como la visita de la ternura, de la compasión o de la alegría.

Y desviando la mirada hacia este absorto explorador me previno:

—Por eso, Jasón, porque se trata siempre de una experiencia, de un sentimiento personal, no escribas para convencer. Hazlo para insinuar. Para ayudar. Para iluminar...

Mensaje recibido.

—... No «vendas», querido ángel. No grites el nombre del Padre. No obligues. No discutas. Cada cual, según lo establecido, recibirá el «toque» a su debido tiempo. No hay prisa. *Ab-bā* sabe. *Ab-bā* reparte.

—Un Dios sin prisas —terció el «destrozapatos»—. Eso me gusta...

—Un Dios amor que ya está en ti...

Y el Maestro, dirigiendo la vara hacia Eliseo, fue a tocar su pecho. El ingeniero, sorprendido, bajó la cabeza, observando el punto señalado por el Galileo. Después, nunca supe si en broma o en serio, exclamó:

—¿El Jefazo está aquí?... ¡Y yo con estos pelos...!

—¿No me crees?

Eliseo, incapacitado para la mentira o el disimulo, negó con la cabeza y puntualizó:

—Tú lo has dicho, Maestro. Somos materia finita... El Padre, si quisiera entrar en mí, se sentiría muy incómodo.

Jesús lo acarició con la mirada. Mi amigo era como un niño.

—Escucha atentamente. Escuchad los dos... Lo que ahora os anuncio formará parte del mensaje cuando llegue mi hora.

El rostro, iluminado por la fogata, cobró una especial gravedad. E intuí que se disponía a confesar algo trascendental. No me equivoqué.

—Decidme: ¿os he mentido alguna vez?

Él «no» fue instantáneo.

—Pues bien, yo os digo que el Padre ya está en vosotros...

—Sí —concedí—, hace un momento lo has invocado. Has sido muy generoso al convertirnos en tus embajadores.

—No —se apresuró a corregirme—, eso ha sido una consagración formal. Pero *Ab-bā* ya estaba en vuestras mentes.

—Claro —terció Eliseo—, muchas veces hemos pensado en Él.

El Maestro volvió a negar con la cabeza.

—No comprendéis. Os estoy hablando de uno de los grandes misterios de la Creación. El Padre, en su infinita misericordia, en su indescriptible amor, hace tiempo que se instaló en vosotros...

Notó nuestra confusión y profundizó.

—Cada criatura del tiempo y del espacio recibe una diminuta fracción de la esencia divina. El Padre, como os dije, aunque único e indivisible, se fracciona y os busca. Se instala en cada uno de vosotros, los más pequeños del reino.

—¿Se trata de una parábola?

—No, Jasón, esto es real. Y no me preguntes cómo lo hace porque nadie lo sabe. Es una de sus grandes prerrogativas. Él, así, «sabe». Él, así, «está». Él, así, se comunica con la creación y se hace uno con cada mortal inteligente.

—Pero, ¿cómo es eso?, ¿cómo un Dios puede habitar en mi interior?

El Maestro no respondió a las lógicas cuestiones formuladas por mi hermano. Se limitó a remover las brasas, levantando un fugaz chisporroteo. Después, llamando nuestra atención, prosiguió:

—¿Veis las chispas?... Pues en verdad os digo que algo similar sucede con el Padre. Una «chispa» divina, una parte de Él mismo, vuela hasta cada criatura y la hace inmortal.

Supongo que captó la perplejidad de aquellos exploradores. Sonrió amorosamente y exclamó:

—A esto, justamente, he venido. A revelar al mundo que sois hijos de un Dios... Y lo sois por derecho propio.

—Pero, Señor, yo no percibo nada raro... Si el Jefazo estuviera en mi interior tendría que notarlo.

—Lo percibes, querido «pinche», lo percibes... El problema es que, hasta ahora, no lo sabías. Podías intuirlo, pero nadie te lo había confirmado.

—¿Lo percibo? ¿Tú crees?

—Te diré algo. ¿Qué opinas de esa bella mariposa? ¿Por qué se siente atraída por la luz?

—Eso es algo instintivo...

—Correcto. Ella no es consciente, pero «algo» la empuja...

Asentimos en silencio.

—Pues bien, con vosotros, los humanos, ocurre lo mismo. «Algo» que no podéis, que no sabéis definir, os impulsa a pensar en Dios. «Algo» desconocido os proporciona la capacidad intelectual suficiente como para planteaos el problema de la divinidad. «Algo» sutil os arrastra hacia el misterio de Dios. Nadie se ve libre de esas inquietudes. Tarde o temprano, en mayor o menor medida, todos se hacen las mismas preguntas: «¿quién soy yo?, ¿existe Dios?, ¿qué quiere de mí?, ¿por qué estoy aquí?».

Volvió a introducir el palo entre las llamas y una nueva columna de chispas se agitó brevemente en el increíble y solemne silencio de la noche y de nuestros corazones. Finalmente, dirigiéndose al ingeniero, preguntó:

—¿Nunca has percibido esa inquietud?

Eliseo reconoció que sí. Muchas veces...

—Ahora lo sabes. Ese impulso, esa necesidad de conocer, de saber de Dios, está animado por la «chispa» que te habita. Esa «presencia» del Jefe en tu interior es la que verdaderamente te hace distinto. La que te inquieta. La que perfecciona y corrige tus pensamientos. La que, a veces, escuchas en voz baja. La que siempre tiene razón. La que, en definitiva, «tira» de ti hacia Él.

—Y la mariposa, Señor, ¿también es habitada por el «Barbas»?

Jesús, soltando una carcajada, negó con la cabeza. Mi compañero, sin embargo, hablaba en serio.

—No, querido niño... Te lo he dicho: vosotros sois mucho más que una mariposa. Los animales se mueven por instinto. En ocasiones pueden demostrar sentimientos, pero ninguno, jamás, se plantea la necesidad de buscar a Dios. Ni siquiera tienen conciencia de sí mismos. La «chispa» del Padre, como te dije, es un regalo exclusivo a los humanos...

Eliseo, inquieto, lo interrumpió.

—¿Y tus ángeles? ¿Reciben también la «chispa» del Jefe?

—No, querido... No me escuchas cuando hablo. Esa magnífica y divina presencia del Creador os alcanza únicamente a vosotros, las criaturas del tiempo y del espacio. Las más humildes...

—¡Qué lujo! ¿Y por qué a nosotros?

—Eso lo irás comprendiendo poco a poco, conforme asciendas... El Padre es así: un padrazo...

Entonces, dirigiéndose a este explorador, comentó:

—Estás muy callado...

—Es demasiado para mi torpe y corto conocimiento, Señor... Pero, ya que lo planteas, dime: ¿tiene esa «chispa» algo que ver con la famosa frase...?

No me dejó concluir.

—Sí, Jasón... «Hagamos al hombre a nuestra imagen y semejanza.»

—Ahora lo entiendo —clamó Eliseo—, ahora lo entiendo...

El rabí sonrió satisfecho. Y manifestó:

—Tú, mi querido «pinche», eres igual a Dios porque lo llevas en lo más profundo. Y no son meras palabras... Tú eres su imagen. Más aún: ¡tú eres Dios!

—Yo, Señor —escapó como pudo el ingeniero—, sólo soy un pobre «destrozapatos»...

—¡Tú eres Dios!

—Y yo te digo que no.

—¡Y yo te digo que sí!

—¡Que no!

—¡Que sí!

Tercié conciliador:

—¡Haya paz!...

—Bueno —admitió Eliseo—, si tú lo dices...

—Lo digo y lo mantengo. Y te diré más: algún día «trabajarás» a su lado, creando y sosteniendo..., como Él.

—¿Yo, un Jefazo?

—¿Por qué crees que *Ab-bā* ha pensado en ti?

—Buena pregunta —intervine—, ¿por qué, Señor?

—Porque el amor no es posesivo. El amor del Padre,

como la luz, sólo se mueve en una dirección: hacia adelante. Él, aunque ahora no podáis comprenderlo, os necesita. Él será Él cuando toda su creación sea Él.

—Veamos si te he comprendido. ¿Estás insinuando que el ser humano es inmortal?

Esta vez sonrió pícaro. Dejó correr una bien estudiada pausa y, cuando la tensión rozó las estrellas, exclamó rotundo. Sin contemplaciones. Con una seguridad que nos convirtió en estatuas:

—No insinúo... ¡Afirmo!... ¡Sois inmortales! Así lo ha querido el Padre.

Yo, incapaz de reaccionar, permanecí mudo. El ingeniero, en cambio, estalló:

—Señor, con el debido respeto, ¡no te burles!

El semblante cambió. Fue una de las pocas veces que lo vi serio. Muy serio. Casi enojado...

—¿Crees que he venido a este mundo para burlarme?

Mi hermano, asustado, echó marcha atrás.

—No, Señor, pero...

—Estoy aquí para revelar al Padre. Para decirle al confuso y confundido hombre que la esperanza existe... ¡Que sois hijos de un Dios! ¡Que habéis sido elegidos por el infinito amor de *Ab-bā*! ¡Qué estáis, simplemente, en el principio!

Templó la voz y, más sereno, añadió:

—... Si Él no os hubiera hecho inmortales..., todo esto sí sería una burla. Una trágica burla...

—Entonces —intervine tímidamente—, eso de ganar o merecer el cielo...

El Maestro recuperó su habitual sonrisa, pero, de momento, no dijo nada. Me miró sin pestañear. Y la fuerza de aquella mirada me sofocó. A continuación, solemne, pronunció una sola palabra:

—*Mattenah*.

¡Un «regalo»! Eso significaba *mattenah*.

Y simulando que no había comprendido repetí:

—¿Un regalo? ¿La inmortalidad es un regalo?

—Sí, Jasón. Y recuerda bien el término que he utilizado. Recuérdalo y escríbelo. El hombre debe saber que es inmortal por expreso deseo de mi Padre. Haga lo que haga o diga lo que diga...

Supongo que volvió a adivinar nuestros pensamientos.

—De eso no os preocupéis. Ésa es otra historia. Para los que hacen daño o, sencillamente, se equivocan, hay otros procedimientos... En verdad os digo que nadie escapa al amor de *Ab-bā*. Tarde o temprano, hasta los más inicuos son «tocados»...

—Pero, Señor —se desbordó Eliseo—, ¡eso que dices es magnífico!

—No, muchacho, ¡el Padre es magnífico! ¡Es tu Padre el verdaderamente grande y generoso!

—¿De verdad es tan grande?

Jesús abrió los brazos y gritó a las estrellas:

—¡Tan inmenso que se pone en pie en lo más pequeño!

Eliseo, entonces, exaltado, alzándose, exclamó:

—¡Pues viva la madre que lo parió!

Y feliz añadió:

—¿Sabes una cosa? Aunque fuera más pequeño, también me caería bien...

Y antes de que el Maestro saliera de su asombro se aferró a sus mangas y, tirando de Él, le apremió:

—¡Vamos, Señor!... ¡Salgamos de aquí!... ¡Todo el mundo debe saberlo!... ¡Vamos!

Necesitamos unos minutos para calmarlo y sentarlo. Por último, el Galileo, echando mano de una familiar frase, aclaró:

—Deja que el Padre señale mi hora... De todas formas, gracias. Ya veo que has comprendido...

Y redondeó burlón:

—¿Percibes o no percibes la «chispa»?

No pude contenerme y solté algo que pujaba por salir.

—Señor, ese nuevo Dios, ese magnífico Padre..., no va a gustar a tu pueblo.

—No he venido a imponer. Sólo a revelar. A recordar cuál es el verdadero rostro de Dios y cuál la auténtica condición humana. Mi mensaje es claro y fácil de entender: *Ab-bā* es un Padre entrañable, amoroso, que no precisa de leyes escritas, ni tampoco de prohibiciones. El que lo descubre sabe qué hacer... Sabe que todo consiste en amar y servir, empezando por el prójimo. ¿Sabéis por qué? ¿Sabéis por qué se debe auxiliar y querer a vuestros semejantes?

—¿Por ética? —replicó Eliseo.

—No.

—¿Por solidaridad? —me aventuré.

—No.

—¿Por lógica? —apuntó el ingeniero sin demasiada seguridad.

—¡Caliente, caliente!

Nos rendimos. A decir verdad, nunca me había planteado la, aparentemente, tonta cuestión.

—Por sentido común —manifestó el Galileo con naturalidad.

—¿Por sentido común?

—¿Recordáis la «chispa» divina? Pensad... Si *Ab-bā* es el Padre de todos los humanos, si Él reside en cada hombre, si Él os imagina y aparecéis, ¿qué sois en realidad?

—Hermanos... en la fe —replicó el ingeniero.

—No.

—¿No?

Jesús subrayó el «no» con un lento y negativo movimiento de cabeza.

—No sois hermanos en la fe. ¡Sois hermanos... físicamente! ¡Sois iguales!

Entonces aclaró:

—Segunda parte del mensaje del Hijo del Hombre: si *Ab-bā* es vuestro Padre, el mundo es una familia. Por eso debéis amaros y ayudaros. Por sentido común. Todos tenéis el mismo destino: llegar a Él.

—Lo dicho, Señor —intervine con desaliento—, eso no va a gustar. Ricos y pobres... ¿iguales? ¿Esclavos y dueños? ¿Necios y sabios? ¿Judíos y gentiles?

Mi hermano se unió a quien esto escribe, añadiendo:

—¿Y qué dices, Señor, de ese nuevo rostro del Padre? ¿Un Dios amoroso? A las castas sacerdotales no les gustará...

—Acabo de manifestarlo. El Hijo del Hombre no viene a imponer. Sólo a inspirar. Mi trabajo no consiste en demoler, sino en insinuar. Yo soy la verdad y todo aquel que escuche mi palabra será tocado y removido. Dejad que la «chispa» interior haga el resto...

—Pero Yavé no es *Ab-bā*. Yavé castiga, persigue...

—Os lo repito. Dejad que se cumplan los planes del Padre. Tienes razón, mi querido «pinche». Yavé no es *Ab-bā*, pero ha cumplido con lo dispuesto: el hombre respeta la Ley. Ahora es el turno de la revelación. Por encima de la Ley está siempre la verdad. Y la verdad es sólo una: sois hijos de un Dios-Amor.

Empecé a intuir y a comprender. Cambiar el rostro de Yavé. Modificar sus procedimientos y normativas. Dulcificar al severo juez. Casi humanizarlo. Inyectar la esperanza en un pueblo resignado y adormecido. Levantarlo hasta las estrellas. Decirle que es inmortal por la generosidad de un Dios. Gritarle que esa «chispa» no es una utopía. Hacerle ver que el mundo es una familia...

Y desde esos instantes supe también el porqué del trágico final de aquel extraordinario Hombre. Su filosofía, su mensaje, eran revolucionarios. Peligrosamente revolucionarios.

Eliseo, una vez más, rebajó la tensión. Se aferró a una de las últimas frases de Jesús y solicitó detalles.

—¿Dejad que la «chispa» interior haga el resto? No sabía que el Jefazo trabajase...

El Maestro se doblegó encantado.

—¿Qué pensabas? ¿Creías que esa presencia divina era un adorno?

—¿Y qué hace?

—Te lo dije: «tira» de ti... Esa misteriosa criatura se ocupa, entre otras cosas, de preparar tu alma para la vida futura, para la verdadera vida. En cierto modo, te entrena...

—Pues yo no me entero.

—Es lógico. El Jefazo es muy silencioso. Tampoco le gustan los gritos. Se limita a pulir y rectificar tus pensamientos. Pero lo hace en la sombra de tu mente. Escondido. Casi prisionero.

—¿Y cómo puedo ayudarle?

Jesús sonrió complacido.

—Ahora lo haces. Basta con tu buena voluntad. Basta con el deseo de querer, de prosperar en conocimientos, de aceptar que *Ab-bā* es tu Padre. Él, poco a poco, estrechará esa comunicación. Y llegará el día en que no precise de símbolos para decirte: «Ánimo! Estoy aquí. Escucha mi voz. Sube. Búscame...»

—Pero, Señor, no entiendo... El Jefazo debería ser más claro. ¿Por qué no habla un poco más alto?

¡Dios santo! ¡Cómo disfrutaba el Galileo con aquellas preguntas de mi hermano!

—No quiere y no debe. Además, tú mandas...

—¿Yo?, ¿un «destrozapatos»?

—Así es. Eso es lo establecido. Te pondré un ejemplo: tu mente es un navío, *Ab-bā*, la «chispa» interior, el piloto y tu voluntad, el capitán. Tú mandas...

—¿Un navegante?

—¡El mejor! ¡Lástima que no os dejéis guiar por Él! Con frecuencia, su rumbo es alterado por vuestra torpe naturaleza humana y, sobre todo, por los miedos, ideas preconcebidas y el qué dirán...

—¡Los miedos! —exclamó Eliseo convencido—. ¡Cuánta razón tienes! ¿Por qué el hombre siente tanto miedo?

—Muy simple. Porque no sabe, no es consciente de cuanto os estoy revelando. El día que despierte, y no os quepa duda de que lo hará, y comprenda que es hijo de un Dios, que es inmortal y que está condenado a ser feliz, ese día, mis queridos ángeles, el mundo será diferente. El ser humano sólo tendrá un temor: a no parecerse a Él...

Y al instante matizó:

—...Pero ese «miedo» también desaparecerá. La «chispa» lo sofocará.

—Veamos —intervine sin demasiada seguridad—, si no he comprendido mal, el buen gobierno de esa «chispa» interior no depende de lo que uno crea o deje de creer, sino de la voluntad, del deseo de hallar al Padre. ¿Me equivoco?

—No, Jasón. Has hablado acertadamente. El éxito de mi Padre está íntimamente asociado a tu poder de decisión. Si tú confías, Él gana. Poco importa lo que creas. Si lo buscas, si lo persigues, la «chispa» controla el rumbo. Y tú, poco a poco, te vas haciendo uno con «ella».

Guardó silencio. Creo que entendió. Sus palabras eran hermosas, esperanzadoras, pero, a veces, de difícil comprensión.

—Os diré un secreto...

Agitó de nuevo las llamas y, en tono reposado, con una elocuencia estremecedora, afirmó:

—Observad la madera. Se hace uno con el fuego y ambos, sin remedio, ascienden. Al fin son verdaderamente libres... ¡Mirad!

Y señaló la temblorosa espiral de humo, escapando hacia la noche.

—¡Mirad bien! Ahora, fuego y madera son uno... ¿Me habéis comprendido?

—Por supuesto...

—Pues bien, éste es el secreto. El hombre, la madera, que consigue identificarse, hacerse uno con *Ab-bā*, el fuego... ¡no morirá! Su envoltura mortal será consumida por la «chispa», por el Amor, y no necesitará ser resucitado...

Quise intervenir, pero Eliseo me atropelló con una cuestión que, en efecto, había quedado rezagada.

—¿Por qué, al mencionar la «chispa», la has llamado «misteriosa criatura»?

—Porque lo es...

El Maestro suspiró. Evidentemente, como a nosotros, las palabras también lo limitaban. E intentó simplificar.

—Recordad la mariposa... Por mucho empeño que pongáis no os entenderá. Si le dices quién eres, ni siquiera te escuchará. Tu pregunta, querido «Eliša» [Eliseo], me coloca en la misma situación. Aunque te revelara la verdadera naturaleza de esa «chispa»... no comprenderías. Admite, pues, mi palabra.

El ingeniero, asintiendo con la cabeza, lo animó.

—La presencia divina que te habita es una luz, un destello del Padre... con su propia personalidad. Es, por tanto, una criatura, aunque desgajada del Creador. Y no preguntes más... Te lo dije: también *Ab-bā* tiene sus secretos...

—¿Y cuándo se instala en el ser humano?

Jesús de Nazaret, complacido con la insaciable curiosidad de mi compañero, sonrió condescendiente.

—Eso depende de Él... Pero, generalmente, cuando el niño es capaz de tomar su primera decisión moral.

—¿Y le acompaña hasta la muerte?

—Y más allá de la muerte. Recuerda: sois inmortales. El Padre, cuando da, no lo hace a medias...

Eliseo quedó pensativo. Jesús le observó y, sorprendiéndonos, exclamó:

—Dilo... Ésa es una buena pregunta...

Mi hermano, descompuesto, balbuceó:

—Pero, ¿cómo lo haces? ¿Cómo sabes lo que estoy pensando?

El Maestro señaló el blanco y dormido rostro del Hermón y recordó algo que olvidábamos con frecuencia.

—Ha llegado mi hora. Tú lo sabes. Aquí y ahora he recuperado lo que es mío...

Pregunta. ¿Qué sucede con la «chispa» cuando alguien mata a su hermano o se suicida?

El ingeniero, nervioso, esbozó una sonrisa.

—Eso... ¿Qué pasa con la «criatura» si termino con una vida?

—Lo más triste y lamentable, querido ángel, no es únicamente que atentes contra la vida, patrimonio exclusivo de la divinidad, sino que, súbitamente, sin previo aviso, suspendas la labor de la «chispa». Literalmente: la dejas huérfana...

—En otras palabras: una patada en el trasero del Jefe...

—Correcto —rió Jesús—... admitiendo que el «Barbas» tenga trasero.

Y matizó:

—Con una acción así se demora, no se suspende, la escalada hacia el Padre. Dejadme que insista: sois inmortales. Nadie puede privaros de esa herencia. *Ab-bā* os la ha entregado por adelantado.

—¡Inmortales!

—Sí, Jasón... como suena. Ése es mi mensaje. A eso vengo... ¿Te parece importante?

Y le abrí el corazón:

—Para gente como yo, perdida y sin horizonte, lo más importante.

Pero necesitado de concreción, de objetivos físicos y palpables, pregunté:

—Está bien, Señor. Te hemos entendido. Todo consiste en descubrir, en buscar al Jefe. Pero, ¿qué más?, ¿cómo lo materializo?

El Maestro —lo sé— esperaba ansioso esta cuestión. Y pronunció la frase clave:

—Abandónate en sus manos.

Le miré atónito.

—¿Nada más?

—Nada más. Eso es todo.

—Pero...

El Maestro tenía esa virtud. Hacía fácil lo difícil. Y se apresuró a vaciar las dudas.

—Él se ha sometido a tu voluntad. Él está en tu interior, humilde, silencioso y pendiente de tus deseos de prosperar mental y espiritualmente. Haz tú lo mismo. Entrégate a él. No seas tonto y aprovecha: abandónate en sus manos. Deja que se haga su voluntad.

No fui capaz de reaccionar. ¿Cómo era posible? ¿Eso era todo?

Jesús entró de nuevo en mis atropelladas ideas e intentó apaciguarlas.

—Os haré otra revelación...

Alimentó el suspense con unas gotas de silencio y, finalmente, cuando nos tuvo en la palma de la mano, anunció:

—Yo conozco al Padre. Vosotros, todavía no... Os hablo, pues, con la verdad. ¿Sabéis cuál es el mejor regalo que podéis hacerle?

Eliseo y yo nos miramos. Ni idea...

—El más exquisito, el más singular y acertado obsequio que la criatura humana puede presentar al Jefe es hacer su voluntad. Nada le conmueve más. Nada resulta más rentable...

Mi hermano, tan perplejo como yo, confundió el sentido de estas palabras.

—¿Quieres decir que debemos negarnos a nosotros mismos?

Jesús de Nazaret, comprendiendo, se apresuró a enmendar el error de Eliseo.

—No, yo no he dicho eso. Hacer la voluntad del Padre no significa esclavitud ni renuncia. Tus ideas son tuyas. También tus iniciativas y decisiones. Hacer la voluntad de *Ab-bā* es confiar. Es un estilo de vida. Es saber y aceptar que estás en sus manos. Que Él dispone. Que Él dirige. Que Él cuida.

—Entiendo. Estás diciendo: «es mi voluntad que se haga su voluntad».

—Exacto, Jasón. Tú lo has dicho. Cuando un hijo adopta esa suprema y sublime decisión, el salto hacia la fusión con la «chispa» interior es gigantesco. Ésa es la clave. A partir de ahí, nada es igual. La vida cambia. Todo cambia. Y el Jefe responde...

Nueva pausa. Inspiró profundamente. Con ansiedad. Y dijo algo que jamás olvidaríamos. Algo que, poco a poco, iríamos verificando.

—El Padre responde y una fuerza benéfica, arrolladora, se pone al servicio de esa criatura. Cuando el hombre dice «estoy en tus manos» lo da todo. Y *Ab-bā* convierte a ese hijo en un gigante. Ni él mismo llega a reconocerse. Es mucho más de lo que aparentemente es.

—¿Una fuerza arrolladora?

De pronto recordé. ¿Qué ocurrió en lo alto del Ravid? Un día, sin previo aviso, sin razón aparente, nos sentimos llenos, inundados, de una extraña y singular «fuerza». ¿Era esto a lo que se refería el Galileo?

El Maestro me miró y volvió a negar con la cabeza.

—No, mi perplejo ángel, esa «fuerza» tiene otro origen y otro nombre...

Lo había hecho de nuevo. Acababa de colarse en mi mente...

Sonrió burlón y continuó:

—Esa «fuerza» que tanto os intriga descendió sobre los hombres por expreso deseo del Creador de este universo. Se llama Espíritu de la Verdad. Pero de ello, si os parece, hablaremos en su momento.

Eliseo no aceptó.

—¿Tú enviaste a ese Espíritu?

—Así lo prometí. Y creo que lo sabéis de sobra: siempre cumplo.

No permití que mi amigo desviara al Maestro del tema inicial. Y repetí la pregunta:

—¿Una fuerza arrolladora?

—Sí, Jasón... Ese hombre, el que decide hacer la voluntad del Padre, se llena. Hasta sus más pequeños deseos se ven cumplidos. Sencillamente, como os he dicho, despierta a la gloria y al Amor de *Ab-bā*. Es el gran hallazgo. Su vida, a partir de ahí, es una continua y gratificante sorpresa. Es el principio de la más fascinante de las aventuras...

Y remachó con aquella inquietante seguridad:

—Ponerse en sus manos, hacer la voluntad de *Ab-bā* significa, además, saber...

—¿Saber?

—Sí, saber. Obtener respuestas...

Por ejemplo, ¿quién soy?

En ese momento es fácil. Eres un hijo del Amor. Un «regalo» del Jefe. Un ser inmortal. Una criatura nacida en lo más bajo... destinada a lo más alto. Un hombre que empieza a correr. A correr hacia Él.

Por ejemplo: ¿qué hago aquí?

Al descubrir al Padre también es fácil...

Estás en este mundo para VIVIR.

El ingeniero no pudo contenerse.

—Claro, Señor. Obvio...

—No...

Jesús me señaló y prosiguió:

—Escríbelo con mayúsculas... VIVIR... No he dicho vivir, tal y como vosotros lo entendéis. Si el Padre os ha puesto aquí es por algo realmente interesante... Interesante para vosotros. Escuchadme: ¡sois inmortales! Ahora os encontráis sujetos en esa envoltura carnal pero, en breve, cuando entréis en los mundos que os tengo reservados, este cuerpo sólo será un recuerdo. Un recuerdo cada vez más difuso... ¡VIVID, pues, la presente experiencia! ¡VIVID con intensidad! ¡VIVID con amor! ¡Con sentido común! ¡Con alegría! Y recordad que sólo tenéis esta oportunidad. Después, tras la muerte, VIVIRÉIS de otra forma...

Mi hermano y yo, impulsados por mil preguntas, nos pisamos las palabras. Pero Jesús, haciendo caso omiso, siguió a lo suyo.

—Por ejemplo: ¿cuál es mi futuro? Supongo que ya lo habéis adivinado. Lo sé —comentó, riéndose de sí mismo—, me repito mucho... Insisto: vuestro destino es Él. No hay otra dirección. Vuestro futuro es llegar a Él. Ser como Él. Ser perfectos. Conocerle. Trabajar hombro con hombro...

—¿Seremos socios?

—Querido «destrozapatos», si decides ponerte en sus manos, si optas por hacer su voluntad... ¡ya eres su socio! Él hará en ti maravillas. Él te cubrirá con un Amor que te levantará del suelo. Y tus miedos, escucha bien, desaparecerán...

La noche, como nosotros, se quedó quieta. Absorta. Entusiasmada. Más aún: yo diría que esperanzada...

Sencillamente, nos tenía atrapados. Él lo sabía y cerró el círculo.

—... Si tu corazón se abre y se hace aliado de la vida, si te abandonas a su voluntad, nada, dentro o fuera de ti, te hará temblar. Como un prodigio, tu alma caminará segura. Nada, querido ángel, ¡nada te hará retroceder! Y esa sensación, ese sentimiento de seguridad te escoltará hasta el fin de tus días.

»Pero no os equivoquéis. Al mismo tiempo que ese afortunado hombre crece, así desaparece...

—No entiendo.

—Es fácil, querido «pinche». El Amor que se derrama desde el Padre es turbulento. No sabe del reposo. Y deberás irradiarlo. Compartirlo. Catapultarlo. No es de tu propiedad. Pues bien, un día, sin previo aviso, caerás en la cuenta de algo igualmente maravilloso: ¡no existes!, ¡has desaparecido para ti mismo! ¡No cuentas! ¡No exiges! ¡No precisas! ¡No reclamas!

Y rubricó la revelación con la mejor de sus sonrisas.

—¡Habrás triunfado! En ese momento, al fin, habrás comprendido, querido «socio»...

—¿Y qué pasa si me guardo ese Amor para mí mismo?

—Se escurriría, sin remedio, por la sentina del buque. Sería una lástima. Tendrías que empezar de nuevo... Aquel que intenta encarcelar la verdad..., la pierde. Sois hermanos. Y te diré más: eso que propones no sucede jamás en un auténtico «socio». Te lo dije: se trata de un viaje sin retorno. Si Él te «toca»... nada es igual.

—¡Socios de un Dios!

—En efecto, Jasón. Y todo depende de tu voluntad... Si dices «sí», si te abandonas en sus manos, si te dejas gobernar por ese «piloto» interior, romperás las barreras que te limitan. Y tu capacidad de asombro será desbordada una y otra vez. Todo, a tu alrededor, estará a tu servicio. Tú «sí» es el «sí» de *Ab-bā*. En palabras sencillas: habrás encontrado una mina de oro...

El ingeniero, eufórico, le interrumpió.

—¡Aunque sea de carbón, Maestro!

Jesús rió con ganas. Después, terminando la inconclusa frase, nos dejó boquiabiertos.

—... Habréis encontrado una mina de oro... ¡que funciona sola!

Y preguntó:

—¿Os animáis?... ¡Es gratis!

Entonces, señalando la casi extinguida fogata, se apresuró a comentar:

—Pensadlo. Ya me diréis... Mejor dicho, se lo diréis a Él... Y ahora... descansad.

Y añadió socarrón:

—Si podéis...

En realidad, toda nuestra estancia en las cumbres del Hermón fue un continuo hablar sobre *Ab-bā*. Era el tema y la palabra favoritos del Hijo del Hombre. Para nosotros fue un descubrimiento. Un hallazgo que nos marcaría para siempre. En mi diario lo definí como el «espíritu del Hermón».

Por supuesto, lo pensamos. Meditamos mucho sobre la insólita «invitación» del Maestro. Eliseo, más audaz e inteligente que quien esto escribe, se decidió rápido. Una mañana, antes de la habitual partida de Jesús hacia los ventisqueros, le salió al paso. Se plantó ante Él y, solemne, le comunicó:

—Señor, lo tengo claro. No comprendo bien algunas de las cosas que dices, pero acepto. A partir de ahora me pongo en sus manos. Es mi voluntad que se haga la voluntad del Jefe...

El rabí reaccionó con uno de sus familiares gestos. Colocó las manos sobre los hombros del ingeniero y, feliz, sentenció:

—Que así sea... ¡Bienvenido al reino!

Yo, más torpe, dejé pasar el tiempo. Ahora lo sé. Cometí un error. Quise analizar y filtrar. Traté de someter las revelaciones de Jesús de Nazaret a la lógica y el raciocinio. En otras palabras: olvidé las advertencias del Galileo. No tuve en consideración «que la ciencia jamás podrá demostrar la existencia de Dios». No caí en la cuenta del sabio aviso: «El encuentro con el Padre es una experiencia personal.» Y fue preciso que asistiera al primer e «involuntario» prodigio del Maestro en la aldea de

Caná para que, al fin, me rindiera a la evidencia. Como Él afirmó, cada cual es «tocado» en su momento.

Pero sigamos por orden.

Aquella segunda semana en el *mahaneh* fue igualmente tranquila y benéfica. El Maestro, siguiendo su costumbre, desaparecía al amanecer, regresando poco antes del ocaso. Y cada noche, en las animadas tertulias, hablaba de esos intensos «contactos» con *Ab-bā*. Lo hacía con una naturalidad que daba miedo. Por lo que acerté a entender, esos «diálogos» (?) con el Jefe eran directos. Algo así como descolgar un teléfono y marcar el número de Dios... Ni qué decir tiene que jamás pusimos en duda sus explicaciones, aunque, en ocasiones, resultaban inconcebibles. Y adelantaré algo que entiendo de especial gravedad. Fue justamente esa actitud, esa especie de «hilo directo» con el Padre de los cielos, lo que, poco después, en su vida pública, le enfrentaría a propios y extraños. ¿Hablar directamente con Dios? ¿Conversar con Él de igual a igual? La ortodoxia judía, lógicamente, lo consideró una blasfemia. En cuanto a su familia, y al resto de los ciudadanos de a pie, esa revolucionaria forma de «tratar» al Todopoderoso, a Yavé, engendró un absoluto rechazo. Y el Maestro, naturalmente, fue tachado de loco.

Después, conforme pasaron los días, fui dándome cuenta. Aquel voluntario retiro en el macizo del Hermón constituyó una etapa clave en la vida del Hijo del Hombre. En primer lugar, como ya mencioné, «recuperó lo que era legítimamente suyo». Fue, sin duda, un momento histórico. Jesús de Nazaret, el hombre, «despertó» a la divinidad. Por último, en esas semanas, «ató cabos». Se preparó. Digamos que puso en orden las ideas. Su mente y naturaleza humanas (las palabras no me ayudan) «aprendieron» a convivir (?) con la otra «naturaleza». Y sospecho que se hicieron una, aunque ambas, físicamente, eran independientes. No he podido profundizar en ello. Mi cerebro no da para tanto. Pero así fue.

¡Lástima que nadie mencionara este decisivo aislamiento al norte de la Gaulanitis!

¿Aislamiento? No del todo...

A lo largo de aquella semana recibimos una visita. Una inesperada visita...

Recuerdo que fue el jueves, 30 de agosto. Poco más o menos hacia la hora «décima» (las cuatro de la tarde) vimos aparecer en la meseta a dos casi olvidados personajes.

El Maestro se hallaba ausente.

En un primer momento, Eliseo y yo no supimos qué hacer. Y, recelosos, los dejamos avanzar.

Pero todo fue más fácil de lo que suponíamos...

Los Tiglat, padre e hijo, tirando del onagro, saludaron cordiales. La verdad es que me extrañó. Nuestra despedida junto al refugio de piedra no fue muy cálida...

Tampoco entendí por qué se decidieron a incumplir lo pactado con el «extraño galileo». El joven fenicio, como dije, debía depositar las provisiones en el lugar ya mencionado, sin pisar el campamento. Eso era lo acordado con el Maestro.

La explicación llegó de inmediato. Tiglat padre, sin demora ni rodeos, me miró directamente a los ojos y, con una sombra de tristeza, solicitó disculpas «por el torpe comportamiento de su joven e irreflexivo hijo»:

—Te ruego aceptes mis excusas. Esa reacción no es propia de mi gente...

Sinceramente, había olvidado lo acaecido con *Ot*. Resté importancia al suceso y, en el mismo tono, afable y sincero, les pedí que lo olvidaran. El cabeza de familia, sin embargo, hizo una señal al jovencito y éste, adelantándose, bajando los ojos, repitió la petición de perdón.

Revolví los negros cabellos del muchacho y, sonriente, le recordé una de sus frases:

—Tenías razón... Tu padre no es un buen hombre. Es el mejor...

Acto seguido, en silencio, procedieron a la descarga de las viandas. Y al concluir, tras un escueto «que Baal os bendiga», hicieron ademán de retirarse. Eliseo y quien esto escribe, casi mudos, no supimos reaccionar.

¿Los dejábamos ir? ¿Qué hacíamos? ¿Los invitábamos a quedarse?

Esa decisión —supusimos— no era de nuestra competencia. Tanto mi hermano como yo, lo sé, deseábamos en esos instantes que permanecieran en el *mahaneh*. Pero, respetuosos con el Maestro, doblegamos el impulso. Sólo Él podía...

Curioso. Muy curioso. Esa misma noche, Eliseo me lo confesó. Al verlos alejarse —fiel a los consejos del rabí—, pidió al Padre que «hiciera algo», que los detuviera...

Y ocurrió.

De pronto, cuando marchaban cerca del dolmen, alguien gritó desde los cedros, reclamándolos.

¡El Galileo!

El ingeniero, entusiasmado, reconocería que lo revelado por Jesús de Nazaret «funcionaba». La mágica y arrolladora «fuerza» de la que habló el Maestro hizo realidad nuestros deseos. Los Tiglat se detuvieron, dieron media vuelta y pernoctaron con nosotros. Yo, aunque desconcertado, me aferré a lo único que explicaba la súbita y providencial aparición de Jesús: la casualidad...

¡Pobre necio!

Jesús no consintió que los Tiglat colaborasen en la cena. Eran sus invitados. Tomó las truchas recién descargadas —regalo de los fenicios— y las cocinó al estilo del *yam*. Una receta que provocó encendidos elogios entre los comensales. Tras limpiar media docena de «arco iris», empujó las columnas vertebrales con los dedos medio y pulgar, desprendiendo la carne. De la marinada —siguiendo las indicaciones del «cocinero-jefe»— se responsabilizó el «pinche»: aceite, sal, miel de dátiles, pimienta negra bien molida y vinagre. Concluida la fritura, Jesús puso el toque personal: almendras calientes y una cucharada de mantequilla sobre cada pescado. Y escoltando el apetitoso condumio una ensalada-postre, troceada por Él mismo, a base del dulce *mikshak*, el melón del Hule, salpicado con otra de sus debilidades: las pasas de Corinto.

Mientras devorábamos las deliciosas truchas, el joven

Tiglat sacó a relucir el incidente con «Al» y sus compinches, explicando al Maestro cómo su buen dios Baal nos había protegido, «descargando sus rayos sobre los bandidos». Eliseo y yo nos miramos. La versión del pequeño guía nos tranquilizó. Jesús escuchó atentamente, pero no hizo comentario alguno. Al finalizar la detallada exposición, el Galileo me buscó con la mirada. Sonrió y me hizo un guiño de complicidad.

Entonces, dirigiéndose al «extraño galileo», Tiglat padre, curioso, preguntó:

—Dice mi hijo que eres un hombre rico. ¿Es eso cierto?

El Maestro, sorprendido, no pudo contener la risa y se atragantó.

Instantes después, recuperado, replicó:

—¿Y para qué necesita la riqueza aquel que posee la verdad?

Mi hermano, deseoso de corregir la equivocada interpretación del fenicio, puntualizó:

—No fue eso lo que le dije a tu hijo. Cuando le hablé de nuestro amigo me referí a su corazón... «Un corazón inmensamente rico». Ésas fueron mis palabras.

El jefe de Bet Jenn comprendió. Pero, desconcertado por la respuesta de Jesús, se agarró a la idea expresada por el Maestro.

—¿La verdad? ¿Conoces tú la verdad?

A partir de esos momentos asistiríamos a un parca, pero reveladora conversación con el Hijo del Hombre. Una tertulia de la que todos saldríamos confundidos...

El Maestro, silencioso, nos observó uno por uno. Tuve la sensación de que dudaba. Mejor dicho, de que no deseaba hablar del espinoso asunto. Ahora, en la distancia, le entiendo...

El adolescente intentó forzar al Galileo. Y lo consiguió a medias.

—Mi padre dice que la verdad, si es que existe, está por llegar.

Tiglat, complacido, asintió.

—Y dice también que, cuando llegue, me hará temblar de emoción porque es algo que toca directamente el corazón...

El Maestro, vencido, le sonrió con ternura. Volvió a mirarme y, haciéndome un guiño, exclamó:

—Tu padre es un hombre sabio...

Debería estar acostumbrado, pero no... Esta frase, justamente, fue pronunciada por este explorador al pie del *asherat*, como respuesta a los comentarios hechos por el guía. ¡Los mismos comentarios expuestos ahora por el joven Tiglat!

¿Cómo lo hacía? ¿Cómo podía conocer y manejar los pensamientos ajenos con semejante soltura? La explicación —también lo sé— era obvia. Pero, terco como una mula, me resistía a aceptarlo...

—Vosotros —prosiguió Jesús dirigiéndose a los Tiglay— no me conocéis. Éstos, en cambio, mis queridos griegos, saben quién soy. Conocen mi palabra y pueden dar fe de que nunca miento.

Dudó. Estaba claro que lo que se disponía a revelar no era sencillo. Suspiró y, supongo, se resignó.

—Sí, amigo mío... Yo conozco la verdad. Tu hijo habla con razón. La verdad existe, pero, de momento, no está al alcance de los seres humanos.

Señaló la luna, casi llena, y matizó:

—Vosotros tenéis una idea de la realidad. Pero es un concepto limitado, propio de una mente finita que apenas acaba de despertar. Para éstos —continuó refiriéndose a Eliseo y a quien esto escribe—, educados en otro lugar, la realidad del universo es distinta a la vuestra...

La sutileza, lógicamente, no fue captada por los Tiglat en su auténtica dimensión. Pero la comparación era válida. Y supimos leer entre líneas...

—... Ellos entienden la luna y las estrellas de una forma. Vosotros de otra. En definitiva, tenéis diferentes conceptos de una misma realidad. Y yo os digo: los cuatro os quedáis cortos. La realidad total, final y completa, es mucho más que todo eso.

Nadie respiraba.

—... Más allá de lo que veis existen otras realidades, tan físicas y concretas como esa luna, que pertenecen al mundo de lo no material. Ese mundo invisible e inconcebible para vosotros constituye en verdad la auténtica «realidad».

Y terminó desembarcando en lo anunciado inicialmente.

—... Pero, como os decía, para alcanzar esa realidad última, la gran verdad, necesitáis tiempo. Mucho tiempo. La verdad, por tanto, existe, pero es del todo imposible que pueda ser abarcada por la mente y la inteligencia de una criatura mortal.

El muchacho, ágil y listo, le abordó sin contemplaciones.

—Tú no hablas como un judío... ¿Quién eres realmente?

Jesús tampoco se parapetó.

—Yo, hijo mío, he venido a tocar tu corazón. Estoy aquí para hacerte temblar de emoción. Para que dudes, para enseñarte un camino que nadie te ha mostrado...

—¿Un camino? ¿Hacia dónde?

—Hacia esa verdad de la que habla tu padre. Pero no te impacientes. Cuando llegue mi hora volverás a verme y tus ojos se abrirán. Entonces te mostraré a *Ab-bā* y comprenderás que la verdad de la que te hablo es como un perfume. Sencillamente, la identificarás por su fragancia.

El joven Tiglat, hecho un lío, siguió preguntando.

—*¿Ab-bā?* ¿Quién es ese padre?

—Para ti —anunció el Hijo del Hombre categórico—, un Dios nuevo. Para tu padre... un viejo sueño.

—Y tú, ¿cómo sabes eso? —intervino perplejo el padre del joven—. ¿Cómo sabes que dudo de todos los dioses, incluido el tuyo?

No hubo respuesta. Mi hermano y yo comprendimos. No era el momento. Como Él acababa de afirmar, no había llegado su hora. Jesús de Nazaret eligió el silencio.

—¡Un Dios nuevo! —exclamó el jovencito, no menos desconcertado—. ¿Y tú eres judío? ¿Qué pasará con Yavé?

—Te lo he dicho: deja que llegue mi hora... Entonces te hablaré de ese nuevo Padre.

—¡No! —bramó el impetuoso adolescente—. ¡Háblame ahora!

El jefe de los Tiglat reprendió al muchacho. Pero Jesús, solicitando calma, accedió.

—Está bien, mi querido e impulsivo amigo... Lo haré porque es tu corazón el que lo reclama.

»Yavé está bien donde está. Y ahí quedará para los que no comprendan la nueva revelación. Porque de eso se trata: de entregar al hombre un concepto más exacto de Dios... Sí, hijo mío, un Dios nuevo y viejo al mismo tiempo. Un Dios Padre. Un Dios que no precisa nombre. Un Dios sin leyes escritas. Un Dios que no castiga, que no lleva las cuentas de tus obras. Un Dios que no necesita perdonar..., porque no hay nada que perdonar. Un Dios al que puedes y debes hablar de tú a tú. Un Dios que te ha creado inmortal. Que te llevará de la mano cuando mueras. Que te invita a conocerlo, a poseerlo y, sobre todo, a amarlo. Un Dios, como tú haces con tu padre, en el que confiar. Un Dios que te cuida sin tú saberlo. Que te da antes de que aciertes a abrir los labios. Un Dios tan inmenso que es capaz de instalarse en lo más pequeño: ¡tú!

La mágica voz de aquel Hombre, sonora, segura, armada de esperanza, nos rindió a todos.

Tiglat padre sostuvo la penetrante y cálida mirada del «extraño galileo». No había duda. Sus palabras lo hechizaron. Y balbuceó:

—¿Dónde está ese Dios? ¿Dónde podemos encontrarlo?

Jesús tocó su propio pecho con el índice izquierdo y aclaró:

—Te lo he dicho: aquí mismo... dentro de ti.

—Pero, ¿cómo es eso? —se adelantó el hijo—. Todos los dioses están fuera.

—Exacto, pequeño. Sólo la verdad está dentro. Por eso, como dice tu padre, cuando la encuentres, cuando descubras a *Ab-bā*, te hará temblar de emoción...

Y añadió, levantando de nuevo los corazones:

—... Ese Dios se esconde en la experiencia. Y la experiencia es personal. Cada uno vive a *Ab-bā* a su manera. No hay normas ni leyes. Os lo he dicho. Ese Dios trabaja dentro y lo hace a la medida de cada inteligencia y de cada voluntad. No perdáis el tiempo buscando en el exterior. No escuchéis siquiera a los que dicen poseer la verdad. Yo os digo que nadie puede domesticarla y hacerla suya. La verdad, la pequeña parte que ahora podéis distinguir, es libre, dinámica y bella. Si alguien la encadena, si alguien comercia con ella, la verdad se aleja.

—Pero tú dices conocer la verdad. Tú también la estás vendiendo y pregonando...

El Maestro volvió a dudar. Nos miró y creí distinguir en sus ojos la sombra de la impotencia. En esta ocasión, sin embargo, no respondió al duro planteamiento del joven Tiglat. Se alzó y, lacónico, exclamó a manera de despedida:

—No ha llegado mi hora...

Acto seguido desapareció en su tienda.

Al día siguiente, viernes, cuando los Tiglat regresaron a Bet Jenn, Eliseo y yo nos enzarzamos en una fuerte polémica. Mi hermano defendía la postura del Maestro. Estaba de acuerdo con su extraña y, en cierto modo, cortante actitud. No era el momento. Nos hallábamos en el final de agosto del año 25. Jesús de Nazaret debía esperar. Yo, en cambio, estimé que los honestos fenicios tenían derecho a saber. Y así nos sorprendió el Galileo a su vuelta de la cumbre del Hermón: atrincherados en posturas radicalmente contrarias.

Fue inevitable. Tras la cena, yo mismo planteé el problema. Y Jesús, más relajado, le dio la razón a mi compañero.

—Jasón, al igual que tu hermano, yo también me he puesto en las manos del Padre. Me limito a hacer su voluntad.

Y, cariñoso, derribando mis presuntuosos postulados, afirmó:

—¿Cómo puedes pensar una cosa así? ¿Crees que mi corazón no arde en deseos de pregonar la buena nueva?

—Pero, entonces, Señor, ¿por qué estás con nosotros? ¿Por qué nos hablas de *Ab-bā*?

—Os lo dije en su momento. Vosotros estáis aquí por expresa voluntad del Jefe. Vosotros sois una excepción. Vosotros no contáis para este tiempo. Sois los mensajeros de otros hombres y mis propios embajadores. Sois una de las muchas realidades de mi reino. Él os ha bendecido y yo hago lo mismo.

Eliseo no dejó pasar la oportunidad.

—Ahora estamos solos. Quizá desees hablar con más claridad. ¿Qué es eso de «otras realidades»?

Jesús pareció sorprendido por el abordaje.

—Creí que lo habíais entendido...

El ingeniero, transparente, habló también por mí.

—Sí y no... Por ejemplo: nos dejaste perplejos al asegurar que la verdad no está al alcance de la mente humana.

El Maestro levantó el rostro hacia las estrellas y preguntó:

—¿Veis esa luz?

—Sí, Maestro... Es la luz del universo.

—Decidme: ¿creéis que es la única luz?

Aquellos exploradores, intuyendo una secreta intención, se miraron sin saber qué decir.

—Bueno —expresé receloso—, eso parece...

—Dices bien, Jasón. Eso parece, pero no lo es... Ésa es vuestra realidad. El problema es: ¿se trata de la única realidad?

—¿Estás insinuando que hay otro tipo de luz?

—No, querido «pinche», no insinúo. Afirmo. En el reino de *Ab-bā* hay tres clases de luces: la que ahora veis, la física, la material; la luz de la mente y la genuina, la luz del espíritu.

—Pero, ¿ésas son físicas?

—Mucho más que la de las estrellas...

Eliseo, insatisfecho, remachó:

—Cuando digo «físicas» estoy diciendo «físicas»...

Jesús sonrió. E hizo suyas las palabras de mi amigo.

—Cuando digo «físicas», yo también estoy diciendo «físicas»...

—No puede ser. Yo no veo la luz mental de mi hermano...

Me miró y añadió malévolo:

—He buscado un mal ejemplo... Éste carece de inteligencia.

—Pues yo tampoco veo la tuya, «destrozapatos»...

—¡Calma! —suplicó el Maestro. Y fue derecho al grano—. Ambos tenéis razón. Esas «otras realidades», las luces del intelecto y del espíritu, no son visibles ahora, mientras permanezcáis en esta forma humana. ¿Es que no lo comprendéis? Estáis en el principio. Sois como un bebé. Ni siquiera os habéis puesto en pie...

Entonces, señalando hacia las «cascadas», recordó a nuestros «vecinos», los damanes de las rocas. Y prosiguió:

—Estamos ante el mismo caso de la mariposa. Si lográseis atrapar a una de esas criaturas, ¿cómo la convenceríais de que el mundo se extiende mucho más allá del nahal?

—Imposible, Señor...

—Pues en verdad os digo que ése, ni más ni menos, es vuestro caso. Acabáis de nacer a la vida y lo ignoráis todo sobre las realidades que sostiene el Padre. Y os diré más: aunque por razones diferentes a las vuestras, las criaturas espirituales también consideran la materia como algo irreal.

Supongo que percibió nuestro desconcierto. Y se apresuró a concretar:

—Queridos ángeles, conforme vayáis alejándoos de este soporte material, conforme ganéis en perfección y luz espiritual, tanto más difuso aparecerá el recuerdo de esta etapa. De hecho, esas criaturas de luz atraviesan la materia física como si no existiese.

—Entiendo, Señor. Por eso decías que la verdad final no está a nuestro alcance...

—Por el momento, Jasón. Sólo por el momento... Poco a poco, más adelante, irás captando y comprendiendo.

—¿Y seré sabio?

—Más que ahora, sí... Pero no te confundas, mi querido «destrozapatos». Ni siquiera cuando llegues a la presencia del Jefazo estarás en posesión de la verdad absoluta.

—No importa, Señor. Me contento con atravesar paredes...

No pude ni quise silenciar mis pensamientos.

—¡Qué equivocados estamos! En nuestro mundo hay muchos que se consideran en posesión de esa verdad..., empezando por la ciencia.

El Maestro asintió con la cabeza. Y fue a repetir lo expuesto la noche anterior:

—Es gente confundida. ¡Ay de aquellos que intenten monopolizarla! Su fanatismo los volverá ciegos.

En cuanto a la ciencia, querido Jasón, no desesperes. Algún día descubrirá que sólo es una valiosa compañera de viaje...

—¿De viaje? ¿De quién?

—De la fe.

—Eso tiene gracia —terció el ingeniero—. Siempre creí que la fe era ciega.

—No, son los hombres los que la hacen ciega. La confianza en el Padre, en esas otras realidades que os aguardan, debe ser razonable y científica... hasta donde sea posible. La ciencia, poco a poco, controlará y comprenderá el universo en el que ahora os movéis. Y confirmará el tesoro de vuestra experiencia personal, ganada a pulso y en solitario. Y llegará el día en que la revelación, esta revelación, le dará la mano a ambas: a la fe y a la ciencia.

—Un momento, Señor, ¿es que fe y revelación no son la misma cosa?

—No, Jasón, no son lo mismo. La fe... a mí me gusta más la palabra confianza, es un acto que depende de la voluntad. La revelación es un regalo del Padre. Y llega siempre en el instante oportuno.

—No lo entiendo. Siempre he escuchado y leído que la fe, perdón, la confianza, es un don de Dios...

El Maestro sonrió con benevolencia.

—Lo sé, Jasón, lo sé... En el futuro, muchas de mis palabras y actos serán mal interpretados y, lo que es peor, manipulados. Si fuera como dices, si la confianza en *Ab-bā* fuera el resultado de una gracia divina, algo fallaría en los cielos. ¿Por qué a unos sí y a otros no? Eso no es justo. Ése no es el estilo del «Barbas». Os lo repito: descubrir al Padre, confiar en Él, ponerse en sus manos y aceptar su voluntad depende únicamente, ¡únicamente!, del hombre.

—Pero antes, Señor, hay que caer en la cuenta...

—Exacto, querido «pinche». Por eso estoy aquí.

El ingeniero musitó casi para sí:

—En el fondo es fácil... Todo consiste en decir: «sí, quiero».

—No... Di mejor «sí, acepto». Entonces, al despertar a la nueva, a la verdadera vida, esa confianza te hará razonable. Después, tras la muerte, tu propia experiencia te hará sabio. Por último, cuando entres en «otras realidades», cuando seas un «hombre-luz», cuando te presentes ante tu querido «Barbas», entonces, querido amigo, sentirás cómo la verdad te roza y te besa...

—Entonces...

—Sí —murmuró el Hijo del Hombre, acariciando las palabras—, sólo entonces...

TERCERA SEMANA EN EL HERMÓN

Del domingo, 2 de septiembre, al sábado, 8, la estancia en las cumbres del Hermón experimentó un interesante cambio. Interesante para estos exploradores, claro está...

Jesús continuó con sus habituales retiros, pero, en tres de aquellas jornadas, tuvimos la fortuna de acompañarlo. Ocurrió el lunes, 3 de septiembre, y los dos últimos días de la referida semana: el viernes y el sábado.

El Hijo del Hombre, sencillamente, nos pidió que le siguiéramos.

En esos momentos —lo confieso— no reparé en la sutileza de semejante ruego. Ahora creo entender el porqué...

Pero vayamos por orden.

Un día antes de la primera excursión, el domingo, 2 de septiembre, a la hora del cotidiano y relajante baño en las «cascadas», sucedió algo aparentemente sin mayor trascendencia. El pequeño incidente, sin embargo, me dejó pensativo. Días después, un suceso algo más grave y, en cierto modo de naturaleza similar, me animaría a romper el silencio y a plantear al Maestro otro no menos intrigante asunto: ¿qué ocurriría con la seguridad física de aquel Hombre-Dios? ¿Se hallaba indefenso, al igual que el resto de los mortales? ¿Podía ser herido? ¿Cómo influía su naturaleza divina frente al normal devenir de enfermedades, accidentes, etc.?

Esa tarde del domingo, como digo, mientras Jesús de Nazaret nadaba y se divertía, surgió algo imprevisto.

De pronto le oímos gemir. Se aferró a una de las rocas e intentó alcanzar la espalda con la mano izquierda. Eliseo y yo acudimos veloces. El rabí, con el rostro tenso, acusaba un intenso dolor. Sus dedos buscaban afanosamente el centro de la columna vertebral. Y al instante comprendí...

Sobre las aguas, zumbando, se alejaba una mosca enorme, de unos 20 milímetros, de color amarillento arenoso, relativamente similar a las avispas. Era una mosca depredadora, las más grandes de Palestina y que, debido a su tamaño y ferocidad, eran conocidas como «Satanás» (las actuales *Satanas gigas*). Supongo que por casualidad (?) fue a topar con el cuerpo del Galileo, anclándose a la piel con sus uñas curvas, poderosas como garfios. Y con la pequeña y gruesa trompa le inyectó el veneno.

Examiné el incipiente edema y entendí que, aunque dolorosa, la picadura no tenía por qué ser grave. En cuestión de horas, probablemente, desaparecería la hinchazón. Y así fue.

El Maestro contuvo el dolor y, antes de zambullirse de nuevo en la «piscina», exclamó con su incorregible sentido del humor:

—¡Vaya Dios más torpe!

El percance, sin embargo, no fue olvidado por quien esto escribe. Pero ninguno de los tres volvimos a comentarlo... de momento.

A la mañana siguiente, lunes, como venía diciendo, con las primeras claridades, el Galileo, feliz y sonriente, nos sacó prácticamente de la tienda. Y señalando las nieves del Hermón anunció eufórico:

—¡Acompañadme!... Los detalles también son importantes.

Tomamos unas provisiones y, medio dormidos, nos dispusimos a seguirlo.

Entonces, al hacerme con la «vara de Moisés», el rabí, autoritario, ordenó:

—No, Jasón... No temas. *Ab-bā* vela.

El ingeniero y yo, perplejos, nos miramos sin saber qué hacer. Sabíamos que sabía, pero, a veces, nos desconcertaba...

Obedecí, naturalmente. Y el cayado —muy a mi pesar— permaneció en el fondo de la tienda.

¿Detalles? ¿A qué se refería con la insólita afirmación?

Pronto caeríamos en la cuenta...

A decir verdad, en multitud de ocasiones durante aquel tercer «salto» en el tiempo, fue Él quien condujo nuestra misión. Fue Él quien nos alertó, abriendo nuestros torpes y asombrados ojos a infinidad de pequeños-grandes detalles. Detalles que también formaban parte —¡y de qué manera!— de la vida del Hijo del Hombre.

Jesús conocía bien la trocha. Atravesamos los espesos bosques de cedros y, tras saltar en varias oportunidades sobre el bravo nahal Aleyin («el que cabalga las nubes»), alcanzamos al fin los primeros ventisqueros.

Cota «2 800». Casi en la cumbre.

Una brisa fresca, limpia y moderada nos recibió complacida. Entre rocas azules, la nieve, escalando la montaña santa, dulcificaba paredes y farallones. Y el sol, todavía rasante, empezó sus juegos de luces, apostando por el blanco y el naranja.

El Maestro, canturreando uno de los salmos, recogió los cabellos, amarrándolos en su acostumbrada cola. Después, sonriendo, rebosante de una paz y felicidad difíciles de explicar, comentó:

—¡Permaneced tranquilos!... ¡Es el turno de mi Padre!

Nos guiñó un ojo y, despacio, se alejó hacia una de las cercanas y chorreantes lenguas de nieve.

Aquella estampa, de nuevo, me maravilló.

¡Jesús de Nazaret caminando sobre la blanca y crujiente nieve!

Al poco se detuvo. Alzó los brazos y levantó el rostro hacia el azul purísimo de los cielos. Y así permaneció largo rato.

Entonces creí entender el porqué de sus enigmáticas palabras...

«¡Acompañadme!... Los detalles también son importantes.»

Por supuesto que lo eran. A decir verdad, nunca, hasta ese momento, le vimos en comunicación con *Ab-bā*.

Nunca, que yo recuerde, habíamos asistido a la majestuosa y, al mismo tiempo, sencilla escena de un Jesús en oración. Miento. Este explorador sí fue testigo de excepción de uno de esos momentos. Pero las circunstancias, poco antes del prendimiento en el huerto de Getsemaní, fueron muy diferentes. Éste no era un Jesús de Nazaret atormentado y humillado. Éste era un Hombre-Dios pletórico. Lleno de vida. Entusiasmado. Feliz y dispuesto.

Y durante horas me bebí aquella imagen.

¡Hasta en eso era distinto y original!

El Maestro no rezaba como el resto de los judíos. Al menos, en privado...

En ningún instante se ajustaba a las estrictas normas de la Ley mosaica. No juntaba los pies. No arreglaba sus vestiduras. No se encorvaba hasta que «cada una de las vértebras de la espalda quedara separada». No seguía el consejo de la tradición: «que la piel, sobre el corazón, se doble hasta formar pliegues» (Así reza Ber. 28 b). Tampoco le vimos imitar jamás las pomposas prácticas de los fariseos. Nunca, al entrar o abandonar un pueblo, recitaba las obligadas bendiciones. Y mucho menos al pasar frente a una fortificación o al encontrarse con algo nuevo, hermoso o extraño, como pretendían los rigoristas de la Torá. En más de una ocasión —como espero narrar más adelante— tuvo el coraje de enfrentarse a estos puristas de Yavé, echándoles en cara sus hipócritas y vacías recitaciones. (Para las castas sacerdotales y doctores de la Ley, el número de plegarias multiplicaba el mérito ante Dios. Así, por ejemplo, un centenar de bendiciones era considerado una «alta muestra de piedad».)

Jesús rezaba como el que conversa con un amigo muy querido. Y lo hacía sobre la marcha: en pie, sentado, tumbado, mientras cocinaba, en pleno baño o en mitad del trabajo...

Recuerdo que ese día, cuando interrumpió (?) la «conversación» con el Jefe para dar buena cuenta de las provisiones, quien esto escribe, sin poder sujetar la curiosidad, le interrogó sobre aquella extraña forma de orar.

—¿Extraña? —preguntó a su vez el Hijo del Hombre—. ¿Y por qué extraña?

—Digamos que no es muy normal...

El Galileo adelantó parte de la respuesta con un negativo movimiento de cabeza. Y volvió a interrogarnos.

—Decidme: ¿qué entendéis vosotros por rezar?

Ahí nos pilló. Y ambos, humildemente, confesamos que jamás rezábamos. El Maestro, entonces, sonriendo, afirmó rotundo:

—¡Pues ya va siendo hora...! Es muy fácil... La oración, en realidad, no es otra cosa que una charla con la «chispa» que os habita. Vosotros habláis. Conversáis con Él. Exponéis vuestros problemas y, sobre todo, vuestras dudas. Y Él, sencillamente, responde.

—Y tú, Señor, ¿qué problemas tienes?... Te hemos observado y no has parado de hablar con Él durante toda la mañana...

—Bien —replicó complacido—, de eso se trataba: de que captéis también los «detalles»...

»En cuanto a tu pregunta, mi querido e indiscreto «pinche», yo no tengo problemas. Durante estos retiros, lisa y llanamente, cambio impresiones con Él. Repasamos la situación y, digámoslo así, me preparo para lo que está por venir.

—¡Genial! —clamó el ingeniero—. ¡Una reunión en la «cumbre»!

—Algo así...

—Entonces —intervine desconcertado—, si no he entendido mal, cuando rezas, cuando hablas con el Jefe, no pides nada...

—¿Pedir? No, Jasón, con Él, eso es una solemne pérdida de tiempo. Lo habéis oído y lo repetiré muchas veces. *Ab-bā* es AMOR. Recuerda: con mayúsculas. Él te sostiene y te da... antes de que tú abras los labios. Todo cuanto te rodea, cuanto tienes y puedas tener, es consecuencia de su AMOR. ¿Recuerdas?...

—Sí, con mayúsculas.

—Muy bien —rió satisfecho—. Veo que aprendes rápido.

Y añadió feliz:

—¡No seáis tontos! Cuando habléis con Él... ¡exprimidlo! ¡Sacadle el jugo! ¡Pedidle únicamente información y respuestas!... En eso no falla.

Nos hizo un guiño y, alzándose, se excusó:

—Y ahora, perdonad... Voy a seguir «exprimiéndolo».

La segunda excursión, en la jornada del viernes, 7 de septiembre, fue —¿cómo lo diría?—... «especial». Sí, especial e intensa como pocas...

Al principio, todo fue bien. Normal.

Poco más o menos hacia la hora «tercia» (las nueve de la mañana), el Maestro y estos exploradores nos reuníamos con el ventisquero habitual, en la cota «2 800». El día se presentaba espléndido, aunque algo más frío que los precedentes. La brisa mañanera, inexplicablemente enojada, silbaba entre las rocas, agitando las túnicas.

Depositamos el saco con las viandas muy cerca de una de las láminas de nieve y, de pronto, mi hermano reparó en algo. Nos aproximamos y, curiosos, echamos un vistazo al reguero de huellas.

Jesús se inclinó sobre el inmaculado manto de nieve y, tras un breve examen, comentó:

—Un *dob*...

Las huellas, nítidas y profundas, pertenecían, en efecto, a un oso. Eran grandes. De casi 30 centímetros de longitud por 20 de anchura. Las uñas aparecían igualmente claras y temibles. Eliseo, mejor entrenado en esta clase de rastros, llamó nuestra atención sobre las almohadillas digitales. Se hallaban muy juntas una de otra. Aquello, y el dibujo del pie posterior, con el primer dedo más corto, reafirmó la sospecha del rabí. Pero había algo más. Casi paralelas a estas pisadas, y a corta distancia, distinguimos otras huellas gemelas más pequeñas.

—Un *dob* y su cría...

El ingeniero y quien esto escribe nos miramos con preocupación. El Maestro, en cambio, no se inmutó. Nos dejó junto a las huellas y, siguiendo la costumbre, se alejó unos pasos, entregándose a la comunicación con *Ab-bā*. En esos momentos, la verdad sea dicha, lamenté no tener conmigo la «vara de Moisés»...

Eliseo prosiguió la exploración y, al poco, volvió a reclamarme. El nuevo hallazgo confirmaría definitivamente nuestra idea. Sobre la nieve, formando un gran montón, se hallaban unas heces todavía calientes y típicamente cilíndricas, de unos seis centímetros de diámetro. Las integraban trozos de huesos, pelos, vegetales y algunos insectos. Me alarmé. El animal —casi con seguridad una osa— acababa de cruzar por el ventisquero. Se dirigía de este a oeste.

Verifiqué el viento y, en cierto modo, me tranquilicé. La brisa procedía del poniente, jugando a nuestro favor. Quizá no nos había detectado...

El resto de la mañana discurrió sin problemas. Jesús de Nazaret se movió resuelto y silencioso por el ventisquero, deteniéndose aquí y allá, siempre absorto y con el rostro levantado hacia los cielos.

Alrededor de la hora «sexta» (mediodía) compartimos el frugal almuerzo: miel, queso y fruta.

El Maestro, de un humor excelente, siguió hablándonos del Padre y de su intensa comunicación con Él. Repitió una generosa ración de miel y se retiró de nuevo a cosa de cincuenta o sesenta metros. Nosotros continuamos observándolo. Pero, al poco, el viento arreció. Eliseo se alzó y, señalando la cercana linde del bosque, me animó a cambiar de lugar, buscando así una mejor protección contra el cada vez más desagradable *maarabit*.

Ahora, al rememorar el oportuno y providencial gesto de mi compañero, me estremezco. ¿Qué habría sucedido si llegamos a permanecer junto a la lengua de nieve?

El Destino, verdaderamente, es inexplicable...

Unas dos horas más tarde, cercana ya la «nona», escuchamos un gruñido. Al principio apagado, lejano...

Eliseo y yo, movidos por el mismo pensamiento, nos pusimos en pie, observando inquietos la línea de árboles que cerraba el ventisquero por el flanco oeste. Instintivamente busqué al rabí. Se había desplazado unos pasos. Ahora se encontraba a nuestra derecha, en pie sobre una laja de piedra de unos 40 centímetros de altura, y a cosa de un centenar de metros del saco de las provisiones. Presentaba las palmas de las manos abiertas hacia el cielo, y el rostro, como siempre, directamente encarado a lo alto. El viento, pertinaz, hacía ondear la túnica como una bandera.

¡Las provisiones!

De pronto recordé. El petate, en un descuido, quedó abierto. Y en el interior, los restos del refrigerio: algunas manzanas, parte del queso y el frasco de vidrio con una buena ración de miel líquida. Y dudé. ¿Fue cerrado por Eliseo al terminar el almuerzo?

No hubo tiempo para nuevas disquisiciones...

Eliseo y yo, aterrados, vimos aparecer entre los cedros un formidable ejemplar de oso sirio, una subespecie del *Ursus arctos*, el célebre y temido oso pardo. Podía tener dos metros de longitud, con un peso no inferior a los doscientos kilos.

En un primer momento se detuvo. Levantó la enorme cabeza y olfateó. El *maarabit*, el viento del oeste, por fortuna, no le proporcionó pista alguna sobre los humanos que se hallaban frente a él. Sin embargo, receloso, permaneció atento a cualquier sonido.

Miré al Maestro. Seguía inmóvil. Ajeno. Absorto.

Mi compañero, pálido, me hizo una señal.

¿Avisábamos al rabí?

Traté de pensar a gran velocidad. ¿Qué hacíamos? Podíamos salir al encuentro de la bestia y obligarla a huir con gritos y piedras. El método, sin embargo, no me convenció. Estos animales son imprevisibles. En caso de ataque corríamos el riesgo de caer bajo sus garras. Unas garras negras y afiladas de casi quince centímetros de longitud. Pero no fue ese hipotético peligro lo que me decidió a continuar mudo e inmóvil como una estatua. Nosotros, después de todo, estábamos protegidos por la «piel de serpiente». Fue la posibilidad de que el *ursus* alcanzara a Jesús de Nazaret lo que, definitivamente, me dejó clavado al suelo.

Solicité calma y, por señas, le hice ver a mi amigo que lo mejor era no actuar. Me miró atónito. Y volvió a dirigir su dedo hacia el Maestro.

Negué con la cabeza y, en previsión de una súbita y más que probable reacción de Eliseo, lo sujeté por el ceñidor, reteniéndolo.

En esos críticos instantes, por detrás del vigilante plantígrado, entró en escena un segundo personaje: un osezno de unos seis meses, de pelaje igualmente espeso y rojizo, juguetón, inquieto y, sobre todo, curioso.

Al verlo, la verdad, me alegré de no haber salido al paso de la osa. En esas circunstancias, con una cría bajo su custodia, la reacción de la madre podría haber sido mucho más violenta y temible.

Finalmente, convencida de que el lugar se hallaba despejado, avanzó lenta y vacilante, con el típico paso portante. El osezno, confiado, la rebasó y, a la carrera, tomó la dirección en la que se hallaba el Maestro. Pero un súbito y oportuno gruñido de la osa lo frenó en seco. Miró a la madre y, saltando y revolcándose sobre la nieve, la esperó.

Mi corazón, casi despeñado, avisó. Si el oso sirio no cambiaba de rumbo iría a pasar junto a la laja en la que continuaba Jesús.

Pero, ¿cómo era posible?

El Galileo seguía ajeno a todo. ¿Cómo no escuchaba los gruñidos?

De pronto, helándonos la poca sangre que aún circulaba, la osa se detuvo de nuevo. Levantó el hocico y olfateó. Y el viento revolvió el largo pelaje del cuello y del vientre.

¿Qué había detectado?

El paraje no respiraba. Sólo el *maarabit* silbaba entre los farallones, tan aterrado como estos exploradores. El olor corporal de Jesús no llegaba hasta la osa. El viento, providencialmente, lo impedía. Entonces...

Eliseo, desarmado, pegó un tirón, tratando de entrar en escena. Aguanté como pude y, autoritario, clamé en voz baja:

—¡Quieto!... ¡No debemos intervenir!... ¡Es una orden!

Le vi apretar los puños y morderse los labios con rabia. Pero obedeció.

El *ursus*, entonces, cambió de dirección y se aproximó al saco de viaje.

¡Las provisiones! ¡Acababa de olfatearlas!

En efecto, tras inspeccionar el contenido, introdujo las fauces en el petate, dando buena cuenta de la comida.

La cría, aburrida, siguió merodeando. Y en una de aquellas cortas carreras fue a topar casi con la piedra sobre la que oraba el Hijo del Hombre.

Me estremecí.

El osezno, a pesar de la absoluta inmovilidad de Jesús, captó algo y, curioso, fue rodeando la laja. Al situarse contra el viento, la presencia humana le dio de lleno. Permaneció quieto. Intrigado. Miró a la madre, pero ésta, encantada con la ración de miel, no le prestó la menor atención. Entonces, decidido, levantó las manos, apoyándolas sobre el filo de la roca.

Eliseo y quien esto escribe temblamos.

Las sandalias del Maestro se hallaban a escasos treinta o cuarenta centímetros de las garras del cachorro. Si lo tocaba, lo más probable es que el Galileo reaccionase. En ese caso, ¿qué sucedería?

El osezno aproximó el hocico, olfateando a la extraña y alta criatura. Y en ello estaba cuando, de improviso, los bajos de la túnica, agitados por el *maarabit*, fueron a golpearlo en plena cara, asustándolo. No lo dudó. Saltó hacia atrás y, aterrorizado, corrió hacia la osa.

Instantes después, concluido el festín, el *ursus* se alejó por donde había llegado, seguido de cerca por la incansable cría. Y los vimos desaparecer en el intrincado bosque de cedros.

Respiramos.

Una hora más tarde —rondando la «décima» (las cuatro)—, Jesús abandonó su aislamiento, reuniéndose con estos maltrechos exploradores. Algo notó en nuestros rostros y, al punto, intrigado, preguntó qué sucedía. Al explicarle, sonriendo burlón, exclamó:

—¡Una osa!... ¿Aquí?... ¡Y yo con estos pelos!...

Así era aquel Hombre. Aquel magnífico Hombre.

Definitivamente, el Galileo no se percató de la presencia del *ursus*. Su poder de concentración, su «hilo directo» con *Ab-bā* —no sé cómo llamarlo—, era asombroso. Y a la vista de lo ocurrido en la «piscina de yeso» y en el ventisquero volví a plantearme la inquietante cuestión: ¿era vulnerable? ¿Se hallaba sujeto, como el resto de los mortales, a los riesgos de la existencia? Yo conocía su final y, evidentemente, sí era un Hombre sometido al dolor y a la muerte. Pero eso fue al final de su vida en la carne. ¿Y qué sucedía con las etapas anteriores? La verdad es que, reflexionando sobre ello, no hallé un solo dato, excepción hecha de la infancia, que permitiera imaginar o suponer a un Jesús enfermo o en grave riesgo de perder la vida. La curiosa circunstancia —a qué negarlo— me dejó perplejo. No era normal. «Algo» invisible parecía preservarlo.

Esa misma noche, tras la cena, no pude resistir la tentación y lo expuse abiertamente.

—No temas, Jasón —replicó el Galileo, ratificando mis sospechas—, nada sucede, ni sucederá, sin el consentimiento del Padre.

Y añadió con aquella seguridad de hierro:

—¡Estoy en las mejores manos!

Entonces, recordando un viejo accidente —su caída por las escaleras exteriores en la casa de Nazaret (1) cuando tan sólo contaba siete años—, pregunté:

—¿Y qué me dices de la tormenta de arena que provocó aquel peligroso tropiezo? Podías haberte matado...

La alusión a su ya lejana infancia debió traerle gratos recuerdos. Se aisló unos segundos y, finalmente, sonriendo, exclamó:

—Has hecho un buen trabajo, mi querido embajador, pero recuerda mis palabras: la vida es para VIVIRLA. Con mayúsculas... Y yo he venido también para experi-

(1) Información sobre el particular en *Caballo de Troya 3*, pp. 458 y ss. *(N. del a.)*

mentar la existencia humana. Todo ha sido minuciosa y escrupulosamente medido.

Estaba claro.

Eliseo intervino, interpretando las afirmaciones del Maestro «a su manera», como siempre...

—¿Quieres decir que un ángel te protegió?

—Es más complejo, pero vale...

Mi hermano no dejó pasar la excelente oportunidad y atacó. Aquella, si no recuerdo mal, era una de las casi cien preguntas que tenía preparadas.

—Entonces reconoces que los ángeles existen...

Jesús le contempló asombrado.

—Muchacho..., ¿estás sordo?

—Todavía no, Señor...

—¿Cuántas veces tendré que repetirlo? El reino de *Ab-bā* es un hervidero de vida.

—O sea..., ¡existen!

—Y en tal cantidad —replicó el Maestro resignado ante la impetuosidad del ingeniero— que no hay medida en la Tierra para sumarlos.

—¿Y cómo son?

—¿Por qué no esperas a comprobarlo por ti mismo?

—¡Ah!, entonces lo veré cuando pase el «otro lado»...

—¿Al «otro lado»?

—Ya me entiendes, Señor... Cuando muera.

—Claro, mi querido «pinche». Eso es lo establecido.

—¿Tienen alas?

Eliseo, cuando se lo proponía, era un terremoto.

—¿Alas? ¿Como los pájaros?

—Como los pájaros...

Jesús me miró y, suspirando, comentó derrotado:

—¿De dónde lo has sacado? ¿Es siempre así?

Asentí sonriente.

—Si quieres imaginarlos con alas... muy bien. Cuando pases al «otro lado», como tú dices, te llevarás una sorpresa.

Dudó y, sin perder la sonrisa, rectificó:

—Mejor dicho, un susto...

—¿Son feos?

—Menos que tú, querido «destrozapatos»...

—Entonces son guapos...

El Maestro volvió a mirarme y musitó:

—¡Incorregible!... ¡Maravillosamente incorregible!

Y, tan resignado como Él, asentí de nuevo.

—¿Guapos? —terció mi amigo, cayendo en la cuenta de algo que desencadenaría las risas del rabí—. ¿Es que no hay guapas?

—Los ángeles son criaturas de luz. Pertenecen a esas «otras realidades» de las que ya te hablé. No disponen de cuerpos físicos. Han sido creados en perfección y no saben de sexos. Son una «realidad» muy parecida a la que os aguarda en el «otro lado»...

Interrumpió la explicación y, asintiendo con la cabeza, esgrimió casi para sí:

—El «otro lado»... Me gusta la definición.

—Y si no hay sexo, ¿cómo se divierten?

—¡No seas bruto! —le reproché.

—No importa —terció Jesús—. Me gusta su naturalidad... Hijo mío, ahora no estás capacitado para entenderlo, pero hay otros placeres inmensamente más intensos y gratificantes que el sexo. Te garantizo que, en el «otro lado», no te aburrirás...

Intenté reconducir la conversación y pregunté:

—Y esos seres de luz, ¿cuidan de los humanos?

—Algunos sí. No todos.

—¡El famoso ángel guardián!

—Los famosos ángeles, Jasón, en plural...

La matización, lógicamente, nos dejó confusos. Y Eliseo lo abordó:

—¿En plural? ¿Cuántos tenemos?

—Esas deliciosas criaturas son creadas siempre por parejas. Son dos en uno. Cada mortal que lo merece, por tanto, recibe un custodio doble.

—¿Y por qué dos?

—Cosas de *Ab-bā*. Ya sabes que es muy imaginativo...

Una de las afirmaciones no pasó inadvertida para estos exploradores. Y Eliseo y yo nos pisamos de nuevo la pregunta:

—¿Cada mortal que lo merece? ¿Qué has querido decir?

—Observad atentamente: siempre regresamos al principio. Siempre se vuelve al mensaje clave: ponerse en sus manos, hacer su voluntad, desencadena una fuerza arrolladora y magnífica. Pues bien, cuando el hombre toma esa suprema decisión, una pareja de serafines es destinada de inmediato a la custodia del pequeño Dios. Y lo acompañará hasta la presencia del Jefe... y más allá.

—Un momento —clamó el ingeniero desconcertado—. ¿Y qué pasa con los que nunca han querido... o, incluso, no han podido hacer suya esa gran decisión?

—Mi Padre, también te lo dije, tiene otros métodos y caminos. El Amor no distingue. Vosotros habéis planteado algo concreto y yo he respondido.

—Veamos —intervine, intentando seguir siendo lo más puntual y certero posible—, ¿quiere eso decir que una mente subnormal, por ejemplo, se halla indefensa?

El Maestro, leyendo en mi corazón, se apresuró a negar con la cabeza. Adoptó un tono más grave y aclaró:

—No, hijo mío. Esas criaturas son especialmente cuidadas por los ángeles al servicio de *Ab-bā*.

Y subrayó con énfasis:

—¡Especialmente!

—En otras palabras —aventuré—: nadie queda sin protección.

—Querido Jasón, el día que descubras hasta dónde llega el Amor del Padre, esa reflexión te llenará de sonrojo.

—Pero, Señor, no entiendo. Si toda criatura humana es guardada y vigilada, ¿qué significado tiene esa pareja de ángeles que aparece cuando se toma la decisión de hacer la voluntad de *Ab-bā*?

—Muy sencillo. Te dije que el Amor es dinámico. Si tú prosperas, el Amor prospera...

—Entiendo —resumió Eliseo—. Esa pareja «extra» es un lujo.

—Dios es un lujo. Un continuo e inagotable lujo...

—Y tú, Señor, como ser humano, ¿cuántos ángeles tienes a tu lado?

El Galileo, divertido, miró a su alrededor.

—Sólo veo dos...

Eliseo, ingenuo, no captó la broma.

—¿Dos? ¿Y cómo son?

Primero, señalándole a él, exclamó entre risas:

—Uno... un «destrozapatos».

A continuación, dirigiéndose hacia quien esto escribe, remachó:

—El otro... un «friegaplatos».

No insistimos. Poco a poco fuimos aprendiendo. Esta clase de «respuestas» marcaba casi siempre un punto final en el asunto que manejábamos. Por razones desconocidas para nosotros, algunos de los temas que salían a la luz no eran satisfechos por el Maestro como hubiéramos deseado. Recuerdo que una vez, en plena vida de predicación, me atreví a interrogarlo sobre el particular. Y Él, afectuoso, colocando las manos sobre mis hombros, sentenció:

—Mi querido ángel, la revelación es como la lluvia. En exceso sólo trae problemas. Dejadme hacer...

Intuyo que lo que me dispongo a relatar a continuación, muy probablemente, es uno de los capítulos más sugestivo y trascendental de cuanto llevo narrado en este pobre y apresurado diario.

¡Cómo me gustaría dominar la pluma! Daría lo poco que me resta de vida por saber trasladar aquellas hermosas y esperanzadoras palabras tal y como Él las pronunció. Pero soy humano (todavía). No sé si acertaré.

Fue mágico. Ni mi hermano ni yo lo buscamos. Brotó en su momento. Él, seguramente, lo sabía...

Recuerdo que me hallaba en la tienda. Fue al atardecer del día siguiente, sábado, 8 de septiembre. Acabábamos de regresar de la tercera y última excursión a la cumbre de la montaña santa. El Maestro y mi compañero se afanaban en la preparación de la cena. Yo aproveché aquellos minutos y repasé las notas de la jornada anterior. De pronto —no sé por qué— me detuve en una de las frases de Jesús. Curioso. Este explorador la había subrayado. El Maestro, refiriéndose a los ángeles, se expresó así:

«Son una "realidad" muy parecida a la que os aguarda en el cielo.»

Quedé pensativo.

Por aquel entonces, el tema de la muerte era algo que no me agradaba. Sin embargo, obedeciendo quizá un impulso del subconsciente, lo resalté.

Y en ello estaba, contemplando la frase con perplejidad, cuando, sin previo aviso, vi aparecer al Galileo en el interior del refugio.

Parecía distraído. Me miró. Sonrió y se excusó:

—¡Vaya!... Me he equivocado de tienda... Perdón... Busco la sal...

Dio media vuelta y se dirigió al exterior. Pero, de pronto, se detuvo. Giró la cabeza y, señalando mis escritos, exclamó:

—Yo no dije *šemáyin*...

Cuando reaccioné había desaparecido.

Šemáyin?

Caí sobre el diario y, atónito, descubrí que, en efecto, la referida frase de los ángeles se hallaba equivocada. Jesús de Nazaret nunca habló de «cielo» *(šemáyin)*, sino del «otro lado» *('ohoran atar)*.

Por supuesto, terminé riendo solo, como un tonto.

¿Se equivocó de tienda? Nunca lo creí.

¿Preguntar cómo lo hacía? Ni hablar. Sencillamente, lo hacía...

Minutos después, reunidos alrededor de la lumbre, el rabí, guiñándome un ojo, preguntó:

—¿Tenía o no tenía razón?

Y servidor, como un idiota, replicó:

—Sí, pero, en el fondo, viene a ser lo mismo...

—No, Jasón. El cielo, tal y como vosotros lo interpretáis, tiene poco que ver con el «otro lado».

Y así, mágicamente, fue a hablarnos de «algo» a lo que nunca quise enfrentarme. Una realidad, sin embargo, a la que nadie escapa.

Mi hermano, captando parte de lo sucedido, le puso el tema en bandeja.

—Ya que hablas de la muerte, Señor, dime: ¿no te asusta?

La respuesta fue categórica. Fulminante.

—Responde primero a otra pregunta: ¿te asusta dormir?

—No, pero no veo la relación...

—Es lo mismo.

—¿Morir es dormir?

—Así es, querido «pinche». Sólo eso.

—¿Y después?

—Después... ¡la vida!

La palabra utilizada por el Galileo —*hay*— no dejaba lugar a dudas. *Hay* = vida.

—Un momento —se despachó Eliseo, muy consciente de la gravedad de lo que se estaba planteando—, ¿hablas en serio o en parábola?

Jesús contuvo la risa.

—Muy en serio...

—¿Seguro?

—¡Segurísimo!

—Repítelo otra vez. ¿Es eso cierto?

El Maestro aguardó unos instantes. Borró todo rastro de sonrisa y con la faz grave, muy grave, exclamó:

—*Yassib!*

Para ese término arameo, que yo sepa, sólo hay dos traducciones: «cierto» y «verdadero».

—¡Cierto! —repitió el rabí—, eliminando toda suspicacia.

Silencio sepulcral... Y nunca mejor dicho.

Eliseo y yo nos miramos. Ante semejante y categórica afirmación sólo cabía creer o no creer. El problema era que aquel Hombre jamás mentía. Si Él aseguraba que tras la muerte hay vida... no teníamos alternativa. ¡Hay vida!

El ingeniero, sincero, suspiró:

—¡Cómo nos gustaría creerte!

Jesús, entonces, le salió —nos salió— al paso sin titubeos:

—Vosotros, precisamente, lo sabéis mejor que nadie... ¿A qué vienen ahora esas dudas?

—Es que es muy fuerte, Señor...

—Sí, lo sé. Ésa es otra de las razones de mi presencia entre los humanos. Cuando llegue el momento... ya sabéis a qué me refiero, lo verán con sus propios ojos. Verán al Hijo del Hombre resucitado de entre los muertos. Y lo verán con una forma idéntica a la que todos disfrutaréis tras el sueño de la muerte.

—Pero, Señor, tú eres Dios. Tú sí puedes hacerlo. Nosotros, en cambio...

—No, hijo mío. Mi resurrección pondrá de manifiesto la gloria del Padre, pero también tendrá una segunda y no menos importante justificación: la esperanza. Te lo dije: sois inmortales. Seréis resucitados.

—¿Seremos? ¿Por quién?

—Justamente por mis ángeles.

—¿Por los pájaros?

—¿Pájaros? ¿Qué pájaros?

Tercié en la charla, amonestando a mi compañero. No era momento para bromas. Jesús, sin embargo, me lo reprochó.

—Querido amigo, deja a tu hermano que se exprese. Cuanto más arriba estés en la carrera hacia el Jefe, más gustarás del buen humor. Cuanto más importante y serio es un asunto, más humor necesita... El sentido del humor, no lo olvides, no fue inventado por el hombre. Es cosa de los cielos.

Eliseo, crecido, fue a los detalles. Y yo, sinceramente, lo agradecí.

—Pero, ¿dónde?, ¿cómo?

El Maestro, feliz, solicitó calma. Y fue desgranando algunas informaciones.

—¿Recuerdas?: «En la casa de mi Padre hay muchas moradas...»

Asentimos impacientes.

—Pues eso. En mi reino hay unas estancias... digamos que «especiales», en las que volvéis a la vida. A la verdadera vida.

Nos observó complacido.

—... Tras la muerte, tras ese fugaz sueño, apareceréis en un mundo distinto.

—¿Con casas?, ¿con árboles?, ¿con ríos?...

—Sí, mi impulsivo amigo, igual a éste..., pero distinto.

—Lo has dicho muchas veces, Señor...

Capté el involuntario error y rectifiqué.

—Perdón, lo dirás muchas veces... «Cuando llegue la hora despertaréis en un mundo que ni siquiera podéis intuir.» Ahora dices que es igual a éste, pero diferente. No entiendo...

—Es lógico, Jasón. Decidme: ¿imagináis unos cuerpos, una materia, que son y no son materia? ¿Estáis capacitados para comprender una *besar* [carne] que, además es *or* [luz]?

¿Carne y luz al mismo tiempo?

No, no éramos capaces de asimilar ese concepto.

—A eso me refiero —prosiguió el rabí haciendo un esfuerzo por acercar las palabras a nuestra corta inteligencia— cuando os digo que ese espléndido mundo es igual, pero distinto.

—¡Materia y luz!

Eliseo, de pronto, recordó algo que discutimos largamente en la cumbre del Ravid. Y, ni corto ni perezoso, expuso su original y gratificante teoría sobre «MAT-1».

El Maestro escuchó atento y visiblemente conmovido. Cuando Eliseo concluyó, sencillamente, le sonrió, aprobando su hipótesis con varios y afirmativos movimientos de cabeza.

Fue suficiente.

Mi amigo, entusiasmado, pegó un salto y, apretando los puños, gritó:

—¡Lo sabía!... ¡Mitad materia, mitad luz!

Pero el rabí, interviniendo, lo deshinchó en parte:

—Más o menos, querido «pinche». Más o menos...

Acto seguido, enlazando con algo que repetiría hasta la saciedad, advirtió:

—¿Comprendéis ahora por qué os pido con tanta insistencia que VIVÁIS la vida? ¿Entendéis por qué he dicho que estoy aquí para experimentar la existencia humana?

—Déjame adivinarlo. Parece simple...

Miré mis manos y me aventuré.

—Esta forma de vida es única. Allá, en esos mundos especiales, tendremos otros «cuerpos»... distintos. No podremos vivir como ahora. ¿Te refieres a eso? ¿Estás hablando, Señor, de apreciar y aprovechar esta oportunidad? ¿Nos estás diciendo que VIVAMOS la vida porque no disfrutaremos de otra semejante?

No respondió. Nos dejó en suspenso unos segundos y, al percibir nuestra ansiedad, sonrió feliz, exclamando:

—¡Perfecto, Jasón! VIVID intensa y generosamente. Saboread la vida. Disfrutad cada instante. Sabed que esta oportunidad, como dices, es única. Nunca volveréis a este estado. Amad la vida. Respetadla. Compartidla. Usadla con inteligencia y moderación. Os lo dije: es un regalo del Padre.

Mi hermano, entonces, estalló como un volcán, interrogándolo sin respiro.

—Y ahí, Señor, ¿qué se hace?

—Te lo estoy diciendo, pero no escuchas: despertar.

—Pero, ¿a qué?

—A la verdadera, a la definitiva vida. Ahí comienzas. Ahí arrancas hacia el Padre.

—¿Se trabaja?

—Por supuesto, aunque al principio todos necesitáis una «limpieza»...

Notó nuestra perplejidad y aclaró:

—Cuando seáis despertados en ese mundo, todo, prácticamente, será idéntico a lo que acabáis de dejar aquí. Os lo repito: es un simple despertar. Pero los defectos y vicios de la naturaleza humana seguirán pesando... en parte. Y los míos se ocuparán entonces de «limpiarlos». No os preocupéis: la «cura» es rápida y sin dolor. Comprendedlo: en esa otra realidad no cabe la densa y torpe herencia que arrastráis. Os prepararán para un largo, muy largo, camino hacia el Jefe. Un camino cada vez más espléndido. Una senda en la que, poco a poco, la luz dominará a la materia. Y llegará el día en que sólo seréis eso: luz.

—Entonces veremos al Jefe...

—¡Tranquilo, muchacho! Al «Barbas» lo verás... a su debido tiempo.

—Mitad luz, mitad materia... ¿Y cómo se sostiene esa materia? ¿Se come en el «otro lado»?

Jesús parecía esperar la pregunta de Eliseo.

—Se come y se bebe... pero no lo que tú crees.

Mi hermano y yo nos miramos una vez más. Y tuvimos el mismo pensamiento. Esa afirmación del rabí coincidía con lo detectado por nosotros durante la aparición número catorce del Resucitado, en la mañana del sábado, 22 de abril del año 30, en la colina de la «Ordenación» (hoy llamada de las Bienaventuranzas). En aquella oportunidad, el instrumental de la «cuna» detectó en el «cuerpo glorioso» una clara ausencia de sistemas circulatorio y digestivo, tal y como los entendemos en la Tierra (1). Él no lo dijo, pero quien esto escribe hizo sus propias deducciones: quizá en ese nuevo mundo, en ese nuevo estado —en «MAT-1», como decía mi compañero—, los «alimentos», integrados por esa enigmática sustancia (mitad materia, mitad energía [?]), fueran absorbidos total y absolutamente. En otras palabras: una «alimentación» sin desechos.

Francamente, quedé maravillado.

En cuanto a la carencia de aparato circulatorio, si aceptaba las palabras del Maestro, y las acepté, por supuesto, la explicación (?) podía ser muy similar. Aunque la ciencia no está capacitada todavía para entenderlo, quizá esos «cuerpos» no se vean en la necesidad de respirar. O, si lo hacen, quizá se nutren del oxígeno (?), o de lo que sea, por contacto directo de la «piel» (?) con el medio ambiente (?).

Lo sé. Puras especulaciones...

Sin embargo, por ahí apuntaron las respuestas del Hijo del Hombre.

Como decía el Maestro, «quien tenga oídos...».

—Entonces —machacó el ingeniero—, se come y se bebe...

Jesús asintió en silencio, pero no proporcionó más aclaraciones. Sencillamente, se limitó a repetir lo ya dicho.

—Seréis como ángeles...

—¿Con esposa o sin esposa?

(1) Amplia información sobre el «cuerpo glorioso» en *Caballo de Troya 3*, pp. 375 y ss. *(N. del a.)*

—Querido «destrozapatos», por favor, escucha cuando hablo...

—Ya escucho, Señor...

—Entonces estás sordo.

—No —tercié mordaz—, es que es tonto...

—¡Silencio, «friegaplatos»!

—¡Haya paz!... Te decía que en esa nueva realidad no se precisa del sexo, tal y como lo entendéis en la Tierra. Allí no existen esas inclinaciones. Entre otras razones, porque la carne, el cuerpo material, no pasa al «otro lado». Aquí queda y aquí desaparece.

—¡Maravilloso! —clamó Eliseo—. Entonces, si no hay esposa, tampoco hay suegra...

El Maestro levantó los brazos, exclamando:

—¡Me rindo!

—No, por favor... Sujetaré la lengua, pero continúa hablando...

Aproveché el frenazo del ingeniero y me interesé por un punto que no terminaba de asimilar. Uno entre muchos, claro...

—Dices que somos inmortales. Así nacemos. Entonces, ¿por qué no resucitamos por nosotros mismos? ¿Por qué se precisa a tus ángeles?

Jesús tropezó de nuevo con el gran problema: la limitación de la mente humana. Quien esto escribe ansiaba saber, pero, lo reconozco, quizá me estaba aventurando en cuestiones que iban más allá de mi corto conocimiento. Aun así, el rabí lo intentó.

—Hijo mío, no es mucho lo que puedo decirte... por ahora. Hay criaturas del tiempo y del espacio que no estrenan siquiera su inteligencia. Por múltiples razones se ven privadas de un mínimo de espiritualidad. Pues bien, según lo establecido por *Ab-bā*, esos humanos no son «despertados» tras la muerte. Deben esperar, en un sueño colectivo, a que llegue su hora. Y no preguntes más. Acepta mi palabra...

¿Un sueño colectivo?

Entonces creí entender una de las misteriosas frases del Resucitado, pronunciada el 5 de mayo del año 30, en la aparición en la casa de Nicodemo, en la Ciudad Santa:

«... Más que por esto (se refería a su resurrección), vuestros corazones deberían estremecerse por la realidad de esos muertos de una época que han emprendido la ascensión eterna poco después de que yo abandonara la tumba de José de Arimatea...»

—Sólo una cuestión, Señor. Otros muchos seres sí disponen de ese mínimo de inteligencia y espiritualidad. ¿Por qué no resucitan por sí mismos?

—También lo hemos hablado, mi querido y olvidadizo ángel. Sois inmortales, sí, y por derecho propio. Así lo ha querido *Ab-bā*. Pero no confundas inmortalidad con vida.

—No comprendo... ¿No es lo mismo?

—Sí y no. La vida precede siempre a la inmortalidad. Ésta, en definitiva, depende de aquélla. Y no olvides que la vida es una prerrogativa del Padre. Yo dispongo de ese poder por su inmensa generosidad. Vosotros, en cambio, no estáis capacitados para ponerla en pie...

Mi hermano le interrumpió.

—¿Quieres decir que el hombre nunca creará la vida?

—Así es. Mientras pertenezca al reino de lo material... nunca lo conseguirá. ¡Nunca!

Aquel «¡nunca!» sonó rotundo. Yo diría que premonitorio. Todo un aviso... para nuestro mundo. Y añadió con idéntica contundencia:

—No lo olvidéis: la vida es sagrada. Es patrimonio del Padre. Abortarla, suprimirla o herirla es un desprecio a quien la entrega... gratuitamente.

Mensaje recibido.

Y Eliseo, deseoso de retornar al tema capital, volvió por sus fueros.

—Señor, si el cuerpo se queda aquí, en la tierra, ¿qué sucede con la memoria? Cuando pase al «otro lado», cuando tus ángeles me resuciten, ¿recordaré a este «friegaplatos»?

El Maestro, dulcificando el tono, replicó:

—En el «otro lado» recordarás y serás recordado. Reconocerás y serás reconocido. Ninguna de tus cualidades se perderá.

Dudo unos instantes y, mordaz, matizó:

—La de «pinche» de cocina... no sé.

—¿Recordaré todo?

—Todo lo que merezca la pena. Todo lo que te haya emocionado y servido para prosperar. El resto, las tendencias puramente animales, los vicios y defectos desaparecerán con el cerebro físico.

—¡Dios santo! —clamó Eliseo desconsolado—. Entonces, mi suegra me reconocerá...

Jesús le siguió la broma.

—Te reconocerá y te perseguirá...

—Por cierto, Señor, ¿veremos allí a nuestros padres?

—Por supuesto, Jasón. A tus padres y a todos tus seres queridos. Ellos te ayudarán, pero, insisto, aquel lugar no es como éste. Allí no existen los lazos familiares, tal y como vosotros los interpretáis aquí, en la Tierra. En esos mundos no tienen cabida conceptos como «padre», «familia», «esposa» o «hijos»... ¡Sois como ángeles!

Nos miró y al descubrir una cierta decepción en nuestros rostros, aclaró:

—En esa nueva realidad, en «MAT-1», como tú dices, el Amor es tan pleno, intenso y limpio que los pequeños Dioses no echan de menos los antiguos y limitadísimos afectos humanos. Vuestra alma inmortal, libre al fin, quedará tan deslumbrada que nada de lo que ahora estimáis como prioritario os hará sombra. Os lo repito: habréis entrado en una aventura fascinante.

El Maestro, al referirse al alma, empleó un término —*nišmah*— que me confundió. El vocablo, en arameo, significa «espíritu o aliento». Y, no sé por qué, lo asocié a la «chispa» divina, regalo de *Ab-bā*. Y pregunté:

—¿«Chispa» y alma inmortal son la misma cosa?

El rabí, impotente ante la anemia de las palabras, suspiró ruidosamente. E intentó descender a nuestro nivel.

—No, Jasón, no son lo mismo. Pero no te atormentes. Todo será revelado... en su momento. Esa presencia divina, la «chispa», cuando mueras, se ocupará de custodiar tu memoria. Tu *dikron*. Ella la mantendrá a salvo hasta el momento de tu resurrección.

Jesús leyó de nuevo en mi interior y precisó:

—He dicho *dikron* [memoria], no *bal* [mente]. Ésta, como parte integrante de tu cerebro físico, se disolverá con el cuerpo.

Entonces, retornando a mi pregunta, completó:

—El alma inmortal es otra criatura, independiente de la memoria y de la mente física. Y ésa, la *nišmah*, es acogida tras la muerte por tu ángel guardián. Él la mima y la conserva, también hasta el sublime instante de la resurrección.

Difíciles palabras, lo sé, pero eran sus palabras. Y creímos lo que decía.

Sonrió compasivo y recalcó:

—Tened calma. Mi Padre es sabio. Él sabe...

—Alma inmortal..., «chispa» divina..., mente humana..., memoria... Señor, ¡qué lío!

—Querido «pinche»: confía en mí.

—Señor —lo interrogué perplejo—, ¿y qué sucede en el instante exacto de la resurrección?

—Sencillo: alma y memoria se reúnen. Y caminan juntas... para siempre.

—¿Y la «chispa»?

—También te lo dije: no te abandona jamás. Es el tercer «viajero» hacia la Perfección.

—Y ese «viaje», Señor, ¿cuánto dura?

—Si lo expreso en términos humanos, querido «pinche», no lo comprenderías.

—¿Me aburriré?

—Lo dudo...

—¿Y cuánto tiempo permaneceré como «MAT-1»?

—Lo justo y necesario. No mucho...

—Señor, ¿qué te ocurre? Estás muy lacónico.

—Compréndelo. No está bien que me tires de la lengua...

Eliseo, como siempre, no escuchó.

—¿Y después? ¿Qué pasará cuando, al fin, sea un «hombre-luz»?

—¡Sorpresa!

—Entiendo... Veré al Jefe.

El Maestro, malévolo, negó con la cabeza.

—¿No? ¡Pues sí que está lejos!

—Por cierto, Señor —intervine, planteando un asunto que, al menos para mí, no había quedado claro—, en esos mundos, al pasar de un «MAT» a otro, ¿se muere de nuevo?

El Galileo sonrió y, mirándome como a un niño, sentenció rotundo:

—No.

—Entonces, sólo se muere una vez...

—Exacto. Os lo he dicho: *Ab-bā* es poderoso, pero prefiere la imaginación.

Comprendió nuestra confusión y, señalando las estrellas, exclamó:

—Decidme: ¿sabéis de algo en la Naturaleza que se repita?

Silencio.

Eliseo y yo intentamos hallar ese algo.

—No —me rendí—, que yo sepa, nada es igual.

—Muy bien, Jasón. ¿Y por qué el fenómeno de la muerte iba a ser una excepción? Tu Padre «sabe»...

—Señor, hay algo que me intriga...

El Maestro y yo nos echamos a temblar.

—¿Por qué nadie vuelve después de la muerte?

—Te equivocas. Yo lo haré.

—Ya me entiendes... Me refiero a los «destrozapatos».

—Son las reglas. Vosotros también tenéis las vuestras...

—Qué cielo más raro...

—No, mi querido «pinche», eso no es el cielo. Os lo dije: tenéis una idea equivocada. El cielo, el Paraíso, está mucho más allá. Ahora es imposible que captéis su auténtica naturaleza. En los mundos que os aguardan tras la muerte tan sólo intuiréis esa inmensa, inmensa, maravilla.

—¡Dios bendito! —estalló mi amigo—. ¿Cómo vamos a transmitir todo esto a nuestro mundo? La ciencia no lo aceptará...

—Mis queridos hijos: ¡dejad en paz a la ciencia! No estáis aquí para convencer a nadie. Sólo para transmitir. Dejad que la verdad toque los corazones. Con eso es suficiente.

Eliseo, terco, no aceptó. Entonces, rememorando el

vuelo de la bella mariposa que se posó en su vara, Jesús de Nazaret puso un elocuente ejemplo:

—Queridos míos, la filosofía que rige los universos no puede ser entendida por la inteligencia material. No os preocupéis...

»Respondedme: si los hombres de ciencia no tuvieran la posibilidad de comprobar la metamorfosis de una mariposa, ¿aceptarían que esa criatura ha sido primero una oruga? Dejad que pasen al «otro lado». Entonces verificarán que las leyes que gobiernan esas otras realidades son tan físicas y rígidas como las del tiempo y el espacio. La sorpresa, entonces, los desconcertará. Ellos, «orugas» en la Tierra, se habrán transformado en «mariposas» ágiles y deslumbrantes. Vosotros sois testigos. El Hijo del Hombre, una «oruga» más, hará el milagro y se convertirá en «mariposa».

»Insisto: limitaos a ser mensajeros de mi palabra.

—Por cierto, Señor, ya que lo mencionas, tenemos una ligera idea, pero nos gustaría confirmarlo... ¿Qué ocurrió, perdón, que ocurrirá, con tus restos mortales? ¿Cómo desaparecerán de la tumba?

—Cosas de ángeles...

Esbozó una pícara sonrisa y añadió:

—Tendréis que preguntárselo a ellos. Yo no tuve nada que ver.

Titubeó unos instantes y redondeó:

—Mejor aún: interrogaos a vosotros mismos. En cierto modo también sois ángeles y conocéis esas «técnicas»...

Entendí. Casi sin palabras, el Maestro vino a ratificar nuestras sospechas. Su resurrección, su retorno a la vida, nada tuvo que ver con el hecho físico de la «disolución» (?) del cadáver. La misteriosa desaparición del cuerpo obedeció, muy probablemente, a una «manipulación» (?) del tiempo. Alguien, sus ángeles, «condensó» o «concentró» en décimas o centésimas de segundo los años que hubieran sido necesarios para ultimar un proceso normal de putrefacción. Y la materia orgánica, mágicamente, se extinguió.

El Maestro, confirmando mis apreciaciones, concluyó así:

—Mi resurrección no depende de nadie. Yo soy la Vida. No caigáis en el error de asociar ese gesto de piedad y respeto, por parte de los míos, con la realidad de mi vuelta a la vida.

Mensaje recibido.

Y exclamó, cerrando aquella inolvidable conversación:

—¡Llenaos de esperanza!... ¡La muerte sólo es un sueño!... ¡Sois inmortales por expreso deseo de *Ab-bā*!... ¡Sois hijos de un Dios!... ¡Transmitidlo!

¿Transmitir la esperanza? ¿Seré capaz?

Que Él me ayude...

CUARTA Y ÚLTIMA SEMANA EN EL HERMÓN

Fue la más dura. La más tensa y angustiosa. Fue, prácticamente, una semana sin Él.

Es curioso. Teóricamente —según las normas— éramos meros observadores de otro «ahora». Caballo de Troya lo prohibía terminantemente: nada de afectos, nada de lazos con los naturales de aquel tiempo histórico. Pues bien, no lo conseguimos. Jesús de Nazaret nos atrapó. Aquel Hombre-Dios se coló en nuestros corazones y, sencillamente, le amamos. Poco importó la operación. Nunca nos arrepentimos.

Fue por esto que aquellos postreros días en la cumbre de la montaña santa representaron un suplicio extra. Y no porque el Maestro, o nosotros, sufriéramos percance alguno, sino, justamente, como digo, por su repentina salida del *mahaneh*.

Según consta en mi diario, sucedió al amanecer del domingo, 9 de septiembre. El Galileo nos reunió y, con el rostro severo, anunció:

—Escuchad atentamente. Ahora debo dejaros por unos días. Es preciso que siga ocupándome de los asuntos de mi Padre...

Nos alarmamos. Ni el tono ni el semblante eran los habituales. Parecía preocupado. Muy preocupado...

—... Esperad tranquilos.

Y concluyó con unas palabras que no entendimos:

—... Es la hora del rebelde y del príncipe de este mundo...

Punto final.

Le vimos cargar algunas provisiones, tomó su manto

color vino y, sin despedirse, desapareció entre los cedros, rumbo a los ventisqueros.

¿Qué sucedía? ¿A qué obedecía aquel brusco cambio? Unas horas antes, mientras departíamos al amor del fuego, el Maestro se había mostrado alegre y comunicativo.

Eliseo y yo discutimos. Pasamos horas intentando despejar el enigma. ¿Éramos los responsables de la súbita partida? ¿Qué habíamos hecho? ¿Qué pudimos decir para que, a la mañana siguiente, se mostrara tan grave y distante?

Quien esto escribe se negó a aceptar que fuéramos nosotros los causantes de tan extraña actitud. Sus palabras, además, apuntaban en otra dirección.

No, aquél no era el estilo del rabí. A decir verdad, por lo que llevaba visto y por lo que veríamos a lo largo de su intensa y apasionante vida de predicación, Jesús de Nazaret difícilmente se enfadaba. Que recuerde, sólo una vez se alteró y con razón. Fue en el atrio de los Gentiles, en el Templo de la Ciudad Santa, cuando abrió las puertas del ganado destinado a los sacrificios, provocando una catástrofe entre los mercaderes y cambistas de monedas.

Mi hermano dudó. Y llegó a culparse, atribuyendo lo sucedido a sus «torpes e infantiles preguntas».

Hice lo que pude. Le recordé las frases del Galileo una y otra vez:

«Esperad tranquilos... Ahora debo dejaros por unos días.»

Fue inútil.

Eliseo vivió aquella semana en una continua tensión. Apenas dormía. Ascendía a lo alto del dolmen e intentaba divisar a su ídolo. En dos ocasiones lo sorprendí preparando el petate, dispuesto a salir tras el Maestro. Discutimos de nuevo. Y necesité de todo mi poder de persuasión para retenerlo. Aun así, a escondidas, se aventuraba por los bosques cercanos, siempre a la búsqueda de Jesús.

En cuanto a mí, poco que contar. Alivié la ansiedad escribiendo con frenesí y, naturalmente, vigilando al aturdido ingeniero.

Y la vida en el campamento continuó sin incidentes

dignos de reseñar, excepción hecha de lo ya mencionado y de un par de inesperadas «visitas»...

La primera tuvo lugar en la noche del miércoles, 12. La verdad es que nos asustó.

De pronto fuimos despertados por unos gruñidos. Salimos y, en mitad de la oscuridad, distinguimos unas sombras. Merodeaban alrededor de la tienda del Maestro.

Eché mano del cayado y, al aproximarnos, dos de los bultos huyeron veloces hacia las «cascadas». El fugaz blanco mate de unos largos y curvados colmillos avisó.

Nos detuvimos indecisos.

¡Jabalíes!

Una familia, en efecto, había penetrado en el *mahaneh*.

Advertí a Eliseo. Algo se movía en el refugio de Jesús de Nazaret.

Y los hechos se precipitaron...

Mi hermano, ofuscado por su deseo de reencontrarse con el rabí, interpretó la inusual agitación en el interior de la tienda como una inesperada vuelta del Maestro. Y gritó desarmado:

—¡Ha regresado!... ¡Jasón, lo atacan los jabalíes!

No acerté a detenerlo. Y corrió hacia la entrada, bramando:

—¡Maestro!

Fue inevitable. Al punto, casi en el umbral, se vio materialmente arrollado por el único y auténtico «visitante»: un *chazir* de enorme cabeza que, alertado por los gritos del ingeniero, salió en estampida topando con el cuerpo que le cerraba el paso. Y el no menos sorprendido Eliseo cayó de espaldas, siendo pisoteado por el ariete. Afortunadamente, la «piel de serpiente» cumplió su cometido y mi amigo escapó con bien del encontronazo.

Lo peor llegaría después...

A la mañana siguiente, al inspeccionar el lugar, nos vinimos abajo. Los voraces jabalíes habían dado buena cuenta de muchas de las provisiones. Pero el Destino, compasivo, acudió en auxilio de estos desolados exploradores. Ese mismo jueves, 13, el joven Tiglat reponía la maltrecha despensa, aliviando la penosa situación.

A partir del incidente con el *chazir* decidimos montar guardia durante las noches, iluminando el paraje con la fogata.

Por un lado me alegré. La incursión de los jabalíes nos obligaría a unos turnos de vigilancia que, en cierto modo, hicieron la espera más corta y distraída.

Pero el infortunio siguió rondando el *mahaneh*...

Poco después, en el transcurso de la penúltima noche en el Hermón, recibiríamos una segunda «visita». Una sigilosa y destructora «visita».

Aparentemente, todo discurrió con normalidad. Ni Eliseo ni yo detectamos nada extraño. Sin embargo, con las primeras luces del domingo, 16, descubrimos el nuevo desastre.

Apagué el fuego y, siguiendo la costumbre, antes de retirarme a descansar, entré en el refugio de pieles del Maestro, inspeccionándolo.

¡Dios santo!

No supe si reír o llorar. También era mala pata...

Reclamé a gritos a mi compañero y, señalando el rincón donde almacenábamos las viandas, le invité a examinarlas. Y así lo hizo. Al ver «aquello», desconcertado, retrocedió y, pálido, preguntó:

—¿Qué es eso?

El ingeniero sabía muy qué era lo que cubría materialmente las provisiones. Lo que lo descompuso fue el número y la ferocidad de los «visitantes». Sinceramente, yo tampoco supe explicarlo. ¿Cómo demonios llegaron allí?

Era increíble. ¡Las había a miles!

Días más tarde, «Santa Claus» ofrecería cumplida respuesta.

La comida, lisa y llanamente, apareció infestada por una constelación de *Camponotus sanctus*, una insaciable hormiga arbórea, dueña y señora de los bosques de cedros. Estos insectos, especialmente activos durante la noche, se las ingeniaron para penetrar en la tienda, arrasando carnes, pescados y cuanto hallaron desprotegido.

Como es fácil de imaginar, el resto de la mañana fue consumido en un vano batallar contra las rojizas y tercas *camponotus*. Y la despensa, nuevamente, quedó «bajo mínimos». Sólo se salvaron los huevos y los recipientes que contenían sal, aceite, vinagre y miel.

Y en ello estábamos cuando, de improviso, escuchamos un lejano y familiar canturreo.

Sería, poco más o menos, la hora «nona» (las tres de la tarde).

¡El Maestro!

La verdad sea dicha. El recibimiento fue casi cómico.

Jesús avanzó hasta nosotros y nos contempló en silencio. Nos quedamos como estatuas. Eliseo, perplejo, con la boca abierta, sostenía entre las manos unas hortalizas plagadas de hormigas. Yo, por mi parte, intentaba limpiar un manojo de tilapias curadas, igualmente conquistadas por las frenéticas *camponotus*.

Era un Jesús distinto. Radiante. La habitual y penetrante luz de sus ojos aparecía ahora multiplicada. Aquella estampa nada tenía que ver con la del Galileo que nos había dejado una semana antes. Más aún: la luminosidad era infinitamente más acusada que la irradiada durante toda la estancia en el Hermón.

¿Qué ocurrió en los ventisqueros?

El rabí sonrió al fin y, señalando las hormigas que empezaban a correr por brazos y túnicas, exclamó socarrón:

—¡Vaya par de ángeles! No os puedo dejar solos. Un día más y acabáis con mi reino...

Acto seguido, abrazándonos, susurró:

—Se ha hecho la voluntad de *Ab-bā*... Ahora soy yo el Príncipe de este mundo.

Esa misma noche —la última en el Hermón—, cálido y eufórico, explicó el porqué de su repentino y dilatado aislamiento en la cumbre de la montaña santa.

En un primer momento apenas entendimos. ¡Era tanto lo que ignorábamos...!

Después, conforme lo seguimos y escuchamos, fuimos comprendiendo.

La cena, aunque frugal, resultó divertida, como siempre. El «cocinero-jefe» se hallaba feliz y se esmeró, echando mano de otra receta familiar: tortilla con miel, al estilo de la Señora, la de «las palomas». Y al final, el brindis favorito del Maestro:

—*Lehaim!*

—¡Por la vida!

Y el Galileo, ansioso por compartir su aventura en la soledad de las nieves, inició así sus aclaraciones:

—Os contaré un cuento...

»Hace tiempo, mucho tiempo, el gran Dios encomendó a uno de sus Hijos la creación de un nuevo universo. Y ese Hijo construyó un magnífico reino, repleto de estrellas y mundos. Era un universo inmenso.

»Y aquel Hijo gobernó con amor y sabiduría durante miles y miles de años.

»Pero ocurrió algo...

»Cierto día, en una apartada región, varios de los príncipes a su servicio, jefes de otros tantos mundos, decidieron rebelarse contra la autoridad del Hijo y soberano. No creyeron en su forma de gobierno e incitaron a otros príncipes próximos a manifestarse contra lo establecido. E intentaron formar su propio reino, rechazando al monarca y, en definitiva, al gran Dios.

»El Hijo, echando mano del amor y la misericordia, trató de restablecer el orden. Fue inútil. Los rebeldes, empeñados en el error, despreciaron todo intento de reconciliación.

»Finalmente, ese Hijo divino tomó una decisión: viajaría de incógnito hasta los lejanos mundos de los infractores, haciéndose pasar por un modesto carpintero. Escogió uno de los planetas y allí nació como un hombre más. Y así vivió, sujeto a la carne, y enseñando la verdad a las gentes. Les mostró quién era en realidad el gran Dios. Habló del espléndido futuro que les aguardaba y, sobre todo, recordó que eran hijos de ese maravilloso Padre.

»Pero la fama de aquel Hombre-Dios terminó llegando a oídos de los príncipes rebeldes. Y sucedió que, en cierta ocasión, cuando el carpintero oraba en lo alto de una montaña nevada, dos de los traidores se presentaron ante él, sometiéndolo a toda clase de preguntas.

»«¿Quién eres...? ¿Cómo te atreves a hablar de ese Dios?... ¿Quién te envía?»

»Por último, convencidos de que se hallaban ante el Hijo y soberano del universo, le hicieron una proposición:

»«¡Únete a nosotros!»

»Y el Hijo replicó:

»«Hágase la voluntad del Padre.»

Los rebeldes, derrotados, se retiraron. Y todo el universo, pendiente de aquella entrevista, elogió la misericordia del Hijo y soberano.

»Desde entonces, el Dios disfrazado de hombre y carpintero ostentaría también el título de Príncipe de la Tierra.

Terminada la historia, el Maestro descendió a los detalles, revelando algo que, con el paso de los siglos, resultaría igualmente deformado.

Esto fue lo que acertamos a intuir:

Tiempo atrás, mucho tiempo atrás, en una minúscula región de su universo (en la nuestra), tuvo lugar una insurrección, más o menos similar a la expuesta en el cuento. Mejor dicho, en el supuesto cuento.

Un viejo conocido de los humanos —Luzbel—, jefe de esa casi insignificante parcela de la galaxia, se alzó contra el orden establecido, protestando por el largo camino exigido para llegar al Paraíso. Al parecer, calificó esa «marcha» de «fraude total», dudando, incluso, de la existencia de *Ab-bā*. La rebelión, sin embargo, no alcanzó excesivo éxito. Sólo 30 o 40 mundos la secundaron. La Tierra fue uno de ellos.

Pues bien, no deseando acudir a métodos más severos —a los que tenía legítimo derecho—, el magnánimo Hijo Creador de este universo optó por encarnarse y «camuflarse» entre las más modestas de sus criaturas. Justamente entre las que habitaban en uno de esos mundos en rebeldía. Y se hizo hombre. Y vivió como tal, anunciando a los infelices súbditos de los príncipes rebeldes dónde estaba la verdad y quién era *Ab-bā*.

Pero la naturaleza divina del humilde carpintero no pasó desapercibida para los jefes planetarios que encabezaban la insurrección. Y dos de ellos —un alto representante de Luzbel y el propio príncipe del mundo seleccionado por el Hijo divino— acudieron a su presencia. Y lo hicieron en aquellos días de septiembre y en aquel lugar. Ésta, probablemente, fue la razón del súbito ensombrecimiento del Hijo del Hombre cuando se alejó del *mahaneh*. Él sabía lo que le aguardaba en la soledad de los ventisqueros. Sabía que estaba a punto de ofrecer una nueva oportunidad a sus hijos descarriados.

Y se sometió, dócil, a los interrogatorios y proposiciones.

Pero, como decía el «cuento», sólo se doblegó a la voluntad de su Padre.

Por último, estos seres no materiales —creados por el propio Hijo divino en luz y perfección— se retiraron derrotados.

Y el universo de Jesús de Nazaret —según sus palabras— asistió perplejo y conmovido a la «batalla dialéctica».

En esos momentos —y sigo transmitiendo sus explicaciones—, el Hijo del Hombre, por expresa voluntad de *Ab-bā*, fue investido como Príncipe de este mundo. Un título especialmente importante, según Él.

A partir de ese suceso —afirmó—, la rebelión quedó «lista para sentencia». Al rechazar, una vez más, su misericordia, la suerte de todos ellos depende ahora de «otras instancias». Y así sigue (1).

Esto, ni más ni menos, fue lo acaecido en el Hermón en aquellos días. Unas jornadas trascendentales en las que, no obstante, no llegamos a percibir nada extraño, salvo la ya referida y grave actitud del Maestro. La explicación era simple: esa «batalla» no se desarrolló a nivel físico. En otras palabras: aunque lo hubiéramos acompañado a los ventisqueros, nada habríamos visto, ni tampoco oído...

Como decía, no fue fácil asimilar tan intrincadas y misteriosas explicaciones. Lentamente, sin embargo, iría-

(1) La compleja historia de Luzbel es analizada y recreada por J. J. Benítez en su obra *La rebelión de Lucifer. (N. del e.)*

mos divisando una «luz» que centraría el espinoso problema y, sobre todo, que despejaría otras no menos interesantes incógnitas.

Por ejemplo, según el Maestro, una de las razones de la violencia y primitivismo de la Tierra hay que buscarla, justamente, en las consecuencias de esa desgraciada rebelión. Al traicionar las leyes divinas, nuestro mundo, como el resto de los planetas que se levantó contra *Ab-bā*, quedó automáticamente incomunicado y sumido en la oscuridad y la barbarie. Y, «técnicamente», así continúa. Sólo cuando la «cuarentena» sea levantada, la humanidad —esta infeliz humanidad— recuperará la normalidad.

Naturalmente, le preguntamos: ¿cuándo llegará ese venturoso día? La respuesta fue rotunda:

—Cuando los rebeldes sean juzgados... Pero eso no está en mis manos.

Lo que sí estaba al alcance del Hijo del Hombre era consolar e iluminar a las criaturas que padecen —y padecerán— este aislamiento. Y escogió uno de esos mundos en rebelión, sembrando la semilla de la esperanza: *Ab-bā* existe. *Ab-bā* espera. *Ab-bā* os ama...

Lamentablemente, estos acontecimientos, registrados, como digo, en septiembre del año 25, no fueron bien entendidos por los últimos seguidores del rabí de Galilea. Tal y como verificaríamos más adelante, Jesús los detalló con toda la claridad de que fue capaz. Sin embargo, fueron tergiversados. Salvo Juan, que no los menciona, los evangelistas y Pablo de Tarso (Hebreos, 2-14) terminarían confundiendo asunto y escenarios, ubicando el encuentro del Maestro con los rebeldes (el Diablo) al otro lado del río Jordán, tras el bautismo por Juan, el Anunciador. Del Hermón, ni palabra. De la trascendental y definitiva toma de conciencia, por parte del Hijo del Hombre, de su naturaleza divina, ni palabra. De sus intensas comunicaciones con *Ab-bā* en la cumbre de la montaña sagrada, ni palabra. En suma: otro desastre literario de los supuestos escritores sagrados...

Como espero tener ocasión de relatar, lo sucedido en el célebre «desierto», tras el bautismo en el Jordán, fue mucho más importante que lo narrado por los evangelistas. Y lo adelanto ya: en dicho retiro no hubo tentación alguna...

Creo haberlo mencionado. El Hijo del Hombre fue tentado, sí, pero no por el Diablo. Lo ocurrido en el Hermón no fue una tentación propiamente dicha. Fue un acto de amor. Otro más de aquel magnífico Hombre...

Y llegó el final de nuestra estancia en las cumbres de la Gaulanitis. Esa noche, cercano el lunes, 17 de septiembre, antes de retirarnos a descansar, Jesús de Nazaret dio una última orden:

—Preparaos. Mañana partiremos. La hora del Hijo del Hombre está próxima...

Y así fue. Su hora —la de su vida pública— se acercaba. Y estos exploradores fueron testigos de excepción.

Sí, la aventura acababa de empezar...»

En *Ab-bā* (Cabo de Plata), siendo las 11.55 horas del martes, 27 de abril de 1999.

Índice

Impreso en Litografía Rosés, S. A.
Progrés, 54-60. Polígono La Post
Gavá (Barcelona)

booket